시조시학의 현대적 탐구

시조시학의 현대적 탐구

초판 1쇄 인쇄 · 2024년 11월 25일
초판 1쇄 발행 · 2024년 12월 6일

지은이 · 홍성란
펴낸이 · 한봉숙
펴낸곳 · 푸른사상사

주간 · 맹문재 | 편집 · 지순이 | 교정 · 김수란, 노현정 | 마케팅 · 한정규
등록 · 1999년 7월 8일 제2-2876호
주소 · 경기도 파주시 회동길 337-16(서패동 470-6)
대표전화 · 031) 955-9111~2 | 팩시밀리 · 031) 955-9114
이메일 · prun21c@hanmail.net
홈페이지 · http://www.prun21c.com

ⓒ 홍성란, 2024

ISBN 979-11-308-2196-2   93800
값 45,000원

학술총서 67

시조시학의 현대적 탐구

A Modern Exploration Of
The Sijo Poetics

홍성란

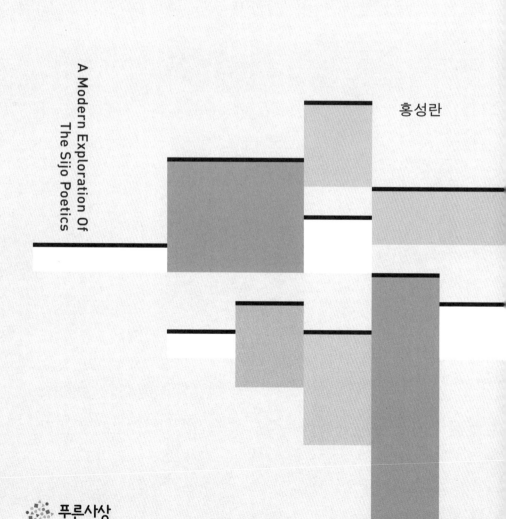

푸른사상
PRUNSASANG

이 책은 지난 30년간 창작자로서, 연구자로서 고뇌해온 산물이다. 아직도 시조 율격론은 일제강점기의 자수율적 파악에 머물러 있다. 일각에는 '초장 3·4·4⑶·4, 중장 3·4·4⑶·4, 종장 3·5·4·3'이라는 거푸집[型]에 넣 듯 글자 수를 맞추어 써야 한다는 오해가 있다. 정말 글자 수만 맞춰 쓰면 되 는가. 도대체 시상(詩想)을 자유롭게 펼칠 수는 있는가. 그러다 보니, 시조(時 調)는 있는데 시(詩)는 없다는 비아냥을 듣기도 한다.

시조란 무엇인가. 나는 박사과정 이후 고시조와 현대시조 텍스트를 바탕으 로 율격 연구와 분석에 집중했다. 잠시 성균관대에서 강의할 때, 학생들에게 시조는 다만 글자 수를 맞추어 쓰면 되는 정형시가 아니라는 점을 강조했다. 학생들도 고전(古典)이 된 황진이의 「어져 내 일이야」나 이호우의 현대시조 「하(河)」와 같이 자수율에 부합하지 않는 텍스트가 많다는 데서, 시조 율격이 자수율만이 아님을 지적했다. 학생들은 또 자수율적 해석이 들어맞지 않는 게 당연하다고 했다. 시조가 글자 수에 매이지 않고 일상의 말을 담아 유연하 게 변주해 나가는 것을 특징으로 삼기 때문이며, 이는 첨가어라는 우리말의 언어학적 구조에 기인한다고 했다. 자수율과 같은 종래 이론은 다양한 개별 작품의 변주를 틀에 담는 데 실패했고, 시조에 대한 그릇된 편견을 퍼뜨리는 데 일조한다고 했다. 학생들의 기말고사 답안을 보며 보람을 느꼈다. 통쾌했 다. 시조는 3장의 '시노래'였다는 데서 마디와 마디가 만나 동기를 이루고 동 기와 동기가 만나 작은악절을 이루듯, 음표(음절=1mora)와 쉼표(장음=1mora, 정 음=1mora)가 모여 각 마디의 음량을 채우듯, 눈에 보이는 글자의 음량과 눈에 보이지 않는 장음과 정음이 모여 네 마디의 음량을 채운다는 음량률의 실상까지 이해한 학생들이 고마웠다.

이제 남은 과제는 무엇인가. 학생들은 많은 시조가 "왜! '3 4 3 4'라는 자수율이 적용되지 않는지 학교는 가르쳐주지 않았다"고 했다. 입시 위주의 교육 환경에서 시조의 형식적 유연성을 알아보기보다는 "그냥 외우고 마는 식으로 시조 공부를 마쳤고, 그래서 시조라는 문학 장르에 대한 편견을 갖게 되었다"고 했다. 하이쿠에 비해 그 구성이나 유연함이 월등한 시조가 "정작 우리나라에서도 찬밥 신세인 것은 장르의 본질을 무시한 시조 교육에 원인이 있다"는 것이다. 학생들은 이 "비이성적인 시조 교육을 개선하고 대중에 다가가는 노력을 기울여야 한다"고 현대시조가 나아갈 방향까지 제시했다. 문제는 시조 교육에 있다. 학교 교육도 그렇고 학교 밖의 교육도 시조라는 정형 양식이 가진 본질적 이해부터 다시 접근해야 한다.

이 책은 3장으로 구성되어 있다. 1장 '시조란 무엇인가'에는 7편의 논문을 담았다. 첫 번째로 수록한 「현대시조 : 전통에서 세계문화로─시조 콘서트, 열두 개의 와인글라스」는 이 책을 관통하는 논리와 분석을 담고 있다. 『청구영언』의 고시조에서부터 현대시조까지 논의 대상으로 삼은 이 논문은 연구 자료 개관, 율격론, 개별 작품의 율동 현상이 도출한 '자율적 정형시'라는 개념, '열두 개의 와인글라스'라는 비유와 시조 3장 운용의 해명, 시조의 미학과 창작론, 시조 창작과 번역의 문제까지 포괄적으로 다루고 있다. 2장 '현대시조의 언어와 형식'에도 7편의 논문을 담았다. 이 장에는 역동적인 현대시조

시조시학의 현대적 탐구

100년의 역사와 시조 문단을 돌아보며 그간의 시적 탐색이 보여주는 형식실험 양상과 시어 운용에 대한 탐구 그리고 사설시조의 담론화 방식과 서술 특징을 분석하고 특히 종장 운용의 문제점과 제언을 담았다. 3장 '우리 시대 시조의 정전'에는 6편의 논문을 담았다. 이 장에서는 율격 운용과 시적 형식을 포함한 시어 운용에 있어서 현대시조의 정전(正典)이라 할 작품을 남긴 조운, 이호우, 정소파, 이태극, 정완영, 조오현과 같은 대방가(大方家)들의 작품 분석을 담았다.

율격론 초기의 자수율은 음량률의 논리를 덮을 수 없다. 시조 율격은 초장과 중장의 음량률에 이어서 종장 첫마디만은 3음절의 자수율을 지키고 종장 둘째 마디는 두 마디(음보)를 합한 것만큼의 음량을 갖는 변형율격이며 종장 뒷구에 해당하는 셋째 마디와 넷째 마디는 다시 음량률로 환원하는 '자수율과 음량률의 혼합율격'이다. 나는 백수 정완영 시인이 설파한 '유(流) 곡(曲) 절(節) 해(解)'의 시조관(時調觀)을 이 시조 3장의 형식미학으로 해명하였다('단시조의 미학'). 한시에 기승전결(起承轉結)이 있다면 시조에는 유곡절해(流曲節解)가 있다.

이 책이 문학적 형상화를 방해하는 자수율의 망령에서 벗어나는 안내서가 되기를 바란다. 현대시조가 감각을 혁신하는 상상력과 시어 운용으로, 유연한 율동으로 도식성을 벗어난 평이(平易)하고 자연스러운 시(詩)로서 독자 대중이 애호하는 한국의 정형시가 되기를 바란다. 시조는 있는데 시는 없다는 말이 더 이상 나올 수 없기를 바란다. 강호제현의 질책과 독려를 바라며 시조에 대한 편견과 의문에 대한 늦은 화답으로 이 책을 삼가 세상에 내놓는다. '극심한 두통과 불면증'에 시달리며 시조문학 현장의 자료를 바탕으로 시조론 정립에 헌신하신 은사(恩師) 춘당(春塘) 김학성(金學成) 선생님께 깊은 감사와 존경을 담아 이 책을 헌정(獻呈)한다.

이 책에 푸른사상사 학술총서와 동행하는 영광을 안겨주신 한봉숙 대표님께 진심으로 감사드린다. 무엇보다 편집과 교정에 세심한 정성을 기울여주신 출판사 여러분께 거듭 고마운 인사를 드린다. 학술논문집을 내며 손잡은 맹문재 선생님과의 인연이 은은히 오래가기를 기도한다. 오늘이 있기까지, 따뜻한 격려를 아끼지 않은 선생님들께 고개 숙여 감사드린다.

2024년 늦가을
홍성란

_책머리에 5

제1부 시조란 무엇인가

현대시조 : 전통에서 세계문화로—시조 콘서트, 열두 개의 와인글라스

1. 한국의 정형시, 시조   17
2. 시조 콘서트, 열두 개의 와인글라스   23
3. 시조의 리듬 의식   25
4. 시조의 미학과 창작론   30
5. 전통에서 세계문화로 : 시조 창작과 번역의 문제   35

단시조의 미학

1. '마흔다섯 자 내외'라는 말   38
2. 시조, 굽 높은 제기(祭器)   40
3. 시조 명작의 리듬 의식   41
4. 유(流) 곡(曲) 절(節) 해(解), 3장의 정취   45
5. 명작의 조건, 미적 거리 또는 낙차(落差)   47
6. 언단의장, 언외언의 경지   50
7. 종장, 시조 성공의 관건   51

한글 미학의 보고(寶庫), 만횡청류

1. 여는 글   53

2. 사설시조의 기원, 14세기 「불굴가」   54

3. 자연의 진기, 성 담론의 해학성   58

4. 말 반죽, 화자의 목소리   66

5. 자연의 진기, 도를 스승으로 삼지 않는다   73

6. 맺는 글   74

사설시조의 형식 일탈 양상과 표현 특징

1. 머리말   76

2. 사설시조의 형식 일탈 양상   80

3. 사설시조의 표현 특징   95

4. 맺음말   102

시조의 효용

1. 시조에 대한 몇 가지 문제적 인식   103

2. 시조의 효용과 치유   111

3. 단시조, 소통과 화해의 양식   119

고시조에 나타난 불교적 사유―진본(珍本) 『청구영언』을 중심으로

1. 머리말   122

2. 불이와 중도론적 사유의 관용적 표현   124

3. 무심   134

4. 무상   137

5. 초탈 · 관조   138

6. 맺는 말   142

시조, 『청구영언』에서 배우다―자수율과 음량률의 혼합율격   144

시조시학의 현대적 탐구

제2부 현대시조의 언어와 형식

현대시조의 새 지평─현대시조100년, '시조의 세계화'를 위한 소고(小考)

    1. 만해축전 그리고 현대시조 100년   155

    2. 세계민족시대회 이후 한류와 세계 속의 시조   159

    3. 경주 제78차 국제PEN대회   167

    4. 한국에서의 시조에 대한 인식 정도   168

    5. '시조의 세계화', 반성과 실천적 과제   170

시조 양식의 현대적 운용과 시적 형식─1960년대와 70년대 시인들

    1. 시조 양식의 현대적 운용   174

    2. 1960년대 시조문단 개관   176

    3. 1970년대 시조문단 개관   183

    4. 글을 맺으며   191

노래시의 변주─감각의 혁신, 그 태생적 시조시학

    1. 시조의 원형적 미학과 시학적 원리   193

    2. 반복과 전환의 미학을 지닌 노래시   194

    3. 시조에 대한 몇 가지 오해   195

    4. 생활언어가 변주하는 노래시   199

    5. 원포귀범, 노래시로 돌아오다   205

현대시조의 형식실험

    1. 현대시조의 좌표   207

    2. 현대시조의 형식실험 양상과 그 의미   210

    3. 맺는 말   239

사설시조 창작에서 행과 연의 분할

1. 사설시조의 담론화 방식   241
2. 사설시조의 서술상의 특징   242
3. 현대 사설시조의 행 · 연 갈이의 실제와 평가   245

시조 언어의 말부림, 어떻게 할 것인가

1. 현대시조의 격조의 문제   253
2. 말과 소리의 합치가 이루는 현대시조의 격조   255
3. 시조 언어의 말부림   258

시조 종장 운용의 문제점과 제언

1. 시조 종장의 운용 방식   273
2. 시조 종장 첫마디의 운용 양상   274
3. 시조 종장 둘째 마디의 운용 양상   284
4. 1마디의 음량이 4음절을 넘거나 1음절인 경우   285
5. 시조 종장 운용에 대한 제언   289

제3부 우리 시대 시조의 정전

조운 시조로 본 시조의 시적 형식

1. 시조 율격론에 대한 올바른 이해   295
2. 현대시조의 시적 형식 모색   298
3. 형식주의자 조운   301
4. 시조는 자율적 정형시   306
5. 단시조, 우리 시대의 극서정시   311

이호우 시조의 율격 운용과 현대성

1. 선행 연구 검토   314
2. 시조 율격 운용과 이호우 시조의 현대성   318
3. 뼈의 문사 이호우 시조의 현대성   326

선풍도골, 소파의 현실인식과 형식실험

1. 선행 연구 검토   329
2. 현실인식과 저항의식의 시조   332
3. 선풍도골, 소파 시조의 전통성과 현대성   339
4. 소파 시조의 연구 과제   347

월하 이태극의 시조 세계—리듬 의식과 형식적 모색을 중심으로

1. 월하, 그 호방하고 온유한 정신세계   348
2. 월하 시조의 리듬 의식   350
3. 월하 시조의 형식적 모색   357
4. 글을 맺으며   361

백수의 시조관이 형상한 시적 형식과 율격 운용의 묘

1. 백수라는 상징   363
2. 『꽃가지를 흔들듯이』   370
3. 『엄마 목소리』   378
4. 백수 시조의 시적 형식과 율격 운용의 묘   384
5. 백수 동시조의 현재적 가치   385

설악무산 시조의 형태 분석

1. 머리말   387
2. 무산 시조의 시적 형식 운용   388
3. 맺는말 : 원융무애 무상대도   410

_참고문헌   413
_찾아보기   419

제1부

시조란 무엇인가

현대시조 : 전통에서 세계문화로
— 시조 콘서트, 열두 개의 와인글라스[1]

1. 한국의 정형시, 시조

시조는 우리 민족이 천 년을 지키고 가꾸어온 한국의 정형시다. 그런 점에서 시조 연구에 평생을 바쳐온 조동일은 '시조는 우리 문학의 고향이고, 시조 연구는 우리 문학의 종가[2]라 했을 것이다. 고향이라는 말과 종가(宗家)라는 말이 시조 연구에서 나오는 배경은 무엇일까. 백수(白水) 정완영(1919~2016)은 시조 '3장 6구에는 우리 민족의 온갖 사고, 온갖 습속까지가 다 담겨' 있으니, '제삿날 종갓집에서 지내는 제례(祭禮)'를 들며 시조는 '우리 생활, 우리 정신의 가장 깊은 골을 밝혀주던 하나의 심등(心燈)이요 하나의 운사(韻事)'라 했다.[3]

춘하추동 계절의 행이, 할머님의 물레 잣던 손길, 늙은 농부의 도리깨 타작, 우리 어머님들의 다듬이 소리, 거 어깨춤도 절로 흥겹던 농악(農樂)에 이르기까

---

1 이 글은 2022년 5월 21일 화상으로 열린 이탈리아 카포스카리대학 국제시조워크숍의 기조강연에서 발표한 글을 부분 수정 보완하였음.
2 조동일, 『시조의 넓이와 깊이』, 푸른사상사, 2017, 5쪽.
3 홍성란, 「단시조의 미학」, 『유심』, 2015년 10월호, 7쪽.

지 가만히 새겨보고 새겨들으면 3장 6구 아닌 것이라고는 하나도 없는 것이며 심지어 구부러진 고향길, 동구 밖의 느티나무, 유연히 앉아 있는 한국 산의 능선들, 부연 끝 풍경소리, 아자(亞字)창의 창살, 어느 것 하나 3장 6구의 시조가락 아닌 것이 없다는 것이다. 흐름(流)이 있고, 굽이(曲)가 있고, 마디(節)가 있고 풀림(解) 있는 우리 시조는 그 가형(歌形)이 우연히 이루어진 것이 아니라 우리 정신의 대맥(大脈)이 절로 흘러들어 필연적으로 이루어진 것이라 하겠다.[4]

이 아름다운 묘사는, 누천년 한반도에 살아온 우리 민족이 우리말로 우리 삶을 자연스럽게 노래해온 운치 있는 일이 바로 시조라는 것이다. 시조 양식에 대한 정완영의 이 말은 서정시로서 창작하는 시조를 두고 한 말이다. 이는 시조가 가곡창이나 시조창으로 연행되던 음악예술의 시대를 거쳐, 개인 문집이나 인쇄 매체에 발표하여 서정시로 읽는 문학예술로 분화했음을 말한다.[5] 음악예술 시대의 시조를 '고시조'라 한다면 문학예술 시대의 시조를 '현대시조'라 할 수 있다. 이 글에서는 고시조와 현대시조를 '시조'라는 통칭으로 상황에 알맞게 쓰기로 한다.

1) 시조의 자료집

시조의 연원은 신라 시대 향가에서부터 찾기도 하지만 '3장 6구'라는 시조 특유의 율격 양식으로 형성되어 출현한 시기는 고려 말이다.[6] 이 시기부터

---

4 정완영, 『시조창작법』, 중앙신서, 1981, 8쪽.
5 시조창과 가곡창은 음악예술 분야에서 특별한 조명을 받고 있다. 가곡은 '서정성과 균형을 지니고 있으며, 세련된 멜로디와 진보적 악곡이자 한국적 정체성을 확립하는 데 중요한 역할'을 평가받아 2010년에 유네스코 인류무형문화유산으로 등재되었다. 홍성란, 「낯선 향기, 안온한 고독」, 『매혹』, 현대시학, 2022, 98쪽.
6 시조는 고려 말 신흥 사대부가 중세 후기를 이룩하는 선도자로 대두해 문학 갈래를 비롯한 문화 양상을 대폭 개편할 때 출현했다. 우탁(禹倬), 이조년(李兆年), 이존오(李存吾), 이색(李穡) 등 일련의 작자가 남긴 작품이 안정되고 성숙된 모습을 보인 것이 시조가 정

제1부 시조란 무엇인가

나타난 자료들이 입에서 입으로 전해지고 또 한문으로 번역되어 조선 시대 개인 문집이나 가집(歌集 : 시조의 노랫말을 모아 적은 노래책)과 금보(琴譜 : 거문고의 악보) 등에 수록되었다. 대표적인 가집으로 김천택의『청구영언(靑丘永言)』(1728), 김수장의『해동가요(海東歌謠)』(1763), 박효관 · 안민영의『가곡원류(歌曲源流)』(1876) 등을 들 수 있다. 이러한 조선 시대의 자료들을 한데 모아 오늘의 우리가 배우고 즐길 수 있는 자료집으로 만들게 되었으니, 정병욱의『시조문학사전』(1966), 심재완의『교본역대시조전서』(1972)를 대표적인 자료집으로 들 수 있다. 이들은 손글씨를 일일이 써야 했던 시절에 엮은 책이다. 심재완의『교본역대시조전서』에는 43개 이상의 가집과 정철, 윤선도, 이현보 등의 개인 문집과 판본, 필사본을 망라하여 시조 3,335수를 올려놓았다. 이 책은 시조가 노래로 불리던 시절의 악곡 명칭과 작자 표기는 물론 조금씩 달라진 이본(異本)의 노랫말까지 세세히 기록하여 후대의 연구자들뿐만 아니라 한국인의 문화유산으로서 한국어 자산의 보고(寶庫)가 되었다.[7] 그리고 2012년에는 '컴퓨터 기술을 동원한 전자 텍스트화와 정보 처리' 방식으로 46,400여 수의 시조가『고시조대전』에 집대성되었다.[8]

착된 증거이다. 그때의 시조가 구두로 창작되어 구전되다가 후대에 정착된 것은 자연스러운 일이다. 훈민정음이 창제되어 표기 문자가 마련된 다음에도, 시조는 구두로 창작되고 전달되는 것이 상례였다. 문헌 기록은 부수적인 방법이었다. 조동일, 앞의 책, 15쪽.

7 홍성란, 「고시조에 나타난 불교적 사유 - 진본『청구영언』을 중심으로」,『불교평론』, 2020, 여름호, 236쪽 참조.

8 고려대학교 민족문화연구원이 발행한 이 책의 작업에는 여기 다 적을 수 없는 많은 학자가 힘을 모았고 김흥규를 중심으로 이형대, 이상원, 김용찬, 권순회, 신경숙, 박규홍이 편저자로 이름을 올렸다.

2) 시조의 율격: 음량률과 음수율의 혼합율격

시조는 '3장(章) 6구(句) 12음보(音步)'[9]로 압축하고 절제하는 가운데 생성되는 한국 고유의 정형시다. 이 3장 6구 12음보가 시조를 이루는 기본 단위, 곧 단시조(單時調)이며, 시조의 근본 특질은 이 단시조에 있다.[10] 종래 우리가 파악하고 있던 시조의 율격은 초기에 글자 수를 헤아려서 파악한 조윤제의 「시조자수고(時調字數考)」(1930)로부터 시작한다. 연구 결과 '초장: 3 4 4⑶ 4, 중장: 3 4 4⑶ 4, 종장: 3 5 4 3'이라는 음수율을 도출했다. 그러나 이러한 음수율이 자료의 실상에 부합하지 않는다는 점을 인식한 조동일과 김대행 등의 연구 축적에서 음보율로의 진전을 보게 되었다. 이 음보율 또한 '음보의 등시성(等時性)에 대한 객관적 해명에는 성공하지 못'하였고 이를 해명하기 위한 연구가 성기옥에 의해 이루어졌다. 성기옥은 음보의 등시성을 이루는 객관적 실체가 모라(mora)를 기반으로 한 음절(音節), 장음(長音), 정음(停音)이라 파악하고 시조의 율격은 음량률임을 『한국시가율격의 이론』[11]에서 구명(究明)하였다. 이 음량률에 대한 성기옥의 연구에서 나아가 김학성은 혼합율격을 제시했다. '한국어는 장음만이 일부 언어에 관여하는 자질이므로 이를 바탕으로 음절수와는 관계없이 일정한 음보 크기만 정형적으로 운용하는 음량률을 기본으로 하되 특정 마디만 음수율(종장 첫마디 3음절)을 적용함으로써 음량률과 음수율을 섞어 운용하는 혼합율격[12]이라는 시조 율격론의 완성을 보았다고 하겠다. 김학성은, 종장 첫마디 3음절 정형은 시조의 장르 정체성을 보여

---

9 '음보'는 '마디' 또는 '토막'으로 쓰기도 한다. 이 글에서는 음보와 마디를 같은 의미로 사용한다.

10 3장 6구 12음보가 시조를 이루는 기본 단위, 곧 단시조(單時調)이며, 음악예술 용어로는 평시조(平時調)이다.

11 성기옥, 『한국시가율격의 이론』, 새문사, 1986. 이하 음량률에 대한 논의는 이 책을 참조한다.

12 김학성, 「시조의 형식과 그 운용의 미학」, 『현대시조의 이론과 비평』, 보고사, 2015, 23쪽.

주는 표지이며, 이를 '시조의 음악적 전통'[13]에서 해명하고 있다.

3) '마흔다섯 글자 내외'라는 말 : 3장의 자율적 정형시

이상의 율격 연구는 시조가 고정적으로 글자 수를 맞추어 쓰는 음수율의 정형 양식이 아님을 말한다. 시조는 '시 노래'로서 누천년 이 땅에 살아온 우리 민족의 삶을 자연스러운 우리 호흡으로 말해온 '시 노래 양식'이다. 이 '시 노래 양식'이 단시조, 3장 6구 12마디라는 시조의 정형 양식이다. 지금까지 논의는 시조의 근본 특질을 말하는 단시조가 3장 6구 12마디 '마흔다섯 글자 내외'로 운용된다는 점을 해명하기 위한 단초이다. 이 '마흔다섯 글자 내외'라는 말은 마흔다섯 글자 안팎으로 음절수의 가감신축(加減伸縮)이 보인다는 말이고, 그러한 자료적 실상은 시조가 음수율이 아니라는 점을 말해준다.[14] 그래서 음보율로 나아갔고 여기서 나아가 음량률에서 종장 첫마디만은 3음절 정형이라 하여 음량률을 바탕으로 음수율을 섞어 운용하는 혼합율격이라는 결론이 도출된 것이다.

조동일은 시조의 율격을 '공통율격'과 작가 개인의 구체적인 작품에 나타

---

13 김학성은 황윤석의 『이재난고(頤齋亂藁)』를 인용하여 '우리나라의 모든 노래는 정서(鄭叙)의 과정곡(瓜亭曲) 이후로 대중소편(大中小篇)을 막론하고 모두 5장으로 되어 있으며, 제4장은 반드시 삼자(三字)로 세 번 끊어 노래하는데, 이것은 중국에는 없는 형태'라고 했다는 점에서 모든 가곡창의 시조가 종장의 첫 음보에 해당하는 제4장을 반드시 3자로 고정시켜 노래했고 이는 시조의 핵심 장치이며 장르 정체성을 보여주는 표지로써 당대인들이 분명히 인식해왔음을 확인할 수 있다고 했다. 위의 책, 24~25쪽 참조.

14 조동일의 지적과 같이 일본 시가 율격론을 받아들여 시조의 율격을 자수율로 파악한 것은 식민지적 사고의 전형적인 예가 된다. 자수율로써 시조의 율격을 헤아려야 했던 이유는 시조 창작을 위한 지침을 제공하려는 데 있었고, 이 잘못된 지침은 창작을 부당하게 구속해왔다. '율격론은 대부분의 것을 통해서 전체를 다루기보다 전체를 전체로서 다루'어 '시조의 실상'을 '포괄적으로 무리 없이 설명'할 수 있어야 한다. 홍성란, 「조운 시조로 본 시조의 시적 형식」, 『서정시학』, 2011년 가을호, 227쪽.

나는 개별 발화로서의 '개별율격'으로 설명하고 있다.[15] '공통율격'은 3장 6구 12마디라는 시조의 율격모형을 가리키는 것이고 '개별율격'은 작품마다 개별적이고 구체적으로 실현된 율동 현상이 나타난 것이다. 여기서 개별적이고 구체적으로 실현된 '율동 현상'은 '마흔다섯 글자 내외'로 나타난 자료적 실상을 가리킨다. 이러한 자료적 실상이 보이는 까닭은 시조에 담기는 한국어의 언어적 특질에 있다.

시조는 '공통율격'으로서 3장 6구 12마디의 율격모형을 갖춘 정형시(定型詩)이지만, 시조의 율격은 거푸집으로 찍어내듯 하는 고정적 틀은 아니다. 시조 언어는 일상적 자연발화로서 음절수의 가감신축이 보이며 자연스럽게 정형률을 이루는데, 우리말의 어휘는 절대다수가 2음절과 3음절로 어절(語節)화 되어 있고 여기에 첨가어(affixing language)로서의 특징인 1~2음절의 조사(助詞)나 어미(語尾)가 붙는 조어(造語)상의 특징[16]을 가지기 때문이다.

시조는 자연스러운 우리말 운용으로 '4음 4보격 3장 양식'을 준수하면서 4모라의 기준음량을 가시가청(可視可聽)의 음절로 채운다. 만일 음절만으로 4모라의 기준음량이 다 채워지지 않으면 1음절만큼의 음량을 대상(代償)하는 장음(length : +장음)과 정음(silence : -장음)의 실현으로 채운다. 이로써 개별 작품이 보여주는 글자수 곧 음절수는 '마흔다섯 글자 내외'로 운용된다고 하는 것이다. 조동일은 개별 작품에서 개별 발화가 자율적으로 진행되면서 표출되는 율동 현상을 '개별율격'이라 했고 이러한 현상을 두고 '시조는 정형시이면서 자유시'이기도 하다고 했다.[17] 시조는 '4음 4보격 3장 양식'을 준거 삼아 노

---

15 조동일은 시조 율격을 고찰하여 '(1) 시조는 네 토막 3행시이다. (2) 한 토막을 이루는 기준음절수는 4이고, 종장의 첫째 토막은 기준음절수 미달이고, 둘째 토막은 기준음절수 초과이다. (3) 이상의 공통율격이 작품마다 각기 다르게 실현되는 개별율격이 있다'고 했다. 조동일, 앞의 책, 14쪽.
16 김학성, 앞의 책, 27~28쪽 참조.
17 시조는 정형시이면서 자유시이고, 공통율격과 개별율격을 겸비한다. 초 · 중 · 종장 세

래한 '3장의 정형시'이지 자유시는 아니다. 개별 발화되어 율동 현상으로 나타난 '시조는 3장의 정형시이되 음절수가 작품마다 다르게 표출되는 자율적 정형시'이다.

2. 시조 콘서트, 열두 개의 와인글라스

시조는 '삶에 대해 성찰하는 노래이고, 세상살이를 시비하는 노래이고, 자연과 만나는 노래'[18]라 하듯이, 개별 발화되는 시조는 하나의 콘서트다. 시조의 율격이 음량률과 음수율의 혼합율격이라 할 때, '3장 6구 12마디'의 시조는 크기가 같은 '열두 개의 와인글라스'[19]에 비유할 수 있다.

시조의 초장(첫줄)에 네 개, 중장(둘째 줄)에 네 개, 종장(셋째 줄)에도 네 개의 와인글라스를 각각 놓아보자. 이 '열두 개의 와인글라스'는 4음 4보격 3장의 시조 양식을 보여주는 율격모형이다.[20] 이 율격모형에 구체적인 시조 언어가 담기며 나타나는 현상은 율동(rhythm)이다. 개별 작가에 의한 개별 발화는 시조의 율동 현상을 보여준다. 율동 현상은 각기 다른 양의 와인이 담긴 글라스

줄, 줄마다 네 토막, 토막의 기준자수 4, 종장 첫 토막 《4, 둘째 토막》 4인 기본형이 정형시임을 보장한다. 이것을 축소와 확대 두 방향에서 조금 바꾸는 변이형, 많이 바꾸는 일탈형에서 자유시의 성향이 나타난다. 작품마다 개별율격에서 공통율격의 정형시가 자유시이기도 한 모습도 갖추고 구체화된다. 조동일, 앞의 책, 603쪽.

18 위의 책, 604쪽 참조.

19 홍성란, 「시조 콘서트, 열두 개의 와인글라스」, 『문학사상』, 2012년 9월호. 당시의 글에는 혼합율격이 고려되지 않았다.

20 '열두 개의 와인글라스'는 2012년 9월 9일~15일 열린 경주 '제78차 국제PEN대회 문학포럼 : 시조'에서 「한국의 전통시, 시조란 무엇인가」라는 제목의 발제 아래 프레젠테이션 영상자료로 제시한 시조의 율격모형이다. 이 '문학포럼 : 시조'에서 하버드대학교 한국문학교수 데이비드 매캔의 「시조 한류? 북미의 시조 습작과 소재, 출판에 관하여」와 네팔PEN 회장 람 쿠말 펜다이의 「시조, 마음의 울림과 시적인 힘의 예술」이라는 발제가 있었다. 『제78차 국제PEN대회 PEN Congress』 2012, 자료집.

를 채로 두드릴 때 울려 퍼지는 리드미컬한 음향과 같다. 이 리드미컬한 음향이 개별 발화된 시조 언어가 보여주는 율동 현상이다.

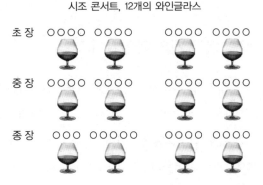

시조 콘서트, 12개의 와인글라스

초장 ○○○○ ○○○○   ○○○○ ○○○○

중장 ○○○○ ○○○○   ○○○○ ○○○○

종장 ○○○ ○○○○   ○○○○ ○○○○

1마디 기준음량 4모라(1mora = 1음절 크기)
종장 첫마디 3음절, 둘째 마디 4모라 + 4모라 이내(변형 율격)

이 와인글라스에 담을 수 있는 와인의 양은 기준음량인 4모라(1모라는 1음절 정도의 음량)이다. 개별 발화의 율동 현상으로 나타난 음절수가 4모라에 못 미칠 수도 있다. 이때는 장음(length : +장음) 또는 정음(silence : −장음)이라는 기저 자질이 모자라는 음량을 채우게 된다. 또 1모라 정도를 살짝 넘어 5모라를 보이기도 하는데 '우리 시가 율격에서 음보의 형성 범위는 2모라에서 5모라의 범위 안에서 양식화'[21]되므로 기준음량에 해당하는 것으로 본다. 여기서 종장 첫마디는 음수율 전통을 지켜, 종장 첫 번째 글라스에는 반드시 와인의 양을 3음절 정형으로 채운다. 종장 두 번째 글라스에는 반드시 '4모라+4모라'로서 두 개의 글라스에 담을 수 있는 와인의 양을 한 개의 글라스에 부어 버리는 정도로 넘치게 채우는데, 음절수로 본다면 5~8음절 정도가 된다. 종장 첫마디 3음절과 '4모라+4모라(음보+음보)'의 종장 둘째 마디가 시조다운 음

---

21 성기옥, 앞의 책, 143쪽.

향을 내는 지점이며 장르 정체성을 보여주는 지점이다. 종장의 앞구(句)에 해당하는, 첫마디 3음절 정형의 소음보(小音步)와 둘째 마디 과음보(過音步)의 변형율격은 시조 3장의 미학을 전환 완결시키는 기능을 한다. 3장 6구 12마디 가운데 종장 앞구를 제외한 나머지 마디는 기준음격 4모라의 평음보(平音步)이다.

3. 시조의 리듬 의식

한 작가가 발화한 구체적인 시조를 '열두 개의 와인 글라스'에 담고 보면, 어떤 글라스에는 와인이 바닥에 깔려 있고, 어떤 글라스는 흘러넘치기도 하고 어떤 글라스는 약간 모자란 듯 담겨 있기도 하다. 종장 첫마디는 반드시 와인을 3음절만큼 담고 종장 둘째 마디는 5모라 이상(4모라+4모라) 담는다. 이렇게 다양한 양의 와인이 담긴 글라스를 실로폰 채로 쳤을 때 리드미컬한 음향이 울려 퍼지며 멋진 하모니를 이루게 된다. 하나의 와인글라스에 담기는 와인의 양(음절=귀에 들리는 소리)과 나머지 비어 있는 양(장음, 정음)이 합하여 한 마디의 음향을 낸다. 음절의 잔향(殘響)이라 할 수 있는 장음이나 묶음 상태의 정음은 음절과는 달리 귀에 명백히 들리지 않는 소리가 차지하는 시간의 흐름이다. 이 '소리 없는 소리'가 행간의 여백(餘白)을 만들고 시적 여운이 생동하는 시공(時空)이 된다. 시조를 글자수 맞추듯 지어서도 안 되거니와 글자수나 맞추어 쓴 도식적(圖式的)인 시(詩)는 흥취를 고양시킬 수 없다. 시조 언어 운용은 콘서트와 같다. 늘 듣던 익숙한 곡조가 아니라 문득 새로운 음향이 울려 퍼질 때 청중은 놀라 감동하듯이 시조 언어 또한 음절만으로 표상하는 도식성으로는 독자에게 감동을 줄 수 없다. 유곡절해(流曲節解). 1장 서두의 인용문에서 굵은 글씨로 표현한 정완영의 말처럼 흐름이 있고, 굽이가 있고, 마디가 있고, 풀림이 있어야 시조다운 미적 정조(情操)와 율동 현상으로 나타난 리듬감을 가질 수 있다. 다시 말해 시어 운용을 잘해야 달콤하고 향기로운 와인처럼 굽이치는 시조의 율동, 리듬을 만들 수 있다. 시조의 율격을 잘 다루어 쓴다는 것은 시어 운용에 능란하여 천의무봉(天衣無縫), 바느질 자국 없는 바느질처럼 유연하고 리드미컬한 율동을 펼친다는 말이다. 이것이 개별 작가의 개별 발화로 나타나는 시조의 리듬 의식이다.

이제 혼합율격이라는 시조의 율격을 18세기 가집『청구영언』에 나타난 자료를 가지고 음절, 장음, 정음이 실현되는 '율동 현상'을 확인하자. 먼저 3장 6구 12음보의 율격 양식을 초장, 중장, 종장의 3행으로 나타내자. 각 장은 2개의 구로 이루어지며 구는 마디와 마디가 결합하여 이루어진다. 따라서 3장은 6개의 구와 12개의 마디로 이루어짐을 아래 도식으로 확인할 수 있다. 아래 도식에 나타나는 평음보(平音步)는 기준음절수 4음절을 유지한 음보이며 소음보(小音步)는 3음절, 과음보(過音步)는 5~8음절로 기준음절수를 넘는 음보이다.

초장	어 져	내 일이야	그릴 줄을	모로ᄃ냐
	제1음보 +	제2음보	제3음보 +	제4음보
	평음보	평음보	평음보	평음보
	제1구		제2구	

중장	이시라	ᄒ더면	가랴ᄆᆞᆫ	제 구ᄐ야
	제5음보 +	제6음보	제7음보 +	제8음보
	평음보	평음보	평음보	평음보
	제3구		제4구	

종장	보내고	그리ᄂ 정(情)은	나도 몰라	ᄒ노라
	제9음보 +	제10음보	제11음보 +	제12음보
	소음보	과음보	평음보	평음보
	제5구		제6구	

3장 6구 12마디

『청구영언』의 초삭대엽(初數大葉) 항목에 수록된 생몰연대 미상의 황진이 시조다. 서경덕(1489~1546)이 황진이와 교유한 대표적 인물이므로 비슷한 시기의 기녀로 본다. 이 작품은 사랑하는 사람을 보내고 그를 보낸 것을 후회하는 노래다. 그에게 있으라고 했다면 구태여 가지는 않았을 것이라고 했다. 그가 떠난 것을 잡지 않은 자신의 탓으로 돌리니, 보내고 그리워하는 마음이 더욱 짙게 나타난다. 이 작품을 이야기할 때 '제구투야'는 중장의 넷째 마디에 해당하기도 하고 종장의 첫머리와도 의미상으로 연결된다는 점에서 묘미(妙味)로 평가된다. 황진이 시조 언어는 일상의 말을 자연스럽게 구사하므로 꾸밈없는 표현이 그대로 드러나는 자연(自然)의 시경(詩境)을 보여준다.

'마흔세 글자'로 된 황진이의 작품을 음보말 휴지(|)로 마디를 구분하고, 중간 휴지(∥)로 구를 구분하면서 장음(−)과 정음(∨)의 표지를 넣은 도식으로 보자.

어져−∨	내 일이야	∥ 그릴 줄을	모로드냐
이시라−	그리는+정은	∥ 가랴무는	제 구투야
보내고	그리는+정은	∥ 나도 몰라	호노라∨

음량률에서 '기준음격이 4모라인 경우 음절은 2개 이상이 와야 4음격으로서 유의적(有意的)인 의미를 가질 수 있다'.[22] 그리고 '두 개 이상의 장음이나 두 개 이상의 정음이 한 음보 내에서 나란히 실현되지 않는다'.[23] 그런 점에서 4음격에 못 미치는 마디는 장음(−)이나 정음(∨)이 1음절만큼의 음량을 대상하면서 4모라의 음량을 실현한다. 음보말 휴지 앞의 '어져−∨'라는 2음절어 뒤에는 장음과 정음이 각각 교체되면서 4모라의 음량을 실현한다. 음보말 휴

---

22 위의 책, 108쪽.
23 위의 책, 110쪽.

지 앞의 '이시라–' 다음은 장음으로 실현되고, 중간 휴지 앞의 'ᄒ더면∨' 다음에는 정음만이 올 수 있다. 행말 휴지 앞에도 'ᄒ노라∨'와 같이 정음만이 실현된다.[24] 굵은 글씨로 표시한 종장 첫마디는 '보내고'와 같이 3음절 정형을 보여준다. 역시 굵은 글씨로 표시한 종장의 둘째 마디는 '4모라+4모라'의 변형율격으로 5모라 이상이 되어야 하는데 '그리는 정은'과 같이 5음절로 과음보를 실현하고 있다.

朔風은 나무 끝에 불고 明月은 눈 속에 찬데
萬里 邊城에 一長劍 짚고 서서
긴 파람 큰 한 소리에 거칠 것이 없어라

삭풍은–	**나무 끝에+불고** ‖	명월은–	눈속에찬데
만–리–[25]	변성에∨ ‖	일장검–	짚고 서서
긴 파람	큰 한 소리에 ‖	거칠 것이	없어라∨

『청구영언』본조(本朝) 절재(節齋) 13번째 수록된 작품이다. 세종대왕이 영토를 넓히고자 북진정책을 펼 때, 절재 김종서(1390~1453) 장군이 북쪽 여진족의 땅을 바라보며 거리낌 없는 감회를 읊은 노래다. 「호기가(豪氣歌)」라는 제목처럼 장수의 웅혼한 기상이 느껴진다. 이 충천하는 장수의 기개(氣槪)가 밑줄 그은 초장 둘째 마디에서 거침없는 발화로 나타나 4모라의 기준음량을 넘어서고 있다. 이 지점은 음보의 양식화 범위가 2~5음절이라는 점에서 '나무 끝에+불고–∨'와 같이 2개의 마디로 율격적 분할이 이루어진다.

---

24 중간 휴지나 행말 휴지와 같이 기층단위(음보)보다 큰 단위의 경계를 표지화하는 휴지 바로 앞은 항상 정음이다. 위의 책, 116쪽.
25 두 개 이상의 장음이나 두 개 이상의 정음이 한 음보 내에서 나란히 실현되지는 않는데, '萬–里–'나 '梅–花–' 같은 언어학적 장음화는 음보의 제1음절에서, 비언어학적 장음화는 음보의 말음절에서 실현된다. 위의 책, 113쪽.

「호기가」는 '마흔네 글자'로 되어 있지만 초장 둘째 마디처럼 '율격을 넘어서는 율동 현상'을 보여주고 있다. 이런 작품이 18세기 시조 자료집에 수록되어 있다는 것은 우리가 시조의 율격에 대해 숙고하게 한다. 성기옥의 연구와 같이 '율격은 오직 규범적인 의미에서만 강제적 성격을 지니고 시를 구속한다. 이런 연유로 그 구속은 획일화되지 않은 다양성 속의 구속으로 특징지어진다. 율격의 체계는 하나의 추상적 규범체계이며 오직 규범으로서만 작품에 관여한다는 사실은 율격의 본질적인 한 특성인 것이다'.[26]

시조에서 가장 먼저 고려되어야 할 창작원리는 정형시로서 3장 6구 12음보로 압축하고 절제하는 데 있다. 그렇다면 이 절제되지 않은 김종서의 개별 발화는 무엇을 말하는가. 작가의 개별적이고 구체적인 발화는 율격의 구속을 넘어서는 작품 내적 질서를 가지고 있다. 율격은 규범적 의미에서만 강제적 성격을 지니며 개별 발화의 다양성은 강제할 수 없다. 이를 증명하듯, 시조는 연행공간에서 정서의 고양이나 흥취가 고조되면 거침없고 자연스러운 발화가 형식적 일탈이나 파격을 가져올 수 있다. 이는 '풀이' 기능과 '놀이' 기능이라는 시조의 노래성에서 기인하며 이에 따라 평시조(平時調)를 넘어서는 엇시조(旕時調)와 사설시조(辭說時調)가 산생되었던 것이다.[27] 평시조가 시조 3장을 준수하듯이 엇시조이거나 사설시조이거나 모두 시조 3장을 준수하는 시조 양식이다. 말수(음절수)가 늘어난 자료는 물론이고 「호기가」처럼 음보

---

26 위의 책, 29쪽.

27 김학성은 시조의 '풀이'의 기능과 '놀이'의 기능에 대해 밝힌 바 있다. 신흠의 '노래 삼긴 스람 시름도 하도할샤/닐러다 못닐러 불러나 푸돗둔가/眞實로 풀릴거시면 나도 불러 보리라'에서 사대부의 현실적 삶에서 오는 근심, 고뇌, 고민, 恨, 절망, 불안 등을 풀어버리는 기능을, 성수침의 '이려도 太平聖代 저려도 聖代太平/堯之日月이오 舜之乾坤이로다/우리도 太平聖代에 놀고 가려 ᄒ노라'(「태평가(太平歌)」)와 같이 가곡창의 한 바탕을 마무리하고 끝에 부르는 태평가로서 시조의 다양한 노래를 놀이로서 즐겼음을 밝혔다. 김학성, 「사설시조의 시학적 특성」, 『한국고시가의 거시적 탐구』, 집문당, 1997, 375쪽 참조.

하나 정도가 늘어난 가벼운 파격과 엇시조나 사설시조에 해당하는 낙시조(樂
時調), 만횡청류(蔓橫淸類)와 같은 자료적 실상이 18세기 『청구영언』에 생생히
수록되어 있다. 이러한 자료의 실상은 시조가 자유시임을 말하는 게 아니라,
개별 발화된 율동 현상으로서, '3장 시조는 정형시이되 자율적 정형시'임을
증명한다.

4. 시조의 미학과 창작론

1) 시조의 형식미학

시조는 성기옥에 의해 '4음격(4모라)의 크기를 규칙적으로 갖는 4보격 시
라는 점에 주목하여 4음 4보격 3장시라는 음량률'로 이해되었다. 김학성은
이 음량률을 바탕으로 종장 첫마디의 3음절 정형의 음수율을 섞어 운용하
는 혼합율격으로 규정하면서 다음과 같은 시조의 형식미학을 제시했다.[28]

	제1음보	제2음보		제3음보	제4음보	
초장	4	4	‖	4	4	… 뒷구를 맞추는 '균형'의 미학
중장	4	4	‖	4	4	… 앞장을 따르는 '반복'과 안정된 '유장'의 미학
종장	3					… 음수율로 전환하는 '전환'의 미학
	4+4		‖	4	4	… 변형으로 마무리하는 '완결'의 미학

* 이 도표에서 4는 음량의 크기(모라 수)이고 3은 음절수이다.

---

28 김학성, 「시조의 형식과 그 운용의 미학」, 위의 책, 27쪽.

이처럼 초장에서는 질적으로 동일한 2음보가 중간 휴지를 두고 대칭적인 관계를 이루도록 하여 '균형'의 미학을 구현한다. 중장은 초장의 구조를 한 번 더 반복하여 '반복'의 미학과 '안정'의 미학을 동시에 구현한다. 그와 동시에 4보격이라는 짝수의 안정된 율격을 취함으로써 확고한 안정성의 미학과 정적이고 '유장(悠長)'한 미학을 구현한다. 종장은 시상의 전환부를 이루는 첫 마디를 3음절로 고정함으로써 음수율을 따르는 운율적 전환을 보이며 '전환'의 미학을 구현한다. 종장 첫마디의 운율적 전환을 이어받아 둘째 마디에서는 2음보의 결합 형태를 띠는 과음보로 실현함으로써 초-중장의 등가적 반복에 이어 종장으로까지 연속하려는 운율적 관습을 일거에 차단하여 변형된 4보격을 이루게 한다. 그리하여 평명하고 화평한 구조를 긴장된 짜임으로 전환하여 마침내 시상을 매듭짓도록 하는 '완결'의 미학을 구현한다. 그리고 어떠한 정감이나 시상도 이와 같은 3장 6구 12음보로 압축하고 절제하여 집약적으로 완결함으로써 작품 전체가 군더더기 없는 '유기적 긴장의 구조체'를 이루도록 하는 '절제'의 미학을 구현한다.[29]

2) 시조 창작론

매화 늙은 등걸 성글고 거친 가지
꽃도 드문드문 여기 하나 저기 둘씩
허울 다 털어버리고 남을 것만 남은 듯

매-화-	늙은 등걸 ‖	성글고-	거친 가지
꽃도-∨	드문드문 ‖	여기 하나	저기 둘씩
허울 다	털어버리고 ‖	남을 것만	남은 듯 ∨.

---

29 위의 책, 29~30쪽 참조.

'마흔두 글자'인 조운(1900~? 월북)의 「고매(古梅)」를 도식화하면 4음(4모라) 4
보격 3장의 시조 양식을 준수하는 가운데 가시가청의 음절이 리드미컬한 율
동으로 나타남을 알 수 있다. 늙은 매화나무 등걸에 드문드문 피어 있는 꽃송
이를 보며 허울 다 털어버리고 남을 것만 남았다고 했다. 조운은 고매의 풍
격을 '마흔두 글자'로 꾸밈없이 소박하나 우아하게 절제된 시조 미학으로 구
현했다. 나뭇등걸과 매화꽃의 형상을 묘사한 초장-중장에서 '균형-반복, 유
장'의 미학을 견지하면서 고졸(古拙) 청고(淸高)한 삶의 방식 또는 삶의 이치를
미적 거리 또는 큰 낙차(落差)를 두고 종장에서 비약적으로 구현함으로써 '전
환 완결'의 미학을 갖춘 시조 명작(名作)을 낳았다.

(1) 시조의 시적 형식

매화 늙은 등걸
성글고 거친 가지

꽃도 드문드문
여기 하나
저기 둘씩

허울 다 털어버리고 남을 것만 남은 듯.

3연 6행의 '시적 형식'을 취한 「고매」는 1947년 조선사에서 발행한 『조운시
조집』 수록 작품이다. 고시조의 경우 가곡창이나 시조창이라는 음악적 형식
으로 실현되었으므로, 가집에 수록될 때 노랫말을 어떤 형식모형으로 제시
할까에 대한 고민, 즉 시적 형식은 문제 되지 않았다. 그러나 인쇄 매체를 통
해 '보고 읽는 시'로 감상하는 현대시조의 경우 행의 배열과 연의 구성은 작
가의 내적 욕구에 따라 다양한 시적 형식으로 표현할 수 있다. 이를 반영하듯

조동일은 고시조를 시상의 흐름에 따라 다양한 행갈이를 시도하여 『역대시조선』을 엮어낸 바 있다.[30]

현대시조는 어떤 시행발화로 제시하여 시적 율동을 어떻게 취하느냐, 즉 시적 형식을 어떻게 모색하느냐가 중요한 현안이 되기 시작했다. 현대시조의 제시형식은 음악과는 무관하게 문자언어를 수단으로 정감을 표출하는 시행발화, 즉 '시적 형식'이 된 것이다. 현대시조가 현대시로서 예술성 제고를 위해 개성적인 시적 형식을 취한 가장 이른 시기의 사례는 조운에서 찾을 수 있다. 조운은 시조의 서정성 발현을 위해 주어진 율격모형을 따르되 그 시행발화를 좀 더 자유롭게 가져가는 호흡의 변화를 추구했다. 시조 3장을 장 단위의 3행으로 쓰거나, 구 단위의 6행으로 표현하는 관습적 글쓰기에서 '낯설게 하기'로 나아간 것이다.[31] 조운은 3연 7행의 「설청(雪晴)」과 같은 작품을 이미 1937년 『조광』에 발표하였다. 이러한 시적 형식의 모색은 「상치쌈」, 「오랑캐꽃」, 「파초」, 「무꽃」과 같은 단시조에서 두드러진다. 이는 이른 시기에 보여준 조운의 시조 창작 기법이다.

(2) 시적 형식과 의미 내용의 조응

이제 「고매」의 시적 형식이 의미 내용과 어떻게 조응(照應)하고 있는가를 좀 더 살펴보자. 3연 6행의 시적 형식을 취한 이 작품은 고매의 고졸 담박(淡泊)한 이미지 외에 시적 화자가 겨울날의 늙은 매화나무 앞에 고요히 서 있는 장면이 떠오르게 한다. 드문드문 피어난 매화를 행을 바꾸어 '여기 하나' '저기 둘씩'이라 하여 선명한 이미지를 효과적으로 표출한다. 조운은 보여주고 싶은 것은 행과 연을 나눈 여백(餘白) 속에 천천히 시간을 끌며 한 장면씩 보

---

30 홍성란, 「조운 시조로 본 시조의 시적 형식」, 『서정시학』, 2011년 가을호, 230쪽 참조.
31 위의 책, 같은 곳 참조.

여준다. 그리고 늙은 매화를 오래도록 바라보며 깨달은 말, 하고 싶은 말은 단호하게 말하듯 시간적 여유를 두지 않고 1연 1행으로 기사(記寫)한다. 허울을 다 털어버린 고매의 형상처럼 우리도 그렇게 살아야 하지 않겠느냐는 말 없는 말이 들리는 듯하다. 「고매」의 시적 형식과 더불어 초장과 중장의 이미지가 담긴 선경(先景), 그리고 언지(言志)가 담긴 종장의 후정(後情)은 조운의 성공한 실험이고 전략이자 창작 기법이다.

(3) 절제와 언외언의 경지

시조는 이 순간의 솔직한 감정을 담아내는 서정 양식이다. 자유시와 달리 감각적으로 직방으로 알아들을 수 있는 우의(寓意, allegory)로써 절제된 '말 속에 말'이 들어 있어야 한다. 말하지 않은 이면의 말이 들려야 한다. 이는 '언외언(言外言)의 시적 경지'라는 말의 다른 표현이다.

조운의 「고매」와 같이 영감을 담거나 이 순간의 솔직한 감정을 담거나 재치 있는 세공을 담거나 간에, 시조 형식은 제기와 같다. 시조를 창작한다는 일은 제기(祭器)에 그해 가장 탐스러운 과일을 담아 올리듯 시인이라는 사제가 정갈하게 마련한 언어의 제물을 신전에 받들어 올리는 일에 비견할 수 있다. 버릴 것 버리고 털어낼 것 털어내서 허울 다 털어버린 3장 6구로 그려내는 시 세계. 이것이 한국 시가사(詩歌史)의 어떤 서정 양식보다 압축 절제된 단시조의 미학이다.[32]

초정(艸汀) 김상옥(1920~2004)의 직관이 말하듯, 시(詩)라는 그릇은 굽 높은 제기(祭器)다.[33] 말수 적어 군더더기 없고 정갈한 시어 운용. 그 정갈하고 적

---

32 홍성란, 「단시조의 미학」, 3쪽 참조.
33 "굽 높은/祭器.//神前에/제물을 받들어/올리는—//굽 높은/祭器.//詩도 받들면/문자에/매이지 않는다.//굽 높은/祭器!".(김상옥, 「제기(祭器)」 전문) 이 시는 시조 양식을 따르지 않은 자유시로서, 정형시이거나 자유시이거나 서정시가 창작의 지침으로 삼아야 할

확한 시어가 그려내는 감동적 전언이 행간의 여백에 잔잔히 번져올 때 울림이 있는 시라 할 수 있다. 울림이 있다는 말은 독자가 공감(共感) 공명(共鳴)한다는 말이다. 독자도 공감 공명할 수 있는 시적 발상과 언어 운용. 이는 '시도 받들면 문자에 매이지 않는다'는 초정의 언명(言明)과 다르지 않다. 문자에 매이지 않는 시란 무엇인가. 수사적 표현이나 시적 형식 따위를 넘어서는 궁극의 시혼(詩魂)이 담긴 명작의 시품(詩品)을 가리키는 건 아닐까.

5. 전통에서 세계문화로 : 시조 창작과 번역의 문제

중요한 것은, 한국어와 언어체계가 다른 외국어로 한국의 정형시, 시조를 어떻게 구현할 것인가의 문제다. '영어 시조'가 한글로 번역될 때처럼 언어체계가 다른 외국어로 '한글 시조'를 어떻게 창작하고 번역할 것인가. 한국어의 뉘앙스와 언어적 질감을 어떻게 외국어로 표현할 것인가. 이러한 고민에서 정형시인 시조의 외국어 창작과 '한글 시조'의 번역 문제를 논의한다.

'한글 시조'를 이탈리아어로 번역한다고 할 때, 정형시인 한글 시조를 어떻게 이탈리아어로 번역하여 '이탈리아어 시조'로 구현해낼 것인가. 이 글에서 4장에 이르기까지 우리는 한글로 표현된 시조의 율격 양식을 살펴보았다. 시조라는 정형 양식은 3장 6구 12음보로 이루어진다. 하나의 장은 4보격(步格 · 마디)을 이루고 하나의 음보(마디)는 4음격(4모라)을 기준음량으로 가진다. 초장과 중장은 4음 4보격 율격모형을 따른다. 종장은 첫마디에서 3음절 정형을 지키고 둘째 마디는 4음격 음보 2개를 합한 것만큼의 음량(4모라+4모라)을 가지는 변형율격, 셋째 마디와 넷째 마디는 4음격(4모라)을 따른다. 이것이 음량률을 바탕으로 음수율을 섞어 운용하는 혼합율격이라는 시조의 율격 양

시론시(詩論詩)라 할 수 있다.

식이다.

여기서 가장 중요한 점은 종장 첫마디에서 3음절 정형을 지키고 둘째 마디에서는 5~8모라의 음량을 유지한다는 것이다. 이탈리아어로 시조를 창작할 때 이 점을 잘 고려해야 한다. 이탈리아 언어체계에서 한국어의 3음절을 어떻게 표현할 것인가. 이탈리아 언어체계에서 5~8모라의 음량을 어떻게 표현할 것인가. 이 두 가지가 이탈리아어 시조 창작의 핵심이다. 종장 앞구에 해당하는 이 지점의 묘미를 이탈리아어로 잘 표현해야 한다.[34]

시조는 거푸집으로 찍어내듯 만드는 정형시가 아니다. 시조는 첨가어라는 한국어 특성상 개별 작가의 구체적인 개별 발화가 나타난 율동 현상으로서 '마흔다섯 글자 내외'로 이루어진다. 시조는 일상의 자연스러운 말이 그대로 시조 양식에 담기기 때문에 틀에 맞추듯 글자수를 맞추어 쓸 수 없다. 시조의 율격은 오직 규범적인 의미에서만 강제적 성격을 지닐 뿐 작가의 개별 발화로서 나타나는 율동 현상은 강제할 수 없다. 첨가어의 특성상 개별 발화가 보여주는 글자수의 가감신축은 3장 시조가 '마흔다섯 글자 내외'로 운용되는 '자율적 정형시'임을 증명한다. 시조의 규범을 넘어서는 파격이나 일탈은 마치 김종서의 「호기가」에 보이는 율동 현상처럼 축구 경기장에서 가끔 답답한 경기 운용으로 지루할 때 숨통을 틔워주는 파울(foul)에 비유할 수 있다.[35] 파울을 범해도 축구 경기는 이루어진다. 이탈리아어로 시조를 창작한다고 할

---

34 이탈리아어로 한글시조를 시조라는 정형 양식의 운용 방식을 따르며 번역해낸다는 일은 지난한 작업이 될 것이다. 한글시조가 내포한 언어적 질감을 이탈리아어라는 외국어로 번역해낸다는 일은 위대한 번역가의 몫이다.

35 백수(白水) 정완영(1919~2016)은 자신의 작품에 음보 하나 정도 늘어나는 파격이 적지 않음에 대해 해명한 적이 있다. 백수는 순간의 진실한 풍경과 정감을 적실하게 표현하기 위해 꼭 써야 하는 적중어(的中語)를 무조건 덜어낼 수는 없다고 했다. 적중어의 비유는 제자리에 들어가 있는 벽돌 하나를 빼내면 집이 무너지는 이치와 같다. 홍성란, 「단시조의 미학」, 4~5쪽 참조.

때, 가장 중요한 것은 종장 앞구의 규범을 준수하여 시조의 시조다움을 잃지 않도록 하는 일이다. 그 외 다른 마디에서는 4~5모라의 음량을 마음에 두고 자연스러운 이탈리아어 말하기로 표현할 수 있을 것이다. 한글 시조의 이탈리아어 번역 또한 마찬가지 아닐까.

단시조의 미학

1. '마흔다섯 자 내외'라는 말

시조는 '3장 6구 12음보 45자 내외'로 압축하고 절제하는 가운데 생성되는 정형시다. 3장 6구 12음보(마디)가 시조를 이루는 기본 단위, 곧 단시조(單時調)이며, 시조의 본령은 평시조 단 한 수(首)로 실현하는 단시조에 있다. 시조의 율격은 초장과 중장이 4음 4보격으로 정형화되어 있는 음량률이고 종장만은 시상 완결을 위해 그 첫마디를 반드시 3음절로 고정하는 음수율이 혼합된 혼합율격이다.[1]

시조의 율격에서 기본적으로 마디 하나를 채우는 기준음절수는 4음절이다. 하나의 음보가 4음절 미만인 경우 부족한 음량은 장음(長音 - : 1음절 정도의 음장)이나 정음(停音 ∨ : 1음절 정도의 묶음 상태)과 같은 '수의적 자질'로 충당하여 1음보는 4모라의 기준음량을 가진다. 여기서 mora는 1음절 정도의 음량을 가리키며 음절, 장음, 정음을 포함하는 개념이다.[2] 정음은 중간 휴지 자리(句末)와 행말 휴지 자리(章末)에서 부족한 음량을 채울 수 있다. 장음이나

---

1   김학성, 『우리 전통시가의 위상과 현대화』, 보고사, 2015.
2   성기옥, 『한국시가율격의 이론』, 새문사, 1986.

정음은 한 마디 안에서 2개가 연속할 수 없다. 따라서 개별 작품마다 눈에 보이고(可視) 귀에 들리는(可聽) 음절수가 다르게 나타날 수 있고 그래서 시조는, 정형시는 정형시이되 작품마다 글자수가 다르게 나타날 수 있는 '자율적 정형시'가 되는 것이다. 작품마다 글자수가 다르게 나타날 수 있는 자율적 정형시이기에 단시조는 '45자'가 아니라 '45자 내외'라 하는 것이다. 다시 말해 3음절로 고정하는 종장 첫마디를 제외한 초장과 중장 그리고 종장의 둘째 마디 이하는 개별 작품마다 글자수가 다르게 나타날 수 있는 음량률로서, 시조의 율격은 음수율과 음량률이 혼합된 혼합율격이다.

조운(1900~? 월북)의 「고매」를 마디(|)와 구(‖)를 구분하고 장음(-)과 정음(∨)을 포함한 도식으로 살펴본다.

매-화-		늙은 등걸	‖	성글고-		거친 가지
꽃도-∨		드문드문	‖	여기 하나		저기 둘씩
허울 다		털어버리고	‖	남을 것만		남은 듯 ∨.

— 조운, 「古梅」

42자인 이 작품을 도식화하면 시조가 자율적 정형시임을 한눈에 알 수 있다. 가시 가청의 음절로 채우고 모자라는 음량은 장음(-)과 정음(∨)이 충당하고 있다. 조운은 압축과 절제의 시조시학을 고졸(古拙) 청고(淸高)한 고매의 풍격으로 천의무봉 구사하고 있다. 늙은 매화나무 등걸에 드문드문 피어 있는 꽃송이를 보며 허울 다 털어버리고 남을 것만 남았다고 했다. 초장에 이은 중장에서 나뭇등걸과 매화꽃의 형상을 묘사하면서 고졸 청고한 삶의 방식 또는 삶의 이치를 종장에서 추출 표백한 것이다. 조운 미의식의 산물인 이 늙은 매화나무가 초장-중장에서 지시한 삶의 이치를 종장에서 비약적으로 구현함으로써 시조 명작을 낳았다.

2. 시조, 굽 높은 제기(祭器)

조운의 「고매」와 같이 영감을 담거나 이 순간의 솔직한 감정을 담거나 재치 있는 세공을 담거나 간에, 시조 형식은 제기와 같다. 시조를 창작한다는 일은 제기에 그해 가장 탐스러운 과일을 담아 올리듯 정갈하게 마련한 언어의 제물을 시인이라는 사제가 신전에 받들어 올리는 일에 비견할 수 있다(졸고 「시인의 말」, 『애인 있어요』, 2013). 버릴 것 버리고 덜어낼 것 덜어내서 허울 다 털어버린 3장 6구로 그려내는 세계. 이것이 한국시가사의 어떤 서정 양식보다 절제되고 압축된 단시조의 미학이다.

굽 높은/祭器.

神前에/제물을 받들어/올리는――//굽 높은/祭器.

詩도 받들면/문자에/매이지 않는다,//굽 높은/祭器!

― 김상옥, 「祭器」

초정 김상옥(1920~2004)의 「제기」는 시조 형식을 갖추지 않은 자유시로서 모든 시 창작의 지침이 될 만한 시론시라 할 수 있다. 시이거나 시조이거나 모름지기 서정시는 사제가 신전에 제물을 받들어 올리는 마음 자세로 써야 한다. 서정시를 쓴다는 일은 이 경건한 의식을 행하는 일이다. 서정시는 발화를 최대한 억제하며 최소한의 언어로 고양된 정서를 표현하는 억제발화 양식이다. 초정의 직관이 말하듯, 시라는 그릇은 굽 높은 제기다. 신전에 제물을 받들어 올리는 굽 높은 제기다. 말수 적어 군더더기 없고 정갈한 시어 운용. 그 정갈하고 적확한 시어가 그려내는 감동적 전언이 행간의 여백에서 잔잔히 번져올 때 울림이 있는 시라 할 수 있다. 울림이 있다는 말은 독자가 공감 공명한다는 말이다. 독자도 공감 공명할 수 있는 시적 발상과 언어 운용.

이는 시도 받들면 문자에 매이지 않는다는 초정의 언명과 다르지 않다. 문자에 매이지 않는 시란 무엇인가. 수사적 표현이나 시적 형식 따위를 넘어서는 궁극의 시혼이 담긴 명작의 시품을 가리킨다.

시조는 이 순간의 솔직한 감정을 담아내는 서정 양식이다. 자유시와 달리 감각적으로 직방으로 알아들을 수 있는 우의(寓意)로서 말 속에 말이 들어 있어야 한다. 말하지 않은 이면의 말이 들려야 한다. 조운이 「고매」에서 말하지 않은 이면의 말은 무언가. 허울 다 털어버리고 남을 것만 남은 매화나무 등걸과 거기 드문드문 피어난 매화꽃의 형상과도 같이 우리네 사람도 허울 다 털어낸 진솔 겸허한 자세로 살자는 이면의 목소리가 담긴 건 아닌가.

3. 시조 명작의 리듬 의식

시조가 '자율적 정형시'라는 것은 많은 것을 함의하고 있다. 시조는 3장 6구 12마디라는 형식 규율을 기반으로 생성되는 정형시이되, 자율적으로 음절수를 조절하면서 음량을 채워 탄생하는 정형시다. 또 하나, 고시조와 달리 현대시조라는 3장시는 정감의 추이에 따른 시행발화로 행을 배열하고 연을 구성하는 시적 형식을 갖추어 생성하는 정형시다. 백수 정완영(1919~2016)은 개별 작품이 보여주는 시조 율격과 언어 운용의 자율성을 '내재율'로 표현했다(정완영, 『시조창작법』, 1981). 이 내재율은 시조 언어 운용의 묘와 유연한 리듬 의식을 가리킨다.

백수는 일찍이 자신의 시조가, 시조가 아니어도 좋다고 했다. 이 말은 백수가 시조를 포기한다는 말이 결코 아니다. 언지(言志)를 드러내기 위해 구어체 자연발화를 취하는 시어 운용으로 보면, 백수 시조가 종래의 음수율이라는 개념에서 벗어난 예가 많다는 점을 대변하기 위함이다. 백수가 가장 중요하게 생각하는 것은 천의무봉한 시어 구사와 리드미컬한 율격 운용으로 실경

(實境)을 펼치는 것이다. 실경이란 동아시아 미학의 정수를 이해하기 위한 필독서로 꼽아온『이십사시품(二十四詩品)』의 열여덟 번째 풍격(風格)으로서 진실한 경지를 가리킨다. 거짓되거나 허구적인 풍경도 아니고 들뜨고 과장된 감정도 아닌 있는 그대로, 보이는 그대로의 풍경과 감정을 가리킨다(이하 실경에 대해서는 안대회,『궁극의 시학─스물네 개의 시적 풍경』, 2013). 경(境)은 시서화의 전통 미학적 경계(境界)로서 널리 쓰였다. 경계는 예술적 경지를 가리킨다. 이 예술적 경지 가운데 시경(詩境)은 시적 경지를 뜻한다. 시의 묘사 대상은 객관적인 풍경을 뜻하는 경(景)과 시인의 주관적 감정을 뜻하는 정(情)으로 나뉘는데 경(境) 또는 경계(境界)는 이 둘을 모두 포함한다. 그러므로 실경은 거짓이 아닌 진실한 풍경과 감정을 담아낸 개념이다.

실경에 대한 이해를 토대로 백수 시조를 이해하면 순간의 진실한 풍경과 정감을 적실하게 표현하기 위해 꼭 써야 하는 적중어(的中語)를 무조건 덜어낼 수는 없다는 것이다. 백수 시조의 경우, 그 자연스러운 언어 운용에 따라 특히 음절수가 늘어나거나 마디(음보) 하나 정도의 파격을 초래하기도 한다. 이는 시조가 '자율적 정형시'로서 고시조에서부터 구어체 자연발화를 구사해 왔고 이러한 시어 운용이 시조의 자연스러운 리듬 의식으로 구체화됨을 보여주는 것이다. 백수는 이러한 사례를 이호우, 박재삼 등의 시조를 예거하며 내재율이라는 용어로 설명한다.

어떻게 살면	ǀ	어쩌며, ∨	‖	**어떻게 죽으면**	ǀ	어쩌랴 ∨
나고 살고	ǀ	**죽음이 또한**	‖	무엇인들	ǀ	무엇하랴
大河는	ǀ	소리를 거두고	‖	흐를 대로	ǀ	흐르네 ∨

— 이호우,「河」

이 작품의 경우, 밑줄 친 초장의 첫마디와 중장의 둘째 마디는 1음절 정도의 '가벼운 파격'을 보인다. 이는 '음보는 2~5음절로 양식화된다'는 점에서 파격으로 보지 않는다. 다만 밑줄 치고 굵은 글씨로 표현한 초장의 셋째 마디는 6음절로서, 이는 두 개의 마디에 해당하는 음량으로 1마디 정도의 파격이다. 백수는 이 정도의 파격은 얼마든지 허용된다고 보는 것이다. 백수 시조에서 이런 1마디 정도의 파격은 어렵지 않게 찾아볼 수 있고, 이 정도의 파격은 고시조의 삼삭대엽이나 낙시조 항목에서 어렵지 않게 찾아볼 수 있다(김천택, 『청구영언』, 1728).

「하」를 소개하면서 백수는 이 유장한 호우 시조의 풍격을 장자지풍(長者之風)으로 들며 누가 있어 이 풍도(風度), 이 장류(長流)를 이어나갈 것인가 묻고 있다. 백수는 이 천의무봉 적실한 시어 운용이 빚어내는 리드미컬한 율동미, 다시 말해 시어 운용의 묘와 유연한 리듬 의식을 내재율이라 했다.

태양이–		그대로라면	‖	지구는–		어떤 건가
수소탄–		원자탄은	‖	아무리–		만든다더라도
냉이꽃		한 잎에겐들	‖	그 목숨을		뉘 넣을까

— 이병기, 「냉이꽃」 셋째 수

백수는 「냉이꽃」을 예로 들며 틀에 박힌 듯하면서도 틀에 박히지 않고, 또 자유분방하면서도 궤도를 벗어나지 않는다며 이것이 우리만이 가지고 있는 정형시라 했다. 틀에 박힌 듯하다는 것은 3장 6구의 형식 규율을 지킨다는 것이다. 그러면서도 틀에 박히지 않는다는 것은 음수율로 보던 종래의 율격론을 의식한 발언이다. 곧 밑줄 친 초장의 둘째 음보가 5음절이라는 점과 밑줄 치고 굵은 글씨로 표현한 중장의 넷째 마디가 6음절로서 마디 하나 정도 늘어난 파격임을 의식한 말이다.

| 궂은–∨ | | 일들은 다 | ‖ | 물 아래– | | 흘러지이다 |
| 江가에서 | | 빌어본∨ | ‖ | 사람이면 | | 이 좋은 봄날 |

휘드린 ǀ	수양버들을 ‖	그냥 보아 ǀ	버릴까∨

아직도─ ǀ	손끝에는 ‖	때가 남아 ǀ	부끄러운
봄날이─ ǀ	**아픈─∨** ‖	내 마음─ ǀ	복판을 뻗어
떨리는 ǀ	가장가지를 ‖	볕살 속에 ǀ	내 놓아∨

이길 수가 ǀ	**없─다,** ∨ ‖	이길 수가 ǀ	**없─다,** ∨
오로지─ ǀ	졸음에 ‖	이길 수가 ǀ	**없─다.** ∨
종일을 ǀ	이길 수가 ‖	江은 좋이 ǀ	빛나네.∨

— 박재삼, 「수양산조(垂楊散調)」

이 작품은 밑줄 치고 굵은 글씨로 표현한 첫째 수 초장 첫마디와 둘째 수 중장 둘째 마디, 셋째 수 초장 둘째 마디와 넷째 마디, 중장의 넷째 마디가 2음절이다. 눈에 보이고 귀에 들리는 마디 하나의 음절수가 기준음절수인 4음절보다 2음절 정도 적다. 장음과 정음 하나씩을 포함하는 마디가 한 편의 연시조에 5회나 보이고 1음절 정도 기준음절수를 초과한 '가벼운 파격'의 5음절 마디도 3회나 보인다. 백수는 「수양산조」의 시품을 국보급이라 했다. 「수양산조」가 보여주는 박재삼의 리듬 의식은 시조가 글자수를 맞추어 쓰는 음수율의 정형시가 아니라는 점을 시사한다. 종장 첫마디 3음절을 제외한 모든 마디는, 자연발화에 따르는 구어체 시어로서 시인이 표현하고자 하는 의상(意象)을 있는 그대로 3장 6구에 담고 있다. 백수는 억지를 부린 흔적이라고는 없는 이 가락에 자수가 절로 따라온다고 했다. 백수 시조의 리듬 의식 또한 국보급 시품으로 평가한 박재삼 시편을 통해 증명되고 있다.

4. 유(流) 곡(曲) 절(節) 해(解), 3장의 정취

백수는 「수양산조」를 평가하며, 박재삼은 인정의 흐름과 천지의 기미를 잘 알아차리고 사물과 통화를 가장 잘하는 달인이라 했다. 다분히 추상적인 평가다. 박재삼 시조 평가의 바탕이 된 이 같은 인식은 『시조창작법』 첫머리 「생활과 운(韻)」에서부터 드러난다. 3장 6구에는 우리 민족의 온갖 사고, 온갖 행위, 온갖 습속까지가 다 담겨 있으며 제삿날 종갓집에서 지내는 제례(祭禮)를 들어 우리 생활, 우리 정신의 가장 깊은 골을 밝혀주던 하나의 심등(心燈)이요 하나의 운사(韻事)라 했다.

> 춘하추동 계절의 행이, 할머님의 물레 잣던 손길, 늙은 농부의 도리깨 타작, 우리 어머님들의 다듬이 소리, 거 어깨춤도 절로 흥겹던 농악에 이르기까지 가만히 새겨보고 새겨들으면 … (중략)… 어느 것 하나 3장 6구의 시조가락 아닌 것이 없다. 흐름(流)이 있고, 굽이(曲)가 있고, 마디(節)가 있고 풀림(解) 있는 우리 시조는 그 가형 (歌形)이 우연히 이루어진 것이 아니라 우리 정신의 대맥이 절로 흘러들어 필연적으로 이루어진 것이라 하겠다.

'유 곡 절 해'를 어떻게 설명할 수 있을까. 이는 율동적 미감과 대구와 호응을 포함한 언어적 미감이 주는 시적 정조(情調), 정취(情趣)를 가리키는 것으로 볼 수 있다. 구체적으로 보면, 초장에서는 마디와 마디가 만나 구(句)를 이루고 구와 구가 결합하여 장(章)을 이룬다. 이러한 구조가 중장에서 단 한 차례 반복되며 반복의 미감이 실현된다. 종장에서는 첫마디 3음절, 음수율을 지키고 둘째 마디는 기준음량의 마디 2개가 결합한 변형율격으로 율격적 전환을 보이다가 셋째 마디와 넷째 마디는 기준음량 마디로 종결짓는 율격 운용을 보인다. 이 율격 운용에 따르는 시어 운용에서, 우리는 백수의 '유 곡 절 해'를 이해할 수 있다. 초장과 중장에서 실현되는 율격적 반복의 미감과 언어적 층위의 미감 그리고 이로부터 의미적 층위의 반복이 주는 미감을 한 번 흐르고, 한 번 더 굽이치는 유(流)와 곡(曲)으로 설명할 수 있다. 종장 첫마디 율격은 초장과 중장의 음량률과는 다른 3음절 음수율을 따르고 둘째 마디는 기준음량 마디 2개가 결합한 변형율격으로, 중장까지 보이던 4음 4보격 음량률의 지속성을 차단하는 모습을 보인다. 이 같은 미학적 원리는 절(節)에 해당하는 것으로 볼 수 있다. 종장 첫마디 3음절 음수율과 둘째 마디 5~8음절의 변형율격 이후, 셋째 마디와 넷째 마디는 음량률의 4모라 기준음량 마디로 복귀하며 차단을 풀어주는데 이는 해(解)에 해당하는 것으로 볼 수 있다.

옛날 밤을 새워가면서 잣던 할머니의 물레질, 한 번 뽑고(초장), 두 번 뽑고(중장), 세 번째는 어깨너머로 휘끈 실을 뽑아 넘겨 두루룩 꼬투마리에 힘껏 감아주던 것(종장), 이것이 바로 다름 아닌 초·중·종장의 3장으로 된 우리 시조의 내재율이다.

시조적인 3장의 내재율은 비단 물레질에만 있는 것이 아니라 우리 생활 백반에 걸쳐 편재해 있는 것이다. 설 다음 날부터 대보름까지의 마을을 누비던 걸립놀이(농악)의 자진마치에도 숨어 있고, 오뉴월 보리타작 마당 도리깨질에도 숨어 있고, 우리 어머니 우리 누님들의 다듬이 장단에도 숨어 있었던 것이다. 다시 말해서 우리 모든 습속, 모든 행동거지에도, 희비애락에도 단조로움이 아니라 가다가는 어김없이 감아 넘기는 승무의 소맷자락 같은 굴곡이 숨어 있다.

백수는 물레질, 농악놀이의 자진마치, 도리깨질, 다듬이 장단 같은 우리 민족의 습속에도 시조의 운치(韻致)가 있다고 했다. 이 장단과 운치가 시적 정취를 이루며 이것이 '유 곡 절 해', 시조의 내재율을 형성한다고 보는 것이다.

5. 명작의 조건, 미적 거리 또는 낙차(落差)

한 편의 시조가 명작인가 아닌가의 판단은 종장에 달려 있다 해도 과언이 아니다. 그만큼 종장 운용은 중요하다. 사천 이근배는 종장 운용을 평가하며 삼전어(三轉語)라는 용어를 썼다(『유심』 2014년 1월호).

> 「봉정에 올라」는 오랜 면벽 끝에 비로소 화두를 깨친 조선 선승의 삼전어(三轉語)에 맞닿는 율격과 뜻의 세움[設意]을 보게 된다. '삼전어'는 고려 나옹(懶翁) 선사의 게송에 붙여진 이름인데 바로 시조의 초, 중, 종장의 형식이 세 바퀴를 돌리는 점에서 맥락을 같이하고 있다. "산에 와 산을 찾으니 온 세상이 산이네" 종장에 와서도 세 바퀴를 돌리고 나서 다시 제자리로 오는, 시조의 오묘한 경지를 밟고 있지 않은가.
> 「숨은 벽」의 "열어도 열어젖혀도 열리지 않는 숨은벽" 「낙화암」의 "죽어도/죽지 않는 통곡/바람결에 듣는다"에서도 시조 종장의 높은 숨결이 한 사람의 시조 시인으로 자리매김 하고 있음을 인증케 한다.

이 삼전어는 『벽암록』 제96칙 '조주시중삼전어(趙州示衆三轉語)'에서 유래한다. 조주 선사의 삼전어는 미혹을 일거에 변화시켜 깨달음을 얻게 하는 세 가지 어구를 가리킨다(진흙으로 빚은 부처는 물을 건너지 못하고/금으로 만든 부처는 용광로를 지나가지 못하며/나무로 만든 부처는 불구덩이를 지나가지 못한다). 사천이 인용한 나옹 선사의 삼전어는 "산은 어찌하여 묏부리에서 그치고/물은 어찌하여 개울을 이루며/밥은 어찌하여 흰 쌀로 짓는가(山何嶽邊止水何到成渠飯何白米造)"이다.

산은 어찌하여 묏부리에서 그치고 물은 어찌하여 개울을 이루며 밥은 어찌하여 흰 쌀로 짓는가. 왜 그렇게 되었을까. 이 화두의 열쇠는 무얼까. 화두에는 답이 없다. 우리는 이 삼전어 앞에서 낯설고 놀라움에 궁구하는 마음을 갖게 되지만 답을 낼 수 없다. 답을 내려 하지 않는 것은 말로써 말을 다 할 수 없기 때문이다. 이 삼전어의 경지는 언외언(言外言)이요, 언어도단(言語道斷)이다. 깨달음의 경지는 말 밖의 말에 있으므로 설명할 수 없고 체험으로 느껴 각자 아는 수밖에 없다. 이러한 삼전어의 경지를 시조에 적용하면, 장과 장 사이에서 느끼는 언어적 층위와 의미적 층위의 낙차가 갖는 시적 경계를 지시하는 것으로 볼 수 있다. 우리는 이 장과 장 사이의 낙차가 갖는 낯설고 놀라운 미적 가치를 구체적인 작품으로 이해할 수 있다.

> 내 오늘
> 서울에 와
> 萬坪 적막을 사다.
>
> 안개처럼 가랑비처럼
> 흩고 막
> 뿌릴까 보다.
>
> 바닥난 호주머니엔
> 주고 간
> 벗의 명함…….
>
> — 서벌, 「서울 1」

「서울 1」은 전후 궁핍한 시대의 삶을 벗어나고자 상경한 시인의 1960년대 자화상이다. 상경하였으나 반겨줄 사람 없는 가난한 시인 앞에 적막감이 만평이다. 벗들을 만났으나 그들이 건네는 명함만 바닥난 호주머니에 쌓인다. 호주머니가 바닥난 시인에게 필요한 것은 무얼까. 벗들이 건네야 할 것은 명함이 아닌 밥이나 책을 살 수 있는 얼마간의 돈이었을지 모른다. 가난한 시인의 마음에 추적추적 가랑비는 내리고 시인의 내일은 안갯속처럼 알 수 없는 것이었을까. 종이쪽에 지나지 않는 명함을 막 흩어버리고 막 뿌려버리고 싶은 비애감이 적실하게 묘사되었다.

이 작품의 초장은 적막이라는 관념을 감각적으로 묘사하고 있다. 중장의 흩고 막 뿌리겠다는 대상은 초장의 적막이라는 관념이기도 하고 종장의 명함이라는 구체적 상관물이기도 하다. 초장에서 중장으로 넘어오는 관념의 감각화가 대등한 미적 거리라면, 벗의 명함이라는 종장의 구체적 상관물이 제시된 미적 거리는 상당한 낙차를 보여준다. 다시 말해 초장의 의상(意象)은 중장과 다르고, 초장─중장에서 이어지는 종장의 의상은 판연히 다르다. 이 돌연한 삼전어적 발상과 시어 운용이 시조 명작을 낳았다. 종장은 가히 달리는 말이 뒷발굽으로 땅을 차는 듯한, 주마축지(走馬蹴地)의 경계에 닿아 있다.

백수는 가야금 거문고를 탄주할 때나 시조창을 할 때도 동산일출(東山日出), 평사낙안(平沙落雁), 주마축지(走馬蹴地), 경조탁사(驚鳥啄蛇)와 같은 경(境)이 있다고 했다. 이 경에 대한 용어는 누가 지었는지 모르는 시조창 쪽의「시조 영시(時調 影詩)」(장사훈,『시조음악론』, 1986)에서 인용했다.「시조 영시」는 조선 말엽 향제(鄕制)를 표준으로 한 악상으로, 선율진행법과 표현방법을 묘사한 것이다. 백수는 이를 현대시조가 지녀야 할 시경을 설명하는 데 원용하고 있다. 시조는 특히 종장에서 그 경이 보여야 하는데 이호우의「오(午)」(쩡 터질 듯 팽창한/대낮 고비의 정적//읽던 책을 덮고/무거운 눈을 드니//석류꽃 뚝 떨어지며/어데선가 낮닭소리)가 보여주는 종장의 경계를 백수는 주마축지라 했다.

뱃고동 소리가 희미하게 들리곤 한다

이승의 우수가 담긴 곡조 없는 휘파람같이

노을을 따라나서는

저 강물의 나들이

— 이우걸, 「이명 2」

「이명 2」는 초장과 중장은 장 단위 1연 1행으로 기사하고 종장은 구 단위 2
연 2행으로 하여 4연 4행의 멀리 굽이쳐 돌아나가는 강물과도 같은 시적 형
식을 취했다. 초장에서 이명을 뱃고동 소리에 비유했다. 중장에서 뱃고동 소
리는 이승의 우수가 담긴 곡조 없는 휘파람 같다고 했다. 종장에서는 돌연 노
을과 강물 이미지를 끌어오는데, 아래로만 흐르는 이 강물의 긴 흐름을, 노을
을 따라나서는 나들이라 했다. 이명을 보는 참신하고 아름다운 은유다. 종장
의 이 고요한 의상에 작품 전체를 부양하는 힘이 있다. 초장과 중장이 보여주
는 의상이 한등고연(寒燈孤烟), 외로운 등불에 하늘거리는 연기와도 같은 경
계에 닿아 있다면, 이 삼전어의 종장은 평사낙안, 모래사장에 사붓이 내리는
기러기의 형상과도 같은 경계가 있다.

6. 언단의장, 언외언의 경지

시조창 쪽의 「시조연의(時調演義)」에 말이 길면 말뜻이 분명치 않게 되니,
시조의 길은 잃게 된다(語長 則辭義 不成分明 時調之道 去矣)는 경구가 있다. 곧
언단의장(言短意長)이다.

구두를 새로 지어 딸에게 신겨주고
저만치 가는 양을 물끄러미 바라보다
한 생애 사무치던 일도 저리 쉽게 가것네

— 김상옥, 「어느 날」

초정의 「어느 날」에 대한 평가에서 백수는 이 종장 뒤에 깔린 말(여운)을 언

외언의 경지라 했다. 말 밖의 말을 말로 다 할 수 없는 이 경지와 같이 모름지기 시조는 언단의장이라야 한다고 했다. 새로 산 구두를 딸에게 신겨주고 아무렇지도 않게 멀어져가는 딸을 바라보는 시인의 감회. 가슴 저리도록 사무치던 일도 시간의 흐름 속에 흘러가 잊히던 것처럼, 품 안의 자식도 어느 날 스스럼없이 어버이를 뒤로하고 가리라는 허망 그 허무를 어떤 수사로 대체할 수 있을까. 초장과 중장에서 개인적 삶을 펼치고 거기서 오는 보편적 삶의 이치를 종장에서 비약적으로 드러냈다. 그 어떤 수사로도 대체할 수 없는 종장의 전환과 낙차는 가히 완여반석(完如磐石), 움직일 수 없는 반석과도 같은 초정 시조의 품격을 한껏 고양하고 있다.

7. 종장, 시조 성공의 관건

지금까지 단시조의 미학을 율격 운용과 시어 운용이 구축하는 내재율과 경의 측면에서 논의했다. 시조에는 분명 자유시와는 다른 경계가 있다. 율격을 어떻게 운용하는가, 시어를 어떻게 운용하는가, 장과 장 사이의 연계는 어떻게 하는가에 따라 시품이 결정된다. 율격을 따르는 시조는 기본적으로 압축미와 절제미가 수반된다. 언어를 절제하고 시어를 정제하여 굽 높은 제기와 같은 시적 정취를 지니는 단시조는 45자 내외의 시어로 천의무봉 묘품(妙品)을 보여주어야 한다. 언단의장, 언외언의 경지에서 말은 적게 하면서 의미는 심오하게 펼쳐 말하지 않은 이면의 말을 담아야 한다.

시조는 언어적 층위의 미감이 반복되면서 의미적 층위의 깊이와 넓이가 심화된다. 다시 말해 초장을 흐르고[流] 이어지는 중장에서 굽이쳐[曲] 시어와 의미의 변주를 이루어내고 종장에서 와서는 그 3음절 정형의 첫마디와 음량이 확 늘어나는 둘째 마디의 변형율격에서 초장과 중장의 균정한 율격적 흐름을 차단했다가[節], 셋째 마디와 넷째 마디에서 균정한 리듬으로 정돈하며 풀어[解]준다. 시조는 3장의 구조적 원리에 따른 균형 · 반복 · 전환 · 절제의 미학을 구현하며 이 미학적 원리가 시조의 정취를 결정한다. 여기에 첨가어라는 우리말의 언어학적 구조가 구어체 자연발화를 구사하는 시조에서 정형시는 정형시이되 개별 작품마다 음절수가 다르게 나타날 수 있는 '자율적 정형시'로서 편편이 다른 율동미를 구현하게 한다. 이 독특한 언어미학과 율동미학이 시조의 내재율을 형성한다. 시조는 초장과 중장에 이어지는 미적 거리로서 종장의 낙차가 클수록 높은 시적 성취를 이룰 수 있다. 시조 성공의 관건은 초장과 중장을 부양하는 종장의 낙차에 있다. 시조 명작은 3장이 낯설고 놀라운 의상으로 삼전어의 경계를 획득했을 때 탄생한다.

한글 미학의 보고(寶庫), 만횡청류

1. 여는 글

조선시대에 다양한 악곡으로 불린 만횡청류(蔓橫淸類)는 고시조의 하위양식이다. 만횡청류의 '만횡(蔓橫)'은 덩굴이 어지럽게 얽힌 모습을 뜻한다. 덩굴식물의 줄기가 벋어나가는 것처럼 사설을 낭창낭창 넌출넌출 엮어 짜나가는 언어 운용의 미학에서 이 만횡청류라는 명칭은 유래한다. 만횡청류는 특히 섬세하고 적확한 수식어와 어우러져 우리말의 유연성과 아름다움을 한껏 드러내는 모국어 자산의 보고다. 우리 시대에 와서 만횡청류는 사설시조라는 현대시조의 하위양식으로 창작되고 있다. 이 글에서는 조선시대의 만횡청류와 지금 우리 시대의 사설시조라는 두 양식의 명칭을 혼용한다. 이 글의 목적은 현대 사설시조로 창작 향유하고 있는 조선시대 만횡청류의 언어 미학을 조명하는 데 있다. 기록으로 전하는 최초의 사설시조인 14세기 「불굴가」와 함께 만횡청류의 성 담론이 보여주는 해학과 익살이 넘치는 사설 엮음의 미학과 아울러 시적 화자의 목소리와 창작의 주체 그리고 가인(歌人)의 관계를 조명하고자 한다.[1]

---

1 이 글은 시전문지 격월간 『유심』에 '독자대중 친화적 글쓰기'에 바탕을 두고 2012년

2. 사설시조의 기원, 14세기 「불굴가」

만횡청류는 조선시대 최고의 가객(歌客) 남파(南坡) 김천택이 1728년 영조 4년에 편찬한 가집(歌集) 진본(珍本) 『청구영언』(이하 『청진』)에 처음 기록된다. 『청진』은 김수장이 엮은 『해동가요』와 박효관, 안민영이 엮은 『가곡원류』와 함께 우리나라 삼대가집(三代歌集)이자 고전시가의 보고다. '청구'는 우리나라, '영언'은 노래를 뜻한다.

김천택은 이 책을 엮기 전에 고민이 많았다. 예로부터 우리나라의 많은 선배 명공 위인들의 작품을 모은 것이긴 하나, 민간의 음란한 이야기와 상스럽고 외설스런 가사도 섞여 있어 보잘것없는 기예라고 생각했기 때문이다. 해서 왕실의 종친이자 예인들의 후원자 마악노초(磨嶽老樵) 이정섭(李廷燮)에게 의견을 구했다. 『청진』의 후발(後跋)을 본다.

> "군자가 이것을 보면 병폐라 하지 않겠습니까. 선생께서는 어떻게 생각하시는지요?"
> "괜찮네. 공자께서 『시경(詩經)』을 편찬하면서 정풍과 위풍을 버리지 않은 것은 선악을 둘 다 갖추어 권계하는 뜻을 두신 것일세."
> 君子覽之得無病諸 夫子以爲奚如
> 無傷也 孔子 刪詩 不遺鄭衛 所以備善惡而存勸戒也

마악노초는 지나치게 기교적인 노래는 경계하면서, 우리네 삶의 모습과 성정(性情)이 그대로 실린 진솔한 노래를 권했다. 그는 오직 우리말 노래만이 시인 가객의 뜻에 조금 가까워서 정을 이끌고 사연을 펼 수 있으니, 우리말로 읊조리고 노래하는 사이에 유연히 사람을 감동시킨다고 했다. 그런데 정작

3/4월호부터 3회 연재한 「홍성란의 사설시조 이야기」를 확장 보완한 글임을 밝힌다.

남파가 걱정한 것은 우리말로 노래한 만횡청류의 음왜지담(淫哇之談)이었다.

> "민간의 노랫소리에 이르면 곡조는 비록 아름답고 세련되지 못하지만 무릇 기뻐서 즐기고 원망하며 탄식하고 미쳐 날뛰며 거칠게 구는 모습과 태도는 모두 자연의 진기에서 나온 것이라네."
> 至於里巷謳歈之音 腔調 雖不雅馴 凡其愉佚怨歎猖狂粗 溗之情狀態色 各出於自然之眞機

요즘 말로 하자면 요설에 장광설이나 도색영화를 보는 것과도 같은 사설을 두고 마악노초는 인간의 꾸미지 않은 성정, 자연의 진기에서 오는 것이니 가리지 말라 한 것이다. 해서 자신감을 얻은 남파는 본받을 만하지는 않으나 그 유래가 오래되어 폐기할 수 없다면서 『청진』 끝자리에 실었다. 이것이 만횡청류라 이름 붙인 사설시조 116수다.[2] 사실 만횡청류는 음왜한 사설만을 모아놓은 것은 아니다. 연군, 송도, 권계, 규원, 탄로, 한정, 취흥, 인륜과 같은 인간적 욕망과 순수한 본연의 성을 진솔, 왜곡, 과장된 언술을 통해 해학적으로 엮어 짠 것이다. 이 능란한 우리말 엮음을 통하여 우리는 무진장 풍요로운 한글 미학, 모국어 자산을 확인할 수 있다.

> 가슴에 궁글 둥시러케 뚤고 왼숫기를 눈 길게 너숫너숫 쇠와
> 그 궁게 그 숫 너코 두 놈이 두 긋 마조 자바 이리로 훌근 져리로 훌젹 훌근 훌젹 훌저긔는 나남즉 남대되 그는 아모쪼로나 견듸려니와
> 아마도 님 외오 살라면 그는 그리 못ᄒ리라   (청진 : 549)

이 노래는 조선 개국을 앞둔 이방원이 여말의 중신들을 회유하기 위해 부

---

2 실제로 『청진』에 수록된 사설시조는 만횡청류 항목 바로 앞에 별도로 수록된 「장진주사」와 「맹상군가」를 합하여 118수가 실려 있다.

른 「하여가(何如歌)」에 응수하여 무관 변안렬이 부른 「불굴가(不屈歌)」다. 변안렬은 임금을 저버리고 역적이 되라는 제안을 일언지하에 거절하며 끓어오르는 울분과 충절을 희롱하듯 이렇게 노래했다. 이방원의 분노를 산 변안렬은 그래도 점잖게 「단심가(丹心歌)」를 불러 거절한 정몽주보다 먼저 희생당했다.[3]

요즘 말로 하자면 이렇다. 가슴에 구멍을 둥그렇게 뚫어서 왼쪽으로 슬쩍슬쩍 꼰 새끼를(초장) 그 구멍에 넣고 두 사람이 양쪽 끝을 잡아 이리저리 돌린다는 것이다. 그 고통은 남 하는 대로 어떻게 견디어볼 수 있겠으나(중장) 고려를 버리고 임금을 배신하라면 그것은 절대로 따르지 못하겠다(종장)는 장수다운 기개를 복받치는 대로 질러 농지거리하듯 부른 것이다. 가슴에 구멍을 뚫다니! 그렇게 구멍을 뚫어놓고는 거기다 슬쩍슬쩍 꼰 새끼줄을 넣어서, 우리가 어렸을 적에 단추 구멍에 실을 꿰어 양손으로 돌리며 놀듯이 이리저리 희롱하며 논다는 것이다. 그러니까 죽음이 닥쳐온다 해도 두렵지 않다고 이방원에게 두 눈을 부라리며 술상을 걷어찰 듯한 험악한 분위기를 표현한 노래다. 이방원도, 정몽주도 취하고 변안렬도 대취했다. 이런 사설이 격식 있는 양반 사대부의 향연에서 처음부터 나올 수는 없다. 점잖은 노래로 시작해서 태평가로 마무리하는 노래 향유 관습에 따라 이 판도 점잖게 시작했다. 본론을 이야기하기 위해 연신 웃음 없은 술잔이 오가고 취흥이 무르익은 뒤에 제안이 건너왔을 것이다.

우리가 지금 사설시조라 부르는 만횡청류는 음주가무를 수반한 향락적 분위기에서 흥청거리며 와자지껄 높이 질러 부르는 노래이기에 사설은 속되고

---

3 변안렬(1334~1390)이 「불굴가」로 화답했다는 기록은 『원주변씨세보(原州邊氏世譜)』(정조 24
    년, 1800)의 잡록에 실려 있다. 황패강은 「불굴가」가 청진의 만횡청류 549번 작품임을
    규명하였다. 황패강, 「대은(大隱)의 불굴가 보고(補攷)」, 『국어국문학』 49, 50합집, 1970,
    355~368쪽. 김학성, 「사설시조의 서술 특징과 현대적 계승」, 『한국고전시가의 전통과
    계승』, 성균관대학교 출판부, 2009 참조.

거침없으며 곡조는 빠르고 높다. "그 궁게 그 숫 너코"는 구멍에다 새끼줄(숫)을 넣는다는 의미도 되지만 발음상 유사한 '샅'이 유도하는바 정철과 진옥의 수작시조(酬酌時調)에 등장하는 '술송곳'과 '골풀무'의 교합을 상징한다. 여하간, 이런 식으로 사설이 속되고 거침없이 늘어난다 해도 무한 자유로 늘어나는 건 아니다. 사설시조는 평시조와 같은 율격구조를 가지되 말을 촘촘히 엮어 짜서 말수가 늘어나는 확장형이다.[4] 평시조와 사설시조의 말수는 다르지만 노래로 사설을 부르는 시간은 같으니 만횡청류의 악곡은 그만큼 빠르게 부른다.[5] 이런 분위기 속에서 취중진담이 오가고 횡설수설 입담과 음왜지담, 야한 소리가 오가는 것이다. 그렇다 하더라도 이 흥청거리는 언어 운용은 눈여겨 볼 필요가 있다. "너슷너슷"이라든가 "이리로 훌근 저리로 훌적 훌근 홀

---

4 시조에는 두 가지 길이 설비되어 있다. 하나는 시조의 기본 틀을 그대로 유지하여 유장미의 극치를 만끽하는 기본형을 향유하는 것이고, 다른 하나는 시조의 기본 틀 내에서 그 넉넉한 품을 활용하여 말수를 확장하는 변화형을 향유하는 것이다. 전자를 우리는 평시조라 부르며 시조의 정통으로 삼고 후자는 그 변화의 폭과 방법에 따라 엇시조 혹은 사설시조라 부르며 시조의 파격으로 삼는다. 여기서 유의할 것은 후자가 아무리 파격이라 하더라도 기본형의 틀은 그대로 유지하는 범위에서 말을 확장하는 변화를 보이는 것이지 그 형식의 파괴나 자유로운 일탈을 허용하는 것은 아니라는 것이다. 사설시조의 형식은 초-중-종장의 3장 형식으로 완결하고 3장으로 완결하기 위해 종장의 첫 마디를 3음절로 고정하고 둘째 마디를 과음보(5음절 이상)로 함으로써 율격상의 변화를 주어 초-중장에서 이어진 시상의 전환을 꾀함으로써 작품을 마무리짓는 데 결정적 역할을 한다. 사설시조는 각 장이 평시조의 '4음보' 길이를 갖는 대신, 그 말수가 늘어남에 따라 '4개의 통사의미 단위구'로 확장하여 2음보격 연속체로 말을 촘촘히 엮어나가는 것이다. 김학성, 앞의 책 참조.

5 김학성은 시조가 가지는 율격, 정형의 틀을 "문예상의 일대 감옥(김동환)"이라거나 "때가 지나간 봉건시대의 유물(김태준)"로 낙인찍은 과오에 대해 시조의 음보(마디) 단위가 얼마나 넓은 품인가를 밝힌 바 있다. 시조는 가곡창으로 불릴 때 45자 내외의 짧은 노랫말을 부르는 시간이 중여음과 대여음을 합치면 무려 12분이나 소요된다. 여음을 빼도 8분 33초나 걸리며, 대중적인 시조창으로 불러도 4분 정도가 걸린다. 사설 짜임도 그 음보 단위의 품이 너무나 넉넉하여 얼마든지 말을 촘촘하게 엮어 넣을 수 있는 넉넉한 공간이 있고 그 공간 활용의 변화를 허용하는 융통성이 있는 양식임을 강조했다. 김학성, 앞의 책, 「사설시조의 양식적 확장 유형」 참조.

적 할 적에는"과 같이 이리 젖히고 저리 넘기며 빚어내는 부사의 화려한 운
용, 말 반죽이 일품이다. 취중에 울분을 가리지 못해 농조(弄調)로 질러낸 이
소리가 식자층의 점잖은 말본새는 아니다. 취흥이 진심을 드러내니 가리지
않는 동심(童心) 또한 드러나는 것이다.

3. 자연의 진기, 성 담론의 해학성

半 여든에 첫 계집을 ㅎ니 어렷 두렷 우벅 주벅 주글번 살번 ㅎ다가
와당탕 드리드라 이리져리 ㅎ니 老都슈의 ᄆ음 흥글항글
眞實로 이 滋味 아돗던들 길 적보터 흘랏다   (청진 : 508)

김천택은 『청진』 끝머리에 만횡청류를 몰아놓고 작자를 하나도 명기하지
않았다. 정말 작자를 몰라서 그랬던 것일까. 모르긴 몰라도 작자의 체통을 생
각해서 명기하지 않은 작품이 상당수일 것이다. 이 점잖지 못한 사설을 내 것
입네 할 사람이 얼마나 될까. 김천택이 수집한 만횡청류 텍스트들은 유래가
이미 오래되었다는 그의 말처럼 김천택 시대 이전에 짓고 불러 적층된 자료
로서 양반사대부들의 풍류방 문화권에서 불리던 노래들이다. 사설 내용 또
한 전고(典故)를 활용한 한자문화권의 식자층 담론이 상당 부분을 차지한다.
조선 후기에 오면 도시와 상공업의 발달로 서울과 수도권을 중심으로 새로
이 여항-시정문화가 발달함으로써 풍류방 문화는 경화사족과 중인 서리 가
객이 주도하게 된다. 사설이 비루하고 음왜하다고 해서 평민 이하를 담당층
으로 보는 것은 잘못이다. 사실 사설시조는 누가 지었는가가 중요한 게 아니
라 말을 어떻게 재미있게 엮어 짜느냐가 중요한 것이다. 만횡청류의 앞뒤 가
리지 않는 사설의 목적은 풍류현장의 흥을 최고조로 끌어올리는 데 있다.
"반여든"이면 마흔이다. 사내 나이 마흔에 첫 계집을 하다니. 요즘같이 결

혼 연령이 높아지는 추세라면 얼마든지 그럴 수도 있겠으나 그 옛날 '꼬마 신
랑' 시대를 생각하면 마흔은 할아버지다. 이 늙은 "도령"이 "첫 계집"을 만나
첫날밤을 보내는 것이다. 어찌할 바를 몰라 우물쭈물하다가 급한 대로 그냥
운우지정(雲雨之情)을 나누게 되는데 그것을 "주글번 살번 ᄒ다가 와당탕 드
리드라" 이렇게 저렇게 어떻게 한다고 얼버무린다. 사실은 얼버무리는 게 아
니라 의뭉스럽게 정사 장면을 묘사한 것. 해서 "노도령"은 "흥글항글" 정신을
못 차리고 황홀경에 빠지는데 점입가경. 이 "흥글항글"이라는 부사는 또 얼
마나 잘 어울리는 표현인가. 아무튼 종장에서 결론을 내리는데, 진실로 이 재
미를 알았던들 길 적부터 할 것을 그랬다고 아쉬움을 토로하는 것. 여기서 좌
중은 폭소를 터뜨린다. 시조 의미의 핵은 종장에 있듯이 만횡청류 또한 종장
에서 해학미를 최고조로 발산한다.

　사실 나는 김천택이 1728년에 엮은『청구영언』을 본 적이 없다. 아마 우리
모두 남파노인의 손길이 닿은 그 책을 본 적이 없을 것이다. 어느 서고에 수
장되어 있는지 아니면 무슨 연유로 망실되었는지 알지 못한다. 다만 지금의
우리는 오장환(吳璋煥)이 소장했던 오씨본『청구영언』을 1948년, 조선진서간
행회(朝鮮珍書刊行會)에서 간행한 진본『청구영언』으로 보고 읽을 수 있는 것
이다. 해서 우리는 진본『청구영언』, 진본『청구영언』하고 부르고 이『청진』
이 남파노인의 자필본 원본을 모본으로 한 것이라고 학계에서는 보는 것이
다. 따라서『청구영언』을『청진』,『청진』하고 부르기도 하는데 이『청구영언』
의 발문은 마악노초 이정섭이 정미년(1727) 늦여름에 썼고, 진서간행회에서
간행한『청구영언』전체 체제의 해제에 해당하는 발문은 1948년 4월 7일 방
종현(方鍾鉉)이 썼다.

　남파는 당대 최고의 가객이었다. 가객이되 노래만 잘하는 것이 아니라 당
시 왕실의 종친이자 예인들의 패트런 마악노초의 말대로 사람됨이 밝고 유
식하여 능히『시경』3백 편을 외우니 마악노초는 남파를 아끼고 그 노래를 즐

겨들었다. 남파가 그 당시 전해내려 오는 명공석사(名公碩士)들의 작품과 '민간의 노래(閭井歌謠)'를 모아 이 책을 엮을 때, 향유 관습을 초월하여 정성(正聲)을 크게 일탈하고 있는 만횡청류를 한데 묶어 넣는 데는 어떤 방패가 필요했다. 예나 지금이나 실험과 일탈에는 호기심뿐 아니라 논문에 각주 같은 존재로서 권위자의 발문이 필요했던 것이다.

金化ㅣ金城 슈슛대 半단만 어더 죠고만 말마치 움을 뭇고
조죽 니죽 白楊箸로 지거 자내 자소 나는 매 서로 勸홀만졍
一生에 離別 뉘 모로미 긔 願인가 ᄒ노라   (청진 : 466)

이 정도의 노래라면야 무슨 문제가 있을까. 이 노래는 농, 편롱, 우롱으로 불렸는데 농의 곡태 가지풍도형용(歌之風度形容)은 설전군유(舌戰群儒) 변태풍운(變態風雲)이라, 사대부들이 말싸움하듯 농지거리하듯 비와 구름이 제멋대로 모양새를 바꾸듯 목소리 높여 허튼소리로 한바탕 웃고 떠드는 분위기다(羽弄·編弄). 표면적으로 보면, 소박하게 살면서 이별이나 말고 살자는 노래인데 가릴 게 무언가. 해서 큰소리로 떠벌이듯 부른다.

금화와 금성은 강원도에 있는 지명. 18세기 혹은 그 이전에 불리던 마을 이름을 지금도 그대로 쓰고 있는지는 모르겠으나 이 동네는 아마 수수를 많이 심고 길렀던 모양이다. 수수가 실하여 반 단만 얻어 써도 좋다는 것인지, 소박하고 겸손하여 반 단만 얻어 쓰겠다는 것인지 뭐 아무래도 좋다. 그 수숫대로 곡식을 계량하는 데 쓰는 말(斗)만 하게 작은 움을 파고 거기 살면서, 백양나무로 만든 젓가락으로 조죽이나 흰죽을 쑤어 찍어먹으며 살더라도, 아니 거기다 한술 더 떠 그 죽마저도 "나는" 많이 먹어서 싫으니 "자내" 먹으라고 서로 권하면서, 가난하게 살더라도 사는 동안 이별의 때를 모르고 사는 것이 소원이란다. 소박한 소원이겠으나 이 겸양을 가장한 과장은 따를 자 없는 듯

하다. 이것이 국문체 만횡청류의 화법이다.

　움은 땅을 파고 그 위를 거적으로 덮어서 추위나 비바람을 막게 한 곳이다. 움을 묻는다는 것은 움집을 만들어 거적 덮고 그 속에 사는, 이른바 찢어지게 가난한 살림을 말한다. 그렇게 거지꼴을 하고 살망정 이별 없이 알콩달콩 살고 싶단다. 아마도 그건, "나는" 많이 먹었으니 "자내" 먹으라며 죽 권하는 내가, 자네라고 부른 이를 끔찍이 사랑하기 때문에 가능한 노래일 것이다. "자내"는 취흥이 무르익어가는 옆자리 애첩일 가능성이 큰 것이다. 그렇지 않고서야 어느 남정네가 춥고 배고픈 움집 생활이 장구하길 바라겠나. 그러니 좌중은 공감의 떠들썩한 갈채와 환호를 보내는 것이다.

> 一定 百年 살 줄 알면 酒色 춤다 관계ᄒ랴
> 힝혀 춤은 後에 百年을 못 살면 긔 아니 애도론가
> 人命이 在于天定이라 酒色을 춤은들 百年 살기 쉬우랴　　　　(청진 : 486)

　앞의 노래 466번이 『청진』과 「병가」를 비롯한 11개 가집에 채록될 만큼의 인기였다면 486번은 24개 가집에 채록될 만큼 대단한 인기를 누렸다. 웃음이 큭큭 나오도록 솔직한 우리네 마음을 노골적으로 대변해주고 있기 때문이다. 이 작품의 경우, 문면에 한자로 표기된 말이 있으나 '재우천정'이라는 숙어를 제외하면 이미 우리말화된 문자이므로 이 정도의 언어 운용은 국문체 만횡청류로 본다.

　인간 수명이 백년으로 정해졌다면야 주색을 참으라 한들 못 참을 것 없겠으나, 한 백 년 살 줄 알고 참고 또 참아가며 점잖게 살다가 행여 백 년을 못 살게 되면 얼마나 안타까우냐는 것이다. 인명은 재우천정이라, 사람의 목숨은 하늘에 달린 것. 이 노래를 짓고 부를 당시만 해도 첨단의학기술이 날로 혁신하는 요즘과는 다를 것이니, 하고 싶은 것 참고 견디며 산다 한들 백 년 살기는 어려운 일. 주색을 즐기기도 살아서의 일이다. 그러니 여기에서 사는 동안 즐겁게 맛깔스레 살자는 얘기. 이렇게 솔직한 노래가 허를 찌른다. 옳소! 맞장구치며 손뼉 치며 좌중에 웃음이 질펀하다.

이 같은 만횡청류가 사대부 사회에서 향유된 것은 사실이나 절제를 핵심으로 하는 평시조의 형식미학을 크게 일탈하였을 뿐만 아니라 내용도 음왜지담, 음성이어서 공개적으로 인정받지는 못했다. 나라와 임금과 백성을 걱정하는 유교사회의 우환의식에 젖어 사는 사대부들은 풍류연석 술자리도 처음에는 근엄한 평시조 악곡으로 판을 연다. 그러나 취흥이 무르익어 좌중의 분위기가 느슨해지면 이런 만횡청류의 적나라한 성 담론 말놀이로 긴장을 확 풀어버렸던 것이다.

담장 너머 여기 하나 저기 둘씩 매화 송이 하얗게 벙근 늙은 매화나무가 조운 시인의 「고매(古梅)」[6]처럼 시절을 알려줄 때, 아흔아홉 칸 기와집 어느 채에선가 웃음 묻은 거문고 선율 아련히 들려온다. 거기 사대부들이 즐기는 가곡창 한바탕에서 처음에는 느리고 장중한 곡에 평시조를 얹어 부르지만, 취흥이 무르익어가면서 빠르고 흥청거리는 농낙편(弄樂編) 곡조에 평시조의 변조(變調)인 사설시조를 얹어 부르게 된다.

이 길고 짧은 사설시조 모음인 만횡청류를 문체 면에서 보면 국한문을 섞어 쓴 것이 국문어투(28수)와 한문어투(30수)로 쓴 것을 합한 것만큼이나 많다(58수). 이는 만횡청류의 주 담당층이 한문문화에 대한 이해가 깊은 사대부이거나 그들 문화에 익숙한 계층이라는 것을 말해준다.

東山 昨日雨에 老謝와 바둑두고

---

6 조운(曺雲, 1900~ ?), 『조운시조집』, 조선사, 1947. 「고매」: 매화 늙은 등걸/성글고 거친 가지//꽃도 드문드문/여기 하나/저기 둘씩//허울 다 털어버리고 남을 것만 남은 듯.

草堂 今夜月에 謫仙을 만나 酒一斗 詩百篇이로다
來日은 陌上 靑樓에 杜陵豪 邯鄲娼과 큰 못ㄱ지 ᄒ리라   (청진 : 469)

동산에 비 내리던 어제는 노사와 바둑 두고
초당에 달이 든 오늘 밤엔 이백을 만나 술 한 말에 시 백 편을 짓노라
내일은 맥상 청루에서 두보와 한단의 기생과 큰 잔치를 하리라

　초당은 짚 같은 풀로 이엉을 덮은 집이다. 옛날에 은거를 즐기는 이들이 이런 초당을 짓고 살았으니 노사는 동진(東晉) 사람 사안(謝安)이다. 그러니까, 어제는 비가 와서 후세인들이 기리는 중국의 옛사람 사안이 은거하는 동산에 가 함께 바둑을 두었다는 것이다. 그리고 초당에 달이 둥두렷 떠오른 오늘밤엔 이백을 만나 술 한 말을 마시는 동안 시 백 편을 짓고, 또 내일은 시내 거리 술집에서 두보와 노래 잘하고 춤 잘 추는 기생과 함께 큰 잔치를 하겠다는 것이다. 중요한 말은 뒤에 있다. 정작 하고 싶은 일은 두보랑 기생이랑 한바탕 놀아보겠다는 것이다. 사안도 두보도 모두가 옛사람이니 이것이 풍류방 남정네들이 스트레스 많은 현실을 잠시 떠나 처하고 싶은 가상현실이고 욕망이다. 그런 가상현실을 끌어와 단정하게 시작한 풍류연석의 분위기를 점점 고조시키는 것이다.

　노랫말 지은이도 노래 부르는 이도 남성인데 이 노래를 가곡창으로 부르게 되면 대금에 맞추어 조율한 양금 단소 가야금 거문고 장고가 모여 반주를 한다. 『청진』이나 「병가」와 같은 28개 이상의 노래책에 실려 인기를 누린 이 노래는 테너 성역쯤 되는 가객이 낙 계열의 악곡에 얹어 부른다. 『가곡원류』나 『해동가요』에 보이는 '노래하기 방식(歌之風度形容)'에 의하면 낙은 화란춘성(花蘭春城)이라, 화창한 봄날의 꽃동산같이, 마냥 즐겁게 흐르는 물과도 같이 막힘없이 흥청거리는 맛이 나게 부른다.

梨花에 露濕도록 뉘게 잡혀 못 오둔고
오쟈락 뷔혀 잡고 가지 마소 ㅎ눈듸 無端히 썰치고 오쟈흠도 어렵더라
져 님아 네 안흘 져버보스라 네오 긔오 다르랴   (청진 : 477)

배꽃에 이슬 내리도록 누구에게 잡히어 못 왔는가
옷자락 부여잡고 가지 마소 하는데 무단히 떨치고 오기도 어렵더라
임이여, 네 안을 헤아려 보거라. 너와 그와 다르겠나

　이화에 노습도록! 얼마나 아름다운 말인가. 배꽃에 이슬이 함초롬히 내리
도록 늦게까지 누구에게 잡혀서는 못 왔나 묻는 정인의 말에, 옷자락 부여잡
고 가지 마소 하는데 그냥 떨쳐버리고 올 수 없었다고 발명하는 임이 있다.
그 야속한 임의 입이 하는 말. 그대여, 그대 속마음 헤아려보아라, 너랑 그랑
다를 게 무엇이 있나. 그러니까, 나를 보내기 싫어하던 그 사람이나 너나 다
를 바 없는 처지라는 말. 남성 가객이 이쪽저쪽 입장을 넘나들며 노래하고 있
는 것이다.
　『청진』, 「병가」, 일석본(一石本) 『해동가요』(이하 「해일」) 등 22개 노래책에 실
려 유행한 이 노래도 만횡, 우롱, 우조 등 농 계열로 불렀는데 농의 노래하기
방식은 설전군유(舌戰群儒) 변태풍운(變態風雲)이라, 사대부들이 모여 말싸움
을 하듯 과장되고 수다스럽게 변화를 주면서 꿋꿋하게 부르는 노래다. 그럴
수밖에. 남성 가객 한 사람이 오지랖 넓게 이 사람 저 사람 심정을 다 헤아리
며 이해를 구하는 수다쟁이 형상으로 나타나고 있으니.
　그대여, 내가 그대 마음 헤아려보듯이 그대가 나의 마음도 헤아려주소서!
이런 아포리즘이 어디 있을까. 역지사지(易地思之)해보라는 말이다. 그러나
속뜻은 그런 데 있는 게 아니다. 이 노래는 임 둔 임, 임자 있는 사람을 사랑
하는 정인이 다른 정인을 만나느라 늦게 와서는 이화에 노습도록 기다리고
있던 정인과 실랑이를 벌이는 장면을 연출한 것이다. 이런 남의 스캔들이나

들추면서 웃고 떠드는 풍류방. 그런 스캔들을 어찌 그렇게 잘 알까. 저도 그
렇기 때문. 아니면 저도 그러고 싶기 때문. 그래서 공감하고 은밀히 교감하며
키득거리는 것이다.

> 술 먹어 病업 藥과 色 여 長生 홀 藥을
> 갑 주고 살쟉이면 盟誓 ㅣ 개지 아모만들 관계 랴
> 갑주고 못살 藥이니 뉜척 아라가며 소로소로 여 百年 지 하리라
>
> (청진 : 491)

> 술 먹어 병 안 생기는 약과 여색을 가까이해도 오래 사는 약을
> 값 주고 살 것이라면 맹서하지 얼마인들 관계하랴
> 값 주고 못 살 약이니 눈치 알아가며 살금살금 백년까지 하리라

만횡청류가 오가는 풍류방은 남성의 남성에 의한 남성을 위한 문화공간이
다. 삼강오륜이 지배하는 유교 봉건사회에서 여성과 아이들을 위한 문화는
별무했으나, 시조를 노랫말로 얹어 5장으로 부르는 가곡창에는 남창과 여창
이 있다. 남창은 테너 성역에 맞추어 작곡하고 노래하니까 남자의 성역에 맞
춰 호기롭게 부른다. 여창은 남창을 한 옥타브 올려 부르는 형식으로 다소곳
이 앉아 무릎 위에 두 손을 모으고 입을 많이 크게 움직이지 않고 발음은 정
확하되 얌전히 부른다.[7] 풍류방에서 여창가곡을 부른다면 그녀는 가비(歌婢)
이거나 가기(歌妓)다.

---

7 좌필단정(坐必端正) : 앉음은 단정해야 하고, 용필정색(容必正色) : 얼굴은 정색해야 하고,
   목필속시(目必屬視) : 눈은 바로 보아야 하고, 수필지공(手必持拱) : 손은 모아 가져야 하고,
   족필엽궤(足必撲跪) : 발은 꿇어 앉아야 하고, 성필청중(聲必淸重) : 소리는 맑고 무거워야
   하고, 겸필후사(謙必後辭) : 겸손한 뒤 노래해야 하고, 창부중단(唱不中斷) : 노래하다 중단
   해서는 안 된다. 장사훈, 「창자(唱者)와 청자(聽者)의 기본자세」, 『시조음악론(時調音樂論)』,
   서울대학교 출판부, 1986, 163~164쪽.

이 노래에서 색은 여색을 탐하는 것. 그를 증명하듯 연민본(淵民本) 『청구영언』(이하 「청연」)에는 작가가 반치(半癡)로 명기되어 있다. 『청진』, 「병가」, 「해일」, 『남훈태평가(南薰太平歌)』(이하 「남태」) 등 20개 이상의 노래책에 실려 전하는 이 노래도 만횡, 농가 등 농 계열로 불렸는데 워낙 내용이 야단스러워 편락으로 부르기도 했다. 「남태」의 편찬연대를 1863년으로 추정하면 이 노래는 19세기 말에도 유행했다는 말이다.

그러니까 다시 노랫말로 가보면, 주색을 가까이하여도 병 안 생기고 오래 살 수 있는 약이 있다면 얼마든지 값을 치르고 사겠다는 것. 없으니까 기껏 살아도 백 년을 못 살고 갈 인생, 눈치껏 재미있게 살자는 노래다. 수억을 주고도 살 수 없는 약. 그저 이승 여기에서 사는 동안 즐겁게 "소로소로" 하라는 말처럼 살살하거나 살금살금 하거나 들키지 말고 알아서들 하라니, 좌중에는 공감의 환호가 폭죽처럼 터져 오른다.

4. 말 반죽, 화자의 목소리

니르랴 보쟈 니르랴 보쟈 내 아니 니르랴 네 남진ᄃᆞ려
거즛 거스로 물 깃ᄂᆞᆫ 체ᄒᆞ고 통으란 ᄂᆞ리와 우물젼에 노코 쏘아리 버서 통조지에 걸고 건넌집 쟈근 金書房을 눈기야 불러내여 두 손목 마조 덤셕 쥐고 슈근슈근 말ᄒᆞ다가 삼밧트로 드러가셔 므스 일 ᄒᆞ던지 준 삼은 쓰러지고 굴근 삼대 밋만 나마 우즑우즑 ᄒᆞ더라ᄒᆞ고 내 아니 니르랴 네 남진ᄃᆞ려
져 아희 입이 보도라와 거즛말 마라스라 우리ᄂᆞᆫ ᄆᆞ을 지서미라 실삼 죠곰 키더니라

(청진 : 576)

만횡청류는 웃자고 하는 노래다. 항간에 내로남불, 내가 하면 로맨스요, 남이 하면 스캔들이라는 말이 있듯이 남 얘기를 우스개 삼아 한바탕 떠들썩하게 웃고 노는 노래들이 만횡청류다. 이 노래는 마을의 아낙네와 건너 집 작은

"김서방"의 불륜 현장을 목격한 "아희"를 화자로 내세워 초장에서 그 불륜 사실을 아낙네의 남편에게 이르겠다고 어르는 장면으로 시작한다. 요즘 말로 하자면, 안 이르나 보자, 안 이르나 보자, 네 남편한테 내가 안 이르나 보자. 그쯤 될 것. 아니면 이를 거야, 이를 거야, 내가 안 이르나 봐, 네 남편한테. 이쯤은 될 것.

그렇게 이르겠다고 거듭 벼르고 어르면서 중장에서 "아희" 목소리의 화자는 숨어서 보기라도 한 듯 현장을 자세히도 묘사하고 있다. 거짓말로 물 긷는 체하고 물통은 우물 앞에 내려놓고, 또아리 벗어 물통 손잡이에 걸고 건너 집 작은 김서방을 윙크로 살짝 불러내어, 두 손목을 마주 덥석 쥐고 수군수군 무슨 말을 하다가, 삼밭으로 들어가서 무슨 일 하는지 잔 삼은 쓰러지고 굵은 삼대 끝만 남아 올라갔다, 올라갔다 하더라 하고 내가 안 이르나 봐라 네 남편한테(중장). 이쯤 되면 아낙네는 뭐라고 발명해야 하기는 할 텐데 어떻게 할까. 종장. "저 아이 입이 가벼워. 거짓말 좀 하지 마라. 우리는 마을 지어미라 실삼 조금 캤을 뿐이야." 여기서 인간적인 약점을 고스란히 드러내고 있는데 참 변명이 그럴듯하지만 속 보이는 거짓말에 웃음이 나고 만다. 뭐 실삼 캐는데 잔 삼은 쓰러지고 굵은 삼대는 끝만 남아서 자꾸 올라갔다, 올라갔다 할까. 이르겠다고 어르는 "아희"도 짓궂고 속 들여다보이는 말을 하는 아낙네가 안됐기도 하고 우습기도 하다.

이런 우스개가 부사(슈근슈근)와 동사(우즑우즑)를 감칠맛 나게 곁들이며 비음(ㄴ, ㅁ)과 유음(ㄹ)이 어우러져 미끄러지듯 유연한 엮어 짜기로 구슬구슬 풀려나간다. 비음과 유음이 섞인 2음보격 연속체 사설이 이토록 질펀하다. 사설시조 언어 운용의 묘(妙)는 이런 리드미컬한 말 엮어 짜기에 있다.

青天 구룸 밧긔 노피 썻ᄂᆞᆫ 白松骨이
四方 千里를 咫尺만 너기ᄂᆞᄃᆡ

엇더타 싀궁칙 뒤져 엇먹는 올히ㅣ는 제집 門地方 넘나들기를 百千里만 너
기더라
(청진 : 495)

푸른 하늘 구름 밖에 높이 떠 있는 백송골(초장)은 사방 천리를 지척으로 가
깝게 여기는데(중장), 어째서 시궁이나 뒤져 얻어먹는 오리는 제 집 문지방 넘
나들기를 백천리만치 먼 것으로 여기는가(종장). 백송골이는 성질이 굳세고
동작이 날쌔어 사냥용으로 귀하게 여기는 매의 일종이다. 이 노래 역시 여성
화자를 내세우고 있다. 백송골이는 하늘 높이 떠 있어도 사방천리 먼 길을 가
까이 여기는 능력자로서 출입이 자유롭다는 것이다. 그러니까 이 멋진 백송
골이는 여성 화자의 상대가 아니다. 이 욕구불만자의 상대는 백송고리와는
달리 격이 떨어져도 한참 떨어지는, 시궁이나 뒤져 얻어먹는 오리다.

그런데 문제는 상대가 시궁 오리라는 데 있지 않다. 상대는 멋지게 하늘 높
이 날 수 있기는 커녕 시궁이나 뒤져 얻어먹는 주제인 데다 자세를 한껏 낮추
고 기다리는 여성 화자(제 집 문지방) 넘나들기를 백천리나 멀리 떨어져 있는
것처럼 더디 넘고 또 넘기를 어렵게만 여긴다는 데 있다. 상대 또는 남편이
제 침소에 들기를 기다리는 여심을 빗대어 노래한 것이다. 정선아라리 한 대
목이 생각난다. '앞남산 딱따구리는 생나무 구영두 잘 파는데 우리 집 멍텅구
리는 뚫어진 구영두 왜 못 파나.' 취해서 웃자고 떠벌이는 풍류방 노래다. 만
횡청류에는 인간의 정이나 욕망을 도리(道理)와 문견(聞見)을 따라 다스려 조
절하지 않고 사심(私心)과 속된 마음 그대로 표현하는 가리지 않는 동심과 자
연의 진기가 들어 있다. 이것이 국문체, 한글어투로 노래한 만횡청류의 시학
이며 한글 미학의 정수를 보여주는 사설시조다.

어이려뇨 어이려뇨 싀어마님아 어이려뇨
쇼대남진의 밥을 담다가 놋쥬걱 잘를 부르쳐시니 이를 어이ᄒ려뇨 싀어마

님아

져아기 하 걱정 마스라 우리도 져머신 제 만히 것거 보왓노라　　　(청진 : 478)

　이 노래는 두 여성 화자의 목소리를 들려주고 있다. 초장과 중장에서는 며
느리가 등장하고, 미적 반전을 이루는 종장에서는 시어머니가 등장하여 쓸
데없는 걱정에 종지부를 찍고 있다. 한바탕 웃고 떠드는 놀이판에서 흥청거
리며 부르는 이 노래의 화자가 여성의 목소리라 해서 실제로 여성은 아닌 것.
가객 또는 남성 향유자가 여성의 목소리를 빌려 우리 인생이 다 그런 것 아
니냐며 웃자고 하는 노래다. 혹여 여성 향유자의 목소리라 해도 그 목소리의
주인공은 며느리도 시어머니도 아니다. 풍류방 문화권에 드나드는 인물들은
경화사족과 중서가객층으로 그 판에 여성이 있다면 가기(歌妓). 며느리의 신
분도 시어머니의 신분도 아니라는 것이다. 그러니까 남성 가객이 여성 화자
의 목소리를 내는 것이거나 노래하는 기녀가 남성 작자의 작품을 노래한 것
으로 보아야 할 것이다. 이 노래를 요즘 말로 하면 이쯤 될까.

　　어떻게 해요, 어떻게 해요 어머니 어떻게 해요
　　샛서방 밥을 담다가 놋주걱 자루 부러뜨렸으니 이를 어떻게 해요 어머니
　　아기야 너무 걱정마라 우리도(나도) 젊었을 때 많이 꺾어 보았느니라

　시어머니가 이렇게 나온다면야 며느리들이 무슨 걱정 있겠나. 여기서 잠
깐 이 종장을 좀 살펴보면, 호격의 "져아기"는 단수형인데 받는 이가 "우리"
라는 복수형 대명사다. 복수형의 "우리도"가 올 수 있는 것은 며느리들이 샛
서방을 살뜰히도 생각하듯이 시어머니들도 그렇게 샛서방의 밥을 맛있게 지
어 듬뿍 솟은 정만큼이나 밥을 꾹꾹 눌러 담다가 놋주걱 자루를 부러뜨리며
살아왔기에 가능한 것이다. 그러니 시어머니도 며느리도 한통속. 뿐만 아니
라 시어머니라는 여성 화자의 목소리를 빌려 이 얄궂은 노래를 엮어 짜고 있

는 이 또한 "우리" 속에 포함되며 이 향유 공간에 둘러앉은 이 모두 포함된다는 의미로 확장할 수 있다.

하지만 이런 속사정 이야기를 며느리가 시어머니에게 할 리도 만무하고 시어머니가 며느리에게 솔직히 고백할 리도 만무하다. 이 노래는 여성 화자의 목소리를 빌려 이 얄궂은 노래를 엮어 짜고 있는 향유자 또한 이런 상황의 유경험자로서 "우리"에 포함되는 그저 범속한 인물인데 지금 이 향유자가 로맨스를 스캔들로 만들어버리는 상황이 전개되고 있는 것이다. 생각하면, 며느리 자신의 이야기는 그대로 '아름다운 한 컷 로맨스'이며 시어머니 자신의 이야기 또한 '그 희미한 옛사랑'이다. 어쨌거나 이런 속사정을 들여다보고 남의 얘기로 만들어 떠벌이는 것이 뭔가. 웃자고 하는 얘기다. 다 들쳐놓고 바라보면 우리네 삶이 그만그만한 게 아니냐는 인간적 솔직함과 나약함을 에둘러 말하면서 한바탕 웃어넘기는 것이다.

> 밋난편 廣州ㅣ 쏏리뷔 쟝亽 쇼대난편 朔寧 닛뷔쟝亽
> 눈경에 거론 님은 쑤짝 쑤두려 방망치쟝亽 돌호로가마 홍도쌔 쟝亽 븽븽도라 물레쟝亽 우물젼에 치두라 근댕근댕ᄒ다가 워렁충창 풍쌔져 물 둠복 쩌내는 드레곡지쟝亽
> 어듸가 이 얼골 가지고 죠릐쟝亽를 못 어드리   (청진 : 565)

이 노래는 농 계열의 다양한 변주곡으로 26개 이상의 많은 가집에 채록되어 있을 만큼 엄청난 인기를 누렸다. 역시 여성 화자의 목소리를 빌려 노래하고 있는데 이 여성은 광주에 사는 '쏏리뷔 쟝亽'꾼 아내라. 가인(歌人)은 이 여인의 복잡한 남성편력을 익살스럽고 수다스럽게 떠벌이며 노래하고 있다. 온갖 장사치들이 파는 남성 상징의 물목을 나열하며 이름을 붙인 '닛뷔쟝亽 · 방망치쟝亽 · 홍도쌔 쟝亽 · 물레쟝亽 · 드레곡지쟝亽'는 모두 이 여인네의 성적 대상이다. 이 장사치와 그 물건을 수식하는 '쑤짝/돌호로/븽븽/근댕

ㄹ댕/워렁충창/듬복'과 같은 화려한 부사의 난장이 펼쳐지는데 모두가 잘 어울리고 잘 들어맞는다.

알다시피, 노래에는 가사가 있고 음표가 그리는 멜로디가 있듯이 소리 내어 읽는 시어에는 말의 의미와 그 소리, 성향(聲響)이 내는 정조와 무드와 멜로디 같은 것이 있다. 정조나 무드나 멜로디나 다 엇비슷한 이야기겠으나 아무튼 말이 만들어내는, 말소리가 그리는 선율이 있다는 것이다. 이 선율은 의미를 효과적으로 드러내는 데 기여한다. 성향이 만들어내는 이 선율은 낭독 또는 낭송의 효과가 될 수 있다. 사설시조는 엮어 짜기라는 언어 운용 방식에 아주 능란해야 하는데 이 작품의 나열과 수식어를 동반한 말 엮어 짜기의 유려한 품새는 국문체 만횡청류가 보여주는 성향 효과의 백미라 하겠다.

이 노래 여성 화자의 본남편은 광주 싸리비장사, 샛서방은 삭령 잇비장사, 윙크하며 꼬여낸 임은 방망치장사, 홍도깨장사, 물레장사, 드레꼭지장사다. 이 장사치들 앞에 붙는 수식어들은 남성이 여성을 대하는 각기 다른 태도를 의미하는데 여기서 또한 웃음이 유발된다. 본남편은 싸리비처럼 거칠기 짝이 없는데, 샛서방은 억새풀 꽃줄기로 만든 잇비처럼 부드럽다는 얘기인가. 윙크하며 불러내듯 눈맞은 남정네들은 뚝딱 두드리는 방망이, 도르르 감는 홍두깨, 빙빙 도는 물레로 비유하며 온갖 재주를 더불어 나열하는 셈인데, 이런 재주꾼 중에서도 재주꾼은 드레꼭지장사다. 이 드레꼭지장사는 여성상징인 우물 앞에 치달아서는 떨어질듯, 떨어질듯 간댕간댕하다가 그만 워렁충창 풍, 하고 우물에 빠져서는 물을 담뿍 떠내고 마는 아주 남다른 재주를 가진 인물형상이다. 그런데 이 말놀이의 핵심은 종장에 있다. 여인네는 세상에서 자신이 제일 예쁜 줄 아는 모양. 해서 이 얼굴 정도라면 어디 가서 "죠릐 쟝亽"인들 못 얻겠냐고 뽐내는데 그렇다면 드레꼭지장사보다 조리장사가 한 수 위라는 판단이 선다. 아직 실현되지는 않았으나, 성애의 황홀경은 조리장사를 따를 자가 없다는 말이다. 남정네들이 여인네를 이토록 희화하고 있으니, 웃자고 하는 얘기지만 그 여인네 좀 안쓰럽다.

그러나 실상 이 여인은 풍류현장에서 웃자고 만들어낸 가공인물이므로 '저열한 자기도취에 빠진 것'도 아니고 '풍자적 형상화'라고는 더더욱 볼 수 없다. 당시 이런 만횡청류를 즐긴다는 것은 다만 오늘날 시를 향유하듯이 하는 시 텍스트만이 아니라는 것이다. 만횡청류의 향유는 사대부들의 질탕한 풍류현장에서 호탕한 웃음을 유발시키려는 '놀이'다. 어리숙하게도 제 미모나 뽐내는, 착각에 빠진 여인을 풍자하려는 게 아니라 웃자고 하는 '놀이로서의 노래'라는 것이다. 자신이 제일 예쁜 만큼 제 하고 싶은 대로 되리라는 이 철부지. 이런 욕망추구 앞에 도리와 문견은 한낱 허울에 지나지 않는다. 동심이다. 자연의 진기다. 인간의 허위와 위선과 가식을 다 털어버린 만횡청류의 시학은 실오라기 하나 걸치지 않은 촛불의 춤과도 같다.

> 개를 여라믄이나 기르되 요 개ㄱ치 얄믜오랴
> 뮈온님 오며는 쏘리를 홰홰치며 쒸락 ᄂ리쒸락 반겨셔 내닷고 고온 님 오며는
> 뒷발을 버동버동 므르락 나으락 캉캉 즈져셔 도라가게 흔다
> 쉰밥이 그릇그릇 난들 너 머길 줄이 이시랴   (청진 : 547)

이 노래는 17개 이상의 가집에 주로 편삭대엽의 편 계열로 수록되어 있다. 편 계열은 사설의 말 엮음이 많든 적든 선율형을 축소하여 변주한 곡으로 빠르게 부르는 곡이다. 편이나 엮음이나 사설은 같은 말로서 음악적인 리듬을 촘촘하게 하여 빠르게 부르는 형식이다. 곡태는 춘추풍우(春秋風雨) 초한건곤(楚漢乾坤)이라. 춘추시대와 초나라, 한나라의 승패를 각축하는 혼란스런 전장이 연상되게끔 부른다는데 어떻게 부르기에 풍도형용이 그와 같을까. 아마 그 당시 정감의 속도감각으로는 요즘 유행하는 래퍼들의 노랫말 주워섬기기 정도는 될 것이다.

개를 열 마리 넘게 기르는데 요 개처럼 얄미울까

미운 임 오면 꼬리를 홰홰 치며 뛰락 내리뛰락 반겨서 내닫고, 고운 임 오면
뒷발을 버동버동 물러났다 나아갔다 캉캉 짖어서 돌아가게 한다

쉰 밥이 그릇마다 넘친들 너 먹일 줄 있을까 보냐

이 분위기는 무언가. 분단장하고 정인이 오기만을 기다리는 여심에 찬물을
끼얹는 개의 행태를 묘사하고, 거기에 반응하는 여인의 심사를 가지고 우스
개 삼은 노래다. 놀이판에서 발휘하는 남정네들의 상상력도 야단스럽고, 망
할 놈의 개도 야단스럽고, 여인네 심사도 야단스럽다. 그러니 이 노래를 불러
주는 사람도 의당 야단스럽게 불러야 할 것. 계절이 떠나가게 멋대로 내리치
는 빗발이나, 병졸들이 목숨 걸고 각축하는 혼돈의 전장이 연상되게끔. 노래
잘하는 사람, 선가자(善歌者)는 그리 불렀을 것이다.

이런 노래들에 나오는 가상현실이나 상상력은 개연성 있는 이야기다. 아니
실제로 주변에서 있는 일일 수 있다. 노래를 부르는 이나 듣는 이에게도 얼마
든지 있을 수 있는 일. 그런 경험의 공유가 즐거운 동류의식을 가지게 한다.

5. 자연의 진기, 도를 스승으로 삼지 않는다

그런데 이런 노래가 죄인가. 마음 가는 대로 해서 남의 마음 흔드는 게 죄
라면 죄. 하지만 당시 조선에도 '도를 스승으로 삼지 않고, 마음을 스승으로
삼는다(師心不師道)'는 예악관이 상공업의 발달과 더불어 중인, 서리, 양반사
대부를 비롯한 경화사족층이 주도하는 여항 시정문화권에 침투해 있었다.
이는 명대 왕양명의 '마음 외에 물은 없고(心外無物), 마음 외에 이는 없다(心
外無理)'는 심학의 영향 아래 형성된 자연인성론의 미학사조가 유입되었음을
말한다. 해서 마악노초 이정섭도 남파 김천택에게 자연의 진기를 말하며 진

심, 진정을 바탕으로 한 만횡청류의 편집을 허락할 수 있었다.

중국 철학자들의 말을 좀 더 들어보면, 대동원은 '재물을 좋아하고 색을 좋아함이 욕이며, 백성과 더불어 그것을 함께 하는 것이 곧 이(好貨好色欲也與百姓同之卽理也)'라 했다. 강유위는 '이는 사람의 이치(理人理也)'이고 '살아서 욕심이 있는 것은 천성(夫生而有欲天之性哉)'이라 했다. '입이 맛있는 음식을 원하고(口之欲美飮食也)' '거처하는 데는 아름다운 궁실을 원하며(居之欲美宮室也)' '인생의 도는 괴로움을 버리고 즐거움을 구하는 것뿐, 다른 도가 없다(人生之道去苦求樂而己無他道矣)'고 했다. 원굉도는 '본색을 귀하게 여기며(貴本色)' '마음을 스승으로 삼지 도를 스승으로 삼지 않는다(師心不師道)' 했다.[8]

그러니까 이택후의 말을 빌리지 않아도 인간의 욕심은 우선 남녀 간의 성욕에 있는데, 이는 본래 예부터 멈춤이 없었던 생물학적·생리학적 사실로, 원시 가무로부터 각 부문 예술에 이르기까지 줄곧 영원한 주제 중 하나다. 그는 남자든 여자든 정인군자(正人君子)이건 촌부이건 누구든 모두 성적 본능과 성애의 욕구를 갖고 있으며, 누구든 그것에 대해서 모두 흥미를 갖고 있는데 이것이 인간의 '운명'이라 했다. 단지 인륜 교화나 혹은 초탈을 추구하는 굴레 아래 억압되어, 성욕이 응당 가지고 있어야 할 독립적인 지위를 얻지 못했을 뿐이라는 것이다. 이런 미학적 사유가 거침없는 노래 만횡청류에 본색으로 동심으로 자연의 진기로 배어 있는 것이다.

6. 맺는 글

만횡청류는 말 반죽이 무진장 풍요로운 한글 미학, 모국어 자산의 보고이

---

8 이택후(李澤厚), 『화하미학(華夏美學)』, 동문선, 1990 참조.

며 아카이브다. 만횡청류가 구사하고 있는 이 능란한 말 반죽은 도시 경화사족층과 중서가객층 등 식자층의 문화담론에서 비롯된 유려한 화술의 반영이다. 만횡청류의 언어 운용 방식은 정황을 가장 잘 묘사할 수 있는 최적의 수식어를 능란하게 엮어 짜나가며 넌출넌출 이리 젖히고 저리 넘기며 낭창낭창 빚어내는 2음보격 연속체다. 이 엮음 방식으로부터 유려한 우리말의 성향이 우러나기에 국문체 만횡청류는 낭독 자체만으로도 출렁거리는 선율효과를 보여준다.

  대제학 이정보(1693~1766)와 같은 벌열가(閥閱家)에서 가객을 후원하며 벌이는 풍류연석에는 가객과 가기 또는 가비와 관현반주를 맡은 악공이 함께 자리한다. 여기서 취흥이 무르익어 취중진담이 오가며 긴장을 풀고 앞뒤 가리지 않고 한껏 농조로 질러내는 노래가 만횡청류의 본색이다. 만횡청류의 성 담론에는 시적 화자가 여성인 경우가 상당수 존재한다. 그러나 실제 상황의 여성이 노래하는 것이 아니라 가객 또는 남성 향유자가 여성의 목소리를 빌려 웃자고 하는 노래다. 혹여 여성 향유자의 목소리라 해도 그 목소리의 주인공은 가기이거나 가비다. 성 담론 속의 여성 화자는 남성 작자 또는 가객이 여성을 희화화하며 도리와 문견을 버리고, 허울 다 털어버리고 '웃자고 하는 노래'의 가공인물로 남의 이야기 속의 여성 화자인 것이다.

사설시조의 형식 일탈 양상과 표현 특징

1. 머리말

사설시조의 형식 특징과 그 미학적 운용의 구체적 실현 양상을 규명해내려면 김천택 이전 시대부터 당대까지 향유해왔던 자료를 모아 가집의 말미에 특별히 수록해놓은 만횡청류 자료를 중심으로 살펴야 한다. 그런 연후에, 그밖의 개인 문집이나 개인 가첩에 산발적으로 실려 있는 몇몇 일반자료─예를 들면 고응척의 연작시조「대학장구」와「호호가」같은 자료나 강복중의「청계통곡육조곡」에 포함된 사설시조 작품들도 주목해볼 필요가 있다. 만횡청류는 일찍부터 중요하게 다루어왔으나 후자의 일반자료들은 그 존재가 주목되지 못했기 때문이다.[1]

김천택에 의해 사설시조로서는 처음으로 시조가집에 모습을 공식적으로 드러낸 만횡청류는 그 형식의 일탈성과 미학적 독특함으로 인하여 진본『청구영언』(이하『청진』)에 수록되는 데도 특별한 취급을 받았다. 즉 116수의 만횡청류를『청진』에, 그것도 말미에 '특별히' 싣기 위해서 별도의 서문과 발문에

---

1 강명관,「사설시조의 창작향유층에 대하여」,『민족문학사연구』제4호, 민족문학사연구소, 1993에서는 고응척, 강복중 등의 사대부층 사설시조는 아예 그 존재를 무시했다.

서의 특별한 언급이 필요했을 정도로 당시대의 보편적이고 일반적인 시조미학으로 받아들이기에는 문제가 있었던 것이다. 그러므로 그것이 구체적으로 어떠한 문제를 안고 있었는지에 대한 미학적 실현 양상의 탐구는 만횡청류의 시조미학적 정체성을 밝히는 데 중요한 관건이 된다. 만횡청류를 『청구영언』에 처음으로 엮어 넣어 사설시조를 다른 시조와 대등한 향유 대상으로 공론화한 김천택의 서문을 통해 그 문제의 단서를 찾아본다.

> 만횡청류는 辭語가 淫哇하고 뜻도 寒陋하여 규범이 되기에는 부족하지만 그 **유래가 이미 오래되어** 일시에 폐기할 수 없으므로 특별히 아래에 수록한다.

김천택은 이처럼 그 노랫말도 음란하고 담고 있는 뜻도 보잘것없으며 시조의 일반적 미학이 추구하는 규범적 전통을 상당히 벗어나 있어 만횡청류를 정전(正典)으로 삼기에는 문제가 있다고 했다. 그럼에도 불구하고 그를 수록하게 된 연유를 향유 관습의 오랜 전통에서 찾고 있다. 사설시조의 향유 관습이 얼마나 오래되었는지 정확한 기록이 나와 있지 않아 이를 어디까지 믿어야 할지 가늠하기 어렵지만, 그보다는 만횡청류를 수록하게 된 미학적 근거를 마악노초 이정섭의 다음과 같은 발언에서 명확하게 찾아볼 수 있다.

> 김천택이 하루는 『청구영언』한 책을 가져와서 나에게 보이면서 말하기를 "이 책은 실로 우리나라의 많은 선배 명공 거인들의 작품을 널리 모은 것입니다. 시정의 음란한 이야기와 상스럽고 외설스런 가사도 더러 있습니다. 노래는 실로 보잘것없는 기예입니다. **이로 인하여 군자가 이것을 보면 병폐라 이르지 않겠습니까.** 선생께서는 어떻게 생각하시는지요"…(중략)… 민간의 노랫소리에 이르면 곡조는 비록 아름답고 세련되지 못하지만 무릇 **기뻐서 즐기고 원망하며 탄식하고 미쳐 날뛰며 거칠게 구는** 모습과 태도는 모두 자연의 眞機에서 나온 것이라네.

이정섭은 만횡청류와 같이 규범을 일탈한 여항–시정의 노래가 '자연의 진기(眞機)'에서 나온 것으로 사람에게 감동을 주는 것이라 했다. 이러한 감동론은 중국에서 명 중엽 이래 청초에 이르기까지 상업의 번성과 도시의 소비 발달을 바탕으로 한 '자연인성론'²이란 철학적 미학적 사유의 대두에 대응되는 것으로 18세기 서울의 도시 발달과 더불어 번창해간 경화사족의 가곡문화에 대한 미적 패러다임의 변화와 궤를 같이하는 것으로 보인다.

따라서 만횡청류의 미학적 기반을 동시대 중국 쪽의 변화 양상과의 관련 속에서 고찰할 필요가 있으며, 우리 쪽에서는 이정섭이 속해 있는 경화사족의 활동상과 미학적 취향과 특성을 살펴볼 필요가 있다. 그럼에도 기존의 만횡청류의 미학적 규명, 더 나아가 사설시조의 미적 특성에 대한 탐구는 막연히 계급적 일반론으로 접근한바 서민층의 저항적–탈윤리적 이데올로기에 초점을 맞추거나³ 중인층 혹은 중간층의 퇴폐성과 향락성에 초점을 맞추고 있다.⁴ 그런가 하면 계급적 시각을 유보하면서 골계적 강조 · 변형 · 과장을 거쳐서 나타나는 인물 형상과 그 웃음 속에서 삶의 면면에 대한 해학 · 풍자 · 연민의 성찰을 보여준다거나⁵ 하는 막연한 지적에서 그치고 있다. 이는 자연의 진기론에 따른 미학적 기반의 탐구가 미흡한 데서 기인하는 것이며, 만횡청류를 당대의 연행상황과 연계하여 이해하지 않고 오늘날의 눈으로 읽

---

2 왕양명의 心外無物, 心外無理(마음 외에 물은 없고 마음 외에 리는 없다)라는 심학의 영양 아래서 명대는 자연인성론이라는 이름의 미학사조가 나타났다. 자연인성론의 뚜렷한 특징은 심미주체에 있어서 개인주체를 중시하고 진심(眞心), 진정(眞情)을 중시한다. 자연인성론의 주요 관점으로는 서위(徐渭)의 진아설(眞我說)과 이지(李贄)의 동심설(童心說), 원굉도(袁宏道)의 성령설(性靈說), 탕현조(湯顯祖)의 지정설(至情說)을 들 수 있다. 이택후, 『화하미학』, 동문선, 1990, 제6장 참조.
3 고정옥, 『고장시조선주』, 정음사, 1949, 7쪽.
4 고미숙, 「사설시조의 역사적 성격과 그 계급적 기반 분석」, 『어문논집』 30집, 고려대학교 국어국문학연구회, 1991, 56쪽; 강명관, 앞의 논문.
5 김흥규, 「사설시조의 애욕과 성적 모티프에 대한 재조명」, 『한국시가연구』 13집, 2003.

제1부   시조란 무엇인가

는 시 텍스트로 보는 데서 오는 오류이다.[6]

만횡청류에 대한 본격적 탐구는 조규익이 주목되는 바, 그는 만횡청류의 개념 문제에서부터 내용적 성격, 미의식, 표현 기법과 이념, 시어, 담당층, 주요 개별 작품의 구체적 분석에 이르기까지 다각도로 다루었으나 많은 문제점을 안고 있다. 만횡청류의 개념 문제를 다루면서 평시조의 연장선에서 사설확장만으로 실현된 텍스트도 상당수 있음을 고려하지 않고 지나치게 성적 일탈이나 방종, 방탕을 다룬 요일설탕(淫泆藝蕩)의 노래로 편중된 해석을 보이고 있다. 내용적 성격 파악에서는 (1) 삶의 노래와 (2) 자연의 노래로 양분하면서 (1)에서 사랑의 애환을 다룬 노래 해석을 칼 구스타프 융(C. G. Jung)의 심리학 이론을 적용하여 사대부를 도덕군자의 가면과 바람둥이 난봉꾼의 가면[7]을 쓴 이중적 인격을 가진 것으로 파악하고 있다. 이는 치자(治者)·학자(學者)·인격자(人格者)로서의 덕망을 갖추고 인격 수양을 통해 군자의 노래를 지향하는 사대부층의 가곡창 노래(만횡청류는 가곡창의 변주곡에 실음)를 이중 인격자의 산물로 보는 것이며, 그들의 인격을 모독하는 해석이다. 인심(人心)과 도심(道心)은 별개의 것이 아니며,[8] 만횡청류에서 성 담론을 노래한 것은

---

6 만횡청류와 같은 자료는 그 가집에 드러난 현상적 정보만을 가지고 시(詩) 텍스트로서 파악하는 단순독해(simple reading)에서 벗어나 그러한 현상 너머에 있는 당대적 연행 상황을 고려해서 이해해야 한다. 만횡청류는 주로 사대부의 풍류방 혹은 그 관련 계층에서 평시조와 함께 향유한 노래이다(가歌 텍스트). 이 노래들을 제대로 이해하기 위해서는 당대의 연행 상황(context) 속에서 악곡 향유와의 상관성을 고려하여 이해하는 징후발견적 독해(symptomatic reading)가 필요하다. 김학성은 『청진』을 제대로 읽어내기 위해서는 징후발견적독해가 필요함을 역설한 바 있다. 김학성, 『한국고전시가의 전통과 계승』, 성균관대학교 출판부, 2008, 107쪽 참조.

7 조규익, 『우리의 옛노래 문학 만횡청류』, 박이정, 1999.

8 "人心과 道心이 어찌 별개의 것이겠는가? 이를 임금에 비유한다면 도심은 임금이 조정회의를 보거나 강론을 하고 있을 때와 같고 인심은 잔치를 벌이거나 한가롭게 놀 때와 같다. 그것은 사실 한 사람의 몸인 것이다. …(중략)… 대저 한 사람의 한 몸 안에 두 마음이 있는 것과 같은 것이다."(김만중, 『서포만필(西浦漫筆)』)

성령론과 천기론에 기반한 인간의 진실된 모습을 긍정하는 것이다.

이 글은 선행연구를 바탕으로 명 중엽 이후 청초의 자연인성론[9]과 미적 패러다임의 변화를 같이하는 18세기 조선의 '모든 인위를 벗어나 자연스러움을 추구' 하는 천기론(天機論, 천기[天機]·진기[眞機]·천진[天眞])이 반영된『청진』의 사설시조 만횡청류에 대한 형식 특징과 그 운용의 미학을 형식 일탈 양상과 악곡과의 상관성 및 표현 특징을 통해 고찰한 것이다.

2. 사설시조의 형식 일탈 양상

1) 일탈의 정도(크기)와 악곡의 상관성

가곡창과의 관련성에서 볼 때 만횡청류의 장르 실현 양상은 크게 두 부류로 구체화된다. 하나는 10점 16박의 본가곡(평시조) 장단형을 유지하되 한 배(tempo)만 빨라지는 만횡(弄)과 엇(旕, 언락 즉 사설시조형 낙시조[樂時調]) 계통의 부류이고, 다른 하나는 10점 10박의 편(編) 장단에 말을 촘촘하게 엮어 한 배가 더욱 빨라지는 편 계통의 부류이다. 만횡(弄)과 엇(旕) 계통은 엇농(旕弄)과 엇낙(旕樂)이 중심으로 노랫말의 길이에서도 크게 일탈하지 않고 평시조에서 엇나가는 미감을 유발하는 정도의 확장이 이루어지는데[10] 여기서는 이를 **단형사설시조(중형시조라 해도 좋음)**로 규정하여 논의해보기로 한다.

단형사설시조의 범주는 노랫말의 길이로 볼 때 낙시조[11] 항목에 수록된 10

9 자연인성론의 구체적인 심미취미는 趣·險·巧·怪·淺·俗·艶·謔·驚·駭·疵·의외(出其不意)·뜻밖(冷水澆背) 등으로 표현된다. 이택후, 앞의 책, 284쪽.

10 김학성, 앞의 책, 136~141쪽 참조.

11 김천택은 낙시조라는 항목에 평시조로 부른 노래 10수를 따로 편집했는데, 이는 '낙'이라는 변주곡에 노랫말의 일탈을 보인 사설시조만 얹어 부른 것이 아니라 노래 내용이 흥청거리는 멋을 보인 경우는 평시조라도 이런 변주곡으로 불렀음을 보여주는 특이한

수와 같은 정도로 거의 일탈을 보이지 않는 경우나, 노랫말이 "天地도 唐虞ㅅ적 天地 日月도 唐虞ㅅ적 日月…"[12]과 같은 어느 한 장에서 1~2음보 정도밖에 늘어나지 않아 '삼삭대엽' 같은 정격의 본가곡에 얹어 부른 노래 정도는 사설시조로 볼 수 없으므로 일단 제외하기로 한다. 그러한 평시조 영역권을 넘어서서 흥청거리는 '농'을 부리는 멋 혹은 긴장을 풀어 즐거움의 정서를 담아 '낙'을 부리는 멋을 노래한 것들이 이에 해당할 것이다. 즉 그 일탈의 정도가 본가곡으로서는 감당하기 어려운 변주를 보여 소가곡에 담게 된 것들로서 결과적으로 중형 정도의 크기로 된 것들이 이에 해당한다. 따라서 사설이 2음보격 연속체로 계속 이어짐으로써 정격에서 크게 벗어나 말 엮음의 재미로까지 나아가지는 못하고 엇나가는 정도의 일탈을 보인 노래가 단형사설시조의 범주에 속한다.

이와는 달리 같은 농이나 낙을 부리는 일탈을 보인다 하더라도 그 수준을 훨씬 크게 강화하거나 본가곡(평시조)을 빠르게 변주한 편(編) 장단에 실어 말을 촘촘하게 엮어 짬으로써 단형사설시조보다는 말수가 크게 늘어나 장형으로 나아간 것을 **장형사설시조**로 범주화하여 사설시조를 그 크기에 따라 두 부류로 나누어 검토하려 한다.[13] 노랫말로 볼 때 이러한 장형사설시조는 2음보격 연속체로 치렁치렁 말을 엮어 짜 매끄럽게 이어지는 말 엮음의 미학이 본격적으로 드러나는 형식이 되는 것이다.

사례에 해당한다. 이처럼 '낙'이라는 변주곡(소가곡)에 평시조도 사설시조도 함께 얹을 수 있다는 사실 자체가 두 장르가 같은 뿌리임을 증거해준다.

12 449 天地도 唐虞ㅅ적 天地 日月도 唐虞ㅅ적 日月/天地 日月이 古今에 唐虞ㅣ로되/엇더타 世上 人事는 나날 달라 가는고.

13 말 엮음이 치렁치렁 이어지는 장형사설시조는 농과 편 계열로 불린 노래가 많고 낙은 이 둘에 비해 적다.

(1) 단형사설시조와 악곡 양상

만횡청류의 수록 체계를 살펴보면 단형사설시조부터 싣고 있음이 드러난다. 첫작품인 465번부터 537번까지(540번 포함)가 이에 해당되는데 이들은 본격적인 말 엮음의 미학이 드러났다고까지는 볼 수 없는, 일탈이 크지 않은 중형 정도의 것들이다. 이들 단형사설시조의 악곡 특징을 살펴보면, 농 계열과 낙 계열로 얹어 부르는 노래가 중심이고 편 계열로 부르는 노래는 극히 드물다는 것을 알 수 있다. 또한 만횡청류의 앞부분 절대다수가 만횡(弄)으로 부르는 노래가 주류를 이루고 있어서 만횡청류가 만횡(弄)을 대표악곡으로 내세웠음을 알 수 있으며 나아가 만횡청류라는 명칭이 왜 생겼는지도 이해하게 된다.

그리고 단형사설시조 가운데 일부의 노래에서 편 계열 악곡에 얹어 부르는 경우가 있으나 이는 19세기 이후 후대의 가집(『가곡원류』가 중심이 되는 시대)에 나타나는 현상으로 음악적 전문화가 일어나면서 악곡적 예술성을 고도화하기 위해 예외적으로 그전 시대에 농·낙으로 부르던 것을 편 계열에 새롭게 얹어 특별히 부른 것으로 짐작된다.[14]

478   어이려뇨 어이려뇨 싀어마님아 어이려뇨
      쇼대남진의 밥을 담다가 놋쥬걱 잘를 부르쳐시니 이를 어이ᄒ려뇨 싀어마
      님아
      져아기 하 걱정 마스라 우리도 져머신 제 만히 것거 보왓노라

      『靑珍』(478)蔓橫淸類, ×/『甁歌』(1039)樂戱調, ×/『海一』(565)樂時調, ×/『靑
      詠』(535)蔓橫 樂時調 編數葉 弄歌, ×/『東國』(401)樂時調, ×/『靑六』(813)言
      樂, ×/『解我愁』(403)蔓橫淸類, ×

---

14 단형사설시조 가운데 후대에 편 계열로 실현된 노래를 들면 482 486 506 508 509 정도이다.

478번은 낙(樂) 계열로 향유된 단형사설시조이다. 낙의 풍도 형용은 화란춘성(花爛春城), 화창한 봄날의 꽃동산같이 마냥 즐겁기만 한 가락이다. 농에 비하면 비교적 담담한 듯하면서도 유수(流水)와 같이[15] 흥청거리는 맛을 즐기게 된다. 두 명의 여성 화자가 등장하는데 초장과 중장에 나타난 며느리의 발화와 종장의 시어머니의 발화가 그것이다. '쇼대남진' 즉 외간 남성과의 비정상적 관계(불륜)를 고백하는 며느리라는 여성의 목소리와 그를 받아 자신도 그런 경험이 있으니 걱정 말라는, 시어머니라는 여성의 목소리를 빌려 사대부들의 풍류방 놀이 현장에서 재미와 웃음을 유발하고 있다. 이 노래는 '어이러 뇨'를 초장에서 3회 반복하고 중장에서 말을 엇나가게 엮어 짜 2음보격 연속체로 매끄럽게 이어지지는 못하지만 중장 끝에서 변화를 주어 반복하면서(어이흐러뇨) 흥청거리는 맛을 낸다.

이 노래를 상황 설정과 인물 형상 속에 풍자적 구도가 뚜렷하다면서 이 작품이 주는 재미와 웃음은 저열(低劣)한 인물들 사이의 희극적 긴장과 반전이 이루어내는 소극(笑劇, farce)에 기인하는 것이며 등장인물들의 윤리적 둔감성(鈍感性)에 대한 풍자의 안목을 지닌다고 보는 독법[16]이 있는데 바람직한 이해라 하기 어려워 보인다. 대상에 대한 비판적 시선이 따르는 풍자가 아니라 자연의 진기에 바탕한 해학 넘치는 가식 없는 인간의 진정(眞情)으로 이해하는 것이 사설시조의 생성미학으로 볼 때 타당성을 가질 것이기 때문이다.

이 며느리와 시어머니의 가식 없는 대화는 마악노초의 말대로 모든 인위를 벗어나 자연스러움을 추구한 자연의 진기(眞機)요, 진심(眞心)이다. "우리도 져머신 제 만히 것거 보"았다는 시어머니의 말은 성애를 추구하는 사람들

---

15 장사훈, 『국악사론』, 대광문화사, 1983, 256쪽 이하 농·낙·편 악곡에 대한 논의는 이 책을 참조한다.
16 김흥규, 「사설시조의 시적 시선 유형과 그 변모」, 『욕망과 형식의 시학』, 태학사, 1999, 224~225쪽.

의 자연스런 정욕을 숨기지 않는 것이다. '성령(性靈)'을 크게 말한 원매(袁枚)에 의하면 정(情)은 먼저 반드시 남녀의 정이어야 한다'는 것이다.

> 또 시라는 것은 정에서 생기는 것으로, 결코 이해할 수 없는 정이 있은 연후에 절대불후의 시가 있게 되는 것이다. 정의 최우선은 남녀만 한 것이 없다.
> 且夫詩者 由情生者也 有必不可解之情 而後有 必不可朽之詩 情之最先莫如男女

본래 남자이든 여자이든, '정인군자(正人君子)'이건 시골 사람이건 상관없이, 누구든지 모두 성적 본능과 성애의 욕구를 갖고 있으며, 누구든지 그것에 대해서 모두 흥미를 갖고 있는데, 이것은 생물학적 생리학적으로 확실하게 규정된 '운명'이다. 단지 원래 인륜 교화나 혹은 초탈을 추구하는 굴레 아래 억압되어, 응당 가지고 있어야 할 정욕의 독립적인 지위를 얻지 못했을 뿐[17]이라는 동양의 미학관이 적합한 이해 방식이 될 것이다.

이 노래에서 특히 며느리의 하소연에 답하는 시어머니가 "우리도"라고 말하는데 이 "우리도"가 갖는 함의는 며느리를 제외한 시어머니와 불특정 다수의 청자가 공감대를 같이하고 있다는 것으로, 향유 공간의 사대부들 역시 자연스레 정욕을 추구하는 인간의 진정한 모습을 비판이 아닌 긍정적 시선으로 바라보게 하는 데 동참하게 되는 것이다.

(2) 장형사설시조와 악곡 양상

만횡청류에는 단형사설시조에 이어 538번부터 580번까지(540번 제외)는 사설이 길게 늘어나 말 엮음의 미학을 제대로 보여주는 장형사설시조를 수록하고 있다.

---

17 이택후, 앞의 책, 276~284쪽 참조.

568   어이 못 오던다 므스 일로 못 오던다
      너 오는 길 우희 무쇠로 城을 뜨고 城안헤 담 뜨고 담 안헤란 집을 짓고 집
      안헤란 두지 노코 두지 안헤 櫃를 노코 櫃 안헤 너를 結縛ㅎ여 노코 雙비목
      외걸새에 龍거북 즈믈쇠로 수기수기 줌갓더냐 네어이 그리 아니 오던다
      흔 둘이 셜흔 날이여니 날보라 올홀리 업스랴

      『靑珍』(568)蔓橫淸類, ×/『甁歌』(1103)編數大葉, ×/『靑가』(634)編樂幷抄, ×/
      『靑詠』(556)蔓橫 樂時調 編數葉 弄歌, ×/『古今』(286)×, ×/『靑六』(720)弄, ×
      /『興比』(407)各調音, ×

      이 노래는 편(編) 계열의 악곡으로 불렸는데, 편 계열은 사설의 말 엮음이
많든 적든 간에 16박 한 장단을 10박 한 장단으로 줄이고 선율형을 축소하여
변주한 곡으로 빠르게 부르는 형태의 곡이다. 편·엮음·사설은 모두 같은
말로서 음악적인 리듬을 촘촘하게 하여 빠르게 부른다는 뜻을 담고 있다.[18]
568번은 "날보라" 오지 못하는 "너"가 오지 못하도록 하는 장애물을 앞의 말
을 받아 연쇄적으로 반복 나열하면서 중장에서 말을 촘촘히 엮어 짜 말 엮음
의 재미를 한껏 고조시키고 있다.
      그런데 이 노래의 의미 지향을 '님을 기다리는 어려움의 직접적 토로'[19]로
보거나, 날 보러 오지 못하는 너 때문에 내 심정이 비장해진다는 그러한 진지
성[20]을 드러낸 노래로 보는 견해는 타당한 해석이라 하기 어렵다. 편(編)은 춘
추풍운(春秋風雨), 초한건곤(楚漢乾坤)이라는 가지풍도형용(歌之風度形容)과 같

---

18 김우진, 「가곡 계면조의 농과 낙에 관하여」, 서울대학교 대학원 석사논문, 1984 참조.
19 고미숙, 「사설시조의 역사적 성격과 그 계급적 기반 분석」, 『18세기에서 20세기 초 한
    국 시가사의 구도』, 소명출판사, 1998, 123쪽.
20 김대행, 「〈어이 못 오던가〉 그리고 태도와 표현의 시학」, 『한국고전시가작품론』 2, 집
    문당, 1992.

이 춘추시대와 초한의 승패를 각축하는 혼란스런 전장을 연상시키는 악곡이다. 그러므로 568번은 편(編) 장단에 따라 "너"가 "날보라" 오지 못하는 이유가 되는 장애물들을 수다스럽게 주워섬기면서 님이 오지 못해서 가지게 되는 슬픔의 정서를 해소하게 되고 말 엮음 그 자체를 즐기며 놀이판의 재미와 흥을 고조시키는 노래이므로 '어려움'이나 '진지성'으로 이해해서는 곤란할 것이다.

565　밋난편 廣州ㅣ 뚝리뷔 쟝ᄉ 쇼대난편 朔寧 닛뷔쟝ᄉ
　　　눈경에 거론 님은 쭈짝 쭈두려 방망치쟝ᄉ 돌호로가마 홍도쌔 쟝ᄉ 빙빙도라 물레쟝ᄉ 우물전에 치ᄃ라 근댕근댕ᄒ다가 워렁충창 풍쌔져 물 둠복 쎠내ᄂ 드레곡지쟝ᄉ
　　　어듸가 이 얼골 가지고 죠릐쟝ᄉ를 못 어드리

『靑珍』(565)蔓橫淸類, ×/『甁歌』(933)蔓橫, ×/『詩歌』(667)×, ×/『樂서』(497)弄歌, ×/『靑가』(625)編樂幷抄, ×/『靑詠』(591)蔓橫 樂時調 編數葉 弄歌, ×/『東國』(341)界面調, ×/『槿樂』(334)蔓橫淸, ×/『靑淵』(94)×, ×/『靑六』(662)弄, ×/『歌譜』(213)편롱, ×/『永類』(287)×, ×/『興比』(117)蔓弄, ×/『源國』(492)弄歌, ×/『源奎』(491)弄歌, ×/『源河』(488)弄歌, ×/『源六』(469)弄, ×/『源佛』(471)弄, ×/『海樂』(481)弄歌, ×/『源一』(476)弄歌, ×/『協律』(475)弄歌, ×/『花樂』(501)弄歌, ×/『시쳘가』(70)×, ×/『慶大本』(200)蔓數大葉 界弄, ×/『解我愁』(393)蔓橫淸類, ×/『永言』(320)弄, ×

만횡청류가 사대부 사회에서 향유된 것은 사실이나 평시조의 형식미학을 일탈하였을 뿐만 아니라 이 노래같이 음왜한 음성이어서 공개적으로 인정받지는 못했다. 그러나 평시조의 긴장미를 사설시조에서 말 엮음의 재미를 통해 풀어줌으로써 평시조가 향유되는 자리에서, 특히 긴장을 풀어야 하는 술

자리에서 함께 향유했던 것으로 보인다.[21]

농(弄) 계열로 향유된 565번은 여성의 목소리를 빌려 '밧리뷔 쟝스'꾼 아내의 복잡한 남성관계를 장난스럽게 노래하고 있다.『가곡원류』와『해동가요』에서 볼 수 있는 농의 가지풍도형용은 설전군유(舌戰群儒) 변태풍운(變態風雲)으로 사대부들이 모여 설전을 하듯 과장되고 수다스럽게 변화를 주면서 꿋꿋하게 부르는 노래다.[22] 장사치가 파는 물목을 나열하며 이름을 붙인 '닛뷔 쟝스 · 방망치쟝스 · 홍도째 쟝스 · 물레쟝스 · 드레곡지쟝스'는 모두 이 여성 화자의 성적 대상으로 여기에 온갖 수식어가 따라붙는다. 이 수식어들은 '밤일'하는 남성의 각기 다른 태도를 의미하는데 여기서 웃음이 유발된다. 더 나아가 종장에서 이 여성 화자가 자신의 미모를 내세워 '죠릐쟝스'도 얻을 수 있다고 장담하는 데서 폭소를 터뜨리게 된다. 이 여성 화자의 수다와 너스레(舌戰群儒)를 '저열한 자기도취이며 작품이 겨냥하는 흥미의 초점은 바로 이에 대한 풍자적 형상화에 놓여 있다'[23]고 보는 것 역시 텍스트의 의미가 여성 화자의 저열성에 대한 비판에 있는 것으로 볼 수 없다는 점에서 타당한 해석으로 받아들이기 어렵다. 더욱이 이 텍스트가 당대에 풍류 현장에서 불려진 연행 상황을 고려하지 않은 채 오늘의 시점에서 시 텍스트로서만 이해할 경우[24] 이런 해석의 오류를 보이기 쉽다. 사대부들의 질탕

---

21 김학성, 앞의 책, 100~101쪽 참조.
22 장사훈,『시조음악론』, 서울대학교 출판부, 1986, 186~187쪽 이하. 풍도형용에 관해서는 이 책을 참조.
23 김흥규, 앞의 책, 226쪽.
24 만횡청류의 사설시조는 눈으로 읽혀진 시가 아니라 '노래'로서 연행된 '가(歌)'였다는 사실을 잘 알고 있음에도 불구하고 실제로 텍스트를 이해하고 해석하는 데 있어서는 눈으로 읽혀지는 '시(詩)'로 대해왔다. 이러한 태도는 사설시조 텍스트를 살아 있는 동적 구조체로서 이해하는 것이 아니라, 텍스트의 유기적 생명을 말살시켜 하나의 죽은 화석으로 그 시체를 해부하는 일에 비견할 수 있다. 사설시조를 서민의 문학으로 보고 평시조의 대항장르(anti-genre)로 이해한 것도 바로 이러한 태도에 연유한 것이다. 그러

한 풍류 현장에서 부른 이 노래는 과장된 허튼소리로 수다를 떠는 여성 화자를 떠올리며 호탕한 웃음을 웃게 한다. 어리숙한 이 여인을 풍자하려는 게 아니라 웃자고 하는 농지거리요, 놀이로서의 노래이며, 여인의 욕망 추구가 인간의 진정한 모습이라는 점에서 가치를 부여한 것이라는 차원으로 이해해야 온당한 해석이라 할 것이다.

2) 장별 일탈의 양상

만횡청류는 일단 본가곡(평시조)의 틀을 일탈한 노래들을 한데 모아놓은 것이다. 그런데 그 일탈 양상을 살펴보면 3장 가운데 중장의 사설이 길게 늘어나며 가장 많은 일탈이 일어나는데 그것은 이 시대의 사설시조가 가곡창에 얹어 부른 것과 관계가 깊은 것으로 보인다. 즉, 흥이 고조되더라도 초장은 둘로 나누어 앞구와 뒷구의 대등한 균형을 맞추느라 일탈에 무게 중심을 두지 않게 되지만, 중장으로 접어들면 고조된 흥취를 여기서 한껏 펼치도록 공간이 배려되어 있으므로 분장(分章)할 필요 없이 연속으로 부르게 되어 중장의 사설 확대가 자연스럽게 이루어지기 때문이다. 이런 점을 고려하여 여기서는 가장 흔한 사례로 나타나는 중장 일탈 여부를 먼저 살피고 그 다음 다른 장의 일탈 관계도 살펴보고자 한다.

(1) 중장의 일탈
① 중장 단독 일탈

507　白髮이 환양 노는 년이 져믄 書房 ᄒ랴 ᄒ고
　　　센머리에 墨漆ᄒ고 泰山 峻嶺으로 허위허위 너머 가다가 과그른 쇠나기에

나 누구나 잘 알고 있듯이 사설시조는 시(詩)로서 존재한 것이 아니라 가(歌)로서 존재했다. 따라서 사설시조는 가(歌)의 텍스트로 이해되어야 한다. 김학성, 『한국고시가의 거시적 탐구』, 집문당, 1997, 374쪽.

흰 동정 거머지고 검던 머리 다 희거다

그르사 늘근의 所望이라 일락배락 ᄒ노매[25]

507번은 편(編) 계열이다. 편의 풍도형용은 낙락춘풍(樂樂春風)으로 남녀의
즐거운 일처럼 빠르고 즐거운 곡조에 얹어 부른다. 백발에 서방질하는 늙은
여자가 젊은 서방을 얻으려고(초장)→흰머리에 먹칠을 하고 높은 산 험한 고
개를 허둥지둥 올라가다 때마침 내리는 심한 소나기에 먹칠이 흘러내려 흰
동정이 검어지고 검던 머리가 다 희게 되었으니(중장)→늙은이의 소망이 이
루어질지 이루어지지 않을지 모르겠다(종장)는 노래다. "늘근의"가 "져믄 書
房 ᄒ랴 ᄒ"는 모습을 우습고 장황하게 엮어 짠 중장의 사설이 늘어났다. 이
는 사돈 남 말한다는 말이 있듯이 사대부들의 놀이판에서 그들 자신의 이야
기를 중개서술자의 목소리로 불러 흥청거리며 웃자고 하는 농지거리요, 일
종의 허튼소리다. 이 허튼소리는 허튼소리로만 끝나는 게 아니고, 놀이판의
재미와 흥을 고조시키되 "늘근의"가 가지는 욕망을 표현함으로써 그 이면에
인간 본성의 자연스런 정욕을 추구하는 모습, 곧 자연의 진기를 그 진정한 가
치로 긍정하고자 하는 의도가 잠재되어 있는 것이다.

그런데 강명혜 역시 507번을 비롯한 만횡청류의 텍스트를 그 연행상황을
고려하지 않고 텍스트 표면에 나타난 의미로만 파악함으로써 온당한 이해에

---

25 507번을 가곡창의 5장 형식에 따라 배열하면 다음과 같다. 중장에서 고조된 흥취를 한
  껏 펼치도록 공간이 배려되어 긴 사설을 연속적으로 부르게 된다.
  초장   白髮이 환양 노는 년이
  2장   져믄 書房 ᄒ랴 ᄒ고
  3장   센머리에 墨漆ᄒ고 泰山 峻嶺으로 허위허위 너머 가다가 과그른 쇠나기에 흰
        동정 거머지고 검던 머리다 희거다
  4장   그르사
  5장   늘근의 所望이라 일락배락 ᄒ노매

다가서지 못하고 있다. 즉, 그는 507번이 유발하는 웃음은 냉소와 조소적 요소가 강하게 드러나며 비아냥대는 어조가 지배적인 웃음으로 이러한 웃음을 통해 독자들은 즐거움을 느끼게 되고(滑稽), 상황이 주는 아이러니칼한 광경에 한편으로는 교훈적인 성과도 획득한다고 본다. 이때의 교훈은 사람이 자신의 분수를 지키지 않는 일과 분수에 넘치는 감정에 휩싸이는 것이 얼마나 어리석으며 인생의 낭패를 갖고 올 수 있다는 것으로 귀결된다는 것이다. 아울러 사설시조가 만연하던 시기는 근대의식이 태동하던 시기였고 따라서 사설시조는 세계적인 추이에 부합해서 근대성이 개입된 텍스트라는 것이다.

> 근대에 이르러서는 바로크나 사실주의나 자연주의의 문예예술에서 볼 수 있듯이 醜가 점차로 예술세계에 끼어들게 되고, 이에 따라서 미학에서도 비로소 추의 미적 의의를 인정하려는 주장이 나타나기 시작한다. 이런 점에서 볼 때 근대문학 속에 醜美가 등장한다는 것은 하등 이상할 것이 없는 자연스러운 일로서, 이를 간과해서는 안 될 것이다. 辭說時調에는 이러한 醜美가 상당량 함유된다. 즉 추한 면모를 통해 미를 나타내는 표현이 많이 등장하는 것이다. 이는 결국 사설시조라는 양식이 근대정신의 산물이라는 것을 반증하는 것이기도 하다.[26]

이처럼 강명혜 역시, 앞서의 고미숙, 김흥규, 강명관 등의 독법이 보여주는 문제를 여전히 안고 있다. 사설시조를 너무 진지한 목소리로 이해하고 그것을 근대적 가치로 연결하는 데로 나아가는 논리의 비약을 보여준다는 것이다. 그러나 이 노래들은 농(弄)·낙(樂)·편(編)이라는 악곡에 실어 긴장을 풀기 위해 마련한 풍류방의 놀이에서 취흥이 고조되면서 흥청거리며 농지거리하듯 불러 놀이의 재미를 한껏 맛보기 위한 텍스트이다. 상소리가 저절로 나

---

26 강명혜, 「사설시조의 미적 특성」, 『시조학논총』 제13집, 1997, 94쪽.

오고 성 담론의 외설스러움이 표출되지만 그런 형상들이 조금도 비속하거나 추하지 않고 오히려 티 없는 천진스러움으로 다가옴은 천기론에 바탕을 둔 조선 중·후기 지식인들의 진정(眞情)·진심(眞心)의 추구와 상관할 것이다.

사설시조의 노랫말이 음왜한 성 담론을 즐기고 이언(俚言)으로서 비속한 구어체의 구사가 많다 하더라도 이는 동심·성령·천기의 반영으로 자연의 진기에서 오는 인간본성의 가식 없는 표현이다. 사설시조는 물론 변안렬의 「불굴가」나 정철의 「장진주사」라는 존재가 말해주듯이 조선 후기 또는 18세기의 산물인 것만은 아니다. 사설시조라는 텍스트의 집적을 상정할 수 있고 거기다가 그 시기에 만횡청류가 크게 유행했다는 것으로 보아야 한다. 이런 노래를 서구의 사실주의나 근대정신 같은 거창한 사상 이념적 가치로 이해할 필요는 없는 것이다. 한자문화권에 속한 조선이 명말 청초에 「육포단」 같은 성 담론이 만연하는 중국 쪽의 자연인성론에 근거해서 양반 사대부 지식인들이 먼저 세계관 또는 미의식의 변화를 보인 것으로 이해해야 순리이다.

② 초장과 병행 일탈

562　흔 눈 멀고 흔 다리 절고 痔疾三年 腸疾三年 邊頭痛 內丹毒 다 알는 죠고만 삿기 개고리
一百쟌 대 자쟝남게 게 올을 제 쉬이 너겨 수로록 소로로 소로로 수로록 허위허위 소솝 쒸여 올라 안자 느리실 제란 어이실고 나 몰래라 져 개고리
우리도 새 님 거러두고 나죵 몰라 ᄒ노라

초장과 중장의 사설이 길게 늘어난 562번은 만횡(弄) 계열로 설전군유 변태풍운의 곡태에 따라 부른 노래다. 한 눈 멀고 한 다리 절고 치질 삼 년 복질 삼 년 편두통 내단독 다 앓는 조그만 새끼 개구리가 높은 나무에 기어오를 때는 쉽게 여겨 뛰어올라 앉았지만, 내려올 때는 어떻게 내려올지 걱정인 새끼 개구리처럼 우리도 새님을 걸어두고 나중에는 어떻게 될지 모르겠다는 노래

다. 새끼 개구리를 우습게 드러내기 위해 사대부들이 설전하듯, 과장되게 사설을 길게 엮어 짜고(초장) 이어서 불구이면서 병약한 새끼 개구리가 분수를 모르고 높은 나무 위에 겁 없이 올라가는 모습을 의성어와 의태어를 주워섬 기면서 말수가 수다스럽게 늘어난다(중장). 초장과 중장의 긴 사설을 통하여 결국 이 새끼 개구리처럼 이 노래를 즐기는 풍류 공간의 불특정다수인 "우리" 도 "새 님 거러두고 나죵"에 어떻게 될지 모겠다(종장)는 말로 자연의 진기(眞 機, 진정[眞情]과 정욕[情慾])를 드러내어 의미를 부여한다. 그러면서 한바탕 웃 고 떠들며 풍류 공간의 흥을 고조시키는 허튼소리로 즐기고 마는 것이다.

③ 종장과 병행 일탈

567 　재 너머 莫德의 어마 네 莫德이 쟈랑 마라
　　　 내 품의 드러셔 돌곗줌 자다가 니 글고 코 고오고 오좀 스고 放氣 쒸니 盟 誓개지 모진 내 맛기 하 즈즐ᄒ다 어셔 ᄃ려니거라 莫德의 어마
　　　 莫德의 어미년 내ᄃ라 發明ᄒ야 니르되 우리의 아기ᄯᅩᆯ이 고림症 빈아리와 잇다감 제症밧긔 녀나믄 雜病은 어려셔 브터 업ᄂ니

567번에는 3인의 목소리가 있다. "莫德"이를 품고 자던 남성 화자와 "莫德 의 어미"라는 여성 화자 그리고 "莫德의 어미년 내ᄃ라 發明ᄒ야 니르되"로 나타나는 중개서술자가 그것이다. 중장에서 막덕을 품고 자던 남성 화자가 막덕이 방 안을 뒹굴어 다니는 "돌곗줌 자다가 니 글고 코 고오고 오좀 스고 放氣 쒸니" "모진 내 맛기"가 너무 지긋지긋하다며 어서 데려가라고 막덕 어 미에게 '해라체'로 명령한다. 민망스런 이야기를 능청스럽게 농지거리로 해 대는 이 말을 받아 막덕 어미는 종장에서 "우리의 아기ᄯᅩᆯ이 고림症 빈아리와 잇다감 제症밧긔 녀나믄 雜病"은 어려서부터 없다고 맞장구치듯 "發明"한 다. 순진한 것 같기도 하고 어리석은 것 같기도 한 막덕 어미의 말에 의하면 막덕은 심각한 여러 가지 병을 앓고 있는 중환자다. 그럼에도 그런 중병에다

가 이따금 여러 잔병들(제症)을 앓는 것 외에 여나믄 잡병은 없다고 말한다.

죽을 지경의 중환자를 두고 이런 말투로 발명하는 것을 보면 말이 그렇다는 것이다. 어처구니없는 허튼소리들이 둘 사이에 오가는 것이다. 이 어처구니없는 허튼소리와 과장의 극치를 보여주는 막덕 어미의 발명은 좌중의 폭소를 터뜨리게 되어 있다. 이들의 대화가 유발하는 웃음은 '저열(低劣)한 대상 인물을 관찰자로부터 분리하여 소극(笑劇)의 차원에서 비판적으로 보게 하는 장치'라거나 '저열한 인물들을 비춤으로써 누추하고 비천한 삶의 면면을 포착'하려는 데 의도가 있는 것은 아니다. 또한 누추한 삶의 희극적 조명을 위한 것도 아니다. 이런 작품군이 '엷은 관용·연민을 함축한다'는 해석[27]에도 역시 문제가 있다.

이 노래는 화란춘성(花爛春城), 화창한 봄날의 꽃동산같이 마냥 즐겁기만 한 가락과 요풍탕일(堯風湯日), 태평성대의 봄날을 구가하듯 노래하는 낙(樂) 계열이다. 남성 화자의 험하고 비속한 사설로써 기이하게 자는 막덕의 모습을 주워섬겨 치렁치렁한 멋을 부리고 있다. 여기다가 딸의 부끄러운 이야기를 과장하여 농지거리로 허튼소리를 해대는 막덕 어미의 대꾸는 이 노래가 재미로 웃자고 하는 노래임을 말해준다. 그런 이 노래가 누추하고 비천한 삶의 면면을 포착하여 고발하고 풍자하려는 비판적 시선의 노래라면 가곡창의 화려한 변주곡 선율에 실어 즐기며 노래할 수 있을까. 질탕하게 허튼소리를 즐기는 풍류방 놀이에서, 농지거리로 부른 이 노래에서 누가 누구를 용서한다거나 누구에게 연민을 느낀다는 것은 과도한 해석[28]이며 이는 사설시조 텍

---

27 이러한 견해는 김흥규, 앞의 책, 229~231쪽.

28 노래방이라는 놀이판에서 애절한 노래를 누군가 부른다고 할 때 우리는 그 노래를 부르는 이에 대해 연민의 시선을 보내는 게 아니라 노래 잘 부른다고 함께 즐거워하며, 나도 저 노래를 저렇게 애절하게 잘 부르고 싶다고 생각하면서 놀이의 순간을 보내는 바와 같다.

스트 상황과는 거리가 먼 이해다.

④ 초-종장과 병행 일탈

561   泰山이 不讓土壤故로 大ᄒ고 河海不澤細流故로 深ᄒᄂ니
        萬古天下 英雄俊傑 建安八字 竹林七賢 李謫仙 蘇東派ᄀ튼 詩酒風流와 絶
        代豪士를 어듸 가 어더 니로 다 사괴리
        鷰雀도 鴻鵠의 무리라 旅遊狂客이 洛陽才子 모드신 곳에 末地에 參與ᄒ여
        놀고간들 엇더리

3장을 모두 일탈한 561번은 식자층의 현학취가 드러나는 한문어투로 사설
을 엮어 짰다. "태산(泰山)"은 적은 양의 흙도 사양하지 않아 높고(大ᄒ니) "하
해(河海)"는 가느다란 물줄기도 가리지 않으니 깊다(深ᄒᄂ니)면서(초장)→이제
까지의 "英雄俊傑 建安八字 竹林七賢 李謫仙 蘇東派ᄀ튼 詩酒風流와 絶
代豪士"를 다 얻어 사귈 수 없으니(중장)→작은 새(참새, 제비)나 큰 새(기러기,
고니)나 다 새들의 무리(鷰雀도 鴻鵠의 무리)인 것처럼 화자인 떠돌이 미친 나그
네(旅遊狂客)가 한양의 훌륭한 선비들(洛陽才子)과 같은 풍류마당 말석에 끼어
함께 놀고 가면 어떻겠냐는 노래다. 나그네의 과장되고 현학적인 농지거리
(舌戰群儒 變態風雲)가 호탕한 웃음을 자아내게 한다. 사대부층은 이러한 호탕
한 웃음을 통해서 삶의 긴장을 한껏 풀어내 해소해갔던 것으로 이해된다.

(2) 중장 이외의 일탈[29]

① 초장 단독 일탈

476   ᄋ자 나 쓰던 黃毛筆을 首陽 梅月을 흠벅 지거 窓前에 언젓더니 댁듸글 구

---

29 여기서부터는 지면 관계상 의미 내용 분석이나 악곡과의 상관성을 상론하지 않고 대
   표적인 노래 1수씩을 예시하기로 한다.

우러 쏙 나려지거고
이제 도라가면 어들 법 잇건마는
아모나 어더 가져셔 그려보면 알리라

② 종장 단독 일탈

495   靑天 구룸 밧긔 노피 셧는 白松骨이
        四方 千里를 咫尺만 너기는듸
        엇더라 쇠궁쳑 뒤져 엇먹는 올히ㅣ는 제집 門地方 넘나들기를 百千里만
너기더라

3. 사설시조의 표현 특징

1) 문체상의 특징

만횡청류를 문체 면에서 보면 국한문혼합어투는 국문어투와 한문어투를
합한 정도의 분량으로 대다수를 차지한다. 이로 보아 만횡청류의 주담당층
은 한문문화에 대한 이해가 깊은 사대부이거나 그들 문화에 익숙한 계층임
을 알 수 있다.

> 우리나라 사람이 지은 가곡은 오로지 방언을 사용하고 간혹 문자가 섞여
> 諺書로 세상에 전한다.
> 我東人 所作歌曲 專用方言 間雜文字 率以諺書 傳行於世[30]

라고 한 김천택의 언급에서 가곡창의 문체상의 표현이 어떠했는지가 잘 드

---

[30] 『청진』 소재 「맹상군가」 평설 다음에 붙은 김천택의 말인데, 만횡청류에 대한 평설 앞
에 수록되어 있다.

러나 있다. 사대부의 풍류마당에서 시조를 향유할 때 처음에는 엄숙하고 진지한 정격의 시조를 즐기게 되지만 그 단조로움을 벗어나 취흥을 돋우고 풍류를 만끽하기 위해서는 평시조의 정격을 일탈하여 사설을 재미있게 엮어 짜면서 질탕한 놀이판을 만들어간다.[31] 한문문화의 세례를 받은 사대부층은 중국의 전고·용사를 들어가며 그들의 문화와 정신세계를 대변하는 언어 구사를 보이고 성 담론을 즐기는 사설시조에서도 한문어투를 자유자재로 구사하는 것이다. 악곡별로 분류했을 때 전체적으로 농이 가장 많다는 것은 만횡청류가 사대부의 풍류방 놀이에서 농지거리에 해당하는 허튼소리를 흥청거리며 부르는 노래임을 말해준다.

① 국문어투[32]

국문어투는 구어체의 순우리말을 전면적으로 구사하거나 한자어를 쓰더라도 우리말과 차별 없이 일상어로 된 한자어, 인명이나 지명 같은 한자로 된 고유명사를 활용하여 사설을 엮은 작품군을 가리킨다.

503 콩밧틔 드러 콩닙 뜨더 먹는 감은 암쇼 아므리 이라타 뽀츤들 제 어듸로 가며
　　　니불 아레 든 님을 발로 툭 박츠 미젹미젹 ᄒ며셔 어셔 가라 흔들 날 ᄇ리고 제 어드로 가리
　　　아마도 싸호고 못 마를슨 님이신가 ᄒ노라

---

31 사대부가 즐기는 가곡창의 한바탕에서 처음에는 느리고 장중한 곡에 평시조를 얹어 부르는 데에서 시작하여 취흥이 도도해지면 차츰 빠르고 흥청거리는 弄·樂·編의 곡에 사설시조를 얹어 부르는 쪽으로 변화를 보인다. 사설시조의 위상은 평시조와 함께 존재하면서 평시조의 變調로서 평시조의 기능을 보완·확장하는 데 있다. 김학성, 『한국고시가의 거시적 탐구』, 집문당, 1997, 375쪽.
32 국문어투는 농 계열이 15편(465 484 495 496 503 511 512 547 551 552 555 562 565 573 576), 낙 계열이 10편(478 479 480 494 517 534 535 541 549 553), 편 계열이 3편(506 508 568)이다.

② 한문어투[33]

한문어투는 전고·용사를 적극 활용하거나, 한시 어법으로 표현하거나 고사성어 같은 한자조어를 전면적으로 써서 사설을 엮은 작품군을 가리킨다. 이러한 어법은 사설시조 담당층이 한시어법에도 익숙한 계층임을 말해주는 근거로 삼을 수 있어 사설시조가 서민 계층의 장르로 보려는 일부의 시각이 설득력이 없음을 알게 한다.

521   千古 羲皇天과 一寸 無懷地에 名區勝地를 굴희곡 갈희여 數間茅屋 지여내
       니 雲田烟水 松風蘿月 野獸山禽이 절로 己物 되어괴야
       아히야 山翁의 이 富貴를 눔두려 히혀 홀셰라

③ 국한문혼합어투[34]

국한문혼합어투는 국문어투와 한문어투를 혼용한 작품군으로 이 혼합어투가 만횡청류의 대종을 이룬다. 사설시조의 주류 담당층인 사대부층이나 그 관련 계층이 한자문화에 상당한 정도로 익숙한 터이므로 문어적 취향의 화려한 수사를 과시하느라 한문어투를 즐겨 섞어 썼고 이것이 가장 자연스러운 서술방식이 된 것으로 보인다.

563   증경이 雙雙 綠潭中이오 晧月은 團團 暎窓櫳이라
       凄凉흔 羅幃은 슬피 울고 人寂夜深흔듸 玉漏屛屛 金爐에 香盡參橫月落도
       록 有美故人은 뉘게 자펴 못오는고

---

33 한문어투는 농 계열이 19편(469 473 487 492 497 500 510 513 521 522 523 528 529 544 554 556 558 561 575), 낙 계열이 5편(485 488 489 504 527), 편 계열이 6편(482 509 539 560 570 578)이다.
34 국한문 혼합어투는 농 계열이 25편(466 467 468 470 472 475 476 477 483 490 491 493 498 501 502 515 520 526 536 546 548 557 559 563 574), 낙 계열이 19편(471 474 481 499 505 514 516 518 519 524 525 530 532 533 537 540 545 567 577), 편 계열이 14편(486 507 531 538 542 543 550 564 566 569 571 572 579 580)이다.

님이야 날 싱각 ㅎ랴마는 나는 님 쑨이매 九回肝腸을 寸寸이 스로다가 스라져 주글만졍 나는 닛지 못ㅎ애

2) 서술상의 특징

만횡청류의 서술상의 특성은 무엇보다 말 엮음의 미학에 있다. 말을 주섬주섬 주워섬겨서 치렁치렁한 말맛을 내며 재미있게 엮는 데 사설시조의 묘미가 있는 것이다. 이 사설 확장 방식을 세분하면 말엮음의 재미를 본격적으로 보여주는 **대등적 병치형, 연쇄적 나열형**과 평시조의 연장선에서 말수만 많아지는 **사설의 단순확장형**으로 나눌 수 있다.

(1) 대등적 병치형

대등적 병치형은 그 병치의 방식에 따라 부름에 답하거나 묻고 답하는 형식의 **호응형**, 단순나열 형식의 **병치형**으로 다시 세분할 수 있다.

① 호응형

536 琵琶야 너는 어이 간되 녠듸 앙쥬아리는
힝금흔 목을 에후로혀 안고 엄파갓튼 손으로 빅를 쟈바 뜻거든 아니 앙쥬아리랴
아마도 大珠小珠 落玉盤ㅎ기는 너 쑨인가 ㅎ노라

초장은 남성 화자가 비파로 비유된 여성 화자에게 묻는 발화이고 중장은 비파가 답하는 형식의 여성 화자의 발화이다. 이런 발화 방식은 놀이판을 훨씬 더 역동적인 재미로 빠져들게 한다.

② 병치형

559 高臺廣室 나는 마다 錦衣玉食 더옥 마다

銀金寶貨 奴婢田畓 緋緞치마 大段쟝옷 蜜羅珠 겻칼 紫芝鄕織 져고리 쏜
머리 石雄黃으로 다 쑴자리 又고

眞實로 나의 平生願ᄒ기ᄂᆞᆫ 말잘ᄒ고 글잘ᄒ고 얼골 기자ᄒ고 품자리 잘ᄒ
ᄂᆞᆫ 져믄書房 이로다

초장의 '高臺廣室 · 錦衣玉食' 중장의 '銀金寶貨 · 奴婢田畓 · 緋緞치
마 · 大段쟝옷 · 蜜羅珠 겻칼 · 紫芝鄕織 져고리 · 쏜 머리 石雄黃'은 모두
동격이며 여성 화자가 싫어하는 것들의 목록으로 병치되고 있다. 화려한 문
어투의 과시적 병치는 놀이판의 흥을 더욱 고조시키는 데 기여했을 것이다.

(2) 연쇄적 나열형

연쇄적 나열형은 앞말을 이어받아 엮는 **연쇄적 엮음형**과 시어나 어구를 반
복하거나 변주 반복하는 **반복적 엮음형**으로 세분할 수 있다. 이 두 유형은 사
설시조의 치렁치렁한 말맛을 본격적으로 드러내 보여준다.

① 연쇄적 엮음형

568   어이 못 오던다 므스 일로 못 오던다

너 오ᄂᆞᆫ 길 우희 무쇠로 城을 ᄡ고 城안헤 담 ᄡ고 담 안헤란 집을 짓고 집
안헤란 두지 노코 두지 안헤 樻를 노코 樻 안헤 너를 結縛ᄒ여 노코 雙비
목 외걸새에 龍거북 ᄌᆞᆷ을쇠로 수기수기 즘갓더냐 네 어이 그리 아니 오던
다

ᄒᆞᆫ 둘이 셜흔 날이여니 날보라 올 홀리 업스랴

초장에서 "못 오던다"를 반복하면서 못 오는 이유를 앞말을 이어받아 치렁
치렁 엮고 있다. 사설시조의 치렁치렁 이어지는 말맛을 최대한 느낄 수 있는
이 연쇄적 엮음형은 '너 오ᄂᆞᆫ 길→길 우희 무쇠로 城을 ᄡ고→城안헤 담 ᄡ
고→담 안헤란 집을 짓고→집 안헤란 두지 노코→두지 안헤 樻를 노코→

橫 안혜 너를 結縛ᄒ여 **노코**'와 같이 앞말을 이어받아가며 주워섬기는데 이 연쇄적 엮음형은 2음보격 연속체의 경쾌 발랄한 어조로 구사되어 사설시조의 묘미와 본질을 최대한 느낄 수 있도록 해준다.

② 반복적 엮음형

565 밋난편 廣州ㅣ 뜻리뷔**쟝ᄉ** 쇼대난편 朔寧 닛뷔**쟝ᄉ**
눈경에 거론 님은 쑤싹 쑤두려 방망치**쟝ᄉ** 돌호로가마 홍도깨**쟝ᄉ** 빙빙도
라 물레**쟝ᄉ** 우물젼에 치ᄃ라 근댕근댕ᄒ다가 워렁충창 풍싸겨 물 듬복
써내는 드레곡지**쟝ᄉ**
어듸가 이 얼골 가지고 죠릐**쟝ᄉ**를 못 어드리

565번은 여러 가지 물건을 파는"**쟝ᄉ**"들의 명칭을 반복(뜻리뷔**쟝ᄉ** · 닛뷔**쟝
ᄉ** · 방망치**쟝ᄉ** · 홍도깨**쟝ᄉ** · 물레**쟝ᄉ** · 드레곡지**쟝ᄉ** · 죠릐**쟝ᄉ**)하면서 해당 물목
을 수식하는 말을 재미있게 엮어 짜고 있다. 여기서 명칭의 반복은 등가적 반
복의 규칙성으로 인해 리듬감을 최대한 맛보는 묘미에 빠져들게 한다.

(3) 사설의 단순확장형

① 문어적 사설 확장형

558 右謹陳所志 矣段은 上帝 處分ᄒ오쇼셔
酒泉이 無主ᄒ여 久遠陳荒爲有去乎 鑑當情由敎是後에 矣身處許給事를 立
旨成爲白只 爲上帝 題辭入內에 所訴知悉爲有在果 劉伶 李白 段置折授不
得爲有去等
況彌 天下公物이라 檀恣安徐向事

문어적 사설 확장형은 현학적인 한문어투로 사설을 확장시킨 경우인데 말
수가 길어져도 사설시조다운 엮음의 맛을 느낄 수는 없다. 그러나 한문 취향
에서 오는 화려한 수사의 과시는 긴장을 풀어내는 데 크게 기여하고 있어 사

설시조의 엮음의 재미와는 또 다른 묘미에 빠져들게 한다. 사설 내용을 살펴보면 '삼가 뜻한 바를 펴고자 하는 것이 있사오니 옥황상제께서 처분하오소서.(초장) 술샘에 주인 없어 오래도록 황폐하여졌으니 그 이유를 살피신 후에 이 몸 바라는 뜻을 들어 허락하심을, 뜻을 세워 비나이다. 상제의 제사(題辭) 안에 호소하는 바를 모두 살폈거니와 유령, 이백들도 (술샘을) 떼어 받지 못했거늘(중장) 하물며 그것은 천하공물이니 기탄없이 잠시 보류하라(종장)'는 것이다.[35] 이런 내용은 순우리말로 졸박하게 하는 것보다 유식한 문어체의 화려한 한문어투로 풀어내면서 풀이의 기능을 한껏 맛볼 수 있었을 것이다.

② 구어적 사설 확장형

547   개를 여라믄이나 기르되 요 개곳치 얄믜오랴
      뮈온님 오며는 꼬리를 홰홰치며 쒸락 느리쒸락 반겨셔 내닷고 고온 님 오며는 뒷발을 버동버동 므르락 나으락 캉캉 즈져셔 도라가게 흔다
      쉰밥이 그릇그릇 난들 너 머길 줄이 이시랴

구어적 사설 확장형은 순우리말로 사설을 확장하면서 이야기를 재미있게 엮은 경우이다. 547번의 화자는 개를 몇 마리 기르는데 그중에 아주 얄미운 개에 대해 노래하고 있다. 그 얄미운 개는 미운 님이 오면 꼬리를 홰홰 치며 반가운 듯 이리 뛰고 저리 뛰며 달려들고, 고운 님이 오면 뒷발을 버둥거리며 물 것처럼 캉캉 짖어서 돌아가게 한다는 것이다. 그러니 쉰밥이 넘쳐나도 고 얄미운 개에게는 주지 않겠다는 것이다. 547번은 이러한 익살스러운 이야기 노래를 우리말의 구수한 입담으로 들려주되, 엮음의 리듬보다는 재미있게 서술해나가는 어법을 택하고 있어 스토리를 바탕으로 하는 장면 전개에 더

---

35 조규익, 앞의 책, 399쪽 참조.

큰 흥미를 유발시키고 있다.

4. 맺음말

지금까지 『청진』의 만횡청류에 수록된 사설시조의 형식 일탈 양상과 표현 특징을 살펴보았다. 우선 크기 면에서 사설시조는 중형 정도(한 장이 한두 음보 정도 일탈하는 수준을 넘어서는 일탈)의 일탈을 보이며 농 계열과 낙 계열의 악곡에 얹어 엇나가면서 흥청거리는 수준으로 노래하는 단형사설시조에서부터, 농이나 낙을 부리는 수준을 훨씬 크게 강화하거나 본가곡(평시조)을 빠르게 변주한 편(編) 장단에 실어 말을 촘촘하게 엮어 짬으로써 단형사설시조보다는 말수가 크게 늘어나 장형으로 나아간 장형사설시조에 이르기까지 크게 두 계열로 파악하는 것이 사설시조 운용의 실상임을 밝혀보았다.

사설 확장 면에서 사설시조는 중장의 사설을 길게 엮어 짠 경우가 가장 많고 자연스러우며, 초-중-종 3장이 모두 늘어난 경우는 드물다는 사실을 알았다. 문체면에서 만횡청류의 사설시조는 국한문혼합어투가 국문어투와 한문어투를 합한 것만큼 많은데 이는 사설시조의 주담당층이 사대부계층 및 그와 관련한 식자층의 산물임을 말해주는 것이다.

서술상의 특징 면에서는 대등적 병치형, 연쇄적 나열형, 사설의 단순확장형으로 나누어볼 수 있는데 말 엮음의 미학을 본격적으로 드러내는 유형은 2음보격 연속체의 경쾌 발랄한 리듬을 가장 효율적이고 멋스럽게 살려낸 국문어투의 연쇄적 나열형임을 살폈다. 사설의 단순확장형은 평시조의 연장선에서 말수만 많아진 유형으로 한문어투가 주로 이에 속하며 화려한 수사에 기대어 풀이의 기능을 보여줌을 밝혔고, 드물게 국문어투로 표현된 것의 사례도 찾아볼 수 있었다.

제1부 시조란 무엇인가

시조의 효용

1. 시조에 대한 몇 가지 문제적 인식

'서정시조 전반의 의의 그리고 문제와 방향'에 대해 논하는 지면에서 굳이 시조에 대한 문제적 인식을 재론하는 것은 시조 양식에 대한 오해가 일반화되어 있다는 데서 출발한다. 또한 사설시조를 조선 후기의 양식인 것으로 오해하고 있는 것도 문제가 되고, 시조를 시절가조라고 하여 당대 정치사회적 문제에 첨예하게 반응할 것을 특별히 주문한다는 데서 출발한다.

이 글은 「조운 시조로 본 시조의 시적 형식」[1]에서 논의한 시조 율격론과 시조가 서정시라는 점에서 시적 형식을 취한다는 논의를 참조한다. 사설시조의 발생과 관련한 논의는 황패강의 「대은(大隱)의 '불굴가' 보고」[2]를 참조한다. 시조가 조선시대의 시절가라는 점은 노랫말에 담긴 의미 내용을 두고 한 말이 아니라, 음악양식으로서 빠른 악곡인 시조창이라는 창법이 당대에 유행했다는 점에서 시절가라는 명칭이 유래한다는 점을 논의한다. 이 점은 「시조에 대한 가장 큰 오해 - 모든 시는 시절가다」[3]를 참조한다. 이러한 토대 위에

---

1 홍성란, 「조운 시조로 본 시조의 시적 형식」, 『서정시학』, 2011년 가을호.
2 황패강, 「大隱의 '불굴가' 보고」, 『국어국문학』, 국어국문학회, 49 · 50호, 1970.
3 홍성란, 「시조에 대한 가장 큰 오해 - 모든 시는 시절가다」, 『현대시학』, 2009년 2월호.

서 우리 시대 시조의 나아갈 길로서 시조의 효용과 치유에 대해 논의한다.

1) 시조는 글자 수만 따라 쓰는

정형 양식인가

우리 고유의 정형시인 시조에 대한 한국인들의 인식은 소박하기 이를 데 없다. 시조라면 그저 '3·4·3·4'와 같이 글자수만 맞추어 쓰면 되는 자수율을 가진 정형시로 알고 있는 것이다. 한국시단 나아가 학계에서도 1920년~1940년대의 자수율적 파악기에서 크게 벗어나지 못한 인식을 보여주고 있다. 그러나 시조는 자수율을 엄격히 준수한 작품보다 그렇지 않은 작품이 압도적이라는 사실이 지적되면서 자수율이 부정되고 70년대의 음보율을 거쳐 80년대 성기옥에 의해 음량률로 설명되었다.[4]

일찍이 조동일은, 우리가 시조 율격을 자수율로 파악한 것은 식민지적 사고의 전형적인 예가 된다 했다. 실상 자수율로써 시조의 율격을 헤아려야 했던 이유는 시조 창작을 위한 지침을 제공하려는 데 있었다. 이 잘못된 지침은 지금까지 창작을 부당하게 구속해왔다. 특히 상보적 관계에 있는 자유시를 쓰는 시인들이 자수율을 지키지 못한 시조는 시조가 아니며 장 단위 3행으로 시적 형식을 취해야 시조라고 반박하게 하는 원인이 되기도 했다(자유시는 시조의 경쟁 장르나 대항 장르가 아니라 상호보완적 장르다).

시 창작 시간에 만난 대학생들은 고백한다. 지금까지 고등학교에서 시험을 위해 주입식으로 외워온 자수율의 적용이 자료적 실상과 다르다는 데 회의를 가지고 있다는 것이다. 어떤 작품은 초장 첫마디가 2음절로 시작하는데 이것

---

4 홍성란, 「조운 시조로 본 시조의 시적 형식」, 227쪽. 이하 시조 율격론은 이 텍스트를 참조.

이 시조냐는 것이다. 황진이의 '어져 내 일이야~'를 두고 하는 말이다.[5]

율격론은 대부분의 것을 통해서 전체를 다루기보다 전체를 전체로서 다루어 시조의 실상을 포괄적으로 무리 없이 설명할 수 있어야 한다. 이런 점에서 진전된 성기옥의 논구 이후, 김학성에 의해 시조는 자수율과 음량률을 동시에 지니는 세계 유일의 정형 양식으로 규정되었다. 시조의 초장, 중장, 종장은 4모라[6]의 음지속량을 갖는 등가적 음보 4개를 규칙적으로 반복하는 음량률을 가진다. 그러나 종장 첫마디만은 음량률의 규율에서 벗어나 반드시 3음절로 고정하여 자수율을 따르고 둘째 마디는 2음보 결합 형태를 띠는 과음보로 실현하여 운율적 전환을 보여줌으로써 완결된 형식미를 갖추는 것이다.

2) 사설시조는 조선후기의 양식인가

이런들	|	어떠하리	||	저런들	|	어떠하리
만수산	|	드렁츩이	||	얽어진들	|	긔 어떠리
우리도	|	이 같이 하여	||	백년까지	|	누리리라

— 이방원, 「하여가(何如歌)」

알다시피, 이방원(1367~1422)이 「하여가」를 부름으로 해서 정몽주는 「단심가」를 불러 응수했다. 그 결과 선죽교에서 살해당하였다는 역사를 우리는 알

---

5 어져−∨ | 내 일이야 ‖ 그릴 줄을 | 모르더냐
   이시랴− | 하더면∨ ‖ 가랴마는 | 제 구테여
   보내고 | 그리는 정은 ‖ 나도 몰라 | 하노라∨
   여기서 장음을 나타내는 '−'는 1음절만큼의 음지속량을 가지는 '+장음'을 가리킨다. 정음을 나타내는 '∨'는 묵음 상태로 실현되는 기저 자질로 '−장음'이다. 이 '정음'은 1음절(1모라)만큼 음량이 부족할 때 중간 휴지(‖)와 행말 휴지 자리에서 음량(모라 수)을 채운다. '보내고'는 종장 첫마디 3음절 정형의 자수율을 강조하여 굵은 글씨로 표기함.
6 1모라(mora)는 1음절 정도의 음지속량을 갖는다. 따라서 4모라는 4음절 정도의 음지속량을 갖는다.

고 있다. 그런데 이 자리에서 문신 정몽주와는 달리 무신 변안렬(?~1390)은 다음과 같은 시조를 지어 농조(弄調)로 흥청거리며 읊조렸다.

> 가슴에 궁글 | 둥시러케 뚫고 ‖ 왼삿기를 눈길게 | 너슷너슷 꼬와
> 그 궁게 그 삿 너코 두놈이 두긋 마조자바 | 이리로 훌근 져리로 훌적 훌근훌
> 적 할적긔는 ‖ 나남즉 남대되 | 그는 아모쪼로나 견듸려니와
> 아마도 | 님 외오살랴면 ‖ 그는 그리 | 못하리라
>
> — 변안렬, 「불굴가(不屈歌)」 전문[7]

제시한 바와 같이 사설시조 또한 3장 형식은 그대로 지니고 있다. 다만 시조(평시조)가 4음 4보격의 율격체계를 가진다면 사설시조는 흥청거리며 2음 보격 연속체로 말을 엮어 짜 나가되 4마디 통사·의미단위로 확장하여 말수를 늘여나가는 율격체계를 가지고 있다. 사설시조는 흥청거리며 촉급하게 부르는 만횡(蔓橫)이라는 악곡 양식에 얹어 불렀기에 말수가 늘어나도 무한 자유로 늘어나는 게 아니라 평시조의 확장형으로서 경쾌 발랄한 2음보로 엮거나 슬쩍 한번 엇나가 3음보로 말을 엮어 짜는 방식이다.

가슴에 구멍을 둥그렇게 뚫어 왼쪽으로 슬쩍슬쩍 꼰 새끼를 그 구멍에 넣고 두 사람이 양쪽 끝을 잡아 이리저리 돌린다는 것이다. 그 고통은 남 하는 대로 어떻게 견딜 수는 있겠으나 고려 임금을 버리라면 그것은 절대로 따르지 못하겠다는 장수다운 기개를 읊은 것이다. 변안렬은 이방원이 정몽주를 회유하는 자리에서처럼 이 사설시조를 불렀다. 이처럼 사설시조는 이미 14세기의 소작이 있고, 지속적으로 평시조를 확장하여 흥청거리며 부르는 노래양식으로서 향유되어왔다. 그러나 의미 내용이 비루하거나 점잖지 못한

---

7 황패강, 「大隱의 '불굴가' 보고」『국어국문학』, 국어국문학회, 49·50호, 1970년, 667~680쪽.

내용이 대부분이어서 권장 사항도 아니었으니, 작자성은 상실되고 노래만 남은 경우가 허다하다. 더구나 평시조보다 긴 노랫말이 구비적 속성으로 해서 적층된 자료가 적은 것이다. 김천택이 1728년에 노랫말 엮음집[歌集] 『청구영언』에 당시에 유행하던 사설시조 116수를 뒤에 엮어 붙이고 만횡청류라 이름 붙였다. 이것이 사설시조이다. 당시에 입에서 입으로 전하던 노래들이 116수나 되고 그 이본들이 상당한 것은 조선 후기 훨씬 그 이전에 만횡청류가 유행했다는 방증이다. 18세기 상공업의 발달과 더불어 부를 축적한 중인 서리계층과 경화사족들의 향수가 확대되면서 흥청거리는 사설시조를 더 많이 향유하게 된 것이다. 그런 결과 적층된 자료가 눈에 띄게 늘어났다는 것이지 결코 조선후기에 사설시조가 산문정신의 발로로 생성된 것만은 아니다. 조선 중기의 구체적 자료 제시는 다른 지면에서 논하기로 한다.

3) 시조만이 시절가조인가[8]

우리는 흔히 시조를 시절가조(時節歌調)라 하여 그 시절 세태를 노래해온 장르로 인식하고 있다. 이러한 인식의 단초는 시조의 가장 특징적인 표현방법이 우의(寓意, allegory)라는 데 있다. 알다시피 우의는 시절 세태를 즐거이 노래하거나 개탄하는 데 있어 현실을 직접 그대로 드러내기보다는 자연세계에서 소재를 빌려와 그 이면에 작자의 뜻을 숨겨놓는 방식이다. 그러기에 고려 말 공민왕 때 충신 이존오는

구름이 무심(無心)튼 말이 아무도 허랑(虛浪)ㅎ다
중천(中天)에 써이셔 임의(任意)로 둔이면서
구타야 광명(光明)흔 날빗츨 싸라가며 덥ᄂ니(二數大葉)

---

8 이 부분은 홍성란, 「시조에 대한 가장 큰 오해—모든 시는 시절가다」 참조.

라고 노래함으로써 공민왕(光明한 날빛)의 정사(政事)를 흐리게 하는 간신 신돈(구름)의 횡포를 우의적으로 드러냈다. 높이 떠 있는 구름이 그냥 떠 있는 게 아니라 광명한 날빛을 따라다니며 덮어서 흐리게 한다는 것이다.

이런 우의의 방식은 사대부와 기녀 간의 수작시조(酬酌時調)에서도 볼 수 있다.

　　　　북천(北天)이 묽다커늘 우장(雨裝) 업시 길을 나니
　　　　산의ᄂ 눈이 오고 들에ᄂ 찬비 온다
　　　　오늘은 찬비 마즈시니 얼어줄가 ᄒ노라 (二數大葉)

널리 알려진 임제의 시조다. 이에 화답하여 한우(寒雨)는 다음과 같이 노래한다.

　　　　어이 얼어 잘이 므스 일 얼어 잘이
　　　　원앙침(鴛鴦枕) 비취금(翡翠衾)을 어듸 두고 얼어 자리
　　　　오늘은 찬비 맛자신이 녹아 잘까 ᄒ노라 (二數大葉)

이렇게 주고받은 시조는 세간의 이해대로 임제의 동침 제의에 동의하는 한우의 의사 표현이며 이것이 일차적 우의다. 그런데 북천을 임금이 계신 조정의 우의로 보면 눈이 오고 찬비가 오는 자연현상은 임제에게 닥친 부정적 정치현실을 뜻하는 풍자적 우의로 이해된다.

시절가조가 세태를 노래한 것이라면 정철과 진옥이 술송곳(남성 상징)과 골풀무(여성 상징)를 운운하며 언어유희를 즐긴 놀이 또한 세태 속의 풍경이다. 그리고 보면 시조가 시절가라 하여 정치사회 현실이나 세태를 노래한 것이라는 데 의문이 생긴다. 시라는 것이 당대의 현실을 노래한 것이 아닌 것이 어디 있을까. 신라시대에는 향가로서 당대인들의 세계관을 노래했고 고려시

대에는 대표적 장르인 속요로서 고려인들의 삶의 모습을 노래했다. 조선시대 또한 대표적 장르인 가사와 시조로 당대인들의 세계관이며 세태와 습속을 노래한 것이다. 현대시로서 자유시와 시조 또한 오늘을 사는 우리가 당대적 체험과 욕구, 꿈과 현실을 노래하는 시절가요, 시절가조 아닌가. 우리가 당대의 세계관을 지니고서 당대인의 습속과 세태를 노래하지 아니하는 바가 없겠다. 모든 시는 시절가다. 다만 시대를 초월한 시가 있을 뿐이다.

그렇다면 시절가조란 무엇을 말하는가. 이 물음에 대한 일차적 해답은 시조라는 명칭의 기원에서부터 찾아야 할 것이다. 시조라는 명칭은 영조 때 사람 신광수(1712~1775)의 『석북집(石北集)』「관서악부(關西樂府)」에 처음 보이는데

　　일반으로 시조의 장단을 배열한 것은 장안에 사는 이세춘으로 비롯된다.
　　一般時調排長短 來自長安李世春

라는 기록이다. 그 후부터는 시조라는 명칭이 종종 쓰이는데, 정조 때 사람 이학규의 『낙하생고(洛下生稿)』에 의하면

　　그 누가 꽃피는 달밤을 애달파 하는고, 시조가 바로 슬픈 회포를 불러 주네.
　　誰憐花月夜 時調正悽懷

라 썼고, 시조에 대한 주해에서

　　시조란 또한 시절가라고도 부르며 대개 항간의 속된 말로, 긴 소리로 이를 노래한다.
　　時調 亦名時節歌 皆閭巷俚語 曼聲歌之

고 적고 있다. 철종 때 사람 유만공(1793~1869)은 서울의 풍속을 월령가체 『세시풍요』에

보아 등 기생의 무리 자못 수다스러워 길에는 아리따운 옷맵시가 널려 있네
시절단가 그 가락이 흥건한 가운데 찬바람 밝은 달에 3장을 노래하네
寶兒一隊太癡狂 載路聯衫小袖裝 時節短歌音調蕩 風冷月白唱三章

라는 7언시를 남겼다. 이로 미루어 '시조'라는 명칭은 조선 영조 때 비롯된 것
으로 시절가조 즉 '당대의 유행가조'라는 말이 줄어서 된 말이다. 엄밀히 말
해 시조라는 명칭은 음악 곡조의 명칭이다. 그것을 문학적 명칭으로 그대로
받아서 쓰는 것. '시조'는 문학상으로는 시조 양식을 가리키고 음악상으로는
시조창이라는 노래하기 방식을 가리킨다. 잘 알다시피, 시조창과 시조문학
은 음악예술의 영역과 문학예술의 영역으로 분리되었다.

　앞에 인용한 옛시조(노랫말) 끝에 이삭대엽(二數大葉)이라는 명칭을 부기하
였다. 이삭대엽은 가곡창이나 시조창이 불리던 당시에 노랫말을 얹어 부르
던 악곡 명칭이다. 이 옛시조들은 이삭대엽이라는 아주 느린 악곡으로 부른
다. 이 짧은 노랫말을 5장 형식의 가곡창으로 부르되 이삭대엽이라는 악곡에
얹어 부르면 12분 정도가 소요된다. 3장 형식의 시조창으로 부르면 4분 정도
가 소요된다. 그러니까 세월이 흐르면서 5장 형식의 가곡창보다는 좀 더 빠
르고 쉽게 부를 수 있는 3장 형식의 시절가(시조, 시절가조)가 유행하게 된 것.
그 시절에 가곡창보다 빠르게 부르는 시조창이 생겨 유행했다는 것이다.

　시조나 시절가 또는 시절가조는 음악적 용어로서 당대에 유행한 가곡창보
다는 빠르게 부르는 시조창 형식을 가리킨 것이다. 노랫말을 두고 부른 용어
가 아니라 노래의 빠르기 형식을 두고 한 말이다. 시인은 자연이나 인사(人
事), 이치(理致)와 흥취(興趣) 그 무엇을 표현하거나 조화와 안정을 요구하는
미적 욕구에 따라 시조 장르를 선택하고 독자는 그에 따른 기대지평을 가질
수 있다. 시조가 당대의 정치사회 현실을 꼭 염두에 두고 써야 하는 것만은
아니다. 순수 서정시든 정치시든 생태환경에 관한 시든 주제는 자유다. 다만

현대시조가 독자 대중이 공감할 수 있도록 보편화하지 못하고 개인 서정에 지나치게 함몰되는 경향이 우세하다는 점은 지적될 수 있다.

2. 시조의 효용과 치유

알다시피, 최근 시단의 화두는 극서정시다. 이는 자유시가 세계상의 혼란과 무질서를 분방·현란·장황·난해하게 펼쳐온 데 대한 반성의 결과임은 주지의 사실이다. 그 결과 독자는 시와 멀어지게 되었고 시인은 독자로부터 소외되었다.

이 지점에서 격렬하고 거칠고 복잡다단한 정서를 절제와 균형으로 다스려 질서를 부여하는 시조의 정형률이 다시 요청되는 것이다. 오늘날의 혼돈과 무질서에 질서와 균형감각을 잡아주고, 병들고 상처받은 영혼을 위무하는 시 형식으로서 시조는 다시 문학사의 전면에 부상하고 있다. 이 극서정시를 단시조라 하면 어떨까. 물론 최동호 교수가 주창한 극서정시는 단시조보다 더 짧게 나아갈 수도 있고 얼마든지 시조와는 다른 형식미학을 산출할 수 있다.

시조의 형식미학은 절제·반복·균형·유장미에 있다. 4음 4보격의 균형과 안정된 율조를 바탕으로 시조미학은 우리 시대의 혼란되고 격앙된 정서를 압축하고 정리해서 완결함으로써 다스릴 수 있다. 3장 6구 12마디 45자 내외의 간결한 형식 장치의 목적은 쉽게 기억하고 이해하며 쉽게 노래하는 데 있다. 3장 형식 장치의 목적은 감동적인 청취가 짧은 순간에 가능하도록 하는 시적 전략에 있다.[9] 독자의 심금을 울릴 수 있는 시적 전략은 자재한 율동과 섬세하고 유려한 우리말의 구사가 진정성을 바탕으로 이루어지는 데서

---

9 김학성, 「시조 형식의 절주와 종장 운용의 방향」, 『만해축전』 자료집 上, 2011 참조.

가능하다. 독자의 심금을 울릴 수 있는 시적 전략은 진솔한 자기 고백과 빗대어 말하기인 우의에서 가능하다. 독자 그 누구의 것으로도 환치될 수 있는 은유가 생성하는 다의와 은폐의 방식에서 가능하다. 다시 말해 시인이 말하지 않은 것을 독자는 행간과 여백에서 다양하게 느끼고 찾아낼 수 있게 해야 한다는 것이다. 언어를 절제함으로써 말하지 않은 의미를 독자는 행간과 여백에서 찾아낼 수 있다. 말하지 않고 말하는 것(은폐된 의미)을 독자는 말과 말 사이 '간 공간'에서 찾아내게 되고 이것이 시조의 형식미학이 산출하는 여백의 미학이다. '간 공간'은 독자와 시인의 매개공간이다. 말하지 않고 말한 은폐된 의미는 독자 자신이 감추고 있었던 것인지도 모른다. 독자는 자신의 이야기를 이 '간 공간'에서 찾아내는 것이다. 여기서 독자는 시인과 동병상련의 정서를 가지게 되고 공감과 감동의 여운을 느끼게 된다. 독자의 공감과 감동은 시인의 전언이 옮겨감(건너감·전이)을 뜻한다.

우리 시대의 시조는 독자에게 정서적 안정과 미적 쾌감을 줄 수 있는 소통 양식인 동시에 문학치료(poetry therapy)의 도구로서 가지런한 정형 양식이다. 이 가지런한 정형 양식, 단시조는 쉽게 기억하고 이해하며 쉽게 노래할 수 있는 소통과 감동의 형식으로 기능하고 있다.

1) 2011년 발간 동시조집을 중심으로

올해도 많은 신작 시조집이 나왔다. 시조집뿐만 아니라 시조 전문지와 시조를 함께 다루는 시 전문지도 점차 확산되어가고 있다. 아울러 시조동인지와 시조사화집도 확산 일로에 있다. 시도 시집도 읽히지 않고 팔리지 않는다는 시대에 이런 현상은 무엇을 말하는가. 이는 시가 결핍의 산물이라는 점에서 우리 시대가 역설적으로 무한 결핍의 시대라는 반증이다. 시인도 늘어나고 시집도 많이 나오는 일은 나쁘지 않다. 그 가운데 좋은 시도 더 많이 나올 수 있고 좋은 시인도 더 많이 생길 수 있기 때문이다.

올해는 유독 동시조집이 많이 나왔다. 특기할 것은 원로 시인 정완영 선생의 동시조집이 의외의 출판사에서 나왔다는 것이다. 이는 조화와 안정, 균제의 시학을 지닌 서정단시로서의 시조에 대한 이해와 시단의 반성에 따른 현상이다. 어린이를 위한 시조는 이해가 쉽고 교육적 차원에서 효용가치가 크다는 점에서 정완영 시인의 동시조집은 유용한 문학 교과서라 할 수 있다.

> 낮에는 해가 하나 밤에는 달이 하나
> 고목나무 가지 끝에 올라앉은 새둥지 하나
> 할머니 혼자서 사는 집 허리 굽은 길이 하나
> — 정완영, 「외딴집」, 『사비약 사비약 사비약눈』

이 원로 시인은 지금까지 시조 3장의 정격을 벗어난 일이 없다. 한결같이 시조 3장에 완결된 시조미학을 구현해왔다. 이번 동시조집에서도 어린이 시조 교육을 위해 시조의 정형성을 정연히 보여주고 있다.

시적 화자는 "하나"라는 수사의 정감 어린 반복을 통하여 "해"와 "달"과 "새둥지"와 "굽은 길"의 이미지를 보여준다. "할머니"는 시적 화자의 할머니일수도 있다. "외딴집"에 "혼자서 사는" "할머니"에 대한 화자의 연민이 "허리 굽은 길"이라는 표현을 찾아냈을 수도 있다. 노대가의 '가슴안의 가슴'이 말하는 것은 어린이들에게 멀리 사는 할머니를 생각하고 찾아뵈라는 은근한 전언일 수도 있다.

이러한 교육적 효용의 연장선에서 볼 수 있는 작품이 진복희 시인의 「별표」이다.

> 쏟아지는 빗발 속에

거짓말처럼 서 계셨다.

난생 처음

우산 들고

마중 나온 우리 아빠.

달력에

별 두 개를 그렸다.

빛나는 10월 10일.

— 진복희, 「별표」, 『별표 아빠』

  비 오는 날 "아빠"가 "난생 처음" "우산 들고" 나를 "마중 나온" 것이다. 그런 일이 한 번도 없었기에 "거짓말" 같은 것이다. 시적 화자는 그런 "아빠"가 고맙기도 하고 기쁘기도 하여 아빠에게 상을 주듯이 "달력에//별 두 개를 그"려 넣었다. 그날은 "빛나는 10월 10일".

  8연 8행으로 시적 형식을 취한 이 동시조는 어린이들에게 자연스럽게 시조의 형식을 이해시키기 위해 장 단위로 마침표를 찍고 있다. 초장은 구 단위로 나누어 2연 2행으로 썼고, 중장은 "난생 처음" "우산 들고" 나온 "아빠"를 강조하기 위해 앞의 구는 음보 단위로 각각 2연 2행을 쓰면서 "마중 나온 우리 아빠"는 1연 1행으로 썼다. 종장은 첫마디 3음절을 강조하면서 "달력에" 별을 그린 날을 차분히 가슴 안에 새겨두고 있는 것이다.

  거짓말처럼 난생처음 아빠가 우산을 들고 마중 나온 일은 지금까지 어린 화자의 그늘이나 상처를 환하게 닦아주는 치유의 지점이다. 이 시조 역시 아

빠에 대한 감사와 사랑의 마음을 말하지 않고 말하고 있음을 독자는 느껴 알
수 있다.

> 하필이면
> 다른 아홉 그루는 다 놔두고
>
> 어쩌면
> 저기 저 느티나무에만 둥지를 틀었을까?
>
> 언제쯤
> 그 둥지 아기 새에게 그걸
> 물어볼 수 있을까?
>
> — 이정환, 「어쩌면 저기 저 나무에만 둥지를 틀었을까」,
> 『어쩌면 저기 저 나무에만 둥지를 틀었을까』

이정환 시인의 이 작품은 예쁜 동시조다. 주변의 열 그루 "나무" 가운데 "느
티나무" 하나를 골라 거기에만 "둥지"를 튼 어미 새가 시적 화자는 신기하고
이상하다. 그래서 그 "둥지"에서 자라고 있는 "아기 새"에게 "물어"보고 싶다.
그런데 "둥지"를 "틀"고 낳은 알이 "언제쯤" 자라서 노란 주둥이를 내밀고 "언
제쯤" 자라서 날아오를 수 있을까 궁금하기도 하지만, 언젠가 그 "아기 새"를
볼 수 있다면 화자는 왜 어미가 그 "느티나무에만 둥지를 틀었"는지 꼭 "물어"
보고 싶다. 이런 호기심이 이 시조를 낳았다. 어쩌면 시인은 어린이들에게 주
변세계를 찬찬히 들여다보고 그들의 눈짓, 그들이 말하는 바를 받아 적으라
고 살짝 가르쳐주고 있는지도 모른다.

2) 2011년 발간 시조집을 중심으로

올해 나온 많은 시조집 가운데 박시교 시인의 『나의 아나키스트여』는 시인

에게 고산문학대상을 안겨주었다. 이번 시조집에서 황치복은 "도저한 허무주의"와 "고독과 소외" "상실"을 읽는다. 이 "도저한 허무주의"에서 "제도화된 정치조직이나 인위적 권력, 그리고 사회적 권위"를 부정하는 "무정부주의 혹은 아나키즘"을 읽는다. 그러나 궁극에 와서 시인은 이런 모든 부정적 인식을 초월하여 "대자연의 리듬과 무늬를 아름답고 황홀"하게 형상화하는 데까지 이른다. 이 대자연의 리듬과 아름답고 황홀한 무늬 속에서 시인은 도저한 허무주의를 극복하고 있다.

산 이라 써 놓고 높다 라고 읽는다

하늘 이라 써 놓고 드높다 라고 읽는다

한 사람

그 이름 써 놓고 되뇌는 말

— 그립다

— 박시교, 「독법(讀法)」 전문

「독법」은 시인의 연시풍 시 가운데 백미라 할 수 있다. 시인이 꼽는 "높"은 것은 "산"이다. 그것보다 더 높은 것은 "하늘"이다. 그것 위에 "드높고" 귀한 것은 "한 사람"이다. 시인은 "그 이름 써 놓고" "높"고 "드높"은 것보다 더 귀중한 "그"리움의 감정이 살아 있음을 발견한다. 이 놀라운 감정을, 행간을 넓혀 나직한 목소리로 차분히 종장에 앉히고 있다. 하고 싶은 말은 종장에 있다. 지금 곁에 없는 누군가의 "이름"을 써놓을 "한 사람"이 있다는 건 기쁨이다. 그리워할 누군가가 있다는 건 모든 소외와 고독 가운데 가진 행복이다. 시는 이토록 사소한 것에 대한 발견이고 시인은 이 발견에 놀라워할 줄 아는 힘이 있는 사람이다. 「독법」이라는 능청스러운 제목도 시를 맛깔스럽게 한다.

> 큰 바다
> 밤새도록
> 타이르고
> 떠나간 뒤
>
> 흠과 티
> 하나 없이
> 누그러진
> 가슴팍을
>
> 도요새
> 가는 발목이
> 찍어 넣는
> 첫 흔적!
>
> — 조동화, 「첫 흔적」, 『영원을 꿈꾸다』

지난해 유심작품상 수상작인 「빛」을 포함한 시조집 『영원을 꿈꾸다』는 민병도의 평가와 같이 "사유와 통찰의 깊이"를 보이며 시인의 "격조"를 한층 드높인다. 「첫 흔적」을 읽다 보면 먼저 파도 소리가 들린다. 고요한 새벽바다 모래밭이 보인다. 아무도 지나가지 않은 은모래밭에 "도요새" 한 마리가 "가는 발목"으로 총총 걸어가는 모습이 보인다. 이 순수와 영원의 순간에 시인은 "첫 흔적"을 발견한다. "큰 바다"는 왜 "밤새도록/타"일렀을까. 무어라 타일렀기에 은모래 "가슴팍"은 "흠과 티/하나 없이" 착하게 "누그러진" 걸까.

한 편의 시에는 고백이 들어있다. 시는 내 말 좀 들어보라고 먼저 진솔하게 고백함으로써 미지의 독자를 건드린다. 그렇다면 우리는 "누그러"지기 이전의 상황과 감정을 상정해볼 수 있다. 그것은 아마 긍정적인 감정이나 상황이 아니었을 것이다. 그것을 해소해주려고 바다는 "밤새도록/타"일렀던 것이다. 감정도 상황도 지나가고 "흠과 티/하나 없이" 감정의 그릇인 "가슴팍"은 "누그라"졌다. 그 무구한 "가슴팍"으로 "도요새"가 선물처럼 「첫 흔적」을 "찍어"준다. 이 아름다운 풍경 속에 시인의 말하지 않은 말이 숨어 있다. 어떤 풍경이든 그것은 시인의 내면 풍경이 투사된 피사체다. 거기에 숨었던 시인의 말, 고백이 우리에게 건너와 공감과 감동의 먼 파도 소리를 들려준다.

눈길 미끄러우면 한번 미끄러져 주자

엉덩방아 찧으니
닿을 듯 파란 하늘

웃으며
미끄러지자

살아 있는 좋은 날
— 김일연, 「눈길」, 『엎드려 별을 보다』

창졸간에 "미끄러"져 "엉덩방아 찧"고 널브러져 있는 화자의 머리 위에 "파란 하늘"이 펼쳐져 있다. 그 "하늘"은 늘 그 자리에 있었건만 머리 위의 닿을 듯한 "하늘"에 눈길 한 번 줄 마음의 여유도 없이 살았던 것이다. '미끄러진 길에 쉬어 간다'는 말이 있다. 백주에 벌렁 "미끄러"져 "엉덩방아 찧"고 얼굴 빨개져 속없이 "웃으"면서도 "엉덩"이가 아파오는 이 "살아 있다"는 감각!
김일연 시인 역시 올해 유심작품상 수상자다. 마흔네 글자로 절제된 이 단시조에 명징한 공감각적 이미지와 함께 순간의 깨달음이 들어 있다. "미끄러"져야 할 때 "미끄러"지지 않으려 버티는 건 얼마나 불안한 자세인가. "미끄러"져야 할 곳에서 "미끄러"져줄 줄 아는 도량은 또 얼마나 아름다운가. 그 유쾌한 도량에서 감동이 전해오고 그 감동이 엮어낸 이미지가 오래 남는다. 짧고 투명한 시어가 긴 상념을 펼치게 한다. 이 순간 "살아 있"다는 감각이 생생하게 건너오는 것이다.

> 노점상인 몇이 모여
> 점심을 먹습니다
>
> 간단히 던져주는
> 밥술 혹은 반찬 몇 점
>
> 하나 둘 모여듭니다
> 동네 새들
> 고양이들
>
> — 이원식, 「만다라의 품」, 『친절한 피카소』

양재역 오르내리는 완만한 비탈길엔 노점이 늘어서 있다. 주름 깊은 "노점상" 할머니 몇이 양은쟁반 가에 둘러앉아 늦은 점심을 나눌 때면 참새, 비둘기가 모여든다. 젓가락으로 "밥"알 멸치 같은 걸 "던져주"면 연신 고맙다고 고개방아 찧으며 공양하는 중생들. "노점상" 할머니가 보살 왜 아니겠나. 이 풍경이 왜 "만다라"가 아니겠나. 우리는 이 "만다라의 품"에 살고 있다. "만다라"를 그리며 우리는 살고 있는 것이다. 이 짧은 시조가 우리에게 그렇게 살라고 일러주고 있다.

3. 단시조, 소통과 화해의 양식

1장에서는 시조 율격론과 사설시조와 시절가조에 대한 이해를 시작으로 시조 양식에 대한 올바른 이해를 도모하고자 하였다. 3장 6구 12마디 양식의 시조는 각 장이 4모라(4음격)의 음지속량을 갖는 등가적 음보 4개를 규칙적으로 반복하는 음량률을 가지되, 종장 첫마디는 음량률의 규율에서 벗어나 반드시 3음절로 고정하여 자수율을 따르고, 종장의 둘째 마디는 2음보 결합 형태를 띠는 과음보로 실현하여 운율적 전환을 보이는 정형 양식임을 논의하였다.

사설시조는 조선 후기에 생성된 양식이 아니라 평시조의 확장형으로서 이방원이 「하여가」를 읊고 정몽주가 「단심가」를 읊은 역사의 현장에서 변안렬이 「불굴가」를 함께 지어 부름으로써 14세기의 소작이 있음을 제시하였다. 시조를 시절가조라 하여 그 시절 세태를 노래해온 장르인 만큼 정치 세태 참여적 시를 특별히 주문한다는 데 문제를 제기하고 시절가조는 시조가 음악으로서 향유될 때 악곡의 빠르기를 가리킨다는 점을 밝혔다. 18세기에 시절가조를 말하게 된 것은 당시에 가곡창보다 빠른 노래 형식인 시조창이 유행하기 시작했다는 것이다.

시조는 당대적 현실을 노래하고 우리네 삶의 이야기를 노래하는 서정시 양식이다. 시인의 진솔한 고백이 독자에게 건너가 정서적 감응을 일으키고 이 감동과 공감이 소통과 화해의 양식이 되는 것이다. 이는 정형시이거나 자유시이거나 다를 바 없다.

2장에서는 올해의 시조집과 동시집의 단시조를 중심으로 효용과 치유에 대해 논의했다. 시조의 형식미학은 절제·반복·균형·유장미에 있다. 4음 4보격의 균형과 안정된 율조를 바탕으로 시조미학은 우리 시대의 혼란되고 격앙된 정서를 압축하고 정리해서 완결함으로써 다스릴 수 있다. 순간의 양식인 시조의 짧은 형식이 독자로 하여금 쉽게 기억하고 이해하며 쉽게 외울 수 있게 한다. 시조는 언어를 절제함으로써 빈자리, '간 공간'에 독자를 초대하여 독자가 공감하고 감동할 수 있는 형식미학을 내장하고 있다. 절제하고 있으되, 진솔하게 고백하며 생성한 행간과 여백, '간 공간'에 시인이 은폐한 감추어진 이야기를 독자는 독자의 것으로서 찾아낼 수 있다. 시인이 감추어놓은 이야기를 독자가 자신의 것으로서 찾아내게 함으로써 공감과 감동의 폭을 무한 확장할 수 있는 형식이 바로 단시조다.

우리 시대는 요청한다. 격렬하고 거칠고 복잡다단한 정서를 절제와 균형으로 다스려 질서를 부여하는 정형률을. 우리 시대의 혼돈과 무질서에 질서와 균형감각을 부여하고, 병들고 상처받은 영혼을 위무하는 소통과 화해의 시 양식으로서 시조는 다시 문학사의 전면에 부상하고 있다. 우리 시대의 시조는 독자에게 정서적 안정과 미적 쾌감을 줄 수 있는 화해와 소통의 양식인 동시에 문학치료(poetry therapy)의 도구로서 가지런한 정형 양식이다. 이 가지런한 정형 양식, 우리 시대의 단시조는 쉽게 기억하고 이해하며 공감할 수 있는 소통과 화해의 서정시다.

고시조에 나타난 불교적 사유
— 진본(珍本)『청구영언』을 중심으로

1. 머리말

조선시대 시조는 유가적 사유를 가진 사대부층과 그들의 후원을 입어 예술적 취향에 동반자적 역할을 한 기녀와 가객이 중심을 이룬다. 표면으로 나타난 사상은 유가적 사유를 벗어나지 못할 수밖에 없는 조건이었다. 하지만 신라 이후 고려가 쇠망할 때까지 불교는 왕실로부터 민간에 이르기까지 우리 민족의 삶과 문화를 지지하고 영도해온 사상적 기반이었다. 때문에 유교를 국시로 삼은 조선시대는 왕실과 사대부들 사이에서는 외유내불(外儒內佛)의 경향이 강하게 나타난다. 예컨대 조선왕조 7대 군주인 세조는 '호불군주'로 불렸으며, 부왕 세종은 소헌왕후의 명복을 빌기 위해『석보상절』을 아들 수양에게 짓도록 할 정도였다. 또 세조는 간경도감을 설치하여 불경을 훈민정음으로 번역, 간행하게 하는 등 많은 간경 사업과 중창 불사를 했다. 조선 13대 명종 재위 15년간은 문정왕후가 섭정하며 불교는 중흥했으니 궁중 내명부를 중심으로 숭불의 명맥을 이어나갈 수 있었다.

시조의 주 담당층인 사대부 역시 이러한 현실적 조건 속에서 시조를 써왔다. 당연히 표면적 의식을 넘어 심층에는 세계인식이나 사유에서 불교적 사상이나 세계에 대한 이해가 기저사유로 작용했을 것이다. 따라서 고시조에도 불교적 사유를 내비친 경우가 보이고 특히 관습적으로 사용하는 상투적 어구나 관용적 표현을 담은 시조에서 불교적 사유가 산견된다. '이런들~ 저런들~', '오락가락', '온동만동', '네오 긔오 다르랴'와 같은 관용적 표현들은 일반적이고 상식적인 사유의 근간이 되고 또 그 일반적 사유의 밑바탕에는 불교적 사유가 깔려 있다고 본다. 그런데도 지금까지 고시조와 불교적 사유를 연관 지어본 논의는 눈에 띄지 않는다. 이 글은 고시조와 불교적 사유에 관한 시론(試論)으로서 향후 심도 있는 논의를 견인하는 단초를 제공하기 위한 것이다.

이 글에서 분석 대상으로 삼은 시조는 남파(南坡) 김천택(金天澤, 1680년대 ~?)이 영조 4년(1728)에 엮은 가집 『청구영언』이다. 『청구영언』 소재 시조에는 불교적 사유가 스며 있기도 하고, 직접 언표한 경우가 적지 않게 보인다. 그 가운데 불교적 사유를 직접 드러낸 경우, 관용적 상투어구 또는 관습적 어휘 표현으로 드러낸 경우, 그리고 직접 언표는 없으나 의미 내용상으로 볼 때 불교적 사유가 담긴 고시조를 골라서 다시 ① 불이(不二)·중도(中道) ② 무심(無心) ③ 무상(無常) ④ 초탈(超脫)·관조(觀照) 이 네 가지로 범주화하여 읽고자 한다. 물론 이러한 분류와 항목화가 반드시 타당한가는 이론이 있을 수 있다. 사구백비(四句百非) 불일불이(不一不異) 같은 불교적 사유는 주제 분류나 작품 분석에서도 일도양단(一刀兩斷)식 접근은 피해야 함을 말해준다. 하지만 작품에 대한 보다 쉬운 이해를 위해 인위적 항목 분할은 불가피하다. 이 글은 이런 한계를 전제로 논의를 진행하되 「장진주사」나 「맹상군가」를 포함한 음왜지담(淫哇之談)에 속하는 만횡청류 항목은 대상에서 제외한다. 불교적 사유이기보다는 풍류 현장의 놀이와 시류에 관련한 희락적 사설이 주를 이루기 때문이다.

2. 불이와 중도론적 사유의 관용적 표현

먼저 불이 사상이 나타난 것으로 볼 수 있는 시조를 읽는다. 불이의 경우, 분석 대상 작품 가운데 의미 내용상 피아(彼我)가 다르지 않으며 대립과 차별을 초월한 절대 평등의 진리를 담고 있거나, 특정한 관용적 표현으로 불이 의식을 드러낸 작품이다. 이 글은 모든 대상 작품의 의미 비중이 어디에 놓여 있는가에 초점을 둔다.

140 반되 불이 되다 반되지 웨 불일소냐
     돌히 별이 되다 돌이지 웨 별일소냐
     불인가 별인가 ᄒ니 그를 몰라 ᄒ노라

상촌(象村) 신흠(申欽, 1566~1628)의 노래다. 반디가 꽁무니에 불빛을 내도 반디지 왜 (반디)불이냐는 것이다. (별)돌이 (별똥)별이 돼도 돌이지 왜 (별똥)별이냐는 것이다. 별이 지구에 떨어지면 운석이라는 말이다. 반디는 불빛을 달아도 반디이고 빛을 내던 별도 지구에 내려오면 운석일 뿐이니 돌이라는 것. 반딧불이다 별똥별이다 하며 가리는 일 자체를 모른다고 하였으니 분별하지 말자는 노래 아닐까. 뭐 이런 이야기를 가지고 헷갈리게 하는지 이 노래는 별 인기가 없었는가 진본과 가람(이병기)본에만 실려 있다.

332 世事ㅣ 삼쩌울이라 허틀고 믹쳐셰라
     거귀여 드리치고 내 몰래라 ᄒ고라쟈
     아히야 덩덕궁 북 쳐라 이야지야 ᄒ리라

작자 표기 없이 올라온 이 노래는 7개 가집에 실려 있다. 세상일이 벗겨놓은 삼(麻) 껍질같이 헝클어지고 맺혀 있구나. 구기어 밀쳐두고 잊어버리고만 싶다. 아이야, 북이나 쳐라. "이야지야" 어울리자. 세상 모양은 다 헝클어져 뜻대로 돌아가지 않는다 해도 이것이야 저것이야 다 받아들이겠다는 것 아닌가. 분별심 내지 말고 어울려 지내자는 노래로 본다. 종장에서 이야지야 하며 흥을 돋우는데 누가 지었는가는 몰라도 7개 가집에 실렸으니 풍류 연석에서 불리긴 좀 불렸나 보다.

344 가마귀 검거라 말고 히오라비 셸 줄 어이
　　　검거니 셰거니 一便도 흐져이고
　　　우리ᄂᆞᆫ 수리두루미라 검도 셰도 아녜라

맨 처음 이 노래를 부른 이는 누구일까. 이 노래도 7개 가집에 작자 표기가 없거나 무명씨로 실려 있다. 까마귀와 해오라기는 흑백을 분별하는 관습적 비교 대상이다. 분명히 검은 까마귀와 분명히 하얀 해오라기를 등장시켜 시비를 가리며 치우쳐 있는 세상을 건드리는 이 노래는 "검도 셰도 아"닌 수리두루미를 "우리"라 한다. 우리는 수리두루미이니 검다 할 수도 없고 희다 할 수도 없지 않은가. 편 가르지 말자는 노래로 본다.

분별을 떠난 의식이 직접 드러나는 경우로서 '긔오 네오 다르랴'라는 관용적 표현이 드러난 경우를 본다.

146 陶淵明 주근 後에 쏘淵明이 나닷말이
　　　ᄆᆞ을 네 일흠이 마초와 ᄀᆞ틀시고
　　　도라와 守拙田園이야 긔오내오 다르랴

죽소(竹所) 김광욱(金光煜, 1580~1656)은 광해군 때 등제하여 벼슬이 도승지, 황해도관찰사, 한성판윤에 이르렀다. 무릉도원을 노래한 저 중국의 도연명(陶淵明, 365~427)이 죽은 후에 도연명이 또 나왔다고 했다. 죽소가 은거했다는 율리(栗里)가 산림처사 도연명이 놀던 율리라는 이름과 마침 같다는 데서 동일시하는 모습이다. 도연명이 세상에 드러나지 않으려고 어리석은 듯 전원에 숨어 살던 것을 "수졸전원"이라 했으니 죽소 또한 돌아와 전원에 살며 "긔오내오 다르랴", 그나 나나 다를 것 없다고 한 것이다. 속뜻이야 어쨌거나 분별하지 말라는 노래 아닌가.

446   감쟝새 쟉다ᄒ고 大鵬아 웃지 마라
　　　九萬里 長天을 너도 늘고 저도 ᄂᆞᆫ다
　　　두어라 一般 飛鳥ㅣ니 네오 긔오 다르랴

크기로 이름난 상상의 새 대붕이 감장새를 보며 작다고 웃는가. 멀고 높은 하늘을 날기로는 날개 달린 짐승으로 너나 나나 다 할 수 있는 일. "너도 늘고 저도 ᄂᆞᆫ다"며 크거나 작거나 날아다니는 새라는 건 일반으로 다를 게 무어냐는 항변이다.

그런데 이 노래가 32개 가집에 실려 큰 인기를 누렸다니 살펴볼 데가 있다. 『병와가곡집』에는 이택(李澤, 1509~1573)의 노래로 되어 있는데 가람본『청구영언』과 『동국가사』에는 이택과 함께 숙종조(肅宗朝) 병사(兵使)가 부기되어 있다. 『대동풍아』에도 이택과 함께 숙종조 병사로 되어 있으니 병사는 병마절도사를 가리킨다. 이택이 평안도 병마절도사를 지냈다는 기록이 있으니 병마절도사는 이택을 가리킨다. 그런데 일석본『가곡원류』에는 중종조 영상(領相)이 부기되어 있다. 영상은 영의정을 가리킨다. 육당(최남선)본『청구영언』에는 숙종조의 완산인 무병사(武兵使)로 되어 있으니 모두 이택을 가리키는 것으로 본다. 나머지 가집은 작자 표기가 없다. 이렇게 볼 때 가장 이른 시기의 인물은 중종(재위 1506~1544) 때 영의정을 지낸 인물이다. 작자의 생존 시기를 살펴보면 이 노래를 처음 지은 이는 중종 때 영의정으로 추정해볼 수 있다. 작자가 누구이거나 이 노래는 인구에 회자되며 오랜 기간 인기를 누렸다는 것을 의미한다. 왜 그렇게 인기가 있었던 걸까. 화통한 노랫말 덕 아닐까. 굴뚝샌지 까마귄지 겁도 없지. 날개 달린 짐승으로 날아다니는 건 대붕이너나 나나 다를 게 없으니 깝치지 말란다. 위계와 질서가 명확한 시대에 약자들에게 혹은 을들에게 가끔은 통쾌한 노래였을 것. 노랫말 뜻에 따라 이 노래는 전아한 풍도의 이삭대엽(二數大葉)로부터 분위기가 고조되어가는 삼삭대엽(三數大葉)에서 삼삭대엽낙희병초(三數大葉樂戲幷抄)와 우삭엽(羽數葉) 등으로 변화를 주며 기운차게 불러 풍류 연석의 흥을 돋운 것으로 보인다.

477　梨花에 露濕도록 뉘게 잡혀 못 오둔고
　　　오쟈락 뷔혀 잡고 가지 마소 ᄒᆞ는듸 無端히 썰치고 오쟈 홈도 어렵더라
　　　져 님아 네 안흘 져버보스라 네오 긔오 다르랴

　배꽃에 이슬이 맺히는 시각은 심야를 지나 새벽. 그때까지 옷자락 부여잡고 가지 말라는 그에게 잡혀 있다가 결국 떨쳐버리고 온 사람. 그에게 서운하다고 발명하는 님에게 "네오 긔오 다르랴" 하며 역지사지(易地思之)해보라는 노래다.

　내용이 이러하니 작자 표기가 되어 있을 리 없다. 악곡 분류는 만횡청류, 만삭대엽, 만횡, 농가 등으로 되어 있다. 누가 지었는지 적을 수도 없는 이 노래는 19개나 되는 가집에 실려 분위기에 따라 적절한 연행방식을 취한 것으로 보인다. 물론 19개 가집에 실렸다는 것도 지금 남아 있는 기록이 그렇다는 의미다. 당대의 실상을 누가 손바닥 내보이듯 보여줄 수 있을까.

　다음은 대체로 중도 사상이 담긴 것으로 볼 수 있는 작품이다. 공유불이(空有不二)라는 점에서 불이와 중도를 무 자르듯 나누어보기는 어렵다. 그러나 중도론적 사유는 중정(中正)의 도(道)로서 불고불락(不苦不樂), 고행과 쾌락의 양극단을 떠나니 기울거나 치우치지 않는다는 의미로 보면 '오락가락', '오명

가명', '온동만동', '물동말동', '필동말동'과 같은 관용적 표현을 들 수 있다.

121 어제밤 눈 온 後에 둘이 조차 비최엿다
     눈 後 둘빗치 몰그미 그지 업다
     엇더타 天末浮雲은 오락가락 ᄒᆞᄂᆞ뇨

어젯밤 눈이 오고 오늘 밤 달빛은 맑기가 한량없다. 이 좋은 밤. 하늘가 구
름은 왜 오락가락하는지. 하늘 가운데 구름도 아니고 하늘 끝자락 구름이니
천말부운은 한데 어울리지 아니하고 따로 먹은 마음이 있는 구름인가. 천말
부운의 맞은편에도 구름은 있을지니 양극단을 떠나 치우치지 않는 중정의
도를 상촌은 말없이 말하는 것 아닐까.

305 池塘에 비 쑤리고 楊柳에 늬 씨인 제
     沙工은 어듸 가고 븬 빅만 미엿ᄂᆞ고
     夕陽에 짝 일흔 글며기ᄂᆞᆫ 오락가락 ᄒᆞ노매

연못에 비가 오고 버드나무에 안개가 끼었는데 사공은 어디 가고 빈 배만
매였는가. 석양에 짝 잃은 갈매기는 오락가락하는구나. 빈 배라 하여 사공 찾
을 일도 없다. 짝을 잃었다고 갈매기가 짝을 찾아 떠날 일도 없다. 없으면 없
는 대로 풍경이고, 떠났으면 떠난 대로 오며 가며 하니 있고 없고를 따지지
않는 유유자적이다.

이 노래가 수록된 28개 가집 가운데 『병와가곡집』에는 조헌(趙憲, 1544~
1592)의 노래로 되어 있고 진본에는 무명씨로 되어 있다. 『동국가사』에는 농
암(聾巖) 이현보(李賢輔, 1467~1555), 그밖에 선묘시인(宣廟時人), 중봉(重峯)이
라는 표기도 보이고 아예 작자 표기가 없는 경우도 있다. 어쨌거나 28개나
되는 가집에 기록이 있다면 상당한 인기를 누린 작품이다. 아마도 짝 잃은 갈

매기처럼 슬픔에도 기쁨에도 기울거나 치우치지 않고 오며 가며 또 오는 자적을 "지당에 비 뿌리고 양류에 내 끼인제"와 같이 유려하게 노래한 효과일 것이다.

367 梨花雨 홋샏릴 제 울며 잡고 離別흔 님
秋風 落葉에 저도 날 싱각는가
千里에 외로온 쑴만 오락가락 흐노매

이화우라! 배 꽃잎이 속절없이 흩날리는 날 헤어졌는가. 추풍낙엽! 가을바람에 낙엽이 구르니 한두 철 전쯤 이별인지. 먼 곳 어디서 저도 나를 생각하는지. 이별의 도중에서 꿈길에는 볼 수 있다는 것인지 없다는 것인지. 없어도 있는 듯 있어도 없는 듯 오락가락 마음 다스리는 노래는 아닐까. 이 아련한 노래는 40개나 되는 가집에 수록되어 있으니 『병와가곡집』에는 계랑, 7개 가집에는 부안 명기, 나머지 가집에는 작자 표기가 없다.

얼마나 많은 인기를 누린 것인가. 그 명성대로 지금 부안에 가면 매창공원이 있다. 부안 명기와 계랑은 매창(梅窓, 1573~1610)을 가리킨다. 매창은 당대의 명사로서 시를 잘 짓는 촌은(村隱) 유희경(劉希慶, 1545~1636)의 정인이었다. 부안에서의 만남을 잊지 못하는 서울의 유희경은 계랑에게 주는 7편의 한시를 남겼으니 『촌은집』에 실려 있다. 이 가운데 계랑을 생각한다는 「회계랑(懷癸娘)」을 보면 이 시조가 화답시 같기도 하다. 아닌 게 아니라, 몇 개의 가집은 부안 명기는 시를 잘 지었다 했고 『매창집』은 유희경이 상경한 뒤에 소식을 끊자 계랑은 이 시조를 짓고 수절하였다고 적었다.

031 山前에 有臺흐고 臺下에 有水ㅣ로다
떼 만흔 굴며기는 오명가명 흐거든
엇더타 皎皎白駒는 멀리 무음 흐는고

산턱에는 누대가 있고 누대 아래 물이 흐른다. 이 산과 이 물이 흐르는 반공중에 갈매기 떼는 오며 가며 한가로운데 망아지는 어찌 마음 멀리 두고 가려 하는지. 교교백구는 현자가 타는 티 없이 좋은 망아지다. 이 망아지에게 왜 마음을 딴 데 멀리 두고 있는가 묻는 퇴계(退溪) 이황(李滉, 1501~1570). 그러니 온다는 일과 간다는 일, "오명가명"에서 치우치지 말자는 은일(隱逸)의 마음을 읽는다. 이 은은히 아름다운 노래도 12개 가집에 실려 향유되었다.

078　新院 院主ㅣ 되여 되롱 삿갓 메오이고
　　　細雨 斜風에 一竿竹 빗기 드러
　　　紅蓼花 白蘋洲渚에 오명가명 ᄒᆞ노라

　새로 지은 집 주인이 되어 도롱이 입고 삿갓 쓰고 가는 비와 비껴 부는 바람을 맞으며 낚시나 하며 사는 일. 유가는 늘 현실정치에 뜻을 두고 있으니, 관로에서 그렇게 사는 것도 좋으나 낚시나 하며 여뀌꽃 흰 마름꽃 번지는 물가를 "오명가명" 지내는 것도 나쁠 것 없다. 궁실의 갈등을 감래하며 관료로서 사는 것도 의미 있겠으나, 자연과 더불어 자적하며 치우치지 않고 사는 것도 좋다는 송강(松江) 정철(鄭澈, 1536~1593)의 마음을 본다.

256　榮辱이 並行ᄒᆞ니 富貴도 不關ᄐᆞ라
　　　第一 江山에 내 혼자 님자 되야
　　　夕陽에 낙싯대 두러 메고 오명가명 ᄒᆞ리라

　산이 높으면 골이 깊다 하고 좋은 일이 있으면 나쁜 일이 있다 하듯이 영욕은 병행하는 것 아니냐. 그러니 부귀도 탐하지 않으리. 값없고 주인 없는 강산에 혼자 주인이 되어 낚시나 하며 소요하겠다는 노래. 부귀공명에서 떠난 마음이 오명가명 한다니 그저 떠난 것도 아니다. 이렇게 낚시나 하며 지내는 건

부귀를 탐하지 않는 것이니 좋고 또 오라는 일이나 가라는 일이나 생기는 대로 오명가명 하겠다니 어디 매이거나 치우치지 않겠다는 것. 병와(瓶窩) 이형상(李衡祥, 1653~1733)이 엮은 『병와가곡집』에는 작자가 남파 김천택으로 되어 있다. 남파는 당대 제일 가객으로 사라져가는 우리말 노래를 안타까워했다.

> 무릇 문장과 시율은 세상에 간행되어 영구히 전해지므로 천년을 지나고도 오히려 없어지지 않는 것이 있는데, 노래와 같은 것은 한때 입에서 불려지다가 저절로 희미해지고 결국 가서는 아예 없어지니 어찌 아깝지 않겠는가. 고려말로부터 국조에 이르기까지 이름 있는 벼슬아치, 학식 있는 선비, 그리고 민간규수의 작품들을 일일이 수집하여 잘못된 것을 바로잡고 편록한 뒤 다듬어서 한 권으로 만들고 『청구영언』이라 이름 짓는다. 무릇 당세의 호사자들이 입으로 외우고 마음으로 즐거워하며, 손으로 펼치고 눈으로 보아 널리 전파시킬 것을 기대한다.
>
> 무신년 여름 5월 16일에 남파노포는 쓰노라
>
> 夫文章詩律 刊行于世 傳之永久 歷千載而猶有所未泯者 至若永言則 一時諷詠於口頭 自然沈晦 未免煙沒 于後 豈不慨惜哉 自麗季 至國朝以來名公碩士及閭井閨秀之作 一一蒐輯 正訛繕寫 釐爲一卷 名之曰靑丘永言 使凡當世之好事者 口誦心惟 手披目覽 而圖廣傳焉
>
> 歲戊申夏五月旣望 南坡老圃識

신중에 신중을 거듭했던 그는 권위자의 인가를 받고자 벌열(閥閱) 경화사족으로서 가객들을 후원하던 마악노초 이정섭(李廷燮, 1688~1744)에게 발문을 청하여 정미년(1727) 늦여름에 받아놓았다. 그리고 원로시인 흑와(黑窩) 정래교(鄭來僑, 1681~1759)의 서문을 무신년(1728) 늦은 봄 상순에 받고 나서 그해 여름 5월 16일에 580수의 시조를 다 올린 뒤에다 이 같은 마음을 적어놓았다. 마침내 책이 세상에 나왔다. 알다시피 한자문화권에서 우리말은 언문(諺文)이요 이언(俚言)이었다. 시라면 한시를 가리키는 것이었고 시조는 시여(詩

餘)로서 한시로써 다 못한 차탄(嗟歎)을 우리말 노래 시조에 담았던 것이다. 이것이 곡절 많은 시조 역사의 한 대목이다.

> 399 功名도 辱이러라 富貴도 슈괴러라
> 萬頃 蒼波에 白髮漁翁 되야 이셔
> 白日이 照滄浪혼 제 오명가명 ᄒ리라

　공명도 욕되고 부귀도 수고스러우니 넓고 넓은 바다에 늙은 어부가 되겠다는 이 노래는 작자 표기 없이 6개 가집에 실려 있다. 그렇게 어옹이 되어서는 구름 없는 밝은 해가 푸른 물결 비출 때 "오명가명" 하겠단다. 어떤 이유였을까. 욕되고 수고스러운 중앙정치에서 물러난 유자. 초야우생처럼 백발어옹으로 살게 되었으나 오명가명 한다니 북천이 맑으면 우장(雨裝) 없이 다시 나설 수도 있겠다. 어쨌거나 집착하지는 않겠다는 노래로 본다.

> 128 날을 뭇지 마라 前身이 柱下史ㅣ뢰
> 靑牛로 나간 後에 몃힌마ᄂᆞ 도라 온다
> 世間이 하 多事ᄒ니 온동만동 ᄒ여라

　내가 누군지 묻지 말라는 상촌의 풍류가 멋스럽다. 나는 전생에 주하사 곧 전주하(殿柱下)에 시립(侍立)하여 천자의 장서를 맡아보는 관리 노자(老子)였으니 노자가 서유(西遊)할 때 탔다는 청우를 타고 나간 뒤 몇 해 만에 돌아왔노라. 돌아와 보니 세간이 참으로 다사하여 오기는 왔으나 "온동만동", 온 것인지 만 것인지 아직 노자처럼 청우 타고 유람 중인지 모르겠다는 것. 바깥세상이나 여기나 일 많기는 다르지 않으니 바깥세상 나들이가 좋았다는 것인지 이 세상으로 돌아온 것이 좋다는 것인지 알동말동. 그저 치우쳐 살지 말라는 노래로 들린다.

183   首陽山 ᄂᆞ린 물이 釣魚臺로 가다ᄒᆞ니
       太公이 낙던 고기 나도 낙가 보련마ᄂᆞᆫ
       그 고기 죳ᅀᅮ히 업스니 물동말동 ᄒᆞ여라

선조의 손자 낭원군(朗原君, 1640~1699)의 시조다. 태공이 낚시하던 수양산
에 흐르던 물이 낭원군이 낚시하는 곳으로 흘러온다 하니 그 물에 놀던 물고
기를 태공처럼 낚아보고 싶다는 것. 수양산을 흐르던 물은 물이로되 태공도
없고 그 고기도 지금 없음을 안다. 그러나 낭원군은 낚시를 드리우고 "물동
말동", 물 것 같기도 하고 말 것 같기도 하다는 풍류를 없는 물고기와 즐기는
것. 마음의 낚싯대를 드리운 낭원군에게 "태공이 낙던 고기"는 비유비무, 있
는 것도 아니고 없는 것도 아닌 것 아닌가.

290   梅花 녯 등걸에 봄절이 도라 오니
       녯 퓌던 柯枝에 픠염즉도 ᄒᆞ다마ᄂᆞᆫ
       春雪이 亂紛紛ᄒᆞ니 필동말동 ᄒᆞ여라

『가곡원류』계열 가집에 매화는 평양기생이며 춘설 또한 기녀라는 기록이
있다(平壤妓梅花春雪亦妓). 봄이 오니 고매의 등걸에도 드문드문 꽃이 필 것
같다. 그런데 이를 시샘하는 봄눈이 어지럽게 날리니 활짝 피어나지는 못한
다. "필동말동", 필 것 같기도 하고 피지 못할 것 같기도 하다는 심정에는 춘
설이 물러가기를 바라는 마음도 담긴 것. 역시 춘설이라는 젊은 기녀의 미모
에 밀려난 늙은 기녀 매화가 설움을 토로한 것으로 보이기도 하니, 젊음도 늙
음도 함께 동고동락(同苦同樂)하자는 것 아닌가. 누가 판단하는 것인지는 모
르겠으나 그래서 그런지 이 노래도 24개 가집에 실려 인기를 누렸다.

3. 무심

무심은 일체의 사념을 없앤 마음의 상태를 가리키며 무념무상은 완전히 무아의 경지에 달한 상태로서 무심과 동일하다고 본다. 무심은 망념을 떨어낸 진심이니 성(聖)과 범(凡)을 떠난 것으로, '나'라는 구속을 떠나고 '내 것'이라는 관념마저 버리니 무집착의 언표다.

> 019　구버는 千尋綠水 도라보니 萬疊靑山
> 　　　十丈 紅塵이 언매나 ᄀ련는고
> 　　　江湖에 月白ᄒ거든 더옥 無心 ᄒ애라

『농암집』에 수록된 이 작품을 진본에서는 18번부터 22번까지 5수를 농암의 작품 목록으로 올려놓고 있다. 그런데 이 작품이 실린 13개 가집 중에서 『병와가곡집』과 동양문고본 『가곡원류』는 작자를 김종직(1431~1492)으로 표기했다. "십장 홍진"은 오탁악세와 다름 아니겠지만 이 은거지는 굽어보면 깊은 물, 돌아보면 겹겹이 푸른 산이라. 강호에 달이 환히 떠오르면 세속의 파당과 당쟁에 휩쓸려 산다는 일은 더욱 헛된 일 같다. 무심의 언표를 드러내고 있듯이, 강호한정을 누린다는 것은 세상사를 벗어난 무심과 초탈 아니고는 있을 수 없는 일 아닌가.

> 021　山頭에 閑雲이 起ᄒ고 水中에 白鷗ㅣ飛라
> 　　　無心코 多情ᄒ니 이 두 거시로다
> 　　　一生애 시름을 닛고 너를 조차 노로리라

산마루에 한가한 구름이 일고 물 가운데 흰 갈매기 날고 있다. 한운과 썩 잘 어울리는 백구는 무심하여 한가로이 날아다니는 갈매기로 은일들이 망기사(忘機事)하고 지내는 강호의 표상이다. 그러니 일생의 시름을 잊고 무심한 듯 다정하게 어울리는 백구와 한운처럼 살겠다는 노래. 『농암집』에 수록된 이 작품은 14개 가집에 실려 있다. 『병와가곡집』과 도남(조윤제)본 『동가선』에는 작자가 김일손(1464~1498)으로, 『대동풍아』에는 김시습(1435~1493)으로 되어 있다.

122 냇ᄀᆞ에 히오라바 므스 일 셔 잇ᄂᆞᆫ다
　　 無心ᄒᆞᆫ 져 고기를 여어 무슴 ᄒᆞ려ᄂᆞᆫ다
　　 아마도 ᄒᆞᆫ 믈에 잇거니 니저신들 엇ᄃᆞ리

상촌의 작품이다. 상촌에게는 이이(李珥)의 측근으로 배척받아 성균관 권지(權知)에 배정되었다는 기록이 있다. 냇가에 해오라기가 서 있다면 그저 먹이활동을 하는 것. 발목이 물에 잠긴 채 목석처럼 서 있는 해오라기는 무심히 노니는 물고기를 한순간에 낚아채려 오랫동안 엿보았을 것이다. 무심한 물고기는 상촌 자신을 가리킬 수도 있고 해오라기는 상촌을 배척한 무리일 수 있다. 그 무리들에게 남을 해치려는 마음작용을 버리고 너희들도 무심히 살면 어떻겠냐고 빗대어 노래한 것 아닐까.

308 秋江에 밤이 드니 물결이 ᄎᆞ노ᄆᆡ라
　　 낙시 드리치니 고기 아니 무노ᄆᆡ라
　　 無心ᄒᆞᆫ ᄃᆞᆯ빗만 싯고 븬 ᄇᆡ 저어 오노라

유려한 노랫말처럼 널리 알려진 이 노래는 33개 가집이 수록하고 있다. 14개 가집은 작자 표기가 없고, 사본을 포함한 『가곡원류』 계열의 19개 가집에서는 성종의 형인 월산대군의 노래라 했으나 송나라 때 승려가 지은 한시에서 차용했다는 설도 있다(宋僧 船子和尙詩). 가을 밤 강물 위에 배를 띄우고 낚시를 드리운다. 물결은 찬데 고기도 물지 않으니 달빛만 가득 싣고 빈 배를 저어 온다는 풍류. 이 말을 3장 6구 대구(對句) 형식에 담아 이토록 아름답게 노래하고 있다. 본시 고기 낚을 뜻이 없으니 무심히 배를 타고 나가 무심히 낚싯대를 드리운다. 고기가 물든 말든 상관없다. 권좌를 초개같이 여기니 궁실을 버리고 나온 월산대군에 대한 연민이 이 노래를 회자하게 했을까.

309   우는 거슨 버국이가 프른 거슨 버들숩가
         漁村 두세 집이 닛속에 날락들락
         夕陽에 欸乃聲 듯거든 더옥 無心 ᄒ여라

『고산유고』와 『병와가곡집』을 포함한 25개 가집 중에 『동가선』의 송강(松江) 정철(鄭澈, 1536~1593)을 제외하면 모두 고산(孤山) 윤선도(尹善道, 1587~1671)로 작자 표기되어 있다. 고산의 「어부사시사」에서 봄을 노래한 '춘사'는 조흥구와 종장을 뺀 초장과 중장이 이 작품과 같다(우는거시 벅구기가 프른거시 버들숩가/이어라 이어라/漁村 두어집이 닛속의 나락들락/지국총 지국총 어스와/말가ᄒ 기픈 소희 온간고기 뛰노ᄂ다).

  어촌 두세 집이 안개 속에 보이는 듯 아니 보이는 듯 한데 "더옥 무심ᄒ"다 하듯 석양에 뱃노래가 들려오거나 아니거나 어떤 것도 마음에 없다. 진본을 교주한 정주동 · 유창근은 "관내성(款乃聲)"은 '으익셩(欸乃聲)'의 잘못이라고 명시했다. '으익'는 나무로 만든 노를 말하며 이는 노 젓는 소리와 비슷하여 뱃사람의 뱃노래를 가리킨다고 본다. 뻐꾸기 울음이어도 좋고 버들 숲이어도 좋을 어촌 풍광이 안갯속에 나타날 듯 사라질 듯 아련한데 석양에 뱃노래가 들려온다. 그러거니 아니거니 물아일체(物我一體), 은일은 일체 사념이 없다.

4. 무상

모든 것은 조금도 머물러 있지 않는다니 고정된 것은 없으므로 영원한 것은 없다. 모든 것은 변하고 변하여 언젠가는 없어지는 것. 변하지 않는 것은 없다는 것만이 변하지 않는다는 것. 그러니 모든 것이 헛되고 덧없다. '나'마저 내가 아니고 '내 것'이라는 것도 없다는데 무엇에 집착할 것인가. 주로 부정적 함의를 갖는 고시조가 이 범주에 든다.

082　나모도 病이 드니 亭子ㅣ라도 쉬리 업다
　　　豪華히 셔신 제는 오리 가리 다 쉬더니
　　　닙지고 柯枝 져즌 後ㅣ니 새도 아니 온다

송강 정철도 앞서 읽은 상촌 신흠의 122번 작품처럼 세태를 빗대어 노래한 것으로 보인다. 무성하고 싱싱한 정자나무처럼 호화롭던 시절에는 문지방 닳도록 오가며 잘 지내기를 구하던 인사들. 그러나 병들어 잎 지고 가지 젖은 나무 곁에는 새도 아니 오듯, 벼슬길 끊기고 병마 찾아온 이 곁에 인기척 끊겼는가. 찾아와 절하던 이들이 저 살기 바쁘다고 이제는 늙고 병들어 힘 빠진 이에게 전화 한 통 안 하는 인심을 어찌 탓하랴. 서운할 일도 아니다. 이 노래는 연민(이가원)본『청구영언』에 작자가 백호(白湖) 임제(林悌, 1549~1587)로 되어 있고 송강의 문집과 이본을 포함한 41개 가집에는 송강으로 나온다. 변하는 인심이란 올챙이가 꼬리 살랑이며 가듯 저 살 곳 찾아가는 모양이라. 이토록 인기를 끈 것을 보면, 예나 지금이나 그러려니 해야 할 일 많은가 보다.

084　中書堂 白玉杯를 十年만에 고쳐 보니
　　　묽고 흰 빗츤 녜온 듯 ᄒ다ᄆᆞ는
　　　엇더타 사름의 ᄆᆞ음은 朝夕變을 ᄒ다

송강이 홍문관 수찬 교리 시절에 임금이 내리신 술잔을 십 년 세월이 흐른 뒤에 다시 본다는 것이다. 백옥으로 만든 술잔의 그 맑고 흰빛은 옛날과 같은데 그 시절에 함께 했던 사람들의 마음은 조석으로 변하듯 한다고 했다. 제행 무상이라 했으니 무상한 것이 인간사뿐인가. 점잖은 노랫말이지만 이 노래는 문집을 포함한 34개 가집에 실려 다양한 악곡으로 공감 공명하는 좌중의 흥을 돋우었던 것으로 보인다.

381　히도 나지 계면 山河로 도라지고
　　　　둘도 보롬 後ㅣ면 흔 ᄀ보터 이저온다
　　　　世上에 富貴功名이 다 이런가 ᄒ노라

해도 낮이 지나면 산하로 돌아들고 달도 보름이 지나면 가장자리부터 이지러진다. 세상살이 부귀공명이라는 것도 차고 이우는 달과 같다는 영휴(盈虧). 누가 부른지 모르지만 5개 가집에 실린 이 노래도 제행이 무상함을 자연스럽게 드러내고 있다.

5. 초탈 · 관조

초탈은 세속적이고 일반적 한계를 벗어난 사유이니 번뇌 없는 무심과 통한다. 관조는 모든 것을 깨달아 명확히 아는 지혜로 세상을 바라보는 것이라면, 상당수의 고시조가 초탈 관조를 담고 있다고 본다.

027　이런들 엇더ᄒ며 져런들 엇더ᄒ료
　　　　草野 愚生이 이러타 엇더ᄒ료
　　　　ᄒ믈며 泉石膏肓을 고쳐 므슴ᄒ료

성리학을 체계화하고 후진 양성에 힘을 기울인 퇴계는 '동방지종(東方之宗)'으로 불린 대학자이다. 그는 중종, 인종, 명종, 선조 등 조선의 제11대~제14대 임금을 섬기면서 관료들과 유생들의 지극한 존경을 받았다. 그러나 평생 현실정치에는 깊이 관여하지 않았다. 어린 임금 선조를 오래 모시지 못하고 건강을 이유로 벼슬에서 물러나 학문에 정진한 것도 그가 19세 되던 해 기묘사화를 겪으며 얻은 지혜가 있기 때문으로 본다.

그런 그가 삶의 방식을 문제 삼지 말라 한다. 바라보면, 세속에 어울려 저렇게 사는 것도 나쁘지 않다. 그러나 거기서 벗어나 학문과 후진 양성에 몰입하며 초야에 묻혀 이렇게 사는 것도 고치고 싶지 않은 삶이라 한다. 이런저런 번우한 일에서 훨씬 벗어나 있는 퇴계. 초야 우생은 백성을 가리킨다기보다는 은일로서의 퇴계 자신을 가리키는 것 아닐까.

> 095　어제 오든 눈이 沙堤에도 오돗든가
> 　　　눈이 모래 궃고 모래도 눈이로다
> 　　　아마도 世上 일이야 다 이런가 ᄒ노라

하의자(荷衣子) 홍적(洪迪, 1549~1591)의 작품이다. 그는 태어나기 전부터 이미 기묘사화(1519)와 을사사화(1545)로 흉흉할 대로 흉흉한 세상에서 살아야 했으니 텔레비전을 끄듯이 초야에 묻혀 살거나 그러려니 무심 초탈하는 길만이 길이었을지 모를 일.

어제 오던 눈이 모래언덕에도 내렸는가. 오늘 나와보니 흰 눈이 모래언덕에도 쌓여 있구나. 눈언덕이 모래밭 같기도 하고 모래언덕이 눈밭 같기도 하니 그저 하얗기로 보면 같을 수 있지. 그러면서 세상 일도 다 이와 같다고 했다. 눈과 모래가 어찌 같을 수 있을까만 진위를 가리는 일에서 초연하니 현실을 아랑곳하지 않는 초탈 아닌가.

101   時節도 져러ᄒ니 人事도 이러ᄒ다

이러 ᄒ거니 어이 져러 아닐소냐

이런쟈 져런쟈 ᄒ니 한숨 계워 ᄒ노라

청빈하면서도 해학이 넘치는 재상으로 우리가 추앙하는 백사(白沙) 이항복 (李恒福, 1556~1618)의 노래다. 그가 성장하던 시기는 불교를 중흥시키고자 했던 문정왕후 쪽 훈구 세력과 성리학적 이념을 구현하려는 사림이 치열하게 부딪히는 와중에 권력 핵심부의 비리 부패가 만연한 시대였다.

예기치 않은 천재지변 아니라면 시절도 사람이 만드는 것이니 결국 인사가 문제다. "시절도 져러ᄒ니"라는 말이 부패한 정국의 마땅치 않음을 가리킨다고 보면, 비리를 서슴없이 저지르는 관료들 처세 또한 마땅치 않은 것. 제 눈의 들보는 알아차리지 못하고 남의 눈 티끌만 들추어내는 혼란에 한숨짓는다. 초탈 아니고서 한숨으로 그냥 지나갈 수는 없지 않을까.

216   이런들 엇더ᄒ며 져런들 엇더ᄒ료

萬壽山 드렁츩이 얼거진들 엇더ᄒ리

우리도 이 ᄀᆞ치 얼거져 百年ᄭᆞ지 누리리라

김천택은 『청구영언』을 편찬하며 열성어제(列聖御製) 항목을 만들어 태종의 시조 1수, 효종의 시조 3수, 숙종의 시조 1수를 올려놓았는데 물론 이 노래가 첫 번째로 등장하는 이방원의 작품이다. 우리는 이를 역성혁명(易姓革命)이라는 말로 방원이 조선 건국을 위해 정몽주와 변안렬을 회유하는 노래라 이해해왔다. 그러나 회유라기보다는 만수산에 흐드러져 얼싸안고 벋어가는 칡넝쿨처럼 한데 어울려 대동하자는 마음이 보인다. 나라도 이 땅이고 사람도 이 땅의 사람들인데 부패하여 더 이상 회생의 기미가 없는 고려의 문을 닫고 기운차게 새 나라를 함께 만들어가자는 대화엄(大華嚴). 방원은 초연히 세사의 번뇌를 잊고 순리대로 함께 살자는 지혜와 초탈의 노래를 부른 것 아닌가. 그러니 이 노래가 근세의 『협률대성』이나 『화원악보』를 포함한 26개 가집에 실려 인기를 끈 것 같다.

여기서 가집 이야기가 나왔으니 말인데 이 가집의 수록 상황에 대한 소상한 정보는 모산(慕山) 심재완(沈載完, 1918~2011) 선생 덕이다. 모산이 엮은 『교본역대시조전서(校本歷代時調全書)』라는 역작. 모산은 손글씨를 일일이 써야 했던 시절에 이 책에 43개 이상의 가집과 송강, 고산, 농암 등의 개인 문집, 판본, 필사본을 망라하여 시조 3335수를 올려놓았다. 악곡 명칭과 작자 표기는 물론 이본의 노랫말까지 세세히 기록하였으니 오늘 이 앎의 기쁨은 선생의 은덕에서 비롯한다.

> 331   어리거든 채 어리거나 밋치거든 채 밋치거나
>   어린 듯 밋친 듯 아는 듯 모로는 듯
>   이런가 져런가 흐니 아므란 줄 몰래라

어리석을 양이면 매우 어리석거나 미치려거든 아주 미쳐버리거나 했으면 차라리 좋겠다는 마음. 어리석은 것 같기도 하고 미친 것 같기도 하고 아는 것 같기도 하고 모르는 것 같기도 하니 아무도 모를 거라는 말이다. 헷갈리기 그지없으니 따져본들 무엇하랴. 아무래도 좋다. 이런가 저런가 가리는 데서 떠나 무심히 초연히 산다는 노래 아닌가. 이 노래는 9개 가집에 실려 있는데 가람본 『청구영언』만이 삼주(三洲) 이정보(李鼎輔, 1693~1766)의 노래라 했고 다른 가집에는 작자 표기가 없다.

> 129   是非 업슨 後ㅣ라 榮辱이 다 不關타
>   琴書를 흐튼 後에 이 몸이 閑暇흐다
>   白鷗ㅣ야 機事를 니즘은 너와 낸가 흐노라

옳고 그름을 판단하지 않고 살게 되니 영예도 치욕도 나와는 상관없다. 서책을 읽으며 거문고를 타며 자적하던 풍류마저도 접었으니 담적(淡寂). 시비를 떠난 치자로서 지락마저 버린 학자로서 그 어디에도 매이지 않는다는 사유. 기사를 잊고 한가로운 마음으로 자연을 바라보니 흰 갈매기가 물가에 날고 있다. 상촌 신흠은 세상사 잊고 초연한 것은 갈매기와 자신이라 노래하고 있다.

> 147   功名도 니젓노라 富貴도 니젓노라
>   世上 번우한 일 다 주어 니젓노라
>   내 몸을 내므자 니즈니 눔이 아니 니즈랴

앞서 읽은 146번 작품에서 자신을 도연명과 동일시한 김광욱의 노래다. 천성이 단아하고 곧아서 남과 사귀기를 즐기지 않았다는 그는 고위관직에 있었으나 정치가 어지러울 때는 강촌 누옥에 은거했다. 유자의 세계관으로 볼 때 우환의식이 관직을 버릴 수 없게 하지만 강호에 물러나 있다고 해도 그것은 역군은(亦君恩). 어떤 교유도 없이 중앙정치에서 물러나 고요한 마음으로 북천을 바라보는 이. 강호에 은거하는 자신도 잊고 번우한 일마저 다 잊었다는 이. 세사에 초연한 이의 맑은 지혜가 보이는 노래 아닌가.

6. 맺는 말

외유내불. 우리 민족의 사상적 기저에 불교적 사유가 스미어 있음은 마땅한 일이다. 그동안 억불숭유라는 막연한 관념이 고시조의 불교적 사유 탐색을 가로막았던 것으로 보인다. 우리는 생로병사라는 삶의 형식을 불교적 사유의 근간인 제행무상으로 자연스럽게 받아들여왔다. 인간은 무상한 존재이

고 무상하기에 무아이고 공이며 공유불이라면 불교적 사유로서 통하지 않는 바가 없을 것이다. 초탈이나 관조 또한 무심하지 않고는 도달할 수 없는 경지이므로 무심도 있는 그대로 바라본다거나 배척하지 않는 사유라 보면 불이·중도와 다르지 않다.

입을 열면 틀린다는 말씀도 있거니와 이 글의 모든 접근방법은 조심스러울 수밖에 없다. 분석 대상을 확대하여 고시조에 대한 불교적 해석이 활발하고 심도 있게 전개된다면 더 많은 고시조에서 다양한 불교적 사유를 발견할 수 있을 것이다.

시조, 『청구영언』에서 배우다
— 자수율과 음량률의 혼합율격

　시조를 유네스코에 등재하자는 발의가 근년 들어 활발했다. 이를 구체적으로 실현하기 위한 '시조·가사 유네스코 등재 추진 선포식'이 지난해 11월 담양에서 열렸다.[1] 이 글의 실마리는 시조를 유네스코에 등재한다고 할 때 어떤 양식으로 규정할 것인가에 대한 논의에서 출발한다. 결론부터 말하자면 시조를 삼사조(三四調)의 자수율로만 보아 형식을 규정하고 그 형식성을 벗어난 작품은 시조가 아니라고 하는 우를 범하면 안 된다는 것이다.

　조윤제의 통계적 연구 「시조자수고(時調字數考)」 이후, 시조의 율격과 양식에 대한 논의는 3·4·4(3)·4, 3·4·4(3)·4, 3·5·4·3이라는 형식 모형을 시조론과 시조 창작의 근간으로 삼아왔다. 이 자수율(음수율)은 일상 담화의 자연발화를 선율에 얹어 부른 시조라는 노래시가 만들어낸 통계수치다. 연구대상이 된 고시조의 대부분이 이처럼 눈에 보이고 귀에 들리는 가시(可視) 가청(可聽)의 음절수를 보여준다는 것이다. 지면관계상 상론할 수 없으

1　2018년 11월 16~20일까지 전남 담양에서 「동아시아 인문학 연구의 성과와 전망」이라는 주제로 동아인문학회 주최 제19차 국제학술대회가 열렸다. 이 대회에서는 모산 심재완 선생 탄생 100주년 기념 세미나와 더불어 한국의 전통시양식인 시조와 가사의 유네스코(UNESCO) 세계기록유산 등재를 위한 선포식을 거행했다. 선포식에는 류연석 한국가사문학학술진흥위원회 위원장, 이지엽 한국시조시인협회 이사장, 최한선 동아인문학회장, 최형식 담양군수가 선포 헌장을 낭독했다.

나, 이는 우리말을 구사하는 조어 방식에 따라 자수율 즉 이 통계수치에 들지 않는 노래시가 많다는 말이기도 하다.

주지하다시피 우리말의 어휘는 절대다수가 2음절과 3음절로 어절(語節)화되어 있다. 여기에 첨가어로서의 특징인 1~2음절의 조사(助詞)나 어미(語尾)가 붙는 조어(造語)상의 특징으로 인해 음절만이 아닌 장음(長音)이나 정음(停音)을 포함한 4모라(mora)의 음량으로 혹은 그 결합(종장의 둘째 마디)으로 시조의 정형률은 자연스럽게 실현된다. 우리말 구사 방식 자체가 음절정형을 이룰 수 없으므로 우리시가율격의 이론의 역사는 자수율 부정의 역사라 하겠다. 따라서 시조 율격론은 초기의 자수율에서 음보율[2]로, 음보율에서 나아가 음량률로 규정된다. 이제 시조는 '4음 4보격 3장시'의 음량률[3]에서 나아가 김학성에 의해 종장 첫마디 3음절 정형의 자수율을 포함한 '자수율과 음량률의 혼합율격'으로 규정되는 진전을 이루었다.[4]

그러나 시조 율격에 대한 논의는 아직도 자수율의 망령에서 벗어나지 못하고 있다. 지난 십 년간 만해축전에서 음량률과 혼합율격에 대한 시조율격을 기반으로 학술세미나를 열어왔다. 그럼에도 불구하고 혼합율격에 대한 이해는 학계와 문단을 포함하여 도외시되고 있는 것 같다. 학문에의 진보를 수용하지 못하여 전체 시조의 실상을 포괄하지 못하는 자수율만을 아직도 끌어안고 있는 한계상황이 안타까울 뿐이다. 오늘의 우리에게 시조 율격에 대한 올바른 이해와 수용 그리고 적용이 요청된다. 그런 점에서 시조의 계승과 발전에 근간이 되어온, 조선 숙종 영조 연간의 가객 남파(南坡) 김천택이 580수

---

2 음보(音步)는 음수율을 보완한 음보율의 기본 개념이다. 시조가 '4음 4보격 3장시'라 할 때 등장성(等長性)을 가지는 음보 4개가 모여 하나의 장(章)을 이룬다. 7
3 음량률에 대한 논의는 성기옥,『한국시가율격의 이론』, 새문사, 1986 참조.
4 김학성,「시조의 형식과 그 운용의 미학」,『현대시조의 이론과 비평』, 보고사, 2015 참조.

(首)를 모아 편찬한 가집 『청구영언』(1728)을 다시 읽어야 할 필요가 있다. 『청구영언』에서 391수로 가장 많이 수록된 이삭대엽(二數大葉)은 조윤제의 자수율이 보여주는 형식성과 대부분 일치한다. 이 말은 자수율이 제시한 글자 수에 부합하지 않는 시조가 많다는 말이기도 하다. 조윤제는 "자수표는 절대적인 것이 아니요, 시조 형식의 기준이 될 것이나, 시조가 정형시이면서도 절대적 수운(數韻)을 가지지 아니하고 기준 수운을 가지는 것"이라 했다.[5] 이는 자수율 논거 자체를 부정하는 자기모순을 말해주는 것이다.

현전하는 『청구영언』이 김천택의 자필본인 원본 『청구영언』 그것인지는 알 수 없지만, 오장환본 『청구영언』(현 통문관 소장 『청구영언』)을 진서간행위원회에서 활자화한 것이 '진본 『청구영언』'[6]이라 통용되고 있다. 이를 『청진』으로 약칭한다. 『청진』에 수록된 악곡의 차례를 보면 초중대엽 1수, 이중대엽 1수, 삼중대엽 1수, 북전 1수, 이북전 1수, 초삭대엽 1수가 실리고 그 다음으로 이삭대엽이 391수, 삼삭대엽 55수, 낙시조 10수, 「장진주사」 1수와 「맹상군가」 1수 그리고 서문과 함께 만횡청류 116수가 실려 있다. 대체로 이들 악곡 명칭은 시조(가곡)를 노래로 향유하던 시절의 빠르기 순이라고 할 수 있다. 오늘의 현대시조라는 관점에서 보면 정격의 단형시조(3장 6구 12마디)에서 '가벼운 파격'을 하거나 말수가 많아져서 엇시조 또는 사설시조로 넘어가는 차례로 수록되었다고 할 수 있다. 『청진』에 수록된 작품 가운데 단 한 수 초삭대엽은 시조의 대명사, 황진이의 노래다.

어져 내일이야 그릴 줄을 모로듯냐
이시랴 ᄒ더면 가랴마ᄂ 제 구ᄐ ㅣ 야

---

5 조윤제, 「시조의 본령」, 『인문평론』 제2권 제3호, 1940.
6 김학성, 「김천택의 가집 편찬과 전환기 시조의 형식 전변」, 『한국고전시가의 전통과 계승』, 성균관대학교 출판부, 2009 참조.

보내고 그리는 정은 나도 몰라 ᄒ노라   (청진 : 초삭대엽 6)

알다시피 3장 6구 12마디, 시조의 장르 표지이자 문식성(literacy)을 가지는 종장 첫마디 3음절과 둘째 마디의 과음보(5~8모라)를 제외한 모든 음보는 4모라로 실현된다. 1모라는 1음절 정도의 음장(音長)을 가지는데, 이 음보의 양식화 범위는 2모라에서 5모라까지로 다양하게 실현될 수 있다. 성기옥의 음량률 연구를 바탕으로, 인용한 황진이 시조를 마디(|)와 중간 휴지(‖), 음절, 장음(− :1음절 정도의 음장), 정음(∨ :1음절 정도의 묵음 상태)을 포함한 도식으로 살펴보면 시조 율격론의 바탕을 잘 알 수 있다.

(초장)	어져−∨	|	내 일이야	‖	그릴 줄을	|	모로ᄃ냐
(중장)	이시랴−	|	ᄒ더면 ∨	‖	가랴마ᄂᆞᆫ	|	제 구ᄐ ᅵ 야
(종장)	**보내고**	|	**그리ᄂᆞᆫ 정은**	‖	나도 몰라	|	ᄒ노라 ∨

시조는 초장과 같은 형식을 중장에서 단 한 번 반복한다. 종장에서는 굵은 글씨로 표시하여 밑줄 그은 것처럼, 첫마디는 3음절을 고수하는 자수율을 보이고 둘째 마디는 2마디를 합한 것만큼(4모라+4모라) 음량이 늘어나는 변형율격을 취한다.[7] 나머지 마디에서는 음절과 장음, 정음을 포함하여 4모라를 충당하면 시조의 기본적 형식요건을 충족하는 것이다.

황진이의 「어져 내 일이야」는 초장 첫마디부터 2음절의 감탄사로 시작한다. 이는 한 편의 시조가 '삼사조'라는 음절수만 가지고 노래되는 구조가 아니라는 점을 말해준다. 도식에서 보여주듯이 2개의 장음이 2개의 음절과 결합하여 4모라의 음량(어져−∨)이 되는 것이다. 시조는 일상의 자연스러운 우

---

7   종장 둘째 마디는 2마디가 지니는 음량을 보이는 변형율격으로서 5모라 이상 8모라 정도의 음량을 가질 수 있는데 이 작품은 '그리ᄂᆞᆫ+정은'과 같이 5모라를 취하고 있다.

리말 발화, 한국어로 빚어내는 노래시이며 서정시라는 점을 잘 보여준다. 이 런 점에서 '삼사조'라는 자수율로 본다면, 음절수가 이에 미치지 못하는 경우 를 간단히 살펴본다.

(중장)   묽고 - ∨ | 흰 - 빗츤   ‖   녜 - 욘 듯 | ᄒ다ᄆᄂᆞᆫ

(청진 : 이삭대엽 84)

84번째로 수록된 작품의 중장이다. 음보(마디) 하나의 기준음량 4모라를 형 성하는 기저 자질로서 각각 1모라의 음장을 가지는 음절, 장음, 장음이 올 수 있다. 이 경우는 가시 가청의 음절인 '묽고' 다음에 장음 2개가 음절을 대상하 는 자리에 나란히 올 수 없으므로, 2음절(묽고)과 장음(-) 하나와 정음(∨) 하 나가 2모라를 충당하며 4모라 기준음량을 대상하면서 자연스럽고 리드미컬 한 율동 현상을 이룬다. 이처럼 하나의 마디가 가시 가청의 음절로 다 채워지 지 못한 경우, 장음이나 정음이라는 기저 자질이 1모라씩의 음장을 보충하면 서 4모라의 기준음량을 대상하게 되는 것이다.

13번째로 수록된 작품을 본다. 빗금(/)이하 밑줄 친 경우처럼 음량을 초과 하는 사례는 더욱 많다(이하 밑줄 그은 부분은 음량이 늘어나 '가벼운 파격'을 이루거 나 엇시조 또는 사설시조에 이르는 정도를 나타낸다).

(초장)   삭풍은 - | 나모 긋튀] /불고   ‖   명월은 - | 눈 속에/츤ᄃᆞ]
(중장)   만 - 리 - | 변성에 ∨   ‖   일장검 - | 집고 셔셔
(종장)   긴ᄑᆞ람 | 큰 흔소릐에   ‖   거칠 거시 | 업세라 ∨

(청진 : 이삭대엽 13)

이 작품은 김종서(1390~1452)가 세종의 명을 받아 여진족을 무찌르고 6진 을 개척하여 두만강으로 국경을 삼은 때의 호기로운 감회를 노래한 「호기가

(豪氣歌)」이다. 기개를 펼쳐 어디 거칠 것 없는 마음을 일상의 말로 자연스럽게 담고 있다. 천하무적 장군이 말수를 덜어내며 아정(雅正)하게만 노래할 상황이 아닌 것이다. 이처럼 충천하는 기개를 호기롭게 노래하거나, 회한을 풀어내거나 또는 고조된 취흥을 풀어내게 되면 엇시조에 해당하는 삼삭대엽이나 낙시조의 '가벼운 파격'을 구사하게 되는 것이다. 자수율을 넘어서 '가벼운 파격'을 보여주는 예를 간단히 살펴본다.

    (초장)   桃花 梨花 | 杏花/芳草들아   ‖   一年 春光 | 恨치 마라

(청진 : 삼삭대엽 436)

이 작품은 복숭아꽃 배꽃 살구꽃 온갖 풀꽃들에게 봄 한 철 피었다 진다고 한탄하지 말라고 노래한다. 너희들 꽃은 그래도 해마다 봄이면 다시 피어나지만 우리 사람들은 백 세만 살면 그뿐이라는 것. 취기가 약간 올라 말문이 슬슬 열리기 시작하는 것이다.

    (초장)   天地도- | 唐虞ㅅ적/天地   ‖   日月도- | 唐虞ㅅ적/日月

(청진 : 삼삭대엽 449)

당대의 중화(中華)적 세계관이 보이는 이 노래는, 천지와 일월이 세상 좋은 시절이던 당우시절과 같이 지금도 그 하늘이고, 그 땅이고, 그 해와 그 달인데 어찌하여 세상인심은 나날이 다른가 말이냐는 것이다. '말 잘하고 글 잘하는' 사대부들 풍류연석의 흥이 고조되기 시작하는 것이다.

    (중장) 山-/절로절로 | 水-/절로절로   ‖   山水間에 | 나도/절로절로

(청진 : 낙시조 454)

사람도 산수와 같은 자연이니 절로 푸르른 산과 절로 흐르는 물처럼 우리 사람이 늙는 것도 자연스레 받아들여야 한다는 노래다.

이어지는 정철(1536~1593)의 「장진주사」와 작자미상의 「맹상군가」는 만횡 청류와 분리하여 따로 수록하였으나 만횡청류와 다르지 않다. 만횡청류는 조선시대 사대부들이 풍류연석에서 취흥이 고조되어감에 따라 격식과 체면 을 다 내려놓고 부른 노래다.

(초장) 술 먹어—	病업는/藥과 ‖色ᄒ여—		長生홀/藥을
(중장) 갑 주고—	살쟉이면 ‖盟誓ㅣ개지		아모만들/관계ᄒ랴
(종장) 갑 주고—	못살 藥이니 ‖닌쳑/아라가며/소로소로/ᄒ여	百年신지/ᄒ리라

(청진 : 만횡청류 491)

예나 지금이나 취흥이 도도해지면 이렇게 허울 다 내려놓고 말수가 많아져 남 이야기도 하며 음왜지담(淫哇之談)으로 떠들썩해지나 보다. 주색을 가까이 해도 장수할 약이 있다면 얼마를 주고라도 사먹겠는데 그런 약이 없으니 그 냥 사는 날까지 주색을 즐기며 살겠다는, 웃자고 하는 노래다. 이런 때 어떻 게 시조라는 노래를 '삼사조'로 맞추어 부를 수 있겠나. 취중에 하고 싶은 말 을 선율에 얹어 자연스럽게 노래할 따름이다. 다만, 이 땅에 장구히 살아온 조상들은 몸에 밴 선험적 노래의식에서 각 장은 의미를 주고받는 대구와 호 응 형식으로 초장과 중장을 이루고 종장 첫마디에서는 3음절을 지키며 전환 종결하는 미의식을 보여왔다. 말수가 많아지는 만횡청류는 대체로 중장이 늘어나지만 3장이 다 늘어난 경우도 있고 2장이 늘어난 경우도 있고 다양한 모습으로 수록되어 있다. 그러나 만횡청류도 반드시 초장, 중장, 종장의 3장 을 이루고 종장의 첫마디는 반드시 3음절을 지키고 둘째 마디는 변형율격으 로 멋을 부리면서 셋째, 넷째 마디는 다시 평상심을 찾듯 동량보격으로 마무리했다.[8] 이것이 고시조라는 역사적 장르의 실상이며, 이 고시조라는 역사적 장르를 오늘의 우리가 '영원한 시조 양식'으로 계승하여 현대시조라는 역사적 장르로서 지키고 가꾸어나가는 것이다.

우리 선현들은 '3장 6구 12마디'라는 시조 양식을 각 장의 네 마디 의미단위를 가지고 상황과 맥락과 분위기에 따라 말수를 다양하게 신축(伸縮) 변주하며 평시조, 엇시조, 사설시조로 지키고 가꾸어왔다. 이 다양한 시조의 전체적 실상을 포괄할 수 있는 시조 율격론의 토대 위에서 시조 양식의 유네스코 등재를 추진해야 할 것이다.

---

8 종장: 아모나 | 어더 가져셔 ‖ 그려보면 | 알리라 (청진 : 만횡청류 476)

현대시조의 언어와 형식

현대시조의 새 지평
— 현대시조 100년, '시조의 세계화'를 위한 소고(小考)

이 글은 한국 최초로 자유시와 시조를 포함한 『한국대표명시선100』 완간을 기념하는 '한국 현대시 100년 대회'의 일환으로, '현대시조 100년'의 성과와 '시조의 세계화' 현황을 점검하고 조망하고자 마련되었다. '현대시조 100년'의 역사가 이루어지기까지 구체적인 창작물로서 시조문학의 토대를 이루어온 시인들과 고시조의 문헌적 연구와 율격론 등 지금까지 수많은 학자들의 문헌적·실증적 성과가 있었다. 선현들의 이러한 노고가 있었기에, 오늘의 시조 연구자들과 시인들이 논구와 창작을 원만히 수행할 수 있게 되었다. 이 글에서는 최초의 현대시조 확정과 그에 따른 '시조의 날' 선포, 『우리 시대 현대시조 100인선』 발간, '현대시조 100년 고유제', '세계민족시대회' 이전과 이후 전개된 '시조의 세계화'와 그 현황을 거칠게나마 조망하면서 '시조의 세계화'를 위한 반성과 실천적 과제를 조명하고자 한다.

1. 만해축전 그리고 현대시조 100년

1) 현대시조, 「혈죽가」를 높이 들다

『한국대표명시선100』의 추진이 만해 한용운 선생을 기리며 만해축전을 주재하는 (재) 만해사상실천선양회 후원으로 이루어짐과 같이 '현대시조 100년' 을 자리매김하는 제반 업무의 추진 또한 만해사상실천선양회 만해축전의 일환으로 이루어졌다. '현대시조 100년 세계민족시대회 집행위원회'는 '현대시조 100년'의 역사를 바로세우기 위해 현대시조의 효시라 볼 수 있는 작품을 재확인했다. 이근배 집행위원장은 이태극, 박을수, 임선묵 등 근대시조 연구자들의 저서와 자료집을 고찰하면서 이분들의 의견을 수렴하고 시조단 중진들의 의견을 종합한 끝에 1906년 7월 21일자『대한매일신보』에 발표된 대구여사의「혈죽가」3수를 당시까지 발표된 최초의 현대시조로 볼 수 있음을 재확인하고 이를 현대시조의 효시로 공표[1]함과 동시에 7월 21일을 '시조의 날'로 제정하였다.

2) '시조의 날' 선포와 합동 출판기념회

2006년 7월 21일, '시조의 날' 선포식이 한국일보사 13층 송현클럽에서 거행되었다. 태학사가 발행하고 이지엽 시인이 주관해온『우리 시대 현대시조 100인선』[2] 완간 기념식도 진행되었다. 이근배 세계민족시대회 집행위원장은 '시조의 날' 선포와 함께 2006년을 시조 창달의 원년으로 삼고 겨레시가 민족을 넘어 세계로 나아가는 대장정에 나서게 됨을 천명하며, 여기에는 문화정책의 뒷받침과 문단 언론 사회 각계의 전폭적 지원과 협력이 절실함을 역설했다.

---

1 이근배,「시조의 역사 새로 쓰다」,『유심』, 2006년 겨울호 이하 참조.
2 등단 연도를 순번으로 한 '우리 시대 현대시조 100인 선집'은 1910년대에서부터 1990년대에 등단한 시인들의 작품으로 구성되어 있다. (가) 50년대 이전 등단 시인들 : 현대시조 모색기, (나) 50년대 등단 시인들 : 현대시조 개척기, (다) 60년대 등단 시인들 : 현대시조 정립기, (라) 70년대 등단 시인들 : 현대시조 격변기, (마) 80년대 등단 시인들 : 현대시조 혁신기, (바) 90년대 등단한 시인들 : 현대시조 확산기. 이지엽,「현대시조 100인 선집의 의의와 시조 발전을 위한 혁신적 방안」,『만해축전』2006 자료집 하권.

김제현 공동위원장은 '시조의 날 선언문' 낭독에서 한류(韓流)의 진정한 정신적 토대도 시조에 그 뿌리를 두고 있다고 했다. 한국문화예술위원회 김병익 위원장은 축사에서 시조가 없었더라면 우리 문학의 반 이상은 사라졌을 것이며 우리 삶의 그만큼이 또 공허한 것이 되었을 것이라 했다. 시조가 있었기에 그 독특하고 아름다운 형식미학으로 우리의 내면은 풍요로울 수 있었고 민족의 정서가 우아하게 피어날 수 있었다고 했다.

정희성 민족문학작가회의 이사장, 오세영 한국시인협회장의 축사 뒤에 「혈죽가」의 산실인 조계사 부근 민충정공 동상을 찾아 헌화하고 박윤초가 「혈죽가」를 시조창으로 불렀다.

3) 현대시조 100년 고유제(告由祭)와 신작발표 음악회

2006년 8월 12일, 설악산 백담사 만해마을 만해축전에서 '현대시조 100년'을 시조문학사의 조상님께 고하는 고유제가 열렸다. 고유제는 황진이, 윤선도, 정철과 같은 시조 선현 앞에 시조를 현대적 의미의 서정시로 창작하고 발표하며 향유해온 지 100년이 되었음을 고하는 의식이다. 시조가 현대적 의미의 서정시로 변모하였다 함은 시조창이나 가곡창으로 향유되던 음주사종(音主詞從)의 '시노래'에서 매스미디어에 발표되어 읽고 감상하는 '읽는 시'로서의 시조(노래시)를 가리킨다.[3] 이 고유제에서는 만해사 주지 삼조 스님이 정성들여 진설한 시루떡과 포와 제물 앞에 만해사상실천선양회 이사장 조오현 스님의 분향과 헌작이 있었다. 김제현 공동대회장의 대회사와 이근배 공동대회장의 고유문 낭독이 이어졌다.[4]

---

3 우리가 여기서 현대시조의 효시로 확정한 「혈죽가」도 이 요건에 든다.
4 사람의 생각이 미치는 곳이면 우주 밖의 일이나 천지만물의 조화나 생로병사는 물론 털끝만한 마음의 움직임도 우리 모국어로 가장 아름답게 구사해낼 수 있는 신명과 가락의 오묘불가사의한 힘이 시조 3장 6구에 있기에 그려낼 수 있었다. ―〈고유문〉 부분.

2006년 8월 26일, 한국 시조문학사 초유의 현대시조 작곡 신작 발표 음악회가 KBS홀에서 열렸다. 현대시조 30인의 작품을 선정하여,[5] '한국100인창작음악연합회' 황철익 대표이사장과 '한국예술가곡진흥위원회' 최영섭 대표에게 작곡가 선정을 의뢰했다.[6]

4) 현대시조 100년 세계민족시대회

2006년 8월 13일, 만해마을 대강당에서 동서고금에 없었던 세계민족시포럼이 시조를 중심으로 열렸다. '현대시조 100년 세계민족시대회 세계민족시포럼(The International Forum in Celebration of the 100th Anniversary of modern sijo)'의 대명제는 '민족은 시를 낳고 시는 민족을 키운다(The People Bears Poet, The Poet Bring up People)'였다.

대한민국학술원 회원 김용직 교수는 「시조, 그 국민시가 양식으로서의 과거 · 현재 · 미래」라는 발제강연에서 이조년, 정몽주, 정철, 윤선도의 시조를 분석하고 현대시조가 국민시가로서의 성과와 가능성을 갖고 있음을 역설했다. 제5주제까지 일본, 이탈리아, 중국, 연변, 한국의 석학들이 각국의 민족시에 대한 폭넓은 논의를 폈다.[7] 이 밖에 한국시조시학회는 '현대시조 100년

---

5 30인과 시조는 다음과 같다. 이병기(매화) 조운(구룡폭포) 김상옥(봉선화) 이호우(달밤) 이영도(황혼에 서서) 박병순(모란이 이울기 전에) 정소파(설매사) 이태극(어머니의 노래) 박재삼(내 사랑은) 장순하(산타령) 최승범(빛을 내려주세요) 정완영(가을 맑은 날) 김제현(돌) 이근배(내가 왜 산을 노래하는가에 대하여) 이상범(성좌) 서벌(접동새) 윤금초(질라래비 훨훨) 조오현(비슬산 · 할미꽃) 이은방(황태덕장에서) 유자효(홀로 가는 길) 한분순(고적) 박시교(사랑을 위하여) 김남환(황진이와 달) 유재영(운문사) 이우걸(아가) 김영재(봄산) 이지엽(적벽을 찾아서) 이일향(칠석) 홍성란(편지).
6 작곡가는 최영섭 황철익 윤해중 허방자 이안삼 정덕기 이복남 이귀숙 이용주 한정임 조소희 김현옥 한지영 오동일 황윤희 진정숙 최현석 오홍주 이영조 한광희 임긍수 서경선 오숙자 진규영 김규태 심진섭 박경규 박신희 박영란 임준희 이병욱 등.
7 제1주제 중서진, 「일본의 전통시 和歌(短歌)란 무엇인가」
제2주제 빈센싸 드루소, 「이태리는 어떻게 Sonnet를 낳았는가」
제3주제 문행복, 「중국 전통시의 깊고 오랜 흐름」

과 21세기 시조의 담론'을 내걸고 시조학술세미나를 열었고,[8] 서울대학교 한국문학연구소는 '현대시조의 재인식과 세계화',[9] 한국시조시인협회는 '현대시조100주년 기념 세미나'[10]를 열었으며, 시조 전문지와 시조 단체들이 경향 각지에서 '현대시조 100년의 해'를 의미 있고 내실 있게 채워 나갔다.

만해사상실천선양회가 주최하고 한국문화예술위원회가 공동 후원한 '현대시조 100년 세계민족시대회'는 총체적으로 수행한 고유제, 음악회, 시화전, 포럼 등은 종전 어느 문학 분야에서도 해내지 못한 대역사를 이룬 것으로 평가할 수 있다.

2. 세계민족시대회 이후 한류와 세계 속의 시조

1) 한국문학과 한류(韓流)

권영민 교수는 「한국문학의 세계화, 그 가능성의 모색」에서 90년대 한국사회에서 새로운 슬로건처럼 내세운 '세계화'라는 말이 한국문학에 있어서 과연 가능한가 묻는다. 세계민족시대회의 봉화가 오르기 불과 10년 전의 일이다. 당시만 해도 '세계화'라는 개념은 매우 낯선 과제였다.[11] 한국문학의 세계화는 문학의 인류적 보편성에 대한 인식에서 출발하는데, 한국적인 것에서

제4주제 김해룡, 「연변의 조선족 작가들은 왜 시조를 쓰는가」
제5주제 박철희, 「현대시조 100년, 무엇이 문제인가」

8 김학성, 「시조의 3장 구조와 미학적 지향」, 정수자, 「개화기시조의 탈식민성」, 이지엽, 「절제와 자유, 엄격과 일탈의 시조 형식」, 이정환, 「정형미학의 변용과 한계」, 임준성, 「현대시조의 불교적 특성」.

9 유종호, 「유구한 역사와 반(反)모더니즘」, 장경렬, 「시조의 세계 내 현주소, 그 지표를 찾아서」, 유성호, 「현대시조에서의 자연형상과 그 논의」, 박진임, 「시조번역, 어떻게 할 것인가」.

10 이근배, 「현대시조 어디로 가는가」, 유성호, 「현대시조의 미학과 현상」.

11 권영민, 「한국문학의 세계화, 그 가능성의 모색」, 『문학사상』, 1996년 1월호 이하 참조.

세계적인 것으로의 확대, 특수성에서 보편성으로의 전환, 이것이 바로 세계화의 과제라 했다.

「한국어의 운명」[12]에서 한국어는 국제적 공용어가 아니지만 세계어의 하나로 당당히 인정받고 있으며 세계 각지에서 한국어 교육에 관심을 쏟는 대학들이 늘어나, 한국문화에 대한 관심도 높아지고 있는데 이런 현상을 '한류'라는 이름으로 부르기도 한다고 했다.[13] 세계민족시대회 2년 뒤의 일이다. 그는 세계화의 물결이 급속하게 확대되면서, 궁벽한 한국어를 버리고 영어를 쓰자는 식의 극단적인 주장까지 나오는 형편을 개탄했다. 이제 한국어는 우리 민족만의 언어가 아니고 수많은 외국인들이 배우는 세계어의 하나가 되었다. 한국문화는 세계화를 넘어서서 한류가 되었으나 이것은 한국문학, 그중에서도 시조에 있어서는 아직 요원한 상태다. '시조의 세계화'를 위한 번역과 보급의 문제는 더욱 박차를 가해야 할 일들이 산적해 있다.

시조 번역의 문제는 장경렬, 박진임 등 여러 학자들의 논의가 있어왔다.[14] 번역에 있어서 시조는 선험적 율격에 바탕을 두고 있기 때문에 그 양식적 고유성을 살려 번역한다는 것은 사실상 불가능하다. 하지만 번역에 임할 때는 시적 의미나 이미지를 최대한 강조해서 옮기는 수밖에 없으며 시조의 시상 전개 방식에 초점을 맞추어 번역하는 것이 가장 좋은 방법이라는 장경렬 교수의 견해를 유성호 교수는 시조의 문학적 특성과 서양 언어의 특성 사이에서 접촉점을 선명하게 가질 수 있는 탁견이라 했다.[15]

---

12 권영민, 「한국어의 운명 — 한글날을 맞으면서」, 『문학사상』, 2008년 10월호 참조.
13 한류라는 이름으로 전파되는 한국문화 전반의 세계화는 드라마와 영화, 대중음악에서 음식문화에 이르기까지 폭넓게 진행되고 있다. 여기서는 시조의 세계화에 국한하여 논의하며, 시조는 아직 한류에 합류하지 못하고 있다.
14 장경렬, 「시조의 세계 내 현주소, 그 지표를 찾아서」, 『만해축전』 2006 자료집 하권 이하 참조; 박진임, 「시조 번역, 어떻게 할 것인가」, 같은 책.
15 유성호, 「현대시조의 문제들과 제언 — 다른 목소리를 통한 전언 방식과 역진 방식」, 『문

2) '시조의 세계화'-아시아권의 경우

(1) 세계시조사랑협회와 한중민족시포럼

한민족의 전통시인 '시조의 세계화'를 위해 미국을 비롯하여 전 세계에 보급망을 확대해온 (사)세계시조사랑협회가 주최한 제1회 한중민족시포럼이 2007년 8월 22일~25일, '격조와 공감 민족시, 그 오래된 미래시의 전망과 과제'를 주제로 중국 연길시 국제호텔 국제회의청에서 열렸다.[16] 2003년 설립한 세계시조사랑협회 이사장 조오현은 초대의 글에서 한중 수교 15년 만에 처음으로 양국 민족시의 상호 이해와 교류 확대를 위해 한중민족시포럼을 열게 된 것을 기뻐하며, 21세기 세계 공영의 시대를 맞아 지구촌 곳곳에서 세계화가 활발히 이루어지고 있는데, 세계화란 자기를 버리고 남을 닮아가는 것이 아니라 남과 다른 정체성을 가지고 서로 조화할 때 달성되는 것이며, 따라서 고유문화의 보존이 소중하고 상호 교류가 절실하다고 했다.

박구하 시인은 발제에서 시조의 고급화만이 시조의 살 길이며, 시조의 노령화를 탈피하여 시조의 청년화를 이루어야 한다는 점에서 초중등교육에서의 시조 교육을 역설했다. 그는 전현직 교사를 중심으로 전국시조교실을 열어 '어린이시조운동'을 전개했다. 울산의 어린이시조 육성운동과 부산의 세계시조사랑 축제를 통하여 2006년까지 2,000여 명의 어린이 시조시인을 배출한 그는 시조 교육을 국가단체에서 맡아 거국적으로 시행해야 할 국책사

학사상』, 2007년 4월호.

16 발제1 김관웅, 「한국 고대시조와 중국 고대시가의 관련양상」(연변대)
  발제2 임종찬, 「시조의 한시역과 한시의 시조역의 문제점」(부산대)
  발제3 김해룡, 「평시조의 본질적 특징에 대한 한두 가지 생각」(연변대)
  발제4 문무학, 「한국의 빛깔, 그 백색 공간」(대구예술대)
  발제5 김경훈, 「중국조선족 시조문학 연구」(연변대)
  발제6 홍성란, 「현대시조의 형식실험 양상과 그 의미」(성균관대)
  발제7 박구하, 「시조문학의 발전 전략」(서울신문 명예논설위원)

업이라 했다. 그는 시조를 한민족의 문학에서 세계인의 문학으로 승격시키자는 시조세계화를 역설하면서 서양인에 앞서 우리 동포인 세계의 이산민족에게 시조를 가르쳐야 한다고 했다. 그 실천으로 2000년 이래 중국의 연변 심양 북경 등지에 있는 조선족 시인 작가를 만나 이 운동을 역설하고 동참을 호소했다. 각개 학교를 방문하여 교사를 대상으로 시조연수교육을 하고 시조백일장을 열어왔으나, 2007년 한중민족시포럼 한 해 뒤 타계하여 그의 시조세계화 운동도 안타깝게 막을 내렸다.[17]

(2) 연변 지역의 경우

한춘섭은『시조월드』(2006 하반기)의「100년 시조시, 민족문학 살피기」에서 현대시조 100년의 역사에서 해외시조 분야를 뺄 수 없다고 했다. 그는 1990년 중국 연변조선족 자치주 문단 속에 뿌리내린 '연변시조시사' 단체조직을 발판으로 시조운동을 벌였다. 10년 동안 문학상, 강연회, 백일장을 개최했다. 한춘섭의 활동에 힘입어『하얀 마음, 그 안부를 묻습니다』(1990)『중국조선족시조선집』(1994)『다시 만나도 그리운 사람』(2002) 등 세 권의 시선 사화집과 개인시조집이 연변지역에서 발간되었다. 1999년 김호길 시인의 주도로 미주지역에 시조시인협회가 결성되었다. 2002년 이후 박구하 시인의 활동으로 중국 연변지역 및 심양, 목단강 하얼빈 등지에서 '어린이시조운동'이 활발히 전개되어 '심양시조문학회', '연변교사시조회', '북방시조사랑회', '흑룡강교사시조회' 등이 결성되는 등 민족문학 창작 붐이 일기 시작했다. 그 결과 해외문인들이『시조월드』등 전문지에 작품 발표를 자주 함으로써 시조시가 한민족공동체의 자긍심을 넓히는 계기가 되었다.[18]

---

17 (사)세계시조사랑협회,『민족시, 그 오래된 미래』, 문학과청년, 2007 참조.
18 한춘섭,「100년 시조시, 민족문학 살피기」,『시조월드』, 2006년 하반기호 참조.

(3) 한국시조시인협회의 한몽국제학술심포지엄

(사)한국시조시인협회는 한국과 몽골의 수교 20주년을 기념하는 제1회 해외학술심포지엄 및 전통시 낭송회를 2010년 7월 26일~30일까지 몽골 울란바토르시에서 열었다. 이 행사는 몽골문인협회와 한국시조시인협회가 공동 주최하고 서울문화재단, 한국몽골학회와 몽골국립대학이 후원했다. 27일 열린 학술심포지엄에서 예술원회원 이근배 시인이 「정체성으로서의 시조」를 강연했다. 이어서 2011년 5월 20일 서울 '예술가의집'에서 열린 제2회 한몽국제학술심포지엄에서는 '몽골 전통시의 특성'을 주제로 정우택, 최동권 교수 등의 발제[19]와 몽골전통시 낭송회가 열려 한국과 몽골의 우의를 다지고 양국의 전통시와 문화에 대한 상호 이해를 넓혔다.

(4) 인도의 비교문학, 타고르의 『기탄잘리』와 조오현의 『만악가타집』

2010년 7월 14일, 인도의 하푸르에서 국제세미나가 열렸다. '시를 통한 한국과 인도의 마음 나누기'로서 주제는 타고르의 『기탄잘리』와 조오현의 『만악가타집』이다. 인도의 시성 타고르 시와 한국의 조오현 시조가 비교문학적 차원에서 논의되었다.[20] 『만악가타집』은 인도의 16개 공용어 가운데 국어에 해당하는 힌디어로 번역되었다.[21] 이는 힌디어 사상 최초의 시조 번역물인 동시에 한국 시문학사상 최초의 힌디어 번역본 시조집이다.

---

19 정우택(성균관대), 「초원 혹은 사막과 하늘과 바람과 별과 그리고 시 그 너머」, 한국시조시인협회, 2011; 최동권(상지대), 「몽골의 역사와 자연」, 한국시조시인협회, 2011.

20 이치란 영문번역, 만악문도회 엮음, 『Manak Gathas』, 『Sharing Mind Between India and Korea Through Poetry』, YOUNKER SCIENTIFIC AND SOCIAL SCIENCE RESEARCH FOUNDATION Maintained by : SSMDMRD Institute, Hapur, INDIA, 2010. July. 14th.

21 한편 미국의 캘리포니아에서는 조오현 시인의 시조집 『아득한 성자』가 고창수 번역으로 발간되었다. O-hyun Cho, *Far-Off Saint: Poems of Cho O-hyun*, tans. by Chang Soo Ko, Jain Publishing Company Fremont, California, 2010.

3) '시조의 세계화'－미주의 경우

(1) 미국의 데이비드 매캔의 경우

하버드대학 교수이며 한국학연구소장인 데이비드 매캔(David R. McCann)은 「시조와 나, 그리고 따뜻한 우정」에서 시조를 연구하고 영어로 시조를 쓰게 된 배경과 '영어시조운동'을 설명했다.[22] 「도심의 절간」「서울, 2006년 6월」「나무가 바람에게」 등 영어시조 7편을 발표하면서 그는 종합문예지 『문학사상』에서 시조시인으로 데뷔한 셈이다.[23] 특히 미국 보리프 출판사에서 『도심의 절간(Urban Temple)』(2008)이라는 제목으로 첫 번째 영어시조집을 발간한 그는 '영어시조(English Sijo)'에 전념하면서 영어시조 짓기를 문학 교육현장에 널리 확대해보겠다고 했다. 『도심의 절간』은 2012년 창작과비평사에서 발간되었다.[24] 미국에서 한국문학 전문 연간 문예지인 『진달래꽃(Azalea)』(2007)을 창간한 데이비드 매캔은 제2호에서는 시조의 형식을 소개하고 윤선도, 정철, 황진이의 고시조와 이병기, 조오현, 홍성란, 김대중의 현대시조를 소개했다. 같은 지면에서 중고생을 대상으로 한 세종문화협회(Sejong Cultural Society)의 시조대회도 소개하고 있다.[25]

---

22 데이비드 매캔 교수가 시도하고 있는 '영어시조'는 기본적으로 3연 구성이며, 각 연은 영어식 음절수를 따라 3 · 4조를 지킨 짧은 2행 구조를 이룬다. 한국어의 통사구조가 의미구조와 일치하도록 배열되고 있는 시조 형식의 특징을 그대로 영어에 적용하여 시조의 독특한 율격구조를 살려낼 수 있는 리듬의 규칙성을 부여해서 데이비드 매캔이 명명한 '영어시조'가 되었다. 권영민, 「시와 시조, 그 경계를 넘다」, 『문학사상』, 2012년 9월호 참조.

23 『문학사상』, 2008년 10월호. 한글번역은 하버드대학의 권다니엘과 홍성란.

24 한글번역은 전승희.

25 David R. McCann, "Korean Literature and Performance? Sijo!", Azalea(진달래꽃), Korea Institute Harvard University, 2008, pp.359~376 참조.
2011년 제4집에는 가람 이병기의 시조혁신운동을 소개하면서 Heinz Insu Fenkl 교수 등이 조오현, 박권숙, 이병기, 이은상, 정완영, 송선영, 유재영, 민병도, 이정환, 정수자, 홍성란, 이달균, 박선양, 최승범, 이영도, 이호우, 조운, 김상옥, 고은의 시조를 소

매캔은 2009년 5월 15일~16일 하버드대학교 톰슨홀 바커센터에서 '하버드-만해 시조페스티벌'을 열었다.[26] 15일에는 권영민 교수의 「시조의 재형성과 최남선(Choe Nam-son and the Reformation of Sijo)」 발제에 이어 홍성란이 한국어로 시조를 낭송하면 데이비드 매캔이 영어로 낭송하는 시조 낭송[27]과 이유경의 시조창 공연이 있었다. 16일에는 브루스 풀턴(Bruce Fulton) 교수의 콜럼비아대학교 시조 창작, 데이비드 매캔 교수의 '가람의 시조혁신'에 대한 강연과 '시조의 물결, 영어로 시조 쓰기(Sijo Wave, Writing in English)' 대회가 열렸다.

(2) 캐나다의 엘리자베스 세인트 자크와 래리 그로스의 경우

장경렬 교수에 의하면 캐나다의 시인 엘리자베스 세인트 자크가 1995년 메이플버드 프레스(Maplebud Press)에서 시조집을 발간한 바 있다. 캐나다의 한 여성 시인이 시조 형식을 익히고 이에 맞춰 창작한 시 63편을 모아 발간한 창작집 『빛의 나무 주변에서(Around the Tree of Light)』으로서, 매캔의 『도심의 절간』보다 13년 앞선 영어시조집이다.[28]

장 교수에 의하면 세인트 자크는 시조의 3행 처리 방식보다 시각적으로 더 호소력이 있는 6행 처리 방식을 더 선호한다. 나아가 그녀는 시조의 문화적 변용 가능성에 대한 인식을 보여주고 있는데, 시조는 한국에서 발생한 시 형식이고, 따라서 한국의 풍광, 국민 정서, 풍습, 가치를 반영한 것이라는 점을

개하고 있다. 미국인이 영어로 쓴 시조와 한국인이 영어로 쓴 시조도 소개하고 있다. "Karam and the Revitalization of the Sijo in Korean and English", *Azalea*, Korea Institute Harvard University, 2011, pp.161~203.

26 'Harvard-Manhae Sijo Festival' Thompson Room, Barker Center Harvard University May 15-16, 2009.

27 조오현의 「아득한 성자」를 만해마을운영위원장 이상국 시인이 낭송하면 데이비드 매캔 교수가 영어로 낭송했다.

28 장경렬, 「시조의 세계 내 현주소, 그 지표를 찾아서」, 앞의 책 이하 참조.

인정한다. 하지만 시조가 북미 지역에 정착하면서 이 지역 사람들의 관심, 문화, 삶을 반영할 수밖에 없다는 점을 강조한다. 그녀는 이에 따르는 시조의 필연적 변용을 너그럽게 이해해주기를 한국인들에게 주문한다. 장 교수에 의하면, 북미 지역 최초의 시조 저널 『시조 웨스트(*Sijo West*)』의 편집인인 플로리다의 래리 그로스(Larry Gross)뿐만 아니라, 캘리포니아의 제인 라이크홀드(Jane Reichhold), 헤이즐 퍼스고다드(Hazel Firth Goddard), 허브 바렛(Herb Barrett) 등도 시조에 관심을 보이는 잡지 편집인들이다. 세인트 자크의 서문에서도 애리조나주시인협회, 플로리다주시인협회, 『캐나다 작가저널』, 『PHWU 시 뉴스레터』 등이 주관하여 시행하는 시조 콘테스트를 통해 준 오언스(June Owens), 플로렌스 W. 오터(Florence W. Otther), 게리 에버리(Gary Every), 로라 킴(Laura Kim) 등의 영어 시조시인이 배출되었음을 알 수 있다.

앞서 말한 북미 지역 최초의 시조저널 『시조 웨스트』를 발간한 래리 그로스는 세인트 자크에 앞서 이미 시조를 창작하고 일반에 소개한 사람이자, 『시 창작 및 출판 방법(*How to Write and Publish Poetry*)』(1987)이라는 책을 통해 시조 창작법을 전파한 시인이기도 하다. 세인트 자크의 시조집이 발간되고 1년 뒤인 1996년 그로스는 자신을 편집장으로, 세인트 자크를 부편집장으로 하여 이 시조 전문지를 발간했는데, 현재는 발간 중단 상태다. 래리 그로스는 이제 매체를 바꿔 인터넷을 통해 '시조 포럼(sijoforum)'을 운영하고 있다.

장 교수에 의하면, 시조 형식을 익히고 영어로 시조를 쓰는 영어권 문화 속의 시인들과 여러 문예 잡지들이나 래리 그로스 등이 운영하는 웹사이트를 통하여 시조는 이제 시조의 발원지인 한국이라는 경계를 넘어 우리가 모르고 있는 지역에서도 시 창작의 매체가 되고 있음을 알 수 있다. 그는 우리의 급선무는 체계적이고 수준 높은 작품 번역이며, 시조가 오늘날 '살아 있는' 형식임을 알리기 위해서는 현대시조에 대한 번역 작업이 필수적이라 했다. 아울러 자발적인 시조운동을 해외에서 이끌어가는 외국인들에게는 물심

양면의 지원도 필요하며, 한국어를 배우고 직접 시조 번역 작업에 외국인이 참여할 수 있도록 시조번역지원기금의 제도적 확립도 고려해볼 만한 방안이 라 했다. 그리고 이들의 시조 창작 작업 가운데 탁월한 것을 선별하여 한국어 로 번역 및 출간함으로써 우리의 시야를 넓히고 또한 그들에게 격려와 자극 의 기회를 제공하는 것 역시 또 하나의 방안이 될 수 있다고 했다.

3. 경주 제78차 국제PEN대회

제78차 국제PEN대회가 2012년 9월 9일~15일 경주에서 열렸다. '문학, 미 디어 그리고 인권'이라는 대주제로 열린 이번 문학포럼에서 제1주제는 시조 였다. 만해사상실천선양회 후원으로 치러진 세계민족시대회 이후 국제PEN 대회의 주제로 시조가 올라온 것도 현대시조 100년사의 큰 성과라 할 수 있 다. 예술원 회원 이근배 시인이 시조포럼의 좌장을 맡고 데이비드 매캔이 「시조 한류? 북미의 시조 습작과 소재, 출판에 관하여」에서 정철의 시조를 소 개하면서 현대적 창법으로 시조를 우쿨렐레와 함께 연주했고 자신의 영어시 조도 발표하여 큰 호응을 얻었다.[29]

홍성란은 「한국의 전통시, 시조란 무엇인가」에서 시조의 3장 6구 12마디 (음보) 형식은 12개의 와인글라스와 같다고 했다. '같은 크기의 와인글라스 12 개'[30]에 각기 다른 양의 와인을 붓고 채로 두드리면 아름다운 소리가 난다. 마

---

29 David R. McCann, "Sijo Wave? Sijo Practice, Materials, and Publications in North America", *Literature, Media and Human Rights*, 78th International PEN Congress, 2012.
30 초장에 4개, 중장에 4개, 종장에 4개씩 각각 놓이는 이 같은 크기의 와인글라스 12개 는 4모라의 동량보격을 가리킨다. 중장은 초장의 반복 형태이고, 종장은 변형율격으 로서 첫마디는 3음절, 둘째 마디는 8모라로 두 마디가 합한 것만큼의 양으로 음량이 늘어난다. 이 종장의 변형규칙을 잘 지켜야 시조의 맛을 살리게 된다. 모라(mora)는 1음 절크기의 음량으로 가시적인 음절과 비가시적 장음과 정음을 포함한다.

찬가지로, 시조도 글자수를 맞추어 쓰는 주형(鑄型)의 정형시가 아니라 한국어의 자연스러운 담화 방식에 따라 각기 다른 다양한 음절이 각 음보(와인글라스)에 담기면서 유연하고 리드미컬한 음악성을 지닌 노래시가 된다고 했다. 시조의 율격은 음수율이 아니라 음량률이라고 했다. 음절수를 3음절로 고정시키는 곳은 종장 첫마디뿐이고 종장 둘째 마디는 두 마디를 합한 것만큼 음량이 늘어나는 과음보로서 종장 첫마디의 3음절 정형과 둘째 마디의 과음보가 시조의 정체성을 살리는 지점이라 했다. 홍성란은 프리젠테이션으로 시조 율격의 정체성을 극명하게 보여주는 단시조들을 소개하며 낭송하여 청중의 호응을 얻었다.[31]

네팔 PEN회장 람 쿠말 펜다이가 「시조, 마음의 울림과 시적인 힘의 예술」이라는 제목으로 발제를 맡았다. 그는 영어로 번역된 시조를 읽으면서 네팔어와 영어로 시조를 지었다. 2009년 7월 13일~17일 도쿄에서 열린 국제PEN대회 아태지역 대회에서 펜다이는 한국PEN회장에게 시조를 전파하는 팀을 네팔에 파견해달라고 요청했다. 2010년 11월 20일 이길원 이사장과 유자효 부이사장 등 한국PEN회원 10명으로 구성된 팀이 네팔에서 시조를 홍보하고 장려하는 데 큰 도움을 주었다는 펜다이 교수는 한국PEN회원들이 네팔문학사에 시조를 보급하고 개척했다고 평가했다.[32]

4. 한국에서의 시조에 대한 인식 정도

최근 권영민 교수는 의욕적으로 전개하고 있는 '문학콘서트'에서 100인의

---

31 Sung-lan Hong, "Sijo, the Korean traditional poem", *Literature, Media and Human Rights*, 78th International PEN Congress, 2012.

32 Ram Kumar Panday, "Sijo, the Sound of Heart and Art of Poetic Power", *Literature, Media and Human Rights*, 78th International PEN Congress, 2012.

시인에게 시조를 청탁하여 '권영민의 문학콘서트 – 시조만세'를 2012년 만해 축전의 일환으로 진행한 바 있다.[33] 90인의 자유시인과 10인의 시조시인들에게 시조 1편씩을 시작 노트와 함께 청탁했다. 자유시를 쓰는 시인 37명이 청탁을 사양하거나 거절했다. 이들의 거절 이유를 시조에 대한 부정론(否定論), 무용론(無用論), 무지론(無知論), 무관심(無關心)으로 나누어볼 수 있다. 한국시단의 대표시인이라 할 수 있는 이들의 시조에 대한 무지와 몰이해는 시조 발전의 장애가 아닐 수 없다. 시조에 대해 무관심하거나 알지 못한다거나, 그런 걸 왜 하느냐는 반문이기 때문이다. 한국문화예술위원회가 시행하는 우수작품 후원 프로그램에서 현대시조를 빼는 게 어떻겠냐는 의견을 낸 이가 있었다는데,[34] 시조에 대한 37인의 이해와 같은 경우이다.

　권 교수는 시조를 주제로 한 '문학콘서트'를 통하여 시와 시조가 하나의 문학으로서 통합을 꿈꾸며, 시조에 관한 모든 권한과 책임이 시조시인에게만 있는 게 아니라 했다. 그는 미국의 계관시인 로버트 하스의 예화를 소개했다.

　　데이비드 매캔 교수가 영어시조를 한번 써보라기에 한국시인들의 영어번역판 시집을 보았는데 거기서 매캔 교수가 설명했던 시조 양식을 한국 시인들의 시집에서 전혀 찾아내지 못했다는 것이다. 한국에서 가장 오랜 역사를 가진 시양식으로서 그 중요성을 인정받는다면 당연히 한국의 저명 시인들이 창작한 시조가 시집 안에 들어 있을 것이라고 기대했지만 그런 것을 찾을 수 없었다는 것이다. 로버트 하스 시인에게 시조의 역사와 그 특징적인 3행 형식에 대해 간단히 설명하고 한국의 시인들이 자유시로서의 현대시에 매달리고 있는 점도 소개를 했다. 세계문학 가운데 주목되는 시와 시학을 총합해놓은 『프린스턴시학사

---

33 권영민, 「시와 시조, 그 경계를 넘다」, 앞의 책.
34 유성호, 「현대시조의 문제들과 제언 – 다른 목소리를 통한 전언 방식과 역진 방식」, 앞의 책.

전(*The New Princeton Encyclopedia of Poetry and Poetics*)』(1993)에도 한국을 대표하는 시 형식으로 시조는 사전 자체의 단위 항목으로 소개되고 있다는 사실도 로버트 하스 시인과 함께 이야기했고 로버트 하스 시인은 앞으로 자신도 꼭 영어 시조를 한번 쓰겠다고 약속했다.

　권 교수에 의하면 영문학 교실에서 이루어지는 시 창작 교육의 출발점은 서구시에서 가장 오랜 역사를 가진 정형시 소네트에 대한 공부다. 무운시(無韻詩)라는 것도 배우며 시의 리듬과 율격에 대해 익힌다. 그러니 자연스럽게 시의 형식과 리듬과 거기 배어 있는 전통을 배우게 된다. 시조의 경우에도 마찬가지로, 시의 첫 출발 단계에서 시적 리듬의 원리를 시조를 통해 익혀야 한다는 그는 시조 형식에서 맛볼 수 있는 시적 긴장을 현대시에서도 자연스럽게 확인할 수 있어야 한다고 했다. 한국의 시문학이 자유시로서의 현대시와 정형시로서의 시조를 함께 가짐으로써 더욱 풍성해질 것이기 때문이다.
　시조의 형식에서 맛볼 수 있는 시적 긴장, 절제에 대해 덧붙이고 싶은 경험이 있다. 예술고등학교를 다니며 시를 전공하는 학생의 작품을 보아오던 학부모가 최근 시조를 배우면서 깨달은 것은, 어떤 글을 쓰든 시조를 먼저 배워야 한다는 고백이다. 시조의 율격이 유연한 리듬을 생성하고, 시조 언어가 시어를 어떻게 다루어 써야 할까를 고민하게 한다는 것이다. 절제와 압축의 미학이 적확한 언어를 최소한으로 선택하게 하여 정갈하고 단아한 문예미학을 이루게 한다는 것이다.[35]

5. '시조의 세계화', 반성과 실천적 과제

　2005년, 만해사상실천선양회가 해마다 백담사에서 여는 만해축전의 일환

---

35 이 경험적 고백을 필자에게 해온 한 학부모가 있다.

으로 '세계평화시인대회'를 기획했을 때 권영민 교수는 대회준비위원장이었다. 2005 만해축전 세계평화시인대회 준비위원회에서는 고은, 월레 소잉카, 알랭 뒤오, 데이비드 매캔, 정완영, 김제현 시인을 비롯한 세계 각국 127명 시인의 목소리가 담긴『평화, 그것은(Reaching Out for Peace)』(민음사, 2005)이라는 시집을 엮었다.[36] 한국문학 세계화의 선봉장이 된 권 교수는 1996년에 이미 한국문학의 세계화 과제는 한국문학의 해외 소개, 번역 문제가 핵심이라고 갈파했다.

한국문학을 해외에 소개하기 위해 국제 펜클럽 한국본부가 1954년에 창설되고 1955년에 한국이 정회원 국가로 국제 펜클럽에 가입하면서부터 한국문단 자체가 국제적인 무대에서 외국문학과의 활발한 교류를 시작하였다고 할 수 있다. 1970년에는 서울에서 제37차 국제 펜 대회를 개최하였다. 한국 정부는 국가적인 차원에서 문화예술을 지원한다는 목표 아래 1973년에 한국문화예술진흥원을 설립하고 이를 통해 해외 번역 소개 사업을 전개하고 여러 기관에서 번역문학상을 제정 시상하면서 한국문학의 해외번역에 관심을 갖는 사람들이 늘어나게 되었다. 그러나 70년대 이후 80년대 초반까지는 한국 내의 폭압적인 정치 상황으로 인하여 한국 정부가 주도하는 해외 번역사업이 정부 자체의 홍보 사업과 연결되어 흥미를 끌지 못했다. 오히려 반체제 운동이나 민주화 운동에 대한 신념을 내건 문인들의 활동이 국제적인 무대에서 화제가 되었다. 한국문예진흥원이 지원하는 문학작품의 해외번역사업은 80년대 들면서 본격적으로 이루어졌다. 시의 경우는 한용운 정지용 서정주 구상 김남조 황동규 김광규 등의 시선집이 번역 출간되었다. 그러나 피터 리 교수가 펴낸『님의 침묵-한국현대시선집』(하와이대학 출판부)을 제외하고는 한국 현대시의 전모를 보여줄 수 있는 사화집이 없는 상태다.[37]

---

36 이 시집은 김교한 김정휴, 김제현, 김준, 김호길, 박시교, 유자효, 윤금초, 이근배, 이상범, 장순하, 장지성, 정완영, 최승범, 한분순 등 시조시인들의 시조를 포함하고 있다.
37 권영민,「한국문학의 세계화, 그 가능성의 모색」, 앞의 책.

권 교수는 이 글에서 한국문학 세계화의 길로서 첫째, 외국에서 이루어지고 있는 한국어 교육에 대한 지원을 확대할 것 둘째, 한국문학의 해외번역출판사업을 조직적으로 확대 추진할 것 셋째, 한국문학 번역과 연구에 대한 지속적인 지원을 확대할 것을 주장했다. 아울러 '시조의 세계화'를 위한 시조교육과 보급 그리고 번역을 위한 다양한 실천방안들을 장경렬, 유성호, 이지엽교수 등도 제안했다. 그런데 지금까지 시조에 대해 배타적 시선을 보이는 한국문단의 현실로 보면 '시조의 세계화'는 요원한 것으로 보인다.

이지엽 교수는 세계 최대 규모의 도서 전시회이자 '문화올림픽'으로도 불리는 독일 프랑크푸르트 국제도서전의 사례를 들며 그 도서전에서 시조집이 단 한 권도 없었다는 데 유감을 표했다.[38] 한국은 2005년 프랑크푸르트 국제도서전에서 주빈국(Guest of Honour)으로 참여했다(주빈국 조직위원회 위원장 : 김우창, 총감독 : 황지우). 별도의 단독 건물에 마련된 주빈국관에서 문학과 출판을 중심으로 한국문화의 특징을 보여주었는데 '한국의 책 100' 안에 시조는 단한 권도 포함되지 않았다.

알다시피, 지금까지 세계문학사상 한국을 대표하는 문학 양식으로 『프린스턴시학사전』에 등재된 것은 시조라는 시 양식뿐이다. 한국의 자생적 시문학 양식으로 내놓을 수 있는 것은 시조뿐이다. 시조를 치지도외하고 무엇을 세계인들에게 한국의 시라고 내놓을 수 있을까. 시조는 한국인의 역사와 문화와 삶과 정신이 녹아 있는 우리 시문학의 정수이다. 시조는 세계시문학사에 제시할 수 있는 한류 브랜드로서의 요건과 가치를 구비하고 있다.

시조가 없었더라면 우리 문학의 반 이상은 사라졌을 것이며 우리 삶의 그만큼이 또 공허한 것이 되었을 것이라는 김병익의 말처럼, 시조가 있었기에 그 독특하고 아름다운 형식미학으로 우리의 내면은 풍요로울 수 있었고 민

---

38 이지엽, 「현대시조 100인 선집의 의의와 시조 발전을 위한 혁신적 방안」, 앞의 책.

족의 정서가 우아하게 피어날 수 있었던 것이다. 한류의 진정한 정신적 토대는 시조에 뿌리를 두고 있다. 잘 알다시피, 한류의 바람을 타고 최근 대중가수 싸이의 노래와 춤이 어우러진 〈강남스타일〉이 전 세계를 휩쓸었다. 〈강남스타일〉의 선율도 전통음악의 휘몰이장단에 바탕을 두고 있다는 점은 시사하는 바 있다.

지금까지 현대시조 100년을 돌아보며 시조 선현 앞에 시조의 발전적 미래를 다짐하는 '고유제'와 '시조의 날' 제정 선포, '세계민족시대회'와 '시조의 세계화' 현황을 범박하게 점검하였다. 이 과정에서 우리는 불행하게도 한국을 대표하는 시인들에게서조차 시조에 대한 몰이해와 부정적 편견을 확인할 수 있었다. 이러한 인식이 미만해 있어 시조를 치지도외하는 것이 학계와 문단의 현실이다. 학계와 문단의 시조에 대한 부정적 인식과 편견을 바로잡는 것이 선결과제다. 그런 토대 위에서 시조교육, 시조번역, '시조의 세계화'가 원만히 이루어질 수 있다.

이 글은 만해사상실천선양회가 주최한 현대시조 100년을 기념하는 다양한 학술세미나와 '세계민족시대회' 그리고 '시조의 세계화'를 중심으로 그 현황을 범박하게 점검한 소고이다. '시조의 세계화'와 관련하여 여기 논의하지 못한 다양하고 구체적인 실천과 성과물들이 있을 것이다. 이 글은 다음의 논고를 위한 부분적 지표가 될 것이다.

시조 양식의 현대적 운용과 시적 형식
— 1960년대와 70년대 시인들

1. 시조 양식의 현대적 운용

1) 시조라는 서정시

우리가 음악으로 향유하던 전통시조의 양식을 계승하여 현대 시문학으로 향유한 지 100년이 되었다. 현대시조 100년의 역사를 시조 선현들께 고하는 의식, 고유제(告由祭)가 백담사 만해마을에서 2006년 8월 12일 거행되었다.

우리가 최초의 현대시조로 확정한 「혈죽가」는 1906년 7월 21일 『대한매일신보』라는 대중매체에 발표되었다. 이로써 음주사종(音主詞從)의 '시노래'가 불특정다수의 독자 대중을 겨냥한 '노래시', 곧 보고 읽기 위한 서정시 텍스트로서 기능하게 된 것이다. 다시 말해, 노래로 향유하던 시조음악에서 그 노랫말의 양식성을 문학양식으로 수용하여 서정시로서 운용하게 된 것이다. 우리는 선학들의 고증을 거쳐 이 「혈죽가」를 현대시조의 효시로 삼았다.[1]

---

1 홍성란, 「한국을 넘는 현대시조의 새 지평」, 『만해축전』 자료집 上, 2013.

2) 시조의 시적 형식

음악양식으로 향유하던 필사문화 시대의 전통시조는 노래책[歌集]에 노랫말로 기록될 때 오른쪽에서부터 내려 적기 시작하여 왼쪽으로 써가면서 내려 적는 방식, 곧 내리박이 줄글식[右縱書]이었다. 인쇄문화가 본격적으로 발달하기 시작한 20세기부터 전반까지는 대체로 우종서가 채택된다. 20세기 후반에 들어선 이후 가독성과 편리성을 고려하여 각종 매체가 채택한 인쇄방식에 따라 현대시조 또한 왼쪽에서 오른쪽으로 가로쓰기[左橫書] 인쇄 방식에 따라 기사하게 된다. 『한겨레신문』은 1988년 창간 당시부터 가로쓰기 방식을 채택했고, 1990년대에 와서 중앙일간지의 경우도 『중앙일보』에서 시작하여 가로쓰기 인쇄방식을 채택한다. 현재 세로쓰기를 채택하고 있는 한국의 일간지는 없다.[2] 이 좌횡서 인쇄문화는 '보고 읽는 시'로서 시조의 시적형식을 20세기 전반보다는 훨씬 다양하게 모색할 수 있는 길을 열었다.

개화기 시조의 경우, 내리박이 줄글식에서 장, 구, 음보 등을 구분하기 위해 구두점을 사용하는 등의 표기를 보여주거나 장 단위로 배행하는 것이 일반적이었다. 최남선의 『백팔번뇌』(1926)에 와서는 구 단위로 배행하고 장 단위로 연을 구성하는 획일적인 3연 6행의 기사 방식이 보인다. 그러다가 조운의 『조운시조집』(1947)에서는 좀 더 다양하고 적극적인 시적 형식이 나타난다. 그러나 조운은 장 구분을 분명히 하여 음보나 구 단위로 행을 배열해도 반드시 장 단위로 연을 구성하여 자유시와 공존하는 시대에 시조가 갖는 형식적 정체성을 분명히 나타내고자 하였다. 이러한 시조의 시적 형식 모색은 장순하(「고무신」)와 이영도(「아지랑이」)에 이르러 '의미구조에 기초한 조형미의 구축'[3]에까지 나아간다.

---

2 http://blog.naver.com/PostView.nhn?blogId=braveattack&logNo=10069245583 참조.
3 홍성란, 「시조의 형식실험과 현대성의 모색 양상 연구」, 성균관대학교 대학원 국어국

이 글은 1960년대와 70년대에 등단한 시인 가운데 괄목할 만한 시적 성취로 평가되어온 시인들의 단시조가 보여주는 시적 형식을 통해 의미와 형식의 조응을 중심으로 논의하고자 한다.

2. 1960년대 시조문단 개관

육당의 시조부흥운동 이래 시조문학은 '민족의 수난, 3·1운동, 한국어문 말살, 조국의 광복, 6·25의 비극, 휴전의 소강상태, 4·19의거, 5·16혁명, 유신체제 등 실로 어려운 시대의 격변을 거쳐오는 동안 부침을 같이해왔다.' 이러한 시대상황을 극복하고 전후 등단한 시인들은 1961년부터 1970년까지 약 10년간 원숙한 활동을 보여주었고 따라서 박을수는 이 시기를 "현대시조의 중흥기"로 보았다.[4] 이지엽은 이 시기를 "현대시조 정립기"라 할 만큼 각계의 시조 활성화 노력에 힘입어 "현대시조의 자립 기반이 공고해지고 작품의 예술적 형상화와 시조 형식의 운용에도 자신감"을 가진 시기로 평가했다.[5]

시조 전문지인『시조문학』이 창간되던 1960년 당시 시조시인은 34명에 불과했다. 이 시기에 개인 시조집도 양산되었고 전국 각지의 동인도 활발하게 결성되었다. 올림회, 청자시조창작동인회(1965), 율동인회(1965), 영남시조문학회 등이 결성되었고『청자』,『율』,『낙강』등 동인지가 속속 간행되었다. 시조의 형식실험 면에서는 최승범과 이명길이 절장시조 형태를 제안했고 이명길은 혼합 시조 형태도 제안했다. 1961년 한국문인협회가 발족되었고 1964년 12월 30일에는 한국시조작가협회가 결성된다. 1968년에는 전국의 시조

문학과 박사학위논문, 2004.

4 박을수,『한국시조문학전사』, 성문각, 1978, 534쪽 이하 참조.

5 이지엽,「현대시조 100인 선집의 의의와 시조발전의 혁신적 제안」,『만해축전』자료집 下, 2006, 568쪽 이하 참조.

시인이 90명에 이르게 된다.[6]

1) 60년대 등단 시인들의 시적 형식 모색

60년대 등단 시인으로는 이우종, 정완영, 이명길, 이우재, 전규태, 김제현, 김준, 이근배, 이우출, 배태인, 김월준, 이상범, 서벌, 정재호, 정태모, 박재두, 정하경, 유상덕, 정신, 김교한, 한춘섭, 김동준, 윤금초, 김종윤, 강인한, 김호길, 이금갑, 이월수, 조재억, 김춘랑, 장정문, 전의홍, 유병규, 조오현, 유자효,[7] 장지성, 진복희, 류제하, 이은방, 이용호, 김승규, 김상훈, 정표년, 김상묵 등이 있다.[8]

여기서는 60년대 시인들의 작품을 총체적, 심층적으로 언급하지 못하는 한계가 있다. 따라서 60년대 시인들 가운데 동시대를 넘어서서 시조문단을 선도하며 일정한 시적 성취로서 논의되어온 시인들의 단시조를 대상으로 논의한다. 시조 양식의 현대적 운용 방식의 하나로서 시인들은 일찍이 시적 형식에 대한 다양한 모색을 보여왔다. 이 글에서는 60년대 시인 가운데 지속적으로 활동하면서 문학적 역량으로 평가되어온 정완영, 김제현, 이근배, 윤금초, 조오현 시인이 보여주는 단시조의 시적 형식과 의미의 조응 관계를 개략적으로 논의한다.

　　　동네서 젤 작은 집

6　한춘섭 · 박병순 · 이태극 편저, 『한국시조큰사전』, 을지출판공사, 1985, 1248~1252 쪽 이하 참조.

7　유자효의 경우, 이지엽은 앞의 글에서 70년대 시인으로 분류하였다. 그러나 1967년 『신아일보』와 1968년 『불교신문』 신춘문예에 시조로 당선했으므로 이 글에서는 60년대 시인으로 분류한다.

8　60년대 등단시인의 개략적 명단은 『한국시조큰사전』에 의하여 작성되었다. 따라서 『시조문학』의 천료를 받은 시인들 중심으로 기록되었다는 한계가 있다.

분이네 오막살이
동네서 젤 큰 나무
분이네 살구나무
밤사이 활짝 펴올라
대궐보다 덩그렇다.

— 정완영, 「분이네 살구나무」 전문

정완영(1919~2016)은 1960년 『국제신보』 신춘문예에 「해바라기」가 당선되며 등단했다. 더 이른 시기에 향리 김천에서 문학 활동을 했으나 등단 절차가 늦어져 60년대의 시인으로 분류된다. 정완영은 시조의 시적 형식 모색에 특별히 마음 쓰지 않고 깊은 사유와 정회를 장 단위의 유장한 가락에 실어 표현하는 정통적인 기사 방식을 추구해왔다. 장 단위로 행과 연을 구성하거나 구 단위로 행과 연을 구성하는 소극적인 시적 형식만으로도 '백수(白水) 시조'의 검박하고 고아한 풍격이 드러나 가히 '현대시조의 전설'이라 할 대시인이다.

구 단위로 행을 배열하여 6행 전연 형태를 취한 「분이네 살구나무」는 시적 형식으로 보면 표준형[9]에 해당하는 작품이다. 교과서에 수록된 이 작품은 누구나 읽으면서 쉽게 그 의미와 이미지를 떠올릴 수 있는 작품이다. 동네서 제

---

9 김학성은 시조의 정형적 율동모형을 그대로 따라 장 단위 3행 전연 형태로 기사하는 방식을 **고전형**이라 했다. 구 단위로 분행하여 3장 6구라는 정형적 틀이 가장 가시적으로 분명하게 드러나는 형태를 **표준형**이라 했다. 시조의 율동 모형을 그대로 따르면서도 어느 특정 부분에 '호흡의 변화'를 가져와 단조로운 미학에서 벗어남으로써 신선감을 불러일으키는 현대시조의 시적 형식 모색을 **세련형**이라 했다. 여기서 호흡의 변화는 행 배열이나 연 구성으로 드러나기 마련인데 그것이 결코 자의적으로 되어서는 안 되고 **심상의 초점화나 억양화를 위해 또는 율동적 양감(量感)의 의미 있는 변주를 위해 또는 의미의 비중, 시상의 전환 등등 의미 생산적 율동화로 나아가기 위한 어떤 근거에 바탕을 두어야 한다**고 지적했다. 김학성, 『한국고전시가의 전통과 계승』, 성균관대학교 출판부, 2009, 317~321쪽 참조.

제2부   현대시조의 언어와 형식

일 작은 분이네 오막살이와 동네서 제일 큰 분이네 살구나무를 대비시키면서 어린 분이의 마음의 키를 한껏 키워주는 인정 어린 수작(秀作)이다. 좋은 시는 어려운 말이 필요 없어 누구나 다 알 수 있고 미적 쾌감과 감동을 주는 시라는 시론을 잘 보여주는 아름다운 작품이다.

> 비가 온다
> 오기로니
>
> 바람이 분다
> 불기로니
>
> 세상은 비바람에
> 젖는 날이 많지만
>
> 언젠간 개이리란다
> 그러나 개이느니
>
> — 김제현, 「무위(無爲)」 전문

김제현(1939~)은 1960년 『조선일보』 신춘문예 당선으로 등단했다.

이 작품은 초장을 의미에 따라 음보 단위로 행 배열하고 구 단위로 연을 구성했다. 중장과 종장에서는 구 단위로 행을 배열하고 장 단위로 연을 구성하여 4연 8행의 세련형에 해당하는 형식을 취했다. 초장의 구 단위 뒤 음보에서 "~로니"를 반복하면서 규정할 수 없는 잠재적 발화가 생략된 형태를 취하고 있다. 이 낯선 어법이 일상담화의 자연스러운 우리말 구사로 이루어지면서 시조 율격을 기계적으로 따르는 데서 오는 도식성을 벗고 참신하게 다가온다. 김동환은 시조를 "문예상의 일대 감옥"이며 "배격할 가치조차 없는 사문학, 부패문학의 잠드러누은 묘지"[10]라 했다. 「무위」는 김동환의 독설이 오류임을 여실히 증명하고 있다. "비가 온다/오기로니"와 같이 앞말을 되받아 묻는 돌연한 발화 방식이 3회 연속되지만 종장 뒷구의 "그러나 개이느니"로써 비바람에 젖은 날도 지나 갈 것이고, 불편부당한 불화와 균열의 날도 날이 개듯 변할 것이라는 제행무상을 설하는 것으로 볼 수 있다. 그러면서 이런 생각의 변전 또한 무위라는 언외언의 초월적 시선을 보여주기도 한다.

누이야
네 스무 살 적
이글거리던 숯불

밤마다 물레질로
뽑아 올리던 슬픔

누이야
네 명주빛 웃음이
눈물처럼 피었다

— 이근배, 「목련」 전문

이근배(1940~)의 「목련」은 장 단위로 연을 구성하여 장 구분 의식을 확고히 보여주는 작품이다. 호격의 초장 첫 음보와 종장 첫 음보를 독립 행으로 하여, 호명하는 이와 대상과의 끈끈한 정감을 도드라지게 하고 있다. 시적 화자는 명주빛 목련의 개화를 수줍고 순결한 웃음으로 표상하지만, "스무 살" 아리따운 누이의 숯불과 같은 정념은 다만 "물레질로 뽑아 올리던 슬픔"에 지나지 않았다. 혼자 삭여야 했던 누이의 비극적 정념은 결국 "눈물"로 표상된

10 홍성란, 앞의 논문, 1쪽 (김동환, 「시조배격소의」, 『조선지광』, 1927.6, 1~7쪽) 재인용.

다. 이 시의 시적 정조는 시적 대상인 누이가 이승에 존재하지 않는 인물이 아닌가 하는 비극적 심상을 유도하는 듯하다. 「목련」의 초장을 율격 분석하면 "누이야 | 네 스무 살 적 ‖ 이글거리던 | 숯불"이 되고 중장을 율격 분석하면 "밤마다 | 물레질로 ‖ 뽑아 올리던 | 슬픔"이 된다. 이의 음절수는 초장 3 5 5 2와 중장 3 4 5 2다. 「목련」이 취한 시적 형식으로서 호격의 독립행과 나울치는 리듬의 자재한 율동감 그리고 중장의 안정된 구 단위 발화가 정형시로서의 고아한 품격을 한층 고양시키고 있다.

> 가 이를까, 이를까 몰라.
> 살도 뼈도 다 삭은 후엔
>
> 우리 손깍지 끼었던 그 바닷가
> 물안개 저리 피어오르는데,
>
> 어느 날 절명시 쓰듯
> 천일염이 될까 몰라.
>
> ― 윤금초, 「천일염」 전문

윤금초(1941~)의 「천일염」은 사설시조와 혼합연형시조 등 시인의 돌올한 형식적 모색으로 보면 「천일염」은 예외적 단시조다. 구 단위로 행을 배열하고 장 단위로 연을 구성하여 3연 6행의 표준형에 해당하는 시적 형식을 보여주는 이 작품은 초장의 앞구와 뒷구가 도치된 형식이다. 초장 앞구의 "가 이를까, 이를까 몰라"가 보여주는 변화 반복은 종장 말음보의 변화 반복과 조응하며 리듬감을 형성한다. 중장의 앞구와 뒷구는 1마디 정도 음량이 늘어난 엇구 형태로 단형의 평시조로서는 가벼운 파격을 보이고 있다. 이는 의미를 제시한 초장에 이어 의미 전개와 확산을 펼쳐 보여주는 중장에서 격정이 노출되며 파격이 이루어진 것으로 볼 수 있다. 「천일염」의 격정은 종장에 와서 다시 "절명시 쓰듯" 감정을 가라앉히듯 차분히 전환되며 구 단위 행 배열과 장 단위 연 구성의 안정된 시적 형식으로써 완결된다. "우리 손깍지 끼었던 그 바닷가"의 연정은 "절명시"라든가 "몰라"의 변주로 이루어질 수 없음을 암시하는 것 같으나, 화자는 "천일염"과 같은 "우리"의 연정을 염원하기에 "몰라"를 거듭하며 노래하는 것이리라.

> 그렇게 살고 있다 그렇게들 살아가고 있다
> 산은 골을 만들어 물을 흐르게 하고
> 나무는 겉껍질 속에 벌레들을 기르며
>
> — 조오현, 「숲」 전문[11]

조오현(1932~2018)은 1966년부터 1968년까지 『시조문학』으로 천료했다. 오세영은 "오현의 시가 우리 문학사에서 하나의 의의를 지닐 수 있다면, 그것은 시조 시형에 의한 선시의 현대적 확립"이라 평가했다.[12] 최동호는 경허 · 만해 · 오현의 「심우도」를 비교 분석하며 한국 현대선시의 계보를 잇는 오현의 시조가 중생을 제도하는 대승적 깨달음의 실천으로서 그 선적 세계의 심오한 뜻은 불교시의 명맥을 넘어서 우리 현대시사를 풍요롭게 해준다고 평가했다.[13]

오현의 시는 선시로서 역설, 반어, 의식적인 착어(錯語)의 구사가 빈번[14]하지만 이 「숲」은 누구나 알 수 있는 쉬운 말로 중중무진(重重無盡)한 세계상을

---

11 이 작품은 교육과학기술부 검정(2012.8.31) 중학교 국어 2(지학사, 2013, 65쪽)에 수록된 작품이다.

12 오세영, 『현대시와 불교』, 살림출판사, 2006(송준영 편, 『'빈 거울'을 절간과 세간 사이에 놓기』, 시와세계, 2013, 530쪽 재인용).

13 최동호, 『만해학연구』, 만해학술원, 2005.(송준영, 앞의 책, 922~941쪽 참조)

14 오세영, 앞의 글(송준영, 앞의 책, 529쪽).

설한다.『화엄경』「금사자장(金師子章)」에 따르면, 거울을 10개를 만들고, 중앙에 촛불을 놓으면 그 빛이 거울에 반사된다. 반사된 그 빛이 또 다른 거울에 비춰져 복잡하게 서로 어울리며 비춰지는데 이는 삼라만상이 서로서로 한데 뒤섞여서, 하나로 융합되어 구별할 수 없는 중중무진한 영향관계를 의미한다.[15] 산이 있어 골이 있고 그 골에는 물이 흐른다. 그 물 받아 나무는 자라며 그 나무의 겉껍질 속에서 벌레들은 또 살 수 있는 것이다. 시인은 장 단위 전연형식의 정통형 기사 방식으로 중중무진한 대화엄의 세계상을 유장하게 그리며「숲」처럼 우리 사람도 그렇게 살라 한다. 「숲」은 심원 숭고한 선적 발화로서 어떠한 수사나 시적 형식의 기교와는 무관한 전언이다.

3. 1970년대 시조문단 개관

1970년대는 "시조단이 시단과 활발한 교섭을 지니면서도 독자성을 확보하고 시조가 질적으로 한층 원숙하게 자리를 잡아가는 시기"[16]다. 이 시기에는 시조예술동인회, 창호지시조문학동인회, 토요동인회, 현대율동인회, 전남학생시조협회, 부산시조문학회 등 전국적으로 시조동인회가 활발하게 결성되었다. 노산문학상, 소파문학상, 가람시조문학상, 정운시조문학상 등 시조문학상도 다수 제정되었다. 청자시조문학회에서 국제PEN 한국대회 배포용으로『한국시조선집』을 1970년에 엮었으며, 같은 해 한용운의 시조 30편이 발굴되었다. 1972년에 3,335편의 고시조가 수록된 심재완 교수의『교본역대시조전서』가 발간되었다. 당시 전국 시조작가는 115명이었다. 1975년에는 노산문학회가 창립되었고 제1회 민족시백일장이 열렸다. 이 시기에 지방순회

---

15 김길상 편,『불교대사전』, 홍법원, 2005, 2394쪽 참조.
16 이지엽, 앞의 책, 569쪽.

시조강연회도 열렸다. 1977년에는 한국시조작가협회가 한국시조시인협회라는 명칭으로 개명한다. 1979년 전국의 시조시인은 180명이었다. 시조의 형식적 모색도 활발하여 양동기는 반시조를 발표하고, 윤금초는 장편 서사적 시조를 발표했다. 경철은 양장시조집에 이어 절장시조집과 4장시조집도 간행했다.[17]

1) 70년대 등단 시인들의 시적 형식 모색

"현대시조 격변기"[18]로 불리는 70년대에 등단한 시인으로는 박시교, 석성우, 선정주, 소재순, 양동기, 한분순, 박을수, 김시백, 박상륜, 이정강, 김정휴, 김남환, 김원각, 김월한, 김종(부산), 오동춘, 이한성, 조병기, 정다운, 김현, 서우승, 오영빈, 임종찬, 이우걸, 전연욱, 유재영, 김영재, 권도중, 이기라, 정재익, 김광수, 김정희, 박영교, 원용문, 이상용, 조영일, 전일희, 경철, 김종(나주), 민병도, 이준섭, 정순량, 조규영, 제해만, 이정환, 길미자, 김몽선, 노중석, 백이운, 이청화, 이문형, 조주환, 황명륜, 김세환, 정해송, 조동화, 전원범, 허일, 김영수, 공재동, 이승은, 제갈태일, 정해원, 하영필, 석가정 등이 있다.[19] 이 글에서는 여러 여건상의 한계로 70년대 시인들의 시적 성취 가운데 유별한 단시조의 시적 형식과 의미의 조응 관계를 개략적으로 논의한다.

산 이라 써 놓고 높다 라고 읽는다

하늘 이라 써 놓고 드높다 라고 읽는다

---

17 한춘섭·박병순·이태극 편저, 앞의 책, 1252~1258쪽 참조.
18 이지엽, 앞의 책, 569쪽.
19 70년대 등단시인의 개략적 명단도 『한국시조큰사전』에 의하여 작성되었다. 따라서 『시조문학』의 천료를 받은 시인들 중심으로 기록되었다는 한계가 있다.

한 사람

그 이름 써 놓고 되뇌는 말

—그립다

— 박시교, 「독법(讀法)」 전문

박시교(1945~)의 작품은 고시조와 현대시조의 차이가 노래하는 시에서 읽고 생각하는 시에로의 변전이라 하는 것처럼, 시적 형식 또한 독자가 보고 읽으며 시인의 중심사상과 이미지를 효과적으로 독해하게 하기 위한 모색이고 개성의 표출임을 보여준다. 잔잔하고 여유로운 듯 장 단위로 펼쳐놓은 초장과 중장의 발화와는 달리 시각적 여백을 확보한 「독법」의 종장만을 보면, 3연 3행의 시적 형식을 보여준다(전체 5연 5행). 종장의 첫음보와 말음보를 분련 분행하여 그리움의 정조를 한껏 강조하면서 세련미를 고조시키고 있다. 산은 높다. 하늘은 산보다 더 높아 드높다. 그리고 시인의 심중에 있는 각별한 그 한 사람은 산보다 높고 하늘보다 드높다. 그 이름을 써놓고 마음에 일렁이는 정회. 그립다는 생각이 조수와 같이 밀려오는 것이다. 마음은 그립다고 자꾸 되뇌고 있는 것이다. 그 그리움의 깊이를, 그 그리움의 높이를 어떤 자로 잴 수 있을까. 이러한 시인의 잔잔한 정회가 차분하게 장 단위 발화를 이루었고, 되뇔 수밖에 없는 격정이 종장의 분련 분행을 이룸으로 해서, 그리운 그 이름을 초점화하는 효과를 내고 있다. 산과 하늘의 중량을 초월하는 그 "한 사람"이 지닌 심리적 중량감이 종장의 적절한 시적 형식으로서 한층 고양된 가편이다.

껴도 희미하고 안 껴도 희미하다

초점이 너무 많아

초점 잡기 어려운 세상

차라리 눈 감고 보면

더 선명한

얼굴이 있다.

— 이우걸, 「안경」 전문

　이우걸(1946~)의 「안경」은 중심 생각을 초장에서 차분히 1연 1행으로 정리하고 그 까닭을 중장에서 구 단위로 행 배열하고 연 구성하여 강조하고 있다. 종장에서는 앞구를 1연 1행으로 하고 뒷구는 음보 단위 행 배열과 연을 구성으로 전체 6연 6행의 시적 형식을 취했다. 시각적 여백을 확보한 이 기사 방식은 읽으면서 의도와 이미지를 명확히 떠올리기에 적합한 형식이다. 안경을 껴도 희미하고 끼지 않아도 세상은 희미하다. 굳이 바라보려는 욕구가 초점 잡기를 어렵게 하는 건 아닐까. 눈을 뜨고 바라보는 세상에는 마음 써야 할 것이 너무 많다. 시계(視界)에 들어온 물상은 다 세계의 중심이다. 누구나 다 자신을 중심으로 보아주기를 바라는 세상에서 안경의 초점을 잡는 것 이상으로 마음의 중심을 잡고 살아간다는 것 또한 고행이다. 그런데 초점 잡으려 굳이 애쓰지 않고, 눈을 감으면 도리어 고요히 다가와 "더 선명"하게 보이는 얼굴이 있다는 발화에 유의하자. "차라리 눈 감고 보"는 행위는 대상에 대한 선입견을 배제하고 실재만을 보려는 의지일 수 있고, 초점 잡기 어려운 세상을 벗어날 수 있는 행위일 수 있다. 눈을 감는다는 행위는 명상을 위한 것일 수도 있고 집착을 버리는 행위일 수도 있다. 눈을 감으면 대상에게 어떠한 행위도 가할 수 없다. 대상에 대한 작위가 불가능하다는 것은 무심(無心), 마음 작용이 없음과 다르지 않다. 집착을 버린다는 것과도 다르지 않다. 분별하거나 판단하지 않는다는 것과도 다르지 않다. 이 작품은 육안으로는 볼 수 없

　　　　　　　　　제2부　현대시조의 언어와 형식

던 것을 눈을 감는 행위, 즉 분별하지 않음으로써 지혜의 눈으로 보는 새로운 개안(開眼)의 경지를 지시한다고 볼 수도 있다.

> 목월이 걸었다는
> 마포 당인리 길
>
> 조용히 어깨에 얹히는
> 나뭇잎 한 장.
>
> 누구의
> 보랏빛인가
> 오, 허리가
> 가느다란
>
> ─ 유재영, 「11월」 전문

11월의 풍경을 선명하게 보여주는 유재영(1948~)의 이 작품은 초장과 중장에서는 구 단위로 행 배열하고 연 구성했다. 종장은 음보 단위로 행 배열하고 연을 구성하여 전체 3연 8행의 시적 형식을 취하며 명확한 3분장 의식을 보여준다. 이 시적 형식이 갖춘 여백은 장 단위로 발화되는 시적 이미지를 차분하고 섬세하게 드러내는 효과를 얻고 있다. 목월이 걸었다는 마포 당인리 길에 가을이 와서 한 장 낙엽이 어깨에 얹히는 이미지가 또렷하다. 목월이 걸었다는 그 길에 저녁이 왔다. 마포 당인리 길을 따라 걷노라면 가느다랗게 돌아가는 길의 이미지가 형상된다. 지금 그 길은 저물녘의 보랏빛이다. 목월이 걸었음을 전제하는 시적 장치는 이 작품이 목월 시의 풍도를 잇고 있다는 점을 독자에게 환기시킨다. 중장과 종장의 감각적 이미지가 아름다운 이 작품은 초장과 중장을 명사형의 닫힌 구조로 맺고 있다. 이에 따라 종장에서는 열린 형태의 형용사 "가느다란"으로 종결하며 여운을 주고, 부드러운 어조로 풀어내어 완결된 형식미를 보여준다. 열린 형태의 형용사로 종장을 맺는 이러한 경우는, 초장과 중장의 뒷구가 명사형의 닫힌 구조로 끝나기 때문에 종장에서 가능한 여운 처리 방식이 되었다. 시조에서 특히, 이 열린 형태의 형용사로 종장을 맺는 방식이 남용되어서는 언어 운용의 궁색함으로 보이거나, 시적 완결성을 해칠 수 있기에 초심자들이 함부로 취할 바는 아니다.

> 가족 없이 병든 방에
> 겨울 가고
> 봄이 왔다
>
> 창밖 저 꽃은 개나리
> 그렇지, 이쪽은 민들레
>
> 아니면
> 집 나간 자식이거나
> 먼저 간 영감이거나
>
> — 김영재, 「독거노인」 전문

김영재(1948~)의 「독거노인」은 장 단위로 연을 구성한 각 장의 발화 간에 상당한 미적 거리를 확보하고 있다. 혼자 사는 노인이 병들어 사는 방에 겨울이 가고 봄이 왔다. 방에 앉아 창밖으로 내다보는 바깥 풍경이 중장이다. 팔을 들어 가리킬 만한 저쪽에는 개나리가 피었고 시선 가까이에는 민들레가 피어 있다. 종장에서 돌연 집 나간 자식과 사별한 남편을 독백이라도 하듯 떠올린다. 병든 독거노인의 모노드라마를 3연 8행의 시적 형식에 화자의 감정 개입 없이 담담하게 형상했다. 초장 첫구 1행 기사에 이어 둘째 구는 음보 단위로 분행하여 계절의 변화감을 드러낸다. 중장을 구 단위로 분행한 것도 개나리와 민들레 간의 거리감을 보여준다. 종장 첫마디의 분행은 이하 두 행이 보여주는 이별의 정서를 강력히 환기하며 도드라지게 하는 효과를 낸다. 종장을 1행으로 기사했다면 병든 노인이 말하지 않고 말하는 행간의 고독과 원망의 정서는 반감했으리라. 「독거노인」의 미덕은 고령화 사회로 진입하여 도시와 농촌을 불문하고 독거형태의 세대가 점증하고 있는 우리의 현실 문제를 극명하게 보여준다는 점이다. 아울러 종장에서 초장과 중장이 가지는 거리감과는 현격한 거리를 가지는 이미지를 구축하면서, 소외된 이의 고독과 비애를 미적으로 형상화한 빼어난 작품이다.

애
비가
준 이름
석자 받
침붙여 읽
지 못해도
제 속살 다
파내어 자
식한테 바
친 어머니,
굶을라
고뿔이
들라 창
을 몰래
기웃
대
네

— 민병도, 「그믐달」 전문

민병도(1953~)의 「그믐달」은 음절마저도 나누어 그믐달의 형상을 따라 배치하여 시각적 조형미를 구현한 대표적인 작품이다. 애비가 준 이름 석 자를 받침 붙여 읽을 줄은 몰라도 제 속살 다 파내어 자식에게 바칠 줄 아는 어머니의 희생적인 이미지를 휘어진 그믐달로 형상하고 있다. 어머니와 그믐달은 스스로 소진하여 휘어져간 형상적 유사성을 가진다. 이러한 형상적 유사성이 이승을 떠나서도 자식 걱정에 굶을라 고뿔이 들라 창을 몰래 기웃댄다는 가슴 저미도록 아름다운 어머니의 사랑을 즉물적으로 보여준다.「그믐달」은 시어를 쪼개어 음절 단위까지도 그믐달의 형상을 따라 기계적 구도로 맞추어 배열하고 있으나 허리가 휜 희생적 어머니의 사랑을 형상한다는 심중한 의미와 접맥되어 시적 깊이를 획득하고 있다. 그믐달이라는 대상을 기계적으로 따라가며 형상했으나 의미구조에 기초한 조형미의 구축에까지 나아가 시각적 조형미를 고려한 시적 형식으로서 성공한 작품이다.[20]

> 햇살의 고요 속에선
> ㅉㅉㅉ, 소리가 나고
>
> 바람은 쥐가 쏠 듯
> ㅅ ㅅ ㅅ, 문틈을 넘고
>
> 후두엽 외진 간이역
> 녹슨 기차 바퀴 소리
>
> — 이승은, 「귀로 쓴 시」 전문

　이승은(1958~)의 「귀로 쓴 시」의 시적 형식은 시조의 양식적 원형을 따라 구 단위로 행 배열하고 연을 구성한 표준형에 해당한다. 각 장을 구 단위 2행으로 나누고 의미의 결을 따라 연을 구성하여 3연 6행의 안정감 있는 형식

---

20 홍성란, 앞의 논문, 61~62쪽 참조.

　　　　　　　　　　　　　　제2부　현대시조의 언어와 형식

을 구사했다. 제목이 말해주듯 시상 전개에 있어서 청각 심상이 주조를 이루는데 그 배면에는 시각 심상을 깔고 있다. 초장과 중장에 보이는 "ㅉㅉㅉ"와 "ㅅ ㅅ ㅅ"는 유사음상인 자음 표기의 상징기호를 통하여 시각 심상을 청각 심상으로 치환하면서 음절마저도 나누어 배열함으로써 언어 기호적 긴장을 잘 활용한 예이다. 초장 뒷구의 "~나고"와 중장 뒷구의 "~넘고"에서 볼 수 있듯이 이 작품은 초장과 중장이 전대절로서 반복의 구조를 지니며, 종장이 후소절로서 시적 공간인 간이역을 전경화하며 시조 3장의 완결미를 획득했다. 쨍한 햇살의 소리가 들릴 듯한 고요 속에 불어오는 바람의 소리와 외진 간이역을 지나는 녹슨 기차 바퀴 소리를 들을 수 있는 시인의 감각과 기지가 들릴 듯 잘 보이는 공감각적 이미지 시를 아름답게 형상하고 있다.[21]

4. 글을 맺으며

지금까지 현대시조 중흥기 또는 정립기라 불리는 1960년대와 현대시조 격변기라 불리는 1970년대에 등단한 시인들의 단시조에 나타난 시적 형식 모색을 중심으로 논의했다. 이 시기의 시인들은 시조 양식의 현대적 운용 방식의 하나로서 양식적 변용을 선보이기도 했고, 의미와 형식이 조응하는 시적 형식에 대한 다양한 모색을 시도했다. 여기서 우리는 60년대와 70년대 시인들의 현대시조 담당층으로서의 자신감과 자긍심도 읽을 수 있다.

구체적인 작품 분석에서, 장 단위로 행을 배열하는 장 구분 의식이 명확한 고전형, 구 단위로 행을 배열하여 3장 6구의 형식적 정체성을 분명히 보여주는 표준형, 그리고 이 표준형을 약간 변용하는 세련형에 해당하는 작품을 논의했다. 나아가 시각적 조형미를 구축하되 그 형상성이 의미와 조응하는 대

---

21 앞의 논문, 43쪽 참조.

표적인 작품도 논의하였다. 그런데 여기서 우리가 유의해야 할 점은 시적 형식의 모색은 반드시 시인이 표현하고자 하는 정서와 미감을 따라 '긴장과 느슨함, 격동과 평정, 의미의 강함과 약함, 시각화의 적극성과 소극성 같은 내재 절주(마음속에 유동하는 시정의 속도)를 따라 행-연 갈이를 어느 정도 자율적'으로 하되, 반드시 의미 내용과 시적 형식 모색이 조응하는 관계여야 한다는 것이다. 이런 문제의식에서 출발하여, 우리가 시적 형식을 모색함에 있어서 유의해야 할 것은 현대시로서 자유시와 정형시인 현대시조가 공존하는 우리 시대에 시조는 특히 장르의 변별성을 가시적으로 보여줘야 한다는 점이다. 최근에 시조를 쓰면서 시인마다 작품마다 다르게 표현하는 시 형태를 지양하고 시각적으로 한눈에 시조임을 알아볼 수 있는 표준형을 마련하는 것이 필요하다는 문제 제기가 있었다. 심지어 현대인의 개성은 도외시하고 '시조 관련 단체나 영향력 있는 시조 시인들이 능동적으로 시조 형태를 도출하여 동일한 규범을 마련'해야 한다는 것이다.[22] 물론 이러한 요구와 압력이 아니더라도 시조의 시적 형식 모색은 3분장 의식을 준수하여야 할 것이다. 3분장 의식을 넘어선 행 배열이나 연 구성이 이루어질 때는 어떠한 필연성을 담보하고 있는가 심각한 고려가 선행되어야 할 것이다.

이 글은 시조 양식의 다양한 변용과 시적 형식 모색에 있어 남다른 성취를 이룬 시인들을 총체적으로 다루지 못하였으며, 의미 내용과 조응하는 시적 형식의 모색에 대한 개괄적 검토만을 수행한 한계가 있다. 다음의 논고에서 이러한 점이 보완되기를 기대한다.[23]

---

22 홍성란, 「시조의 시적 형식으로서 행갈이와 연 구성」, 『유심』, 2013년 2월호 참조. 박현수, 「시조의 현대성 어떻게 구현할 것인가」, 『만해축전』 자료집, 2012, 하권의 문제 제기.

23 이 글이 『만해축전』 자료집, 2013, 상권에 발표된 뒤 정완영 시인은 2016년, 조오현 시인은 2018년에 타계하였다.

노래시의 변주

— 감각의 혁신, 그 태생적 시조시학

1. 시조의 원형적 미학과 시학적 원리

'21세기, 변환기 시대에 시조에서 요구되는 상상력은 어떤 것이며 한국의 정형시는 무엇을 상상하고 어떻게 써야 하는가.'[1]

이 물음에 답하기 전에 자문해본다. 우리는 시조에 대해 얼마나 바로 알고 있는가. 우리는 구체적 작품을 통해 시조의 원형적 미학과 시학적 원리[2]에 얼마나 충실히 닿아 있는가. 시조 맹아기에서부터 전성기를 지나 오늘의 현대시조에 와서 시조의 원형질이라 할 시학적 원리를 얼마나 미적으로 체현해내고 있는지 자문해본다.

시조가 자유시에 비해 여러 국면에서 열세에 놓여 있다면, 대중적 인기를

---

1 이 글은 2009년 계간 『경남문학』 봄호의 기획으로 집필하였다.
2 시조는 조화와 안정을 추구하는 미의식을 지닌 담당층이 시(한시)로서 못다 한 여흥(餘興)을 우리말 노래(가곡창, 시조창)로 담아낸다는 점에서 시여(詩餘)라는 이칭(異稱)을 가지고 있다. 시조는 초·중·종 3장의 형식적 정체성을 가지며, 한 장은 4음 4보격의 네 마디로 이루어진다. 각 장은 대구와 호응을 이루는 형식의 2마디가 모인 2개의 구로 이루어지므로 6개의 구가 3장(3장 6구 12마디)을 이룬다. 초장과 중장에서 단 한 차례 율격적 반복을 보이며 종장에서는 변형 4보격(종장 첫마디는 3음절을 고수하는 소음보, 둘째 마디는 5음절 이상의 과음보)으로 전환 종결함으로써 시조 특유의 시학적 원리를 지니게 된다.

얻고 있지 못하다면 그것은 어떤 연유에서일까. 시조 외적 여건은 논외로 하자. 시조 자체만을 가지고 이야기하자. 물론 지금 시(詩)가, 문학이 대중적 인기를 누리는 시대는 아니라 해도 좋다. 옆구리에 시집을 끼고 다니는 시대도 아니고, 버스나 지하철에 앉아 시집을 읽는 시대도 아니다. 여타의 상황을 배제하고 시조 그 자체만을 가지고 이야기하자. 왜 이렇게 되었는가.

'21세기, 변환기 시대의 문학적 상상력'이라는 주제는 꼭 이 시대에 와서 시조가 어떤 탈바꿈을 시도해야 한다거나 지금까지와는 다른 특별한 상상력이 요구되는 것처럼 들리기도 한다. 그러니 시문학에 대한 이 같은 질문 또는 요구에 대한 고민이 도출한 결론은 관습과 통념의 구각을 벗고, 감각의 혁신과 인식의 쇄신을 촉발시켜야 한다는 것. 감각의 혁신과 인식의 쇄신은 아무리 강조해도 지나치지 않다.

시조에서 감각의 혁신과 인식의 쇄신이라는 문제는 늘 화두였다. 사실 시조에는 태생적으로 이 감각의 혁신과 인식의 쇄신을 이룰 수 있는 병기(兵機)가 내장되어 있다. 그렇다면 우리가 이 병기를 잘 부려 쓰지 못해 뒷전으로 밀리고 대중에게 외면당하게 된 것은 아닐까. 그렇다면 이 병기는 무엇일까.

2. 반복과 전환의 미학을 지닌 노래시

시조는 노래로서 향유하던 음악예술이었다. 이제 시조는 우리가 읽고 생각하게 하는 시문학예술이다. 이렇게 말하고 보니 시조에서 음악성이 소거되었다는 말처럼 들리기도 한다. 그러나 시조가 더 이상 음악예술이 아니라고 해도, 태생적 음악성이 소거된 것은 아니다. 시조는 3장을 반복과 전환이라는 시학적 원리에 따라 초장과 중장을 단 한 차례 반복하고 종장에서 변형 4보격(소음보+과음보+평음보+소음보)이라는 시조 특유의 율격구조로써 전환 종결하는 우리시가 사상 유일한 율격체계를 가지는 미의식의 결정체다. 단 한 차례 반복한 뒤 전환한다는 것은 형식적 전환을 뜻하지만, 초장과 중장의 율격적 반복이 의미를 심화시키는 가운데 그 심화된 의미를 종장에서 변형율격이라는 형식적 전환을 통해 다시 한번 의미의 전환 또는 반전을 가하게 된다. 이것이 시조의 태생적 시학이며, 이 형식미학적 구조와 언어미학적 원리가 시조의 원형질인 동시에 감각의 혁신을 위해 내장한 비밀 병기다.

어떤 율격체계라는 말은 일정한 음량의 등가적 반복성을 함의한다. 시조율격론에서 일정한 음량의 등가적 반복이란, 한 장(행)에서 율격을 이루는 등가적 음량의 반복이 규칙적으로 네 번 일어난다는 것이다. 시조의 율격은 장단위 4음 4보격, 4음보(마디)이다. 이 4음보라 불러온 네 마디의 등가적 음량의 반복이, 바로 시조의 음악성을 지지하는 율격(meter)이며 가락이며 구체적 작품 안에서 생동하는 리듬이 된다. 구체적 작품 안에서 생동하는 리듬이란, 이 한 마디 안의 등가적 음량의 요소가 음절만이 아닌 장음이나 정음 같은 기저 자질로 채워짐으로써 편편이 생동하는 '자율적 정형시'인 개별 발화(parol)의 리듬(rhythm)이 된다. 시조는 음악예술이 아닌 문학예술이라 하더라도, 선율에 실어 노래 부르지 않더라도, 눈으로 읽고 마음으로 읽고 소리 내어 읽어 자재한 리듬이 출렁이는 노래시가 된다. 시조는 태생적으로 시노래(고시조/가곡창, 시조창)였고, 읽는 시가 된 이 시대에도 시조율격을 따름으로 해서 리듬감이 생동하는 노래시(현대시조)가 된다. 그러면 시조율격 외에 시조가 노래이게 하는 요소는 무엇인가.

3. 시조에 대한 몇 가지 오해

시조율격 외에 시조가 노래이게 하는 요소를 밝히기 위해 구체적인 작품을 들고 보면 생각나는 게 있다. 그 이야기를 하자.

어져 내 일이야 그릴 줄을 모로ᄃ냐
이시라 ᄒ더면 가랴마ᄂ **제 구ᄐ여**
보내고 그리ᄂ 정은 나도 몰라 ᄒ노라

시조에 대한 몇 가지 오해를 해명하기 위해 설명 필요 없는 황진이의 시조를 보자. 먼저 음수율과 음량률이라는 율격론에 관한 이야기. 이 시조는, 초장 첫마디가 '어져'라는 감탄사 2음절로 되어 있다. 기준음량인 4모라에 미치지 못하는 음량은 장음이나 정음이 대상(代償)한다. 여기서 시조를 음수율(음절률, 자수율)로 규정한 논의의 문제점을 지적할 여유는 없다. 그러나 초장 첫마디부터 음수율의 규준에 어긋나는 이 시조를 누가 시조 아니라 하겠나. 해서, 옹색하게 시조를 글자수의 가감이 허용되는 '융통성 있는 정형시'로 부르기도 했다. 그러나 글자수의 엄정한 규칙성이 율격의 기초가 되지 못한다는 것은 시조가 자수율이 아님을 반증한다.[3]

황진이의 이 작품을 보면 또 하나 생각나는 게 있다. 중장의 넷째 마디 '제 구ᄐ여'를 의미상 종장에 해당하기도 하는 것으로 보아 중장과 종장 사이에서 밀고 당기는 긴장감을 유발하는 '행간걸침(enjambement)'으로 설명하기도 했다. 그러나 시조 양식은 이미 창작자에게 각 장은 네 마디로 이루어진다는 글쓰기의 본(norm)이 있고, 수용자(향유자) 또한 시조 양식에 대한 선험적 인식에 따라 중장 역시 네 마디로 이루어진다는 기대지평을 가지고 있다. 이 시조에서 서구시 분석의 잣대로 분석하는 경우 외에는 절대로 행간걸침현상은

---

3 음보(foot)라는 단위는 반복의 최소단위로 작용할 뿐이지 그 자체가 율격을 이루는 기저 자질은 아니다. 우리 시가의 율격은 율격 형성의 기저 자질로 음절이나 장음(長音), 정음(停音)이 관여하는 '음지속량의 등가성에 의한 반복적 규칙화'로 볼 수 있어 음량률에 해당한다. 거기다가 종장의 첫마디는 3음절로 고정된다는 원칙은 음수율에 해당하므로 좀 더 정확히 말하자면 시조는 음수율과 음량률을 아울러 지닌 혼합율격이다(김학성).

일어나지 않는다.

다음으로 시조에 대한 가장 큰 오해 가운데 하나인 명칭에서 온 장르 성격 규정에 대한 논의다. 우리는 흔히 시조를 시절가조(時節歌調)라 하여 그 시절 세태를 노래해온 장르로 인식하고 있다. 이러한 인식의 단초는 시조의 가장 특징적 표현방법이 우의(allegory)라는 데 있다. 알다시피 우의는 시절 세태를 즐거이 노래하거나 개탄하는 데 있어 현실을 직접 드러내기보다는 자연세계에서 소재를 빌려와 그 이면에 작자의 뜻을 숨겨놓는 표현방법이다. 고려 말 공민왕 때 충신 이존오는 "구름이 무심튼 말이~"[4]에서 간신 신돈의 횡포를 우의적으로 드러냈다. 이런 우의 방식은 사대부와 기녀 간의 수작시조(酬酌時調)에서도 볼 수 있는데 임제와 한우의 시조[5]가 그렇고 정철과 진옥의 시조[6]가 또한 그렇다.

시절가조가 세태를 노래한 것이라면 정철과 진옥이 '술송곳'(남성 상징)과 '골풀무'(여성 상징)를 운운하며 수작시조로 언어유희를 즐긴 것 또한 세태 속의 풍경이다. 그리고 보면 시조가 시절가라 하여 정치 현실이나 세태를 노래한 것이라는 데 의문이 생긴다. 시조(시)라는 것이 당대 현실을 노래하지 않은 것이 어디 있을까. 신라시대에는 향가로 당대인의 세계관을 노래했고 고려시대에는 속요로 당대인의 삶을 노래했다. 조선시대 또한 대표적 장르인

---

4 "구름이 無心튼 말이 아무도 虛浪ᄒ다/中天에 써이셔 任意로 둔이면서/구타야 光明흔 날빗츨 짜라가며 덥ᄂᆞ니" ― 이존오 (二數大葉)

5 "北天이 묽다커늘 雨裝 업시 길을 나니/산의ᄂᆞᆫ 눈이 오고 들에ᄂᆞᆫ 찬비 온다/오늘은 찬비 마즈시니 얼어줄가 ᄒ노라" ― 임제 (二數大葉)
"어이 얼어 잘이 므스 일 얼어 잘이/원앙침 비취금을 어듸 두고 얼어 자리/오늘은 찬비 맛자신이 녹아 잪가 ᄒ노라" ― 한우 (二數大葉)

6 "玉이 玉이라커늘 燔玉만 너겨써니/이제야 보아ᄒ니 眞玉일시 젹실ᄒ다/나에게 술송곳 잇던니 쑤러볼가 ᄒ노라" ― 정철 (二數大葉)
"鐵이 철이라커늘 섭철만 너겻더니/이제야 보아ᄒ니 正鐵일시 분명ᄒ다/나에게 골플무 잇던니 뇌겨볼가 ᄒ노라" ― 진옥 (二數大葉)

가사와 시조로 당대인의 세계관이며 세태와 습속을 노래했다. 오늘날, 현대시로서의 자유시와 시조 또한 오늘을 사는 당대인의 체험과 욕구, 꿈과 현실을 노래하는 시절가요, 시절가조이다. 이 시대를 살며 이 당대의 세계관을 가지고 당대인의 세태와 습속을 노래하지 않는 바가 없다. 모든 시는 시절가다. 시절가조라는 말은 '당대의 유행가조'라는 말이 줄어서 된 말이다.[7]

시조, 시절가, 시절가조는 음악적 용어로서 그 당대에 생겨 유행한 가곡창보다 빠르게 부르는 시조창 형식을 말했던 것이다. 노랫말을 두고 쓴 용어가 아니라 노래의 형식을 두고 쓴 말이다. 그러니 오늘의 시문학예술로서 시조는 세태를 담아낸 알레고리든 이미지든 그 어떤 내용이든 시인의 의지대로 표현할 수 있다. 자연(自然)이나 인사(人事) 또는 이치(理致)와 흥취(興趣) 등 그 무엇을 표현하거나 조화와 안정이 주는 미감을 귀히 여기는 시인들이 시조라는 장르를 선택하고 독자는 또 그에 따른 기대지평을 가지게 됨은 당연한 귀결이다. 시조가 반드시 정치시여야 할 필요는 없다.[8] 이제 앞서 이야기하려던 시조율격 외에 시조가 노래이게 하는 요소는 무엇인가 논의하자.

---

7 엄밀히 말해서 시조라는 명칭은 음악 곡조의 명칭이다. 그 명칭을 우리가 오늘의 정형시 양식의 문학적 명칭으로 그대로 받아서 쓰고 있다. 그러니 시조는 문학상으로는 시조시형이란 개념이고 음악상으로는 시조창이라는 두 가지 개념이 된다. 알다시피, 시조창과 시조문학은 음악예술의 영역과 문학예술의 영역으로 분리되었다.
각주에 인용한 시조 끝에 이삭대엽이라는 명칭을 부기하였다. 인용한 시조들은 이삭대엽이라는 아주 느린 악곡으로 부른다. 이 짧은 노랫말을 5장 형식의 가곡창으로 부르되 이삭대엽이라는 악곡에 얹어 부르면 12분 정도가 소요된다. 3장 형식의 시조창으로 부르면 4분 정도가 소요된다. 그러니까 세월이 흐르면서 5장 형식의 가곡창보다는 좀 더 빠르고 쉽게 부를 수 있는 3장 형식의 시절가조가 유행하게 된 것이다. 그 시절에 가곡창보다 빠르게 부르는 시조창이 생겨 유행했다는 의미다.
8 시절가조라는 명칭에 대한 오해와 그에 대한 해명은 다른 문예지에 기고한 내용 가운데 일부를 발췌한 것임을 밝혀둔다.

4. 생활언어가 변주하는 노래시

　우리가 황진이, 홍랑[9]의 시조에서 보듯이 시조는 예부터 자재한 리듬의 선율로 흐르던 시노래(고시조)였으며 또한 장구(長久)히 노래시(현대시조)일 것이다. 현대시조라는 노래시는 이 자재한 리듬을 타는 '자율적 정형시'라는 시학적 토대 위에서 문학성과 대중성을 확보할 수 있다. 시조가, 노래시가 되게 하는 율격 외적 요인은 언어미학적 원리에서 찾을 수 있다. 태생적으로 지녀온 이 언어미학적 원리가 또 하나, 시조의 병기다.

　황진이의 시조나 홍랑의 시조에서 우리가 알지 못하는 어려운 말은 없다. 일상 하는 말, 곧 생활언어로 되어 있다. 고시조에서 현대시조에 이르기까지 우리가 즐겨 노래하고 암송할 수 있는 작품일수록 쉬운 일상의 말, 구어체 자연발화로 되어 있다.

> 어떻게 살면 어떠며, 어떻게 죽으면 어떠랴
> 나고 살고 죽음이 또한 무엇인들 무엇하랴
> 大河는 소리를 거두고 흐를 대로 흐르네
>
> — 이호우, 「하(河)」 전문

　이 작품 또한 쉬운 일상의 말이다. 생사고락(生死苦樂)에 대한 집착을 떨쳐버린 듯 시인의 오연(傲然)한 태도가 묻어난다. 고산방석(高山放石), 높은 산에서 돌을 굴리듯 돌연하고 거침없는 발성이다. 장강유수(長江流水), 머뭇거리지 않고 유유히 흐르며 언외언(言外言)의 여운을 거느린다.

어떻게 살면 ｜ 어떠며,　　　｜ **어떻게 죽으면** ｜ 어떠랴

---

9 "묏버들 굴히것거 보내노라 님의 손디/자시는 창밧긔 심거두고 보쇼셔/밤비예 새닙곳 나거든 나린가도 너기쇼셔" — 홍랑

나고 살고	**죽음이 또한**	무엇인들	무엇하랴
대하(大河)는	소리를 거두고	흐를 대로	흐르네

이 같이 율독할 수 있는「하」는 시어 운용을 자유자재로 하면서 유연한 율격 운용을 보인다. 초장 첫째 마디와 중장 둘째 마디의 음량은 5음절, 초장 셋째 마디는 6음절이다. 음량률로 보자면, 음보(마디) 하나의 기준음량은 4mora,[10] 4음절이다. 음보의 양식화 범위는 2~5음절로서 5음절까지 허용[11]된다고 보면, 이 작품은 6음절을 보이고 있어 음보 하나 정도 슬쩍 늘어난 가벼운 파격에 해당한다.[12]

이제, 형식 원리에 따른 언어 운용의 측면을 살펴보자. 초장에서는 안정적인 호흡(4보격)으로 '어떻게 ~하면 어떠하다'는 호응 구조를 이루며 '어떻게'라는 시어의 변주가 네 번 반복되고 있다. 중장 안짝 구(內句)는 "나고 | 살고 | 죽음이 | 또한"으로 감지되어 빠른 호흡을 보이는데 바깥짝 구(外句)는 다시 안정적인 호흡으로 돌아와 "무엇인들 무엇하랴"로 호응하고 있다. 이 '무엇~'이라는 언어적 층위의 반복과 여러 차례 반복되는 음상(하/흐/랴)은 리듬감을 고조시키고 초장과 중장의 율격적 반복 효과와 더불어 점층 심화된 종장 의미의 대전환을 이루고 있다. 이처럼 시조의 종장은 태생적으로 초장 · 중장과는 의미의 층위를 달리한다. 종장은 초장과 중장을 뛰어넘는 고양된 미의식을 지향한다.[13] 이것이 시조 종장 특유의 미학이다.

---

10 mora는 1음절 정도에 해당하는데 장음과 정음 또한 1음절 정도의 음량이다.

11 성기옥,『한국시가율격의 이론』, 새문사, 1986. 율격론에 관한 부분은 이 책을 참조.

12 이러한 양상은 고시조에서도 나타난다. "朔風은 나무긋틔 불고 明月은 눈속에 츤듸/萬里 邊城에 一長劍 집고 셔셔/긴프롬 큰 흔 소리에 거칠거시 업세라" — 김종서 (二數大葉) 이 작품의 경우도 초장의 둘째 마디에서 음보 하나 정도의 음량이 늘어나 있다.

13 시조의 종장은 초장과 중장의 의미 내용과는 현격한 거리를 두면서, 초장과 중장의 의미를 떠받쳐주는 동시에 동떨어진 이미지 제시나 돌연한 발상으로 종장 특유의 미학

대하무성(大河無聲), 장강은 소리 없이 흐를 대로 흐르며 세속적 번민 따위는 마음에 두지 않는다. 한 번 더 생각하면 번민을 버린 화자가 천명(天命)에 따른다는 말 아닌가. 생사고락. 처신에 매여 번민하는 인간사를 확 뒤집어엎듯 장강유수, 소리를 거두고 흐를 대로 흐르는 순명에 이른 경지. 이런 주제의식을 '~랴'와 '~네'와 같은 종결어미로 유장미를 더하며 이루는 의미의 대전환이 긴 감동으로 남는다.

> 梅花 늙은 등걸
> 성글고 거친 가지
>
> 꽃도 드문드문
> 여기 하나
> 저기 둘씩
>
> 허울 다 털어버리고 남을 것만 남은 듯.
>
> — 조운, 「고매(古梅)」 전문

「고매」를 천천히 음미하면 늙은 매화나무와 거기 드문드문 피어난 꽃송이가 떠오른다. 절집 담장 둘러둔 데, 묵은 이끼 덮인 나뭇등걸이 보인다. 나뭇등걸에서 벋어 나아간 가지에 드문드문 맺힌 하얀 매화 송이가 보인다. 적확한 시어가 제자리에 잘 들어앉았다. 3연 6행으로 시행발화한 까닭은 선명한 이미지 제시와 명확한 의미 전달에 있다. 고매의 성글고 거친 가지를 또렷이 보여주기 위해 초장을 구 단위로 하고 연을 나누어 여기 하나 저기 둘씩 피어

을 지녀왔다. "봄이 간다커늘 술 싯고 餞送가니/落花ㅣ 흐난 곳에 간 곳을 모를너니/柳幕에 쇠고리 이르기를 어지 갓다 흐더라" — 조윤성 (二數大葉) 이 시조의 종장 또한 초장과 중장의 제시와 전개에 이어 봄에서 여름으로 넘어가는 풍경을 '柳幕'과 '쇠고리'를 등장시켜 선명하게 장면 전환하고 있다.

난 꽃을 형상하고 있다. 선명한 영상을 전경화하면서 배경에 여백을 두기 위해 행을 바꾸었다. 종장에 와 허울 다 털어버리고 가지고 있을 것만 가지고 있는 고매. 말을 버린 행간에 의미와 영상과 여운이 남는다. 버려서 얻은 고졸담박(古拙淡泊). 종장의 허울 다 털어버려 남을 것만 남았다는 의미의 상동 관계는 1행으로 잡았다. 「고매」의 종장은 초장과 중장의 이미지를 주제적 의미로 전환시키는 종장 특유의 미학을 선명하게 보여준다.

황진이와 홍랑의 시조는 물론 조운의 「고매」도, 이호우의 「하」도 그렇다. 우리가 어려워 알지 못할 시어는 없다. 고매라는 한자어는 우리가 일상적으로 받아들일 수 있는 심상언어이다. 읽으면서 이미지가 바로 생성되는 시어. 이 시조들은 그저 일상 하는 말로 시를 꾸려가고 있다. 일찍이 피천득은 황진이의 "동짓달 기나긴 밤을~"[14] 한 수와 셰익스피어의 많은 소네트와 바꾸지 않겠다고 했다. 우리가 애호하는 시조일수록 난해한 수사는 없다. 심오한 비유, 고도의 상징을 위해 화려한 수사나 관념은 동원하지 않는다.

　　필시 무슨 언약이 있기라도 한가부다
　　산자락 강자락들이 비단 필을 서로 펼쳐
　　서로들 눈이 부시어 눈 못 뜨고 섰나부다.

　　산 너머 어느 산마을 그 덕 너머 어느 분교
　　그 마을 잔칫날 같은 운동회 날 갈채 같은
　　그 무슨 자지러진 일 세상에는 있나부다.

　　평생에 편지 한 장을 써본 일이 없다던 너
　　꽃씨 같은 사연을 받아 봉지 지어 온 걸 봐도

---

14 "冬至ㅅ달 기나긴 밤을 한허리를 버혀내여/春風 니불 아레 서리서리 너헛다가/어론님 오신 날 밤이여든 구븨구븨 펴리라" — 황진이 (二數大葉)

천지에 귓속 이야기 저자라도 섰나부다.

— 정완영, 「추청(秋晴)」 전문

구름 한 점 없이 새파랗게 말려 올라간 가을 하늘. 우리의 문화적 기억은 어느 집 혼사가 마을 잔치처럼 북적거리는 안마당을 보여준다. 만국기가 하늘을 금 그으며 흔들리고 100미터를 힘껏 달리는 청군 백군 아이들, 이어달리기에서 넘어진 아이를 붙잡고 뛰는 어머니가 보이는 듯하다. 「추청」에는 이런 풍경이 들어 있다.

첫째 수 초장 끝마디와 각 수의 종장 끝마디에서 '~부다'를 중첩시켜 종결하는 음운 반복으로 유연한 가락이 생성되고 있다. 거기다가 "산자락"과 "강자락", "산 너머 어느 산마을"과 "그 덕 너머 어느 분교"와 같이 둘째 수 초장과 중장에서 보여주는 낭창낭창한 언어적 층위의 반복과 음상의 반복은 구체적 심상을 선명하게 보여주면서 리듬감을 고조시킨다. 「추청」은 명징한 시각 이미지와 쉬운 일상의 말로 의미를 아름답게 변주하고 있다. 마지막 수 종장에서는 "잔칫날"이나 "운동회 날"이나 세상 모든 일이 하늘 아래 벌여놓은 장터 같다는 시인의 마음을 "저자"라는 시어로 응축하고 있다. 이런 기법 또한 명품 시조 종장이 지닌 미학적 원리요, 병기다.

시가 찾아오기를 백년쯤 기다리다

학이 되어버린 내가 긴 목을 뽑았을 때

바람의

손가락 사이로

백년이 지나갔다

— 박권숙, 「연」 전문

시가 찾아오기를 백 년쯤 기다리다 학처럼 하얗게 변한다는 심상. 기다리다, 기다리다 학처럼 늘어진 긴 목을 뽑아 올렸을 때, 바람의 손가락 사이로 백년이 지나가다니!「연」에서 시인의 전언과 이미지가 깨끗하고 맑게 드러난다. 여기 무슨 어려운 시어가 있나. 버릴 대로 버린 마흔다섯 글자 행간에서 드러내지 않은 의미가 얼비치고 우리의 문화적 기억에 기댄 아름다운 심상이 떠오른다.

그런데 시조의 형식미학을 준수한 이 작품의 종장을 유념해볼 필요가 있다. 종장 첫마디에서 '바람'에 관형격조사 '의'가 붙어

바람의 손가락 | 사이로 | 백년이 | 지나갔다

는 종장 첫마디와 둘째 마디의 의미의 응집을 문제 삼을 수 있겠다. 그러나 시인이 의도적으로 "바람의"를 독립된 행이면서 하나의 연으로 처리하여 의미의 분절을 꾀하고 있다. '연'이라는 시제에서 바람에 흔들리는 긴 연줄이 연상되는데 시인은 그 연줄을 바람의 "손가락"으로 본다.

바람의 | 손가락 사이로 | 백년이 | 지나갔다

「연」의 종장 구조는 변형 4보격이라는 형식미학적 원리를 잘 보여준다. 우리 시대에 와서 종장 첫마디와 둘째 마디가 의미론적 응집으로 한 마디에 해당하는 사례가 종종 보이기도 한다. 대방가의 격외(格外) 시편을 수용할 수도 있거니와, 우리가 종장 첫마디를 반드시 독립어로 써야 할 필요는 없다. 그러나 종장 첫마디는 돌발(突發)이거나 격외의 발상이라 할 삼전어(三轉語)의 경

제2부 현대시조의 언어와 형식

지를 보여줄 수 있는 의미의 전환축이 된다는 점을 상기할 필요는 있다.

5. 원포귀범, 노래시로 돌아오다

문학의 종말이 손안에 있다는 누군가의 발언은 전복될 것이다. 어떻게 전복될 것인가. 도덕 감정을 상실해가는 이 정신분열증적 균열의 시대는 서정을 잃어가고 있지 않은가. 극단의 경쟁에서 암울 각박해져만 가는 이 시대는 더욱 고통스런 자극을 부르고 있지 않은가. 고문의 기술은 고문의 기술로 파멸하듯이 우리는 과연 파멸할 것인가. 누구도 파멸할 수 없지 않은가.

그렇다면 누가, 무엇이 신경증적 자극과 고문으로부터 우리를 위무하고 치유할 수 있을 것인가. 감동과 위안은 외부가 아닌 우리 자신의 마음에서 일어난다. 시란 무엇인가. 시란 고요 적적한 내 안으로 걸어 들어가 나를 만나는 일 아닌가. 시란 내 마음의 궤적을 따라 언어로써 그려내는 그림이고, 언어로써 발화하는 노래다. 정신세계, 마음의 고요가 육신의 평안을 가져오듯 마음이 혼탁하면 육신은 제대로 작동하지 않는다. 일체유심조(一切唯心造), 모든 것이 내 마음에 달렸다. 마음의 평화와 안정을 이루기 위해 다시 노래이고 심금을 울리는 시일 수밖에 없다. 노래를 잃은 시대이기에 노래는 다시 요청된다. 그리하여 원포귀범(遠捕歸帆), 오래 집 나갔다 돌아온 탕아처럼 먼 포구에서 거물거리며 돌아오는 돛배처럼 우리는 다시 노래시를 찾아올 것이다.

근자에 시조 인구가 확산되고 있는 것은 이러한 사정을 대변한다. 시조 인구가 늘어난다고 해도 여건은 그리 좋아 보이지 않는다. 시조가 문학의 변방으로 내몰린 까닭을 시조 안에서 찾아보자. 감각의 혁신과 인식의 쇄신이라는 화두를 우리가 오해하고 있다거나 무시하고 있는 것은 아닌가. 아직도 시조가 음풍농월이라는 오명을 씻지 못한 것은 아닌가.

우리는 간혹, 시조를 무슨 지식의 전시장으로 착각하고 있는 시조를 본다.

우리는 간혹, 현학적인 수사와 관념으로 무장한 시조를 본다. 시조는 구호도 아니고 지식의 전시장도 아니다. 지식은 개개인의 역사 속에서 지혜가 되어야 하고 그 지혜를 유려하고 감동적 전언에 실어 독자에게 전하는 것이 시라면, 시는 우리의 심금을 울릴 수 있어야 한다. 심금을 울리는 데는 어려운 말이 필요 없다.

우리말 노래, 시조가 지닌 태생의 병기인 평이(平易)한 생활언어와 그 언어적 층위의 섬세한 조사(措辭)가 필요하다. 가장 낮은 목소리로 가장 낮은 자세로 발화해야 심금을 울릴 수 있다. 시는 읽으면서, 또 읽고 나서 무언가 가슴 한 자락을 은근히 당기는 게 있어야 한다. 그것이 바로 여운이다. 시조가 눈으로 읽고 생각하는 시의 시대가 되었다고 해서 노래이기를 포기한 것은 아니다. 도식적인 정형률격의 고수(固守)가 아니라 편편이 의미 생산적인 율동을 잘 타야 한다. 빡빡한 말과 화려한 수사만 넘쳐서는 아름다운 노래시가 될 수 없다. 말은 짧게 뜻은 길게. 시조가 노래시라면, 음악예술 용어로는 언단의장(言短意長). 그래야 여운을 거느린 노래시가 된다. 감동과 여운을 거느린 노래시는 영원할 것이다.

현대시조의 형식실험

1. 현대시조의 좌표

역사적 장르로서의 '고시조'는 오늘날 사멸한 장르가 되었다. 그러나 주지하다시피 기존 장르는 '양식화'되어 '양식적 변용'을 거침으로써 그 다양한 응용력을 새롭게 발휘하여 새로운 장르로 다시 태어난다는 사실[1]을 염두에 둔다면, '고시조'라는 역사적 장르가 사라진 이후 시조 양식은 현대인의 세계관에 따른 다양한 삶의 모습과 감수성에 걸맞은 양식적 변용을 거쳐 '현대시조'라는 이름으로 새롭게 시도되고 생성됨은 필연적이다.

이는 현대시조가 '현대+시조'라는 이름을 지니고 있듯이 현대성과 시조성을 동시에 담지해야 하며, 우리 시대에 와서 시조는 특별히 현대정신을 아울러 표출해야 함을 가리킨다. 물론 시대와 사회가 어떻게 바뀐다 해도 시조는 시조 그것이어야 한다는 명제만은 변함이 없다. 현대시의 하위 장르로서 시

---

1 장르의 이러한 양식화 현상에 대하여는 Alastair Fowler, *Kinds of Literature*, Harvard University Press, 1982를 참조. 김학성은 이 이론을 적용하여 현대시조를 현대 자유시와 경쟁관계에서 새로이 출현한 신종 장르로 보되, 그 생성력을 이미 사라진 기존 장르인 고시조 양식을 변용하여 수용한 데서 찾고, 아직 형식실험이 진행 중인 실험 장르로 보았다. 김학성, 『한국고시가의 거시적 탐구』, 집문당, 1997, 422쪽 참조.

조라고 했을 때 시조성을 기층구조로 한 표층적 표현이라는 점에서 현대시조는 고시조와 그 양식성을 같이하지만, 그 표현에 있어서는 개인마다 다르게 나타나는 '개성적인 표현'이라는 점이 다르다.[2]

그러면 이 개성적인 표현은 현대시조에서 무엇을 말하는가. 알다시피 시조는 여러 악조와 다양한 풍도형용(風度形容)을 가진 악곡에 실려 음창(吟唱)으로 실현되는 '노래하는 시'에서 '읽는 시'로 그 제시 형식을 달리하게 되었다. 다시 말해 현대시조는 시조 사설이 갖는 '형식장치'만 남게 되었다는 것이다. 그리하여 악곡에 실린 음창으로서의 시조가 구현하던 시적 의미와 정취를 오늘날의 시조에 와서는 언어의 음성적 자질로 감당하여 음성과 의미의 조화적 통일체를 실현해야 하게 된 것이다. 그런 만큼 시어 하나의 선택과 배치에서도 음악적 자질을 활용해야 하고, 눈으로 보고 읽는 시로서 시각적 조형미를 고려함과 동시에 언어의 내적 질서를 바탕으로 고시조의 선율적 기능에 버금가는 율동적 실현과 공간적 조형미도 아울러 구현해야 하게 되었다. 이 모든 것을 언어의 음성적 질서에서 구해야 하므로 '언어를 대상화'한다는 점에서 현대시조는 현대시(자유시)와 동일한 좌표에 서게 된 것[3]이다.

'언어를 대상화'한다는 것은 작시(作詩) 면에서 현대시조가 시조의 정형(定型) 고수로 인한 도식성에 따른 진부함과 단조로움[4]을 극복하고 현대성을 충족하기 위해 '시행(詩行) 배분의 묘(妙)'와 '연(聯)의 운용 방식'을 최대한 활용

---

2 박철희, 「현대시조 100년, 그 경과와 문제점」, 현대시조 100년 세계민족시포럼, (재)만해사상실천선양회, 2006, 55쪽 참조.

3 김학성, 「현대시조의 좌표와 방향」, 『한국시가의 담론과 미학』, 보고사, 2004, 145~146쪽 참조.

4 박철희는 이를 선험적으로 결정된 틀이며 변화를 거부한다는 점에서 시조는 型이 아니라 形이어야 한다고 주장했다. 육당의 『백팔번뇌』의 시편들이 거개가 形의 시조가 아닌 型의 시조 일색(구별 배행)으로 그것은 시인의 내면적 필연성에서 온 표현의지가 아니라 외부의 시대적 압력에 의해 만들어진 계기의 시라 했다. 박철희, 앞의 글, 52~53쪽 참조.

해야 한다는 말과 다르지 않다. 현대시조가 현대 서정시의 한 양식으로서 현대시(자유시)에 경쟁력을 갖는 서정적 울림을 실현하기 위해서는 이 점에 특히 유의해야 한다. 서정시는 '시행발화'이고, '율문의 문학적 사용'이므로 시행에서 율문을 어떻게 문학적으로 효과 있게 활용하느냐의 문제다. 시행이 도식적인 운율화가 아니라 의미 생산적 율동화로 나아가야 서정적 미감을 자극할 수 있다는 것이다. 따라서 현대시조의 시작(詩作) 과정은 주어진 정형률을 의미율(시행 배분과 연의 짜임에 의해 시어가 표상하게 되는 의미와 형식이 가지는 의미를 포괄함)로 재편하는 과정이라 할 수 있으며, 시인의 역량은 바로 이 의미율에 의한 시적 억양과 시어의 전경화를 얼마나 성공적으로 발현했느냐에 달리게 된다. 시행 배분이나 연의 운용 면에서 시조 양식이라는 정형적 질서에 따라 선택 배열하기보다 시상의 의미 전개와 표출하려는 정감의 질량에 따라 자율적이며 개성적으로 배열·선택함으로써 시에 활력과 긴장을 불어넣고, 시상의 흐름 속에서 미세한 감정의 추이를 생생하게 묘파해내야 한다.[5] 다시 말해 도식적 운율화가 아닌 의미 생산적 율동화로 나아가기 위해 시행배분과 연의 짜임은 자율적 운용이 가능한 것이 현대시조의 형식적 좌표이자 방향이다.[6]

이 글은 이러한 인식의 연장선에서 주목할 만한 형식실험을 보인 현대시조의 의미와 성과에 대한 고찰이다. 구체적 고찰 대상은 다양한 행 배열과 연 구성 방식에 의해 시간적 의미율을 창출해내는 작품들이며 행 배열과 연 구성의 복합적 형식 모색을 보인 단시조와 연시조를 중심으로 한다.[7]

---

5 김학성, 앞의 책, 150~152쪽 참조.
6 시조는 알다시피 '4음 4보격으로 된 3장시'이다. 다시 말해 하나의 장은 '4음 4보격'의 율격시행으로 되어 있다. 시행 배분이라 함은 이 '율격시행'을 의미 내용의 전달과 정감의 진폭을 효과적으로 드러내기 위해 각 편의 시행을 다양하게 배열하여 개성적인 '작품시행'으로 구현해내는 것을 말한다.
7 이 글은 홍성란, 「시조의 형식실험과 현대성의 모색 양상 연구」(성균관대학교 대학원 국어국

2. 현대시조의 형식실험 양상과 그 의미

고시조는 노랫말을 악곡적 틀에 맞추어 자연스럽게 가창해나가면 되었으므로 노랫말의 시행 배열을 어떻게 할 것인가, 음보나 구의 배열 혹은 장과 연의 구성은 어떻게 할 것인가와 같은 문제는 하등 고심하지 않아도 되었다. 따라서 고시조를 기록한 각종 가집(歌集, 노래하는 시조가 담긴 문헌)을 보면 18세기 필사문화 시대에는 시적 형식에는 전혀 관심두지 않았다. 그리하여 '내리박이 줄글식'으로 기사(記寫)하는 것이 가장 일반적이다. 19세기로 시대를 내려오면서 가창상의 필요에 따라 겨우 장(章) 구분 정도만 하여 가곡창의 경우는 5장으로, 시조창의 경우는 3장으로 표기하는 것이 고작이었다. 그러다가 20세기 인쇄문화 시대에 이르면 가집도 읽는 시대의 영향을 받아 변모하여 구 단위 혹은 노래마디별로 분절하여 6·7·9·12분절에 이르기까지 다양한 표기 형태가 극히 일부에서 보이게 된다.[8] 그러나 '노래하는 시조'에서 '읽는 시조'로 그 제시 형식이 전환되면서 인쇄문화 시대에 걸맞게 점진적으로 노래가 아닌 '시'로서의 형식을 모색하게 된다.

이 지점에서 우리는 '형식'의 개념을 짚어볼 필요가 있다. 레이먼드 윌리엄스에 따르면 형식은 가시적이거나 혹은 외부로 나타나는 모습과 내재적인 형성의 충동을 포괄하는 것이다. 이를 적용한다면, 현대시조의 형식은 그 '외부적 모습'은 시조라는 전통적 율격모형을 따르는 것이 되지만 그 '내재적 형성 충동'은 현대정신(우리 시대의 미학적 정신이라고 할 개성과 창조성 및 참신성을 지향하

문학과 박사학위논문, 2004) Ⅱ에서 공간적 의미율을 제외한 형식실험을 부분적으로 따르고 있음을 밝힌다. 인용한 작품은 먼저 『시조월드』통권 제1호에서 14호에서 선정하였고 홍성란, 앞의 논문과 홍성란 편, 『내가 좋아하는 현대시조 100선』(책만드는집, 2006)과 태학사에서 간행한 '현대시조100인 선집'에서 선정하였다.

8 이에 대한 상론은 임종찬, 「시조표기 양상 연구」, 『시조학논총』 16집, 2000, 79~86쪽 참조.

는 정신)이라는 내적 욕구에 의해 그러한 관습틀을 벗어나려는 지향을 보인다고 해야 할 것이다. 이로써 볼 때 현대시조를 '형식' 면에서 규정한다면, 시조의 정형틀을 따라야 하는 지향과 그것을 따르되 현대정신을 텍스트화하기 위한 '자율성'의 모색을 동시에 추구하는 접점에서 산생된 것이라 할 것이다.[9]

따라서 현대시조가 현대정신의 내적 충동을 외면하고 전통적 율격모형만을 그대로 묵수한다면 고리타분한 고시조의 형상이 될 것이고, 반대로 율격모형의 틀을 거부하고 현대정신의 내적 충동에만 충실한다면 시조가 아닌 자유시의 형상이 되거나 자유시의 흉내 내기로 전락하고 말 것이다. 그런 점에서 '고시조'가 일정한 율격모형을 기반으로 하는 **정형시**라 한다면, '자유시'는 그러한 정형의 틀을 거부하고 순전히 내적 충동을 따라 자율적으로 형식을 창조하는 **자율시**라 할 수 있다. 이 둘에 비해 '현대시조'는 시조의 양식화된 정형률을 따르되 행의 배열과 연의 구성은 내적 충동에 의한 자율성을 허용하는 '**자율적 정형시**'[10]라 자리매김할 수 있을 것이다.

결국 현대시조에서 형식실험이라는 것은 시조라는 정형률의 규범율격을 그대로 따르되 그것을 어떻게 현대인의 개성적 서정에 조응하여 '행 배열'에 의한 시행발화로 혹은 행의 짜임에 의한 '연의 구성'으로 재편하느냐에 한정된다 할 것이다. 본 장에서 단시조와 연시조를 중심으로 살피고자 하는 현대시조의 형식실험 역시 이 두 가지 측면으로 상론하게 될 것이다. 이 형식실험의 성공 여부는 이미 선재(先在)하고 있는 시조 양식에 따른 '율격시행'(정형률에 따름)을 시인이 얼마나 '의미 생산적 율동화'에 따라 '작품시행'(의미율에 따름)으로 창조적인 재편을 했느냐에 그 기준점을 둘 수 있다. 이처럼 형식실험을 정형률을 의미율로 재편하는 과정으로 이해할 때 그 재편의 방법을 분석

---

9 홍성란, 앞의 논문, 21쪽 참조(레이먼드 윌리엄스에 대해서는 Raymond Williams, 『문학과 문화이론』, 박만준 역, 경문사, 2003, 260쪽 참조).
10 김학성, 앞의 책, 151쪽 참조.

하는 기준을 정하면 그 양상과 의미가 선명하게 드러날 수 있다. 김학성은 재편의 방법을 ① '따르기' ② '쪼개기' ③ '붙이기'라는 세 유형으로 파악한 바 있는데 이에 의하면 ①은 작품시행을 시조의 정형률에 맞춰 4음보로 실현함으로써 전통시형의 안정적 호흡을 그대로 유지하는 것이다. ②는 4음보의 율격시행을 2개 이상의 작품시행으로 쪼개어(분할 단위는 구, 음보, 단어에 이름) 짧은 호흡으로 재편하는 것이다. ③은 율격시행보다 작품시행을 크게 만들기 위해 다음에 이어지는 율격시행의 일부 혹은 전부를 덧붙임으로써 긴 호흡으로 변화시키는 것이다. 따라서 ①은 낯익고 안정된 율동형에 호흡을 맞추어 나감으로써 정감의 평형을 유지하는 데 적합하고 ②는 짧은 호흡을 통해 내면의 미묘한 감정추이를 섬세하게 드러내는 데 적합하고 ③은 유장한 어조에 따라 긴 호흡을 통해 깊은 생각이나 쉽게 포기할 수 없는 끈끈한 감정을 무게 있게 드러내거나, 반대로 경쾌한 어조에 따라 말을 쉴 사이 없이 이어감으로써 격정이나 흥분을 드러내는 데 적합하다고 규정하였다. 이 '따르기 · 쪼개기 · 붙이기'라는 세 가지 전략이 시행 배열에 작용하는 동인으로는 ① 자연발화의 율동 ② 정서의 질감 ③ 의미의 비중 ④ 조형미적 구도 ⑤ 언어적 긴장의 다섯 가지 측면을 상정할 수 있다.[11]

본 장에서는 단시조와 연시조를 대상으로 '따르기 · 쪼개기 · 붙이기'의 세 가지 전략이 시행 배열을 통해 구현되는 양상과 개별 작품이 보여주는 이러한 형식실험이 이 다섯 가지 동인 가운데 어느 측면을 담지하고 있는지를 구명하게 될 것이다. 앞 장에서 기술한 바와 같이 시간적 의미율을 창출한 작품을 논의 대상으로 하며 공간적 조형미를 추구한 작품은 논의 대상에서 제외하기로 한다.

---

11 홍성란, 앞의 논문, 25~26쪽 참조.

1) 행 및 연 형식의 실험과 시간적 의미율

(1) 행 배열에 의한 형식 모색

① 장 단위의 행 배열

장(章) 단위 행 배열은 율격시행과 작품시행을 일치시키는 전통적인 행 배열 방법으로 시적 전략에 기대지 않고 자연발화의 율동을 그대로 따른 표현 방식이다. 이는 특별히 형식실험을 하지 않았으므로 실험 없는 형식의 시도라 할 것이다.

> 풀벌레가 저리 울어야 밤하늘에 별이 뜨고
> 밤하늘에 별이 빛나야 풀벌레도 운다는데
> 별 뜨고 풀벌레 우는 밤 나 없으면 어이하리.
>
> — 정완영, 「내 별자리」 전문

이 작품은 단시조로서 작품시행을 장 단위로 시조의 정형률에 맞춰 4음보의 율격시행 그대로 실현함으로써 전통시형의 안정적 호흡을 유지하는 '따르기' 방식을 취하고 있다. 시조는 초-중-종장의 3장으로 완결되는 형식 구조로서 초장과 중장을 4음 4보격으로 반복하여, '반복의 미감'을 단 한 차례 즐기고 종장에서 변형 4보격(첫 음보를 3음절의 소음보로 고정하고 둘째 음보는 5음절 이상의 과음보로 직조함을 의미)으로 마무리함으로써, 초-중장의 반복 구조를 벗어나 '전환의 미감'을 즐긴다. 이렇게 시조의 3장 구조는 '반복-전환의 미적 구조'를 최대한 살리는 3장의 완결구조로 이루어진다. 초장과 중장이 4음 4보격으로 동일하게 연속된다는 면에서 율격적 반복이 실현되고, 그 바탕 위에서 언어적 층위의 반복과 의미적 층위의 반복이 실리는 것[12]이다. ①의 초

---

12 김학성, 「시조의 3장구조 미학과 그 현대적 계승」, 『인문과학』 제38집, 성균관대학교 인문과학연구소, 2006, 103쪽 참조.

장과 중장에서는 "~(해)야" "~(하)고"라는 의미와 언어적 층위의 반복이 한 차례 실현된다. 종장에서는 초장과 중장의 "풀벌레"와 "별"이라는 자연 대상의 의미를 통합하여 시적 화자로 연결하여 의미를 확대하는 전환의 미학을 구현하고 있다.

밤이 되어야 풀벌레가 울고 풀벌레 우는 소리가 잘 들릴 때쯤이면 밤이 깊어가는 때이다. 밤 깊어 어두워지면 밝음에 묻혀 있던 별이 총총 빛난다. 아무리 별이 총총히 뜨고 아무리 풀벌레가 옥구슬 굴리듯 아름다운 선율을 자아 올려도 시적 주체인 "나"가 없으면 소용이 없다. 나는 우주의 중심이다. 내가 소멸한 우주는 생각할 수 없다. 공(空)이다. 무(無)다. 이러한 사유의 깊이를 잔잔하게 노래하는 데는 평이하고 순탄한 자연발화의 율동을 그대로 따르는 것이 가장 효과적이다. 이러한 화자 의식의 고요한 흐름이 자연발화의 율동을 따르는 장별 배행에 실려 표현됨으로써 감동과 여운의 의미율을 획득하게 된다.

② 구 단위의 행 배열

구(句) 단위 행 배열은 한 개의 장을 앞구(안짝)와 뒷구(바깥짝)에 해당하는 2개의 작품시행으로 '쪼개기' 한 경우이다. 단순히 구를 단위로 행 배열하는 것이므로 특별히 형식실험이라 보기 어렵기는 장별 배행이나 다름없다. 이 구 단위 행 배열은 '시조답게 읽기' 위해 2개의 음보를 이어 6행으로 쓴 '음보식 표기'[13]에 해당하는데, 대응 되는 구를 각각의 시행으로 배열하여 균형된 미감을 보이는 가운데 시행을 도드라지게 하는 효과가 있다.

---

13 임종찬, 「시조표기 양상 연구」, 『시조학논총』16집, 2000, 89~92쪽 참조. 여기서 '음보식 표기의 대표적인 예로 띄어쓰기 없이 구 단위로 연을 구성하여 3연 6행의 시행 배열을 보이는 육당의 작품을 예시하고 있다.

어머님 등에 업혀
만리길을 떠나서
파란 많은 인생길
가시덤불 헤쳤나니
가슴에 노상 울렸네
에밀레종소리

에밀레종소리
속시원히 들어볼까
조약돌 들었다가
슬그머니 놓았어라
불쌍한 어머님 생각
눈물눈물 솟아라

— 리상각, 「에밀레 종소리」 전문

　이 작품은 4음보의 율격시행을 2음보의 작품시행으로 하여 2수 모두 구 단위 6행의 시행 배열을 보이고 있다. 이러한 기사 방식은 장 단위나 음보 단위로 행을 배열하는 것보다 짧은 호흡으로 의미가 즉각 전달되는데, 이 효과에 더하여 구별 배행을 끝까지 유지하면서 사모의 정과 효심을 간곡하나 담담하게 표백하여 잔잔한 울림을 준다.

　화자는 "어머님 등에 업혀" 고국을 떠나 "만리" 타향 북만주에서 목단강으로, 연변으로 전전하며 변방의 소수민족으로서 "가시덤불 헤"치듯 신산의 나날을 보내왔다. 그 신산의 세월은 "불쌍한 어머님 생각"이라는 언표에서 알 수 있듯이 어머님의 부재라는 현실을 남겨놓았다. 그러니 "가슴에 노상" 그리움의 "에밀레종소리"가 "울"려 오는 것이다. 에밀레종은 국립경주박물관에 있는 성덕대왕신종을 가리킨다. 이 종은 신라 경덕왕이 부왕인 성덕왕의 공덕을 기리기 위해 만들고자 했으나 뜻을 이루지 못하고 그의 아들 혜공왕이 771년에 완성했다. 이 "에밀레종소리"는 경덕왕이나 혜공왕만이 아니라 화자의 효심 또한 불러일으키고 있다. "어머님 생각"에 "눈물" 훔치는 화자의 얼굴이 보이는 듯하나, "에밀레종소리"를 듣고자 "조약돌"을 날려 종신을 울려보고 싶은 화자의 동심과 "슬그머니" 내려놓는 모습에서 우리는 감상주의로 떨어지지 않는 선명한 이미지와 만나게 된다.

③ 음보 단위의 행 배열

단형의 평시조 1수가 12개의 음보(音步)로 이루어지는 데에 따라서 이 음보를 단위로 시행을 '쪼개기' 한 경우다. 음보 단위의 기계적 쪼개기여서 이 역시 특별히 형식실험이라 할 수는 없다.

> 하늘이
> 쏟아진다
> 아아
> 그 푸른 광장
> 그 푸른
> 한 귀퉁이
> 누가
> 찢었는지
> 먼 은하
> 전설의 사원도
> 발이 빠져
> 쏟아진다.
>
> — 강현덕, 「폭포」 전문

음보 단위 행 배열은 하나하나의 단어와 그 이미지, 그리고 시 전편에 걸친 경쾌한 리듬감을 강조하는 효과를 가진다. 위 작품에서 폭포수가 "쏟아"지는 광경은 "푸른 광장"으로 은유한 "하늘"의 "한 귀퉁이"를 "누"군가 "찢"은 것이고 쏟아져 내리는 하얀 물줄기는 "먼 은하/전설의/사원"이 찢어진 하늘 사이로 "발이 빠져" "쏟아"지는 것이다. 이 상쾌하고 발랄한 내면정서가 직관과 은유의 시를 낳았다. 쏟아지는 폭포를 형상하듯 시행을 짧은 호흡의 음보 단위로 쪼개어 1수 12행으로 배열했다.

④ 통합형 및 혼합형 행 배열

작품시행을 장 단위나 구 단위 혹은 음보 단위로 단일화하여 기계적으로 배열하지 않고 이 세 단위를 한 작품 안에서 다양하게 혼합하거나 '붙이기'에 의해 통합한 사례가 이에 해당한다. 즉 장 단위 4음 4보격인 율격시행과 작품시행을 일치시키거나, 율격시행을 잘게 나누거나 또는 율격시행보다 길게 붙이기하여 개성적인 작품시행을 혼합적으로 또는 통합적으로 만들어가는 경우이다. 이러한 유형은 현대시조가 시행발화로서의 형식실험을 본격적으로 보여주는 사례라 하겠다.

> 아무도 모른다
> 나뭇잎 뒤
> 그 세상
> 버려둔 생각들이
> 귀리처럼 자랐구나
> 누군가
> 새로 난 창을
> 가만히
> 열고 닫는,
>
> ― 유재영, 「그 세상」 전문

이 작품은 초-중-종장이 모두 시행을 구 또는 음보 단위로 잘게 쪼개어 혼합한 행 배열을 보인다. 이처럼 작품시행을 잘게 쪼갠 경우는 화자의 내밀한 정서를 섬세하게 드러내는 데 적합한 방식이다. 초장은 앞구와 뒷구를 자리 바꿈하여 자연발화의 율동을 벗어나고 있다. 이 초장의 발화 방식은 시행 쪼개기와 겹쳐 2행과 3행에 해당하는 시어 "나뭇잎 뒤/그 세상"이라는 각각의 행말 휴지가 주는 여백의 효과가 시어를 각기 도드라지게 하고 있다. 종장의 마지막 음보는 쉼표(,)로 종지하여 시상을 마무리하는데 여기서 초장의 '뒷구+앞구'가 생략된 의미구조를 내포하게 된다.

"버려"두었거나 잊고 살았던 한 "생각"이 "누군가" "창"을 여는 행위를 통해 이제 막 가시화한다. 한 "세상"이 "새로" "열"리는 것이다. 새로 난 창을 "가만히" 여는 행위자는 시적 화자일 수도 있고, "귀리"일 수도 있다. '開花'를 한 하늘이 열리는 것으로 보듯이 "귀리"의 발아와 성장은 새로 난 창을 여는 행위, 곧 세상이 열리는 것이다. "새로 난 창"은 새롭게 만든 창문일 수도 있고, 귀리의 생장일 수도 있고 화자가 새롭게 다가가 "가만히 열"어 본 "창"일 수도 있다. "버려둔" 듯 잊고 있었기에, "닫"혀 있던 창문 너머 "그 세상"은 "아무도 모"르는 것이다. 창문을 열자, 한 세상이 새로 열리듯 "나뭇잎 뒤" 가려져 "아무도 모"르게 자라난 "귀리"를 만나게 된다. 「그 세상」은 이 "귀리"와 눈 맞추는 순간의 경이를 노래한 시로, 화자의 내면 감정추이를 섬세하게 드러내기 위해 구 단위와 음보 단위라는 짧은 호흡으로 시행을 배열하고 있다.

> 빈집 장독대
> 고요가 모여서
> 탱탱한 석류알을 키우고 있었구나
> 양철문

가시울타리
다 부서진 담장 안에도

— 문희숙, 「독가촌을 지나며」 전문

구별 배행에서 장별 배행으로 발화 길이를 확대하다가 종장에서 음보 및 구별 배행의 짧은 호흡으로 변화를 보임으로써 혼합형 행 배열을 이룬 위 작품에는 한 장의 정물 같은 풍경이 들어 있다. 식솔은 대처로 다 떠나고 간장 냄새 아직 가시지 않은 오지항아리만 "장독대"를 지키는 "빈집"에서 "고요"가 모여 살고 있다. 이 "고요"가 혼자 "석류알"을 "탱탱"하게 "키우고 있었"다는 화자의 발견은 참신하다. 인기척은 없어도 "양철문"과 "가시울타리"를 따라 "다 부서진 담장"이 "장독대"와 함께 햇살 받으며 발갛게 익어가는 "석류"의 이미지와 생태적 상상력이 우리의 정서를 따뜻하게 환기하고 있다.

초장은 2·3·3·3음절로 음량이 적은 데 따라 구 단위로 배열하고 종장도 음보+음보+구로 시행 배열하여 선명한 이미지 단락을 이루는 동시에 각 행말 휴지가 생성하는 여백의 효과를 얻고 있다. 이 여백의 공간에서 선명한 이미지가 도드라지게 되는데 "~있었구나"라는 어미를 택하여 독자와의 공감대가 형성된다. 이 중장의 자연발화 율동에 따른 1행의 감탄문이 발견의 기쁨을 즉각 전달한다. 종장 전체는 "고요가 모여서/탱탱한 석류알을 키우"는 "빈집"의 정황을 구체적으로 묘사해준다. 동시에 이 종장은 "빈집"이라는 더 큰 이미지가 포괄하는 시각 이미지를 연쇄적으로 제시하는 효과를 거두고 있다.

자목련 산비탈 저 자목련 산비탈 경주 남산 기슭 자목련 산비탈 내 사랑 산비탈 자목련 즈믄 봄을 피고지는

— 이정환, 「자목련 산비탈」 전문

이와 같이 율격시행을 전부 붙여 1행의 긴 호흡으로 변화시키는 경우는 깊은 생각이나 쉽게 포기할 수 없는 끈끈한 감정을 드러내는 데 적합하다. 1행의 작품시행으로 통합한 형식실험을 보이는 위 작품은 시적 발화를 초-중-종장의 3장 구분 없이 잇달아 숨 가쁘게 주문 외듯 몰아가지만 시조의 3장 리듬을 엄정히 타고 있다. 초장-중장에서 "자목련 산비탈"로 언어적 반복을 통한 주술적 효과를 보이다가 종장에서 "산비탈 자목련"으로 '언어적 역전'을 이룬 경지는 시조의 전환의 미학을 모범적으로 보인 사례라 할 수 있다. 이러한 반복이 '산비탈에 피는 자목련'이라는 심리적 심상을 제공한다. 이 작품은 언어적 전환에 그치지 않고 "산비탈"에 외롭게 서 있는 "자목련"을 "내 사랑"으로 끌어와 의미의 전환을 이룬 것이나 "경주 남산"이라는 낡은 역사공간을 "즈믄 봄"이란 정념 어린 시간으로 전이시킨 것도 돋보인다.[14]

(2) 연 구성에 의한 형식 모색
① 장 단위의 행 배열에 의한 연 구성
시행 배열의 단위를 장으로 하여 하나의 연을 구성하는 사례이다.

백년을 살다 죽은 감나무 속을 보면

나이테 한복판에 먹물이 배어 있다

어머니 타버린 속이 고스란히 들었다

— 박구하, 「먹감나무」 전문

위 작품은 장 단위로 시행을 배열하고 하나의 시행을 하나의 연으로 구성

---

14 김학성, 앞의 논문, 107쪽 참조.

한 경우이다. 다시 말해 4음 4보격 1장이라는 율격시행을 자연발화에 맡겨 평이하고 순탄하게 그대로 작품시행으로 가져와 시행 하나가 하나의 연을 구성한 것이다. 이렇게 율격시행을 '따르기' 하는 경우는 낯익고 안정된 율동형에 호흡을 맞추어 나감으로써 정감의 평형을 유지하는 데 적합하다.

먹감나무를 베어 눕히면 나이테 안쪽이 먹물처럼 까맣게 타들어간 게 보인다. 먹감나무의 까만 속에는 긴 세월 속을 끓이며 사신 어머니의 초상이 들어 있다. 까맣게 속을 태우며 사신 어머니의 일평생이 고스란히 들어 있다. 어머니의 삶 그 자체가 가르침이 되듯이 먹감나무는 죽어서도 단단하고 빛나는 가구가 되고 가르침이 되고 회한의 거울이 된다. 화자의 인식이 이 깊이에 이르러서는 아무런 기교도 필요 없다. 장 단위 행 배열이 장 단위 연 구성으로 넘어가면서 확보하는 여백에서 화자의 깨달음과 잔잔한 울림이 전해온다.

② 구 단위의 행 배열에 의한 연 구성

적막도 잔이 넘쳐
취해 앉은 강산인데

가을은 포도 시렁에
빈 하늘만 얹어 놓고

한 마리 벌레를 울려
야윈 밤이 깊어라.

오동 장롱에 감춰 둔
한 떼기 황토빛 수심(愁心)

어머님 반짇고리엔

어스름만 쌓여 오고

간직한 내 꿈의 창호(窓戶)에
집을 짓는 귀뚜라미.

— 임종찬, 「귀뚜라미」 전문

위 작품은 율격시행 하나를 두 개의 작품시행으로 만든 경우로, 구 단위 행 배열에 장 단위로 연을 구성하여 2수 1편 6연 12행의 형식실험을 보여주고 있다. 이 형식은 선명하고 감각적인 이미지와 함께 행말의 여운과 각 연이 가지는 행간의 여백으로 하여 화자의 회상과 성찰에 따른 안정된 미감의 효과를 거두게 하고 있다.

적막한 밤, "포도"송이 다 거두어 내린 포도원에 "가을" "벌레" 울음소리가 또렷이 들려오는 듯하다. 이 넘치는 적막 속에 또렷이 들려오는 벌레 소리를 배경으로 작품을 가만히 음미하게 되면 개발연대를 건너는 화자의 어머니가 서울로 유학 간 아들의 학비를 보내기 위해, 아니면 한 뙈기 전답이라도 장만 하려고 눈물 어린 노고를 남몰래 보태어가는 "야윈" 모습이 연상된다. "야윈" 어머니를 생각하는 화자의 모습이 떠오른다. 창호에 그림자를 새기며 책상에 앉아 공부하는 화자와 반짇고리 앞에 두고 바느질하는 야윈 어머니의 한때가 연상된다. "빈 하늘/울려/야윈 밤/황토빛 수심/어스름만 쌓여 오고"라는 이미지에 어머니를 생각하는 화자의 깊은 연민이 어려 있다.

③ 음보 단위의 행 배열에 의한 연 구성

이 애야
비가 온다
그만 놀고
들어오렴

문 열고
웃고 뛰는
막둥인 줄 알고
불렀더니

개울이
뛰며 뒹굴며
날 반겨
깔깔 웃네

— 리상각, 「개울」 전문

위 작품은 초장-중장-종장을 모두 음보 단위로 시행 배열하여 이 4행이 하나의 연을 구성하고 있다. 3연 12행의 단시조다. 「개울」의 시행 '쪼개기'와 연의 구성방식은 율격시행을 짧은 호흡의 작품시행으로 재편하여 섬세하고 다감한 정서를 드러내면서 연 구성에 따르는 여백이 선명한 이미지를 창출하는 효과를 준다.

"비가 오"고 물이 불어 개울물 흐르는 소리가 제법 시끄럽게 들린다. 시끄러운 개울물 소리를 화자는 비 오는데 밖에서 "놀고" 있는 막둥이의 "웃고 뛰는" 소리인 줄 알고 "문 열고" 아이에게 "그만 놀고/들어오"라고 한다. 이 "문 열고" "막둥"이를 부르는 아버지의 모습에서 생생한 동영상이 포착된다. 개울물 흐르는 소리를 "깔깔 웃"는 소리로, 불어난 개울물이 기운차게 흘러가는 모습을 "뛰며 뒹굴며"로 참신하게 묘사한 이 작품은 소박하고 아름다운 동심의 발현이며, '새것을 창출하는 각성에 눈을 떠야 한다'는 '깨달음의 창조정신'인 동시에 '자연과의 통합'[15]을 강조하는 시정신의 구현이라 할 수 있다.

---

15 리상각, 「나의 시문학관」, 『시조월드』 2004년 상반기 통권 제8호, 32쪽.

④ 혼합형 행 배열에 의한 연 구성

이 유형은 최근의 보편적인 기사 방식이라 할 수 있다. 시행 배열에 있어서 음보·구·장을 정서의 질감과 의미의 비중에 따라 자연발화의 율동을 넘어서서 자재하게 표현한다. 이 유형에 드는 형식실험에는 음보를 분할하거나 음절단위로 분할하는 사례도 어렵지 않게 볼 수 있고, 음보나 하나의 시어를 분할하여 하나의 독립된 연으로 구성하는 사례도 어렵지 않게 볼 수 있다.

오느냐
먼 하늘 길
시답잖은 눈발 데리고

오느냐
발 디딜 틈 없는
한 줌 모래톱 찾아

오느냐
지난해 겨우살이
외상품삯 받으러.

— 이근배, 「흰비오리 또는 겨울 밤섬」 전문

위 작품은 3장이 모두 '음보＋음보＋구'의 3행으로 시행 배열하여 3연 9행의 형식 모형을 보여주고 있다. 이러한 연 구성 방식이 각 연에서 공히 나타나는 점은 도식적이라는 인상이 있으나 시조가 안정적 조화미를 추구하는 시적 형식이라는 데서 기인한다고 볼 수도 있다.

중장을 율독하게 되면 "오느냐(제1음보)＋발 디딜 틈 없는(제2음보)＋한줌(제3음보)＋모래톱 찾아(제4음보)"가 된다. 제 2음보가 두 개의 음보 정도로 음량을 초과하고 있다. 형식적으로 제2음보는 수식관계의 '음보형 엇구'[16]이다. 이렇게 1음보 정도 살짝 엇나간 파격은 평시조의 미의식에서 벗어나지 않으므로 평시조의 범주에서 다룬다.

각 장의 첫 음보 첫 행을 "오느냐"로 시작하여 어휘적 반복과 리듬의 반복에서 오는 의미의 적충성(의미 심화)과 시간적 의미율을 확보하고 있다. 겨울철새 흰비오리는 가을에 우리나라를 찾아와 겨울을 나며 봄이 되면 시베리아로 돌아간다. 밤섬은 서울 여의도에서 마포 쪽 당인동 일대에 있는 알밤 모양을 한 섬이다. 이 섬에 "먼 하늘 길" 시베리아를 가로질러 "시답잖은 눈발" 날리는 날을 택하여 흰비오리 떼가 날아오고 있다. "지난해 겨우살이"하며 받지 못한 "외상품삯 받으러" 각박한 서울 한 귀퉁이 "발 디딜 틈 없는/한 줌 모래톱 찾아" 희끗희끗한 눈발 더불어 오고 있다. 생태계의 순환이지만 흰비오리의 도래는 반갑기 그지없는 일이다. 그래서 화자는 기특하다는 듯 "오느냐"를 차분하고 안정된 어조로 세 번이나 반복하고 있다. 흰비오리의 도래를 지난해 겨우살이 외상품삯 받으러 온다는 재미있고 낯선 상상력이 이 시조의 힘이다.

　　　한입 베어 물고
　　　씹고 싶다
　　　이 봄날

---

16 엇시조에 관하여는 홍성란, 앞의 논문, 84쪽. 엇시조는 외짝구를 어느 한 장 이상에서 하나 더 덧붙여 확대하거나(이를 '덧구'라 명명함), 내구 혹은 외구의 어느 한 구에서 구를 이루는 두 개의 음보 중 하나를 2음보(1음보는 본래 있는 것이니 실제는 1음보 확장) 크기로 확대하여 안정된 균형을 깨뜨리고 엇나가게 함으로써(이렇게 된 구를 '엇구'라 명명함) 파격의 미학을 즐긴다. 이 엇구의 확장 방식은 '음절형 엇구'와 '음보형 엇구'를 들 수 있다. '음절형 엇구'는 1개의 단어가 음절수가 긴 경우(예: 떨어져내리고) 또는 같은 의미의 단어를 강조하거나 반복하는 경우(예: 버겁고 버거워서)이고 '음보형 엇구'는 수식관계에 있는 엇구를 가리킨다.

나도 누군가에게
이런 봄날
될 순 없을까

턱없는
생각 사이로
꽃 이파리
떨
어
진
다

— 문무학, 「봄날」 전문

위 작품의 시행 배분을 살펴보면 초장과 중장이 '구+음보+음보'의 구조적 반복을 보이고 종장은 '음보+음보+음보+음절+음절+음절+음절'의 구조를 보인다. 종장의 넷째 음보를 음절단위로 분할하여 4행의 작품시행을 만들었고, 시행 하나하나가 꽃 이파리 떨어지는 동적 이미지를 연출한다. 마지막 음보를 음절단위로 분할함으로써 행말 휴지가 가져오는 시간성을 획득하게 되며 이 시간성은 시가 가지는 동적 이미지를 여운처럼 두른다.

얼마나 아름다운 봄날일까. 한입 베어 물어 씹고 싶은 봄날은. 그런데 화자는 누군가를 위하여 이 아름다운 봄날이 되고 싶다고 한다. 차분한 시적 정조는 화자의 정관(靜觀)으로부터 한 낱씩 떨어지는 왕벚꽃쯤 되는 꽃이파리에 닿아 있다. 특히 종장에서 음보 단위 3행으로 기사하다가 마지막 음보는 음절단위로 분할하여 영상미를 도드라지게 하고 있다.

하루라는 오늘
오늘이라는 이 하루에

뜨는 해도 다 보고
지는 해도 다 보았다고

더 이상 더 볼 것 없다고
알 까고 죽는 하루살이 떼

죽을 때가 지났는데도
나는 살아 있지만
그 어느 날 그 하루도 산 것 같지 않고 보면

천년을 산다고 해도
성자는
아득한 하루살이 떼

— 조오현, 「아득한 성자」 전문

위 작품의 첫째 수는 구 단위 2행으로 시행 배열하고 각각의 장으로 연을
구성하여 선정(禪定)에 든 화자의 고요한 내면의식을 정일(靜逸)하게 드러내
고 있다. 둘째 수는 구 단위 2행의 초장과 장 단위 1행의 중장을 붙이기 한 3
행으로 4연을 구성하고 있다. 초장과 중장을 붙이기 하여 하나의 연을 구성
하고 종장을 독립된 연으로 기사하는 방식 또한 보편화되어 있다. 이 작품
이 대체로 구 단위로 행 배열을 보이다가 둘째 수 중장에서 자연발화에 따르
는 율격시행을 그대로 작품시행으로 한 것은 산 것 같지 않은 날들이 이어지
는 데 대한 고조된 억양의 시적 표출이다. 마지막 연을 이루는 둘째 수 종장
은 "성자는"을 독립된 1행으로 하여 행말 휴지가 만들어내는 여백이 "아득한
하루살이 떼"를 전경화한다. 둘째 수 종장을 좀 더 살펴보면, '제4음보'에 해
당하는 "아득한 하루살이 떼"가 2음보로 되어 있다. 이 종장을 율독하게 되면
"천년을(제1음보)+산다고 해도(제2음보)+성자는(제3음보)+아득한 하루살이 떼

(제4음보)"가 된다. "아득한"은 "성자는"을 수식하는 게 아니라 "하루살이 떼"를 수식하므로 제4음보가 두 개의 음보로 늘어난 경우가 된다. 화자가 하루살이 떼와 화자와의 거리를 아득하게 인식하고 있음을 강조한 것이다. 이 종장의 말음보는 수식관계의 '음보형 엇구'이다. 이와 같이 1음보 정도 살짝 엇나간 파격을 보이고는 있으나 「아득한 성자」는 "깨달음의 현묘한 진리가 선적 직관으로 제시된 증도가(證道歌)"[17]로서 평시조 미의식의 범주에 있다.

하루살이를 성자로 은유한 날카로운 상상력은 범속한 시안으로는 접근할 수 없는 시적 혜안에서 온다. 불교의 시각으로 말하면 '순간'이 '영원'이요, 찰나(刹那)가 무량겁(無量劫)이다. 일즉다 다즉일(一卽多 多卽一), 지금 이 순간은 중중무진(重重無盡)의 시간과 같다. 뜨는 해에서 지는 해는 하루 스물네 시간의 흐름을 말하지만 이는 우주 운행 법칙을 환유한다. 우주 삼라만상 제법(諸法)은 일출과 일몰 사이에 있다. 하루는 오늘이고 하루하루는 일평생이고 일평생은 어제, 오늘, 내일의 반복일 뿐이다. 어제는 지나간 오늘이고 내일은 아직 도래하지 않은 오늘이다. '오늘은 어제 죽은 이가 그토록 그리던 내일'이라는 말처럼 작품을 세속적으로 이해하면 일체의 집착에서 떠나 오늘이라는 이 하루를 처음이듯 여일하게, 마지막이듯 최선을 다하여 살라는 가르침으로도 볼 수 있다. 물론 「아득한 성자」, 하루살이는 일체의 집착을 떠난 부처의 상징이자 해탈의 상징이다.

　　망량을 낳곤 하는

---

17 오세영은 예부터 선시는 한시로 쓰여오다가 만해에 의해 처음 국어로 된 선시집 『님의 침묵』이 나온 이후 이렇다 할 성과가 없다가 오현 스님의 시조에 와서 선시가 확립되었음을 밝혔다(오세영, 「조오현의 선시조」, 『현대시와 불교』, 살림출판사, 2006). 오세영은 이 글에서 오현의 시조가 초기 서정시에서 중기의 구도시(求道詩) 이후 깨달음의 현묘한 진리가 선적 직관으로 제시된 증도가(證道歌)로 승화하는데, 문학적 형상성이나 투철한 선리(禪理)를 성공적으로 조화시킨 시조로서의 선시라는 데 문학사적 의의를 부여하였다.

요사스런 정기로
꾀려 하지 말어라
　차라리

　내가 가마

수렁도 두렵지 않다
　백산차
　피려는 날　　　　　1959.7

— 리진, 「백산차」 부분

　3수 중에서 제1수만을 취하였다. 이 작품의 주(註)에 의하면 러시아산 백산
차는 향기가 몹시 짙어 때로는 사람들을 취해 쓰러지게 하는데 러시아 사람
들은 진달래도 백산차도 모두 '바굴니크'라고 부른다. 백산차의 위력은 "망
량을 낳곤 하는 요사스런 정기로/꾀려하지 말어라"에 드러난다. 망량은 산이
나 물·나무 따위의 정기가 어리어 된 도깨비다. 도깨비처럼 백산차는 향기
가 몹시 짙어 사람을 홀려 정신을 잃게 한다는 것이다. 제2수 종장(웬 꿈에 불
을 지피려느냐/오늘 너는/백산차)와 제3수 종장(오늘은/너와 나누마/러시아땅/백산차)
에 드러나듯이 백산차는 "너"의 은유이다. 그런데 화자는 수동적으로 "너"에
게 꾐을 당하지 않고 스스로, 취해 쓰러지고 말 너의 그 "수렁"에 "차라리//내
가 가"겠다고 한다. 사실 백산차는 아직 마실 수 없고 마시지 않았다. 지금은
다만 "백산차/피려는 날"이기 때문이다. 작품의 의미 내용이나 해라체의 종
결어미(~하마/~느냐) 사용에서 화자의 능동적이고 지사적인 면모를 느낄 수
있다.

　18세기의 김천택, 김수장, 특히 19세기의 박효관, 안민영 등 시조인들의 작품
을 유심히 읽어보십시오. 그들의 글은 장르적으로는 빈틈없는 듯하지만 실지로

는 산문학과는, 우선 내용으로 보아 거리가 있다는 것을 느끼지 않을 수 없을 것입니다. 그것은, 이를테면, **능란한 도락**에 가까웠습니다.

…(중략)…

나 자신이 좋은 본을 보이지 못하면서 이렇게 말하는 것은 우스울 터이지만, 우리, 즉 시조인들은 **형식면에서의 탐구에도 보다 적극적이어야 할 것입니다.**

단, 내 생각에, **실험의 어느 한 방도도 절대화하지 말아야** 합니다. 단수 시조 창작이 시조문화 발전의 정도라고 보는 이들은 그 방향에서 성과를 거두면 우리 시조에 좋은 일을 하는 것일 것이고, 사설시조풍에 기대를 거는 이들은 그와 같은 **기대의 타당성을 자기 창작으로 실증해 보이도록 하는 것이 좋을 것**입니다.

그러나 우리 **시조가 우리 현대시의 당당한 갈래로 발전하게 하기 위해서는 정말 보다 본격적인 혁신이 필요할는지도 모릅니다.** 내 생각에 이와 같은 요구는 오늘에 이르기까지 운율의 구조적 기초가 애매모호한 우리 자유시 앞에도 제기된 지 오랩니다. 모두 누구든 먼저 시작하여 반드시 실현해야 할 과제일 것입니다.[18] (굵은 글씨는 인용자)

현대시조에 대한 이 확고한 시인의 인식과 자세는 기사 방식에서 확연히 드러난다. "내가 가마"를 단독 1행 1연으로 기사하여 강조하고 있다. 3연 8행의 기사를 보이고 있는 「백산차」는 초장을 '구+구'의 2행으로 배열하고 중장을 '구+음보//음보'로 하여 2연을 이루는 3행으로 배열하고 있다. 다시 말해 제1연은 초장 '구+구'와 중장 '구+음보'의 4행으로 배열하고 중장의 마지막 음보를 독립된 1행 1연으로 하여 제2연을 구성한 것이다. 2·4·5·7·8행처럼 행을 들여쓰기 한 사례는 1930년 간행한 주요한의 『봉사꽃』에도 보이는데, 제2연처럼 음보를 단독 1행 1연으로 구성하는 기사 방식은 1959년 7월의 소작(所作)으로서는 혁신적 형식실험이라 할 수 있다. 시조가 주어진 율격

---

18 리진, 「예술적 가치가 있는 한 시조는 끝나지 않을 것」, 『시조월드』, 2001년 통권 제3호, 9~11쪽.

모형을 답습하는 형(型)의 시가 아니라 형(形)의 시여야 한다고 할 때, 전달하려는 각 편의 의미 내용과 의미의 경중에 따른 다양한 형식적 모색은 필연적이다. 「백산차」는 정형률을 의미율로 재편한 모범적 사례라 할 수 있다.

⑤ 연 및 수 구성의 통합과 해체

이 경우로는 연 구성이 이루어지지 않고 수(首) 단위를 구분하지 않은 사례와 앞수와 뒷수가 통사 · 의미상으로 연속되어 3장 구조를 해체한 사례를 들수 있다.

> 인적 끊긴 밤 갯벌을 만삭으로 기어가
> 기어이 땅을 파고 알을 낳는 바다거북
> 하나씩 낳을 때마다 눈물이 길게 흐른다
> 저토록 눈물 젖어 시를 쓴 적 없다고
> 슬며시 눈 붉히며 창가로 돌아서니
> 어둠 속 가로등이 또 알을 낳는 중이다
> 갓 낳은 보얀 알들 숨소리가 뜨거워서
> 치받는 말을 안고 뒤뚱대는 긴 저녁
> 한 생을 서늘히 울린 섦은 시가 그립다
>
> ― 정수자, 「눈물로 낳은 알처럼」 전문

위 작품은 3수로 된 연시조[19]를 3장 형식의 수단위로 구분하지 않고 3수를 모두 장별 배행하여 연속적으로 기사한 예로 연 구성의 해체로 볼 수 있다. 연시조의 경우 이 같은 기사 방식도 보편화되어 있다. 3장 구분 의식

---

19 연시조는 연을 단위로 계기적(繼起的)으로 1편의 작품을 이룬 형태이다. 이에 비해 연작시조는 같은 주제나 같은 제목 또는 같은 부제로 별개의 텍스트를 단위로 하여 연속적으로 쓴 작품 형태를 말한다.

없이 9행으로 기사한 경우 9행으로 된 4음보격의 자유시와 변별성을 가지기 어렵다. 「눈물로 낳은 알처럼」의 경우는 3장 단위의 수를 의식해서 종장 말음보에서 '~흐른다/~중이다/~그립다'로 종결어미를 명확히 구사함으로 해서 장구분을 하고 있다.

　바다거북은 생태적으로 보름달이 뜰 때 해변으로 올라와 알을 낳는다. 산란기에 수백 개의 알을 낳는 데 스스로 부화한 새끼 거북이가 바다로 돌아갈 수 있는 것은 다섯 마리 정도에 불과하다. "하나씩 알을 낳을 때마다" "뜨거"운 "눈물"을 흘리며 산고를 겪는 "바다거북"의 이미지는 시인이 작시 과정에서 겪는 고뇌를 떠오르게 한다. 산고를 겪어야 하는 바다거북의 운명은 감동과 울림을 가지는 시를 얻기 어렵다는 고뇌에 찬 시인의 운명과 같다. 감동과 울림을 가진 시보다 그렇지 못한 시들을 더 많이 "낳"은 화자는 "저토록 눈물 젖어 시를 쓴 적 없다"고 말한다. 화자는 "한 생을 서늘히 울"릴 수 있는 "섦은 시"를 희구한다. 이 겸허한 목소리가 낯익고 안정된 율동형에 호흡을 맞추어 순탄하고 평화로운 율동을 조성하고 있다.

> 한때 천재였던 이름은 오래 살아서
> 능란한 처신의 귀재가 되었다
> 연륜은 뱀의 혀처럼 현란한 수사일 뿐
> 제대로 칼맛을 본 천재는 요절한다
> 시대의 풍운 속으로 사라지는 것이 아니라
> 광기의 화석이 되어 스스로를 증언한다
>
> — 이달균, 「오윤」 전문

　위 작품은 현실비판적 작품을 제작했던 판화가 오윤(1946~1986)에 대한 인물비평적 진술을 주로 한 서술시라 할 수 있다. 형식은 2수 1편의 연시조인데 수 구성이 해체되어 6행으로 쓴 자유시와 구별되지 않는다. 장 구분하여 통사·의미단위의 문장으로 제시하면 다음과 같다.

> 한때 천재였던 이름은 오래 살아서(초장)/능란한 처신의 귀재가 되었다(중장)
> 연륜은 뱀의 혀처럼 현란한 수사일 뿐(종장)//제대로 칼맛을 본 천재는 요절한다(초장)/
> 시대의 풍운 속으로 사라지는 것이 아니라(중장)/광기의 화석이 되어 스스로를 증언한다(종장)///

형식상 첫째 수 종장 말음보는 "수사일 뿐"으로, 완결짓지 않은 상태에서 둘째 수 초장과 의미의 응집력을 가진다. 둘째 수 중장과 종장도 하나의 문장인데, 위 시는 2행 단위로 의미의 응집력을 갖는 3개의 문장으로 이루어져 있다.

"제대로 칼맛을 본"다는 것은 판화라는 예술세계에서 "능란한" 기법을 구사했다거나 삶의 비의를 체득했다는 의미다. 이 "능란한" 기법의 "천재는 요절"하게 마련이지만 그 "능란한 처신"과 "연륜"은 "사라지"지 않고 역사가 된다. 오윤의 역사를 이 시가 "증언"하고 있기 때문이다. 이 시는 자연발화의 율동을 그대로 따라 율격시행과 작품시행을 일치시키면서 한 예술가의 삶을 서술하는 데 초점을 두고 있어, 시조가 3장 형식으로 완결미를 거두어야 하는 정형시라는 인식은 약화되어 있다.

2) 행과 연에 의한 복합적 형식 모색과 시간적 의미율

(1) 행 배열·연 구성의 복합 시도

이 경우는 각 수 단위로 행 배열과 연 구성이 복합 시도된 사례라 하겠다.

> 누가 내 이마에
> 좌우 拇印을 찍어놓고

누가 나로 하여금
手配하게 하였는가

천만금 현상으로도
찾지 못할 내 行方을

천개의 눈으로도 볼 수 없는 화살이다
팔이 무릎까지 닿아도 잡지 못할 화살이다
도살장 쇠도끼 먹고 그 화살로 간 도둑이다

— 조오현, 「尋牛」 전문

위 작품은 첫째 수가 구 단위 시행 배열로 3연 6행을 구성하고 둘째 수가 장 단위 시행 배열 1연 3행을 구성하여 2수 1편 4연 9행의 기사 방식을 보이고 있다. 다시 말해 수 단위로 시행 배열을 달리하여 연을 구성한 사례다.

불가에서는 나를 찾는 수행 과정을 잃어버린 소에 빗대어 10폭의 그림으로 보여주고 있어 尋牛圖를 十牛圖라고도 하는데, 그 이름을 빌려 무산 스님이 쓴 「심우도」10편 가운데 첫 그림이다. 앞의 선시들이 산과 물을 노래했음에 웬 잃어버린 소찾기? 하겠지만 그로부터 7백년이 넘어선 오늘까지도 한가롭게 같은 피리소리를 낼 수는 없는 것. 무산은 이미 앞질러간 화상들이 들었다 놓았다 하던 산과 물에서 고삐 풀린 한 마리 소를 끌고 나오게 된 것이다.[20]

인용문을 고려한다면 화자는 "도둑"이다. "천 개의 눈"이 있어도 "볼 수 없"고, "무릎까지" "닿"는 긴 "팔"이 있어도 붙"잡지 못할" "도둑"이다. "쇠도끼"로 내리쳐 단숨에 간 그 "도살장"의 목숨처럼, 쏘아버린 "화살"처럼 달아나 버린 "도둑"이다. 그러니 화자의 "행방"은 "천만금 현상"을 붙여 "수배"해도 그 누

---

20 이근배, 「조오현의 '심우도'」, 『현대시학』, 2001년 7월호, 164쪽.

제2부 현대시조의 언어와 형식

구도 찾을 수 없다. 육신의 내가 "수배"된 영혼(마음)의 "나"를 "찾"고 있기 때문이다. 보이지 않는 "나"는, 알 수 없는 내 마음 어딘가에 감춰져 있다. "나"의 "행방"은 "내" 안에 들어 있다. 이것이 참선을 통하여 "내"가 참 "나"를 찾는 불가의 수행 방식이다.

이마에 무인을 찍어놓고 나로 하여금 나를 수배하게 했다는 시적 발상은 경이롭다. 이 놀라운 시적 발견을 자연발화에 따라 자재하게 시상단위로 연을 구성하여 표현효과를 내고 있다. 이는 '깨달음의 현묘한 진리가 선적 직관으로 제시된 선시'이기에 가능하다 할 것이다. 특히 첫째 수와는 달리 둘째 수는 '~화살이다/~화살이다/~도둑이다'라는 단정적 발화를 3회 연속하면서 드러나는 고조된 시적 억양을 '따르기'에 의해 가속적으로 구사하여 선시의 신비감을 심화하고 있다.

> 눈 오다 활짝 든 休日을
> 자리에 든 채
> 　　唐 · 宋 · 古調
> 　　눈에 드는
> 　　象
> 　　·
> 　　形
> 　　·
> 　　文
> 　　·
> 　　字.
> 이윽히
> 깊어 가는 밤
> 벽시겐
> 열 번도 더 운다.

책 놓고
눈 옮기자
文珠蘭 싱그런 이파리

조용히 밀려드는
저 푸른 숨소리

장지문
餘韻 머금은
한 폭 그림
白 · 樂 · 天.

— 최승범, 「雪晴」 전문

위의 작품을 장 단위로 배행하면 다음과 같다.

눈 오다 활짝 든 休日을 자리에 든 채
唐 · 宋 · 古調 눈에 드는 象 · 形 · 文 · 字.
이윽히 깊어 가는 밤 벽시계 열 번도 더 운다.

책 놓고 눈 옮기자 文珠蘭 싱그런 이파리
조용히 밀려드는 저 푸른 숨소리
장지문 餘韻 머금은 한 폭 그림 白 · 樂 · 天.

이와 같이 율격시행을 구와 음보 또는 음절단위로 잘게 쪼개어 다양한 작품시행으로 보여주는 「설청(雪晴)」은 2수 4연 24행의 복합적인 표현방식을 통하여 시적 정조를 고조시키는 효과를 거두고 있다. 박을수는 "파격이 심한 듯하면서도 그 저류에 흐르는 가락은 시조가 지니는 운율을 벗어나지 않고 있"으며 "행의 자유로운 구분이 일견 자유시로 착각하게 하나" "조금 유심히 짚어보면" "새로운 시조형의 시도"²¹임을 알 수 있다고 했다. 윤재근은 현대시조에 대해 포괄적으로 논의하면서 "시의 정형(定型)을 얻은 점에서는 현대시에 강점이 될 수 있으나 시매체(詩媒體)를 질식시켜 시 표현의 변용(變容)을 얻지 못했던 점은 현대시조의 커다란 약점"인데 최승범의 형식실험은 이러한 점을 "극복"한 "흔적"²²을 담고 있다고 평가한 바 있다.

첫째 수에서 중장 전체를 들여쓰기 한 것은 "자리에 든 채" 감상하는 "상형문자"를 상대적으로 도드라지게 한다. 그 "상형문자"는 나뭇가지에 "눈"이 내려앉은 모습일 것으로 唐詩와 宋詩의 "古調"가 스며 있다. "벽시겐 열 번도 더" 울어 "이윽히" "밤"은 "깊어 가는"데, "푸른" "눈"빛 받아 "싱그런" "문주란" "이파리"에서도 "푸른 숨소리"가 들리는 듯하다. "눈 오다 활짝 든" "휴일"에 "자리에 든 채" "조용히" "장지문"으로 비쳐든 설경의 "여운"을 음미하며 화자는 "백낙천"의 시풍을 떠올린다. 「설청」은 다양한 행 배열과 연 구성을 통해 자유롭고 개성적인 형식미와 시적 정조를 섬세하고 조화롭게 표출하고 있다.

    대야 속 세숫물이 머리칼로 뒤덮이고 앞산 꼭대기까지 밀려왔던 밀물들이 썰물로 쓸려간 곳에 진눈깨비 때리는 날,

    어— 화아
    어— 화아
    어화롱차 어— 화아

    저승에 닿기도 전에 시들 꽃을 곱게 꽂고 눈부신 꽃상여 한 채 미륵산을 오른다.
— 이종문, 「晩秋」 전문

---

21 박을수, 앞의 책, 514쪽 참조.
22 윤재근, 「情과 精의 照應」, 『여리시 오신 당신』, 정음사, 1975, 117쪽 참조.

2수 3연 5행의 이 작품을 장 단위로 시행 배열하면 다음과 같다.

대야 속 세숫물이 머리칼로 뒤덮이고
앞산 꼭대기까지 밀려왔던 밀물들이
썰물로 쓸려간 곳에 진눈깨비 때리는 날,

어— 화아/어— 화아/어화롱차 어— 화아
저승에 닿기도 전에 시들 꽃을 곱게 꽂고
눈부신 꽃상여 한 채 미륵산을 오른다.

이종문의 「만추(晩秋)」는 시행 '쪼개기'와 '붙이기'가 의미 내용과 어울려 조화롭게 운용된 감각적 형식실험의 사례다. 첫째 수는 3장을 모두 붙이기 1행으로 하나의 연을 구성했는데 극적인 내레이션(narration) 효과를 얻고 있다. 마치 화자가 시각 이미지를 구술하여 그려주는 듯하다. 이어서 둘째 수에서는 상엿소리와 함께 나가는 꽃상여를 보여주는데, 초장을 음보 단위 2행과 구 단위 1행으로 하나의 연을 구성하고 중장과 종장을 붙이기 1연 1행으로 하여 초장에서 상엿소리가 들리는 듯하다. 중장과 종장을 이은 마지막 연에서는 미륵산을 오르는 눈부신 꽃상여 한 채의 이미지가 선명하게 부각된다. 첫째 수에서 자연발화의 율동을 따라 3장을 붙이기 한 것은 밀물이 썰물로 쓸려가는 연속적 이미지를 그리기 위한 시도로 볼 수 있다. 그러나 둘째 수에서 중장과 종장을 붙이기보다는 장 단위로 구분한다면, 행말 휴지나 행간의 여백이 시각 이미지에 부가되는 삶과 죽음의 의미를 음미하게 하는 시간적 의미율을 확보하게 한다는 점을 고려할 필요가 있다.

시행을 잘게 쪼갠 2연은 상여꾼의 哀調를 도드라지게 한다. 「만추」는 꽃상여와 낙엽이라는 쇠락과 죽음의 상징성을 가지지만 '어화넘차'를 "어화롱차"로 전환하는 언어 미학적 배려로 시적 억양을 끌어올려 비극적 정조에 함몰

하지 않는다.

3. 맺는 말

지금까지 현대시조가 시조의 정형률을 도식적으로 따르는 데서 오는 진부함과 단조로움을 극복하기 위한 다양한 형식실험을 고찰하였다. 고찰의 방법으로서 시조가 현대 서정시의 한 양식으로서 자유시에 대하여 경쟁력을 갖는 서정적 울림을 실현하기 위해 모색해온 다양한 형식실험을 공간적 조형미를 구현하고 있는 작품을 제외한 평시조(단시조와 연시조)를 대상으로 논의하였다. 이 과정에서 시행의 배분과 연의 다양한 운용이 언어미학적 조사(措辭)와 결합하여 리듬·의미·이미지의 단락에서 시간적 의미율을 효과적으로 조성해내는 면모를 확인할 수 있었다.

그러나 이러한 모든 형식실험은 현대시조가 3장의 형식적 정체성을 지닌 '자율적 정형 양식'이라는 원칙 아래 수행되어야 함은 말할 것도 없다. 사실 진정한 시적 의미란 언어 그 자체가 창조해내는 것이지 글자나 단어의 인위적인 배열이 만들어내는 것은 아니다. 모든 형식실험은 실험을 위한 실험이 아닌 의미의 효과적 표출과 전달을 위해 이루어져야 한다. 그런 점에서 이 글은 시적 의미 전개와 표출하려는 정감의 질량에 따라 시행과 연을 자율적으로 배열·선택함으로써 시에 활력과 긴장을 불어넣고 시상의 흐름 속에 미세한 감정의 추이를 생생하게 묘파해낸 작품들을 조명하였다.

이 글을 쓰게 된 동기는 사단법인 세계시조사랑협회가 주최한 제1회 한중민족시 포럼이다. 이에 따라 구체적 형식실험 논의 대상 작품은 주로 협회 기관지『시조월드』에서 선정하였고 중국 연길시에서 포럼이 열리는 만큼 연변지역 시인들의 작품도 함께 논의하였다. 이러한 논의 대상 선정 방법은 취재의 범위가 협애하다는 한계를 안고 있다. 또한 공간적 조형미를 구현한 실례를 제외함으로써 형식실험의 다양한 양상을 전면적으로 파악할 수 없다는 한계도 있다. 그러나 연변 지역 시인들의 시조 창작 의욕을 고취시키려는 의도와 현재 형식실험에 비교적 소극적인 연변 지역의 창작 실상을 반영한 결과물이라는 데 일차적 의의를 두고자 한다.

사설시조 창작에서 행과 연의 분할

1. 사설시조의 담론화 방식

시조 양식의 하위장르로서 사설시조 역시 초장·중장·종장의 3장으로 이루어진다는 점과 종장의 첫마디는 3음절로 고정된다는 점, 각 장은 4개의 통사·의미마디를 가진다는 점은 평시조와 같다. 다만 평시조와 사설시조라는 두 하위장르가 서로 다른 점은 평시조가 4음 4보격의 정형 양식이라면 사설시조는 평시조의 기본틀 내에서 말을 확장해나가되 2음보격 연속체로 사설을 자율적으로 엮어 짜나간다는 점이다. 이처럼 사설시조는 3장 형식과 종장 첫마디 3음절의 정형성을 고수하는 정형 양식이면서 동시에 2음보격 연속체로 일정 정도 말을 길게 엮어 짜나간다는 점에서는 비정형성도 아울러 가지는 예외적 정형 양식이라 할 수 있다.

이 사설시조라는 예외적 정형 양식의 담론 특징은 **풀이성**과 **놀이성**으로 지정되어왔다. 평시조로써는 못다 풀어낸 내면 정서를 한껏 풀어내는 **풀이의 기능**과 말놀이와 말 엮음의 재미를 한껏 드러내는 **놀이의 기능**을 사설시조는 그 담론화 방식으로 담지해온 것이다. 풀이성의 텍스트는 대체로 우환의 정서를 多辯(말수를 늘임)으로 해소시키는 양상을 보인다. 반면에 놀이성의 텍스트는 전통사설시조를 악곡별로 분류했을 때 전체적으로 농이 가장 많다는 사실에서도 알 수 있듯이 농지거리에 해당하는 허튼소리를 향유현장의 취흥이 고조되면서 흥청거리며 부르는 노래이다. 풀이성 텍스트가 내면 정서를 평시조의 제약을 넘어서 마음껏 풀어내거나, 놀이성 텍스트가 재미와 해학의 신명(흥)을 고조시키는 데는 말을 주고받고 주고받는 방식으로 주섬주섬 엮어 짜나가는 **연속성**이 필연적이다. 따라서 자연스럽게 내면 정서를 풀어내고 놀이의 신명을 한껏 드러내기 위해서는 말 엮음의 연속성·지속성을 차단시켜서는 사설시조의 형식미학을 제대로 드러냈다고 할 수 없다. 다시 말해 사설시조가 흥청거린다는 것은 사설을 유연하게 엮어 **낭창낭창 이어지는 말맛**을 낸다는 것이다.

2. 사설시조의 서술상의 특징

사설시조의 말맛을 제대로 낸다는 것은 사설시조의 묘미와 본질에 부합하는 엮음의 원리를 충실히 수행한다는 것을 의미한다. 말을 거침없이 엮거나 자연스럽게 엮거나 사설은 **낭창낭창 이어지는 유연성** 또는 **말의 이음새를 이어가는 연속성**을 보여주어야 한다.

사설시조의 말맛은 서술상의 몇 가지 특징을 통해 구체적으로 드러나는데 **대등적 병치형, 연쇄적 나열형, 사설의 단순확장형**으로 나누어볼 수 있다. 먼저 대등적 병치형의 사례를 본다.

① 高臺廣室 나는 마다 錦衣玉食 더옥 마다

　銀金寶貨 奴婢田畓 緋緞치마 大段쟝옷 蜜羅珠 겻칼 紫芝鄕織 져고리 쓴 머리 石雄黃으로 다 쑴자리 ㅈ고

　眞實로 나의 平生願ㅎ기는 말잘ㅎ고 글잘ㅎ고 얼골 기자ㅎ고 품자리 잘ㅎ는 겨믄書房 이로다

초장의 고대광실이나 금의옥식, 중장의 은금보화나 노비전답, 비단치마, 대단장웃, 밀나주 겻칼, 자지향직 저고리, 딴머리 석웅황은 발화자가 싫어하는 것들의 목록으로 병치되고 있다. 좋아하는 것은 오로지 언변 좋은 식자층에다 잘생기고 품자리까지 잘하는 젊은 서방이라는 것이다. **놀이판의 흥을 고조시키기 위해 이런 사설을 연속적으로 주워섬기고 있다.**

다음 유형은 연쇄적 나열형인데 **연쇄적 엮음형**과 **반복적 엮음형**의 대표적 사례 한 편씩을 본다.

> ② 어이 못 오던다 므스 일로 못 오던다
>
> 　너 오는 길 우희 무쇠로 城을 ᄡ고 城안헤 담 ᄡ고 담 안헤란 집을 짓고 집 안헤란 두지 노코 두지 안헤 櫃를 노코 櫃 안헤 너를 結縛ᄒ여 노코 雙빈목 외걸새에 龍거북 ᄌ믈쇠로 수기수기 줌갓더냐 네 어이 그리 아니 오던다
>
> 　ᄒᆫ 둘이 셜흔 날이여니 날보라 올 흘리 업스랴

연쇄적 엮음형에 해당하는 이 텍스트는 초장에서 "못 오던다"를 반복하면서 못 오는 이유를 **앞말을 이어받아 치렁치렁 엮어 짜고 있다.** 사설시조의 치렁치렁 이어지는 말맛을 최대한 느낄 수 있는 이 연쇄적 엮음형은 '너 오는 길→(길)우희 무쇠로 **城을 ᄡ고→城안헤 담 ᄡ고→담 안헤란 집을 짓고→집 안헤란 두지 노코→두지 안헤 櫃를 노코→櫃 안헤 너를 結縛ᄒ여 노코**'와 같이 앞말을 이어받아가며 주워섬기는데 2음보격 연속체의 경쾌 발랄한 리듬과 낭창거리는 분위기의 어조로 구사되어 사설시조의 말맛을 최대한 살리고 있다. 이 치렁처렁한 말맛을 최대한 살리고 있는 중장의 엮음에서 알 수 있듯이 온갖 역경을 만나 "너"가 오지 못하더라도 "ᄒᆫ 둘이 셜흔 날이"니 그 중에 하루쯤은 발화자를 보러 올 것이라는 소망의 언표를 종장으로 하여 완결하고 있다.

③ 밋난편 廣州ㅣ 뿟리뷔쟝ᄉ 쇼대난편 朔寧 닛뷔쟝ᄉ

　눈경에 거론 님은 쑤싹 쑤두려 방망치쟝ᄉ 돌호로가마 홍도깨쟝ᄉ 븽븽도라 물레쟝ᄉ 우물젼에 치ᄃ라 근뎅근뎅ᄒ다가 워렁충창 풍빠져 물 둠복 써내ᄂ 드레곡지쟝ᄉ

　　어듸가 이 얼골 가지고 죠릐쟝ᄉ를 못 어드리

이 텍스트는 연쇄적 나열형 가운데 반복적 엮음형에 해당한다. 여러 가지 물건을 파는 "쟝ᄉ"들의 명칭을 반복(뿟리뷔쟝ᄉ · 닛뷔쟝ᄉ · 방망치쟝ᄉ · 홍도깨쟝ᄉ · 물레쟝ᄉ · 드레곡지쟝ᄉ · 죠릐쟝ᄉ) 하면서 해당 물목을 수식하는 말을 재미있게 엮어 짜고 있다. 여기서 명칭의 반복은 등가적 반복의 규칙성으로 인해 연속되리라는 기대지평을 가지게 하는 동시에 2음보의 연속성으로 인해 경쾌한 리듬감에 실린 말맛의 묘미에 빠져들게 한다. 발화자는 온갖 장사치들을 나열하면서 남성편력을 자랑하는데 종장의 발화로 놀이판의 흥을 절정으로 치닫게 하고 있다.

다음은 사설의 단순확장형 가운데 구어적 사설 확장형의 사례 한 편을 본다.

④ 개를 여라믄이나 기르되 요 개ᄀᆺ치 얄믜오랴

　뮈온님 오며ᄂ 소리를 홰홰치며 쒸락 ᄂ리쒸락 반겨셔 내ᄃᆺ고 고온 님 오며ᄂ 뒷발을 버동버동 므르락 나으락 캉캉 즈져셔 도라가게 ᄒ다

　쉰밥이 그릇그릇 난들 너 머길 줄이 이시랴

이 텍스트는 개를 몇 마리 기르는 발화자가 그중에 한 마리 아주 얄미운 개에 대해 해학적으로 사설을 엮어 짠 경우이다. 그 개의 형상은 미운님이 오면 꼬리를 홰홰 치고 고운님이 오면 캉캉 짖어서 돌아가게 하는 얄미운 존재이므로, 쉰밥이 넘쳐나도 주지 않겠다고 익살스럽게 노래한다. 이 익살스런 입담으로 거침없이 사설을 엮어 짬으로 해서 다음 장면의 전개가 기대되는 흥

미로운 텍스트이다.

예시한 텍스트 ①~④와 같이 사설시조는 2음보격 연속체라는 형식미학적 원리가 말해주듯이 연속적으로 사설을 엮어 짜고 말을 구슬구슬 이어나가는 데서 또한 언어미학적 특질이 드러나게 된다. 사설시조는 사설을 대등적으로 병치하거나, 연쇄적으로 엮어 짜거나 또는 반복적으로 엮어 짜거나 단순히 말수를 확장해나가더라도 **낭창낭창 엮이는 사설의 유연성** 또는 **말의 이음새를 연쇄적으로 이어가는 말맛내기**를 미학적 본질로 삼는다. 이제부터는 사설시조의 이러한 미학적 본질, 곧 사설의 유연성과 연쇄적 말맛내기에 충실한 현대 사설시조의 모범적 사례를 찾아보기로 한다.

3. 현대 사설시조의 행 · 연 갈이의 실제와 평가

사설시조는 장르적 정체성이라 할 2음보격 연속체라는 형식미학과 말을 엮어 짜나간다는 언어미학적 원리에 따라 행 · 연 갈이는 지극히 제한적이 될 수밖에 없다. 따라서 연 구성의 경우는 3장을 구분하여 3개의 문단으로 하거나 각각의 연으로 취하는 형태가 바람직하다고 본다. 행 배열의 경우 또한 각 장을 연속적으로 이어 쓰는 1행 기사를 원칙으로 함이 타당한 것으로 본다. 이러한 형식모형은 **규범형**이라 할 수 있다. 사설시조에서 잦은 행갈이나 연 갈이를 하여 호흡을 단절하게 되면 사설을 주워섬기거나, 낭창낭창 엮거나 말 이음새를 연쇄적으로 이어나가며 사설시조의 언어미학적 묘미인 말맛내기의 본질에 충실할 수 없기 때문이다. 이러한 형식모형은 엮음의 **단절형**이라 할 만하다. 그러므로 현대 사설시조에서 사설시조의 묘미와 본질에 충실하기 위해서는 현대인의 개성표출 욕구가 다양하게 산출되기는 어렵다고 본다. 잦은 행갈이와 연 구성 방식을 취하게 되면 사설의 연속성을 차단시킬 뿐만 아니라 자유시와의 변별성을 찾기 어려운 문제도 안게 된다. 그러므로 초장이나 종장에서 구 단위로 행을 나눈다거나 종장의 첫마디를 1행으로 하고 둘째 마디의 과음보를 1행으로, 외구에 해당하는 두 마디를 1행으로 하여 종장 전체를 1연 3행의 형식모형으로 보여주는 등의 지극히 소극적인 형식실험만이 가능하다고 할 수 있다. 이러한 형식모형은 **소극적 변화형**이라 할 수 있다. 소극적 행·연 갈이의 양상은 전적으로 사설시조의 형식미학과 언어미학이라는 사설시조 특유의 양식적 원리에서 기인한다.

사설시조의 행·연 갈이에 있어서 **규범형, 소극적 변화형**을 보이는 사례를 현대 사설시조의 전범이 될 만한 작품을 통해 살펴본다.

1) 규범형

앗따, 그 안집 예펜네 승질 한번 드럽구먼, 즌화 한번 바꾸는디 이러키 심들어서야 원!

① 근디, 김씨. 우리 작년에 지방공사 때 왜 그 **도끼다**시루 꼽살이 겼던 노랑털 자식 조맹근이 있잖어? 어쩌다 윗께 시장터 다찌노미 할망구네서 **한고뿌**하다 만났는디, 하쭈, 코쭝배기두 안 뵈던 그간 양뺀찌 새끼랑 **구미** 짜 갖구 연립한 건을 했대나? 근디 그껀에 재미좀 봤다메 모가지에 심줄 세우더라니께, 내 드러워서 퉷! ② 그러메 그 친구 우리 보곤 뭐래는지 알어? 등신하구 머저리라는겨. 한 생전 둘이 너나들이해 붙어댕기메 **쓰메질**하구 끌질해봤자 앞길이 뻔할 뻔자라는 거라. 제발 요령 좀 배워두라는겨. 이 세상이 워떤 세상인디 노상 고지식하니 고 꼴이냐는 겨. 즥덜이 이번에 재미봤다는 것두 가령, **잇승** 파이푸를 견적 능구서는 실지룬 **하찌부루** 썼다든지, **이찌부 고링**짜릴 붙이구는 니부짜리라고 돌리구 또 인입 즌선 **산뗀니** 규격품두 금사(檢査) 받을 때꺼정만 늘 여주구 나중에 적당히 슬쩍 **니로꾸**짜리루 개비해 뻤졌다는겨. ③ 그뿐여? 뻥끼쟁이 박춘세는 어떻구. 요새 그 테레비서 한창 선전하는 그 표딱지 멫장 은어다 정도껏 싸구려 통에 붙여들구가설랑 쥔 보는디서 **혼모노**인척 칠해줬단 얘기여. ④ 우리두 인전 눈좀 뜨야겠더라 이 말여. 확실히 재료값에서부터 냉겨야 쓰겄더라 그게여. 실지루 삼십평 단위에 평당 **시아게**에서 팔백원 씩만 뗀대두 **삼**

빠 니쥬시란 계산아녀? 두 사람 하루치 일당인디 그게 어디 즉은 돈이냐구? 우리 이번에 그거, 미쟁이 뒷모 도는 먹새통 그 새끼하구 **쇼부**봐났으니께 잘 할껴. 뚝방 **노가다**서 굵은 늠이라 의뭉하다구. 평띠기할 때두 **일점이루베** 파내구서는 십장헌틴 **산삥고류베**루 **고마까시** 해먹어 온 수단가라구. 눈치 빠르구 손싸구 거기다 의리두 있구, 말하자면 일류지 일류.

오야나 재료**모찌**나 공생공사라는 사실을 특히 잊지마, 김씨!

— 김상묵, 「盜聽」 전문 (굵은 글씨[1]와 원번호는 인용자)

잠재적 청자 "김씨"에게 건네는 극적 화소를 '도청(제목으로 취함)'의 형식으로 옮겨놓은 이 텍스트가 발화자로 내세운 이는 공사판에서 "쓰메질"과 "끌질"을 하는 노동자이다. 「도청」은 현장에서 쓰는 어휘(일본어)를 충청도 사투리로 구사하여 생생한 현장감과 사설시조 특유의 해학적 엮음구성을 모범적으로 보여준다. 이 텍스트의 형식모형은 전통사설시조를 가집에 수록할 때 내리박이 줄글식으로 기사한 바와 같은데 장 단위의 사설을 이어 쓰며 단락을 지어놓아 **사설성을 가시화**한 현대 사설시조 형식모형으로서 규범형이라 할 만하다. 또 하나 이 텍스트를 규범형으로 평가할 수 있는 점은, 시정의 속된 풍속을 실감나는 현장언어를 구사하여 **비루하나 천박하지 않고 능청스럽게 거침없이 엮어 짜** 사설시조 특유의 **감칠맛 나는 말맛**을 구현하고 있다는 데 있다.

잎새는 복숭아 **잎새**, 꽃은 하얀 겹모란, 겹모란 **꽃술**은 진달래 **꽃술**.

---

1 도끼다시 : 바닥 갈고 광내기 한고뿌 : 한 컵 구미 : 조
쓰메질 : 벽돌 사이 메우기 잇승 : 한 치 하찌부 : 0.8인치
이찌부 고링 : 1.5부 니부 : 2부 니로꾸 : 2.6
혼모노 : 정품 시아게 : 마무리 삼빠니쥬시 : 3×8=24
쇼부 : 승부(결판) 노가다 : 막일 일점이루베 : 1.2평방미터
산삥고류베 : 3.5 고마까시 : 눈속임 오야, 모찌 : 맡은 자(담당)

꽃둘레 사방에 **햇빛 같은 아이들,** 궁둥이를 깐 **햇빛 같은 아이들.** 그들은 벌써 알고 있다. 살보다 옷이 **부끄러운 줄을.** 무식보다 지식이 **부끄러운 줄을.**

이슬에 바람결에 **꼬부랑** 수염의 **꼬부랑** 나비, **꼬부랑** 허리를 **꼬부리며 꼬부랑** 하늘로 날아오른다.

— 김상옥, 「꽃 곁에 노는 아이들─畫題」 전문(굵은 글씨는 인용자)

장 단위 경계의 형식모형을 보이는 이 텍스트 또한 현대 사설시조의 규범형이라 할 수 있다. 각 장을 1연 1행으로 기사하여 사설성을 가시화한 이 텍스트는 특히 '잎새→잎새', '꽃→꽃술→꽃둘레', '햇빛 같은 아이들→햇빛 같은 아이들', '~보다→~보다', '부끄러운 줄을→부끄러운 줄을', '~에→~에', '꼬부랑→꼬부랑→꼬부리며' 등의 어휘 구사로 반복적·연쇄적 엮음의 치렁치렁한 말맛을 드러내고 있다. 제목으로 보아 '꽃 곁에 노는 아이들'이라는 반추상화[2]를 시화한 것으로 보이는 이 텍스트는 복숭아 잎새와 하얀 겹모란꽃과 진달래꽃술을 동시에 화폭에 담고 있다. 이 잎과 꽃들 그리고 꽃술을 가운데 두고 부끄러운 줄도 모르는, 햇빛같이 환한 엉덩이를 내놓은 천진한 아이들이 놀고 있다. 이 환하고 천진한 풍경에서 조금 떨어진 자리에 꼬부랑 허리를 하고 바람결에 하늘로 날아오르는 꼬부랑 수염의 꼬부랑 나비가 있다. 굵은 글씨와 같이 이 텍스트는 반복적이고 연쇄적인 어휘 구사로 치렁치렁한 말맛을 본격적으로 드러낸 현대 사설시조의 전범이라 할 만하다.

2) 소극적 변화형

전통적으로 사설시조는 2음보격 연속의 형식으로 말을 엮어 짜 나가되 주

2　시적 모티브가 된 이 그림을 반추상으로 보는 까닭은 복숭아 잎새와 겹모란꽃과 진달래꽃술이 시기적으로 동시에 함께 존재할 수 없기 때문이다.

고받고 주고받는 식의 호응형이거나 나란히 사설을 늘어놓는 병치형이거나 우리말의 치렁치렁하고 낭창낭창한 특유의 말맛을 내는 특장을 보인다. 이 형식미학적 원리를 기반으로 한 언어적 기교는 말부림의 미학 또는 조사(措辭)의 미학이라 할 수 있다. 말부림의 미학은 사설을 거칠게 쏟아내거나 자연스럽게 이어가거나 구슬구슬 따라붙듯 이어지는 사설의 유연한 말 엮음의 미학을 가리킨다. 현대 사설시조가 현대성 구현을 위해 개성을 표출한다는 의미에서 잦은 행갈이와 연 구성을 시도하는 것은 그러므로 바람직하지 않다. 사설시조의 본질이며 미학적 근거인 말 엮음의 연속성을 차단시키기 때문이다. 따라서 중장의 긴 사설은 구슬구슬 이어지는 말맛을 살리는 **이어쓰기**가 가장 적절한 기사 방식이 된다. 아울러 개성 표출은 비교적 사설이 짧은 초장이나 종장에서 의미 비중을 드러내고 강조하기 위한 소극적인 행구분 정도만이 가능하다고 할 수 있다.

　　강원도 어성전 옹장이
　　김 영감 장롓날

　　상제도 복인도 없었는**데요** 30년 전에 죽은 그의 부인 머리 **풀고** 상여잡고 곡하기를 "**보이소 보이소** 불집같은 노염이라도 **날 주고 가소 날 주고 가소**" 했다는데요 죽은 김 영감 **답하기를** "내 노염은 **옹기로 옹기로 다 만들었다 다** 만들었**다**" 했다는 소문이 있었는**데요**

　　사실은
　　그날 상두꾼들
　　소리였**대요**

　　　　　　　　　　　　　　　　　— 조오현, 「無說說」 전문

　　초장과 종장에서만 소극적인 행갈이를 보이는 이 텍스트는 사설성을 가시적으로 표출하기 위해 사설이 길어진 중장을 이어 쓰고 있다. 초장은 구 단위 2행으로 행을 배열하고 종장은 첫마디와 둘째 마디를 단독행으로 하고 외구에 해당하는 셋째 넷째 마디를 단독행으로 하여 1연 3행을 취하고 있다. "사실은"이라는 종장 첫마디의 단독행 처리는 "상두꾼들"의 "소리"라는 것을 강조하는 동시에 이 사설 전체가 허구임을 드러내는 언표이다. 굵은 글씨가 보여주듯이 "~데요→~데요→~데요→~대요"와 "~곡하기를→~답하기를"로 통사·의미마디를 자연스럽게 구현하고 반복적 어휘 구사를 통해 구슬구슬 이어지는 유연한 사설성을 가시적으로 드러내고 있다. 30년 전에 아내를 잃고 고독과 사투하듯 불가마 앞에서 옹기를 구워온 옹장이 김 영감의 장렛날 상두꾼들이 먼저 간 아내의 한을, 30년 홀로 산 지아비의 한을, 상두꾼들 상엿소리에 얹어 중개 서술자의 목소리로 들려주고 있다. 불같은 청춘을 불가마 앞에 웅크리고 앉아 소진해야 하는 삶이 사랑하는 아내마저 보내고 홀로 명운이 다할 때까지 옹기만을 구워왔다는 이야기다. 이 이야기가 상두꾼들의 소리로써 전한다는 중개 서술자의 매개발화를 빌려 처연하나 구성진 입담으로 언표됨으로 해서 사설시조의 묘미를 한껏 드러나게 하고 있다.

소주 한 잔 앞에 놓고
신 팔자 가락 뽑아봤자 주사만 늘 **것지마는**

세상에 눈먼 돈 **없다카이** 가거든 부디 옆도 뒤도 보지 말고 니 차돌 같은 맷집만 믿거라 질통 하나 맨등에 업고 오층 계단 수행길 자빠지고 엎어져도 우리 살아 **남았제 사장** 새끼들은 뒤로 자빠져도 **사장** 되지만 내가 **몸짱**이가 니가 **글짱**이가 그래도 우리 팔뚝하나는 살아 펄펄 **뛰제** 니캉 내캉 피도 살도 안 섞이도 노가다 돈내기 단짝 사랑이 쩐보다 못했**것나** 내 처음 질통 지고 사흘 만에 몸살 났을 때 하늘 밑 우리 집꺼정 소주 한 병 사들고 **왔제** 그날 눈물 콧물로 마신 술 내 평생 못 잊을 끼다

내 요즘 설계도면 보는 거 **배운다카이** 그것도 가방끈 짧아 골 때리지만 왕후
장상이 따로 **없다카는데** 언제까지 솔잎만 묵고 살끼가 사람은 꿈을 묵고 커는
기라 내 이 공부 끝내고 한건 따서 연락하모 헛거무 잡지 말고 **오라카이** 꿩 잡는
기 매라고 어깨 너머 배운 도둑질에 그 **머라카노** 밑그림이 쪼깨 **보인다카나** 그
기 똥별은 아이**것제** 우리 어머이 문자에 시거든 떫지나 마라 **캤지마는**

　　맨땅에 박치기해서라도
　　별을 따야 님도 안 보것나

— 최영효, 「별」 전문

　　이 텍스트는 초장과 종장은 통사·의미단위구로 나눈 2마디씩을 1행으
로 하여 1연 2행의 행 배열과 연 구성을 취하였다. 중장에서는 사설이 상당
히 길어짐에 따라 호흡을 한 번 조절하는 의미에서 두 개의 의미단위로 적절
하게 나누었다. 이러한 기사 방식은 사설성을 차단하는 데까지 나아가지는
않는다는 점에서 소극적 변화형이라 할 수 있다. "~앉제→~뛰제→~왔제
→~것제", "~카이→~카노→~카는데→~카나→~캤지마는", "사장→몸
짱→글짱"이라는 경상도 방언 또는 은어 등의 구어체를 그대로 옮겨놓아 은
근한 정을 느끼게 하며 말을 구슬구슬 이어가는 발화자는 "노가다" "단짝"과
고생하던 시절을 회상한다. 그러면서 요즘 설계도면 보는 것을 배우며 꿈을
키우는데 왕후장상이 따로 없듯이 성공하면 송충이도 솔잎만 먹는 처지는
면한다느니 "꿩 잡는기 매"라고 사람구실 좀 하겠다느니 하며 노가다 단짝에
게 말하듯이 일인칭독백체로 사설을 엮고 있다. 이 발화 방식이 적절한 형식
모형을 취하면서 사설시조의 유연한 엮음과 그 엮음이 빚어내는 말맛을 잘
살려내고 있다.

　　지금까지 사설시조의 형식미학적 언어미학적 본령이라 할 연쇄적 말 엮음

의 사설성을 가시화할 수 있는 행·연 갈이의 형식모형으로서 **규범형**과 **소극적 변화형**을 중심으로 논의하였다. 그러나 현대 사설시조의 실현태로서 이 두 가지 형식모형만이 존재하는 것은 아니다. 한 실례로서 종장의 첫마디를 단독 1연 1행으로 구성하는 데서 나아가 둘째 마디와 셋째 마디를 단독 1연 1행으로 하고 넷째 마디 역시 단독 1연 1행으로 기사한 경우도 있다. 또 각 장의 사설을 분절하여 행·연 갈이를 빈번히 한 형식모형을 산출함으로써 자유시와의 변별성을 가지지 못하는 사례도 있다. 이러한 형식모형을 가진 현대 사설시조는 사설성을 차단시켜 말 엮음이라는 말부림의 미학을 제대로 실현했다고 볼 수 없다. 따라서 사설시조는 사설성을 가시화할 수 있도록 장 단위로 이어 쓰거나 장 단위로 행과 연을 구성하는 **규범형**이 바람직한 형식모형이라 할 수 있다.

그러나 현대 사설시조로서 사설성을 손상하지 않는 범위에서 현대적 감수성의 개성적 표출을 위해 **소극적 변화형**으로 나아가는 것은 자연스럽다고 본다. 어느 장이든 사설을 특히 길게 엮어 짜는 장에서는 낭창낭창한 말맛을 드러내거나 유연한 엮음의 말맛을 드러내기 위해 연속성을 가지고 이어 쓰는 방식이 바람직하다. 대체로 초장과 종장은 평시조 수준의 사설을 엮는데 여기서는 구 단위(2마디) 또는 마디별(1마디)로 행갈이를 하는 정도가 바람직한 것으로 본다. 사설시조는 말 그대로 사설성을 드러내야 하는 텍스트이기에 행·연 갈이를 자주하여 엮음의 연속성을 차단시켜서는 안 된다는 것이다.

이 글에서는 사설시조와 평시조·양장시조·단장시조(종장만 취한 경우) 등 시조의 하위장르를 혼합하거나 다른 노래양식 또는 그 일부를 취하여 혼종 양상을 보이는 사례는 논외로 하였다.

시조 언어의 말부림, 어떻게 할 것인가

1. 현대시조의 격조의 문제

가람 이병기는 「시조는 혁신하자」에서 문학으로서의 "읽는 시조"는 노래로 "부르는 시조"와는 "格調"를 달리해야 함을 적시하였다. 읽는 시조는 노래로 부르는 시조의 격조를 대신할 수 있도록 "잘 지어 퍽 재미나게끔 해야" 하는데, 음악의 격조는 소리에서 나오지만 시조의 격조는 "그 말과 소리와가 合致한 그것에 있다"는 것이다. 여기서 우리는 말과 소리의 운용을 어떻게 하였는가에 따라 그 시조에 격조가 있고 없음을 운위할 수 있다는 것을 알 수 있다. 가람은 나아가 시조의 격조는 "그 작가 자기의 감정으로 흘러나오는 리듬에서 생기며, 동시에 그 작품의 내용의미와 조화되는 것이 되어야" 하는데 "시를 제 가락에 맞추어 잘 쓰는 법까지 알고 써야" 한다고 했다.[1]

이 같은 현대시조의 격조의 문제에 앞서 가람은 「시조와 그 연구」에서 시가는 "言語의 藝術"이며 "言語의 靈的 結晶"이라 했다. 환언하면 시조는 언어

---

[1] 이병기, 「시조는 혁신하자」, 『가람문선』, 신구문화사, 1966, 325~331쪽 참조(『동아일보』, 1932. 1. 7). 가람은 여기서 시조를 잘 지었다고 다 되는 것이 아니라, 시문의 뜻을 깊이 음미하여 그 분위기를 잘 나타내어 "읽기를 잘"하는 법까지 알아야 한다고 했다. "시는 읽는 법으로 하여 魅力을 더 얻을 수도 있"음을 가람은 일찍이 갈파하였다.

예술이며 시조의 언어는 "영적 결정"으로서 존재해야 한다는 것이다.

> 詩歌는 言語의 藝術입니다. 言語로 하여 사람의 感情의 意味를 表現한 것
> 입니다. 言語의 靈的 結晶인 한 아름다운 世界를 지어낸 것입니다. 이렇게 詩
> 歌에 있어서 言語와의 關係가 重大합니다. 그러므로 우리가 詩歌의 世界를 엿
> 보자면, 먼저 그 言語의 맛을 감촉할 줄 알아야 합니다. 언어의 맛을 감촉할 줄
> 모른다면 그는 도저히 시가를 알 길이 없습니다. 언어는 일반문학 가운데에도
> 더욱 詩歌에 있어서 그 極致의 美를 나타내고 있는 것입니다. 이건 어느 나라
> 의 언어에서든지 다 그러합니다. 정말 그 國語의 美를 맛보자면 무엇보다도 그
> 나라의 詩歌를 읽어 보아야 합니다. 읽어보더라도 그 말을 잘 알고 잘 감촉할
> 줄 알아야 합니다. 과연 詩歌의 맛을 알 수 있을 만큼 그 말에 대한 敎養이 있어
> 야 합니다. 이건 外國人으로서만이 아니라 自國人으로서도 그렇지 않으면 아
> 니 됩니다.[2]

모름지기 시인은, 시조에 사용되는 말에 대한 교양이 있어야 하고 그 말을
잘 알아야 하며 그 말의 맛을 제대로 감촉할 줄 알아야 한다는 것이다. 시인
이 시조로써 제 감정과 의미를 잘 표현하려면 매개 수단인 언어를 제대로 알
고 부려 쓸 줄 알아야 한다는 것이다. '시조 언어의 말부림'에 대한 구체적인
현대시조 최초의 논의다.

> 時調 · 詩歌 등에는 우리가 쓰고 있는 우리말을 아무 말이라도 되는 대로 주
> 워 쓰는 것이 아니라, 그 중에 씀직한 말만을 뽑아 쓰는 것이다. 이 뽑아 쓰는 말
> 을 詩歌의 用語, 다시 省略하여 말하면 詩語라 한다. 그러면 詩語와 非詩語와
> 의 區分은 어떻게 定할까. 이건 얼른 말하기 어렵다. 辭典의 標準語처럼 定하
> 고 그 語彙를 들어 말하기 어렵다. 시를 짓는 그 사람의 感覺으로써 분간하고

---

2 이병기, 「시조와 그 연구」, 위의 책, 257쪽(『학생』, 1928. 12. 30).

뽑아 쓸 뿐이다. 억지로 말하자면, 그 聲響과 意味가 좋은 말들을 詩語로 하는
것이다. 그 聲響이 音樂의 소리처럼 곱고, 그 意味도 그 聲響과 같이 곱게 된
말이다. 그러나 좋은 詩語라도 그걸 잘 排列하여 그 聲響과 意味가 잘 均整되
고 잘 調和되어야 한다. 그렇지 않으면 詩語를 쓰고도 시는 될 수 없다.[3]

시어는 시인의 감각으로 분간하여 뽑아 써야 하는데 그 뽑아 쓰는 말은 성
향과 의미가 좋아야 하느니만큼 조사(措辭)에 유의할 것을 강조한 부분이다.
성향(말소리)은 음악의 소리처럼 고와야 하고, 의미(말뜻)도 말소리처럼 고운
것이어야 하는데, 이 좋은 시어를 선택했다고 해도 그것이 의미 내용과 조화
로운 배열을 취해야만 좋은 작품이 된다는 것이다. 이는 '시조 언어의 말부
림' 측면에서 시행 배열과 연 구성의 문제까지를 함께 언급한 것이다.

이상에서 우리가 알 수 있는 것은, 가람은 이미 1920년대에 시노래(시조음
악)가 감당하던 음악성을 떠난 노래시(시조문학)라는 서정시(현대시조)가 서정
성의 본질인 음악성을 오직 언어 표현으로써 감당해내야 함을 인식하고 있
었다는 점이다. 또한 시조의 시로서의 음악성은 격조로써 대신할 수 있는데
그 격조의 획득은 '시조 언어의 말부림'으로써 가능하다는 것이다. 우리는 이
러한 인식을 토대로 '시조 언어의 말부림'을 어떻게 할 것인가 논의할 수 있
다. 이는 가람의 "시조의 격조는 그 말과 소리와가 합치(合致)한 그것에 있다"
는 언명을 구체적으로 이해하고 분석하는 과정에서 해명될 것이다.

2. 말과 소리의 합치가 이루는 현대시조의 격조

가람의 언명대로, 시는 언어의 "靈的 結晶"이라면 이 영적 결정체는 어떻

---

3   이병기, 「시조감상과 작법」, 위의 책, 306쪽(『삼천리』, 7권 12호, 1935.12.1).

게 이루어지는가. 가람의 언명대로, 시조의 격조는 "말과 소리의 합치"에서 이루어진다면 이 말과 소리의 합치는 어떻게 이룰 수 있는가. 여기서 "말"은 '뜻(의미)'을 가리키고 "소리"는 발음된 '음상(音像) 또는 음색(音色)'을 가리킨 다. 말맛이나 뉘앙스 또한 음색과 같은 의미로 볼 수 있는데 이들은 언어학적 의미를 지닌 실체는 아니다. 음색이나 말맛은 자음과 모음의 선택과 조합 그 리고 배열로써 드러나는 '말의 영혼'과 같은 존재다. 다시 말해 언어를 잘 다 루어 씀으로 해서 시조는 '선율적 값을 내는 말의 영혼'을 지니게 되는 것이 다.⁴ 이 또한 논리적으로 설명하기는 어려우나 이 '말의 영혼'이라는 표현의 연장선에서 초정 김상옥이 갈파한 "말의 영성(靈性)"에 대해 논의할 필요가 있다. 초정은 "말의 영성을 알아야만 시를 쓸 수 있고 국어를 가르칠 수 있"다 면서 "시인이 참으로 잘 쓰려면 유서를 쓰듯 써야 한다"고 했다.

> 사물, 즉 대상을 가장 정확하게 지칭하는 언어, 그리고 시에서 가장 정확한 표현은 하나뿐입니다. 세상에 아무리 많은 말이 있어도 꼭 그 자리에 들어가야 할 말은 한 마디 뿐이라는 얘기지요. 무서운 일 아닙니까. 그것을 찾아내는 것이 시인의 일

이라는 점에서 시인은 "판관"⁵이다. 판관으로서, "일발심중(一發必中)"⁶의 시어

---

4 홍성란,「시조의 영혼은 무엇으로 깃드는가」,『화중련』, 2010년 상반기 제9호, 75쪽. 시조라는 서정시가 율격에서 오는 리듬감만으로 음악성이 완전 담보되는 것은 아니라 는 점에서 언어의 문제, 措辭의 문제에 대해 언급하고 있다. 언어를 잘 다루어 씀으로 해서 시조는 선율적 값을 내는 '말의 영혼'을 지니게 되는데 자음과 모음의 변화나 의 미의 정확도와 강세를 죽이고 살리는 어순의 확정, 어미처리의 문제 등에 대해 고민하 면서 언어의 결을 잘 다듬어냈을 때 아름다운 음색이라든가, 말맛이 있다든가 어떤 뉘 앙스를 지닌다고 말하게 된다는 것이다.
5 김상옥,「시조의 새로움 모색」, 장경렬 편,『불과 얼음의 시혼』, 태학사, 2007, 41쪽.
6 정완영은 이호우의「午」(쩡 터질듯 팽창한/대낮 고비의 靜寂//읽던 책을 덮고/무거운 눈을 드니//석 류꽃 뚝 떨어지며/어데선가 낮닭소리.)를 해설하면서, 이 종장이야말로 一發必中으로 的中한

를 찾기 위한 노력은 "무서"우리만큼 지극(至極)해야 한다는 것이다. 초정의 말대로 시인은 "판관"이며, 인간 최후의 진술이 "유서"에 담긴다면 시 또한 판관이 최종판단을 내리듯, 최후진술을 하듯 성경(誠敬)을 다하여 진정성 있는 시세계를 구축해야 한다는 것이다. 초정의 말대로, 이쯤 되면 시인은 언어의 "마술사"를 넘어서는 언어의 "구도자"[7]가 아닐 수 없다. 이 구도자적 자세로 선택할 수 있는 시어는, 대상을 정확히 지칭하는 그 대상에 꼭 맞는 시어는 단 하나뿐이라는 것. '일물일어(一物一語)'다. 백수 정완영은 이를 "적중어(的中語)"[8]라 했다. 백수 역시 "정신의 기교"를 지닌 시인으로서 그 작품은 "내용과 형식의 행복한 일치"를 보이는데 일평생 "시조에서 생의 궁극적 의의를 찾"는 "구도자"라는 평가를 얻고 있다.[9]

결국 가람이나 초정, 백수와 같은 '국보급 시인'[10]들은 언어의 영적 결정이라든가 말의 영성 또는 일발필중의 적중어 찾기에 구도자적 면모를 보인다는 점은 한결같다. 이 '국보급 시인'들은 모두 시어를 잘 고르고 다루어 써서 시어가 가지는 '신령(神靈)스럽고 오묘(奧妙)한 말맛내기'[11]와 그러한 시어로써

종장이라 했다. 그러면서 이 종장에는 走馬蹴地, 달리는 말이 뒷굽으로 땅을 차듯 하는 景槪도 있다고 했다. 정완영, 『時調創作法』, 중앙신서, 1981, 27쪽.

7 언어를 갈고 닦는 초정의 진지한 정신 자세는 그가 '언어의 구도자'라는 별칭을 가지게 했다. 이청, 「시인 김상옥, 생애를 건 '한국의 美' 탐험」, 장경렬 편, 앞의 책, 65쪽.

8 정완영, 앞의 책, 같은 곳.

9 박재삼, 「白水, 그 인간과 문학」, 『정완영시조전집―노래는 아직 남아』, 토방, 2006, 798~802쪽.

10 박재삼은 "시조를 말할 때 가람과 노산을 말하고, 그 뒤를 이어 초정과 호우를 들고 그 다음에는 백수를 세우는 것은 거의 상식처럼 되어 있다. 이것은 현대시조의 초창기, 계승기, 완성기라는 뜻과 별로 다른 것이 아니"라면서 백수의 "文運은 이제 개인의 것이면서 동시에 우리나라의 것이라고 믿는다"고 했다. 이러한 평가는 현대시조문학사를 관통하는 공통의 인식이다. 가람과 초정과 백수의 文運과 문학적 생애는 개인의 것이면서 동시에 우리나라의 것이라는 점에서 이들을 '국보급 시인'이라 해도 무방하리라 본다. 정완영, 앞의 책, 795~803쪽.

11 '신령스럽고 오묘한 말맛내기'는 誠敬이 至極한 시적 태도로써 얻은 격조 높은 시적 분

현대시조가 격조를 드리워 "극치(極致)의 미(美)"를 이루어야 한다는 점에 대해 깊이 고심해온 것을 알 수 있다.

그러면 우리는 이 "극치의 미"를 지닐 수 있도록 '시조 언어의 말부림'을 어떻게 할 것인가. 시조에 격조를 드리우기 위해 어떻게 말과 소리의 합치를 이룰 것인가. 말할 것도 없이, 시인은 자기감정이나 의미[定心]를 전하고자 하는 데 조사(措辭)에 세심한 주의를 기울여 가장 적확한 시어[的中語·定石]를 선택하여 의미 내용을 효과적으로 드러낼 수 있는 바로 그 자리[定處]에 배치해야 한다.[12] 이 선택된 시어들이 작품의 의미 내용과 조화를 이루어 독자에게 전달이 잘 되어야 하며 읽기에도 좋고 듣기에도 좋아야 한다. 이를 시문(詩文)으로 기사(記寫)할 때는 의미 내용의 전개와 의미 내용의 강조 등을 고려하여 시행을 배열하고 연을 구성해야 한다. 창작에 임하여 이러한 시적 요건을 갖추었을 때 우리는 탁월한 조사로써 이른바 말부림에 능한 시인이요, 훌륭한 작품이라는 평가를 내릴 수 있다. 다음 장에서는 이 '시조 언어의 말부림'을 편의상 ① 언어의 음악성을 추구하는 말부림, ② 언어의 다의성을 추구하는 말부림, ③ 언어의 참신성을 추구하는 말부림 ④ 언어의 주정성을 추구하는 말부림으로 나누어 논의한다.

3. 시조 언어의 말부림

우리는 서정시로서의 시조가 음악성을 담보할 수 있는 격조를 지니기 위해, 선율적 값을 내는 말의 영혼(말맛)을 지니기 위해 어떠한 노력을 기울여

위기, 다시 말해 '極致의 美'를 지니고 있어 말로써 간단명료하게 분석해내기 어려운 경지를 가리킨다.

12 定心, 定石, 定處는 『정완영시조전집─노래는 아직 남아』, 813쪽(이웅백, 「白水散稿」를 읽고」에서 재인용).

야 하는지 논의해왔다. 이 논의를 거쳐 시조는 "말과 소리의 조화로운 합치"로써 "극치의 미"를 이루어야 하는데, 여기에는 "언어의 맛을 감촉할 줄" 아는 시인의 감각과 말소리의 "성향과 의미"를 제대로 감지하고 분간하여 그것을 시문으로 드러낼 수 있는 시인의 예지(銳智)가 요구됨을 알 수 있었다.[13] 더 나아가 이 세심한 조사법을 거쳐 선택된 시어는 의미 내용과 강조점에 따라 배열(시행 배열과 연 구성)을 어떻게 해야 하는가까지를 고려해야 한다는 것도 알 수 있다. 이러한 효과적인 시조 언어의 말부림을 토대로 산출된 작품은 주로 음악성(音樂性), 다의성(多義性), 참신성(斬新性), 주정성(主情性)이라는 네 측면으로 나누어 논의할 수 있다.

물론 시조는 서정시라는 점에서 정감언어로 표현되며 율격을 가진다는 점에서 태생적으로 음악성을 지닌다. 또한 모범적 사례로 들 수 있는 작품들은 대체로 적절한 비유로써 다의성을 가지며 이로 인해 참신성을 가지게 마련이다. 따라서 이 네 가지 범주는 어느 작품이든 얼마간 나타나는 성향을 갖지만, 여기서는 해당 작품에서 주로 도드라진 측면을 논의하게 되는 것임을 밝혀둔다.

1) 언어의 음악성을 추구하는 말부림

시에서 정서를 환기시킬 수 있는 가장 중요한 요인의 하나는 시의 음악적 성격이다. 현대시가 이를 외면한다는 것은 감수성의 분리가 아니라 정서의 상실을 의미한다. 정서의 상실은 시를 무력하게 하고 그 결과 시의 소외도 가져온다.[14] 이는 현대시조에 있어서도 마찬가지다. 물론 시조는 율격을 양식

---

13 이 예지의 획득은 "천재는 1%의 영감과 99%의 노력으로 이루어진다"는 에디슨의 명언과 같이 부단한 몰입과 천착으로써 가능하다고 본다.

14 김준오, 『시론』, 삼지원, 2004, 제4판 13쇄, 156쪽.

적 원리로 하는 정형시이므로 태생적으로 음악성을 지닌다. 그러나 문자 언어로써 음악성을 온전히 드러낸다는 데는 한계가 있을 수 있다는 점에서 현대시조 또한 이 음악성을 제대로 드러내기 위해 언어의 음악성을 도드라지게 할 기법으로서의 세심한 말부림이 요청된다. 다시 말해 시조의 운율을 최대로 활용하여 읽기에 좋고, 듣기 좋고, 기억하기 좋은 서정문체를 갖추어야 한다는 것이다. 시조가 서정문체를 이루기 위해서는 **외재적 음악요소**(초 · 중 · 종장의 율격)와 **내재적 음악요소**(시인의 내적 정조)의 유기적 통일성을 기해야 한다. 언어의 음악성을 추구하는 말부림의 경우, 외재적인 음악요소로부터 시의 내재적 음악성을 표현하는 사례와 소리의 음악패턴과 의미의 음악패턴이 합일을 이룬 사례로 나누어 논의할 수 있다.

(1) 외재적인 음악요소로부터 시의 내재적 음악성을 표현하는 사례

비슬산 굽잇길을 누가 돌아가는 걸까
나무들 세월 벗고 구름 비껴 섰는 골을
푸드득 하늘 가르며 까투리가 나는 걸까

거문고 줄 아니어도 밟고 가면 운(韻) 들릴까
끊일 듯 이어진 길 이어질 듯 끊인 연(緣)을
싸락눈 매운 향기가 옷자락에 지는 걸까

절은 또 먹물 입고 눈을 감고 앉았을까
만첩첩(萬疊疊) 두루 적막(寂寞) 비워 둬도 좋을 것을
지금쯤 멧새 한 마리 깃 떨구고 가는 걸까

— 조오현, 「비슬산 가는 길」 전문

이 작품은 시조의 양식적 원형인 3장의 율격시행(외재적 음악요소)을 그대로 작품시행으로 가져와 장 단위 시행발화를 통하여 유장(悠長)한 선미(禪味)

가 깃든 시인의 내면정서(내재적 음악성)를 보여준다. 절집을 향해 산중으로 깊이 들어갈수록 시적 화자가 느끼는 오묘한 내면 정서는 "운→연→향기"로 변주되면서 비슬산 가는 길의 정경(靜境)을 묘사하는데 다채로운 언어감각이 무의식적으로 작동한다. 시인이 섬세한 조어(措語)와 다양한 음운동화 현상을 운용하여 해조(諧調)를 이루기 위해 의식적으로 노력했다고는 보이지 않는다. 그러나 우리는 여기서 유음화와 활음조 현상을 최대한 활용하고 있음을 본다. 먼저, 각 수의 초장과 종장 말미에서 유음 "ㄹ"과 된소리 "ㄲ", 양성모음 "ㅏ"가 결합한 "～ㄹ까"를 반복하여 가볍고 부드러운 소리를 생성함으로써 리듬감을 고조시키고 있다. 특히 전반적으로 양성모음 "ㅏ"와 "ㅗ" 그리고 유음(流音, ㄴ ㄹ ㅁ ㅇ)을 반복 활용하여 선미의 유장한 시이지만 무거운 분위기를 벗어나 부드럽고 아름다운 정경으로 묘사하고 있다. 어휘 활용의 측면에서, 특히 "끊일 듯 이어진 길 이어질 듯 끊인 연"이라는 의미의 단속(斷續)을 잇대어 반복함으로써 매끄럽게 낭창거리는 유연한 말이음새를 구사하고 있다. 이어서 "만첩첩 두루 적막"이라는 인적 끊겨 적막만이 감도는 심산유곡의 정경이 양성모음(ㅏ)과 음성모음(ㅓ, ㅜ)의 중첩(ㅓ+ㅓ, ㅜ+ㅜ)과 교직(ㅏ+ㅓ, ㅓ+ㅏ)으로 예리하고도 활달한 조어로써 묘사된다.

비슬산에는 유가사라는 사찰이 있다.[15] 이 사찰에는 「비슬산 가는 길」의 빗돌이 있다. 시적화자는 겨울 초입의 낙엽 쌓인 비슬산 굽잇길을 지나 유가사로 향하고 있다. 낙엽을 밟고 가는데 싸락싸락 끊일 듯 이어지는 소리가 날 법도 하고, 마침 내리는 싸락눈이 싸락싸락 소리를 내며 끊일 듯 이어지며 내리는 것 같기도 하다. 이러한 정경으로부터 "끊일 듯 이어진 길 이어질 듯 끊인 연(緣)"은 나왔으리라. 어쩌면 시적 화자는 이 절집과의 끊어진 연을 다시 잇기 위해 절집으로 향하고 있는지도 모른다. 절집으로 향하는 겨울초입의

---

15 비슬산 유가사에는 2008년 5월에 독지가들에 의해 이 시의 빗돌이 세워졌다.

매운 날씨에서 "싸락눈 매운 향기"를 느끼면서 화룡점정, 날아오르는 멧새 한 마리와 떨어지는 깃털 하나를 그려 넣어 시를 완결 짓고 있다. 시인의 감각적 언어구사와 능란한 말부림의 미학이 결합하여 유현(幽玄)한 아름다움을 지닌 「비슬산 가는 길」의 경지는 문자 이전, '言外言'의 경지[16] 로서 애상적 아련함이 오묘하고 긴 여운을 드리워 우아미(優雅美)의 극치를 이루고 있다. 이 작품은 조어 구조가 생성하는 리듬 감각이 의미 내용과 결합하여 오직 언어로써 완벽한 음악성을 구현한 사례라 하겠다.

(2) 소리의 음악패턴과 의미의 음악패턴이 합일을 이룬 사례

더러는 찰방찰방 도랑물을 건너듯이

그 도랑가 자갈밭에 발이라도 말리듯이

얼결에 되돌아와선 다시 발을 말리듯이

도랑물 건널 적에 움켜쥔 바지춤을

물수제비 시늉 끝에 문득 놓아 버리듯이

---

16 백수는 "시조는 대저 자유시와 달라 이미지이니, 무슨 主義이니에 앞서, '境'을 열 줄 알아야 되는 우리 전래의 정신에 뿌리박고 자라온 것"이라며 시조의 "그 내재한 흐름"은 "流・曲・節・解"라 말할 수 있으며 "흐름이 있고, 구비가 있고, 마디가 있고 풀림이 있는 시가 곧 시조"라 했다. 정완영, 앞의 책, 806~807쪽.
백수는 이 점에 대해 여러 지면에서 역설하였다. "세계에 冠絕한 우리 모국어에는 흘림새(流)가 있고 엮음새(曲)가 있고 추임새(節)가 있고 풀림새(解)가 따로 있는 것이니 이 경계를 다 돌아 나와야 비로소 時調의 眞景은 열리는 법. 풀씨 하나에도 생명의 奧義는 숨어 있거니, 45자 절묘한 우리 모국어의 가락 속에 우주의 말씀인들 다 못 담겠는가?' 정완영, 「모국어의 純度」, 위의 책, 816쪽.

제2부   현대시조의 언어와 형식

꾀벗은 알종아리로 땡볕이나 퉁기듯이

　　　　　　　　— 박기섭,「두 개의 만돌린을 위한 협주곡」전문

　이 작품은 비발디(Antonio Vivaldi)의 〈두 대의 만돌린을 위한 협주곡(Concerto for 2 Mandolines in G major, RV532)〉에서 착상한 상상력의 소산으로 볼 수도 있다. 비발디의 이 음악은 두 대의 만돌린 현을 올려퉁기고 내려퉁기는 주법으로써 밝고 경쾌한 G장조에서 E단조를 거쳐 다시 G장조로 마무리되는 아름다운 선율이다. 1악장 알레그로(Allegro)에서 2악장 안단테(Andante), 3악장 알레그로(Allegro)의 빠르기와 그 음색이 들려주는 경쾌하고 밝은 이미지의 음악 패턴은 〈두 개의 만돌린을 위한 협주곡〉이 지시하는 소리(音像)와 의미(의미 내용이 전개하는 이미지)의 음악패턴과 적절하게 부합하고 있다. 음악의 선율이 내는 음색을 이 시조는 시어의 적절한 선택과 배열이 생성하는 의미와 성향(聲響)으로써 감당해내고 있다.

　〈두 개의 만돌린을 위한 협주곡〉은 상상력의 소산이지만, 유년시절에 누구나 한 번쯤 겪어보았을 법한 물놀이를 형상화하고 있다. 두 대의 만돌린처럼 두 아이가 등장할 수도 있는데 젖을까 봐 "바지춤을" 올리고 "도랑물"에서 "찰방"거리고 놀던 아이들은 저도 모르게 "바지춤을" "놓아 버리"고 연거푸 "물수제비"를 뜨기도 한다. 그러다보면 아랫도리가 다 젖어 "꾀벗은 알종아리"가 되기 십상이라 "자갈밭"에 누운 채로 몸을 "말"리기도 하였으니 "땡볕이나 퉁기듯이" 물놀이에 한나절을 보내는 것이다. 이 시에는 한결같이 발랄한 시적 분위기를 연출하기에 알맞은 양성모음이나 된소리를 활용한 어휘가 반복 동원되고 있다. "찰방찰방 · 도랑물 · 도랑가 · 자갈밭 · 발 · 알종아리"에서 밝고 가벼운 느낌의 양성모음이 주조를 이루고 "얼결[얼껼] · 땡볕[땡뼏]" 등의 된소리 역시 밝고 가벼운 이미지를 생성하는 데 기여하고 있다. 또한 물놀이의 동영상은 "얼결에 되돌아"오듯이 거듭 재생되면서 밝고 가벼운 이미지가 확산된다. 거기다가 "건너듯이 · 말리듯이 · 버리듯이 · 퉁기듯이"와 같이 각운에 의한 반복적 어미 활용(~듯이)이 의미를 더욱 확산시키고 있다. 어휘 동원이나 어미 활용이 산출하는 밝고 가벼운 말소리 효과[聲響]와 여름날 냇가에서 벌어지는 작지만 부산한 몸짓이 그려내는 밝고 가벼운 이미지가 수반하는 의미 내용[意味]이 아름답게 조응(照應)하는 이 작품은 말소리의 음악 패턴과 의미의 음악 패턴이 결합 · 합일된 말부림을 모범적으로 구사한 예라 하겠다.

2) 언어의 다의성을 추구하는 말부림

언어 자체가 가지는 다의성 외에 시는 비유의 형식으로 다의성 · 암시성을 근본적으로 가지고 있다. 여기에다가 시인 각자의 체험, 상상력, 세계관 등의 차이는 같은 대상이라도 다양한 해석을 내리게 되고 의미화의 차이를 수반하게 된다. 이는 독자의 경우도 마찬가지다. 같은 시를 두고 독자에 따라 다른 해석을 내릴 수도 있다는 것이다. 따라서 시적 언어는 유한한 의미에서 무한한 의미를 산출할 수 있도록 유연한 시어의 선택과 풍부한 암시성, 나아가 계시성을 가지는 말부림이 요청된다.

그것은
한 가지 **질문**이었다,
―두엄 곁에 핀 달개비 꽃도.

그것은
또 애틋한 **대답**이었다,
―풀잎을 기는 딱정벌레도.

참으로

뭉클한 슬픔이었다,

—**가까이 들리던 먼 귀울림!**

— 김상옥, 「周邊에서」 전문(굵은 글씨는 인용자)

   시가 우리 삶의 근원에 대한 의문에 답하고자 하는 형식이라면, 그리고 시인은 신의 계시와 같은 진리를 찾아 독자에게 전하는 사람이라면, 「주변에서」는 우리 삶의 근원에 대해 고뇌하며 신의 계시와 같은 진리를 구하는 시라 할 수 있다. 그런 점에서 초정은 "시는 바로 인생"이기에 "인생이 무엇"인가 알기 위해 시를 쓴다 했다. 시가 무엇인가 알기 위해 시를 쓴다 했다. "나라고 하는 존재가 무엇인가, 왜 있는가, 나 아닌 존재, 즉 대상과 나는 어떤 관계에 있는가"에 대한 "회의를 갖"고 시인 자신의 "본질을 구명"하기 위해 시를 쓰고, 그런 것이 "시의 소재"가 된다고 했다. 초정에게 시는 "어떤 권력, 어떤 재화, 어떤 명예와도 바꿀 수 없는 내 슬픈 종교의 삼위일체"이며 이러한 인식으로부터 자신은 대상과의 관계를 구명하는 존재자이며 신의 계시와 같은 진리를 구명하라는 소명을 받든 시인임을 자임하고 있다.[17]

   초정의 말대로 "유서"를 쓰듯 시를 쓰고 판관의 최종 판단처럼 시를 쓴다면, 시라는 그릇을 "신전에/제물을 받들어/올리는—//굽 높은/제기"로 알고 그 제기에 담길 제물(시어)을 잘 고르고 다루어 쓴다면 "말의 영성"이 깃들 수 있을까. 대상으로부터 "신의 계시"와 같은 진리를 구명하기에 골몰·천착하는 초정의 내면의식의 흐름을 따라 그 핵심 시어들이 갖는 다의성—암시성과 계시성—을 추적해보기로 한다.

    달개비꽃은 왜 피어났을까. 왜 하필 두엄 곁에 피어났을까. 딱정벌레는 왜 기어 다닐까. 왜 하필 풀잎을 기는 것일까. 이들은 왜 내 주변에서 어른거리는 것

---

17 장경렬 편, 앞의 책 참조.

일까. 나는 왜 여기 서성이는 것일까. 내가 아는 것은 무엇일까. 달개비꽃이며 딱정벌레는, 이 존재들을 바라보는 나라는 존재는 또 무엇일까. 도대체 내가 아는 것은 무엇일까. 이렇듯 혼자 묻고, 옳은지 그른지 모를 답을 내려야 하는 우리는 "참으로/뭉클한 슬픔"의 존재입니다. …(중략)… 「주변에서」는 끊임없이 존재에 대한 성찰을 요구합니다. 시에서 답을 내려줄 필요는 없습니다. 이 시는 우리에게 화두 하나를 던지고 있습니다. 이 시는 이 알 수 없는 공안을 거듭 되뇌게 합니다. 알 것도 같은 "먼 귀울림"은 있으나 끝내 알아내지 못하는 우리는 "참으로 뭉클한 슬픔"의 존재입니다. 깊고 먼 여운이 우리의 마음을 잔잔히 흔들어 젖게 하고 있습니다. 초정은 "예술에서도 최선의 미는 아픔이나 슬픔이 아닐 수 없"다 했습니다. 「주변에서」는 풀 수 없는 공안을 지고 가야만 하는 우리가, 슬퍼서 아름다운 생의 한 형식임을 일러줍니다.[18]

여기서 "질문"(초장)과 "대답"(중장)의 형식은 선종(禪宗)에서 수학인(修學人)에게 깨달음을 열어주기 위해 던지는 화두(話頭)나 공안(公案)의 형식과 일치한다. 이 공안은 부처와 조사(祖師)의 언구(言句)로써 제시되는데, 이 문제는 학문적 이론이나 분별지식으로는 풀 수 없다.[19] 다시 말해 절대자의 진리에는

---

18 홍성란, 「조운 김상옥의 시적 탐색」, 『유심』, 2009년 7·8월호, 188~190쪽 참조.
19 공안이란 고덕선사(古德禪師)의 언구(言句)이다. 그 언구에는 일종의 살기(殺氣)가 있어서 참학자(參學者)들은 그와 악전고투하게 된다. 다시 말하면 공안은 일종의 문제이기 때문에 이것을 풀어야 하는데, 그것이 쉽게 해결되지 않는다. 신명(身命)을 내놓고 공부해도 되거나 말거나 하기 때문에 살기가 있다고 한 것이다. 공안에는 조주의 무자(無字)가 가장 유명하다. 조주선사에게 승이 물었다. "개에게도 불성이 있습니까, 없습니까?" 조주가 답하였다. "무(無)!" 또 어느 때 어떤 승이 조주선사에게 똑같이 물었다. "개에게도 불성이 있습니까, 없습니까?" 이때는 "유(有)!"라고 답했다. 이런 점으로 보아 무(無), 유(有)는 양단의 차별 문제가 아니다. 이 무자가 결코 유무의 상대의 무자가 아니라는 것에 유의해야 한다. 결코 학문적 이론이나 분별지식으로써는 해결되지 않는다. 우리가 배워온 지식을 모두 버려야 한다. 가장 주의할 것은 모든 것 즉 생사를 초월해야 하는데, 이것을 절대 멀리서 구하지 말고 가까이, 가까이 또 가까이서 끄집어내라는 것이다. 사실은 너무 가깝기 때문에 어렵다. 예를 들면 속눈썹이 눈에 제일 가깝지만 이것이 눈에 보이지 않는 것과 마찬가지 이치다.

쉽게 도달할 수 없으므로, 선종의 종지는 실지 수행을 통하여 "가까이" 다가 갈 수 있다는 것이다. 수행의 방법은 정려(靜慮), 고요히 공안에 마음을 집중시키고 생각하는 참선에 있으며 참선수행을 통하여 깨달음에 이를 수 있다.

그런데 공안은 세계에 대한 의문과 다르지 않다. 공안은 우리 앞에 순간순간 펼쳐지는 삶의 현상에 대한 의문이고, 의심이고, 불안이고 호기심이다. 그러기에 질문은 있으나 명쾌한 대답은 있을 수 없다. 그러므로 "달개비꽃"도 "딱정벌레"도 "뭉클한 슬픔"의 존재인 동시에 질문이기도 하고 대답이기도 하다. "가까이 들리던 먼 귀울림"을 듣는 시적 화자도 세계에 던져진 하나의 "질문"인 동시에 "대답"이며 "뭉클한 슬픔"의 존재인 것이다. "가까이 들리던 먼 귀울림"은 "질문"에 "대답"하는 "신의 계시"인 동시에 진리를 암시한다. 진리는 멀리 있는 것이 아니라 아주 우리 "가까이"에 있으나 그것을 깨닫지 못하는 우리에겐 알 수 없는 "먼 귀울림"으로 들려올 뿐이다.[20]

공안은 문답을 요하는 것을 특징으로 하고 있다. 그 문답은 지적인 것도 아니고, 논리적인 것도 아니고 설명도, 해석도, 교훈도 아니다. 선(禪)은 정려(靜慮), 사유수(思惟修), 선나(禪那)라고도 한다. 이 말은 고요히 생각한다는 뜻인데 공안을 가지고 그 공안에 마음을 집중시키는 것을 말한다. 다시 말하면 공안을 가지고 그것을 일심으로 해결하려고 노력하는 것이기 때문에 공안이란 말을 붙이게 된 것이다. 선종의 종지는 실지로 수행하는 것이다. 부질없는 이론, 어떤 철학적 이야기 등을 말하는 것이 아니다. 실지로 수행하여 자기의 자성을 연명(研明)하는 종지(宗旨)다. 그러므로 공안을 설명하는 것은 무리라기보다 도리어 본뜻과 어긋나는 일이다. 공안은 깨달음에 이르는 수단 방법에 지나지 않는다. 사실 공안은 우리 일상생활의 전부라고 하지 않을 수 없다. 공안은 곧 의문인데, 우리들 생활은 전부가 의문 아닌 것이 없기 때문이다. 공안을 쓰는 것은 오도(悟道)를 열자는 것이 그 목적이다. "깨치기" 위해 공안을 쓰고 공안을 써서 깨임을 열자는 것이므로 이를 공안선(公案禪)이라고도 한다. 『불교학대사전』, 홍법원, 불기 2532년(1988), 90~92쪽 참조.

20 초장의 "질문"과 중장의 "대답"에 이어 종장에서는 질문("뭉클한 슬픔")과 대답("가까이 들리던 먼 귀울림")의 통합을 보이는데 대답은 "가까이 들리던 먼 귀울림"일 뿐이어서 완전한 답이 되지는 못하고 있다. 완전한 진리 또는 신의 계시에 도달하지 못함을 암시하는 것으로 볼 수 있다.

초정은 "현실과 영원을 꿰뚫어보고 사무치고자 하는 인간의 높은 욕구에 봉사하는 간절한 진실, 이것이 시의 본령"이라 했다. 이 작품은 인간이라는 생의 한 형식이 삼라만상으로부터 "간절한 진실"을 끊임없이 추구해야 하는 공안을 지닌 유한자임을 환기시키는 세계관적 깊이를 보여주는 시라 하겠다.

3) 언어의 참신성을 추구하는 말부림

시에서 관습적·상투적 언어의 남용과 진부한 상상의 세계를 벗어나 우리 감각에 낯설게 다가오는 비유법의 참신한 운용은 아무리 강조해도 지나치지 않다. 시 형상의 생명은 비유에 있고, 비유는 수사이면서 수사법을 넘어서는 시의 어법이라는 점에서 독자의 심미적 욕망과 심미적 상상을 자극시켜 심미적 흥취를 일으킬 수 있는 시어의 운용, 말부림이 요청된다. 다시 말해 일반적인 표현법과 다른 도치구문을 쓴다든가, 감각적 시어 운용과 구두법의 명확하고 섬세한 활용, 남다른 상상력과 적절한 미적 거리의 확보가 요청된다.

> 햇살의 고요 속에선
> ㅉㅉㅉ, 소리가 나고
>
> 바람은 쥐가 쏠 듯
> ㅅㅅㅅ, 문틈을 넘고
>
> 후두엽 외진 간이역
> 녹슨 기차 바퀴 소리
>
> — 이승은, 「귀로 쓴 시」 전문

이 작품의 참신성은 우선 현대시조가 '눈으로 보고 읽는 시'라는 점에서 시각적 음철 표기를 함으로써 도드라진다. 시각 효과를 드러내기 위해 요란하게 시어를 배열하지 않고도 자음의 음철이 낼 수 있는 음상만을 가지고 시각·청각 효과를 동시에 감각적으로 표현하고 있다. 이 시인의 예민한 감각을 통하여 우리는 "고요"도 "햇살" "속에"서는 "ㅉㅉㅉ" 소리를 낸다는 것을 알게 된다. 바람이 문틈을 넘을 때 나는 소리는 "ㅅㅅㅅ"로 나는데 그것은 무언가를 "쥐가 쏠"고 있을 때 나는 소리와 같다는 것이다. 그리고 "외진 간이역"이라는 심미적 공간의 공감각적 이미지는 "녹슨 기차 바퀴 소리"와도 같은 청각이미지를 가지는데 그것은 "후두엽"에서 나는 둔하고 탁한 소리쯤 된다는 것이다.

> 「귀로 쓴 시」가 보여주는 풍부한 상상력과 재치를 발견하는 것은 이승은 시조를 읽는 기쁨이다. "햇살"이 쨍쨍 내리쬐는 한낮의 "고요" 속에서 유사음상인 "ㅉ ㅉ ㅉ" 소리를 들을 수 있는 귀, 돌연 "쥐"를 등장시켜 "ㅅ ㅅ ㅅ" "쏠"고 있다며 黃雲 들녘을 불어 가는 바람소리를 연상시키면서 능청스레 중장을 낚아채는 솜씨를 보라! 그것도 자모를 갖추지 않은 자음표기의 상징 기호를 통하여 시각 심상을 청각 심상으로 매끈하게 치환해내는 참신성을 유감없이 보여주고 있다. … (중략) … 이 작품은 시행의 배분도 시상전개와 자연발화의 율동에 따라 안정감 있게 이루어졌다. 句別 6행으로 기사하고 章別 3연의 의미 단위 구성방식을 취하여 여백의 아름다움을 아울러 지닌 시조 3장의 완결성을 잘 보여주고 있다. 초장 後句의 ' ~나고'와 중장 後句의 '~넘고'에서 우리는 「귀로 쓴 시」가 '초장+중장'이 전대절로서 반복의 구조를 지니며, 종장이 후소절로서 "간이역"의 풍경을 전경화하며 완결미를 거두고 있음을 확인할 수 있다.[21]

「귀로 쓴 시」에서 소리의 음상을 명확하게 표현하지 않고 불완전 음철로써

---

21 홍성란, 「시조의 안부를 묻다-이승은의 형식실험」, 『시선』, 2003년 겨울호.

표기한 것은 자연의 소리는 문자언어로써 표현하는 즉시 오류가 됨을 아는 시인의 탁월한 감각 때문이다. 이 시의 불완전 음철이 연상시키는 음상의 개방성과 감각적 이미지의 구사는 독자의 심미적 욕구와 상상을 낯설게 할 정도로 자극한다는 점에서 참신성을 더욱 돋보이게 하는 사례라 하겠다.

4) 언어의 주정성을 추구하는 말부림

시인은 자기 정감을 언어라는 매개를 통하여 정확하고도 온전하게 독자에게 전달해야 하므로 정감 언어를 최대한 잘 구사해야 함은 말할 것도 없다. 이때 정감은 직접 토로되기보다는 비유이거나 암시의 의장을 띠고 간접적으로 그 색채를 드러낼 때, "의미의 기호가 아니라 의미의 육화"[22]를 통해 이루어졌을 때 더 효과적으로 삶의 리얼리티를 구현해낼 수 있다. 시의 언어에 정감을 싣는 방법으로 ① **정감이 말의 표면에 드러나도록 하는 방법,** ② **정감이 말 가운데에 있도록 하는 방법,** ③ **정감이 말 밖에 있도록 하는 방법**의 세 가지가 있다.[23] 전자보다는 후자로 갈수록 시인의 역량이 필요하고 더 세련된 표현을 얻은 것이라 하겠다.

아홉배미 길 **질퍽질퍽해서**
오늘도 삭신 **꾹꾹 쑤신다**①

아가 서울 가는 인편에 쌀 **쪼깐** 부친다① **비민하겄냐만** 그래도 잘 챙겨 묵거라① 아이엠에픈가 뭔가가 **징허긴 징헌갑다**② 느그 오래비도 존화로만 기별 **딸랑하고** 지난 설에도 **안와브럿다**① 애비가 알믄 **배락을 칠 것인디**① 그 **냥반 까무잡잡하던 낯짝**도 인자는 **가뭇가뭇하다**① 나도 얼릉 따라 나서야 컷는디 모진 것이 목숨이라 이도저도 못하고 **그러냐 안.**②

___

22 김준오, 앞의 책, 65쪽.
23 여기서는 지면관계상 이 세 가지 성향을 고루 지닌 한 편의 작품만을 분석하기로 한다.

쑥 한 바구리 캐와 따듬다 말고 **쏘주 한 잔 혔다**① 지랄놈의 농사는 지면 뭣하냐② 그래도 자석들한테 팥이랑 돈부, 깨, 콩 고추 보내는 재미였는디① **너할코** 종신서원이라니①… 더 살기 팍팍해서 **어쩌야 쓸란가 모르것다**① 너는 이 에미더러 **보고자퍼도 꾹 전디라고 했는디**① 달구똥마냥 니 생각 끈하다②

복사꽃 저리 환하게 핀 것이
혼자 볼랑께 영 아깝다야 ③

　　　— 이지엽, 「해남에서 온 편지」 전문(굵은 글씨와 원번호는 인용자)

「해남에서 온 편지」는 문장 단위로 원번호를 붙인 바와 같이 문면에 정감을 직접적으로 드러내거나①, 에둘러 표현(②, ③)하면서 다양한 화법을 구사하고 있다. ①에 해당하는 초장에서 노모가 참아왔던 속엣말을 주섬주섬 풀어 엮는 중장으로 넘어가면서 풀이 기능을 직설적으로 담당하는 ①의 기법과 시적 세련성을 보이는 ②의 기법이 어우러지는데, 시상을 전환하면서 종결짓는 종장에 와서는 서정을 에둘러 표현하되, 그 감정적 표현을 매우 곡절적(曲折的)으로 굴절시켜 끈끈한 정을 은근하게 은폐시키는 ③의 기법이 도드라진 가운데 대미를 장식하고 있다. 시적 발화 전편을 통해 이 주정성의 세 가지 성향을 매우 탁월하게 보이는 이 작품은, 감칠맛 나는 해남사투리를 아무렇지도 않게 구사하여 우리 모국어의 묘미를 그대로 살려냄과 동시에 독자에게 강한 미적 정감과 큰 울림을 주고 있다.

　이 작품은 해남 사투리라는 이디엄(idiom)을 적극 활용함으로써 끈끈한 정감의 극치를 보여주는 미감을 실현하고 있다. 노모의 육성으로 들려주는 이 극적 독백체 사설시조에는 해남의 환경과 풍토, 우리 민족의 생활관습과 정서가 오롯이 담겨 있다. "종신서원"을 한 딸에게 혼잣말하듯 구슬구슬 엮어내는 사설이 재구성하는 의미의 신기루는 결국 노모의 자식사랑이다. 굵은 글씨로 표현한 정감언어와 해남사투리 구사는 특히 이 사설시조를 가슴 찡

한 정감의 시로서 의미를 육화함으로써 그 어떤 작품보다도 주정성(主情性)을 탁월하게 지닌 작품으로 승화시켰다 하겠다.

시조 종장 운용의 문제점과 제언

1. 시조 종장의 운용 방식

시조를 시조답게 하는 특성을 '시조성'이라 할 때 시조성에 대한 해명은 그 양식적 원형(modal archetype)이 되는 고시조에서 찾아야 할 것이다. 고시조의 시조다운 특성은 먼저, 기승전결의 '4단 구조'를 초장(起)·중장(承)·종장(轉結)의 3장 구조로 홀수화하면서 종장의 첫마디를 3음절로 고정시켜 시상의 전환 혹은 전이 기능을 하는 전환축이 되도록 하는 데 있다. 그다음 이 전환축의 힘을 받아 둘째 마디는 5~8음절의 파격적인 과음보를 이루게 하고, 종장의 셋째 마디를 평음보로 하고 넷째 마디는 소음보로 조직하여 완결미를 가지게 한다.[1] 여기서 진전된 김학성의 최근 논의[2]에 따르면 종장 첫마디는, 작품 전반에 규율화되어 있는 음량률의 지배를 받지 않고 반드시 3음절로 고정하여 자수율을 따르도록 하는, 운율적 이단성(異端性)을 보임으로써 초–중장으로 이어지는 연속성을 일거에 차단한다. 이어서 둘째 마디에서 두 마디

---

1 홍성란, 「시조의 형식실험과 현대성의 모색 양상 연구」, 성균관대학교 대학원 국어국문학과 박사학위논문, 2004, 6쪽 참조.
2 김학성, 「시조의 양식적 원형과 시적 형식으로서의 행·연갈이」, 『만해축전』 자료집 中, 2010, 20~21쪽 참조.

결합 형태를 띠는 과음보로 실현함으로써 변형 4보격이 되어 운율적 전환을 이룸과 동시에 시적 메시지가 완결을 향해 치닫도록 설비한다. 그는 이를 다음과 같이 도식화한다.

초장	4	4	‖ 4	4	… 앞구와 뒷구의 '균형'의 미학
중장	4	4	‖ 4	4	… 앞장의 '반복'의 미학
종장	3	4+4	‖ 4	4	… 앞구에 변화를 주는 '전환'의 미학
					… 3장으로 시상을 완결하는 '절제'의 미학

　　　　　　　* 이 표에서 4는 음절수가 아니라 음량의 크기(mora수)임

이 도식에서 확인할 수 있듯이, 종장 첫마디는 3음절 정형의 자수율을 따른다. 둘째 마디는 2마디가 결합한 5~8모라의 음량을 유지하여 4음 4보격에 변형을 가하는 방식으로(변형 4보격) 첫마디 3음절과 함께 종장 특유의 율격모형을 이룬다. 이 율격모형을 견지하였을 때만이 특유의 종장 미학을 가지는 것이다.

시조는 이와 같은 종장의 형식구조를 준수해야만 시조성을 견지한 시조다운 시조라 할 수 있다. 그러나 현대시조의 자료적 실상은 반드시 이와 일치하지는 않아 논란을 야기하고 있다. 이 문제적 실상들을 항목화하여 제시하며 논의하기로 한다.

2. 시조 종장 첫마디의 운용 양상

1) 종장 첫마디에서 3음절 자수율을 벗어난 경우

시조의 율격단위는 4음 4보격의 음량률에 기반한다. 이를 바탕으로 종장 첫마디만은 3음절 정형의 자수율을 견지하는 운율적 이단성을 보이며, 둘째

마디에서는 4음격 음보가 2개 결합한 양상으로 5~8음절[3]을 유지한다. 이는 4음 4보격 무한연속체인 가사와 변별되는 중요한 장르 표지가 된다. 시조는 종장의 이러한 변형규칙을 준수할 때 시조다운 정체성을 가진다.

(1) 두 눈 지그시 감고 前生錄을 지운다

―「목욕탕 情景」에서[4]

(2) 계율이여/葉液을 마셔/억센 실을 뽑으리라

―「용설란」에서

(3) 노을 속의 아이들아 슬픈 기억은/이렇듯 와락 달려오는 것이냐

―「하얀 민들레꽃」에서

예시 (1)의 경우는

(1-1) 두 눈 | 지그시 감고 | 前生錄을 | 지운다

와 같이 율격에 따라 분할된다. 종장의 율격모형이 첫마디만은 3음절이라는 음절정형을 고수해야 함에도, (1)의 첫마디는 2음절로 그에 미달하는 파격을 보인다. (2)의 경우는

---

3 1모라는 1음절 정도의 음량을 가지므로 5~8음절은 5~8모라와 같다. 음량률의 기저 자질인 음절 · 장음 · 정음은 모두 1모라의 음량을 가진다. 이 글에서는 모라와 음절을 함께 사용한다. 마디와 음보도 함께 사용한다. 4음격 음보는 4모라(4음절) 정도의 음량을 가진 음보(마디)를 가리키는데 음격과 음절도 함께 사용한다.

4 인용 작품 (1)~(3)은 박기섭, 「작품으로 보는 현대시조의 문제와 지향」(『대구시조』, 1997), 131쪽에서 재인용. 이하 인용 작품의 빗금(/)은 행 구분의 경계표지이다. 이하 논의의 중심부에는 밑줄을 사용한다.

(2-1) 계율이여 │ 葉液을 마셔 │ 억센 실을 │ 뽑으리라

와 같이 분할된다. 첫마디가 초·중장의 다른 음보처럼 4음절 기준음격(평음보)을 그대로 따름으로써 3음절 정형으로 고정해야하는 전환의 미학을 실현하지 못하고 있다. (3)의 경우는

(3-1) 노을 속의 │ 아이들아 슬픈 기억은 │ 이렇듯 와락 달려 │오는 것이냐

로 분할되어 (2)의 경우와 같다. 시조의 율격 분할은 시간적 등장성을 가지는 장 단위 네 마디(음보) 의미단위를 기준음격에 맞추어 음량을 배분하는 것을 가리킨다.

종장 첫마디 3음절 정형을 벗어난 (1)~(3)의 경우는 시조라는 장르 표지를 무시한 파격의 예이며 시조가 시조일 수 있는 요건을 충족하지 못한 사례다. 그런데 (3)은 첫마디에서 관형격조사 '의'를 사용했다는 점과 둘째 마디의 '아이들아'가 첫마디와 의미의 응집력을 가진다는 점이 문제될 수 있다. 이 같은 양상은 다음 절에서 논의한다.

2) 종장 첫마디와 둘째 마디가 의미상 연속되는 경우

(4) 우리 틱/기대어 살자세나 사랑하는 사람아

— 이호우, 「五月」 넷째 수 종장[5]

(5) 지친 내/근시안 밖에 목숨이야 한 벌 진솔

— 박기섭, 「홍류동」 둘째 수 종장[6]

---

5 이호우, 『이호우시조집』, 영웅출판사, 1955, 21쪽.
6 이정환, 「정형미학의 변용과 한계」, 『대구시조』, 2006에서 재인용.

(4)와 (5)의 경우 첫마디를 '2음절어+1음절어'로 보아 3음절 정형으로 인식한다면 종장 첫마디로서 문제되지 않는다. 그런데 여기서 1음절어가 종장 둘째 마디와 강한 의미의 응집력을 가져 의미상 연속된다는 점이 문제될 수 있다.

(6) 예닐곱 | 적 아이처럼 | 물장구를 | 못 치네.

— 박재삼,「酷暑 日記」둘째 수 종장[7]

(7) 그리운 | 이를 부르기 | 겨워 이슬 | 맺히네.

— 박재삼,「가을에」둘째 수 종장

(8) 상추 씨 | 찾는 병아리 | 돌아올 줄 | 잊었다.

— 이영도,「봄 2」종장[8]

(9) 정처도 | 없는 구름이 | 혼자 재를 | 넘고 있다.

— 정완영,「鳥嶺關 구름」종장[9]

(10) 바람도 | 햇볕도 숨을 죽이네 | 나도 아려 | 눈을 감네.

— 이호우,「개화」종장[10]

(11) 흰 커튼 | 사이로 불빛이 | 손짓하는 | 오두막집.

— 이상범,「오두막집 行」첫째 수 종장[11]

---

7 박재삼,『내 사랑은』, 영언문화사, 1987 중판, 23쪽. 이하 박재삼의 시조는 이 텍스트를 참조. (6) 이하 예시에 율격 분할 표지(|)를 사용함.
8 이영도,『너는 저만치 가고』, 태학사, 2000, 14쪽. 이하 이영도의 시조는 이 텍스트를 참조.
9 정완영,『구름 山房』, 황금알, 2010, 23쪽.
10 이호우,『개화』, 태학사, 2000, 20쪽. 이하 이호우의 시조는 이 텍스트를 참조.
11 이상범,『꿈꾸는 별자리』, 태학사, 2000, 15쪽. 이정환은 이 작품을 '불빛이 흰 커튼 사이로/손짓하는 오두막집'으로 퇴고 예시하였다. 이정환, 앞의 글, 186쪽.

(12) 가까운 | 것도 먼 것도 두루 | 밥상 받듯 | 대한다.

　　　　　　　　　　　　　　　— 박재삼, 「밥상 받듯」 종장[12]

　(6)~(12)의 경우, 첫마디가 3음절 정형을 보이지만 밑줄과 같이 둘째 마디로 이어지는 어절과 의미의 응집력을 강하게 가진다는 점에서 문제 삼는 전형적 사례다. 이러한 양상에 대해 서벌, 박기섭, 이정환 등이 문제 제기했을 뿐만 아니라, 시인들에게 창작상의 고민거리가 되어왔다.[13]

　(4)~(12)와 같은 의미론적 결집에 의한 파격은 시조의 양식적 원형이 의도하는 율격미학과는 거리가 있다. 종장의 첫마디는, 가곡창의 5장 구조에서 제4장에 해당된다. 제4장은 반드시 3음절로 부르게 되어 있는데 이 독특한 종장 첫마디의 3음절 법칙은 '진작 3'으로부터 기원한다. '진작 3'은 시조 형성 초기의 형식인데 이로부터 만대엽 이후 모든 가곡류 악곡의 4지(旨)에는 노랫말이 3음절로 실리는 것이 법칙화된다.[14] 이는 시조 양식화 초기부터 지켜온 전통이며, 시조 종장 첫마디에 대한 우리의 선험적 율격 인식으로 고정되어왔다. 이 선험적 율격 인식에 따라 종장 첫마디는 자연스럽게 3음절로 율독이 되는 것이다. 이호우, 이영도, 박재삼, 정완영 같은 현대시조의 거봉

12　이 작품은 단시조 3편(「새의 독백」, 「밥상 받듯」, 「점묘」)을 모은 「단수 3편」 가운데 둘째 수이다. 「단수 3편」은 제5회 중앙시조대상 수상작이다(1986). 심사위원 이태극, 정소파, 정완영은 심사평에서 "박재삼 시인에게 시선이 쏠린 것은 이 시인의 시적 경지가 이제는 참대밭에 바람 들어오는 소리쯤을 아는 까닭"이라 하였다.
　　"이제 물리친 산이/그대로 아득하고//시냇물 돌돌돌/보채쌓는 일상을//가까운 것도 먼 것도 두루/밥상 받듯 대한다."(박재삼, 「밥상 받듯」 전문) 홍성란 편, 『중앙시조대상 수상작품집』, 책만드는집, 2004, 28쪽, 101쪽 참조.
　　이정환은 이 작품을 '먼 것도 가까운 것도 두루/밥상 받듯 대한다'로 퇴고 예시하였다. 이정환, 앞의 글, 186쪽.
13　박기섭, 앞의 글, 131~132쪽.
14　김정희, 「시조시형의 정립과정에 대하여」, 『한국시가연구』 19집, 한국시가학회, 2005, 144쪽 참조(김학성, 앞의 책, 120쪽 재인용).

들이 예시와 같은 종장을 자연스럽게 구사해왔던 것도 이러한 선험적 율격 인식이 '글쓰기의 본'으로 작용했기에 가능했던 것이다.[15]

여기서 우리는 율독과 낭독에 대해 논의할 필요가 있다. 시조를 율독할 때는 이미 정립된 4음 4보격이라는 율격모형에 따라 읽어야 한다. 그러니까 장, 구, 음보 단위에 따라 음량을 배분하여 읽는 것이 율독이다. 낭독은 시적 어조나 분위기에 맞추어 완급을 조절하며 촉급하거나 완만하게 읽을 수 있지만 율독은 율격모형에 따라 음량을 배분하여 읽어야 한다. 따라서 박재삼의 시조 「밥상 받듯」의 종장을 율독하게 되면 일상 언어처럼 자연스럽게 다가오지는 않는다.

(12-1) 가까운 | 것도 먼 것도 두루 | 밥상 받듯 | 대한다.

와 같이 율독해야 한다. 그래야 종장이 되고, 시조 작품이 되는 것이다.

시조 종장의 첫마디와 둘째 마디가 의미상으로 강하게 결속되는 경우, 종장 첫마디가 초장과 중장에서 이어온 시상을 전환하는 축으로 기능한다는 점에서 보면 전환의 미학적 효과는 상당히 약화되는 것이다. 고시조에서도 종장 첫마디와 둘째 마디가 의미상 강하게 결속되는 예는 흔히 볼 수 있다.[16]

---

15 예시 (4)와 (5)의 경우도 우리의 선험적 율격 인식은 종장 첫마디를 3음절로 율격 분할하여 '우리+턱'으로 율독하게 되고 '지친+내'와 같이 3음절 정형으로 율독하게 되는 것이다.

16 東窓이 붉앗는야 노고지리 우지진다 쇼칠 아희는 至今 아니 이러는야 지녀머 스리긴 밧츨 언제 갈냐 ᄒᆞ느니(南九萬, 二數大葉,『甁窩歌曲集』, 329). 심재완 편,『校本歷代時調全書』 899번, 327쪽.

두눈에 고인 눈물 眞珠나 될양이면 靑실紅실 길게 씌여 임에 한긋 보내렴만 거두지 미처 못하여 사라짐을 어이리(羽二數大葉, 增補『歌曲源流』, 91). 위의 책, 918번, 332쪽.

ᄆᆞ을 사ᄅᆞᆷ들하 올흔 일 ᄒᆞ쟈스라 사ᄅᆞᆷ이 되어나셔 올티곳 못ᄒᆞ면 ᄆᆞ쇼를 갓 곳갈 싀워 밥 머기나 다ᄅᆞ랴(松江 鄭澈,『警民篇庚戌乙丑本 8』). 위의 책, 953번, 344쪽.

이는 2개의 마디, 즉 음보와 음보가 모여 구(句)를 이루는 시조 형식의 내적 질서 때문이기도 하다.

시조가 시문학으로 향유되는 현대시조에 있어서 시어(詩語)는 러시아 형식주의자들의 말과 같이 일상 언어에 가해진 조직적 폭력이다. 다시 말해 시어의 본질은 규범으로부터 이탈되는 비문법성의 비틀린 언어이고, 이 비틀린 언어의 시성(詩性)에서 시는 미적 가치를 가진다.[17]

　　(12-1) 가까운 ｜ 것도 먼 것도 두루 ｜ 밥상 받듯 ｜ 대한다.

와 같이 율독되는 시조의 종장이 만일 일상 언어의 자연발화라면

　　(12-2) 가까운 것도 ｜ 먼 것도 ｜ 두루 ｜ 밥상 받듯 ｜ 대한다

와 같이 읽어야 한다. 이 자연발화를 시조의 종장에 가져다 놓음으로 해서 도식화되어 있는 표준 언어를 강제로 '시조의 율격에 따라 배분하여 읽음(율독)'으로써 (12-1)과 같은 율격 분할이 이루어지는 것이다. 박재삼의 이 작품은 현대시조가 시(詩)라는 점에서 일상 언어를 비튼 '낯설게 하기'로 설명할 수 있다. 전통 율격이나 표준 언어는 도식화되어 있어서 우리에게 낯익은 것이

말ᄒ기 죠타ᄒ고 늠의 말을 마롤거시 늠의 말 내 ᄒ면 늠도 내말 ᄒᄂ거시 말로셔 말이 만흐니 말모로미 죠해라(三數大葉, 珍本『靑丘永言』, 439). 위의 책, 997번, 360쪽.

梅影이 부드친 窓예 玉人金釵 비겨신져 二三 白髮翁은 거문과와 노릭로다 이윽고 殘드러 勸하랄제 달이 쏘한 오르더라(安玟英, 羽初數大葉,『金玉叢部 6』). 위의 책, 1005번, 363쪽.

이와 같이 'ㄷ'편에서 차례대로 추출한 몇 편의 시조도 종장 첫마디와 둘째 마디가 의미상 강한 응집력을 가지고 있다. 전술한 바와 같이 종장 앞구 또한 두 마디(2음보)의 결속으로 이루어지기 때문이다.

17 김준오,『시론』, 삼지원, 2004, 제4판, 78쪽 참조.

지만 이런 자동화를 파괴함으로써 한 편의 시는 우리에게 신선한 충격을 주게 되는 것이다. 이 '낯설게 하기'는 바로 예술의 본질이다.[18] 그러나 전술한 바와 같이 시조 종장의 첫마디가 초장과 중장에서 이어온 시상을 전환하는 전환축으로 기능한다[19]는 점에서 (12)와 같이 종장 첫마디와 둘째 마디가 의미의 결속을 너무 강하게 갖는 것은 권장사항은 아니라고 할 수 있다.

3) 종장 첫마디 3음절 정형을 위한 음절 축약의 경우

(13) 할버진 율 지으시고 달이 밝았더니라

— 이호우, 「달밤」 셋째 수 종장[20]

(14) 즐겨얄 봄이요 시절을 두견같이 우닌다

— 이호우, 「봄」 넷째 수 종장[21]

(15) 할버지/백발구름에/업혀 잠든/손주구름.

— 정완영, 「할배구름 손주구름—손주에게」 종장[22]

(13)~(15)의 경우는 종장 첫마디의 3음절 정형을 고수하기 위해 '할아버

---

18 위의 책, 149~150쪽 참조.
19 종장 첫마디가 3음절 독립어로서 전환축을 이룬 좋은 예로 이호우의 「午」를 들 수 있다. "찌응 터질 듯 팽창한/대낮 고비의 靜寂//읽던 책을 덮고/무거운 눈을 드니//석류꽃 뚝 떨어지며/어데선가 낮닭소리."(이호우, 「午」 전문) 이호우, 앞의 책, 51쪽.
20 이호우, 『이호우시조집』, 영웅출판사, 1955, 11쪽.
21 앞의 책, 41쪽.
22 정완영, 『엄마 목소리』, 토방, 1998, 84쪽. 정완영의 경우, 『정완영시조전집』(토방, 2006, 133쪽)에서는 「首首片片 3」이라는 제목으로 단시조 3편(「세월이 외로우면」, 「해진 袈裟섶이」, 「황악산 부처님도」)을 모아 1편의 연작시조로 발표했다. 여기서는 '세월이 외롤라치면 아! 백운청산에 먹 뻐꾸기'로 발표하였다. 그러나 『구름 山房』(황금알, 2010, 23쪽)에서는 「세월이 외로우면」이라는 단시조로 '세월이 외로울라치면 아! 백운청산에 먹뻐꾸기.'로 퇴고하여 발표했다.

지는', '즐겨야 할', '할아버지'와 같은 본디 발화를 포기하고 음절을 축약하였다. (13)과 (14)의 경우는 본디 발화의 기표를 살리기 위해 종장을 재편할 수도 있다. (15)의 경우 음절 축약의 무리를 피하기 위해 '할아비'로 기표를 바꾸는 경우도 상정할 수 있다.[23]

4) 종장 첫마디에서 관형격조사 '의'를 쓰는 경우

(16) 須臾의 목숨을 안고 내 우러러 섰도다[24]

— 이호우, 「목숨」 종장

(17) 그대의 먼 입술가에/지금 天地가 무너진다.

— 박재삼, 「東鶴寺 一夜」 종장

(18) 수천의/눈들이 별을 닮듯/나 또한 별이 된다.

— 한분순, 「回憶」 셋째 수 종장[25]

(19) 먹장의/구름 제치고 솟은/반짝반짝/별빛이어

— 최승범, 「歡喜」 종장[26]

이정환은 밑줄 친 예시와 같이 종장 첫마디에서 관형격조사 '의'를 쓴다는 점에 대해 문제를 제기한 바 있다.[27] 예시와 같이 '관형격조사 '의'는 첫마디 체언에 붙어서 말과 말 사이의 관계를 나타내는 형식형태소로서 첫마디와

---

23 그렇게 되어도 손자의 발화가 아니고 시적 화자 또는 시인 자신을 가리키게 되므로 무리가 없을 것이다.
24 이호우, 앞의 책, 57쪽.
25 한분순, 『소녀』, 태학사, 2000, 30쪽.
26 최승범의 단시조 「歡喜」의 종장(『개화』, 2000 9집, 49쪽).
27 이정환, 앞의 글, 210쪽.

함께 하나의 의미단위가 된다는 점에서 종장 첫마디의 형식 요건을 갖추고 있다.

알다시피, 하나의 장(章)은 구(句)와 구의 결합이고, 구는 음보와 음보의 결합이다. 이 결합 양상이 대응하며 시조를 양식화한다는 점에서 하나의 구를 형성하는 음보(마디)가 의미상으로 긴밀하게 결속되는 것은 자연스러운 현상이다. 고시조에서도 관형격조사 '의'를 쓰는 사례는 어렵지 않게 찾아볼 수 있다.[28] 종장 첫마디가 의미상으로 분절되는 독립어가 되어야 한다는 점은 4지(旨)로서 가창을 위한 형식요건이다. 시로서 향유하는 현대시조에 와서 통사·의미상으로 분절되는 독립어만을 종장 첫마디로 써야 하는 것만은 아니다. 이는 현대시조문학사 이래 헤아릴 수 없이 많은 현대시조 작품의 실상이 말해주는 바와 같다. 다만, 예시와 같이 관형격조사 '의'를 사용하게 되면 종장 첫마디가 둘째 마디와 의미상 연속되는 성격이 강하므로 전환의 미학을 도드라지게 하는 힘은 그만큼 약해진다는 문제를 갖는다. (19)의 경우는 (16)~(18)과는 또 다른 양상을 보인다. (19)의 종장 첫마디 기표는 '먹장구름'으로 종장의 3음절 정형을 의식하고 '먹장의+구름'으로 제시하여 부자연스러운 면을 보이기 때문이다.

---

28 萬勻을 늘려 내야 길게길게 노흘 쇠아 九萬理 長天에 가는 히를 자바 민야 北堂의 鶴髮 雙親을 더듸 늘게 ㅎ리이다(朴仁老, 『蘆溪集 3』). 심재완 편, 앞의 책, 968번, 354쪽.
　임이정년 남이 연만 어이 그리 유情헌고 임 읍시면 나 못살고 나 읍시면 임 못사네 지금의 초로인생이니 평생을 同心同樂(『調및詞』 44번). 위의 책, 753번, 269쪽.
　태산이 올나 안ㅈ 사해를 구버보니 천지사방이 휜金도 흔져이고 장부의 호연지기를 오늘이야 알괘라(金裕器, 이삭대엽, 『병와가곡집』 505번). 위의 책, 3059번, 1126쪽.
　銀河에 물이 지니 烏鵲橋 쓰단말가 쇼 잇근 仙郞이 못 거너 오단말가 織女의 寸만흔 肝腸이 봄눈 스듯 ㅎ여라(이삭대엽, 『병와가곡집』 693번). 위의 책, 2271번, 803쪽.
　늙고 病든 情은 菊花에 붓쳐두고 실갓치 헛튼 愁心 墨葡萄에 붓쳐노라 귀밋틱 흣나는 白髮은 一長歌에 붓쳣노라(金壽長, 周氏本 『해동가요』 487번). 위의 책, 701번, 252쪽.

3. 시조 종장 둘째 마디의 운용 양상

1) 종장 둘째 마디가 과음보에 미달하는 경우

(20) 당신의/피 한 톨로/며 감는 새벽길

—「새벽기도 가는 길」에서[29]

(21) 세월도 나이 들면 손금 같은 길을 낸다.

— 홍성란, 「세월論」 종장[30]

(20)과 (21)의 경우 종장 둘째 마디가 4음절, 4모라에 해당한다. 이 예는

(20-1) 당신의 | 피 한 톨로 | 며 감는 | 새벽길
(21-1) 세월도 | 나이 들면 | 손금 같은 | 길을 낸다.

와 같이 분할된다. 이 경우는 종장 둘째 마디가 2마디의 음량을 한데 모은 것 만큼의 음량, 즉 5~8모라의 음지속량을 가지는 변형율격을 따르지 못한다는 점에서 어긋나 있다. 이 점을 재인식하고 「세월론」은 다음과 같이 퇴고하였다.

(21-2) 슬픔도 | 아문 자리엔 | 손금 같은 | 길을 낸다[31]

---

29 박기섭, 앞의 글, 131쪽에서 재인용.
30 홍성란, 『겨울 약속』, 태학사, 2000, 20쪽.
31 홍성란, 『명자꽃』, 서정시학, 2009, 95쪽.
　홍성란의 『따뜻한 슬픔』(책만드는집, 2003, 91쪽.)에 수록된 사설시조 「교외지도」의 종장
　"거 누구, 교외지도 한번 같이 안 갈라욧!"을 율격 분석하면 다음과 같다.
　　　　거 누구, | 교외지도 한번 | 같이 안 | 갈라욧!
　율격 분석은 시조 율격에 기반하여 1마디가 차지하는 음지속량에 따라 배분한다. 주
　지하다시피, 종장 둘째 마디의 음지속량은 5~8모라이다. "한번"은 "교외지도"를 강조
　하면서 이 두 어절이 강한 의미의 응집력을 가진다.

시조에서 종장의 둘째 마디를 4음절의 평음보 수준으로 실현한다면 시조 특유의 정교한 형식적 규약을 따르지 못한 느슨한 형식이 되어 그만큼 긴장미를 상실하게 된다.

4. 1마디의 음량이 4음절을 넘거나 1음절인 경우[32]

우리 시가 율격의 음보 양식은 2음격에서 5음격, 즉 1마디의 음량은 2모라에서 5모라의 범위 안에서 양식화된다. 그 논리적 근거는 세 가지로 제시할 수 있다. 첫째, 우리 국어의 조어(造語) 및 통사구조상 5음절어보다 큰 단어가 잘 발견되지 않는다는 언어학적 요인이 그것이다. 둘째, 한 호기군(呼氣群)의 발화량이 5모라 이상 넘기 어렵다는 생리적 요인이 그것이다. 셋째, 단기기억(short-term memory)에 의존한 시간적 통합의 범위 역시 5모라를 넘기가 어렵다는 심리학적 요인이 그것이다. 결국 2모라에서 5모라까지가 우리 국어의 적절한 발화 범위로서 음보의 양식화 역시 이 범위에 한정되어 수행된다고 할 수 있다.[33] 따라서 4음 4보격의 시조 1마디는 2음격~5음격(2~5모라)까지로 구조화된다. 간혹 단음절어로 한 음보를 이루는 1음격(1음절) 자료의 예가 보여도, 이에 상응하는 인접 음보들과의 상대적 관계에 비추어 본다면, 그것의 기준 음격은 항상 1모라의 장음이나 정음의 실현이 수반되는 2음격 음보로 판정[34]되기 때문에 시조 율격의 음보 양식은 2음격에서 5음격 내에서 형성된다.

---

32 4장에서는 1마디의 음량이 4모라를 넘거나 1모라인 경우를 초장·중장·종장 모두를 대상으로 하였다. 이로써 창작상 1마디의 음량으로 볼 수 있는 범위를 설정하고 율격 논의에 참고하고자 한다.

33 성기옥, 『한국시가율격의 이론』, 새문사, 1986, 135~136쪽 참조.

34 앞의 책, 132쪽 참조.

1) 1마디의 음량이 6음절 이상인 경우

(22) 그것이 서로의 인생의 <u>갈림길이었구나.</u>

— 이호우, 「回想」 종장

(23) 천지를 뒤덮는 큰 잔치가 하마 <u>가까워오나부다.</u>

— 김상옥, 「祝祭」 둘째 수 종장[35]

(24) 새 <u>울음소리는커녕</u>/내 울음도 못 듣는다.

— 조오현, 「일색과후」 둘째 수 종장[36]

(25) 호수는 오르랑 내리랑/<u>榮山江口로구나.</u>

— 조운, 「나올 제 바라봐도」 종장[37]

(26) 가만히 아지랑이가 솟아/<u>아뜩하여지는가.</u>

— 박재삼, 「江물에서」 첫째 수 종장

(27) <u>빨강머리물총새가</u>/느낌표로/물고 가는

— 유재영, 「둑방길 — 햇빛시간 4」 둘째 수 초장[38]

이 경우는 정서법에 따라 5모라를 넘어서는 어절을 붙여 쓰고 있거나 (27)
과 같이 '빨강머리물총새'라는 학명이 주격조사 '가'와 함께 8음절, 8모라를
형성한 사례다. 1마디 음량이 기준음격 4음절에 따라 자연스럽게 2마디로
아래와 같이 분할되며 (22)~(27)은 시조의 정교한 율격 규약을 잘 준수한 것

---

35 민영 편, 『김상옥 시전집』, 창작과비평사, 2005, 328쪽.
36 『雪嶽時調集』, 설악문도회, 2006, 11쪽 이하 조오현의 시조는 이 텍스트를 참조.
37 『조운문학전집』, 남풍, 1990, 111쪽.
38 유재영, 「둑방길 — 햇빛시간 4」, 『햇빛시간』, 태학사, 2001, 27쪽. 이 경우는 종장은 아
   니지만, 1마디의 기준음량에 따라 마디가 분할된다는 점을 명시하기 위하여 논의의
   범주에 넣었다.

으로 나타난다. (27)의 8음절은 종장이 아닌 초장에서 실현된 것이므로 율격 분할상 문제가 없다.

(22-1)	그것이	서로의 인생의	갈림길이	었구나.
(23-1)	천지를	뒤덮는 큰 잔치가	하마 가까워	오나부다.
(24-1)	새 울음	소리는커녕	내 울음도	못 듣는다.
(25-1)	호수는	오르랑 내리랑	榮山江口	로구나.
(26-1)	가만히	아지랑이가 솟아	아뜩하여	지는가.
(27-1)	빨강머리	물총새가	느낌표로	물고 가는

2) 1마디의 음량이 5음절인 경우

(28) 임 마음 내 마음이 시방/구슬 꿰어지누나.

— 박재삼, 「구름결에」 첫째 수 종장

종장 뒷구는 정서법에 따라 붙여 씀으로 해서 '구슬+꿰어지누나'가 되어 넷째 마디의 음량이 셋째 마디에 비하여 크기 때문에 종장 율격모형과는 어긋나는 것처럼 보이는데, 이에 대해 문제 제기한 자료는 발견하지 못하였다. 이는

(28-1) 임 마음 | 내 마음이 시방 | 구슬 꿰어 | 지누나.

와 같이 율독된다는 점을 인지한 까닭일 것이다.

3) 1마디의 음량이 1음절인 경우

(29) 찬/이마 위에/치자꽃이/지는 밤

— 김일연, 「그리움」 중장[39]

---

39 김일연, 『명창』, 책만드는집, 2008, 18쪽.

(30) 저 물이 없는 연못에도 연은 올까?

— 박기섭, 「물 길러 간다」 셋째 수 초장[40]

(31) 신/벗어두고/간 데 없이 간 사내처럼

— 홍성란, 「허물」 첫째 수 초장[41]

이정환은 '그, 이, 저'와 같은 한 글자가 시조의 한 마디, 즉 한 음보 역할을
할 수 있는가[42]에 대해 문제 제기한 바 있다. '그, 이, 저'와 같은 1음절의 명사
또는 지시어나 대명사를 1마디로 쓰는 경우는 전술한 바와 같이, 4음격 1마
디는 2음격~5음격(2~5모라)으로 구조화되며 지시어나 대명사 같은 1음절어
는 이에 못 미친다는 점에서 파격이라 할 수 있다. 이 자료들은 다음과 같이
장음과 정음을 포함한 음지속량에 따라 도식화할 수 있다.

(29-1)	찬-		이마 위에	치자꽃이		지는 밤∨
(30-1)	저-		물이 없는	연못에도		연은 올까?
(31-1)	신-		벗어두고	간 데 없이 간		사내처럼

음량률을 충족시키는 기저 자질은 음절과 장음·정음을 포함한다. 1음절
은 1모라의 음지속량을 가지며, 장음(- : +장음)은 1음절만큼 음을 지속한다.
정음(∨ : -장음)은 1음절만큼의 묵음 상태인 음지속량을 가지므로 이 기저 자
질들의 음지속량은 같다. 기준음격 미만의 음절이 1마디를 형성할 경우 장음
과 정음이 모자라는 음량을 대상(代償)할 수 있다. 이 장음·정음과 같은 수
의적 자질이 기준음격을 대상할 수 있는 최대 범위는 2모라[(장음(-)+정음(∨)]

---

40 박기섭, 『비단 헝겊』, 태학사, 2001, 37쪽.
41 홍성란, 『월간문학』, 2008, 9.
42 이정환, 앞의 글, 210쪽.

를 넘지 못한다. 그러므로 시조와 같이 기준음격이 4모라인 경우, 하나의 마디에 음절이 2개 이상이 와야 장음과 정음을 포함해서 4모라가 되므로 유의적 의미를 가질 수 있다. (29-1)~(31-1)의 첫마디는 모두 1음절로서 결국 1음절+장음(-)=2모라의 음지속량을 가지며 4모라에 미치지 못한다는 점에서 파격이다.[43] 시조와 같은 정형시에서 이러한 파격은 그것이 필연적 포에지를 갖고 있다면 파격에 따른 의미의 긴장성이나 정서적 감응을 유발한다는 점에서 효과적인 표출방식이 될 수 있다.

5. 시조 종장 운용에 대한 제언

시조에 있어서 특히 종장 첫마디의 3음절 정형과 둘째 마디 과음보 실현에 의한 변형율격 준수는 시조의 정체성을 지켜나간다는 점에서 매우 중요하다. 그러나 현대시조의 자료적 실상은 이와 어긋나는 다수의 사례를 가지고 있다. 이 글의 목적은 종장 운용의 제반 문제 해결 방안을 모색하는 데 있다. 아래와 같은 제언으로 글을 맺는다.

1) 종장 첫마디가 3음절 정형에 미달하거나 넘치는 경우와 둘째 마디에서 과음보를 형성하지 못하는 경우는 모두 시조의 핵심 시학을 저해하는 요인이다. 종장 첫마디 3음절 정형은 시상을 전환하여 완결하는 전환축으로서 기능한다.

종장 첫마디는 3음절의 소음보로 음량을 극단으로 응축했다가 둘째 마디

---

43 성기옥, 정음(∨ : -장음)은 중간 휴지와 행말 휴지 다음에 올 수 있는 수의적 자질이므로 예시와 같이 초장과 중장의 첫째 음보에 1음절이 오는 경우 음보말 휴지 다음에 정음이 올 수 없으므로 장음(- : +장음) 하나만이 음량을 대상할 수 있다. 앞의 책, 92~111쪽 참조.

에서 그 힘을 최대한 확산시키는 과음보로 실현하고 셋째 마디에서 평음보로 완만하게 돌아와 넷째 마디에서 평음보 또는 소음보 형식으로 완결 지을 때 시조의 양식적 원형을 준수하여 시조성을 확고히 견지했다고 할 수 있다.

2) 종장의 경우, 첫마디와 둘째 마디가 의미의 응집력을 가짐으로 해서 두 마디가 통합된다고 보는 의미론적 우월의 표출 방식은 시조의 정교한 형식 규율과는 거리가 있다. 종장 첫 마디의 3음절 정형은 전환의 미학을 실현하는 지점에 해당하는 것이어서 시조 양식화 초기부터 지켜온 전통이다.

3) 시조를 율격에 맞추어 읽는 율독은 장, 구, 음보 단위에 따라 음량을 배분하여 읽어야 한다. 4음격의 시조 음보는 2음절 이상이 와야 유의적 의미를 가질 수 있다. 1음절의 경우는 하나씩의 장음과 정음을 포함한다고 해도 4모라 미만이 되므로 파격이다.

음보의 양식화 범위는 2음격에서 5음격, 즉 1마디의 음량은 2모라에서 5모라의 범위 안에 있다. 1음보가 6음절 이상이면 2마디로 자연스럽게 분할된다. 초장 앞구에 보이는 8음절이나 종장 뒷구에 보이는 7음절도 2마디에 해당하므로, 등장성에 따른 음량배분에 의해 아래와 같이 율독된다.

(25-2)   영산강구로구나 →영산강구 | 로구나
(27-2)   빨강머리물총새가 →빨강머리 | 물총새가

4) 드문 경우지만, 종장 첫마디에서 3음절 정형을 고수하기 위해 음절을 축약하는 사례를 본다. 이 문제는 시조를 더욱 고답적으로 인식하게 한다는 점에서 지양해야 한다. 본디 발화의 기표를 살려 자연스러운 발화가 되게 하면서 음상(音像)과 성향(聲響)까지를 고려하는 신중한 어휘 선택이 필요하다. 이

를 위해 종장을 재편할 수도 있다.

5) 종장 첫마디에 보이는 관형격조사 '의'는 체언에 붙는 형식형태소로서 첫마디와 함께 하나의 의미단위로 기능한다. 또한 '의'가 둘째 마디와 변별되는 하나의 호기군(呼氣群)이라는 점에서 분명한 의의를 지니므로 종장 첫마디 형성에 문제는 없다. 다만, 그것이 둘째 마디와 의미의 연속성을 강하게 갖는다는 점에서 시조 특유의, 전환의 미적 효과를 약화시킬 수 있으므로 권장 사항은 아니라고 본다.

6) 1음절만이 1마디를 채우고 있는 경우, 장음과 정음의 음량을 포함해도 기준음량에 미달하므로 파격이다. 이러한 파격은 포에지 상의 필연적 요구와 미적 효과를 유발할 경우 그 당위성을 인정받을 수 있다.

제3부

우리 시대 시조의 정전

조운 시조로 본 시조의 시적 형식

1. 시조 율격론에 대한 올바른 이해

미당 서정주의 시「문둥이」가 4음 4보격의 3장시로 된 시조 양식에 거의 일치하는 정형시의 모습을 보인다는 것은 잘 알려진 사실이다.[1] 문학평론가 구중서는 근년 들어 "시험 삼아 써내듯 간간이 발표하던 시조 창작을 모아"『불면의 좋은 시간』(2009)이라는 시조집을 내놓았다. 염무웅은 평론가 구중서의 시조에 대해 "어조와 율격이 너무나 태연하고 작자 나름의 개성적인 숨결이 너무도 자연스럽게 형식 속에 무르녹아 있어" "시적 주인공의 일상생활과 감정, 자연과 사회를 대하는 태도, 세계관이 그 자체로서 전성기 시조의 정형성에 아무런 갈등 없이 일치하고 있다"고 했다.[2] 뿐만 아니라, 시 창작 시간에 습작을 가져오라 했을 때, 대학생들은 예기치 않은 4음 4보격의 규칙적 율문을 써오기도 한다. 이 모든 현상은 시조와 같은 4음 4보격의 정형 양식이 우리 의식 혹은 잠재의식의 심층에 자리하고 있어 언제든 자연스럽게 현재화

---

1 "해와 하늘빛이/문둥이는 서러워//보리밭에 달 뜨면/애기 하나 먹고//꽃처럼 붉은 우름을 밤새 우렀다." 자유시로 발표한 서정주의 이 작품은 3연 5행의 시적 형식을 취한 단시조와 다르지 않다.
2 염무웅,「전통을 살리는 일」,『문학과 시대현실』, 창비, 2010.

될 수 있는 자연스러운 시적 형식임을 말해주는 것이다.[3]

우리말의 자연스러운 발화에 따라 장구한 세월을 거쳐 형성된 이 시조 양식은 한 때 자수율을 갖는 3장 6구 12마디(초장 3·4·3·4, 중장 3·4·3·4, 종장 3·5·4·3)로 규정된 바 있다(자수율적 파악기: 1920~40년대). 그러나 이 자수율을 엄격히 준수한 작품보다 그렇지 않은 작품이 압도적이라는 사실이 지적되면서 자수율이 부정되고 70년대의 음보율을 거쳐 80년대 성기옥에 의해 음량률로 설명되었다.[4]

조동일의 지적과 같이 일본 시가 율격론을 받아들여 시조의 율격을 음수율로 파악한 것은 식민지적 사고의 전형적인 예가 된다. 음수율로써 시조의 자수를 헤아려야 했던 이유는 시조 창작을 위한 지침을 제공하려는 데 있었는데, 잘못된 지침은 창작을 부당하게 구속해왔다. 율격론은 대부분의 것을 통해서 전체를 다루기보다 전체를 전체로서 다루어 시조의 실상을 포괄적으로 무리 없이 설명할 수 있어야 한다.[5] 이런 점에서 진전된 성기옥의 논구 이후, 김학성에 의해 시조는 다음의 도식과 같이 각 장은 4모라의 음지속량을 갖는 등가적 음보 4개를 규칙적으로 반복하는 음량률을 가지되, 종장에서는 첫마디를 음량률의 규율에서 벗어나 반드시 3음절로 고정하여 자수율(음수율)을 따르고 둘째 마디는 2음보 결합형태를 띠는 과음보로 실현하여 운율적 전환을 보이는 정형 양식으로 규정되었다.[6]

　　　초장　　4　　　4　　‖　　4　　　4　… 앞구와 뒷구의 '균형'의 미학

3　김학성, 「시조의 양식적 원형과 시적 형식으로서의 행·연 갈이」, 『만해축전』, 2010 자료집 中. 이하 시적 형식에 관한 내용은 이 논문을 참조.

4　성기옥, 『한국시가율격의 이론』, 새문사, 1986 참조.

5　조동일, 『한국시가의 전통과 율격』, 한길사, 1982, 48~74쪽 참조.

6　김학성, 「시조 형식의 절주와 종장 운용의 방향」, 『만해축전』, 2011 자료집 上 참조.

중장	4	4	‖	4	4	⋯ 앞장의 '반복'의 미학
종장	3	4+4	‖	4	4	⋯ 앞구에 변화를 주는 '전환'의 미학

⋯ 3장으로 시상을 완결하는 '절제'의 미학과
4음 4보격에 의한 '유장'의 미학
* 이 표에서 4는 음절수가 아니라 음량의 크기(mora수)임

시조의 장르 표지이자 문식성(literacy)을 가지는 종장 첫마디 3음절과 둘째
마디의 과음보(5~8mora)를 제외한 모든 음보는 4모라로 실현된다. 그런데 음
보의 양식화 범위는 2모라에서 5모라까지 한정되어 수행된다는 점에서 하
나의 음보는 2음절에서 5음절까지 다양하게 실현될 수 있다.[7] 이러한 양상은
잘 알려진 황진이의 시조 "어져 내 일이야~"의 초장 첫마디가 2음절로 나타
나는데 여기에 1음절만큼의 음량을 가지는 장음과 정음이 결합하여 기준음
격(4모라)을 유지함에서도 알 수 있다.[8]

어져 – ∨	‖	내 일이야	‖	그릴 줄을	‖	모르더냐
이시랴 –	‖	하더면 ∨	‖	가랴마는	‖	제 구테여
보내고	‖	그리는 + 정은	‖	나도 몰라	‖	하노라 ∨[9]

---

7 성기옥, 앞의 책, 135~136쪽 참조.

8 필수 자질인 음절 외에 수의적 자질인 장음과 정음이라는 기저 자질에 대해서는 후술
함.

9 장음을 나타내는 '–'는 1음절만큼의 음지속량을 가지는 '+장음'을 가리킨다. 정음을
나타내는 '∨'는 묵음 상태로 실현되는 기저 자질로 '–장음'이다. 이 '정음'은 1음절(1모
라)만큼 음량이 부족할 때 중간 휴지(‖)와 행말 휴지 자리에서 음량(모라 수)을 채울 수
있다. 예외적으로, 두 개 이상의 장음이나 두 개 이상의 정음이 한 음보 내에서 나란히
실현되지 않으므로 '어져' 다음에 장음과 정음이 교체 실현된다(어져 – ∨). **"보내고"**는 종
장 첫마디 3음절 정형의 자수율을 강조하여 굵은 글씨로 표기함.

2. 현대시조의 시적 형식 모색

학생들은 지금까지 고등학교에서 시험을 위해 주입식으로 외워온 자수율의 적용이 자료적 실상과 다르다는 데 회의를 가지고 있었다. 그러나 음량률과 자수율을 동시에 지니는 시조 율격론을 바탕으로 시조 양식의 이해에 접한 학생들은 이제 그 의문이 해소되었음을 고백한다. 오늘의 시조 율격연구의 진보가 이러한데, 아직도 시조는 자수율의 정형시이고 3장을 가시적인 3행의 시적 형태로 보여줘야만 한다는 해묵은 생각이 팽배해 있는 것 같다. 시행을 배열하고 연을 구성하는 것은 시조가 아닌 "새로운 정형 모색"이라거나 "작품마다 다른 파격의 시조를 매번 창작하는 것"으로 보는 것이다. "시조는 어디까지나 엄격한 정형을 고수해야 한다"는 주장이다.[10] 문제는 이 "엄격한 정형"이어야 한다는 인식이 자수율에서 출발한 것이고 이로 인해 시행을 배열하고 연을 구성하는 시적 형식의 모색을 현대시조는 할 수 없고 자유시나 할 수 있는 일이라고 본다는 데 있다.

현대시조는 이 시대를 살고 있는 현대인들에 의해 당대적 세계관과 가치관을 표현하는 현대시의 한 장르(하위장르)다. 역사적 장르로서의 고시조는 오늘날 죽은 장르가 되었지만, 기존 장르는 '양식화'되어 '양식적 변용'을 거침으로써 그 다양한 응용력을 새롭게 발휘하여 새로운 장르로 태어난다[11]는 사실을 염두에 둔다면, 현대시조는 고시조가 사라진 이후 그것을 양식적으로 변

---

10 오세영, 「정형시로서의 시조」, 『시조월드』, 2005 하반기호 참조.

11 장르의 이러한 양식화 현상에 대하여는 Alastair Fowler, *Kinds of Literature*, Harvard University Press, 1982를 참조. 김학성은 이 이론을 적용하여 현대시조를 현대 자유시와 경쟁 관계에서 새로이 출현한 신종 장르로 보되, 그 생성력을 이미 사라진 기존 장르인 고시조 양식을 변용하여 수용한 데서 찾고, 아직 형식실험이 진행 중인 실험 장르로 보았다. 김학성, 『한국고시가의 거시적 탐구』, 집문당, 1997, 422쪽 참조.
홍성란, 「시조의 형식실험과 현대성의 모색 양상 연구」, 성균관대학교 대학원 국어국문학과 박사학위논문, 2004, 3쪽.

용하여 '현대시조'라는 이름으로 새롭게 생성된 것이다. 현대시조는 현대라는 새 시대에 초역사적으로 존재할 수 있는 '시조'라는 '양식'의 응용력을 새롭게 발휘하면서 태어난, 고시조와는 또 다른 신생의 역사적 장르다. 결국 현대시조의 장르적 특징은 시조라는 전통 양식을 현대시라는 오늘의 양식으로 승화시킨 것이라는 결론에 이른다.[12] 물론 여기서 현대시는 자유시와 현대시조를 포괄하는 개념이다.

이제 시조 양식의 제시 형식에 대하여 생각해본다. 고시조의 경우 가곡창이나 시조창이라는 음악적 형식으로 실현되었으므로, 가집에 수록될 때 노랫말을 어떤 형식모형으로 제시할까에 대한 고민, 즉 시적 형식은 문제되지 않았다. 그러나 인쇄매체를 통해 '보고 읽는 시'로 감상하는 현대시조의 경우에도 무조건 장 단위로 배행하여 3행으로 기사해야 하는가. 조동일은 고시조를 시상의 흐름에 따라 다양한 행갈이를 시도하여 『역대시조선』(1976)[13]을 엮어낸 바 있다. 그는 고시조를 노래가 아닌 시로서 읽게 한 것이다. 이 시도의 시사점은 일단 시조를 '보고 읽는 시'로서 시적 형식이 중요함을 인식하고 반영했다는 점이다.[14]

이러한 시조의 시적 형식의 모색은 개화기에는 당시 대중화된 시조창의 영

---

12 여기서 '시조'라는 용어는 초역사적으로 존재할 수 있는 '양식' 개념, 고시조와 현대시조, 자유시라는 용어는 성장과 소멸이 가능한 역사적 장르 개념, 현대시라는 용어는 자유시와 현대시조를 아우르는 포괄적 양식 개념이다.

13 시조의 율격을 정형시로서의 일반적인 율격과 작품마다의 특이한 율격의 두 차원에서 분석해야 한다. 두 차원에서의 율격이 공존하면서 생기는 긴장 관계야말로 율격의 실상이다. 조동일, 앞의 책, 61쪽.

14 고시조가 일정한 율격모형을 기반으로 하는 정형시라 한다면, 자유시는 그러한 정형의 틀을 거부하고 순전히 내적 충동을 따라 자율적으로 형식을 창조하는 자율시라 할 수 있고, 현대시조는 시조의 양식화된 정형률을 따르되 행의 배열과 연의 구성은 내적 충동에 의한 자율성을 허용하는 '자율적 정형시'라 자리매김할 수 있을 것이다. 홍성란, 앞의 논문, 21쪽.

향으로 3장의 시조창 형식을 3행의 시적 형식으로 바꾸는 정도의 행 구분 의
식만 드러내다가 육당 최남선의 『백팔번뇌』(1926)에 이르면 구 단위의 6행으
로 쓰는 정도의 시적 형식을 보여준다. 근대시조를 넘어 현대시조로 이어오
면서 '눈으로 보고 읽으며 감상하는 서정시'로 인식하게 된 시조는 어떤 시행
발화로 제시되어 시적 율동을 어떻게 취하느냐, 즉 시적 형식을 어떻게 모색
하느냐가 중요 현안이 되기 시작했다. 현대시조의 제시 형식은 음악과는 무
관하게 문자언어를 수단으로 정감을 표출하는 시행발화, 즉 시적 형식이 된
것이다.

　권영민도 최남선으로부터 촉발한 시조부흥운동이 이병기, 이은상, 주요한,
조운 등으로 이어지면서 "시조의 시적 창작 활동의 활성화를 가져오게 되었
다"는 점과 "시조에 대한 학문적인 연구가 본격화되었다"는 점을 시조부흥기
의 실천적 운동으로 평가하였다. 권영민이 지적한 "시조의 시적 창작 활동"
은 시조가 "형식의 현대적인 변용"이라는 "재창조" 과정을 거쳐 뚜렷한 현대
시조의 시적 형식(형식적 외관)으로 나타나게 됨을 의미한다.[15]

　현대시조가 현대시로서 예술성 제고를 위해 개성적인 시적 형식을 취한 가
장 이른 시기의 사례는 조운에서 찾을 수 있다. 조운은 일찍이 진부하거나 단
순하게 느낄 수 있는 형식의 굴레에서 벗어나 서정적 예술성을 이루기 위해
주어진 율동모형을 따르되 그 시행발화를 좀 더 자유롭게 가져가는 호흡의
변화(행갈이와 연 구성)를 추구했다. 조운은 관습적 글쓰기에서 '낯설게 하기'로
나아간 것이다. 정감적 분위기와 어조(tone), 감성적 결(texture), 발화상의 의미
비중 등에 따라 행갈이와 연 구성의 변화를 추구한 그는 현대시조가 현대시
다운 서정성을 발현하려면 3장을 3행으로 기사하는 도식성을 벗어나 긴장을

---

15 권영민, 「최남선과 시조 부흥 운동」, 『만해축전』 자료집 중, 2009, 586쪽 참조.

유발할 수 있는 시행발화로 표출[16]해야 함을 인식하고 1930년대에 이미 시적 형식을 다양하게 추구했다. 이러한 시적 형식의 모색은 그의 단시조에서 두드러진다.

3. 형식주의자 조운

1930년대에 이미 단시조에서 시적 형식실험의 모범적 사례를 보여준 조운은 조창환에 의해 고전적 형식을 현대적으로 재구성한 형식주의자로 평가되었다. 그는 조운의 시조가 율격시행을 몇 개의 작품시행으로 나누어 정형시의 규범성을 자유시에 가까운 형태미로 극복하는 시도를 보여주어 흥미롭다고 했다. 아울러 현대시조가 현대시의 종 개념으로 편입되기 위해서는 그 어법과 시상의 현대성뿐만 아니라 형태적 표현 기법에 있어서도 규격화된 정형성에 안주하지 않아야 함을 조운이 인식한 것으로 보고 이를 조운 시조의 현대시적 특성으로 보았다.[17] 조창환의 이러한 평가는 형식[18]에 대한 포괄적

---

16 김학성은 현대시조의 다양한 시적 형식 모색을 정통형(3장의 장 구분 의식을 준수한 시행 배열과 연 구성을 취한 것)과 변화형 그리고 파탈형으로 나누어 고찰하면서 시조의 정체성을 위협하는 파탈형으로 나아가는 것은 지양해야 할 것으로 보았다. 변화형이란 율격시행을 시인의 창조적 개성에 따라 작품의 분위기나 어조 등에 변화를 주어 작품시행으로 실현시켜 작품의 예술성을 고양시키는 시적 형식이라 했다.

17 조창환, 「조운 시조의 특성과 변모」, 『한국시의 넓이와 깊이』, 국학자료원, 1998, 92~104쪽 참조.

18 레이먼드 윌리엄스는 형식(form)을 가시적이거나 혹은 외부로 나타나는 모습과 내재적인 형성의 충동을 포괄하는 것이라 했는데 이를 적용한다면, 현대시조의 형식은 그 '외부적 모습'은 시조라는 전통적 율격모형을 따르는 것으로 되지만 그 '내재적 형성충동'은 현대정신(우리 시대의 미학적 정신이라고 할 개성과 창조성 및 참신성을 지향하는 정신)이라는 내적 욕구에 의해 그러한 관습틀을 벗어나려는 지향을 보인다고 해야 할 것이다. 이로써 볼 때 현대시조를 '형식' 면에서 규정한다면 시조의 정형틀을 따라야 하는 지향과 그 것을 따르되 현대정신을 텍스트화하기 위한 '자율성'의 모색을 동시에 추구하는 접점에서 산생된 것이라 할 것이다. 홍성란, 앞의 논문, 21쪽.

이고 전면적인 인식에서 비롯한다.

> 분행하여 시조 형식미를 외형적 격식의 속박에서 풀어주고 이어주는 솜씨가
> 탁월하다. …(중략)… 시조의 형식적 규범성이 지닌 상투형의 억압에서 자유로
> 워지고, 따라서 시형의 자유로움이 시흥의 흥그러움과 어울리는 내재적 리듬감
> 에 걸맞은 형태적 분방함을 실현하고 있다.
> 이런 의미에서 조운은 포멀리스트라고 말해져도 과언이 아니다. 그는 시조의
> 형식적 규범이 지닌 구조적 원리를 수용하면서 다양한 형태적 변조를 통해 그
> 규범의 구속에서 자유로워지기를 원했다. 1930년대의 시조시인 중에 이만큼의
> 폭넓은 형태적 실험을 시도하고 의미와 형식의 조화로운 상호교응을 통해 미적
> 형상화에 도달한 예를 조운 이외에는 찾아보기 어렵다.[19]

이 같은 조운의 시적 형식실험에 대해 조동일은 엇갈린 평가를 보여준다.
그는 『역대시조선』을 엮어내면서 오늘날의 독자가 '보고 읽는 시'로서 시적
형식이 중요함을 인식하고 고시조의 행과 연을 나누어 제시한 바 있다.[20] 장
단위로 행을 배열한 연시조 「비 맞고 찾아온 벗에게」(『동광』, 1932. 8)를 평가하
며 "이은상처럼 감각이 예민해 말을 잘 다듬는 것을 장기로 삼은 듯하지만
기교에 빠지지 않았고 애틋한 인정을 감명 깊게 드러내려고 한 점에서는 이
병기와 비슷하면서, 미묘한 느낌을 또렷하게 하는 데 남다른 장기"가 있다고
상찬했다. 이와 달리 그는 시조 3장을 3행으로 하지 않고 다음과 같은 시적
형식을 취한 작품에 대해 사뭇 다른 평가를 내린다.

> 눈 우에 달이 밝다

---

19 조창환, 앞의 책, 106~107쪽.
20 "한 자 쓰고/눈물지고/두 자 쓰고/눈물지니//字/字/行/行이/水墨山水 되겠구나//저 님
　아/울며 쓴 편지이니 휴지 삼아 보소서". 3연 11행으로 시적 형식을 취함.

가는 대로 가고 싶다

이 길로 가고 가면,
어디까지 가지는고

먼 말에
개 컹컹 짖고
밤은 도로 깊어져.²¹

—「雪月夜」 전문

「설월야」(『신가정』, 1934, 3)는 초장과 중장을 구 단위로, 종장의 앞구를 2행,
뒷구를 1행으로 기사하면서 장 단위로 연을 구성하여 3연 7행의 시적 형식을
취했다. 이처럼 조운의 단시조는 3장을 명백히 구분하는 시적 형식을 취해왔
다. 이 작품을 읽으면서 '율독의 질서'에 따라 읽으면 시인이 모색한 '창작의
질서'가 자연스럽게 보인다.²² 시조의 질서가 확연히 드러난다는 것이다. 무
엇이 문제인가.

눈앞에 펼쳐져 있는 정경을 산뜻하게 그리면서 먼 곳을 향한 막연한 동경을
나타냈다. 쉽게 이해되는 말을 조금만 하고서, 마음속 깊이 간직되어 있는 추억
이나 상념을 폭넓게 불러온다. 그런데 관습의 틀을 다 버려 시조처럼 보이지 않
는 것이 문제이다. 시조를 지을 필요가 있는가 하는 의문을 가지게 한다.²³

관습의 틀을 다 버려 시조처럼 보이지 않는 것이 문제라고 했다. 시조는 관

---

21 조운, 「雪月夜」, 『조운문학전집』, 남풍, 1990, 59쪽.
22 '율독의 질서'와 '창작의 질서'는 조동일, 앞의 책, 59쪽 참조.
23 조동일, 「시조부흥운동의 전개 양상」, 『한국문학통사 5』, 지식산업사, 2009, 314~315
쪽 참조.

습의 틀을 가시적으로 볼 수 있게, 도식적이고 기계적인 형식을 눈으로 볼 수 있게 해야 한다는 말이다. 알다시피 오늘날 우리가 사는 이 공간에서 우리 시대의 시조를 창작하는 계층은 "다양한 근대적 이념을 지닌 지식인 계층"이다. 당연히 "시조에 대한 미의식의 차이"를 가질 수밖에 없고 오늘날 시조를 쓰는 시인들은 "주관적 감정이나 전문적인 미의식 차원"에서 시조를 창작하고 표현한다. 현대시로서의 현대시조인 것이다. 이재복에 의하면 우리 시대의 "시조가 현대성을 지니기 위해서는 이 시대를 시대로서 규정하는 규범적 방향이 필요"하며 "이 규범적 방향은 어느 개인의 독단에 의해 정해지는 것이 아니라 시대적인 당위성과 다수를 만족시키는 보편타당성에 의해 정해지는 것이다." 가람 이병기가 「시조는 혁신하자」를 통해 강조한 것은 "시적 자율성과 창조성에 대한 강한 자의식"과 이에 대한 실천이라는 것이다. 현대시조는 일찍이 이병기와 더불어 조운의 시대에 와서 시적 형식 모색을 통하여 이미 개념화되고 인습화된 미적 구조가 아닌 주체 자신의 자율적인 의지에 의해 창조된 미적 구조[24]로서 재탄생한 것이다. 전통적인 시조 양식을 수용한 현대인들의 시조는 기존의 구태의연한 미의식을 탈각하고 우리 시대에 맞는 현대시로서 새롭게 위상을 정립해온 것이다. 이재복은 아울러

　　가람은 먼저 시조를 하나의 도락으로 인식하는 태도에 대해 강하게 비판하고 있다. 그는 "아직도 시조를 요리집이나 기생방에서 장고나 두드리며 즐기는 오락이나 음풍농월 혹은 풍류운사로 알고 있는 이가 있다"고 말한다. 시조의 도락성은 분명 시조가 가지고 있는 속성 중의 하나이다. 고려조나 조선조의 사대부들이 개인의 재미나 취미로 시조를 창작하고 향유하게 되면서 도락의 특성을 드러내게 된 것이라고 할 수 있다. 시조가 도락의 일종이라는 인식은 이렇게 해

---

24 이재복, 「가람 이병기의 〈시조는 혁신하자〉에 나타난 현대성의 의미」, 『만해축전』 자료집, 2011 참조.

서 생겨난 것이다. 하지만 문제는 도락성이 시조의 한 속성임에도 불구하고 그
것이 마치 시조의 보편적 속성인 것처럼 인식되고 있다는 점이다. 시조에 대한
이와 같은 인식은 비단 고려조나 조선조에 국한된 것이 아니라 근대 이후 지금
까지 계속되고 있는 부정할 수 없는 현상[25]

이라고 지적했다. 이러한 시조의 도락성에 대한 논란은 '극서정시'를 주창한
최동호에 의해 환기된다. 최동호는 "우리 시의 방향은 시조도 하이쿠도 아닌
제삼의 길"이라 했다. "둘 다 언어의 경제학이 장점이지만 시조는 도락적 측
면이 승한 반면 정신적 깊이가 모자라고, 하이쿠는 시조가 지닌 장점이 없어
서 소통 불능의 암호로 바뀐 감이 없지 않"다며 "극도로 축약된 것 속에서 여
백과 행간의 의미를 확장시키는 극서정시가 디지털 시대에도 맞다"고 했다.[26]
도락적 측면이 승한 반면 정신적 깊이가 모자란다는 이 주장은 고시조를 두
고 하는 말인가. 고시조가 사대부들의 연희공간에서 노래로서 불린 장르적
특성을 가지고 있기에 도락성을 거론할 수는 있겠다. 그러나 현대시로서 시
조를 창작하는 현대시조 장르를 두고 이러한 주장을 한다면 그 근거를 마련
하기는 쉽지 않을 것이다. 어느 예술장르를 막론하고 일정부분 도락적이지
않은 장르는 없다. 유희적, 놀이적 성격이 없는 예술장르는 없다는 말이다.
어느 장르이든 사유의 깊이가 도드라진 면이 있는가 하면 대중적 길트기의
한 방편으로서 가볍고 쉽게 접근할 수 있는 방법의 모색은 필요한 것 아닌가.
　최동호가『유심』(2011. 11/12)에「트위터 시대와 극서정시의 길」을 발표한 이
래 이 극서정시에 대한 논란은 지속되고 있다. 극서정시란 "극도로 정제된
서정시, 다시 말하면 단형의 소통 가능한 서정시를 지칭하는 것으로서 한 행
또는 서너 행의 서정시를 이상적인 형태로 지향한다"는 것이다. 이 글이 발

25 이재복, 앞의 글, 60쪽.
26 최동호,『한겨레신문』, 2011, 3, 18.

표된 직후『웹진 시인광장』(2011. 3)에서 5행으로 기사한 단시조 한 편을 놓고 문숙은 "최동호가 말하는 극서정시의 한 형태"라고 생각한다면서 "단형으로 쓰인 이 서정시 한 편이 독자에게 주는 감동이, 구구절절 산문적인 시보다 작다고 할 수 있겠는가" 묻고 있다.[27] 이재복은 최동호가 시조는 "정신적 깊이가 부족하고 도락적 측면이 강한 장르"라고 규정한 데 대하여 "극서정시 운동을 예각화"하기 위한 하나의 "전략적" 노출로 보았다.[28]

현대시조의 시적 형식 모색에 대하여 시조가 아닌 '새로운 정형 모색'으로 보거나 부정적인 의미에서 '작품마다 다른 파격의 시조를 매번 창작하는 것'으로 보는 일부 시인들의 견해가 있다. 이러한 견해는 현대시조 역시 현대시의 하위 장르로서 자유시처럼 이미지, 상징, 무의식, 자동기술, 해체 등과 같은 언어를 통한 현대 세계와의 다양한 긴장(tension)관계를 조성하는 미적인 방법들을 개발하고 또 창조해내야[29] 하는 詩라는 점을 간과한 것으로 보인다. 우리가 '율독의 질서' 위에서 '창작의 질서'를 확연히 알 수 있음에도 현대시조의 시적 형식 모색을 문제 삼는 것 또한 문제다.

4. 시조는 자율적 정형시

오세영은 시조가 시적 형식을 취하는 것은 "작품마다 다른 파격의 시조를 매번 창작하는 것"으로 보았다. 사실 시조는 고시조의 경우 노랫말로서, 현

---

27 홍성란, 「우리 시대 시조의 나아갈 길 2」, 『서정과현실』, 2011, 상반기호, 200쪽. 여기서 문숙 시인이 인용한 "단형으로 쓰인 이 서정시"란 홍성란의 단시조 「저녁」을 가리킨다. 이 작품은 3연 5행의 시적 형식을 취하고 있다. "담배를 배울 걸 그랬다/성냥골 그어 당기게//누가 봐도 일없이 불장난한다 하지 않게//성냥골/확, 그어 당기면 당긴 이유 보이게".
28 이재복, 앞의 글, 61쪽.
29 위의 글, 64쪽.

대시조의 경우 서정시로서 개별 작품마다 표출된 율동 현상[30]이 다른 '자율적 정형시'로 나타난다고 할 수 있다. 시조는 4음 4보격 3장의 양식을 가지고 우리의 마음 안에 일어난 정감을 우리말의 언어학적 구조에 따라 자연스럽게 문자언어로써 발화하여 창작하게 된다.

梨花에 −	│ 月白ㅎ고	‖ 銀漢이 −	│ 三更인지
──枝 −	│ 春心을 ∨	‖ 子規야 −	│ 알냐마는
多情도	│ 病인양ㅎ여	‖ 좀못 일워	│ ㅎ노라 ∨

「다정가(多情歌)」라 불리는 이조년(1269~1343)의 이 작품은 제시한 바와 같이 중장 첫째 마디에 2음절이 와서 기준음격 4모라에 미달한다. 이 경우는 '−'로 표시한 '+장음' 2개가 기준음격 4모라를 代償하게 된다. 3음격인 중장의 둘째 마디는 중간 휴지(‖) 앞에 '∨'로 표시한 정음 곧 묵음 상태인 '−장음' 1개가 와서 4음 4보격의 등가적 음보(마디), 곧 4모라를 형성하게 된다. 종장에 있어서, 첫마디의 3음절 정형과 둘째 마디의 과음보(5~8모라)는 문식성을 드러내는 시조의 장르 표지가 된다. 알다시피, 시조 율격 형성의 필수 자질이며 가시적 기저 자질은 음절이다. 음절만이 명백히 눈에 보이고 귀에 들린다. 그러면서 귀에 들리는 음절이 아닌 수의적 자질인 장음과 정음이 기준음격에 미달하는 음량을 채워서 4음 4보격의 등가성(等價性)을 가지게 된다. 이 눈에 보이고 귀에 들리는 음절과 눈에 보이지 않고 귀에 들리지 않는 장음과 정음이 율동적 다양성을 만들어 자율적인 리듬을 생성한다. 시조는 4음 4보격 3장의 양식 위에서 문자언어의 자연스러운 발화 양상에 따라 작품마다 다

---

30 오세영의 "작품마다 다른 파격의 시조"라는 말은 개별 작품마다 표출된 다양한 율동 현상에 대한 오해다.

른 율동 현상을 보여주는 창작물이 되는 '자율적 정형시'다.[31]

朔風은—		나무긋퇴 불고	‖	明月은—		눈속에 춘듸
萬—里—		邊城에∨	‖	一長劍 —		집고 셔셔
긴프롬		큰 흔 소리에	‖	거칠거시		업세라∨

「호기가(豪氣歌)」라 불리는 김종서(1390~1453)의 이 작품도 위와 같이 음절 외에 장음과 정음이 4모라의 기준음격을 채워 4마디 등가성을 가진다. 그런데 초장 둘째 마디는 밑줄 그은 "불고"만큼 2음절(2모라)이 늘어나 음보 수준의 가벼운 파격미를 보여주며, 초장 넷째 마디는 5음절로 1모라만큼 음량이 늘어나 있다. 이는 전술한 바와 같이 음보의 양식화 범위가 2~5음격이라는 점에서 파격은 아니다. 이와 같이 4음 4보격 3장의 양식 위에서 정격과 파격을 가볍게 넘나들기도 하면서, 종장 첫마디만큼은 3음절로 고정하고 둘째 마디는 5~8모라를 유지하는 변형율격으로 시조만의 독특한 미학을 유지해왔다. 시조는 한국어의 언어학적 구조에서 비롯한 율동 현상으로서 개별 작품마다 눈에 보이고 귀에 들리는 음절수가 각기 다르게 나타날 수 있는 자율적 정형시다.

『조운시조집』(조선사, 1947)은 근대(현대) 문학양식으로서 한국시사에 기록될 독보적인 시조집이다. 조운이 월북하기 직전에 발행한 이 시조집에는 단시

---

31 장음과 정음은 수의적 자질로서 필수 자질인 음절만으로 기준음격 4모라를 채우지 못했을 경우에 모자라는 음량을 대상하게 된다. 2음격 음보에서 장음과 정음으로 2모라를 대상해야 할 경우 장음이나 정음이 한 음보에서 2개가 나란히 올 수 없다. 따라서 장음과 정음이 교체 실현되는데 이는 장음과 정음의 기능이 율동적 다양성을 조성하는 데 있다는 사실을 보여준다. 장음과 정음의 실현에는 언어학적 장음화, 보상적 장음화의 경우 등 발성 역학적 원인이 개별 현상에 따라서 개입된다. 성기옥, 앞의 책, 110~113쪽 참조.

제3부   우리 시대 시조의 정전

조 60편, 연시조 10편, 연작시조 2편, 사설시조 1편으로 모두 73편의 시조가
수록되어 있다.[32]

> 梅花 늙은 등걸
> 성글고 거친 가지
>
> 꽃도 드문드문
> 여기 하나
> 저기 둘씩
>
> 허울 다 털어버리고 남을 것만 남은 듯.
>
> ―「古梅」[33]

　3연 6행의 시적 형식을 취한 「고매」는 늙은 매화의 고졸 담박한 이미지 외
에 시적 화자가 겨울날 늙은 매화나무 앞에 고요히 서 있는 장면을 떠올리
게 한다. 드문드문 피어난 꽃송이를 행을 바꾸어 "여기 하나" "저기 둘씩"이
라 하여 선명한 이미지를 효과적으로 표출한다. 조운은 보여주고 싶은 것은

---

32 연시조 10편: 「滿月臺에서」 「善竹橋」 「湖月」 「石潭新吟」 「비 맞고 찾아온 벗에게」 「어머
　니 回甲에」 「돌아다 뵈는 길」 「病友를 두고」 「停雲靄靄」 「女書를 받고」. 연작시조 2편:
　「曙海야 芬麗야」 「가을비」. 사설시조 1편: 「구룡폭포」. 나머지 단시조 60편.
　여기서 연시조는 연을 단위로 하여 계기적으로 1편의 작품을 이룬 형태를 가리킨다.
　연작시조는 1. 같은 주제, 2. 같은 제목, 3. 같은 부제로 별개의 텍스트를 단위로 하여
　연속적으로 쓰인 작품 형태를 가리킨다. 홍성란, 앞의 논문, 「시조의 형식실험과 현대
　성의 모색 양상 연구」, 51~52쪽 참조.
33 「고매」는 초장을 구 단위 2행, 중장을 구 단위 1행+음보 단위 2행, 종장은 장 단위 그
　대로 1연 1행으로 기사하여 3연 6행의 시적 형식을 취하고 있다. 이를 율격에 따라 도
　식화하면 다음과 같다.

梅-花-	늙은 등걸 ‖	성글고-	거친 가지
꽃도-∨	드문드문 ‖	여기 하나	저기 둘씩
허울 다	털어버리고 ‖	남을 것만	남은 듯∨

행과 연을 나눈 여백 속에서 천천히 시간을 끌며 한 장면씩 보여준다. 그리
고 늙은 매화를 오래도록 바라보며 깨달은 말, 하고 싶은 말은 몰아치듯 1연
1행으로 발화한다. 허울을 다 털어버린 고매의 형상처럼 우리도 그렇게 살아
야 하지 않겠느냐는 말을 시인은 하고 싶은 것 아닐까. 시간적 여유를 두지
않고 촉급하고 단호하게 말하듯 1연 1행으로 기사했다.「고매」의 시적 형식
과 더불어 초장과 중장의 선경과 종장의 후정은 성공한 실험이고 전략이라
할 수 있다.

넌지시 알은 체 하는
한 작은 꽃이 있다

길가 돌담불에
외로이 핀 오랑캐꽃

너 또한 나 보기를
나
너 보듯 했더냐.

—「오랑캐꽃」[34]

"길가 돌담불에"서 본 "한 작은 꽃"을 전경화하기 위해 초장과 중장을 구 단
위로 배행하고 연을 나누었다. 그 꽃은 "외로이 핀 오랑캐꽃"이다. 외로운 화
자의 조용한 마음이 "외로"운 "꽃"을 볼 수 있다. 이 작품의 특기할 만한 전략
은 3행으로 기사한 종장에 있다. 주체인 "나"와 객체인 "너"를 종장의 첫행으

---

34 「오랑캐꽃」을 율격에 따라 도식화하면 다음과 같다.
　　　넌지시-　| 알은 체 하는 ‖ 한 작은-　| 꽃이 있다
　　　길가-∨　| 돌담불에 　‖ 외로이 핀　| 오랑캐꽃
　　　너 또한　| 나 보기를 나 ‖ 너 보듯-　| 했더냐∨

로 하여 등가적으로 자리매김하면서 종장 둘째 마디에 해당하는 종장 제2행의 "나"를 독립시켜 강조하고 있다. 사실은 "넌지시 알은 체 하는"으로 은근하게 표현했지만 시적화자의 눈길은 "오랑캐꽃"에 가 닿은 것이다. 그것을 화자는 주체와 객체의 눈이 서로 마주쳐 "보"는 것으로 형상하고 있다. "넌지시 알은 체"한다는 말은 "오랑캐꽃"과 화자의 마음이 통했다는 것이다. 그러기에 "외로"운 "오랑캐꽃"을 "알"아보는 것이다. 일없이 "오랑캐꽃"이나 보고 있는 외로운 시인과 "길가 돌담불에" "외로이 핀 오랑캐꽃"이 서로 통한 것이다. "나"처럼 "오랑캐꽃" "너"도 "나"를 "보"고 있었던 것이다. 반가운 것이다. 대상과 일체가 되어 이토록 정밀한 시적 형식을 산출하였다.

5. 단시조, 우리 시대의 극서정시

『조운시조집』에 수록된 60편의 단시조는 모두 장 단위로 연을 나누어 명확한 장 구분 의식이 보이는 가운데 5~9행의 다양한 시적 형식을 모색하고 있다. 행 배열 면에서는 장 단위에서 구 단위, 음보 단위, 음절 단위로 나누어 다양한 시적 형식을 보여준다.

> 눈오고 개인 볕이
> 터지거라 비친 창에
>
> 낙수물 떨어지는 그림자
> 지나가고
>
> 와지근
> 고드름 지는 소리
> 가끔 맘을 설레네.
>
> ─「雪晴」

『조광』(1937. 6)에 발표한 이 작품은 겨울날 눈이 그치고 한 점 구름 없이 푸른 하늘에서 비치는 볕살 이미지를 후경으로 하고 있다. "개인 볕이/터지거라 비"치는 "창"을 통하여 "낙수물 떨어지는 그림자"를 화자는 보고 있다. 이 "낙수물 떨어지는 그림자"가 "지나가"는 순간을 포착할 수 있는 정황은 고요와 적막이 깔려 있음을 말해준다. 이 고요하고 적막한 공간에 "가끔" "고드름 지는 소리"가 들려 화자의 "맘"을 "설레"게 한다.

「설청」의 형식적 묘미는 "지나가고"와 "와지근"의 배행에 있다. "지나가고"를 1행으로 하여 "낙수물 떨어지는 그림자"를 포착한 순간을 도드라지게 했다. 고요하고 적막하기에 잇달아 "와지근"하고 "고드름" 떨어"지는 소리"를 들을 수 있는 것이다. "와지근"이라는 청각이미지를 부각시키기 위해 종장 첫마디를 단독행으로 한 것 역시 효과적 전략이다. 전체적인 동적 이미지 속에 화자의 섬세한 심경 묘사가 일체를 이루며 극명한 심상을 제시하는 데 성공하고 있다.

최동호가 주창한 극서정시란 극도로 정제된 서정시, 다시 말하면 단형의 소통 가능한 서정시를 지칭하는 것으로서 한 행 또는 서너 행의 서정시를 이상적인 형태로 지향한다는 것이다. 그는 극도로 축약된 것 속에서 여백과 행간의 의미를 확장시키는 극서정시가 디지털 시대에도 맞는다고 했다. 나는 이 말이 한국의 단시조를 지칭하는 말로 들린다. 그렇다고 해서 극서정시는 단시조가 되어야 한다는 말은 아니다. 자유시는 얼마든지 더 자유롭게 극서정시를 생산할 수 있고 또 그래야만 한다. 다만, 시조가 도락적 측면이 승한 반면 정신적 깊이가 모자라고, 하이쿠는 시조가 지닌 장점이 없어서 소통 불능의 암호로 바뀐 감이 없지 않다는 말이 도대체 성립할 수 있는가 묻고 싶다. 아무리 "극서정시 운동을 예각화"하기 위한 "전략적" 노출이라 해도 현대시조를 이렇게 평가하는 것은 옳지 않다.

오늘날의 현대시조는 사멸해가는 양식이 아니라 시 언어의 리듬 문제를 찰박하게 실험해 나가는 항로의 현장이다.[35] 시 언어의 리듬 문제는 시조 언어의 조사(措辭)만이 아니라 시적 형식을 함께 지칭하는 것이다. 우리 시대의 현대시에는 정형적인 형태미에 근접하는 자유시의 시적 형식과 자유시의 형태미에 근접해가는 정형시의 시적 형식도 공존한다. 우리 시대 시조(현대시조)의 시적 형식은 현대정신의 표현이다. 고시조이거나 현대시조이거나 "정신적 깊이가 부족하고 도락적 측면이 강한 장르"라는 표피적 인식은 수정되어야 한다. 잘 쓰인 현대시조는 정신적 깊이도 갖추고 있고 소통이 가능한 우리 시대의 극서정시라는 점을 잊지 말아야 할 것이다. 그 사례를 조운에서 간단히 살펴보았지만 정완영, 조오현 같은 현대시조의 거봉들 작품에서 얼마든지 찾아볼 수 있지 않은가. 굳이 현대시조를 논하는 자리가 아니어도 시적 형식을 취한 조오현의 시조들은 한국시단의 내로라하는 평론가들이 상찬하여 마지않고 있음을 우리는 잘 알고 있다.

이 글은 1947년에 발행된 『조운시조집』의 단시조를 통하여 근대문학양식으로서의 현대시조가 현대시로서 시적 형식 모색을 통하여 현대성을 추구해 온 점을 논의했다. 조운의 단시조가 보여주는 시적 형식은 오늘의 시점에서 보아도 빼어난 형식실험이다. 이러한 논의 가운데 일부에서 보이는 시조 율격론에 대한 오해와 편견을 바로잡고자 했다. 한국 고유의 '자율적 정형시'인 시조가 어떠한 양상으로 각기 다른 역사적 장르(고시조와 현대시조)로서 존재하는지 논의했다. 아울러 전통적 시조 양식을 현대적으로 변용하여 오늘날 창작하고 있는 현대시의 하위 장르로서 현대시조가 보여주고 있는 시적 형식의 현대성을 논의했다. 이로써 현대시조가 가지는 우리 시대 극서정시의 가능성을 제시해보았다.

---

35 방민호, 『시를 써야 시가 되느니라』, 예옥, 2007 참조.

이호우 시조의 율격 운용과 현대성

1. 선행 연구 검토

이호우(1912~1970)[1]에 대한 선행 연구는 현대시조시인 그 누구보다도 충일하다고 할 수 있다. 연보와 서지 및 시인론에 대한 연구와 자료의 집적은 그의 출생지 청도를 중심으로 활발히 진행되어왔다.[2] 1991년 11월에 이호우시조문학상이 제정되고 이호우시조문학상운영위원회가 결성됨으로써 1992년

---

1 李鎬雨(호는 爾豪愚)는 1912년 3월 2일 경북 청도군 대성면 내호리 259번지에서 아버지 우강 경주 이씨 종수와 어머니 구봉래 사이의 2남 2녀 가운데 차남으로 태어났다. 의명학당을 세우고 군수를 지낸 조부 혜강 이규현의 영향으로 그는 유교적 가풍과 예술적 전통을 지닌 가문에서 유복하게 성장하였다. 밀양공립보통학교, 경성제일고등보통학교, 동경예술대학을 거치는 동안 신경쇠약증 등으로 1930년 귀국하여 고향에서 전통서정을 바탕으로 한 문학과 예술 지향적 청년기를 보낸다. 가람 이병기에 의해 1940년 『문장』지 6, 7월호에 「달밤」이 추천되면서 문단에 나온 이호우는 1946년 대구로 이사하면서 『죽순』을 통해 본격적인 문학 활동을 시작한다. 『대구일보』, 『대구매일신문』 등 언론사에서 일하며 시대상황에 대한 비판정신을 담은 과격한 논조와 고발로 여러 차례 필화사건을 겪는다. 이러한 과정 속에서 이호우는 현실참여적 저항시인으로 평가받기도 한다.

2 이 글의 모든 인용문은 한글로 바꾸어 쓰되, 의미 전달을 위해 한자가 필요한 경우에는 한자를 쓴다. 『개화』 제20집에는 정혜원(「이호우론 - 현대시조의 새로운 위상제시」, 『시조시학』, 1993. 여름호)의 논문 등 대표적인 이호우 연구자료가 29편 소개되어 있다. 이 글에서 연구서지는 생략하기로 한다.

에 제1회 이호우시조문학상을 시상하게 되었다. 이로써 이호우 시조문학에 대한 전면적인 연구 조사가 이루어졌으며 마침내 민병도와 문무학 공편, 이호우시조전집『차라리 절망을 배워』(그루, 1992)가 상재되었다. 이와 함께 현대시조의 전범(典範)이며 정전(正典)이 된 이호우의 단시조 「개화(開花)」를 표제로 한 연간 시조 전문지『개화』를 발간하게 되어 현재 20집을 상재하고 있다.[3]

특히 1994년『개화』제3집에서는 민병도가 「이호우 시조의 개작 과정」을 전면적으로 다루는 데까지 나아감으로써 이호우의 시조관, 시인론, 작품론, 시조운동 등 다방면에 걸쳐 포괄적인 연구가 이루어졌다고 할 수 있다. 2000년『개화』제9집에서는 30주기 추모 특집으로 문무학이 「이호우 시조론 연구」를 보탬으로써, 이호우 시조론을 총람하는 가운데 선행 연구의 성과를 조명함으로써 '이호우 시조의 비밀'과 '이호우 시조관이 드러났'다고 보았다.[4]

문무학에 의하면 '이호우 시조가 현대시조의 새로운 지평을 열 수 있었던 근거'를 네 가지로 정리할 수 있다. 문무학은 이호우가 '첫째, 시조에 대한 재래적 관념을 벗고 시조의 문제를 시조 밖에서 해결해보려 했다. 둘째, 시조의 형식을 외형적 정형으로 보지 않고 내용적 정형으로 보았으며 다취신축성(多趣伸縮性)과 정형이비정형(定型而非定型)이라는 시조 형식관을 가지고 있었다. 이는 음수율을 배격한 것이며 새로움을 향한 형식관이었다. 셋째, 시조에 담을 내용은 시대에 따라 달라져야 한다고 보았다. 넷째, 이미지즘을 지향했다. 이미지즘의 영향을 받은 것이 아니라 이호우의 시조 창작 기법이 이미

---

3 1991년에 이호우시조문학상 운영위원회가 발족된 이후 2002년에는 누이 이영도의 이름으로 시행되어 오던 정운시조문학상을 청도군으로 이관을 건의하여 2003년에는 청도군에서 '이호우 이영도 시조문학상' 조례 개정안을 입법예고하고 청도군민회관에서 시상, 지금까지 시행하고 있다.

4 문무학, 「이호우 시조론 연구」, 『개화』, 제9집, 2000, 37~38쪽.

지즘과 맥을 같이하고 있었다. 초기 연작에서 후기 단수로 옮겨간 까닭도 이와 무관하지 않을 것'으로 보았다.[5]

최근 연구에서 '이호우 시조의 전개 양상'과 '이호우 시조의 문학적 성과'를 집약[6]한 민병도에 의하면 이호우 시조는 '현실 적응기(1934~1950)',[7] '현실 비판기(1951~1960)',[8] '현실 관조기(1961~1970)'[9]로 나누어볼 수 있다. 자연에 대한 연민으로부터 감성적 직관에서 현실적 조응 과정을 거쳐 초월적 직관에 이르기까지 자연과 인간과의 관계를 설정하는 데 골몰한 이호우는 이데올로기를 둘러싼 갈등과 대립 속에서 언제나 민족과 동시대적 아픔을 함께 나누고자 깨어 있는 의식으로 초월과 달관의 경지를 드러낸 작품세계를 보여주었다.[10]

민병도의 연구를 비롯한 선행 연구들은 이호우 시조를 시기적으로 2분하든 3분하든 후기로 갈수록 초기의 연시조에서 단시조로 집중하는 경향을 지적했다. 정혜원의 경우도 전기시와 후기시로 나누어 고찰하면서 후기로 갈

---

5 앞의 글, 29~38쪽 참조. 문무학은 『휴화산』 후기에서 "누군가 말하기를 시조는 가락과 의미는 있어도 '이메지'를 결했다고 하였다. 유의해야 할 일"이라고 한 이호우의 발언은 이미지즘 운동의 선구자들이 주장했던 '이미지스트 선언'의 내용과 맥을 같이 하는데 「삼불야」(무슨 業緣이기/먼 남의 骨肉戰 을//생떼 같은 목숨값에/아아 던져진 三弗 軍票여//그래도 조국의 하늘이 고와/그 못 감고 갔을 눈.)는 이와 같이 일상어의 사용, 새로운 리듬의 창조, 자유로운 제재 선택, 명확한 이미지 제공, 긴축을 본질로 삼았다는 점에서 이미지스트들의 선언과 부합된다고 보았다.

6 민병도, 「시조의 새로운 해석과 창조적 계승」, 『문학사상』, 2012. 3.

7 "현실에 대한 자기 보호적 자세로부터 출발한 문학에의 관심과 시조라고 하는 민족시에 대한 애정으로 대변되는 시기."(「달밤」, 「초원」, 「이단의 노래」, 「나를 찾아」, 「해바라기처럼」, 「첫 설움」, 「나의 가슴」 등)

8 "6·25라고 하는 외세에 의한 민족전쟁과 독재라고 하는 이 시기는 이호우에게도 혼돈과 저항의 시기."(「바람별」, 「囹圄 2」, 「旗빨」, 「촉석루」, 「너 앞에」, 「오월」, 「금」 등)

9 "현실에 대한 고발'과 '비판' 그리고 '불교관에 의지하여 깨달음을 통한 길찾기를 시도한 작품 등 다양성이 이시기의 특징."(「개화」, 「삼불야」, 「춘한2」, 「추석」, 「단층에서」, 「하」, 「연」 등)

10 민병도, 앞의 글, 166~173쪽.

수록 연시조에서 단시조로 이행하는 경향을 지적[11]했는데 김복근 또한 최근 연구에서 '시조가 국민시가 되기 위해서는 시적인 긴장감과 여백의 여운을 살리는 단시조가 되어야 한다는 판단'을 했고 '응축된 자아의식의 표출을 위해서는 압축과 강렬한 이미지의 단수가 더 적당하다고 생각한 것'으로 보았다.[12]

이와 같은 선행 연구의 결과, 이호우의 시조관과 그에 따른 문학적 성과를 다음과 같이 압축할 수 있다. 이호우 시조관의 핵심은 시조의 율격을 자수율로 보지 않았다는 데 있다. 이는 이호우 시조가 현대시조문학사에 남긴 시조사적 성과와 직결된다. 정혜원은 '현실 비판과 역사의식으로 현대시조의 새로운 위상을 제시'한 이호우 시조는 '치열한 비판의식과 율격의 변모'를 보여주는데 그 '격렬한 시정신을 표출해내기 위해' '형태의 부분적 해체'는 불가피한 것으로 보았다. 이호우 시조의 '율격의 변모는 시조 형식의 파기가 아니라 시조의 구태의연함을 혁신해보고자 하는 노력이었으며 기계적 자수의 배치에 승복할 수 없는 자유로운 시혼의 표현'이라고 평가했다. 아울러 '시조의 기존 율격을 깨뜨리면서까지 자유로운 시정신을 추구하려던 이호우의 작시 태도'는 '시조의 현대화'에 기여한 바 있으나 '외형률과의 마찰'을 불러일으켰

---

11 정혜원은 이호우의 전기시와 후기시의 변화 양상을 면밀히 분석했다. 첫째, 전기의 연시조형에서 후기의 단시조형으로 회귀하는 현상. 둘째, 전기의 자연친화적 자세가 후기에 이르러 현실비판적 성향이 강한 작품들과 함께 인생에 대한 관조가 투영된 작품으로 기운다. 셋째, 전기시의 향토적 색채와 아울러 혈기에 찬 격정의 소리가 후기시에 이르러 연륜과 함께 억제되며 원숙과 달관의 경지를 보여준다. 형식면에서도 전기시의 역동적인 활력이 수그러들면서 자유분방한 과다음절은 줄어 시형이 안정되는 추세를 보이나 종장 제1구의 율격의 변화는 오히려 심화되어 나타난다. 정혜원, 「현대시조의 새로운 위상 제시−이호우론」, 『한국현대시조 작가론 I』, 태학사, 2002, 121∼124쪽.
12 김복근, 「압축 파일, 그 염결의 미학−이호우 시인의 삶과 문학」, 『펜문학』, 2012. 3/4, 28쪽.

다고 평가함으로써 정혜원 또한 시조를 자수율로 파악하고 있음을 알 수 있다.[13] 자수율은 규정에 따라 엄격하게 자수를 지켜야 하는 것이다. 그러나 시조의 자료적 실상은 자수율을 그대로 따른 예가 조동일의 연구와 같이 전체의 4%에 지나지 않는다는 상식을 우리는 이미 알고 있다. 이는 시조의 율격을 자수율만으로는 설명할 수 없다는 반증이다.

이 글은 이호우 시조에 대한 선행 연구의 성과인 '치열한 비판의식과 역사의식으로 현대시조의 새로운 위상을 제시'했다는 평가를 수용한다. 그러나 시조 율격을 자수율로 파악한 결과에 따른 평가는 비판적으로 검토하는 가운데 이호우의 시조 형식관과 율격 운용 양상으로 본 이호우 시조의 현대성을 규명하는 데 주력할 것이다.

2. 시조 율격 운용과 이호우 시조의 현대성

1) 현대시조의 정전

우리는 현대시조의 정전으로 평가받는 이호우의 단시조 「개화」를 통하여 이호우의 시조 율격에 대한 이해를 파악할 수 있다. 지금까지 밝혀진 이호우의 작품은 모두 185편이다. 1950년대 유고(遺稿)에 보이는 4연 9행의 자유시 「꽃이 터진다」는 개작 과정을 거쳐 3연 15행의 「개화」라는 제목으로 1962년에 '여백록'에 남기고 『현대문학』에 발표한다. 그러나 그의 열정과 책임의식의 소산인 두 번째 시조집 『휴화산』(중앙출판공사, 1968)에서는 다음과 같이 교과서에 수록된 장 단위 3연 구 단위 6행의 정전화된 작품으로 발표한다.

---

13 정혜원, 앞의 글, 앞의 책, 101~117쪽 참조.

꽃이 피네 한 잎 한 잎
한 하늘이 열리고 있네

마침내 남은 한 잎이
마지막 떨고 있는 고비

바람도 햇볕도 숨을 죽이네
나도 아려 눈을 감네.

　　그는 『휴화산』 발간 무렵, 거의 단형시조로 제한하였고 배행에 있어서도
3장(연) 6구(행)의 시적 형식을 고수하여 소위 이호우식의 시적 형식을 남겼
다.[14] 이러한 시적 형식의 수립은 시조의 형식적 정체성을 확고히 보여준다는
점에서 후기에 정립된 이호우 시조관을 여실히 보여주는 것인데 이 작품을
율격에 따라 도식화하면 다음과 같다.

꽃이 피네	ǀ	한 잎 한 잎	‖	한 하늘이	ǀ	열리고 있네
마침내	ǀ	남은 한 잎이	‖	마지막 떨고	ǀ	있는 고비
바람도	ǀ	햇볕도 숨을 죽이네	‖	나도 아려	ǀ	눈을 감네.[15]

　　주지하다시피, 3장 6구 12마디(음보)의 시조 율격 연구는 초기의 음수율에
서 음보율로의 진전을 보았고, 성기옥에 의해 음량률로 정립되었다.[15] 여기
에 더하여 김학성은 종장 첫마디만은 3음절 정형을 지키는 음수율과 음량률
을 가진 정형 양식임을 규명[16]함으로써 다취신축성(多趣伸縮性)과 정형이비정

---

14 민병도, 앞의 글, 173~175쪽.
15 성기옥, 『한국시가율격의 이론』, 새문사, 1986 참조.
16 김학성, 「시조 형식의 절주와 종장 운용의 방향」, 『만해축전』 자료집 上, 2011.

형(定型而非定型)이라는 추상적 형식 논리를 설명할 수 있는 '자율적 정형시'[17]라는 이해에까지 나아갔다.

시조는 장르 표지이자 문식성(literacy)을 가지는 종장 첫마디 3음절과 둘째 마디의 과음보(5~8mora)를 제외한 모든 음보는 4모라로 실현된다.[18] 그런데 음보의 양식화 범위는 2모라에서 5모라까지 한정되어 수행된다는 점에서 하나의 음보는 2음절에서 5음절까지 다양하게 실현될 수 있다. 이러한 양상은 잘 알려진 황진이의 시조 "어져 내 일이야~"의 초장 첫마디가 2음절(어져)인데 여기에 1음절만큼의 음지속량을 가지는 장음(−)과 정음(∨)이 하나씩 결합(어져−∨)하여 기준음격 4모라를 유지함에서도 알 수 있다.[19]

시조의 율격 분석은 음보의 양식화 범위에 안에서 각 마디의 음량 배분을 첫 번째로 고려하고, 다음은 의미의 응집력에 따라 의미론적 분할을 한다는 점에서 「개화」의 율격 분할은 위와 같이 도식화할 수 있다. 「개화」의 경우 위와 같이, 음보의 양식화 범위를 벗어난 예가 없이 정격을 지킨 작품으로서 교과서적 정전(正典)인 동시에 고전이 되었다.

종장은

바람도　∣　햇볕도 숨을 죽이네　∥　나도 아려　∣　눈을 감네.

와 같이 율격 분할되는데, 밑줄 친 부분과 같이 '의미론적 결집에 의한 파격'[20]으로 평가하는 경우가 있다. 그러나 이러한 판단은 시조의 양식적 원형이 의

---

17 홍성란, 「시조의 형식실험과 현대성의 모색 양상 연구」, 성균관대학교 대학원 국어국문학과 박사논문, 2004 참조.
18 1모라는 1음절 정도의 음장(音長).
19 홍성란, 「조운 시조로 본 시조의 시적 형식」, 『서정시학』, 2011, 가을호 참조.
20 홍성란, 「시조 종장 운용의 문제점과 제언」, 『만해축전』 자료집 上, 2011 참조.

도하는 율격미학과는 거리가 있다. 종장 첫마디의 3음절 법칙은 '진작 3'으로 부터 기원하는데 '진작 3'은 시조 형성 초기의 형식으로서, 시조 양식화 초기부터 지켜온 전통이다. 3음절 정형은 시조 종장 첫마디에 대한 우리의 선험적 율격 인식으로 고정되어 온 것이다. 이 선험적 율격 인식에 따라 종장 첫마디는 자연스럽게 3음절로 율독되는 것이며 이 선험적 율격 인식이 '글쓰기의 본'으로 작용해왔기에 이 같은 작품들이 현대시조의 거봉이라 할 이호우, 이영도, 박재삼, 정완영 같은 시인들에 의해 산생될 수 있었던 것이다.[21] 그런데 정혜원은 이호우 시조의 종장 제1구에서도 변형된 율격이 등장한다고 지적하며 아래와 같은 예를 제시했다.

겨우 그　|　이룬 거미줄들이　‖　무심히도　|　걷힘이여

—「영위 · Ⅱ」

3음절 한 단어이거나 2음절에 토가 붙어 3음절 정형을 이루는 것이 아니라 예시와 같이, 부사(2자)+대명사(1자)의 구조를 시도하고 있으며, 1음절의 대명사는 앞의 부사와 결합되기보다는 뒤의 어구들과 연결된다고 보아, '겨우/그 이룬 거미줄들의'로 율독된다[22]고 했다. 이러한 판단은 율독(律讀)에 대한 오해에서 비롯한다. **율독은 율격에 따라 각 마디의 양식화 범위를 고려하여 음량을 배분하며 읽는 것이다.** 그러므로 선험적 율격 인식에 따라 자연스럽게 위의 도식과 같이 율격 분할하고 율독하게 되는 것이다.

2) 통변, 이호우의 율격 운용

유협의 『문심조룡』 제29장 「통변(通辯)」에 의하면, 문장(文章)의 체재(體裁)는

---

21 위의 글, 648쪽.
22 정혜원, 앞의 글, 앞의 책, 120쪽.

일정한 것이나, 문장의 변화는 무궁한 것이다. 문장의 형식들은 그 명칭과 창작 규범이 계승된 것이어서 이들에 대한 설명에는 일정한 규범이 있으나 문장의 변화에는 일정한 규범이 있는 것이 아니어서, 그러한 변화에 대해 설명하기 위해서는 새롭게 형성된 작품을 참고해야 한다. 문장의 체재를 잘 운용하여 문장의 변화를 이룰 수 있는 재능은 문학 창작의 찬 샘물을 마실 수 있게 하는데 작가의 두레박줄이 너무 짧아서 자기의 갈증을 참아야만 하고 다리의 힘이 부족해서 그 길을 포기해야만 하게 되는 것은, 창작방법에 어떤 제한이 있기 때문이 아니라 창작 방법의 융통성 있는 적용에 대해 경험이 부족하기 때문이다. 또한 문학의 전통을 지배하는 원리들을 규정함에 있어서 사람들은 문학의 형식에 대한 폭넓은 관점을 지녀야만 하고 그러기 위해서 폭넓은 경험과 정밀한 연구를 거쳐야 하며, 모든 문학적 교훈들 가운데서 어떤 조화를 창조하는 종합적인 윤곽을 획득해야만 한다. 그런 다음에는 창작방법에 있어 사통팔달의 대로를 개척하고 그 관건을 장악해야 한다.[23]

이호우는 이「통변」의 원리에 충실했고 그에 따라 시조 율격에 대한 정확한 이해에 도달한 것으로 볼 수 있다. **시조에 대한 재래적 관점을 벗고 시조의 형식을 내용적 정형[24]으로 파악**한 것은 시조가 자수율(음수율)을 따르는 주형(鑄型)의 형식이 아님을 파악한 것이다. **자수율은 쇳물을 주형에 부어 모양을 만들어내는 정형의 틀로 보는 것이다.** 다취신축성과 정형이비정형이라 함은 개별 작품이 우리말의 언어학적 요인에 따른 자연스러운 발화가 리드미컬한 율동을 생성하는 **자연률[25]**을 따른다는 점을 파악한 것이다. 이는 시조가 **종장**

---

23 유협,『문심조룡』, 최동호 역, 민음사, 1994, 360~364쪽 참조.
24 이호우,「시조의 본질」,『죽순』제3집, 1946. 12(문무학, 앞의 글, 앞의 책, 26쪽에서 재인용).
   시조의 "定型은 內容的 定型이지 결코 外型이 가져오는 定型만의 定型은 아니다. 時調의 外的 型만으로 시조의 型을 따지고 論議함이 있다면 이는 時調의 門前에도 와보지 못한 이라 하지 않을 수 없다."
25 자연률은 가람 이병기가「율격과 시조」(『동아일보』, 1928. 11. 12.)에서 '시조의 율격은 종래

첫마디만은 3음절 정형을 고수하는 음수율과 음량률을 지닌 '자율적 정형시'라는 인식과 다르지 않다. 시조가 개별 작품마다 자율적으로 가시적인 음절 수와 장음과 정음이라는 기저 자질이 가세하여 각 마디가 등장성을 지닌 음량을 채우는 율격 체재를 이루고 있음을 파악한 것이다. 이는 이호우 문학의 시사적 위치를 규정할 수 있는 중대한 관점이다.

정혜원은 이호우 시조가 격렬한 시정신을 표출해내기 위해서는 시조 형태의 부분적 해체가 불가피하였다고 보고 이호우 시조에 나타나는 율격의 변화는 「旗빨」이나 「바람벌」과 같이 정신의 가열성으로 하여 온 것도 있지만, 작품 전반에 걸쳐서 **정형의 속박에 구애받지 않으려는 시작태도**에서 기인하는 것으로 보았다.[26]

내	ǀ	너 앞에	ǁ	다수굿이	ǀ	弱했노라
내	ǀ	나에게	ǁ	이리도	ǀ	强하기로
어디라	ǀ	靑山이 없으랴	ǁ	구름같이	ǀ	가노라

단시조 「작별」은 위와 같이 율격 분할되는데, 이호우 작품에서 가장 파격이 심한 사례다. 여기서 '시조 형태의 부분적 해체'라는 정혜원의 이해는 적절하지 않다. 이호우는 언제나 시조라는 분명한 장르 표지 아래 작품을 발표해왔다. 또한 시조의 '율격'은 시조의 양식성에 대한 규정으로, 변화하는 것

에 시조에서 쓰던 율격만을 써야 한다는 것보다도 지금 우리말 가운데 자재한 자연률을 찾아 써야 할 것'임을 강조하면서 '자연 짓노라면 그 때 사실과 경우에 따라 이렇게도 되고 저렇게도 되고 보면, 어느 법칙에든지 偶合되는 일도 있을 것이다. 그래서 법칙이 작가를 만드는 것이 아니라 작가가 법칙을 만드는 것'이라고 본 데서 기원한다. 자연률은 춘원 이광수가 「시조의 자연률」(『동아일보』, 1928. 1. 1.)에서 이미 언급한 바 있다. 박을수, 「가람의 시조론」, 『한국시조문학전사』, 성문각, 1978, 305~306쪽 참조.
26 정혜원, 앞의 글, 앞의 책, 117쪽.

이 아니다. 시조라는 역사적 장르는 생성하고 소멸할 수 있으나 기존 장르는 '양식화'되어 '양식적 변용'을 거침으로써 그 다양한 응용력을 새롭게 발휘하여 새로운 장르로 태어난다[27]는 점에서 시조 양식을 따르는 현대시조의 율격이 변하는 것은 아니다. 다만 **이호우가 시조의 율격을 자재하게 운용함으로써 개별 작품마다 각기 다른 '자율적 정형시'로서 의미 생산적 율동화를 이룬 것으로 보아야 한다. 이호우 시조가 보여주는 다양한 율동 현상은 정형의 속박에 구애받지 않는 분방한 시정신에서 기인하는 바이며 통변의 원리를 따른 예라 할 수 있다.** 「작별」을 음량률에 따라 음절, 장음, 정음이라는 기저 자질까지 포함하여 도식화하면 다음과 같다.

내 – ∨	❘	너 앞에∨	‖	다수굿이	❘	弱했노라
내 – ∨	❘	나에게 ∨	‖	이리도 –	❘	强하기로
어디라	❘	靑山이 없으랴	‖	구름같이	❘	가노라∨

초장과 중장의 첫째 마디 '내 – ∨'는 필수 자질인 음절 하나와 수의적 자질인 장음(–)과 정음(∨)을 포함하여 3모라만을 형성하는데 이는 1음보의 기준 음량인 4모라에 미달하므로 파격이다. 종장에서 첫마디는 3음절 정형을 고수했고, 둘째 마디는 2마디만큼 음량이 늘어나는 지점의 변형율격으로서 양식화 범위인 5~8모라에 속하는 6모라이므로 정격에 해당한다. 나머지 다른 마디들 또한 '장음'(–)과 묵음 상태인 '정음'(∨)을 포함하여 각각 4모라를 이루므로 정격에 해당한다.[28] 이와 같은 **이호우의 자재한 율격 운용은 시조 양**

---

27 홍성란, 앞의 논문, 3쪽.
28 기층단위의 구성자질은 음절을 대상하는 두 형태의 장음과 정음이 함께 설정된다. 이 두 자질은 모두 우리 국어에 관여적인 언어학적 장음에 기저하고 있다. 율격적 장음은 장음화된 음절의 음길이가 실제로 발성된 '+장음'이라 한다면 정음은 장음화된 음절의 음장이 묵음의 형태를 취하는 '–장음'이라 할 수 있다. 성기옥, 앞의 책, 96쪽 참조.

식의 파괴나 해체가 아니라 음량을 채우지 못한 데 따른 파격에 해당한다. 이 같은 파격의 표출은 포에지상의 필연적 요구와 미적 효과를 유발할 경우에 그 당위성을 인정받을 수 있다. 그러나 이호우는 「겨레의 혼이 담긴 샘」에서 시조 부흥 운동의 방향을 제시하며, 파격은 피치 못할 경우이거나 파격을 함으로써 가일층의 묘를 조성할 수 있을 때, 높은 경지에 이르렀을 때 가능한 것으로 극히 조심해야 할 일이라고 했다.[29]

시조에 대한 재래적 관념을 벗은 이호우의 율격 인식과 그에 따른 율격의 운용 양상은 자재하여 정격을 지키거나 약간의 파격을 가하더라도 늘 신선하고, 생동하는 리듬감으로 참신하게 수용된다. 정혜원의 평가와 같이 시조의 기존 율격을 깨뜨리면서까지 자유로운 시정신을 추구해온 이호우의 작시 태도는 '시조의 현대화'에 기여한 바 크다. 시조의 정형을 '내용적 정형'으로 본 이호우는 의미 내용 전개에 역점을 두어 엇구나 덧구 형태로 한두 마디 정도 음량이 늘어난 엇시조[30]에 해당하는 파격을 이룬 작품들을 다수 남겼다.[31]

---

29 문무학, 앞의 글, 앞의 책, 35쪽 참조.
30 홍성란, 앞의 논문, 84쪽. 엇시조는 외짝 구를 어느 한 장 이상에서 하나 더 덧붙여 확대하거나(이를 '덧구'라 명명함) 내구(內句) 혹은 외구(外句)의 어느 한 구에서 구를 이루는 두 개의 음보 중 하나를 2음보(1음보는 본래 시조 율격을 이루고 있는 것이니 실제로는 1음보 확장) 크기로 확대하여 안정된 균형을 깨뜨리고 엇나가게 함으로써(이렇게 된 구를 '엇구'라 명명함) 비균형에서 오는 '파격의 미학'을 즐기는 형식이다. 그러나 이와 같은 파격의 경우는 가벼운 파격으로 보아 평시조의 범주로 본다.
31 [엇구 수준의 파격을 이룬 예]

날라	蒼空을	누벼도	목메임은	풀 길 없고	—「鶴」
푸른 숲	새소리	물소리	그 달빛	여의고	—「街路樹」
그새들	낙엽과	더불어 가고	외로 남은	落木	—「落果」
하그리	애타던	동경도	황홀턴	떨리움도	—「이룸」

[덧구 수준의 파격을 이룬 예]

이 밤도	잠들지	못하고	하 저리	깜박이는	별들	—「별」
빼앗겨	쫓기던	그날을	하 그리	간절턴	이 땅	—「또다시 새해는 오는가」
봄은	화려해	미웠고	가을은	透明이	싫었다	—「발자욱」

그러나 이호우는 사설시조는 한 편도 남기지 않았다. 사설시조는 대체로 중장에서 2음보격 연속체로 사설을 길게 엮어 짜나가는데 각 장이 통사의미단위의 4마디를 이루며 일정 정도 자유롭게 사설을 엮어 짤 수 있다. 이러한 방식으로 정감을 풀어내며 욕구를 해소하는 풀이 구조는 자유시에 근접하는 시정신의 자유로움을 어느 정도 추구할 수 있는 시조의 하위 장르다. 이호우는 사설시조의 엮음구조가 절제와 압축을 중시하는 시조의 시학과는 거리가 있다고 보아 단 한 편도 남기지 않았다. 이는 시조가 국민시가 되어야 한다는 이호우의 시조관과 부합한다.[32]

3. 뼈의 문사 이호우 시조의 현대성

이호우 생애를 통한 그 인간적 면모와 예술가로서의 평가는 다양하다. 정재호는 시인 기질을 타고난 천성의 시인 이호우는 지위고하나 친소를 불문하고 충고와 직언을 할 줄 알았던 이 시대의 경종이었고 참스승이었다고 평가했다. 아울러 이호우를 초기시의 낭만적 서정을 버리고 거친 목소리의 반체제 저항시인으로 만든 것은 국토 분단의 현실과 독재와 부패로 얼룩진 역대 정권이라고 단정했다.[33] 김윤식은 육사와 청마의 정신적 가열성의 차원에

모두들 ㅣ가고만 ㅣ있는데 ‖너도 나도 ㅣ가고만 ㅣ있는데   —「幻」
쩌응 ㅣ터질 듯ㅣ팽창한 ‖대낮 ㅣ고비의 ㅣ靜寂   —「午」

32 이호우, 『이호우시조집』 후기, 영웅출판사, 1955. "한 민족 국가에는 반드시 그 민족의 호흡인 국민시가 있고 또 있어야만 하리라 믿는다. 나는 그것을 시조에서 찾고 이뤄보려 해보았다. 왜냐하면 국민시는 먼첨 서민적이어야 할 것임에, 그 型이 간결하여 짓기가 쉽고 외우고 전하기가 쉬우며 또한 그 내용이 平明하고 周邊的이어야 할 것임으로, 시조의 현대시로서의 성장을 저해하고 있는 定型 즉 短型과 운율적인 비현대성이 國民詩的型으로서는 도리어 적당한 요소가 될 수 있기 때문이다."
33 정재호, 「목마른 학」, 『개화』, 1992, 창간호.

어깨를 나란히 한 시인으로 평가했다.[34] 김복근은 오늘의 현대시조를 있게 한 주역 중의 한 사람으로 이호우는 시속의 흠결에 초연히 대처하고, 부당함을 보면 결연히 저항하였으며, 마음이 깨끗하고 탐욕이 없는 고매하고 당당한 인품의 소유자로 보았다. 아울러 후기시는 압축 파일로 묶어낸 듯한 염결성을 지닌 단시조가 주를 이룸으로써 이호우가 기품과 격조 있는 삶을 시조와 함께 올곧게 살다갔음을 상징한다고 보았다.[35] 서벌은 현대시조 70년사를 통해 이호우만 한 기골(氣骨), 그 튼튼함을 찾을 수 없다는 점에서 뼈의 문사(文士) 이호우는 현대시조의 정신적 거점이고 거대한 뿌리'이며 만해, 육사, 청마에 이어지는 대통(大統)으로서 그가 남긴 수수편편은 하나의 고전이 되었다[36]고 평가했다.

이호우는 『이호우시조집』 이후 단시조에 주력했으나, 가람 이병기는 일찍이 현대의 복잡해진 생활상을 단시조만으로는 표현하기 어렵다는 점에서 연작이 필요하다고 보았다. 이병기의 주장과 같다면 오늘의 시는 점점 더 길어져야 하는데 오히려 시가 짧아져야 한다는 주장이 제기되고 있다.[37]

시조는 이호우의 말대로 '형(型)이 간결하여 짓기 쉽고 외우고 전하기가 쉬우며 또한 그 내용이 평명(平明)하고 주변적'인 순간의 양식이다. 장황하고 난삽하며 소통 불능의 자유시가 반성적 성찰에서 극서정시를 주창하듯이, 시가 길어져야 할 필요는 없는 것이다. 이호우 초기의 신중함이 정격의 연시조를 창작하게 했다면 중기의 현실비판과 격정이 파격과 엇시조 형식을 산출

34 김윤식, 「이호우론」, 『현대시학』, 1970. 8(정혜원, 앞의 글, 앞의 책, 116쪽에서 재인용).
35 김복근, 「압축 파일, 그 염결의 미학-이호우 시인의 삶과 문학」, 『펜문학』, 2012. 3/4.
36 서벌, 「이호우의 시-절대에의 추구와 발견, 그 성립」, 『현대시학』, 1973. 10(『개화』, 제2집, 1993. 89~97쪽에서 재인용).
37 최동호, 「트위터 시대와 極敍情詩의 길」, 『유심』, 2010. 11/12.

했고 후기의 인생에 대한 관조와 달관의 경지가 단시조로의 귀결을 보게 했다. 그러나 이호우는 파격을 권장하지 않았다. 파격은 가일층의 묘를 조성할 수 있을 때, 포에지상의 필연적 요구와 미적 효과를 유발할 경우에만 그 당위성을 인정할 수 있다고 본 것이다.

결론적으로, 이호우가 시조의 형식을 내용의 형식으로 본 것은 기계적 자수율을 추수하지 않고 시조 율격의 자재한 운용이라는 이호우 시조의 현대성을 배태한 인식이다. 종장 첫마디 3음절을 고수하되 부사와 대명사의 결합을 시도한다거나 엇구나 덧구의 파격을 보이는 엇시조의 산출 또한 시조의 형식이 내용의 형식이라는 시조 형식관에서 비롯한다. 이러한 인식에서 이호우는 시조의 율격을 자재하게 운용하여 편편이 새로운 시조의 리듬을 창출하였고 그런 형식관이 이호우 시조의 현대성을 여실히 구현하게 했다.

선풍도골, 소파의 현실인식과 형식실험

1. 선행 연구 검토

정소파(1912~)[1]는 근현대문학사 초기에 출생하여 현재 작품을 발표하고 있는 최고령 시인이다. 1930년 『개벽』에 시조 「별건곤(別乾坤)」을 발표하며 등단하고 1932년 일본 와세다대학 문학부 통신과에 입학, 1936년 졸업함으로써 '문학수업을 체계적으로 받은 살아 있는 한국문단의 증인'이며 '문학사적 인

---

1 소파(韶坡) 정현민(鄭顯珉)은 1912년 2월 5일 전남 광주군 광주면 교사리 134번지에서 아버지 정석규와 어머니 최후량 사이 7남매 중 장남으로 태어났다. 통정대부를 지낸 조부 해인(海仁)이 한문서숙을 설립하여 어려운 학동의 육성에 힘썼으며, 나주군청 근업원(勤業員)으로 일한 아버지 덕에 유복하게 성장하였다. 송정공립공업학교 재학 시절 일제의 한글 말살 정책에 항거하여 동맹휴학을 주도(1929)하였고, 광주학생독립운동에 가담하여 투쟁하였다(1931). 1936년부터 전남 광산군, 영남군, 화순군청 등에서 행정 공무원 생활을 했고, 1951년부터 여수중, 여수상고 등 중고등학교 교육공무원 생활을 마치고 정년퇴직 후에도 여러 학교에서 작문 교사 생활을 하다가 광주 수피아여고에서 퇴임하였다. 1977년 한국시조작가협회에서 소파문학상을 제정하여 1999년까지 제14회 시상하였다. 시, 시조, 동시, 수필 등 여러 장르에 걸쳐 창작 활동을 지속하는 가운데 시조집 『산창일기』(천일문화사, 1957), 『슬픈 조각달』(세운문화사, 1974), 『죽풍사』(학생사, 1983)등을 간행하였다. 이 글은 대산문화재단의 탄생 100주년 기념 학술세미나의 발제로서, 발표 당시 정소파 시인은 생존 작가였다. 박사학위 논문 이후의 논문을 모아 2024년 논문집 발간 시점에서, 정소파(1912~2013) 시인이 타계하신 지 11년이 지났다.

물'이다.[2] 소파의 본격적인 작품 활동은 1957년『동아일보』신춘문예에「설매
사」가 당선되고, 이승만 정부가 주최한 제1회 전국백일장대회에서「讀 임란
사 유감」으로 장원하면서부터 시작된다.[3]

소파에 대한 선행 연구는 영성하나마 월평이나 계간평 또는 지역적 연고로
이루어졌다. '살아 있는 한국 문단의 증인'이며, '문학사적 인물'에 걸맞은 범
문단적 연구와 평가는 이루어지지 못했다. 노창수는 그 이유를, 광주지역에
만 살았고 '선비로서의 올곧은 성격과 문명(文名)에 연연하지 않은 고결한 그
의 품성' 때문이라 했다. 그는 작가정신을 언급하면서 '불의와 타협하지 않는
대쪽 같은 지조로 생애를 일관되게 펴온' 소파 시조를 '순수 미학'과 '힘의 시
학'으로 대별했다.[4]

임종찬에 의하면, 소파의 시조 세계는 동양정신의 구현에 있다. 자연 친화
적 태도, 암시와 여백의 미학, 멋과 풍취를 아우르며, 순일하여 잡됨이 없는
자연 그 자체로의 귀의와 합일을 본령[5]으로 하면서도 소파는 양장시조, 엇시

---

2 노창수,「순수와 지조의 이중률 – 정소파론」,『사물을 보는 시조의 눈』, 고요아침,
   2011, 339쪽.
3 1957년 10월 3일, 창경궁에서 '개천절 경축 백일장'이 열렸다. 이승만 대통령이 출제
   한 '통일대한'의 예선 응모에 한시와 시조 부문 입선자들만 참가하는 대회였다. 시제는
   '독 임란사 유감'. 소파는 6,500명의 예선 참가자 중 차하로 입선, 100명이 진출한 본선
   에서 장원으로 대통령상을 받았다. 서울 성균관에서 열린 이 시상식에 이호우와 이영
   도가 와 축하해준 것을 인연으로 소파와 이영도의 문학적 교류가 시작된다.
4 '자연과의 시적 교감에서 오는 영원성과 역사성에 입각한 순수미의 탐구'를 '순수 미학'
   으로 보고, 특히 '힘의 시학'은 '광주학생독립운동에 참가하여 일본 경찰과 투쟁'했다
   거나 '광주보통학교에서 조선어 시간을 철폐하려는 일본인들의 음모를 분쇄하기 위해
   20여 일 동안 동맹휴학을 주도하며 투쟁'하다가 옥살이를 하는 등 그의 저항정신에서
   비롯한다고 보았다. 노창수, 앞의 글, 338~351쪽 참조.
5 임종찬은 동양정신의 구현으로「꿈꾸는 와불」,「금선보」,「삼팔선」,「죽풍사」,「허산공
   심곡」과 같은 작품을 예시하고 있는데 이 작품들은 한결같이 참신한 시적 형식을 취
   하고 있다. 임종찬,「허산과 공심 – 동양정신의 구현」,『달여울의 소리무늬』, 태학사,
   2001, 155~169쪽 참조.

제3부   우리 시대 시조의 정전

조, 사설시조 등의 형식실험에도 열정을 보였고 '새로운 표기법 실험'을 등한
히 하지 않았다.[6]

한춘섭에 의하면, 「설매사」의 매화와 같은 품성을 지닌 소파는 '불의와 타
협을 거부'한 '고절문사(高節文士)'로서 전기 작품에서부터 '행간 휴지와 문장
부호'를 사용하는 등 형식실험에도 투철하였다. '초정과 이호우의 시세계에
탐닉'하였고 그의 혁신적 형식실험은 1960년대 이후 신인들에게 영향을 주
었다.[7]

경철에 의하면, 소파의 시조는 '독특한 서정성으로 쉽사리 사라지지 않는
어떤 힘'을 지녔다. 이러한 힘은 '인간적 본래면목과 마주하는 엄숙성과 경건
성'에 닿아 그의 풍격을 이룬다. 소파는 '선풍도골(仙風道骨)'로서 미의식 표출
에 묘용'[8]을 지니고 있다.

김종에 의하면, 소파는 시인으로서, 교육자로서 단정하고 경건한 태도로
칠판 가득 시 한 편을 적고 학생들에게 필사하게 한 뒤, 자신이 낭독한 대로
읽게 하였다. 이러한 수업방식을 통하여 낭독에서 창작까지 일관된 자세를
지닌 문학사상과 엄격한 선비정신을 표현했다. 소파의 출세작 「설매사」의 매
화는 풍설 속에서 기품을 드러내는 선비세계의 외경적 표상이며 자기 견결
성 또는 세계관의 구체적 지향이다.[9]

---

6 사설시조 「絃鳴曲」, 「상사초 사설」, 「지들江 사설」, 엇시조 「妄眼透視圖」, 양장시조 「바
   다처럼」.
7 한춘섭은 소파가 정감어린 천생문사요, 시류에 편승한 적 없이 외길을 고매하게 걸어
   온 학명우천(鶴鳴于天)의 표상이라 했다. 운선률사로서 고절지기를 펴왔으며, 고상한 인
   격의 선비정신을 시조시 창작 생애에서 닦았다고 보았다. 한춘섭, 「한국근대시조시 개
   관-정소파 시조시인론」, 「문학춘추」, 2000, 5, 59~77쪽 참조.
8 경철, 「정소파의 시조와 동심미학」, 「겨레시조」, 제3호, 1992, 160~167쪽 참조.
9 김종은 문학이란 무엇이며 어떻게 대해야 할 것인가에 대한 답을 중3 때 작문을 담당
   했던 소파에게서 얻었다고 했다. 김종, 「'겨울'의 기질과 정신-정소파 문학서설」, 「겨
   레시조」 제3호, 1992, 68~176쪽 참조.

김제현에 의하면, 경철의 평가와 같이 '연금술의 촉매'를 가진 장인(匠人)으로서 소파는 전통적 정서와 섬세한 서정으로 확고한 위치를 확보한 시인이다. 그러나 안주하지 않고 나이 듦에 따라 변모(심화)해 가며 꾸준히 새로운 세계를 추구하는 대가다운 면모를 보여주고 있다.[10]

이상의 선행 연구는 다음과 같이 정리할 수 있다. 소파는 불의와 타협하지 않는 고절문사로서 자기 견결성과 세계관의 구체적 지향을 선비세계의 외경적 표상인 매화(「설매사」)나 대나무(「죽풍사」) 등으로 순일하게 표출했다. 이러한 시적 경향은 암시와 여백, 멋과 풍취를 지닌 동양정신의 구현으로 평가되었다. 그런가 하면, 형식실험과 새로운 표기법 등 시적 형식의 모색으로 1960년대 이후 신인들에게 혁신적 형식실험을 드러나지 않게 선도한 것으로 평가할 수 있다.

소파는 탄생 100주년을 맞이한 근현대한국시단의 역사적 증인이다. 그는 전통적 서정을 바탕으로 엄숙 경건한 시어의 묘용과 형식실험으로 언어의 진폭이 큰 시조 세계를 보여 왔다. 선풍도골의 풍격을 지닌 소파는 우리 시대 예술가들의 진정한 사표(師表)다. 이 글은 선행 연구의 평가를 수용하면서 소파 시조의 시적 형식 모색을 구체적으로 논의하는 가운데 이른 시기에 보여준 패러디시조가 이영도와의 영향관계에서 산생되었음을 규명할 것이다. 아울러 몇몇 연구에서 저항시조라 평가한 작품의 산생연대와 착종 현상에 대해 논의하면서 소파 시조 연구의 다음 과제를 제시하기로 한다.

2. 현실인식과 저항의식의 시조

소파는 일제강점기의 억압과 울분, 6·25전쟁이라는 고난의 역사적 현실

---

10 김제현,『현대시조평설』, 경기대연구교류처, 1997, 194~338쪽 참조.

속에서 저항과 비판의식이 드러난 시조 세계를 보여왔다.

> 돌이켜 뒤돌아보면 저 왜노에 시달리며 온갖 수모와 굴욕과 치분으로 뒤얽혔
> 던 36년의 모진 질곡 속에서 항거의 드높은 횃불을 들고 사나운 총검 앞에 울부
> 짖던 학생독립운동의 대열에 끼어 조국의 독립을 외치며 싸우던 피 끓는 젊은
> 시절에 쫓기며 살던 공허로운 시공의 낭비며 선혈로 물들던 조국 산하에 동족
> 상잔의 천인도 공로할 저 6 · 25가 낳은 분단 조국의 아비규환의 와중에서 오늘
> 에 살아오는 통한[11]

의 세월을 회상하듯, 일제강점기를 거쳐 6 · 25의 혼돈 속을 허덕이며 살아온
불균형의 일생[12]으로 소파의 삶과 문학은 20세기 전반 근현대사의 축도(縮圖)
라 할 수 있다.

> 걷고 난 뒤이기로 어이 저리 허전한가!
> 텅 비인 넓은 들판 아득히 열렸음이
> 이 겨레 헐벗는 무리의 마음과도 같고녀
>
> 이 마음 오락가락 평원에 지는고야
> 거지떼 갈잎 피리 어디로 가는 것가
> 황혼에 헤매는 길손이 갈길 몰라 하노라
>
> 설한풍 모진 바람 살갗을 에이나니
> 북원에 내린 눈은 몇자나 쌓였을고
> 그 곳에 설운 사정을 눈물겨워 하노라
>
> 지평선 저 하늘에 까마귀 울어예고

---

11 정소파, 「자서」, 고희기념 時調抄 『죽풍사』, 학생사, 1983.
12 정소파, 「나의 문학 80년 여적」, 『시조시학』, 2011, 겨울, 114~115쪽 참조.

너른 들 이 땅 위에 흰 눈이 쌓이누나
차라리 쌓이고 쌓여 이 세 감춰 어떠리

—「冬野漫想」 전문

첫 시조집 『산창일기』(1957)에 수록된 4수 4연 장(章) 단위 12행의 시적 형식을 취한 「동야만상」은 1936년 『신가정』 신년호에 발표한 초기작품이다.[13] "텅 비인 넓은 들판"에 "흰 눈이 쌓"이는 풍경을 "허전"한 마음으로 바라보는 시인 앞에 일제의 억압과 수탈로 피폐해진 조국을 떠나 "갈잎"처럼 "북원"으로 흩어져 가는 "헐벗"은 "겨레"의 유랑기가 펼쳐진다. "살갗을 에이"는 "설한풍 모진 바람" 속을 떠나가는 겨레붙이를 "거지떼"라 간명하게 포착했다. 시인은 "차라리 쌓이고 쌓"인 "눈"으로 이 불의와 억압의 현실을 "감춰"버리고, 소거해버리고 싶다. 목청을 높이지 않고 특유의 화법으로 일제의 만행이 초래한 겨레의 참상을 그림으로써 당위적 현실을 암시하고 있다.

1
어린 적 날 업어 다독여 기른 누님.
꽃가마에 실리어 사라지던 산모롱이
목메어 흐느껴 울던 눈벌 밖에 지는 소리.

2
사슬에 얽매이어 눈물로 보낸 세월.
이고 지고, 품에 안고 밤도와 떠나던 날
눈물을 더해 흐르던 豆滿江 밖 지는 소리.

---

13 이 작품은 한춘섭·박병순·리태극 편, 『한국시조큰사전』(을지출판공사, 1985)의 813쪽에는 4수 4연 12행으로 표기되어 있고, 『달여울의 소리무늬』(태학사, 2001) 57~58쪽에는 4수 11연 24행으로 표기되어 있다.

3
가로질린 嶺關 너머 발이 묶인 설운 땅에
자고 일어 그리는 정 막힌 소식 아득한데
떼 둔 채 세어가는 머리 지친 恨에 앓는 소리.

—「귀에 남은 소리」 전문[14]

이 작품은 사라져가는 것들에 대한 애잔한 그리움의 이미지를 "지는 소리"로 청각화했다. 시인에게 소리는 "목메어 흐느껴 울던" 귀에 들리는 소리만이 소리가 아니다. 두만강 너머로, 영관(嶺關) 너머로 소리 없이 사라져가는 "누님" 또는 "겨레"에 대한 연민의 들리지 않는 소리도 짙게 드리워 있다. 정완영은 「귀에 남은 소리」는 '서간도 북간도로 떠나가던 한 많은 우리 이농민들의 두만강에 지던 눈물과 한숨의 소리'요 '영관 너머 막힌 땅(북녘 땅)에 떼 둔 채 못 만나는 한에 머리만 세어가는 소리'이며 '시인의 귀에 남는 소리이자, 우리 모두의 귀에 남는 소리'라 했다.[15]

서글픈/삼팔선을/밤새워 넘어가네.//
새벽 달 지새는 데/깊은 산골 접어들어,//
내 나라/내 땅/내 길을/몰래 갈 줄 뉘 아리.

—「三八線」 전문[16]

3연 9행의 시적 형식을 취한 이 작품은 1946년 노산 이은상이 주최한『호남신문사』단가회의 천료작[17] 중 한 편이다. '국토 분단의 비극을 "달"마저 "몰

---

14 『정소파 시전집』, 송정문화사, 1988, 214쪽. 『한국시조큰사전』, 813쪽(1975. 2. 10. 신한국 문학전집 39).
15 정완영, 『시조작법』, 중앙일보사, 1981, 129쪽.
16 이하 빗금(/)을 이용한 시적 형식의 축소는 인용자 분.
17 「봄눈」, 「봄맞이」, 「3·8선」(『달여울의 소리무늬』, 172쪽 참조.)

래"간다고 말함으로써 그 비극성을 고조'시키고 있다. '목소리를 높이지 않고도 현실의 문제를 꼬집을 수 있을 만큼 그의 시조는 암시의 미학에 근거하고 있고, 기법이 세련되어 있다.'[18] 이 작품의 시적 형식은 장 단위로 연을 구성하고, 종장에서는 특히 의미단위로 분행(分行)하여 의미를 심화시키고 있다.

1.
진땀 배어 굳은 땅도/영혼 있어 생명 피는…//
꺼질 듯한 한숨들이/주림으로 얽힌 지역.//
하늘가/하늬바람 일어/피는 돌아서/봄은 오는가!

2.
못살게 짓궂이 굴던/징글스런 독벌레들…//
〈가라! 어여 물러 가라!!〉/살라 질러 타는 불길.//
삼동 가/눈얼음 녹아/모진 이 들에/봄은 오는가!

3.
활활활 타 번지는/요원의 쥐불.//
놀처럼 익어간 소년의 볼들…/〈삶〉 반겨 터뜨리는 소리…//
묵거친/이 동토에도/아지랑이 피어/봄은 오는가!

　　　　　　　　　　　　　　　　—「봄 들녘에서 – 鼠火가 타는…」 전문[19]

　　이 작품은 『시조문학』(제1집, 1960. 2)에 2수 2연 6행의 「불붙는 봄 들녘에서」로 발표된 바 있다.[20] 『달여울의 소리무늬』에는 이 원작이 「봄 들녘에서」로 개

---

18 임종찬, 앞의 글, 앞의 책, 163쪽.
19 『달여울의 소리무늬』, 138~139쪽.
20 이 작품은 『시조문학』(제1집, 1960. 2)에 2수 2연 장 단위 6행으로 기사하여 「불붙는 봄 들녘에서」로 발표하였다(『한국시조큰사전』 814쪽). "진땀 배어 굳은 땅도 영혼 있어 생명 피는/꺼질 듯한 한숨들이, 주림으로 얽힌 지역/하늘가, 하늬바람 일어 피는 돌아 봄은 오

제(改題)되어 3수 9연 24행으로 수록되어 있다.[21]

그의 많은 작품 중에서 「봄 들녘에서」, 「봄이 오기까지는」 등의 시조는 이 같이 빼앗긴 조국 산하에 대한 그리움, 그리고 억압의 사슬을 끊어내듯 해방의 노래를 부르고 있는 대표작이다. 그는 당시를 회고하며, 광주 시민들의 저항 정신은 오늘날에도 이어져 5 · 18민주화 운동으로 발현되었다고 말한다. 자유와 주권을 앗아간 일제의 횡포와 억압에 대하여 그는 시조의 진술을 통하여 자신의 저항 의식을 키워왔다고 증언한다. …(중략)… 이 「봄 들녘에서」는 '서화가 타는…'이라는 부제가 붙은 시조시다. '쥐불'이 타는 논두렁을 보고 일제의 억압적 굴레에서 해방되는 감격의 시대를 예언하고 그 기대감에서 탄생시킨 작품이다. 즉 '못살게 짓궂이 굴던 독벌레'로 지칭된 일제, 그리고 '삼동 가 눈 얼음'으로 상징된 어둡고 추운 당대의 분위기, 이에 대응하여 태우거나 녹여버리는 '쥐불 놓기'는 우리 민족의 주체적 민속놀이로, 요원의 불길처럼 기어이 봄을 몰고 올 수밖에 없는 것이다.[22]

노창수의 이 같은 평가가 적용되려면 이 작품들의 창작 시기와 발표지면이 명확히 제시되어야 할 것이다. 노창수는 「봄이 오기까지는」을 '1950년대 말의 작품으로 자주 독립과 해방의 소식을 기다리는 하나의 기원이 주제'라고 했다.[23]

40여 년 동안의 약탈과 6월 전쟁의 파괴된 혼란시절의 굶주림이 반도의 남한 땅을 휩쓸어 하루 앞일도 예측하기 어려운 때의 보릿고개가 연상된다. 억압의

는가//못살게 짓궂이 굴던 징글스런 독벌레들//(가라 어여 물러가라) 살라 질러 타는 불길/ 三冬은 가고, 눈어름 풀려 모진 이 들에도 봄은 오는가".

21 『달여울의 소리무늬』, 138~139쪽.
22 노창수, 앞의 글, 345~346쪽.
23 이 작품이 자주 독립과 해방을 노래하는 작품이라면 광복 이전에 짓고 발표했어야 유의미한 일이 될 것이다.

역사와 전쟁의 역사가 겹쳐지던 50년대의 실상을 기록한 작품 …(중략)… 일제
시대의 저항 애국시인의 시구와 다를 바 없다. 50년대의「봄 들녘에서」나, 60년
대의「봄이 오기까지에는」두 편의 시조시를 통해 한국 근대화 물결의 소용돌이
를 여실히 조명해 놓았다.[24]

　　노창수와 한춘섭이 함께 조명한 이 작품에는 중대한 견해차가 있다. 노창
수는 이 작품들을 '빼앗긴 조국 산하에 대한 그리움, 그리고 억압의 사슬을
끊어내듯 해방의 노래를 부르고 있는 대표작'으로 보고 '일제의 억압적 굴레
에서 해방되는 감격의 시대를 예언하고 그 기대감에서 탄생시킨 작품'이라고
했다. 한춘섭은 '억압의 역사와 전쟁의 역사가 겹쳐지던 50년대의 실상을 기
록한 작품'으로 '일제시대의 저항 애국시인의 시구와 다를 바 없'는 작품으로
'50년대의「봄 들녘에서」나, 60년대의「봄이 오기까지에는」두 편의 시조시를
통해 한국 근대화 물결의 소용돌이를 여실히 조명'해놓았다고 했다.
　　『시조문학』에 발표된「불붙는 봄 들녘에서」(1960)를 보면 한춘섭의 논의가
타당하다. 이 두 작품에 대한 창작연도와 발표지면 등 명확한 서지사항을 규
명하는 작업이 선행되어야 하고 그를 바탕으로 재론되어야 할 것이다. 이 같
은 해석상의 문제와 아울러, 소파의 다른 작품에서도 형식적 착종 현상은 다
수 발견된다. 개작과 퇴고를 거듭하면서 행 배열이나 연 구성 등 시적 형식
모색에도 민감하였던 소파의 경우, 텍스트에 따라 기사 방식이 다른 현상을
전면적으로 연구하고 추적하여 개작 과정을 통한 시적 방법론 또는 시적 형
식 모색의 원리를 추론하며 소파 시조를 논의할 수 있을 것이다. 이 과정에서
원본 텍스트가 확정되어야 할 것이다.

---

24 한춘섭, 앞의 글, 65~67쪽.

3. 선풍도골, 소파 시조의 전통성과 현대성

어느녘 못 다 버린/그리움 있길래로…//
강파른 등걸마다/손짓하며 짓는 웃음//
못 듣는 소리 속으로/마음 짐작 하느니라.

바위 돌 틈사구니/뿌린 곧게 못 벋어도—//
매운 듯 붉은 마음/눈을 이고 피는 꽃잎,//
향맑은 내음새 풍김/그를 반겨 사느니라.

꽃샘 바람 앞에/남 먼저 피는 자랑!//
벌 나비 허튼 수작/꺼리는 높은 뜻을…//
우러러 천년을 두고/따름직도 하더니라.

—「雪梅辭」 전문

박을수는 1957년 『동아일보』 신춘문예 당선작인 3수 9연 18행의 「설매사」
에 '고운 시어, 청징한 시상은 한 폭의 동양화'[25]라는 찬사를 보냈다. 이우종
은 이 작품에 나타난 '설매'의 상징은 '국가나 민족이라는 차원'에서 운위해
야 하고, 창작 시기로 보아 '분단된 조국의 통일을 염원'하는 것이며, 이 설매
의 고고한 정신을 우리 백의민족의 정신으로 길이 선양해야 할 것이라 했다.[26]
소파는 「설매사」 시작메모에서 다음과 같이 말했다.

순수무구한 고결의 시정신은 우리를 살지게 한다. 현실도피 아닌… 세속에
살면서도 속되지 않는 雅境에나 살 듯 마음은 늘상 높이 두고 볼 일이다. 저 눈
속에서 고고로이 피는 백매의 고결한 지조와 그 청순한 향기는 어느 속물도 침

25 박을수, 「정소파의 '산창일기'」, 『한국시조문학전사』, 성문각, 1978, 490~494쪽.
26 이우종, 『한국현대시조사』, 국제출판사, 1984, 258~260쪽 참조.

소할 순 없다. 그것은 生을 두고 본받다 떠남직 하지 아니한가!²⁷

눈 속의 고고한 매화는 시인의 말대로 자기 투영이다. 풍설 속에 기품을 드러낸 설매는 선풍도골, 소파가 도달한 정신의 경지다. 김제현은 소파가 「설매사」로서 '한국 시조단에 경이로운 문을 열어 오늘의 현대시조'가 '발전하게끔 이끌어왔'고 '꾸준한 실험과 성취'로 「죽풍사」와 같은 걸작을 내놓았다고 했다.²⁸

1.
찬 달빛
금물결져 술렁이는
한밤
대숲.

맑은 꿈 깨어 일어
뜨락 바자니다.

서걱여
부딪는 잎들…
玉佩 서로
닿는
소리.

2.
머언 하늘 둘레

27 이도현, 『한국현대시조대표선』, 대교출판사, 1993, 53쪽.
28 김제현, 앞의 책, 194~198쪽 참조.

영원 거기 아득한
데.

굳은 절개로 선
기인 마디
굵은
대숲.

스치어
빠져나가는
玉簫 끝에
지는
소리.

3.
내 잠시
멈춰 살다 가는
뜻도 이렇듯이…

머물다 가는 바람
향도 맑은 그
내음새.

하늘가
소소리치다
玉碎하듯
자는
소리.

— 「죽풍사」 전문

일찍이 가람 이병기도 우리말의 자연스러운 발화에 따라 '이렇게도 될 수 있고 저렇게도 될 수 있'는 율동 형성(자연률)을 말하였고, 이호우도 '내용적 정형'을 운위한 바와 같이 소파 또한 시조의 율격 운용을 자재롭게 하여 의미 생산적 율동화를 이룬 작품들을 이른 시기에 보여주었다. 1979년 『시조문학』에 발표된 「죽풍사」가 보여준 3수 9연 34행의 시적 형식은 가히 혁신적이다. 그런데 이러한 시적 형식을 무시하고 3수 3연 3행으로 표기하여 편집하는 사례가 있어 시인의 의도[29]를 간과했다는 문제점으로 지적할 수 있다.

이 작품은 '군더더기를 떨어버린 말의 정수로 엮'어 단 한 번의 파격도 없이 자연스러운 시조의 리듬을 유려하게 생성하고 있다. 그러하되 시적 형식은 다양하게 취하여 참신성을 한껏 드러내고 있다. 이러한 형식 모색은 1960년대 신인들에게 영향을 주었을 것이나, 누구도 이러한 시적 형식 모색에 범접하지는 못하였다. 혁신적인 시적 형식의 모색이 일반화된 것은 1990년대 이후의 일이다. 그렇다고 해서 후진들의 혁신적 시적 형식의 모색이 소파와 같이 성공을 거둔 것은 아니다. 행 배열과 연 구성을 통한 형식실험은 자의적으로 해서 되는 것은 아니다. 시적 형식을 각별하게 추구하여 유동하는 정감의 파고를 표현한다는 목적과 의도가 분명하고 그것을 효과적으로 드러내었을 때 유의미한 것이다.

저 달밝은 밤의 하염없이 들려오는 다듬이 소리와 애끓는 거문고, 그 흐느끼는 듯한 현의 울림소리나, 내리쪼이는 뙤약볕 아래 줄지어 서서 두드리는 도리깨질의 율동 등은 민족 정조와 함께 몸에 배인 듯한 음악성과 가락을 외

---

29 2개의 어절로 이루어진 1음보를 2행으로 분행한다거나('한밤/대숲', '닿는/소리', '지는/소리'), 행말의 명사 1음절(데)을 1행으로 기사하는 등의 시적 형식 모색은 시인의 의도와 깊이 관련한다. 분행은 의미와 이미지의 감각적 지연상태를 유발하여 이미지의 잔상을 유도하고 여운을 준다. 시인이 의도한 시적 형식을 무시하고 장 단위 행 배열을 취한 사례는 『한국시조큰사전』에서 어렵지 않게 볼 수 있다.

재율로 하고, 끈질긴 민족성정이 내면세계에 잠재한 멋과 흥과 아취를 겸비한 소담한 내재율을 담아 내·외의 함축미와 더불어 형식적 단형에서 장형에 이르기까지 완벽한 쌍곡률을 이루고 있어 가급 이 형식을 좇아 미흡한 대로 노력을 기울였다.[30]

소파는 '초장'은 하나의 줄기요, '중장'은 가지인데 꽃과 잎이 피는 '종장'에서는 그늘을 드리워야 한다고 했다. 시조 3장을 운용하는 율격을 생기발랄한 율동으로 재편함으로써 소파는 눈에 보이는 음절량을 조절하고, 그 음절을 행과 연의 구성을 통해 배치하는 시적 형식을 모색했다. 이러한 형식 모색이 형성하는 참신하고 유연한 운율미의 구현은 당시로서는 혁신적이었다.

脩竹 아니면, 笹竹을 스쳐가는 바람 소리는 거문고 아니면 마치 가얏고 소리를 낸다. 그 그윽하고도 가냘픈 술렁이듯 서걱이는 서리 속에서 내 유년의 꿈을 키웠다. 그것은 하나의 자장가요, 흥얼대며 잠재우던 할머니의 애틋한 목소리였다. 해질녘 어른거리며 창호지에 비치는 그 얼룩진 그림자는 수척한 조국의 애달픈 영산이기도 했다. 나는 댓바람 속에 녹아들어가 그 순수한 영을 달래며 혼연융일의 경지에 들기도 했다. 혼탁한 세속을 벗어나 가려진 어둠을 뚫고, 냉엄한 자아의 무단 정령에 채찍을 더해 홀로 서기에 안간힘을 써본다.[31]

달빛 내린 대숲을 소요하며 댓잎 스치는 바람소리에 몰입한 시인은 무아의 황홀경에 처해 있다. 댓잎 스치는 바람소리는 옥패(玉佩, 옥으로 만든 노리개) 서로 닿는 소리이기도 하고, 옥소(玉簫, 옥으로 만든 통소) 끝에 지는 소리이기도 하고 옥쇄(玉碎, 옥을 부수는 소리) 하듯 자는 소리이기도 하다. 이 옥을 동반한 시어들이 내는 소리는 청아(淸雅)하고 고아(高雅)한 소리다. 소파의 다감하고

---

30 『죽풍사』, 4쪽.
31 소파의 「죽풍사」 시작메모(이도현, 앞의 책, 49쪽).

섬세한 정감만이 들을 수 있고, 만들어낼 수 있는 귀한 소리로서 소파는 감각
적 이미지 시조의 한 경지를 열어놓은 것이다.

1.
소곤거리듯
당신 말씀
귓전에 스쳐오면…

내 사랑은 타는 노을.
선홍빛 타는 노을.

금잔디
노오란 풀밭에―

소녀
　　소녀
　　　소녀
　　　　소녀
2.
어루만지듯
당신 손길.
가슴에 와 닿으면…

내 사랑은 벙근 송이,
사운사운 벙근 송이.

햇무리
화안한 뜨락에―

꽃잎
　　　꽃잎
꽃잎
　　　꽃잎
3.
번지어 가듯
당신 그늘.
이 동산에 내리면…

내 사랑은 작은 산새,
긴 윤사월 우는 산새.

잎수풀
포오란 알속에—

소리
　　　소리
소리
　　　소리

　　　　　　　　　　　　　—「사랑이 내리는 동산」 전문

　　3수 12연 34행의 시적 형식을 취한 이 작품은 이영도의 「아지랑이」[32]를 의
방한 시조다. 「사랑이 내리는 동산」은 1957년 제1회 전국백일장대회에서 장
원을 차지한 소파를 이호우와 이영도가 직접 축하해주러 온 데서 비롯된다.
이영도가 타계한 뒤에 소파는 '이영도님을 그리는 노래'를 부제로 하여 「恨別

---

32 "어루만지듯/당신/숨결/이마에 다사하면//내 사랑은 아지랑이/춘삼월 아지랑이//장
　　다리/노오란 텃밭에//나비//나비//나비//나비"(이영도, 「아지랑이」, 『너는 저만치 가고』, 태학사,
　　2001, 11쪽. 이 작품은 7연 11행의 단시조다.)

曲」³³ 3수를 지은 바와 같이, 「사랑이 내리는 동산」은 이영도 문학을 애호한 우정의 표현이다. 인유(引喩), 패러디(parody), 용사(用事)가 유도하는 정감의 공유는 동양시학의 문학적 전통이다.

> 삼현육각의 국악원의 성대한 축하 음악 속에 베풀어진 이 자리에는 장원의 기쁨을 나누기 위해 서울에 온 저 부산 거주 이영도 시조시인과 그 오빠인, 대구의 이호우 시조시인도 함께 올라와서 축하해준 일이 있었다. 그후 이영도 시인과는 자주 만나 혹은 그의 자택까지 방문하여 그 여류로서의 아름다운 모습과 시운을 찬양하며 시조의 새로운 방향 모색, 이론적 담론과 서로의 의견을 주고받기도 하였다.³⁴

소파가 「나의 문학 80년 여적」에서 최근 밝힌 내용이다. 이러한 문학적 전통이 최근에는 '패러디시조'라 하여 사설시조에 도입되기도 했다.³⁵ 이 패러디시조 또한 이른 시기에 소파가 취한 현대시조의 형식실험이다. 연시조 「사랑이 내리는 동산」은 각주에 제시한 이영도의 단시조 「아지랑이」의 패턴에 따라 이루어졌다. 초장 "~듯+명사구+목적어+조건절", 중장 "내 사랑은+명사구+명사구 반복", 종장 "명사+명사절+명사 4회 반복"의 통사구조를 따르고 있으며, 유사한 의미 내용을 변주하면서 시각적 효과를 기대하는 시적 형식도 그대로 따른 패러디시조다.

---

33 『시조문학』 제9회, 1976, 겨울. (『한국시조큰사전』 816~817쪽 참조.)
34 정소파, 『시조시학』, 2010, 겨울, 115쪽.
35 그런데 최근 패러디시조라 명명된 사설시조가 도입한 이 패러디기법은 차용 범위가 명확하지 않은 것이 문제점으로 지적되고 있다.

제3부 우리 시대 시조의 정전

4. 소파 시조의 연구 과제

소파는 탄생 100주년을 맞이한 근현대 한국시단의 산 증인이며 「설매사」, 「죽풍사」 등과 같이 현대시조사에서 주목할 만한 걸출한 작품을 남겼다. 그럼에도 불구하고 그에 대한 연구는 영성하기 이를 데 없다. 이 글에서는 선행 연구의 업적을 토대로 그간에 진행된 연구의 문제점을 지적하고 패러디시조를 새롭게 조명하였다.

소파의 시조 세계를 본격적으로 연구하기에 앞서 선결되어야 할 과제는 작품연보와 서지사항의 확충이다. 지면에 따라 시적 형식에 차이가 있고, 시어의 활용 면에서도 차이를 보인다. 이는 소파가 이룩해온 시조 시계에 안주하지 않고 꾸준히 새로운 형식과 시적 방법론을 모색해온 증거이기도 하다. 반면에 편집자의 편의에 따라 시적 형식이 변개된 경우도 있고 오식과 착종이라는 문제점도 있다. 이러한 현상은 발표지면의 추적을 통하여 원본 텍스트를 확정해야 바로잡을 수 있다. 이 지점에서 이호우 시조 연구가 청도를 중심으로 활발히 전개되고 축적되어온 점을 참고할 필요가 있다.

소파 시조는 같은 작품을 놓고 평가가 갈리는 현상도 있는데 이는 창작연도와 발표지면이 명확히 제시되지 않아 노정되는 문제점이다. 창작시기도 중요하지만 발표 시기가 작품의 내용에 따라서는 상당히 중요하다. 일제강점기에 쓴 일제에 대한 저항시조는 의미 부여를 할 수 있으나, 광복 후에 일제에 항거하는 내용의 시조를 발표하는 일은 무의미하다. 소파 시조의 본격적인 연구를 위해 창작연대와 발표지면 그리고 개작 과정의 추적과 원본 텍스트의 확정을 다음 과제로 남긴다.

월하 이태극의 시조 세계
— 리듬 의식과 형식적 모색을 중심으로[1]

1. 월하, 그 호방하고 온유한 정신세계

월하 이태극 선생은 해방 후 한국 시조사의 백두대간이다. 선생은 시조를 학
문적으로 연구하여 이론을 정립하였고, 진솔하고 단아한 작품을 창작하여 대중
들이 시조에 쉽게 다가가게 했고, 시조 전문지를 40년간 간행하여 작품 발표의
무대를 확장하였다. 가람 이병기와 노산 이은상에 의해 시작된 시조부흥의 기
치를 이어받아 해방 후 현대시조 중흥에 앞장선 시조단의 선구적 거목이다.

커다란 산맥이 있으면 여러 갈래 산줄기가 벋어나가 온갖 조수가 뛰놀고 수
목이 창성하여 백화가 난만하다. 큰 나무가 있으면 가지마다 신선한 잎과 연연
한 꽃이 피어나고 그 그늘에 여러 가지 생명이 깃든다. 월하라는 거목이 시조의
산맥을 이루었기에 오늘날 시조단의 인구가 이렇게 늘어나고 시조 창작이 활성
화된 것이다.[2]

이숭원이 엮은『월하 이태극 시조전집』(태학사, 2010)의 머리에 얹은 설악
무산 조오현 시인의 감축과 경하의 글 전반부다. 이 글만큼 월하 선생을 여

---

1 이 글은 탄생 100주년 기념 시인 이태극의 문학과 사상을 조명하는 글로서『문학사상』
    (2013. 4)에 발표한「월하 시조의 리듬 의식」을 형식적 모색의 관점에서 수정 보완하였
    음.
2 이숭원 편,『월하 이태극 시조전집』, 태학사, 2010, 4쪽.

실히 표현한 글도 없을 것이다. 이 책의 연보에 의하면 월하(月河) 이태극 (1913~2003) 선생의 첫 작품은 「갈매기」(『시조연구』, 1953)인데, 본격적인 창작 활동은 「산딸기」(『한국일보』, 1955)와 「삼월은」(『서울신문』, 1956)을 발표하면서부 터다. 월하는 첫 시조집 『꽃과 여인』을 시작으로 『노고지리』 『소리·소리·소 리』 『날빛은 저기에』 『자하산사 이후』 등 5권의 시조집을 상재하였다. 1960년 6월 1일 시조 전문지 『시조문학』을 창간하여 편집과 발행을 맡아 시인들의 시조 창작 기반을 열어놓았고, 1964년 한국시조시인협회가 발족하면서 1978 년에는 한국시조시인협회 회장직을 수행하며 시조문화 창달에 헌신하였다. 주지하는 대로, 월하는 학자로서 『시조개론』 『시조연구논총』 『고전문학연구 논고』 『시조의 사적연구』를 상재하였고 또한 시인으로서 후학의 창작을 위한 이론서 『현대시조작법』도 상재하였다.

이 같은 업적을 바탕으로 1985년 제4회 중앙시조대상을 수상하는 자리에 서 "시조만을 위"한 "외길 인생"을 살아온 월하는 "사계의 터주대감"으로서 "대방가의 중후한 관록을 보여주"는 작품 세계를 공인 받는다.[3]

> 나는 내 작품을 자랑해본 일도 없고 또한 내 작품을 학대해본 일도 없다. 그 저 나는 한편 한편을 내 재주껏 지어냈을 뿐이다. 내 작품은 나의 생활과 경험에 서 우러나온 나의 삶의 모습인 것이니 그것은 곧 나의 생명의 분신인 것이다. 다 못 내가 시조 창작에서 특히 힘써온 점은 '시조를 시조로서의 시'로 지어보자는 것이었다. 즉 시조는 물론 시이지마는 시조가 지녀온 외형과 내면에서의 특장 을 잘 이어 살린 시조여야만 한다는 것이다. 시조의 맛을 잃지 않은 새로운 시조 로 지어나가 보자는 점이었다. 물론 이번에 선보이는 작품들이 다 그러한 작품 들이라는 것은 아니다. 다만 그러한 노력과 주의 밑에서 작시 작업을 하였다는 것이다.[4]

---

3 홍성란 편, 『중앙시조대상 수상 작품집』, 책만드는집, 2004, 98쪽 참조.
4 이숭원 편, 앞의 책, 20~21쪽에서 재인용.

『꽃과 여인』(동민문화사, 1970)에 월하가 쓴 머리말이다. 일평생 시조만을 연구한 학자로서, 시조만을 써온 시인으로서 할 수 있는 담담하고 진솔한 자기 고백이다. 월하는 "내 작품은 나의 생활과 경험에서 우러나온 나의 삶의 모습"이며 "나의 생명의 분신"이라했다. 화천에 빗돌로 서 있는「산딸기」는 고락을 함께 해온 향리 사람들이 "희생을 당하면서도 산딸기와 같이" 자연으로 순리대로 사는 "그 삶의 정열들을 영원히 놓치지 않았으면 하는 마음"을 단아하게 형상한 것이다.5 월하의 생활철학은「낙화(落花)의 변(辯)」에 붙인 시작 메모에서도 확인할 수 있다. 이 작품은 "광풍에 갑자기 휘날려 정처 없이 날려지는 낙화에 비유한 인간 상정의 자세를 호소"한 것이라 했다.6 "꽃도 피면 이우는 법/떨어짐 또 자연이언만" "낙화를 순풍에 실어/제 자릴 찾게 함도" "다사로운 꽃으로/길이길이 남을 것"이라는 인식은 월하가 한국시조사의 백두대간으로서 "역리"를 "순리"로 받아들이는 대방가의 호방하고 온유한 정신 세계를 보이는 일면이다.

2. 월하 시조의 리듬 의식

1) 열두 개의 와인글라스

조오현의 평가와 같이 "진솔하고 단아한 작품을 창작하여 대중들이 시조에 쉽게" 다가오게 한 월하가 "특히 힘써온 점은 '시조를 시조로서의 시'로 지어 보자는 것"이다. "시조는 물론 시이지마는 시조가 지녀온 외형과 내면에서의 특장을 잘 이어 살"려 "시조의 맛을 잃지 않은 새로운 시조로 지어"야 한다는 것이다.

---

5 이도현 편,『한국 현대시조 대표선』, 대교출판사, 1993, 56쪽.
6 위의 책, 58쪽.

시조가 지녀온 외형과 내면에서의 특장은 무엇인가. 시조 3장 6구 12마디. 말할 것도 없이 그 특장은 시조 3장의 형식미학과 그 형식의 내적 원리에 있다. 시조의 내적 원리란 무엇인가. 동량 4음 4보격의 음보와 음보의 결속, 구와 구의 결속 그리고 장과 장의 연계가 구축하는 시조미학이다. 시조의 각 음보는 동량보격이라는 그릇이다. 그런데, 종장 첫마디는 3음절로 고정하고 종장 둘째 마디는 5~8음절(8모라)의 변형율격을 구축해야 한다. 이 지점이 시조라는 장르 표지와 문식성(文飾性 · literacy)을 보여주는 지점이다. 이 종장 둘째 마디는 글자 수가 많아짐에 따라 가창에서와 같이, 율격에 따라 읽는 율독(律讀)을 하게 되면 빨리 읽게 된다. 이는 시조의 각 음보가 등시성(等時性)을 가진다는 것으로, 결국 이 12개의 음보(그릇)는 같은 값을 지닌다.

환언하면, 시조는 종장의 제9음보를 3음절로 고정하는 자수율을 제외한 나머지 음보는 모두 음량률이 적용되는 율격 양식이다. 이 음량률이라는 율격을 형성하는 기저 자질은 음절과 장음(長音)과 정음(停音)이다. 음절은 가시적인 글자를 가리키는 동시에 청각에 반응하는 율격 형성의 직접적 재료다. 비가시적인 장음과 정음도 국어에 관여적인 언어학적 장음에 기저한 율격자질이다. 장음은 장음화된 음 길이가 실제로 발성된 '+장음'이라 한다면 정음은 장음화된 음절의 음장이 묵음(默音)의 형태를 취하는 '−장음'이다. 장음과 정음은 각각 1음절을 대상(代償)하며 이 장음과 정음이라는 기저 자질이 시조의 율동적 다양성을 조성한다.[7]

비유컨대 시조는, 3장 12마디에 담기는 '가시적 음절수를 조화롭게 운용'하여 이 동량보격, 음보라는 그릇 안에 찰랑이는 음향(音響)을 잘 살려내야 한다. 이는 각기 다른 양의 와인이 담긴 열두 개의 와인글라스를 채로 두드려 각기 다른 소리를 얻는 바와 같다. 같은 크기의 와인글라스(음원)에 담긴 각기

---

7 성기옥, 『한국시가율격의 이론』, 새문사, 1986 참조.

다른 양의 음원을 두드렸을 때 리드미컬한 소리가 번져 나올 것은 자명한 이치(이 열두 개의 와인글라스에서 와인[음절]으로 채워지지 않은 빈 공간은 장음과 정음이 채우며 이 장음과 정음이 음절을 대상한다. 이 장음과 정음은 1모라=1음절 크기의 음량이다). 여기서 '가시적 음절수를 조화롭게 운용'한다는 말은 시조의 율격을 따르면서 자연스러운 우리말을 구사한다는 의미다. 즉, 가시적인 음절 외에 음보를 채우는 비가시적 장음과 정음이 적절하게 실현될 때 발화는 리드미컬한 음향, 율동적 다양성을 조성하여 열두 개의 와인글라스가 빚어내는 다채로운 음향, 시조콘서트를 감상하게 된다.[8] 물론 이러한 음향의 조성은 의도적이라기보다는 일상담화의 자연스러운 우리말 구사에서 이루어지는 것이며, 시인의 조사(措辭) 능력에 따라 실현된다.

2) 월하 시조의 율동적 다양성

이제 한국 시조사의 백두대간, 월하의 호방하고 온유한 정신세계의 표백이라 할 그의 시조에서 우리가 간과했던 리듬 의식을 중심으로 논의한다. 월하 시조는 시조라는 정형률격의 규범을 준수하면서 구체적인 시적 발화의 유연성으로 개별 텍스트는 리드미컬한 율동미를 보여준다. 이는 월하 당대의 시점에서 희유한 성취인 동시에 현대시조의 한 지향점이라 할 수 있다.

월하는 "시조를 시조로서의 시"로 지어보자 했고, "시조가 지녀온 외형과 내면에서의 특장을 잘 이어 살린 시조"로서 "시조의 맛을 잃지 않은 새로운 시조"를 짓자는 창작론을 전개했다. 월하가 지적한 "시조의 맛"이란 무엇인가. 시조의 맛이라 할 때, 보편적이고 상대적인 개념으로 '시조의 멋'을 상정할 수 있다. 그러나 시조의 맛과 멋은 다른 것이 아니요, 한 가지 또한 아니다. 시조의 맛은 시조의 율격관습에서 오는 정제된 미감의 체현(體現)에 있다. 시

---

8 홍성란, 「시조콘서트, 열두 개의 와인글라스」, 『문학사상』, 2012. 9 참조.

조의 맛이란, 이 정제된 미감을 체현한 발화 상태가 율격관습을 넘어선 율동으로 리드미컬한 성향(聲響)을 발산해내는 것이라 할 수 있다. 그럼 '시조의 멋'이 깃든 시조란 무엇인가. 시조의 멋은 다양한 율동으로서의 리듬을 생성하고 적확한 언어를 사용하여 불필요한 수식어를 버리고 자연의 묘리와 우주의 진리를 천진난만하게 노래하는 데서 우러난다고 할 수 있다. 시조의 멋은 고요히 가라앉은 마음이 슬기롭게 풀어 쓰는 정형률의 미감과 언어의 묘용에서 온다.[9] 이 맛과 멋이 추상하는 바, 시조의 맛과 멋이 깃든 작품이란, 개별 작품의 율동과 언어미감이 조성하는 리듬 의식이 고조된 시조라 할 수 있다.

여기서는 시조의 맛과 멋이 깃든 월하의 리듬 의식이 빛나는 작품을 중심으로 논의한다. 먼저 예시한 작품은 "1971. 2. 감나무골에서"라고 창작 일시와 장소를 부기한 「춘일산음(春日散吟)」 6수 중 「봄비」다. 월하가 체현한 리듬 의식을 고찰하기 위해 표지를 넣어 도식화했다(장음[−], 정음[∨], 음보말 휴지[ㅣ], 중간 휴지[∥], 행말 휴지 및 연 나누기[/]).

어느−∨　ㅣ　숨결인가　∥　정겨운−　ㅣ　속삭임은,

온−천지　ㅣ　가득−∨　∥　홍건히−　ㅣ　젖어드네

쪽대문　ㅣ　울타리 밖을　∥　나도 젖어　ㅣ　걸어보네.

—「봄비」 전문[10]

봄비 오는 소리를 속삭임에 비유했다. 봄비는 "정겨운 속삭임"이다. "온천지 가득 홍건히 젖"고 "나도" "홍건히 젖어" "쪽대문 울타리 밖을" "나도 젖어 걸어보"는 것이다. 정말 저 쪽대문 울타리 밖을 봄비 그 정겨운 속삭임에 젖

9　홍성란, 「시조의 멋」, 『유심』, 2013. 1 참조.
10　이숭원 편, 앞의 책, 101쪽.

으며 걸어보고 싶다. 이 잔잔하고 아름다운 노래가 월하의 시조다. 시조라니 헤아려보면, 음절수는 초장 2 4 3 4 중장 3 2 3 4 종장 3 5 4 4로 이루어졌다. 음절수는 이렇게 드러나지만, 장음과 정음이 4모라의 음량을 채워 일획의 어긋남도 없이 잘 갖춘 정형시, 시조다.

시조하면, 관념적으로 '3 · 4조'라는 음수율을 가진 정형시라는 게 일반적 인식이다. 이토록 출렁이는 리듬을 가지고 있는 시조를 어찌 '3 · 4조'로 고정된 음수율을 따르는 정형시라 할 수 있나. 시조가 음수율로만 된 정형시가 아니라는 점을 다음의 도식화한「춘일산음」6수 중「개나리」를 통해 확인한다.

잎이 버네	ǀ	꽃잎이 버네	‖	노란 노란	ǀ	웃음이 버네
긴−긴−	ǀ	어둠을 깨고	‖	덤불 덤불	ǀ	주저리고
하구한	ǀ	세월을 딛고	‖	이 한봄을	ǀ	손짓하네.

—「개나리」전문[11]

음절량으로 보면 초장 4 5 4 5 중장은 2 5 4 4 종장은 3 5 4 4로 이루어졌다. 이 음절량은 기존의 음수율을 부정하게 한다. 음절수를 지키지 못하는 정형시는 음수율을 따르는 정형시가 아니라는 것을 반증한다. 그래서 음보율이 나왔다. 그러나 음보는 등장성을 재는 단위일 뿐, 각 음보를 형성하는 기저 자질을 설명해주지는 못한다. 그래서 진전된 논의로 음량률이 나왔다. 전술한 바와 같이 음절과 장음과 정음이라는 기저 자질이 율격을 형성한다는 것이 음량률이다. 중장 첫째 음보는 2개의 음절과 2개의 장음이 기준음량인 4모라를 채운다. 초장의 제2음보와 제4음보, 중장의 제2음보는 5음절로서 기준음량을 넘어섰다. 그런데 음보의 양식화 범위는 2음절에서 5음절까지이고

---

11 위의 책, 같은 쪽.

우리말의 자연스러운 발화에 따라 우리 시가는 5음절과 6음절로 실현되는 예가 상당수 있다. 이러한 예는 '허용적 율격'에 해당한다. 「개나리」의 종장의 첫마디, 제9음보는 3음절로 고정했고 제10음보, 둘째 마디는 5음절로서 변형율격을 준수하고 있다. 월하 시조는 한 마디로 시조의 율격관습 안에서 자연스러운 발화에 따라 자재한 율동, 리드미컬한 미감을 형성한다.

"긴 긴" 겨울날, "덤불덤불" 얽히고설킨 "어둠을 깨고" 올 것은 왔다. 봄의 전령사, 개나리 꽃잎이 벌고 있다. "잎이 버네 꽃잎이 버네 노란 노란 웃음이 버네"라며 나울치는 리듬을 본다. "이 한봄을 손짓하"는 개나리 "노란 웃음"을 본다. 1971년 2월의 소작이다. 월하는 "이 한봄을 손짓하"는 개나리의 어여쁜 "웃음"처럼 시대의 봄을 기다리고 있는지도 모른다. 어찌 "꽃잎이 버"는 개나리 "노란 웃음"이 반갑지 않을까. 월하의 환한 미소도 보이는 것 같다.

관−동−	ǀ 팔백리 길	‖ 영마루에	ǀ 내가 섰다
아흔아홉	ǀ 굽이 돌아	‖ 비구름 싸인	ǀ 동−해∨
훙건한	ǀ 땀을 씻던 시절을	‖ 눈에 선히	ǀ 새기며∨

율곡도−	ǀ 어머니도	‖ 저−기−	ǀ 앉고 서서
온길 갈길	ǀ 바라보며	‖ 푸른 하늘	ǀ 우러렀지
오늘은	ǀ 차를 세운 길손들이	‖ 눈을 감고	ǀ 저기 섰다.

영−넘어	ǀ 영−넘어	‖ 동서도−	ǀ 다르지만
바다 건넌	ǀ 또 산이요	‖ 들−넘언	ǀ 또 영과 영
이렇게	ǀ 오르고 내리다	‖ 한줌 흙으로	ǀ 남는 것∨

| 없음도− | ǀ 있음이오 | ‖ 있음도− | ǀ 없음이라 |
| 없음도− | ǀ 큰−장마 | ‖ 울부짖음 | ǀ 귀를 막네 |

|그 영도 | 삶의 한마루 ‖ 또- 넘어 | 가는 길∨|

— 「嶺을 넘어」 전문12

창작 일시와 장소가 "1987.7.27. 새 자하산사에서"라 붙은 이 작품은 기준 음량이 4모라인 각 음보에 2음절에서 5음절까지 다양한 음절을 채우고 있다. 1음절 정도 살짝 넘치는 음량을 보이거나(허용적 율격) 두 개의 장음 또는 장음과 정음 하나씩을 실현하여 음량을 채우는 다양한 방법으로 율동을 형성한다. 물론 이는 월하의 의도적 계산 아래 이루어진 발화는 아니다. 일상담화의 자연스러운 우리말 구사가 이 같은 시적 발화를 산출한다. 네 마디 동량보격의 자연스러운 우리말 구사에서 오는 율동미가 시조를 시조다운 노래시로 만드는 요인이며, 맛깔스러운 시조요 멋스러운 시조가 되게 하는 것이다.

「영을 넘어」는 대관령 마루에 오른 월하의 역사인식과 인생철학이 조화로운 형상과 깨달음으로 다가오는 웅숭깊은 시조다. 사임당과 율곡이 대관령을 넘어 서울로 가며 돌아보는 세월의 결과 월하가 향리를 떠나 서울생활을 하며 다시 영마루에 서서 돌아보는 세월의 결이 겹치며 아련한 무늬를 직조한다. 월하는 "흥건한 땀을 씻던 시절"을 건너 "오늘은 차를 세운 길손"으로 영마루에 섰다. 일상을 벗어나 높은 데 올라 느껴보는 시공의 간극은 새로운 인식에 눈뜨게 한다. 물론 이는 월하의 연륜이 낳은 세계상이요, 견자의 시선이다. 동서(東西)가 다르고 삶의 향방이 다르다 해도, 결국 바다를 건너면 산이요, 들 너머엔 영이요, 영을 넘으면 또 영이 있듯이 거듭되는 일상이 흐르고 흐른 뒤 우리는 한줌 흙으로 돌아갈 것.

"없음도 있음이오 있음도 없음이라" 있다는 것은 무엇이고, 없다는 것은 무엇인가. 있음도 본시 없는 것, 없는 것에서 있음은 나오는 것. 유무상생(有

---

12 위의 책, 358쪽.

無相生). 장파(張法)에 의하면 무는 서구인이 이해하듯 실체가 차지하는 위치와 운동장소로서의 허공을 뜻하지 않는다. 무는 생성하고 변화하고 창조하는 작용으로 충만한 기(氣)를 뜻한다. 이 기가 모이면 유가 되고 유가 흩어지면 무가 된다. 무는 다시 기로서 유를 생성할 기반이다(太虛無形, 氣之本體, 其聚其散, 變化之客形爾). 무는 유에서 나오고 유는 무로 돌아가고 무는 기로 가득 차 있다는 음양오행 도가와 불가의 철학과 상상력에 기반한 사유가 펼쳐지고 있다. 그러니 "호서의 큰 장마 울부짖음이 귀를 막" 듯이 유장하고 다양한 리듬 의식이 펼쳐내는 월하의 시조 세계는

> 산이 끝나고 물이 다시 이어져 길이 없을까 걱정했는데
> 버들잎 짙고 꽃 밝은 곳에 마을이 또 하나 있었구나

라고 노래한 옛 시인처럼 "삶의 한마루 또 넘어"가면 "또 영과 영"이 펼쳐지는 것이 삶의 길임을 노래하고 있다.

3. 월하 시조의 형식적 모색

1) 3분장 의식

월하 시조가 지녀온 외형적 특장은 시조 양식의 3장 구조 아래 구현되는 음보와 음보의 결속, 구와 구의 결속, 장과 장의 연계를 구사하며 시조의 3분장 의식을 분명히 보여주고 있다는 점이다. 월하가 보여준 형식적 모색으로서의 시적 형식은 대부분 장 단위와 구 단위의 연 구성 방식과 장 단위와 구 단위로 행을 배열하는 '정통형'[13]에 해당한다.

---

13 정통형은 김학성, 「시조의 양식적 원형과 시적 형식으로서의 행·연갈이」, 『만해축전』

이 정통형을 세분하자면, 장 단위로 행을 배열하고 수(首) 단위로 연을 구성하는 '고전형'이라 부를 만한 시적 형식과 구 단위로 배행하고 장 단위로 연을 구성하는 '표준형'이라 부를 만한 것으로 이러한 시적 형식이 월하 시조의 대부분을 차지한다.[14] 표준형을 따르면서 종장 첫 음보를 분행한 3연 7행의 시적 형식도 보이며, 연시조의 경우에는 고전형과 표준형을 복합적으로 시도한 경우도 상당수에 이른다.

이러한 월하의 형식적 모색은 자유시와 현대시조가 공존하는 우리 시대에 시조는 정형시로서 특별히 형식적 정체성을 분명히 보여주어야 한다는 점을 드러낸 것으로 볼 수 있다. "시조는 물론 시이지마는 시조가 지녀온 외형과 내면에서의 특장을 잘 이어 살린 시조여야만 한다"는 그의 시조관이 이와 같이 외재절주를 가시적으로 드러내는 시적 형식을 이룬 것이다.

2) 시적 형식의 예외적 사례

월하는 형식적 모색의 중심에 시조의 3분장 의식을 두고 있었다. 따라서 대부분의 작품이 보여주는 시적 형식은 정통형으로서 고전형과 표준형에 해당한다. 그런데 전집을 총람하면서 3분장 의식을 지키되 지금까지와는 다른 예외적인 두 작품을 볼 수 있었다. 「五月이여!」와 「빛이소서」의 경우다. 「五月이여!」는 장 단위 연 구성을 취하고 각 장은 '음보+음보+구'의 3행을 이루어 3연 9행의 시적 형식을 보여준다. 「빛이소서」는 각 장의 말음보를 분행하여 6행 전연의 시적 형식을 보이는 경우다.

자료집 中, 2010 참조.

14 고전형과 표준형은 김학성, 「시조의 양식적 독자성과 현재적 가능성」, 『한국고전시가의 전통과 계승』, 성균관대학교 출판부, 2009 참조.

(1) 「五月이여!」의 경우

「五月이여!」가 보여주는 3연 9행의 시적 형식은 전집에 수록된 모든 작품 가운데 단 한 편으로 예외적이다.

> 왈칵
> 쏟히는 하늘
> 구름으로 솟는 녹음
>
> 창을 타고
> **훨훨**
> 마음은 애드발룬
>
> 그늘 속
> 환히 열리고
> 아름만 찬 5월이여![15]

초장과 중장의 앞구를 분행하여 "왈칵"이라는 부사와 "훨훨"이라는 부사를 써서 전개되는 이미지를 부각시키고 있다. "1965. 5. 감나무골"이라는 창작 일시와 장소가 부기되어 있는 이 작품은 월하 52세의 소작이다. 월하는 이 무렵 대학교수로서 시조를 창작하면서 『현대시조선총』(1958)과 시조이론서 『시조개론』(1959)을 발행하고 1960년에는 시조 전문지 『시조문학』을 창간하여 편집인과 발행인을 겸하면서 1964년에는 한국시조시인협회를 발족하여 부회장직을 맡게 되었다. 그의 직함과 그 역할 그리고 그 업무가 과중하였음은 말할 나위 없다.

계절의 여왕이라는 5월 어느 하루, 문득 창밖에 펼쳐진 신록 위로 펼쳐진

---

15 이숭원 편, 앞의 책, 51쪽.

맑은 하늘 그리고 흰 구름이 업무와 정신의 속박에 짓눌린 월하에게 풍선처럼 둥둥 새처럼 훨훨 창공을 날고 싶은 충동을 일게 했을 것이다. 빛나는 오월 하루와 펼쳐진 녹음이 그늘을 드리우고 손짓하건만 모두가 월하에겐 벅찬 한순간의 풍경일 뿐이었을 것이다. 하여 시인은 이렇게 잠시간의 정감을 3연 9행의 시적 형식에 담아 가뿐하고 기쁘게 노래했을 것이다.

(2) 「빛이소서」의 경우

「빛이소서」 또한 장 단위 말음보를 분행하여 6행 전연의 시적 형식을 이룬 단 한 편의 작품으로서 "넘실"과 "더욱"이라는 부사의 활용과 율격 운용이 돋보인다. 물론 이 작품도 장 단위로 볼 때 말음보만을 분행하여 3장이 모두 같은 시적 형식을 취하여 3분장 의식을 갖추었다고 볼 수 있다.

> 동해 넘실 햇살 받아 경포 더욱
> 맑은 강릉
> 우리의 시조를 뭉쳐 첫 걸음을
> 내딛었네
> 이 모임 저 해를 따라 길이길이
> 빛이소서[16]

이 작품은 이화여자대학교에서 정년퇴임하고 『고전문학연구논고』와 『현대시조작법』 그리고 시조집 『소리 · 소리 · 소리』를 출간한 이후에 창작했다. 「빛이소서」를 창작한 두 달 뒤인 1985년 12월에는 중앙시조대상을 수상했다. 이 시기는 월하가 시조연구자로서 시조시인으로서 책임과 역할 그리고 자긍심이 충일한 때로서 그 심회가 작품 전편에 그대로 나타나 있다. 이 자긍

---

16 위의 책, 384쪽.

심과 자신감이 시어의 선택과 배열에 여실히 드러난다.

"동해 넘실 햇살 받아 경포 더욱/맑은 강릉" 초장 첫음보(넘실)와 셋째음보
(더욱)의 부사어 운용에서 능란한 율격과 시어구사를 볼 수 있다. 초장의 4음
보를 분석하면 '2+2 | 2+2 | 2+2 | 2+2'로서 2음절어가 연속되면서 4음 4보
격의 율격 운용을 탄력적으로 구사하고 있다. 그러면서 초장과 중장 그리고
종장의 말음보를 모두 분행했다. 월하의 자신감이 넘쳐나는 대목이다. 1985
년 3월에는 『한국시조큰사전』이 을지출판공사에서 한춘섭, 박병순, 이태극
편저로 출간되기도 했다. "우리의 시조를 뭉쳐 첫 걸음을/내딛었네"와 같이
시조를 둘러 싼 여러 정황들이 월하에게 충만한 자신감을 불러 넣었을 것이
다. 작품 하단에 표기한 1985년 10월 30일은 어떤 시조 "모임"이 있었을 것
으로 보이는데 그 시조 "모임"이 아니, 더 나아가 우리 시대의 시조가 때마침
창밖에 "빛"나는 "해"와 같이 창성하여 "길이길이 빛"나기를 바라는 월하의
염원과 환희심이 담긴 작품으로 볼 수 있다.

4. 글을 맺으며

월하 이태극은 호방한 성격과 온유한 정신세계를 지닌 한국 시조사의 백두
대간이요, 현대시조 중흥에 앞장선 시조단의 선구적 거목이다. 그는 시조의
형식적 정체성을 강조하였고 따라서 3분장 의식 아래 장 단위와 구 단위로
행을 배열하고 연을 구성하거나 이를 복합적으로 운용하는 형식적 모색을
통하여 정통형에 수렴되는 고전형 또는 표준형의 시적 형식을 주로 구사하
였다. 이 시적 형식 가운데 단 두 편의 예외적 경우를 고찰하였는데 이 또한
표준형에서 조금 더 적극성을 보인 '세련형'[17]에 해당한다. 이는 "시조의 맛을

---

17 세련형은 김학성, 앞의 책 참조.

잃지 않는 새로운 시조"를 추구하고자 한 월하의 또 다른 일면을 보여준다. 이 모든 형식적 모색은 시조의 맛 또는 시조의 형식적 정체성을 잃지 않는 월하 시조의 자장 안에 있다. 월하 시조의 율동적 다양성은 율격 관습이 지시하는 율격모형을 그대로 따르는 데서 벗어나 자연스러운 일상 담화의 가시적 음절과 비가시적 장음·정음의 실현으로 리드미컬한 음향을 생성하고 있다. 이러한 월하의 리듬 의식과 형식적 모색은 우리말의 유려한 구사와 어우러져 맛과 멋이 깃든 월하의 고아(高雅)한 시조 세계를 구축하였다.

백수의 시조관이 형상한 시적 형식과
율격 운용의 묘

1. 백수라는 상징

1) 한국시조문학사의 정전

「혈죽가」를 기점으로 창사(唱詞)를 넘어선 서정시로서 20세기 현대시조를 논할 때 백수 정완영[1]은 단지 거목이라거나 거봉이라는 평가를 넘어선다. 그는 전통을 계승하되 법고창신(法古創新)의 정신으로 독보적인 백수 시학을 이루었으니, '내용과 형식의 행복한 일치'를 이루며 '새로운 가락'을 빚어내는

---

[1] 정완영(1919~2016)은 현재 김천시가 된 경북 금릉군 봉산면 예지동 65번지에서 태어났다. 그는 한학에 능통하고 시문에 뛰어나 문명이 높았던 할아버지에게 어린 시절 한문을 배웠다. 이는 평생 정완영 시문(詩文)을 주도하는 한문학적 소양의 바탕이 되었다. 1927년 봉계공립보통학교에 입학한 뒤 스승 홍성린(洪性麟)과 이위응(李渭應)의 영향으로 문학적 소양과 민족어와 민족시에 대한 사랑과 자긍심을 키웠다. 이러한 영향은 백수 시조 정신의 근원이 되었다. 2006년 발간한 정완영시조전집 자서에서 백수는 "1946년, 광복 이듬해부터 향리에서 시문학 구락부라는 동인을 만들어 오늘에 이르기까지 시력이 60년"이라 했다. 이는 1962년『조선일보』신춘문예 당선작「조국」이 당선 이전인 1948년의 창작임을 적시한 것이다. 이 작품은 고등학교 3학년 교과서에 실렸다. 이 글에서는 시조집을 비롯한 백수의 많은 창작물 가운데 동시조만을 수록한『꽃가지를 흔들듯이』(1989)와『엄마 목소리』(1998)를 중심으로 논의한다.

'정신의 기교' 같은 것으로써 '만인 위에 군림'하는 현대시조라는 '그릇'[2]을 만들 수 있었다. 백수 시조를 '우주 경영'으로 본 서벌[3]이나 '거룩한 경영'에서 '외롭고 황홀한 경작'을 이룬 백수의 '출현은 한국시조에서는 획기적 거사(擧事)'였다고 본 박재삼과 같이 60년대 백수는 '숭고한 순교자'로서 '하나의 위협'[4]이었다는 평가를 낳았다.

박경용은 '작위성을 완전히 떨어 버'리고 '말하듯 노래하는 것이 시'임을 보여주는 '백수문법'에서 '동양적 관조의 세계에 뿌리' 내린 '인생론적 주제와 분방한 호흡에 바탕을 둔 고아(古雅) · 섬세(纖細) · 영롱(玲瓏) · 불패(不霸)한 가락'은 우리 시조가 최선을 다함으로써 마침내 '도달할 지미(至美) · 지순(至純)의 경지'라 했다. 이숭원은 '전통적 선비의식이 현대적 예술 감각과 결합'하여 '청신한 감각과 독창적인 비유'를 담아낸 백수 시조가 '세상의 전변(轉變)을 관조하고 세월의 덧없음을 체념'하는 데서 나아가 '달관의 경지'에 이르렀으니, 당대의 척박한 시조 토양 위에서 이룩한 그 예술성을 '아스라한 정신의 높이'로 평가했다.[5]

이처럼 어깨를 견주던 20세기 시인들에 비해 느지막이 등단한 백수의 시조미학은 당대를 압도하며 한국시조문학사를 관통하는 정전(正典)이 되었다.

2) 백수의 시조관

백수 시조가 한국시조문학사의 정전으로 자리매김할 수 있었던 것은 특유

---

2 박재삼, 「백수, 그 인간과 문학」, 정완영시조전집 『노래는 아직 남아』, 2006, 795~803쪽 참조.

3 서벌, 「장중한 신전의 의미」, 위의 책, 780쪽.

4 박경용, 「이 당대 시조의 순교자적 면모」, 위의 책, 787~794쪽 참조.

5 이숭원, 「현대시조의 아름다움과 예술적 높이」, 우리 시대현대시조100인선 『세월이 무엇입니까』, 2000, 163~177쪽 참조.

의 철학과 미학적 관점이 있었기에 가능했다. 『백수산고(散稿)』[6]를 참조하면 '시조는 민족 운율의 대종(大宗)'이며 시조라는 악보 없는 노래를 '채보하는 데는 어떤 잔꾀나 잔재주의 손놀림 가지고는 어림도 없는 일'이라 했다. 백수에게 시(詩)는 '말씀의 전각'이며 '말씀의 종교'로서 '지고 지순한 오솔길'이다.

> 시조란 대저 자유시와는 달라 이미지이니, 무슨 주의(主義)이니에 앞서, '경(境)'을 열 줄 알아야 되는 우리 전래(傳來)의 정신에 뿌리박고 자라온 시다. 하기 때문에 시조라는 화목(花木)은 자유시에 비해 그 줄기가 '의(意)'가 아니라 '지(志)'이고 그 꽃이 '론(論)'이 아니라 '관(觀)'이어야 하는 것이다.
>
> 지난 날 우리 국창(國唱)에 송만갑(宋萬甲), 이동백(李東伯), 두 그루의 거목이 있었다. 송만갑의 창은 굵고, 어기차고, 때로는 풍우(風雨)를 몰아치듯 하여 비개인 산세(山勢)의 뇌락(磊落)을 바라보듯 만당(滿堂)의 청중을 숙연케까지 하여, 벌목정정(伐木丁丁)이라 했고, 이동백의 것은 풀잎에 미풍이 감기듯, 여울물에 은어가 미끄러지듯, 끊일 듯 이어지고, 풀릴 듯 도로 감기는 창법이 마치나 귀신이 흐느끼듯 한다고 하여 귀곡성(鬼哭聲)이라 세상 사람들이 일렀었다.[7]

음악 현장의 풍경을 묘사한 이 창법(唱法)이 시작법에 닿은 백수의 시조관(時調觀)이다. '관'은 지혜 어린 마음의 눈으로 세상을 보는 바이다. 지혜 어린 마음의 눈으로 세상을 본다는 것은 대상과 교감하는 상태를 가리킨다. 서정시의 바탕이 되는 정(情)과 의(意)가 마음의 내용이라면, 지(志)는 마음이 가는 바, 대상과 교감하여 마음이 향하는 바를 가리킨다. 백수는 '지', 곧 지혜 어린 마음, 자비 어린 마음이 향하는 바를 시조에 담았다. 이는 천지 "운행과 인심(人心)의 기미(機微)에까지 눈길을 돌려야"[8] 한다는 인지상정(人之常情)의 도

---

6 정완영, 『백수산고』, 1995.

7 위의 책, 46~47쪽.

8 정완영, 『시조산책』, 1985, 113쪽 참조.

리로 이해할 수 있다.

백수는 '시란 어떤 사물에다 정(精)을 보태주는 행위'요, '시를 쓰는 행위란 생활 속에서 진실을 캐내는 작업'이며 '모래알(생활) 속에서 사금(진실)을 일어 내는 작업'이라고 했다.[9] 그러니 잔꾀나 손놀림으로는 시조에 범접할 수 없으며 '거짓되거나 허구적인 풍경도 아니고 들뜨고 과장된 감정도 아닌 있는 그 대로, 보이는 그대로의 풍경과 감정'으로서 실경(實境), 곧 '경'을 중시했다.[10] 이러한 시학이 백수의 적중어(的中語)를 만들어냈고 '유곡절해'의 시조관을 만들어냈다.

백수는 국창의 '벌목정정'이라거나 '귀곡성'에 해당하는 창법을 조사법(措 辭法)으로서 시조 언어 운용에 적용했다. 일찍이 개별 작품이 보여주는 율격 과 언어 운용의 자율성을 백수는 '내재율'로 표현했다. 이 내재율은 시조 언 어 운용의 묘(妙)와 유연한 리듬 의식을 가리킨다. "내 시조가, 시조가 아니라 고 해도 좋아"라던 백수의 말씀은 언지(言志)를 드러내기 위해 구어체 자연발 화를 취하며 천의무봉한 시어 구사와 리드미컬한 율격 운용으로 종래의 음 수율이라는 개념에서 벗어난 사례가 많다는 점을 대변한다.[11]

3) 유(流)·곡(曲)·절(節)·해(解)의 미학

백수는 유곡절해의 미학을 시조 창작에 독보적으로 원용했다. 시조의 내재 한 흐름이라는 것은 유·곡·절·해, 곧 흐름이 있고, 구비가 있고, 마디가 있고, 풀림이 있는 것인데, 우리 시조는 그 가형(歌形)이 우연히 이루어진 것 이 아니라 우리 민족의 온갖 습속과 우리 정신을 밝혀주던 하나의 심등(心燈)

---

9 정완영, 『시조산책』, 18~25쪽 참조.
10 홍성란, 「단시조의 미학」, 『유심』, 2015년 10월호, 2~13쪽 이하 참조. 이 글은 『미주시 조』(2022)와 연대동인 제22집 『단시조』(2023)에 재수록하며 보완 최종 확정했다.
11 위의 글, 4~5쪽 참조.

이요 운사(韻事)로서 우리 정신의 대맥(大脈)이 절로 흘러들어 필연적으로 이루어진 것이라 하였다. 「단시조의 미학」에서 이 유곡절해의 미학을 시조 3장 운용의 논리에 적용하여 자세히 논한 바 있다.[12]

　　'유 곡 절 해'를 어떻게 설명할 수 있을까. 이는 율동적 미감과 대구와 호응을 포함한 언어적 미감이 주는 시적 정조(情調), 정취(情趣)를 가리키는 것으로 볼 수 있다. 구체적으로 보면, 초장에서는 마디와 마디가 만나 구(句)를 이루고 구와 구가 결합하여 장(章)을 이룬다. 이러한 구조가 중장에서 단 한 차례 반복되며 반복의 미감이 실현된다. 종장에서는 첫마디 3음절, 음수율을 지키고 둘째 마디는 기준음량의 마디 2개가 결합한 변형율격으로 율격적 전환을 보이다가 셋째 마디와 넷째 마디는 기준음량 마디로 종결짓는 율격 운용을 보인다. 이 율격 운용에 따르는 시어 운용에서, 우리는 백수의 '유 곡 절 해'를 이해할 수 있다. 초장과 중장에서 실현되는 율격적 반복의 미감과 언어적 층위의 미감 그리고 이로부터 의미적 층위의 반복이 주는 미감을 한 번 흐르는 유(流)와, 한 번 더 굽이치는 곡(曲)으로 설명할 수 있다. 종장 첫마디 율격은 초장과 중장의 음량률과는 다른 3음절 음수율을 따르고 둘째 마디는 기준음량 마디 2개가 결합한 변형율격으로 중장까지 보이던 4음 4보격 음량률의 지속성을 차단하는 모습을 보인다. 이 같은 미학적 원리는 절(節)에 해당하는 것으로 볼 수 있다. 종장 첫마디 3음절 음수율과 둘째 마디 5~8음절의 변형율격 이후, 셋째 마디와 넷째 마디는 음량률의 4모라 기준음량 마디로 복귀하며 차단을 풀어주는데 이는 해(解)에 해당하는 것으로 볼 수 있다.

　　시조 3장의 율격 운용은 제시(초장:流)와 반복(중장:曲), 차단(종장:節. 첫마디와 둘째 마디)과 복귀(종장:解. 셋째 마디와 넷째 마디)라는 유곡절해의 미학을 적용하여 이와 같이 해명할 수 있다.

　　특별히 백수는 종장의 시어 운용에 있어, 경을 이루는 것으로서 희(喜), 비

---

12 위의 글, 8쪽.

(悲), 애(哀), 낙(樂), 환(歡), 적(寂), 고(孤), 멸(滅), 근(近), 원(遠), 직(直), 우(迂), 묘(妙), 현(玄) 등 동양정신의 뿌리가 어느 경(境)에 가 닿아야 한다고 했다.[13] 이런 시조관은 국창의 벌목정정이나 귀곡성이라는 정조와 정취에 맥이 닿은 것으로 보인다. 송만갑이나 이동백의 창법은 '삼전어(三轉語)'와 같은 언외언(言外言)이요, 언어도단(言語道斷)으로서 깨달음, 곧 득음(得音)의 경지는 '말밖의 말에 있으므로 설명할 수 없고 체험으로 느껴 각자 아는 수밖에 없'는 바와 같다.[14] 이 삼전어의 경지를 시조에 적용하면, '장과 장 사이에서 느끼는 언어적 층위와 의미적 층위의 낙차가 가져오는 시경(詩境)을 지시하는 것으로 볼 수 있다'.[15]

백수는 언어 운용의 측면에서 음악에서 가져온 '드는 말'로서 '거성(擧聲)'과 '놓는 말'로서 '치성(置聲)'을 제시하며 '설 자리, 앉을 자리가 따로 있고, 나갈 자리, 멎을 자리가 따로 있'으며 '이것은 어쩌면 지관으로도 통한다'고 했다.[16] '풀씨 하나에도 생명의 오의(奧義)는 숨어 있'다고 보는 백수에게 지관(止觀)이란, 마음을 가라앉혀 대상에 집중시켜 바르게 관[17]하는 지혜의 눈으로 세계상을 읽어낸다는 말이다. 백수는 민요 〈박연폭포〉에서 그 노랫말이 흐르고 내리는 데 '감칠맛'이 있고 '감돌아드는' 데 '감길맛'이 있으니 '늬가 내 사랑이라야 그넷줄을 하늘로 굴려 올리듯 굴림말이 살아'난다고 했다. 백수는 시조문학사에서 누구도 적용하지 않은 '감칠맛', '감길맛', '굴림말'과 같은 용어를 끌

---

13 정완영, 앞의 책, 25~26쪽 참조.
14 이를 개별 작품에 적용하면 관념을 육화시켜 감각적 이미지로 형상하는 데서 가능할 것이며, 천의무봉한 시어 운용에서 가능할 것으로 본다.
15 홍성란, 앞의 글, 9~10쪽 참조.
16 정완영, 『백수산고』, 97~98쪽 참조.
17 지관 : 마음을 단련하여 일체의 외경(外境)이나 어지러운 생각에 움직이지 않고, 마음을 특정의 대상에 쏟는 것을 지(止)라고 하며 그것에 의해 바른 지혜를 끌어내어 대상을 보는 것은 관(觀)이라고 함. 김길상 편, 『불교대사전』, 2005, 2413쪽.

어와 독특한 시학을 이루었다. 이 같은 경계를 다 돌아 나온 백수의 시조관이 우리 앞에 '시조의 진경'[18]을 펼쳐놓은 것이다.

대체 시란 무엇인가? 들리지 않는 소리를 들어내는 귀요, 보이지 않는 허심 (虛心)을 보아내는 눈이요, 맡아지지 않는 향기를 맡아내는 코가 아니던가. 그리 하여 마침내는 바둑돌이 정석(定石)을 놓듯, 하늘과 땅 사이에 정심(定心)의 자 리를 얻어 앉는 것, 아니 모든 사물로 하여금 정처(定處)를 얻어 앉히는 것, 무어 그런 것이 아닌지 모르겠다. 그래서 시는 천지간에 미만해 있는 것이고, 우리 눈 에 보이지 않는다고 해서 없는 것도 아니요, 우리 귀에 들리지 않는다고 해서 죽 어 있는 것도 아니다. 다만 흔들어 깨우지 않기 때문에 일어나지 않을 뿐이요, 때려서 울리지 않기 때문에 입 다문 종(鐘)으로 누워 있을 뿐인 것이다.[19]

'시조는 말로만 쓰는 시가 아니라 말과 말의 행간(行間)에 침묵을 더 많이 심어두는 시'[20]라 한 백수의 시조관, 백수 시학을 우리가 한 마디로 규정할 수 있을까. 이 불가지(不可知)의 영역을 설악무산 대종사 조오현 시인은 정완영 시조전집 서문 「굴방(屈棒)」에서 '일기일경의 기봉'이라 갈파(喝破)했다.

누가 있어 명탄자의 역순종횡(逆順縱橫)에, 몰자미(沒滋味)의 신운에 맞추어 춤을 추고 그 일기일경(一機一境)의 기봉(機峯)[21]을 얻겠는가. 꺾겠는가. 선생의 시조의 심천(深淺)은 사량(思量)하려야 다 사량할 수 없고 증득(證得)하려야 다 증득할 수 없다. 이제 선생은 이 '전집'으로 천천하인비공(穿天下人鼻孔), 천하

---

18 정완영, 「모국어의 순도(純度)」, 정완영 시조전집, 816쪽 참조.
19 정완영, 『백수산고』, 169쪽.
20 위의 책, 21쪽.
21 '기'는 동작 또는 마음의 움직임을 가리킨다. '경'은 사물로서, 객관적인 형태를 갖고 있 는 것을 가리킨다. 일기는 마음의 작용을 약간의 동작으로 나타내는 것이요, 일경은 외계의 무엇인가 하나의 사물을 갖고 인도하는 것을 말한다. 모두 수행자를 인도하는 수단이 된다. 김길상 편, 앞의 책, 2132쪽 참조.

사람의 코를 다 꿰맸다 할 것이다.[22]

선문(禪門)의 말씀을 담고 있는 '굴방'은 '죄 없이 맞는 매'인데, 백수라는 스승의 가르침을 다 따르지 못하였으니 무산 스님이 백수 앞에 엎드려 매를 맞는다는 뜻이다. 「굴방」에서 백수는 함장(艦長)이요, 선장(禪匠)이며 일개거화인(一箇擧話人)이라 했으니, 백수의 위없는 자리를 가리킨다. 「굴방」은 백수라는 스승이 우리에게 들려주는 무상(無上)의 설법(說法)과도 같은 시경을 펼쳐 보이고 있음을 이른 것이다. 시인은 시라는 화두를 잡고 사색과 성찰을 통해 수행하는 수행자와 다르지 않다. 백수는 현대시조의 '숭고한 순교자'로서 우리가 말로써 헤아리려야 다 헤아릴 수 없는 백수만의 시조를 남기며 20세기 시조 너머, 한국시조문학사의 돌올(突兀)한 정전이 되었다.

우리는 지금까지 백수의 시조관이 이룬 백수 시학의 구비를 함께 걸어왔다. 이 글의 목적은 이를 바탕으로 첫 번째 동시조집 『꽃가지를 흔들듯이』와 두 번째 동시조집 『엄마 목소리』에서 백수의 시조관이 형상한 시적 형식과 율격 운용의 묘(妙), 그리고 백수 동시조의 현재적 가치를 우리 시대에 높이 들어 올리는 데 있다.

2. 『꽃가지를 흔들듯이』

1) 몇 가지 시적 형식

백수 시조는 3장 6구라는 시조 형식을 잘 따라 쓸 수 있도록 일정한 형태미를 갖추고 있다. 이 일정한 형태미에서 유형화한 행 배열과 연 구성의 조합

---

22 조오현, 「굴방(屈棒) – 백수 선생 '시조전집'에 부쳐」, 정완영 시조전집, '머리말' 부분.

방식이 백수 시조의 시적 형식이다. 이 글에서 제시한 시적 형식의 유형화는 논의상 편의를 위한 것임을 밝혀둔다.

(1) 제1유형 : 장 단위 연 구성으로서 '음보+음보+구'의 3행 배열

동네서 + 젤 작은 집 + 분이네 오막살이

동네서 + 젤 큰 나무 + 분이네 살구나무

밤사이 + 활짝 펴올라 + 대궐보다 덩그렇다.

—「분이네 살구나무」

「분이네 살구나무」에서 행 단위를 '+'로 연결 도식화하며 장 구조를 나타낸다.[23] 『꽃가지를 흔들듯이』[24]에 수록된 「분이네 살구나무」는 1983년 초등학교 5학년 교과서에 실린 대표작이다. 3연 9행의 이 유형은 초기 백수 동시조의 주를 이룬다. 초장은 동네서 젤 작은 분이네 오막살이를 보여준다. 중장은 동네서 젤 큰 살구나무가 분이네 집에 있음을 보여준다. 오막살이의 살구나무가 밤사이 활짝 펴올라 임금님의 대궐보다 덩그렇게 크다. 분이에게 살구꽃 활짝 핀 오막살이는 대궐이 된다. 백수는 '분이는 이 조그만 대궐에서 태어나 온 누리보다 더 큰 꿈을, 한 봄뿐 아니라 일생 동안 누리고 살아가는 것'이라 했다. '밥은 아무리 배불리 먹어도 다음 끼니때가 되면 배고파 오지만, 어린 시절 먹은 흐뭇한 민족정서는 일생을 두고 두고 생각할수록 배불러 오는 것'이라 했다. 「분이네 살구나무」에서 동시조는 이렇게 그림이 잘 보이고 이야기가 잘 들리게 쓰라는 백수 화법을 본다.

---

23 제시한 바와 같이, 이하 예시에서 행 단위를 '+'로 연결하여 장 구조를 나타내기로 한다.
24 『꽃가지를 흔들듯이』는 단시조 32편, 연시조 17편(2연시조 12편, 3연시조 3편, 5연시조 1편, 7연시조 1편), 연작시조(단시조 4수) 1편으로 모두 50편을 싣고 있다.

(2) 제2유형 : 장 단위 연 구성으로서 '구+음보+음보'의 3행 배열

흐뭇하게 먹은 아기 + 배를 안고 + 일어선 듯

손과 발 아랫도리 + 온 몸에다 + 밥풀 달고

앵두꽃 환히 웃는다 + 이 어여쁜 + 봄볕 앞에.

—「앵두꽃」

천지가 하는 일이 시 아닌 것이 없다는 백수의 「앵두꽃」은 장 단위로 연을 구성하면서 각 장의 첫 행은 구 단위로 배행하여 3연 9행의 시적 형식을 취했다. 백수는 시조 창작법으로서 모든 작품의 종장 말미에 마침표를 찍어 수(首) 단위를 표시한다.

(3) 제3유형 : 장 단위 연 구성으로서 '구+구'가 제1유형과 조합한 경우

밀물이 버리고 갔나 + 썰물이 버리고 갔나

소라처럼 + 눈을 감은 + 바닷가 갯마을 하나

그래도 + 파도 소리엔 + 귀를 열고 삽니다.

—「겨울 갯마을」

밀물과 썰물 이미지를 보여주는 초장의 구 단위 2행 배열에 이어 제1유형을 조합하며 소라와 갯마을 풍경을 펼치는 중장과 종장에서, 적막한 겨울 갯마을이 소라처럼 귀를 열고 파도 소리 듣는다는 백수의 '지관'을 본다. 겨울 갯마을과 파도 소리가 공감각 이미지를 형상하고 있다.

(4) 제4유형 : 장 단위 연 구성으로서 '구+구'가 장 단위 연 구성으로서 '음보' 단위 배행과 조합한 경우

엄마에겐 엄마 냄새 + 아가에겐 아가 냄새

아가는 + 엄마 젖 냄새 + 엄마는 + 아가 살 냄새

젖 냄새 살 냄새 맡고 + 서로 잠이 듭니다.

—「젖 냄새 살 냄새」

중장에서 음보 단위 배행으로 장을 구성하여 3연 8행을 이룬 이 유형은 『꽃 가지를 흔들듯이』에 보이는 유일한 사례다. 아기가 '엄마 젖꼭지를 문 채 잠'든 풍경을 '흡사 외넝쿨에 외가 열린 모양새'라 했다. '아가가 잠결에 웃으면 엄마도 따라 웃는다'고 했다. '외넝쿨에 미풍이 지나가는 시늉'을 보며 '예쁜 아가 참외에 단물이 실린다'고 했다. 백수 시조는 교과서처럼 시조 율격에 따라 동시조를 잘 쓸 수 있도록 고안된 것으로 보인다.

2) 율격 운용 양상

백수가 우리에게 남긴 시조 유산은 단가(短歌)로서 단시조와 연작시조를 포함한 연시조가 전부다. '반지기(半只其)'로서 엇시조나 장가(長歌)로서 사설시조[25]는 남기지 않았다. 백수 율격은 시조 언어 운용의 전형적 사례라 할 수 있는 3~5음절어로 운용되는 빈도가 가장 높다. 드물지만 예외적으로 초장 첫 음보의 자리에서 2음절어가 보이기도 한다.

또 다른 예외는 백수가 포기하지 않은 적중어 운용으로 2~5음절이라는 음

---

25 김학성, 『우리 전통시가의 위상과 현대화』, 보고사, 2015, 116~117쪽 참조.

보의 양식화 범위[26]를 초과한 경우를 들 수 있다. 이는 6음절 어구를 보이는 사례인데, 구 단위에서 정격으로 분석되는 경우와 음보 분할로 분석되는 경우가 있다.

(1) 음보 운용의 전형적 사례(3~5음절)

'4음 4보격 3장 6구 12음보'라는 시조 형식에서 음보는 기준음량 4음절(4모라)을 중심으로 2~5음절로 양식화된다. 백수 시조의 경우 음보는 3~5음절로 형성된다. 3연 9행의 시적 형식을 취한「꽃가지를 흔들듯이」를 장 단위로 도식화하여 초점이 되는 부분에는 밑줄을 그어 논의한다.

까치가 + 깍 깍 울어야 + 아침햇살이 몰려들고
　3　　　　5　　　　　　5 + 4

꽃가지를 + 흔들어야 + 하늘빛이 살아나듯이
　4　　　　4　　　　　4 + 5

엄마가 + 빨래를 헹궈야 + 개울물이 환히 열린다.
　3　　　　6　　　　　4 + 5

—「꽃가지를 흔들듯이」

3음절로 고정하는 종장 첫 음보와 변형율격으로서 두 마디가 결합한 종장 둘째 음보의 6음절을 제외한 다른 음보의 경우 3~5음절을 이루는 전형적 사례로서 이러한 양상은 백수 시조 전반에 나타난다.

(2) 음보 운용의 예외적 사례(2음절)

백수 음보 형성의 전형적 사례가 3~5음절이라면 이를 벗어난 드문 예외적

---

26 성기옥, 『한국시가율격의 이론』, 새문사, 1986 참조.

사례로서 2음절어가 하나의 음보를 형성한 경우를 논의한다.

> 길은 + 부채살처럼 + 햇살을 펼칩니다.
>
> —「시골 아침 1」 단시조 초장

『꽃가지를 흔들듯이』에서 백수 음보가 2음절어를 보인 경우는 도입부에 해당하는 초장 첫 마디 자리다(단시조 「아버지」의 초장, 3연시조 「직지사 인경소리」의 둘째 수 초장). 음보와 음보가 결합하여 구를 이루고 구와 구가 결합하여 장을 이루는 시조는 전통의 '3 · 4 · 3 · 4'라는 음절수를 도출해낸 바와 같이, 음보 단위나 구 단위에서도 앞의 자리가 뒤의 자리보다 가벼운 음량을 이룬다.

(3) 음보 운용의 기준음량 초과 사례(6음절 : 정격의 경우)

> 이 고목나무에서 + 저 포플러 + 숲 사이로
>
> —「새와 하늘」 2연시조 중 둘째 수 초장

초장 첫 음보 자리에 1음절어가 보이고 둘째 음보 자리에 6음절어가 보이는 이 작품의 경우, 구 단위에서 '이 고목+나무에서'로 율격 분할[27]되며 2음보의 음량을 갖추고 있으므로 평시조 정격의 범주에 있다.

> 스님은 + 그 이름부터가 + 먹물장삼을 참 닮았다.
>
> —「스님」 단시조 초장

---

27 시조의 율격은 4모라의 음지속량을 갖는 등가적 자질이 4음보격의 규칙적 반복을 이루는 데서 오는 미감을 바탕으로 정형률을 이룬다. 이러한 율격장치의 절주를 따라 읽는 것이 율독이므로 시조의 음보 단위를 어떻게 구분 짓느냐의 비중은 율격단위가 최우선이고, 그다음이 의미단위이고, 일상어에 바탕을 둔 통사단위는 마지막으로 고려되어야 한다. 김학성, 『현대시조의 이론과 비평』, 2015, 101~102쪽 참조.

둘째 음보 자리에 6음절 어구가 와서 '그 이름+부터가'로 율격 분할된다. 그런데 초장 첫 음보 자리에 '스님은'이라는 3음절어가 옴으로써 기준음량으로 보면 둘째 음보 자리의 초과 음량을 흡인하고 있다. 따라서 '스님은 그 + 이름부터가'로 자연스러운 호흡을 이루게 된다. 이 작품의 경우도 음보의 자리에 6음절 어구가 왔으나 구 단위에서 보면 2음보의 음량을 갖추고 있으므로 평시조 정격의 범주에 있다.

(4) 음보 운용의 기준음량 초과 사례(6음절 : 음보 분할의 경우)

키도 크고 + 몸도 튼튼하고 + 깃발처럼 힘도 넘치고
—「큰 나무 밑에 서면」 단시조 중장

운동 경기의 규칙이 있다면 변칙이나 반칙을 상정할 수 있다. 변칙은 웃음을 유발하거나 막힌 경기 운용의 숨통을 트이게 할 수 있다. 반칙의 경우는 맥을 끊는 것이기에 이것이 시조에서라면 용인될 수 없다. 시조에서 변칙은 엇시조나 사설시조에 해당한다. 시조에서 반칙이라 함은 잡가(雜歌)로 떨어진 경우다.[28]

일찍이 백수는 자신의 시조가, 시조가 아니라고 해도 좋다고 했는데, 바로 제시한 바와 같은 유형의 음보 운용 사례를 두고 한 말씀이다. 예시의 둘째 음보는 '몸도+튼튼하고'와 같이 2마디로 율격 분할된다. 이 경우는 첫째 음보가 4음절을 유지하고 있기 때문에 '몸도'가 앞의 마디에 붙어도, 뒤의 마디에 붙어도 6음절의 음량을 보인다. 따라서 앞의 구에서 1마디가 늘어나 3음보가 하나의 구를 형성한 사례다. 이와 같은 사례는 2연시조 「바다 앞에서」의 첫째 수 초장 둘째 마디('바다가 넓어도')와 중장 둘째 마디('불타는 저녁놀'), 둘째 수 초

---

28 사설시조가 사설시조의 형식 요건을 갖추지 못해 잡가로 떨어진 사례가 심재완의 『교본역대시조전서』에 45수나 수록되어 있다.

제3부 우리 시대 시조의 정전

장 둘째 마디('바다가 멀어도')에서도 나타난다.

　논의한 바와 같이 백수 시조에서 기준음량 초과로 인한 음보 분할이 앞의 구에서 이루어지는 사례를 볼 수 있다. 이는 뒤가 무거운 음량을 가진다는 기대지평에서 살짝 어긋난 사례가 된다. 그러나 백수 음보는 음량이 더 늘어나도 4모라 이상 늘어나는 파격은 하지 않았다. 「큰 나무 밑에 서면」의 둘째 음보 자리에 보이는 음량 초과의 경우, 2모라만큼 음량이 늘어난 파격이지만 기준음량 4모라에는 미치지 못하여 평시조의 범주에 든다.[29] 우리는 백수가 의도하지 않은 일종의 이 '낯설게 하기'에서 꿋꿋한 백수 시학의 율동적 쾌감을 맛보게 된다.

꽃 보고	춤추는 + 나비와	나비 보고	당싯 + 웃는 꽃과
저 둘의	사랑은	節節이	오건만은
어찌타	우리의 사랑은	가고 아니	오나니.

　백수는 『고시조감상』에서 『병와가곡집(瓶窩歌曲集)』에 수록된 이 무명씨의 작품을 제일 먼저 소개하고 있다.[30] 이는 백수가 이 작품의 천의무봉한 시어 구사와 예술성을 높이 평가하고 있음을 보여준다. 도식화한 바와 같이 초장 둘째 마디와 넷째 마디는 음보 하나 정도의 음량을 초과하고 있다. 음보 하나 정도 음량을 초과하는 사례는 진본(珍本) 『청구영언(靑丘永言)』의 이북전을 비

29　김학성은 『우리 전통시가의 위상과 현대화』에서 평시조, 엇시조, 사설시조의 형식미학을 제시하며 시조의 정형률이 운용되는 양상을 '파격'과 '일탈'로 나누어 설명하며 '과도한 파격'이나 '도를 넘는 파격'이라는 용어를 사용했다. 김학성, 앞의 책, 113~119쪽 참조.
30　정완영, 『고시조감상』, 중앙일보사, 1983, 5쪽.

롯한 이삭대엽 이하 여러 작품에서 보인다.[31] 이 같은 백수의 시조관은 백수 음보 운용에서 잘 나타난다.

3. 『엄마 목소리』

1) 몇 가지 시적 형식

『엄마 목소리』[32]는 『꽃가지를 흔들듯이』에 보이는 시적 형식을 포함한다. 여기서 나아가 새로운 전연 형식과 장 단위 행 배열의 시도로 다양한 변주와 조합 양상이 나타난다.

(1) 제5유형 : 장 단위 행 배열 전연의 경우와 변주

새 해 새 아침에 새 옷 갈아입으시고
세배 받는 할아버지 흰 수염이 솔빛 같다
흡사 저 뒷동산 소나무 눈 맞고 선 솔빛 같다.

—「설날 아침 2」

단시조 「설날 아침 2」는 『엄마 목소리』에 보이는 장 단위 행 배열 전연 3행 형식의 유일한 사례다. 할아버지 흰 수염이 눈 맞고 선 솔빛 같다는 표현에서 희미해져만 가는 전래의 정서와 따뜻한 혈육에의 존숭(尊崇)을 읽을 수 있다.

---

31 二北殿으로 수록된 유일한 작품의 초장 '으자 | 내 黃毛試筆 ‖ 墨을뭇쳐 | 窓밧긔 + 디거고'와 같이 넷째 마디에 음보 하나만큼 음량 초과를 보이는 사례와 삼삭대엽 항목에 실린 '酒客이 | 淸濁을 + 글희랴 ‖ 두나 쓰나 | 마고 걸러'와 같이 음보 하나만큼 음량 초과를 보이는 사례는 어렵지 않게 볼 수 있다. 예시에서는 율격 분할 표지로서 음보 단위('|')와 구 단위('‖')를 표시하고 음량을 초과한 마디는 '+'로 표시하였다.
32 『엄마 목소리』는 단시조 45편, 2연시조 20편, 3연시조 2편을 포함한 67편을 싣고 있다.

보리밭 건너오는 봄바람이 더 환하냐
징검다리 건너오는 시냇물이 더 환하냐
아니다 엄마 목소리 목소리가 더 환하다.

혼자 핀 살구나무 꽃그늘이 더 환하냐
눈감고도 찾아드는 골목길이 더 환하냐
아니다 엄마 목소리 그 목소리 더 환하다.

—「엄마 목소리」

　표제작인 이 작품은『엄마 목소리』에서 장 단위 행 배열로서 수 단위 연 구성을 취하여 2연 6행의 시적 형식을 보인 유일한 사례다. 같은 양상으로 3수 연시조「연잎 우산 아주까리 우산」은 3연 9행의 변주를 보인다.

　백수는 아무리 별빛이 빛난다 해도 엄마 목소리만큼 찬란할 수는 없고, 아무리 꽃이 아름답다 해도 엄마 목소리만큼 사무칠 수는 없다고 했다. 엄마 목소리는 구원(久遠)의 소리이니 만물에 깃든 엄마 목소리를 한자리에 불러 모아『엄마 목소리』를 펴낸다고 했다. 사랑이 식어가고 정이 메말라간다지만 사람들 가슴 가슴에 아직 남아 있는 불씨를 모아 모닥불을 지피려고 '팔순 늙은이가 여덟 살배기 어린 시절로 돌아가서 이 노래'를 부른다고 했다.

(2) 제6유형 : 장 단위 행 배열로 연을 구성한 경우와 변주

내가 입김을 불어 유리창을 닦아 내면

새 한 마리 날아가며 하늘빛을 닦아 낸다

내일은 목련꽃 찾아와 구름빛도 닦으리

—「초봄」

목련꽃이 피어나길 기다리는 시인의 마음을 담은 「초봄」은 장 단위로 행을 배열하고 연을 구성한 3연 3행의 대표적인 작품이다. 백수 동시조에서 장 단위 행 배열의 경우, 2연시조 「버들붕어 두 마리는」처럼 장 단위의 연 구성을 이어쓰기 하여 6연 6행의 시적 형식을 보이는 경우보다 「눈 내리는 밤 1」처럼 장 단위로 연을 구성하면서 수 단위에서 한 행을 더 비워두는 변주 빈도가 더 높다.

눈이 내리는 날은 온 세상이 부드럽다

휴전선 가시 돋친 철조망도 부드럽고

남과 북 오가는 철새들 나래짓도 부드럽다.

눈이 내리는 밤은 온 세상이 동화 같다

빌딩도 성냥갑 같고 가로등도 꿈속 같고

꽁무니 불을 단 차들은 동화나라 반디 같다.

—「눈 내리는 밤 1」

눈이 내려 세상의 모나고 거친 데를 감싸주는 밤의 풍경이 독자의 마음을 위무하는 따뜻한 치유의 시편이다. 시적 풍경이 잘 보이는 고요하고 편안한 이 여백에서 무구(無垢)한 동심(童心), 기교를 버린 기교를 본다.

(3) 제7유형 : 종장 시적 형식의 새로운 조합과 변주 양상
백수 동시조에서 초장과 중장을 장 단위로 배열하고 종장 첫 음보는 단독 행으로, 둘째 음보 이하를 1행으로 하여 전연 4행의 시적 형식을 취한 경우가 보인다. 이처럼 종장 첫마디를 단독행으로 구성하는 백수의 새로운 시도가 『엄마 목소리』에서 나타난다.

> 만근 쇠 등에 업고 천년 종이 한번 울면
> 잠 깊은 신라 하늘 푸른 별빛 쏟아질라
> 에밀레
> 에밀레하고 강물 흘러 굽이칠라.
>
> ─「에밀레 종」

　전연 4행의 시적 형식을 보이는 대표적인 작품이다. 종장 첫마디의 단독행은 소리의 연속성보다는 시조 종장 첫마디의 의미를 강조하려는 의도로 보인다. 이 전연 4행에서 나아가 장 단위로 연을 구성하여 4연 4행의 시적 형식을 보이는 작품으로 「귀뚜리 울음소리 3」과 「갈매기」를 들 수 있다.

> 참새들은 참새끼리 넘나드는 길이 있다
>
> 모과나무 가지에서 오얏나무 가지 위로
>
> 작은집
> 큰집 나들듯 넘나드는 길이 있다.
>
>
> 참새들은 참새끼리 오고 가는 길이 있다
>
> 잠 깊은 봄하늘에 여울지는 길을 내며
>
> 아랫말
> 윗말 오가듯 오고 가는 길이 있다.
>
> ─「참새길」

또 다른 변주로서, 2연시조「참새길」은 종장 첫마디를 단독행으로 하고 둘째 마디 이하를 1행으로 하여 6연 8행으로 2수를 구성하되 수 단위에서 한 행을 더 비우는 시적 형식을 보인다. 종장 첫마디 분행(分行)에서 '작은 집'과 '큰집'의 크기와 '아랫말'과 '윗말'의 거리 대조가 부각된다.

(4) 제8유형 : 구와 음보의 조합이 만드는 전연 7행의 변주

솔개는 병아리를 + 채 가려고 빙빙 돌고……
어미닭은 병아리를 + 지키려고 품에 품고……
사람은 + 집 다 비운 채 + 삽살이만 집 지킨다.

—「봄날」

이 단시조는 초장과 중장은 '구+구' 형태로 배열하고 종장은 제1유형 '음보+음보+구'의 형태로 배열하여 전연 7행의 시적 형식을 보이는 대표적 사례다. 이러한 시적 형식은 2연시조로서 전연 14행(「허수아비」)이 되거나 2연시조로서 2연 14행(「배밭머리」), 3연시조로서 3연 21행(「우리 할아버지」)의 형태를 보이는 등 다양하게 변주된다.

「봄날」의 이 유형이「개구리 울음소리」에서는 장 단위로 연을 구성하며 3연 7행으로 변주된다. 이러한 유형에서 강조하려는 의미 단위와 이미지 단위가 선명하게 부각된다.

(5) 제9유형 : 음보 단위 행 배열로서 장 단위로 연을 구성한 경우

어릴 적 + 내 고향은 + 구름마저 + 어렸었네

들찔레 + 새순처럼 + 야들야들 + 피던 구름

할버지 + 백발구름에 + 업혀 잠든 + 손주구름.

—「할배구름 손주구름 ─ 손주에게」

제3부 우리 시대 시조의 정전

음보 단위로 행을 배열하고 장 단위로 연을 구성하여 3연 12행을 이룬 유일한 사례다. 뭉게뭉게 피어난 큰 구름에 업혀 들찔레 새순처럼 몽글몽글 피어난 작은 구름이 얹혀 있다. 할아버지가 손주를 업어 재우듯. 이 작품의 시형발화에서 할아버지가 느끼는 손주에 대한 애틋한 정이 음보 단위 배행으로 명료하게 드러난다. 장 단위 배행의 유장한 발화와는 확연히 다른 점이다.

2) 율격 운용 양상

백수 율격은『꽃가지를 흔들듯이』와 같이『엄마 목소리』에서도 단시조와 연시조로서 음보의 양식화 범위인 2~5음절 내에서 운용된다. 예외적 사례로서,『엄마 목소리』에는 음보 자리에 기준음량을 초과하는 6음절 어구가 와서 음보 분할이 되는 경우만 나타난다. 어느 경우이든 전통시조와 같이 평시조 범주의 자연스러운 호흡이 된다.

(1) 음보 운용의 전형적 사례(3~5음절)

『꽃가지를 흔들듯이』와 마찬가지로『엄마 목소리』에서도 음보 운용은 3~5음절어로 시조의 일반적 발화 양상을 보여준다.

(2) 음보 운용의 예외적 사례(2음절)

백수 음보 운용의 드문 예외적 사례로서, 제5유형으로 제시한「설날 아침 2」와 제6유형「초봄」,「눈 내리는 밤 1」과 제8유형「우리 할아버지는」의 각 수 초장 첫째 음보에서 2음절어 운용이 보인다. 2음절어는 음보 양식화 범위 내의 음량으로서 백수 시조의 초장 첫마디에서만 나타난다.

(3) 음보 운용의 기준음량 초과 사례(6음절：음보 분할의 경우)

배꽃 같은 개구리 울음이 + 온 골 안을 흔듭니다
—「개구리 울음소리」 단시조 중장

『엄마 목소리』에 보이는 「개구리 울음소리」의 경우, 중장 둘째 음보 자리에 '개구리+울음이' 나타난다. 이 경우에는 '개구리'가 앞의 음보와 결합하게 되면 7음절이 되고, 뒤의 음보와 결합하게 되면 6음절이 되어 어느 경우이거나 2~5음절이라는 음보 양식화 범위를 초과하게 된다. 따라서 1음보 정도 음량을 초과하여 음보가 분할된다. 제8유형으로 제시한 전연 7행의 단시조 「추위도 달아요」의 중장 앞의 구에도 '우리가+얼음을+지치면'이 옴으로써 음보 분할 양상이 나타난다. 이처럼 음보 하나 정도 음량이 늘어나는 사례 또한 덜어낼 수 없는 적중어의 시학이 창출하는 백수의 시조관에서 비롯한다.

4. 백수 시조의 시적 형식과 율격 운용의 묘

백수 시조를 시적 형식면에서 보면, '3장 6구 12음보'라는 시조 양식이 잘 보이게끔 일정한 형태미를 갖추고 있다. 『꽃가지를 흔들듯이』는 모든 작품이 장 단위 연 구성을 취하고 있다. 『엄마 목소리』에서는 전연 형식과 장 단위 행 배열이 나타나며, 음보 단위로 행을 배열하고 연을 구성한 사례도 나타난다. 백수는 음보, 구, 장 단위로 행을 배열하고 연을 구성하면서 모든 작품의 종장 말미에 마침표를 찍어 수 단위를 표시한다. 이 같은 기법은 3장 시조 양식을 확연히 보여주는 관습적 형태로서 시조에 입문하려는 어른이나 어린이 모두에게 효과적인 형식 체험이 될 수 있다. 백수 율격 운용 면에서 보면, 3~5음절로 운용되는 전형적 사례에서 나아가 드문 경우에 도입부 초장 첫마디 자리에서 2음절어를 보이기도 한다. 기준음량을 초과한 6음절 어구는 반드시 둘째 음보 자리에서 나타난다. 이때 둘째 음보의 음량이 구 단위에서도 6음절 이상이 되어 음보 분할이 이루어지는 경우, 앞의 구가 뒤의 구보다 무거운 음량으로 나타난다. 이는 전통의 기대지평을 벗어나, 시조의 구심력을 견지하는 가운데 율동적 쾌감을 주는 원심력을 지향한 사례로 평가할 수 있다. 이 지점에서 백수 율격 운용의 묘를 읽을 수 있다. 지금까지 우리는 백수 시조의 회랑을 돌며 시조의 가락을 잘 따라서 그림이 잘 보이고 이야기가 잘 들리게 쓰자는 백수 화법을 읽을 수 있었다.

5. 백수 동시조의 현재적 가치

『고시조감상』이나 『시조창작법』을 펴내며 전국 순회 시조 강연을 한 백수는 유정한 민족 전래의 꿈과 습속을 '어여쁘고 자랑스러운 우리 어린이들'에게 '심어주고 싶은 생각'을 실천했다. 장독대가 없는 세월을 사는 우리 민족이 고유의 정서를 찾을 수 있는 길을 고민하며, 고갈되어가는 민족 정서를 시조에 담아 초등학생 때부터 시조를 가르쳐야 한다고 했다. 백수는 성인시를 넘어서서 되돌아온 자리가 동시의 경지라 했다. 어른 아이 할 것 없이 쉽게 알아보고 좋아할 수 있는 시가 되어야 한다는 것이다. 시는 가르쳐주는 게 아니라 보여주는 것이니, 지혜의 눈으로 읽은 세계상에 사랑을 담아냈다. 「옛날 옛날 옛적부터」에서는 '어질고 슬기로운' 우리 민족이 우물가에 향나무를 심어 해충을 막아내기도 하고 우물 바닥에 향내를 냈다고 일러주며, 까치밥과 돌림젖의 내력을 들려주기도 한다. 「꽃과 열매」에서는 꽃은 붉고, 풋열매가 파란 뜻을 들려준다. 꽃이 빨갛게 피는 것은 벌 나비가 쉽게 찾아오라는 뜻이요, 풋열매가 파란 것은 보호색 같은 파란 잎사귀 뒤에 숨어 다 익을 때까지 잘 자라라는 높고 깊은 하늘의 뜻이 담긴 것임을 일러준다.

백수에게 정(情)은 운(韻)으로서 가락이라고 표현한 율동미까지 정과 한자리에 놓았다. 말보다 침묵을 더 많이 심어두는 것이 시(詩)라 한 백수는 시조에서 누구도 논하지 않은 '감칠맛', '감길맛', '굴림말'이라는 개념을 썼다. 이러한 인식이 유곡절해라는 미학으로서 시조 3장의 시학적 원리를 증명하며 '장과 장, 행과 행 사이가 한 만 리나 되는 멀고 아득한' 전아(典雅)와 자연(自然)과 함축(含蓄)이라는 백수 시조의 진경(眞境)을 이루었다. 한시(漢詩)에 기승전결(起承轉結)이 있다면, 시조(時調)에는 백수의 유곡절해(流曲節解)가 있다.

백수 시학이 구축한 백수 동시조의 현재적 가치는 사라져만 가고 변해만 가는 전래의 정서와 습속을 시조에 담아 미래세대에 계승하고자 한 데 있다. 백수는 자연스러운 호흡을 유지하면서 시조 형식을 쉽게 배워 따라 쓸 수 있도록 고안된 시적 형식을 취했다. 백수가 남긴 시조 유산에서 우리는 폭포수 같은 굉음이 아니라, 계곡을 뀔뀔 흐르는 수다스러운 물소리가 아니라 반석 아래로 보이지 않게 흘러 멀리 가는 낮고 낮은 물소리를 듣는다.

설악무산 시조의 형태 분석

1. 머리말

시조는 우리 문학사에서 '노래하기 정신에 의한 서술의 억제를 진술 방식'으로 하는 가장 절제된 서정시다. 주지하다시피, 문학으로서의 시조는 평시조(平時調) 한 수(首)로 완결하는 단시조(單時調)를 정전으로 삼아 시대의 변화와 관계없이 일관되게 유지해왔다.[1] 시조의 형식적 정체성은 3장(章) 6구(句) 12음보(音步)에 있다. 시조는 초장·중장·종장으로 이루어지는 3장시다.[2] 장 단위는 구와 구가 결합하여 이루어지며, 구 단위는 음보와 음보가 결합하여 이루어진다. 각 음보는 4음절을 기준음량으로 한다. 시조 3장은 초장과 같은 구조를 단 한 번 반복하는 중장에 이어서 종장 첫마디는 3음절로 고정하고 둘째 마디에서는 4음절 음보가 두 개 이어지는 정도의 음량으로 늘어나는

---

1 김학성, 『한국고전시가의 전통과 계승』, 성균관대학교 출판부, 2008, 298쪽.
2 김상옥을 필두로 시조를 '삼행시'라는 이름으로 장르 표지를 삼아 현대시조를 창작한 바 있는데 이는 자칫 오해를 불러일으키거나 시조의 정체성을 벗어날 가능성을 갖게 한다. 시조는 분명 초장, 중장, 종장의 3장으로 1수를 이루는 3장시이지 3행으로 표출해야 하는 3행시가 아니다. 3행시는 3행으로 된 시이다. 시조가 아니어도 3행으로 쓰는 시는 얼마든지 있을 수 있다. 홍성란, 「시조의 형식실험과 현대성의 모색양상 연구」, 성균관대학교 대학원 국어국문학과 박사학위논문, 2004, 22쪽 참조.

'변형 4보격'이 됨으로써 3장 6구 12음보(마디)라는 형식적 정체성을 가진다. 시조를 하위장르로 구분하면 3장 6구 12음보라는 형식적 요체를 따르되 음절 수준에서 가벼운 파격을 보이는 평시조,[3] 각 장에서 한두 음보 정도 늘어난 파격을 보이는 엇시조, 음절과 음보, 구의 수준에서 말수가 상당히 늘어난 파격을 보이는 사설시조로 나뉜다.

이 글의 목적은 평시조와 엇시조, 사설시조는 물론 산문시와 '이야기 시'로 현대 선시(禪詩)의 전범을 보인 설악무산 시조의 형태 분석에 있다. 따라서 선의 종지를 드러낸 불교 사상에 대한 논의는 선행 연구를 수용하면서, 무산 시조의 다양하고 개성적인 형식 운용과 시적 형식 구사를 중심으로 논의한다. 동시에 무산 시조에 나타난 제반 양상이 불교적 사유에 어떻게 닿아 있는지 구체적인 작품으로 논의한다. 먼저 단형의 평시조를 분석하는 가운데 다양한 시적 형식을 포함한 엇시조를 분류해낸다. 연시조와 연작시조에서도 다양한 시적 형식 구사와 평시조의 범위를 넘어서는 엇시조의 혼합 양상을 분석한다. 이어쓰기로서 말 엮음의 미학을 보여주는 무산 사설시조의 다양한 양상을 분석한다. 이 과정에서 대종사 설악무산 조오현 시인의 원융무애(圓融無碍)와 무상대도(無上大道)의 경계(境界)가 자재한 시적 형식으로 승화되었음을 규명하게 될 것이다.

2. 무산 시조의 시적 형식 운용

18세기 필사문화 시대의 고시조 가집이 보여주듯이 '노래하는 시조'는 '내

---

3   평시조의 각 음보는 4음절(1음절은 1mora의 음량) 음량을 지켜야 하지만, 시조의 음보 양식화 범위는 2모라에서 5모라 이내로서 1음절 정도의 음량을 넘어서는 경우는 파격으로 보지 않는다. 음보의 양식화 범위, 음량과 mora에 관하여는 성기옥, 『한국시가율격의 이론』, 새문사, 1986, 135~136쪽 참조.

리박이 줄글식', 종서(縱書)로 기사(記寫)하는 것이 가장 일반적이었다. 19세기에 이르러 가창상의 필요에 따라 장 구분 정도만 하여 가곡창의 경우는 5장으로, 시조창의 경우는 3장으로 표기하는 수준의 시적 형식을 보였다. 그러던 것이 20세기 인쇄문화시대에 접어들면서 '노래하는 시조에서 읽는 시조를 넘어 생각하는 시조'를 추구하는 서정시로서 시조의 형식이 '시적 형식'이며 '시적 구성'에 의한 '시정신'을 표현하는 장치라는 인식이 구체적 작품으로 실현되기 시작했다. 이 시기 안확은 『시조시학』(1940)에서 시조의 정신과 운율이 얼마나 중요한지 강조하면서 시조의 문구(文句)와 운율이 서로 따르고 제어하는 상수상제(相隨相制)의 관계에 있다고 파악한 바 있다. 내용이 형식을 규제하고 따르기도 하고 거꾸로 형식이 내용을 규제하고 따르기도 한다는 유기적 통일체로서의 시적 텍스트를 지적한 것이다. 현대시조는 시조라는 양식틀(운율)에 현대의 정신(문구)을 담는 것이므로 시조의 정형틀이 현대정신을 규제하고 따르기도 하지만 반대로 현대정신이 시조의 정형틀을 규제하고 따르기도 한다는 것이다. 그만큼 시적 형식 운용의 중요성을 지적한 것이다.[4]

무산 조오현(1932~2018)[5] 시인은 『시조문학』으로 천료(1968)한 이후 『심우도』(1978)에서는 대체로 장 단위의 '율격시행'을 그대로 가져와 '작품시행'으로 기사하거나, 구 단위로 행을 배열하거나 구 단위로 연을 구성하는 정도의 시적 형식을 보여준다. 첫 시집 이후 『산에 사는 날에』(2000), 『설악시조집』(2006), 『절간 이야기』(2003), 『아득한 성자』(2007)에 이르면 다양하고 개성적인 시적 형식이 구사된다. 이는 시조 형식을 깨뜨리고 해체하려는 파격을 위한 파격이거나 형식실험을 위한 일탈이 아니다. 무산 시조의 개성적인 시적 형식의

---

4 홍성란, 앞의 논문, 20~21쪽 참조.
5 대한불교조계종 원로의원 조오현 대종사의 필명은 조오현(曺五鉉), 법호는 설악당(雪嶽堂), 법명은 무산(霧山)이다.

구축은 선적 오도의 경지에서 선지를 드러내는 원융무애한 무상대도의 경계가 이룩한 시적 성취다. 무산 시조는 단형의 평시조와 이 단시조를 몇 수 이어 쓴 연시조 그리고 대주제 아래 단시조 또는 연시조를 이어 쓴 연작시조, 단형의 평시조에서 가벼운 파격을 보여주는 엇시조와 말수를 늘여 상당한 파격을 보여주는 사설시조 등 시조의 하위장르는 물론이고 다양하고 개성적인 시적 형식의 진경을 이루었다.

무산 시조에 대한 선행 연구 가운데 김형중은 무산 시조를 오언의 한시로 된 기존 선시에 대한 하나의 돌파요, 창조요 혁신으로 본다.[6] 배우식은 무산 시조는 불립문자와 언어도단을 최고의 가치로 보는 선과 정형성의 시조가 만나 형성된 '한글 선시조'로서 새로운 장르의 독립적인 문학이며 무산 시조의 가장 중요한 사상적 배경은 반야공, 중도, 불이 사상으로 본다.

> 이 사상의 중심에는 공사상이 자리잡고 있다. 조오현은 이런 공사상의 시적 승화를 통해 개별적인 작품에서 자유와 평화 그리고 평등의 세계를 구현한다. 반야공의 자유 세계는 『반야경(般若經)』에서 말하는 공사상을 바탕으로 펼쳐지는 세계이다. 가장 핵심적인 내용은 '색즉시공(色卽是空) 공즉시색(空卽是色)', 즉 공의 세계를 나타내며 '절대의 경지'인 '공(空)'의 세계에서는 시공간이 없다. 그리고 조견오온개공(照見五蘊皆空) 도일체고액(度一切苦厄)은 오온이 공하다는 것을 깨치면 모든 괴로움에서 벗어난다는 말이다. 오온이 모두 공하다는 것을 깨친다는 것은 나의 공함을 깨친다는 말과 동일한 의미를 지닌다.[7]

고시조에 나타난 불교적 사유를 '불이·중도, 무심, 무상, 초탈·관조'로 범주화하여 논구한 사례에서 지적했듯이, 불교 사상은 사구백비(四句百非) 불

---

6 김형중, 「한글 선시의 현대적 활용」, 송준영 편, 『'빈 거울'을 절간과 세간 사이에 놓기』, 시와세계, 2013, 123쪽 참조.

7 배우식, 「설악 조오현 선시조 연구」, 중앙대학교 박사학위논문, 2018, 94쪽 참조.

일불이(不一不異)와 같은 불교적 사유로 보면 서로 통하지 않는 바가 없을 것이다.[8]

1) 단시조의 시적 형식 운용

선종의 종지는 '교외별전 불립문자 직지인심 견성성불'이다. 불도의 깨달음은 문자나 말로써 전하는 것이 아니라 마음에서 마음으로 전하는 것이며 선종의 오도는 좌선에 의지해서 바로 스스로의 심성을 꿰뚫어 볼 때 본래 면목이 나타나서 제불의 묘경(妙境), 즉 불가사의한 경계에 이른다는 의미다. 이 불가사의한 경계는 별안간 깨닫는 돈오(頓悟)의 선과 점점 깊이 깨달아가는 점오(漸悟)의 선을 가리킨다.

선은 언어를 부정하는 불립문자로부터 출발한다. 불립문자로서 직관적 깨달음을 표현하기 위해 임제는 제자들의 물음에 대답 대신 크게 고함을 질렀고[臨濟喝], 덕산은 무조건 몽둥이를 휘둘러댔던 것이다[德山棒]. 일반의 상식에서 벗어난 이런 식의 미치광이 짓을 통해서 그들은 솟구치는 깨달음의 희열을 어느 정도 전달할 수 있었으나 이런 한계를 극복하기 위해 선승들은 자신들의 '깨달음을 시를 통해 표현[以詩寓禪]'했다.[9] 의언진여(依言眞如). 선가의 언어는 지극히 압축되고 고도로 상징화한, 비약적이고 역설적인 반상(反常)의 언어다. 일언지하(一言之下) 돈망생사(頓忘生死)하고 일초직입(一超直入) 여래지(如來地)하는 촌철살인적 언어다.[10] 선시로서 무산 시조는 반상·격외(格外)의 도를 시조의 다양한 형태와 시적 형식으로 구사하고 있다.

---

8 홍성란, 「고시조에 나타난 불교적 사유 – 진본(珍本) 『청구영언』을 중심으로」, 『불교평론』, 2020, 여름호.
9 석지현, 『선시』, 현암사, 2013, 19~24쪽 참조.
10 김형중, 앞의 글 참조.

(1) 평시조의 경우

남의 삶은 다 보이는데 내 삶은 보이지 않네
남의 죽음은 다 보이는데 내 죽음은 보이지 않네
그것 참 남의 허물은 다 보이는데
내 허물은 보이지 않네

—「허물」

평시조에서 음보의 양식화 범위는 2~5모라로 실현된다. 「허물」은 평시조 음보의 양식화 범위인 2모라에서 5모라 이내로 각 음보가 실현된 단형의 평시조다. 초장과 중장은 장 단위로 연을 구성하고 종장은 구 단위로 분행(分行)하여 1연 4행의 시적 형식을 보인 이 작품에는 자성의 오도가 불이로 나타난다. 허물없는 매미가 있을까. 생명욕이라는 본능이 짓는 가여운 허물들. 남의 허물이 내 허물과 다르지 않다는 깨달음. 종장의 구 단위 분행은 남의 허물은 보면서 나의 허물은 보지 못하는 어리석음을 도드라지게 한다.

그냥 그렇게 먹이를 물고

새끼들 보금자리 찾아서 가는

어미 새
어미 새처럼 그냥 그렇게

—「일념만년거(一念萬年去)－혜일(慧日)에게」

이 작품은 종장 둘째 마디에서 변형율격 규칙을 따른 점을 제외하고 나머지 음보의 음량은 2~3음절로, 무산 시조 가운데 가장 적은 음량으로 실현된 단형의 평시조다. 초장과 중장은 장 단위로, 종장은 2행으로 3연 4행의 시적 형식을 보인다. 종장에서는 장르 표지가 되는 첫마디 3음절을 독립 행으로 하면서 둘째 마디에서 반복하여 '어미'라는 존재와 의미를 도드라지게 한다. "어미 새"는 일념으로, 무심으로 새끼가 배고프지 않고 즐겁고 건강하게 잘 살 수 있도록 "먹이를 물고//새끼들 보금자리 찾아서" 간다. 이 어미의 일념 으로 인류는 역사를 이루어왔다. 이 작품에서 진심과 자비 연민을 본다. 진심 은 긴말이 필요 없다.

> 밤늦도록 책을 읽다가
> 밤하늘을 바라보다가
>
> 먼 바다 울음소리를
> 홀로 듣노라면
>
> 천경(千經) 그 만론(萬論)이 모두
> 바람에 이는 파도란다
>
> —「파도」

깊은 선정(禪定)에서 온 깨달음. 그 직관을 종장에 담았다. 바람이 밀어붙이 는 바다가 보내는 파도. 파도는 선승이 타고 넘어온 생의 너울 아닌가. 먼바 다 울음소리에서 얻은 돈오. 천경 그 만론이 공 아닌 것이 없다. 이 경계가 잘 보이게끔 차분히 구 단위로 행과 연을 구성한다.

'불교에서는 바다의 울음소리 즉 해조음을 불음(佛音) 또는 일음(一音)이라 한다. 언제 들어도 일음이기 때문이다. 부처는 중생의 근기에 따라 그 표현은 달라도 그 설법의 근원은 해조음처럼 똑같은 많은 설법을 하였다.「파도」 에서 바다 울음소리는 불음이며 작자의 울음소리 즉 영원의 모음(母音)이 다. 작자는 자기 성찰을 통해 자신의 울음소리를 듣고 보니 천경 그 만론 이, 이 세상 시시비비 사량분별 선악이 모두가 바람에 이는 파도라는 것이

다. 그러니까 이 「파도」는 작자의 내면의 울음소리이며 스님의 오도송(悟道頌)이다.'[11]

(2) 엇시조의 경우

평시조는 각 장이 4음 4보격의 음량을 유지하며 주어진 율격모형을 따르는 형태이지만, 1음절 정도 음절을 늘이며 시조의 엄정한 '절제미'를 살짝 벗어나기도 한다. 이는 2음절에서 5음절까지가 음보의 양식화 범위이므로 평시조 범위로 본다. 이처럼 5음절까지는 하나의 음보로 보지만 6음절 이상이 되면 두 개의 음보로 나뉜다. 6음절은 2음보의 음량이 되는 것이다. 이 경우는 엇시조에 해당한다.

엇시조는 고조된 흥취를 멋스럽게 드러내고자 할 때, 각 장에서 '한두 음보' 정도 늘이는 '음보' 수준의 파격미를 구현한다. '한 음보 정도'의 파격은 하나의 음보에 하나가 더 붙어서 기본 율격을 슬쩍 엇나가 하나의 구가 3음보 크기로 엇나가는데 이러한 형태는 '엇구형 엇시조'에 해당한다. 나아가 앞구나 뒷구에 대등한 2음보가 붙어서 마치 구 하나를 더하여 한 장이 3구를 이루는 것처럼 보이는 형태는 '덧구형 엇시조'에 해당한다.[12]

먼저 '엇구형 엇시조'에 해당하는 작품을 분석한다.

해장사 해장(海藏)스님께 산일 안부를 물었더니, 어제는 서별당(西別堂) 연못에 들오리가 놀다 가고 오늘은 산수유 그림자만 잠겨 있다, 하십니다.

—「들오리와 그림자」

엇시조에 대한 이해를 바탕으로 「들오리와 그림자」의 율격을 분석하면 아

---

11 이 글은 '2018년 5월 2일 조오현'이라고 서명한 육필을 옮긴 것이다.
12 김학성, 앞의 책, 302~303쪽 참조.

래와 같다.

해장사		해장스님께	‖	산일 안부를		물었더니,
어제는		서별당 연못에	‖	들오리가		놀다 가고
오늘은		산수유 그림자만	‖	잠겨 있다,		하십니다.

음보 단위는 ‘ | ’으로 구 단위는 ‘ ‖ ’으로 구분한[13] 밑줄 그은 중장 둘째 마디에 음보 하나가 더 붙었다. 일상 발화 그대로 자연스러운 ‘엇구형 엇시조’이다.

백수 정완영(1919~2016)은 일찍이 자신의 시조가, 시조가 아니어도 좋다고 했다. 이 말은 백수가 시조를 포기한다는 말이 결코 아니다. 언지(言志)를 드러내기 위해 구어체 자연발화를 취하는 시어 운용으로 보면, 백수 시조가 종래의 음수율이라는 개념에서 벗어난 예가 많다는 점을 대변하기 위함이다. 백수가 가장 중요하게 생각하는 것은 천의무봉한 시어 구사와 리드미컬한 율격 운용으로 실경(實境)을 펼치는 것이다. 실경이란 동아시아 미학의 정수를 이해하기 위한 필독서로 꼽아온 『이십사시품(二十四詩品)』의 열여덟 번째 풍격(風格)으로서 진실한 경지를 가리킨다. 거짓되거나 허구적인 풍경도 아니고 들뜨고 과장된 감정도 아닌 있는 그대로, 보이는 그대로의 풍경과 감정을 가리킨다.[14]

실경에 대한 이해를 토대로 백수 시조를 이해하면 순간의 진실한 풍경과 정감을 적실하게 표현하기 위해 꼭 써야 하는 적중어(的中語)를 무조건 덜어낼 수는 없다는 것이다. 마찬가지로 무산 시조의 경우, 돈오의 깨침을 담은

---

13 율격 분석에서 음보 단위를 나누는 기준은 첫째, 음보의 기준음량인 4모라의 등가성(等價性)을 기준으로 나눈다. 둘째, 의미의 응집력을 기준으로 나눈다. 셋째, 통사적 단위를 기준으로 나눈다.
14 홍성란, 「단시조의 미학」, 『유심』, 2015년 10월호 참조.

전언이거나 평상심을 있는 그대로 자연스럽게 구사하여 '엇구형 엇시조'나 '덧구형 엇시조'와 같은 가벼운 파격을 보인다. 이러한 현상은 고시조가 구어체 일상의 말을 그대로 담아 가창(歌唱)함으로써 한두 마디 음보가 자연스럽게 늘어나는 엇시조를 포함해온 바와 같이, 시조의 언어 운용은 우리말 발화가 한 단위의 호기군(呼氣群)으로써 그대로 시조 율격이 되고 이것이 자연스러운 시조의 리듬 의식으로 체현된 것이다. 이런 의미에서 시조는 '자율적 정형시'이고, 『청구영언』의 사례에서 보듯이 무산 시조에 보이는 엇시조는 파격을 위한 파격이거나 형식실험을 위한 일탈이 아니다.[15]

「들오리와 그림자」의 초장에서 안부를 묻는 말에 동문서답이 나온다. 선문답이다. 깨달음이란 무엇인가. 그것은 지금 여기 있는 바로 그 평범한 마음을 깨닫는 것. 평범한 마음이란 조작이 없고 시비가 없으며 취하고 버림이 없고 끊어짐과 항상함이 없으며 성자와 속인의 차별심이 없는 바로 '지금 여기' 있는 이 마음이다.[16] 아무 일도 없는 일만 못 하다니 어떤 것도 도모하지 않는 무위(無爲). 무위의 고요한 평화를 종서로 쓰던 고시조처럼 장 구분 없이 '이어쓰기'한 이 작품은 아무 일도 없는 것과 같이 보이는 그대로, 있는 그대로 꾸미지 않는 마음 곧, 평상심시도(平常心是道)를 나타낸다.

> 손에 잡히는 대로 아무 우산이나
> 하나 들고 나간다. 이 우산도 꿈
> 이고 저 우산도 꿈이다. 비오는

---

15 天地도　　　｜唐虞ㅅ적 天地　‖日月도　　｜唐虞ㅅ적 日月
　天地　　　｜日月이　　　‖古今에　　｜唐虞ㅣ로되
　엇더타　　｜世上 人事ᄂᆞᆫ　‖나날 달라　｜가ᄂᆞ고
　진본 『청구영언』(1728) 삼삭대엽(三數大葉) 항목 449. 이제신(李濟臣)의 이 작품은 초장 둘째 음보와 넷째 음보에서 음보 하나씩 늘어난 '엇구형 엇시조'에 해당한다.
16 석지현, 앞의 글 참조.

아침 한 세상이 비를 뿌리고 지
나간다

—「우산」

손에	│	잡히는 대로	‖	아무 우산이나	│	하나 들고 나간다.
이 우산도	│	꿈이고	‖	저 우산도	│	꿈이다.
비오는	│	아침 한 세상이	‖	비를 뿌리고	│	지나간다.

「우산」의 도식을 보면 초장 둘째 구에 해당하는 셋째, 넷째 음보가 각각 음보 하나씩 늘어난 형태로 마치 3개의 구가 하나의 장을 이루는 것과 같은 '덧구형 엇시조'에 해당한다. 바람 같은 의식의 흐름을 따르는 자연스러운 발화. 「우산」의 시적 형식은 지금까지 그 어떤 시조에서도 실험된 적 없는 격외의 형태다. 초장 넷째 마디를 2행에 놓고 중장 첫째 마디와 둘째 마디에 해당하는 의미단위 "꿈"을 2행에 함께 놓는다. 3행은 중장의 둘째 마디에 해당하는 활용어미 부분 "이고"를 포함하여 종장 첫마디를 포함한다. 4행은 종장 둘째 마디와 셋째 마디 그리고 넷째 마디의 의미단위 "지나간다"를 분철한 "지"를 포함하고 나머지는 5행에 놓는다. 「우산」은 초장과 중장 끝에 마침표를 찍음으로써 선명한 장 구분 의식을 보여준다. 「우산」의 시적 형식은 자동기술 형태가 아닌 것도 아니고 낯설게 하기가 아닌 것도 아니다. 흐린 감식안으로는 알 수 없는 이 의식의 흐름을 그저 따라 읽을 뿐이다. 격외의 시조 3장. 처음 비롯된 상(相)이 그대로 시가 되었을까. 물에 비친 달그림자를 온전히 떠올린 것일까. 여몽환포영(如夢幻泡影), 인생은 꿈같고 허깨비, 물거품, 그림자 같다 했으니 우산인들, 비 뿌리고 지나가는 한 세상인들 꿈이 아니랴.[17]

이 작품은 『시와세계』 2013년 가을호 특집에서 신작 1편, 근작 3편, 설악시

---

17 조오현, 「우산」, 오늘의 시, 『아시아엔』, 2019. 9. 14(http://kor.theasian.asia/archives) 참조.

선 17편 가운데 끝에 수록된 작품으로 기간(既刊) 시집에는 수록되지 않았다. '설악시선'에 속해 있으니 다른 지면에 발표했을 수도 있으나 발표된 지면이 없으므로 신작 발표일 가능성을 배제할 수 없다.

남산 위에 올라가 지는 해 바라보았더니

서울은 검붉은 물거품이 부걱부걱거리는 늪

이 내 몸 그 늪의 개구리밥 한 잎에 붙은 좀거머리더라

—「이 내 몸」

남산 위에	ǀ	올라가	‖	지는 해	ǀ	바라보았더니
서울은	ǀ	검붉은 물거품이	‖	부걱부걱	ǀ	거리는 늪
이 내 몸	ǀ	그 늪의 개구리밥	‖	한 잎에 붙은	ǀ	좀거머리더라

「이 내 몸」의 '장 단위 행 배열과 연 구성' 방식은 무산 시조에서 유일하게 보인다. 각 장에서 음보 하나씩 늘어난 '엇구형 엇시조'에 해당한다. 초장 넷째 마디의 "바라보았더니"와 종장의 넷째 마디 "좀거머리더라"는 하나의 의미 단위에서 활용어미에 해당하는 음절이 늘어나 6음절을 보이며 이 또한 2음보에 해당하는 음량이다.

「이 내 몸」은 실제로 남산 위에 올라가 석양을 바라보며 내 안을 들여다보는 자성의 오도시로 볼 수도 있다. "좀거머리"와 "이 내 몸"은 둘이 아니다. 내려갈 데까지 내려간 그 마음자리에서 보는 고요와 하심(下心). 불이요 공이다. 장 단위로 배행하고 장 단위로 연을 구성한 시공(時空)의 여백에서 공감과 감동의 사유가 마련된다.

울지 못하는 나무 울지 못하는 새
앉아 있는 그림 한 장

아니면
얼어붙던 밤섬

그것도 아니라 하면 울음큰새 그 재채기

—「2007 서울의 밤」

울지 못하는	‖	나무	‖	울지 못하는	‖	새
앉아 있는	‖	그림 한 장	‖	아니면	‖	얼어붙던 밤섬
그것도	‖	아니라 하면	‖	울음큰새	‖	그 재채기

　3연 5행의 시적 형식을 보이는 이 작품은 장 구분 의식이 무화(無化)된 격외의 시조다. 초장 마지막 음보는 1음절로서 음보 양식화 범위인 2음절 미만으로 파격에 해당한다. 초장에서는 전통적인 시조에서 '뒤가 무거운 음보 형식'을 취해왔다는 점을 의식하여 율격을 깨뜨리는 파격을 피하기 위해 부러 꾸미지 않는 자연스러움이 있다. 도식에 보이듯 중장 뒷구에 해당하는 넷째 마디는 음보 하나가 늘어난 형태로서 이 작품은 '엇구형 엇시조'에 해당한다. 특별한 점은 중장의 뒷구를 앞구와 분리하여 2행의 단독 연으로 처리하는 격외성을 보인다는 점이다. 이 작품의 격외성을 두고 이숭원은 「2007 서울의 밤」이 전통적 율격에서 많이 벗어났다고 본다.[18] 이 작품은 현대 서정시로서 격외의 시적 형식을 취한 시조다. 이것저것 가려 따지지 않는 분별의식이 무화되었을 뿐, 시조라는 장르의식이 분명한 격외선을 보이는 시조다. 종장의

---

18 이숭원, 「2007 서울의 밤」, 권성훈 편, 『이렇게 읽었다 – 설악무산 한글선시』, 반디, 2016, 452쪽 참조.

명확한 구도가 이를 증명한다.

2) 연시조의 시적 형식 운용

연시조는 평시조 몇 수를 이어 쓰는 형태가 일반적인데 이를 '평시조형'
으로 항목화한다. 연시조 가운데 어느 장에서 엇시조의 형태가 혼합되어
나타나기도 하는데 이를 '평시조와 엇시조 혼합형'으로 항목화하여 논의한
다.

(1) 평시조형

이른 봄 양지 밭에/나물 캐던 울 어머니
곱다시 다듬어도/검은 머리 희시더니
이제는 한 줌의 귀토(歸土)/서러움도 잠드시고.

이 봄 다 가도록/기다림에 지친 삶을
삼삼히 눈감으면/떠오르는 임의 양자(樣子)
그 모정(母情) 잊었던 날의/아, 허리 굽은 꽃이여.

하늘 아래 손을 모아/씨앗처럼 받은 가난
긴긴 날 배고픈들/그게 무슨 죄입니까
적막산(寂寞山) 돌아온 봄을/고개 숙는 할미꽃.

— 「할미꽃」

평시조 3수로 이루어진 「할미꽃」은 『심우도』 자서에 밝힌 바와 같이 "60년
대 말 백수(白水)의 영향을 받고 그때의 심경(心境)에 일고지는 희비(喜悲)의
어룽을 그"린 것이다. 배우식은 「할미꽃」을 서정선시조의 대표작으로 본다.
어느 날 문득 어머니에 대한 그리운 감정이 일어 "밤새도록 끙끙거리며 시조
한 편을 썼는데 그게 '할미꽃'이라는 시조"라 하였으니 처음 쓴 시조인 「할미

제3부 우리 시대 시조의 정전

꽃」은 무산 선시조의 출발점이라는 점에서 그 의의가 크다 하겠다.[19]

(2) 평시조와 엇시조 혼합형

무산 연시조에는 어느 한 장이 평시조의 범위를 넘어서는 '엇구형 엇시조' 형태나 '덧구형 엇시조' 형태가 혼합되어 나타나기도 한다. '엇구형 엇시조'가 혼합된 연시조는 「아득한 성자」[20]를, '덧구형 엇시조'가 혼합된 연시조로는 「허수아비」를 예시할 수 있다.

> 새떼가 날아가도 손 흔들어 주고
> 사람이 지나가도 손 흔들어 주고
> 남의 논일을 하면서[21] 웃고 있는 허수아비
>
> 풍년이 드는 해나 흉년이 드는 해나
> ―논두렁 밟고 서면―
> 내 것이거나 남의 것이거나

---

19 배우식, 앞의 논문, 63~64쪽 참조. 배우식은 이 논문에서 조오현 선시조를 선적오도의 개오선시조(改悟禪時調), 청정감성의 서정선시조(抒情禪時調), 독자경지의 심우선시조(尋牛禪時調), 격외도리의 격외선시조(格外禪時調), 돈오몰입의 화두선시조(話頭禪時調)로 나누어 다섯 가지로 유형화 했다.

20

하루라는	ㅣ오늘	‖오늘이라는	ㅣ이 하루에
뜨는 해도	ㅣ다 보고	‖지는 해도	ㅣ다 보았다고
더 이상	ㅣ더 볼 것 없다고	‖알 까고 죽는	ㅣ하루살이 떼//
죽을 때가	ㅣ지났는데도	‖나는	ㅣ살아 있지만
그 어느 날	ㅣ그 하루도	‖산 것 같지	ㅣ않고 보면
천년을	ㅣ산다고 해도	‖ 성자는 아득한	ㅣ하루살이 떼

「아득한 성자」는 둘째 수 종장 셋째 마디에 '엇구형 엇시조' 형태를 포함하고 있다.

21 첫째 수 종장 앞구에 해당하는 "남의 논일을 하면서"를 율격 분석하면 "남의 논ㅣ일을 하면서"와 같이 분할된다. 시조의 종장 첫마디는 3음절 고정형이며 이는 장르 표지가 된다. 여기서 "논일"은 "남의 논"에 가서 하는 "일"이라는 의미다.

—가을 들 바라보면—
가진 것 하나 없어도 나도 웃는 허수아비

사람들은 날더러 허수아비라 말하지만
저 멀리 바라보고 두 팔 쫙 벌리면
모든 것 하늘까지도 한 발 안에 다 들어오는 것을

—「허수아비」

이 작품의 첫째 수와 셋째 수는 평시조 형태이다. 둘째 수는 초장과 중장
에서 '—' 표로 행을 바꿔 각각 뒷구에 2개의 음보를 더하여 마치 3개의 구가
한 장을 이룬 것 같은 '덧구형 엇시조' 형태를 보인다.[22]

풍년이	┃ 드는 해나	‖ 흉년이	┃ 드는 해나	—논두렁 밟고 서면—
내	┃ 것이거나	‖ 남의	┃ 것이거나	—가을 들 바라보면—
가진 것	┃ 하나 없어도	‖ 나도 웃는	┃ 허수아비	

사람과 새떼를 분별하지 않는 허수아비. 무욕과 탈속의 경계. 원만여의(圓
滿如意), 분별심 없는 평등 화엄의 세계를 「허수아비」에 담고 있다.[23]

---

22 桃花 梨花 ┃ 杏花 芳草들아 ‖ 一年春光 ┃ 恨치마라
　　너희는 ┃ 그리호여도 ‖ 與天地 ┃ 無窮이라
　　우리는 ┃ 百歲ㅅ쑨이매 ‖ 그를 슬허 ┃ 호노라
　　436. 우삼삭대엽(羽三數大葉)으로 즐겁고 호기롭게 불러 34개 가집에 실리며 인기를 누
　　린 이 작품은 대사헌을 지낸 항제(恒齋) 유운(柳雲)의 노래다. 초장의 앞구에 복숭아꽃 배
　　꽃 살구꽃과 같은 방초들을 호명하는 부분에서 구와 대등한 2음보가 늘어나 있다. 이
　　는 '덧구형 엇시조'에 해당한다.
23 엇시조 형태를 포함하고 있으나 이 글에서 다루지 못한 작품들은 다음 논고로 미룬다.

3) 연작시조의 시적 형식 운용

『설악시조집』을 대상으로 연작시조를 살펴보면 「무설설」, 「견춘삼제」, 「산일」, 「산승」, 「직지사 기행초」, 「격외시 3수」, 「무자화」, 「일색변」, 「만인고칙」 1, 「만인고칙」 2, 「무산심우도」, 「달마」, 「해제초」, 「1970년 방문」, 「1980년 방문」으로 나타난다. 이 연작시조들은 평시조와 엇시조, 연시조와 사설시조를 두루 포함한다. 연작시조에는 평시조 형식을 준수한 단시조를 이어 쓰거나 이 단시조 가운데 '엇구형 엇시조' 또는 '덧구형 엇시조'를 포함한 경우도 있다. 이러한 양상은 연시조로 쓰인 연작의 경우도 마찬가지로 나타난다. 이 가운데 대표적인 작품을 논의한다.

(1) 연작시조가 포함한 평시조의 경우

> 강물도 없는 강물 흘러가게 해놓고
> 강물도 없는 강물 범람하게 해놓고
> 강물도 없는 강물에 떠내려가는 뗏목다리
>
> ―「무자화 6 ― 부처」

「무자화」 연작은 6수로 이루어지며 '부처'는 마지막 작품이다. 무산의 연작시조에서는 이 작품과 같이 단형의 평시조와 함께 엇시조를 포함한다. '무자화' 결구에 해당하는 '부처'는 공사상을 담은 대표적인 작품이다. 이름이 강물이지 강물은 없다고, 흘러가고 범람하고 떠내려간다는 세월도 없는 거라고, 이 세상이라는 강을 건너자면 살아가자면 건너가게 도와주는 뗏목이 필요하다고, 혼자는 못산다고, 도움을 주고받는 거라고, 뗏목다리는 연결고리라고 강을 건넜으면 뗏목은 버리라는 설법. 집착을 버린 반야공이다.

(2) 연작시조가 포함한 엇시조의 경우

그 옛날 천하장수가
천하를 다 들었다 놓아도

빛깔도 향기도
모양도 없는

그 마음 하나는 끝내
들지도 놓지도 못했다더라

—「마음 하나」

그 옛날	천하장수가	‖	천하를	ǀ	다 들었다 놓아도
빛깔도	향기도	‖	모양도	ǀ	없는
그 마음	하나는 끝내	‖	들지도 놓지도	ǀ	못했다더라

「일색변 결구 8」에 해당하는 이 작품은 초장 뒷구와 종장 뒷구에 음보 하나씩 늘어난 '엇구형 엇시조'에 해당한다. 일체유심조나, 빛깔도 향기도 모양도 없는 마음이라는 허상이 중생을 쥐락펴락 번민하게 한다. 순간 순간 겪는 마음의 천변만화. 그러니 천하장수도 없고 깽비리도 없다. 공이요 불이다.

그곳에 가면 할아버지 손주 사랑이 탱자로 익고 있다.
할머니 손주 사랑이 고추장으로 맛 들고 있다.
내 오늘 바닷가에서 해조음을 듣고 있다.

—「2. 그곳에 가면」[24]

---

[24] 「격외시 3수」 연작은 단시조 3수로 이루어진다. 「1. 그곳에 가면」은 평시조이며 「3. 그곳에 가면」은 초장 말음보에 2음절어 "있다"가 결합되어 하나의 음보가 늘어난 엇구형 엇시조에 해당한다.

그곳에	가면	‖	할아버지 손주 사랑이	탱자로 익고 있다.
할머니	손주 사랑이	‖	고추장으로	맛 들고 있다.
내 오늘	바닷가에서	‖	해조음을	듣고 있다.

　이 작품은 초장의 뒷구에서 2마디가 늘어나 마치 3개의 구인 것처럼 보이는 '덧구형 엇시조'에 해당한다. 상대적으로 앞구는 의미 단위 2마디로 음량이 적게 실현되고 있다. 그곳은 어디일까. 대가족 식솔을 위해 고추장을 담그는 할머니가 있고 손주를 돌보는 할아버지의 즐거움이 은은한 향기와 노오란 탱자 빛깔로 익어가는 곳. 그곳은 유년의 고향 아닐까. 바닷가에서 고요히 법음을 듣는 무위는 평상심. 무애자재한 선사의 경계가 비추는 정밀(靜謐)한 풍경이다.

(3) 연작시조가 포함한 사설시조의 경우

　사설시조는 평시조의 4음 4보격 율격구조와는 다른 2음보격 연속체로서 경쾌 발랄하게 또는 낭창낭창 유려하게 말을 주섬주섬 엮어 짜는 형식이다. 4음보를 나누면 2음보가 되고, 이 짧게 이어지는 엮음이 말수를 늘여 '놀이'와 '풀이'의 정서를 한껏 펼쳐내게 한다. 그런데 2음보격이라 함은 짝수 음보인 2음보가 되기도 하고 음보 하나가 끼어들어 홀수 음보인 3음보가 되기도 한다는 것이니, 곧 사설시조의 엮음은 구어체 일상어가 자연스럽게 담긴다는 의미다. 고시조는 각 장의 사설이 자연스럽게 늘어나는데 대체로 중장의 사설을 길게 엮어 짜는 형태가 주를 이룬다. 현대시조에 와서는 초장과 종장은 시조의 형식적 요체를 견지하면서 중장에서 놀이와 풀이의 정서를 한껏 드러내는 사설의 특장을 확연히 살려 말수가 상당히 늘어나는 형태를 보인다.

강원도 어성전 옹장이/김 영감 장롓날

　　상제도 복인도 없었는데요 30년 전에 죽은 그의 부인 머리 풀고 상여 잡고 곡
하기를 "보이소 보이소 불길 같은 노염이라도 날 주고 가소 날 주고 가소" 했다
는데요 죽은 김 영감 답하기를 "내 노염은 옹기로 옹기로 다 만들었다 다 만들었
다" 했다는 소문이 있었는데요

　　사실은/그날 상두꾼들/소리였대요
—「무설설 1」

　　이 작품은 무산의 대표적인 사설시조다. 「무설설」 연작 첫 번째 작품이므
로 연작시조가 포함한 사설시조 항목에서 논의한다. 무설설이란 침묵의 좌
선이 가리키는 무언무설(無言無說)의 설법. 무엇을 가리키려는 것일까. 아내
는 이미 30년 전에 죽었으니 울어주는 사람 하나 없는 상여를 메고 상두꾼들
이 노래한다. 죽은 아내 목소리로 "보이소 보이소 불길 같은 노염이라도 날
주고 가소" 앞소리가 나오면, 죽은 옹장이 김 영감 목소리로 "내 노염은 옹기
로 옹기로 다 만들었다 다 만들었다" 뒷소리가 받는다. 옹장이 목소리에 '옹
기장이=승려=시인'이라는 '예술의 본질'을 담고 있는 것으로 보는 신경림은
'시의 맛은 말로 완전히 설명될 수 없는 데 있다'고 했다. '정말 좋은 시는 합
리적으로 설명될 수 없다'는 선인들의 말에 수긍한다고 했다.[25]
　　중개서술자의 목소리가 엮어가는 「무설설 1」은 3연 구성으로 시조 3장이
확연히 드러난다. 초장은 구 단위 2행 구성으로 앞의 구가 한 마디 정도 늘
어난 형태를 보이는데 말수 많은 사설시조의 자연스러운 형태다. 종장은 첫
마디와 둘째 마디를 각각의 행으로 하고, 셋째 마디와 넷째 마디에 해당하는

25　신경림, 「무설설 1」, 권성훈 편, 앞의 책, 117쪽.

"소리였대요"를 1행으로 기사했다. 이 경우 2~5음절이라는 음보 양식화 범위의 2음절어 "소리"에 이어지는 3음절 어미 "였대요"가 단순한 어미활용의 수준을 넘어 종장 뒷구 넷째 마디에 해당하는 '율격적 의미'를 지닌다. 중장의 경우 '~는데요'를 반복하며 낭창낭창한 사설 엮음의 미학을 보여준다. "곡하기를"과 "답하기를"은 부인과 영감이 원만 상응하는 구조다.

4) 사설시조의 시적 형식 운용

무산 시조 가운데 대표적인 사설시조는 앞에서 살펴본 「무설설 1」이다. 여기서는 먼저 「무설설 1」과 같은 말 엮음방식으로 이어쓰기 한 사설시조의 구조를 분석한다.

> 내 나이 일흔둘에 반은 빈집뿐인 산마을을 지날 때
>
> 늙은 중님, 하고 부르는 소리에 걸음을 멈추었더니 예닐곱 아이가 감자 한 알 쥐어주고 꾸벅, 절을 하고 돌아갔다 나는 할 말을 잃어버렸다
> 그 산마을 벗어나서 내가 왜 이렇게 오래 사나 했더니 그 아이에게 감자 한 알 받을 일이 남아서였다
>
> 오늘도 그 생각 속으로 무작정 걷고 있다
>
> ─「나는 말을 잃어버렸다」

이 작품의 초장은 "내 나이 | 일흔둘에 ‖ 반은 빈집뿐인 | 산마을을 지날 때"로 분석되는데 뒷구에서 말수가 늘어났다. 사설시조의 본색, 중장에서는 아이와 선사가 감자 한 알을 주고받는 모습과 거기서 오는 선사의 오도를 두 개의 의미 단위로 나누어 사설을 엮었다. 종장에서는 아이와 선사의 연기(緣起) 인연을 정연한 종장 형식으로 표현했다. 이처럼 무산 시조의 시적 형식 운용

에 보이는 격외성은 파격을 위한 파격이거나 형식실험을 위한 일탈이 아니다. 사설시조에서조차 정전으로서의 종장 형식을 준수하고 있기 때문이다.

우리 절 상머슴은
논두렁을 하다가는

시님요 시님요 사람들은
지 몸에서 도랑물 흐르는 소리가
들린다 카는데요

삶이란 얼레미 논바닥
목마름은 끝없니더.

—「무설설 6」

우리 절	상머슴은	논두렁을	하다가는
시님요 시님요	사람들은 지 몸에서	도랑물 흐르는	소리가 들린다 카는데요
삶이란	얼레미 논바닥	목마름은	끝없니더.

3연 7행의 시적 형식을 취한 이 작품은 2음보격 연속체로서 중장에서 5음보가 늘어나 하나의 장(4음보)을 넘어서는 엮음으로 무산 시조 가운데 가장 짧은 사설시조다.

人生	시른 수레	가거늘	보고 온다
七十 고개너머	八十 드르흐로	진동한동 건너가거늘	보고 왓노라다
가기눈	가드라마눈	少年行樂을	못내 닐러 흐더라

위와 같이 『청구영언』 만횡청류 항목(467)에도 가장 짧은 사설시조가 실려

있다. 「무설설 6」에는 상머슴과 다르지 않은 선사의 고뇌와 오도가 담겨 있다. 갈증을 해소하고자 바닷물을 마시는 어리석은 행위처럼 범부의 욕망은 채워도 채워지지 않는 갈애(渴愛)라 한다. 상머슴이 머슴일을 잘 하는 사람이듯 이 상머슴의 비유에서 비울 대로 비운 선사의 마음자리 그 하심도 보인다. 공 아닌 바가 없다.

부음을 받는 날은/내가 죽어 보는 날이다.

널 하나 짜서 그 속에 들어가 눈을 감고 죽은 이를
잠시 생각하다가
이날 평생 걸어왔던 그 길을
돌아보고 그 길에서 만났던 그 많은 사람
그 길에서 헤어졌던 그 많은 사람
나에게 돌을 던지는 사람
나에게 꽃을 던지는 사람
아직도 나를 따라다니는 사람
아직도 내 마음을 붙잡고 있는 사람
그 많은 얼굴들을 바라보다가

화장장 아궁이와 푸른 연기/뼛가루도 뿌려본다.

—「내가 죽어보는 날」

부음을 ㅣ 받는 날은 ‖ 내가 죽어 ㅣ 보는 날이다.

널 하나 짜서 그 속에 들어가 눈을 감고 죽은 이를 잠시 **생각하다가** 이날 평생 걸어왔던 그 길을 돌아보고 그 길에서 **만났던 그 많은 사람** 그 길에서 헤어졌던 **그 많은 사람** 나에게 돌을 던지는 사람 나에게 **꽃을 던지는** 사람 아직도 나를 따라다니는 사람 아직도 내 마음을 붙잡고 있는 사람 **그 많은 얼굴들을 바라보다가**

화장장 ｜ 아궁이와 푸른 연기 ‖ 뼛가루도 ｜ 뿌려본다.

이해를 돕기 위해 중장에 '밑줄'과 '굵은 글씨'와 '빗겨 쓴 글씨체'를 표시하여 분석한다. 도식과 같이 초장과 종장은 정연한 평시조 수준의 발화다. 전술한 바와 같이 사설시조는 '놀이성'과 '풀이성'의 기능을 담당한 장르다. 이 사설시조에서는 풀어내고 싶은 말을 중장에서 계기적으로 한껏 풀어낸다. 연상의 계기인 '생각하다가/바라보다가', 과거를 표상하는 '걸어왔던/만났던/헤어졌던', 현재를 표상하는 '돌을 던지는/꽃을 던지는/따라다니는/붙잡고 있는' 그리고 '그 많은 사람'들의 반복은 유연한 리듬을 생성한다. 「내가 죽어보는 날」이 비애의 정서로 떨어지지 않는 이유가 이 유연한 엮음으로 사설의 맛을 잘 살려냈기 때문이다. 제행이 무상함을 알고 좋은 인연을 지으며 좋은 것만 기억하며 살라는 무언의 설법이다.

3. 맺는말 : 원융무애 무상대도

한글 선시의 전범을 제시한 설악무산 대종사의 한글 선시조에는 공사상과 불이사상이 원융무애한 무상대도의 경계로 구현된다. 무산 시조는 단형의 평시조와 엇시조, 사설시조를 자재하게 구사하는 가운데 파격과 격외의 시적 형식을 보인다.

무산 시조를 분석하면서 이 글은 현대 선시조에 엇시조의 '엇구형'과 '덧구형' 개념을 처음으로 적용하였다. 이 과정에서 무산 시조의 파격과 격외성은 파격을 위한 파격이거나 시조의 형식을 실험하기 위한 일탈 또한 아님을 논증하였다. 특히 사설시조에서조차 초장과 종장은 정전이 되는 율격을 실현하고 있다는 점에서 무산 시조의 파격이나 일탈이 시조의 형식실험을 위한 실험이 아님이 증명된다. 고시조가 구어체 일상의 말을 그대로 담아 가창함으로써 한두 마디 음보가 자연스럽게 늘어나는 엇시조를 포함해온 바와 같이, 무산 시조에는 돈오의 깨침을 담은 전언이거나 평상심을 있는 그대로 자연스럽게 구사한 엇시조 형태가 산견된다. 이 엇시조 형태는 선지를 담은 발화가 자연스러운 시조의 리듬 의식으로 체현된 것이다. 무산 시조에서는 파격을 피하기 위해 의도적으로 시어를 꾸며 쓰지 않는 파격이 보이기도 하고 장 구분 의식이 무화된 시적 형식이 보이기도 하는데 이는 분별의식이 무화된 것일 뿐, 장르의식이 분명한 격외선을 담은 시조다.

이 글은 무산 시조가 전통적 율격을 벗어난 파격이나 일탈이 아님을 고시조 580수를 엮어놓은『청구영언』의 구체적인 작품을 예시하며 논증하였다. 설악무산은 시조 형식으로 한글 선시의 전범을 제시함으로써 문학사의 새 장을 썼다. 조오현 시인의 다양하고 개성적인 시적 형식 구축은 설악무산 대종사의 원융무애한 무상대도의 경계가 확립해놓은 한글 선시조와 시조문학사의 위없는 시적 성취다.

강명관, 「사설시조의 창작향유층에 대하여」, 『민족문학사연구』 제4호, 민족문학사연구소, 1993.

강명혜, 「사설시조의 미적 특성」, 『시조학논총』 제13집, 1997.

경철, 「정소파의 시조와 동심미학」, 『겨레시조』 제3호, 1992.

고미숙, 「사설시조의 역사적 성격과 그 계급적 기반 분석」, 『어문논집』 30집, 고려대학교 국어국문학연구회, 1991.

고미숙, 「사설시조의 역사적 성격과 그 계급적 기반 분석」, 『18세기에서 20세기 초 한국 시가사의 구도』, 소명출판사, 1998.

고정옥, 『고장시조선주』, 정음사, 1949.

권성훈 편, 『이렇게 읽었다 − 설악무산 한글선시』, 반디, 2016.

권영민, 「한국문학의 세계화, 그 가능성의 모색」, 『문학사상』, 1996.1.

권영민, 「한국어의 운명 − 한글날을 맞으면서」, 『문학사상』, 2008.10.

권영민, 「최남선과 시조 부흥 운동」, 『만해축전』 자료집 중, 2009.

권영민, 「시와 시조, 그 경계를 넘다」, 『문학사상』, 2012.9.

김종, 「'겨울'의 기질과 정신 − 정소파 문학서설」, 『겨레시조』 제3호, 1992.

김길상 편, 『불교대사전』, 홍법원, 2005.

김대행, 「〈어이 못 오던가〉 그리고 태도와 표현의 시학」, 『한국고전시가작품론』 2, 집문당, 1992.

김복근, 「압축 파일, 그 염결의 미학 − 이호우 시인의 삶과 문학」, 『펜문학』, 2012, 3/4.

김상옥, 「시조의 새로움 모색」, 장경렬 편, 『불과 얼음의 시혼』, 태학사, 2007.

김우진, 「가곡 계면조의 농과 낙에 관하여」, 서울대학교 대학원 석사학위논문, 1984.

김일연, 『명창』, 책만드는집, 2008.

김정희, 「시조시형의 정립과정에 대하여」, 『한국시가연구』 19집, 한국시가학회, 2005.

김제현, 『현대시조평설』, 경기대학교 연구교류처, 1997.

김준오, 『시론』, 삼지원, 2004(제4판 13쇄).

김학성, 『한국고시가의 거시적 탐구』, 집문당, 1997.

김학성, 『한국시가의 담론과 미학』, 보고사, 2004.

김학성, 「시조의 3장구조 미학과 그 현대적 계승」, 『인문과학』 제38집, 성균관대학교 인문과
        학연구소, 2006.

김학성, 『한국고전시가의 전통과 계승』, 성균관대학교 출판부, 2009.

김학성, 「시조의 양식적 원형과 시적 형식으로서의 행 · 연갈이」, 『만해축전』, 자료집 中,
        2010.

김학성, 「시조 형식의 절주와 종장 운용의 방향」, 『만해축전』 자료집, 2011.

김학성, 『현대시조의 이론과 비평』, 보고사, 2015.

김형중, 「한글 선시의 현대적 활용」, 송준영 편, 『'빈 거울'을 절간과 세간 사이에 놓기』, 시와
        세계, 2013.

김흥규, 「사설시조의 시적 시선 유형과 그 변모」, 『욕망과 형식의 시학』, 태학사, 1999.

김흥규, 「사설시조의 애욕과 성적 모티프에 대한 재조명」, 『한국시가연구』 13집, 2003.

노창수, 「순수와 지조의 이중률 ─ 정소파론」, 『사물을 보는 시조의 눈』, 고요아침, 2011.

레이먼드 윌리엄스, 『문학과 문화이론』, 박만준 역, 경문사, 2003.

리상각, 「나의 시문학관」, 『시조월드』 2004년 상반기 통권 제8호.

리진, 「예술적 가치가 있는 한 시조는 끝나지 않을 것」, 『시조월드』, 2001년 통권 제3호.

문무학, 「이호우 시조론 연구」, 『개화』 제9집, 2000.

민병도, 「이호우 시조의 개작 과정」, 『개화』 제3집, 1994.

민병도, 「시조의 새로운 해석과 창조적 계승」, 『문학사상』, 2012, 3.

민영 편, 『김상옥 시전집』, 창작과비평사, 2005.

박기섭, 「작품으로 보는 현대시조의 문제와 지향」, 『대구시조』, 1996.

박기섭, 『비단 헝겊』, 태학사, 2001.

박을수, 『한국시조문학전사』, 성문각, 1978.

박재삼, 『내 사랑은』, 영언문화사, 1987, 중판.

박재삼, 「白水, 그 인간과 문학」, 『정완영시조전집 ─ 노래는 아직 남아』, 토방, 2006.

박진임, 「시조 번역, 어떻게 할 것인가」, 『만해축전』 자료집 下, 2006.

박철희, 「현대시조 100년, 그 경과와 문제점」, 현대시조100년 세계민족시포럼, (재)만해사상
　　　실천선양회, 2006.

방민호, 『시를 써야 시가 되느니라』, 예옥, 2007.

배우식, 「설악 조오현 선시조 연구」, 중앙대학교 박사학위논문, 2018.

석지현, 『선시』, 현암사, 2013.

성기옥, 『한국시가율격의 이론』, 새문사, 1986.

송준영 편, 『'빈 거울'을 절간과 세간 사이에 놓기』, 시와세계, 2013.

신경림, 「무설설 1」, 권성훈 편, 『이렇게 읽었다-설악무산 한글선시』, 반디, 2016.

심재완 편, 『校本歷代時調全書』, 세종문화사, 1972.

염무웅, 「전통을 살리는 일」, 『문학과 시대현실』, 창비, 2010.

오세영, 「정형시로서의 시조」, 『시조월드』, 2005 하반기호.

오세영, 『현대시와 불교』, 살림출판사, 2006.

유협, 『문심조룡』, 최동호 역, 민음사, 1994.

유성호, 「현대시조의 문제들과 제언-다른 목소리를 통한 전언 방식과 역진 방식」, 『문학사
　　　상』, 2007.4.

유재영, 『햇빛시간』, 태학사, 2001.

윤재근, 「情과 精의 照應」, 『여리시 오신 당신』, 정음사, 1975,

이근배, 「조오현의 '심우도'」, 『현대시학』, 2001.7.

이근배, 「시조의 역사 새로 쓰다」, 『유심』, 2006.겨울.

이도현 편, 『한국현대시조대표선』, 대교출판사, 1993.

이병기, 「시조와 그 연구」, 『가람문선』, 신구문화사, 1966(『학생』, 1928.12.30)

이병기, 「시조는 혁신하자」, 『가람문선』, 신구문화사, 1966(『동아일보』, 1932.1.7)

이병기, 「시조감상과 작법」, 『가람문선』, 신구문화사, 1966(『삼천리』, 7권 12호, 1935.12.1)

이상범, 『꿈꾸는 별자리』, 태학사, 2000.

이숭원 편, 『월하 이태극 시조전집』, 태학사, 2010.

이영도, 『너는 저만치 가고』, 태학사, 2000.

이재복, 「가람 이병기의 〈시조는 혁신하자〉에 나타난 현대성의 의미」, 『만해축전』 자료집,
　　　2011.

이정환,「정형미학의 변용과 한계」,『대구시조』, 2006.

이지엽,「현대시조 100인 선집의 의의와 시조발전의 혁신적 제안」,『만해축전』자료집 下 2006.

이청,「시인 김상옥, 생애를 건 '한국의 美' 탐험」, 장경렬 편,『불과 얼음의 시혼』, 태학사, 2007.

이택후,『화하미학』, 동문선, 1990,

이호우,『이호우시조집』, 영웅출판사, 1955.

이호우,『개화』, 태학사, 2000.

임종찬,「시조표기 양상 연구」,『시조학논총』16집, 2000.

임종찬,『달여울의 소리무늬』, 태학사, 2001.

임종찬,「나의 문학 80년 여적」,『시조시학』2011.겨울.

장경렬,「시조의 세계 내 현주소, 그 지표를 찾아서」,『만해축전』자료집 下 2006.

장사훈,『국악사론』, 대광문화사, 1983.

장사훈,「唱者와 聽者의 기본자세」,『時調音樂論』, 서울대학교 출판부, 1986.

장사훈,『시조음악론』, 서울대학교 출판부, 1986.

정소파,『시조작법』, 중앙일보사, 1981.

정소파,『죽풍사』, 학생사, 1983.

정소파,『정소파 시전집』, 송정문화사, 1988.

정완영,『시조창작법』, 중앙신서, 1981.

정완영,『구름 山房』, 황금알, 2010.

정재호,「목마른 학」,『개화』창간호, 1992.

정혜원,「현대시조의 새로운 위상 제시-이호우론」,『한국현대시조작가론 I』, 태학사, 2002.

조규익,『우리의 옛노래 문학 만횡청류』, 박이정, 1999.

조동일,『한국시가의 전통과 율격』, 한길사, 1982.

조동일,「시조부흥운동의 전개 양상」,『한국문학통사 5』, 지식산업사, 2009.

조동일,『시조의 넓이와 깊이』, 푸른사상사, 2017.

조오현,『雪嶽時調集』, 설악문도회, 2006.

조운,『조운문학전집』, 남풍, 1990.

조윤제,「시조의 본령」,『인문평론』제2권 제3호, 1940.

조창환, 「조운 시조의 특성과 변모」, 『한국시의 넓이와 깊이』, 국학자료원, 1998.

최동호, 『만해학연구』, 만해학술원, 2005.

최동호, 「트위터 시대와 極敍情詩의 길」, 『유심』 2010, 11/12.

한분순, 『소녀』, 태학사, 2000.

한춘섭, 「한국근대시조시 개관–정소파 시조시인론」, 『문학춘추』, 2000.

한춘섭·박병순·리태극 편, 『한국시조큰사전』, 을지출판공사, 1985.

홍성란, 『겨울 약속』, 태학사, 2000.

홍성란, 『따뜻한 슬픔』, 책만드는집, 2003.

홍성란, 「시조의 안부를 묻다–이승은의 형식실험」, 『시선』, 2003년 겨울호.

홍성란, 「시조의 형식실험과 현대성의 모색 양상 연구」, 성균관대학교 대학원 국어국문학과
　　　박사학위논문, 2004.

홍성란, 「시조에 대한 가장 큰 오해–모든 시는 시절가다」, 『현대시학』, 2009.2.

홍성란, 「조운 김상옥의 시적 탐색」, 『유심』, 2009.7–8.

홍성란, 『명자꽃』, 서정시학, 2009.

홍성란, 「시조의 영혼은 무엇으로 깃드는가」, 『화중련』, 2010년 상반기 제9호.

홍성란, 「시조 종장 운용의 문제점과 제언」, 『만해축전』 자료집, 2011.

홍성란, 「우리 시대 시조의 나아갈 길 2」, 『서정과현실』, 2011, 상반기호.

홍성란, 「조운 시조로 본 시조의 시적 형식」, 『서정시학』, 2011년 가을호.

홍성란, 「시조콘서트, 열두 개의 와인글라스」 『문학사상』, 2012. 9.

홍성란, 「시조의 멋」, 『유심』, 2013. 1.

홍성란, 「시조의 시적 형식으로서 행갈이와 연 구성」, 『유심』, 2013.2.

홍성란, 「한국을 넘는 현대시조의 새 지평」, 『만해축전』 자료집, 2013.

홍성란, 「단시조의 미학」, 『유심』, 2015.10.

홍성란, 「고시조에 나타난 불교적 사유–진본(珍本) 『청구영언』을 중심으로」, 『불교평론』,
　　　2020, 여름호.

홍성란, 「낯선 향기, 안온한 고독」, 『매혹』, 현대시학, 2022.

홍성란 편, 『중앙시조대상 수상 작품집』, 책만드는집, 2004.

홍성란 편, 『내가 좋아하는 현대시조 100선』, 책만드는집, 2006.

황패강, 「대은(大隱)의 불굴가 보고(補攷)」, 『국어국문학』 49–50합집, 1970.

『불교학대사전』, 홍법원, 불기 2532년(1988).

David R. McCann, "Sijo Wave? Sijo Practice, Materials, and Publications in North America", *Literature, Media and Human Rights*, 78th International PEN Congress, 2012.

Alastair Fowler, *Kinds of Literature*, Harvard University Press, 1982.

Ram Kumar Panday, "Sijo, the Sound of Heart and Art of Poetic Power", *Literature, Media and Human Rights*, 78th International PEN Congress, 2012.

Sung-lan Hong, "Sijo, the Korean traditional poem", *Literature, Media and Human Rights*, 78th International PEN Congress, 2012.

인명

ㄱ

강명관 90

강명혜 90

강복중 76

강유위 74

강인한 177

강현덕 216

경철 184, 331

고미숙 90

고은 171

고응척 76

공재동 184

권도중 184

권영민 159, 168, 171, 300

길미자 184

김광수 184

김광욱 125

김교한 177

김남환 184

김대행 20

김동준 177

김몽선 184

김상묵 177

김상옥 34, 40

김상훈 177

김세환 184

김수장 19

김승규 177

김시백 184

김시습 135

김영수 184

김영재 184, 188

김용직 158

김원각 184

김월준 177

김월한 184

김일손 135

김일연 118

김정휴 184

김정희 184

김제현 157, 171, 177, 179, 332

김종 331

김종(나주) 184

김종(부산) 184

김종서 28, 148, 308

김종윤 177

김준 177

김천택 19, 54, 58, 76, 77, 106, 123,
140

김춘랑 177

김학성 20, 21, 296

김현 184

김호길 177

김흥규 90

ㄴ

나옹 47

낭원군(朗原君) 133

노중석 184

노창수 330, 337

ㄷ

대구여사 156

대동원 74

도연명 125

뒤오, 알랭 171

ㄹ

류제하 177

리듬 의식 353

리상각 215, 223

리진 229

ㅁ

매창(梅窓) 129

매캔, 데이비드 164

모라(mora) 20

문무학 226

문희숙 219

민병도 184, 189

ㅂ

박구하 220

박권숙 204

박상륜 184

박시교 116, 184, 185

박영교 184

박윤초 157

박을수 156, 184, 339

박재두 177

박재삼 44, 45

박진임 160

박효관 19

방종현 59

배태인 177

백이운 184

변안렬 91, 106

ㅅ

서경덕 27

서벌 48, 177

서우승 184

서정주 295

석가정 184

석성우 184

선정주 184

성기옥 20, 104, 147

소잉카, 월레 171

소재순 184

송만갑(宋萬甲) 365, 368

신광수 109

심재완 19, 141

ㅇ

안민영 19, 54

안확 389

양동기 184

오동춘 184

오세영 157, 306

오영빈 184

오장환 59

왕양명 73

원굉도 74

원매 84

원용문 184

윌리엄스, 레이먼드 210

유만공 109

유병규 177

유상덕 177

유성호 160

유자효 168, 177

유재영 184, 187, 217

유종호 159

윤금초 177, 181

윤재근 237

이가원 137

이근배 156, 157, 177, 180, 224

이금갑 177

이기라 184

이달균 232

이동백(李東伯) 365, 368

이명길 177

이문형 184

이방원 105

이병기 43, 304, 342

이상범 177

이상용 184

이숭원 348

이승은 184, 190

이영도 345

이용호 177

이우걸 50, 184, 186

이우재 177

이우종 177

이우출 177

이원식 119

이월수 177

이은방 177

이재복 306

이정강 184

이정보(李鼎輔) 75, 141

이정섭(李廷燮) 54, 59, 131

이정환 115, 184, 219

이조년 307

이존오 107

이종문 238

이준섭 184

이지엽 156

이청화 184
이태극 156, 349
이택(李澤) 126
이학규 109
이한성 184
이현보(李賢輔) 128
이형상(李衡祥) 131
이호우 42, 199, 314, 342
이황(李滉) 130
임선묵 156
임제 108
임종찬 184, 222, 330

ㅈ

장경렬 159, 160
장정문 177
장지성 177
전규태 177
전연욱 184
전원범 184
전의홍 177
전일희 184
정다운 184
정래교 131
정몽주 105
정병욱 19
정소파 329
정수자 159, 231
정순량 184
정신 177
정완영 17, 25, 113, 171, 177, 178,

203, 213, 363
정우택 163
정재익 184
정재호 177
정철(鄭澈) 91, 130, 150
정태모 177
정표년 177
정하경 177
정해송 184
정해원 184
정희성 157
제갈태일 184
제해만 184
조규영 184
조동일 17, 20, 21, 296
조동화 117, 184
조병기 184
조영일 184
조오현 157, 163, 177, 182, 227, 348,
369, 388, 389
조운 32, 39, 201, 301
조윤제 20, 135, 144
조재억 177
조주 47
조주환 184
조창환 301
조헌 128
진복희 114, 177

ㅊ

최남선 126

시조시학의 현대적 탐구

최동호 305

최승범 237, 282

최영섭 158

ㅌ

타고르 163

ㅎ

하영필 184

한분순 184

한용운 155

한우(寒雨) 108

한춘섭 162, 177, 331, 338

허일 184

홍적(洪迪) 139

황명륜 184

황윤석 21

황진이 27, 147

황철익 158

황패강 103

용어

ㄱ

가객(歌客) 54

가곡창 65, 110

가기(歌妓) 65, 69

가로쓰기[左橫書] 175

가비(歌婢) 65

가시가청(可視可聽) 22, 148

가지풍도형용(歌之風度形容) 60, 85

가집(歌集) 19

간경도감 122

감길맛 368, 386

감칠맛 368, 386

개별율격 22

격외(格外) 391

격외선 399, 411

격조 255, 258

견성성불 391

고시조 18, 199, 207, 211

고유제(告由祭) 157, 174

고전형 358

공유불이(空有不二) 127

공통율격 21

과음보(過音步) 26, 147

관조(觀照) 123, 390

관형격조사 276

교외별전 391

구어적 사설 확장형 101

구어체 52, 405, 410

구어체 자연발화 366

국문어투 96

국제PEN대회 167

국한문혼합어투 97

굴림말 368, 386

귀곡성(鬼哭聲) 365, 366

균형 31, 111
극서정시 111, 305, 312
금보(琴譜) 19
기대지평 196, 377, 385
기승전결(起承轉結) 386
기저 자질 148, 307, 354
기준음격 297, 308
기준음량 22, 148, 196, 377, 387

ㄴ

낙시조(樂時調) 30, 149
낙차 48, 52, 368
남성 가객 69
남성 향유자 69
내리박이 줄글식[右縱書] 175, 210
내재율 41, 52, 366
내재적 음악요소 260
내재적 형성충동 210
노래시 157, 168, 174, 199, 255
노래하는 시 208
놀이 29, 72
놀이의 기능 241
놓는 말 368

ㄷ

다취신축성(多趣伸縮性) 315, 319
단가(短歌) 373
단시조(單時調) 20, 38, 112, 373, 387
단형사설시조 80, 82
대등적 병치형 98
대상(代償) 22, 148, 196

덧구 325
덧구형 엇시조 394, 397, 401
도식적 운율화 209
돈오(頓悟) 391
동량보격 150
동시조 363, 370
동심 68, 91
드는 말 368
득음(得音) 368
등가성(等價性) 307, 308, 395
등가적 음보 296
등가적 자질 375
등시성(等時性) 20
등장성 354
따르기 212

ㄹ

리듬 의식 26, 41, 362, 411

ㅁ

마디 20
만해마을 174
만해축전 145, 155
만횡청류(蔓橫淸類) 30, 53, 55, 72, 74,
       95, 107
말놀이 71, 241
말맛 242, 249, 251, 256
말부림 255
말 엮음 81, 84, 241, 249, 388
무상(無常) 123, 390
무상대도(無上大道) 388

시조시학의 현대적 탐구

무심(無心) 123, 390

문어적 사설 확장형 100

문학치료(poetry therapy) 112

미적 거리 52

ㅂ

반복 31, 111, 367

반복적 엮음형 99, 100

반상 391

반야공 390

반지기(半只其) 373

발화 방식 251

배열 256

벌목정정(伐木丁丁) 365, 366

법고창신(法古創新) 363

변형율격 28, 46, 147, 284, 308, 392

병치형 98

복귀 367

분별심 402

불립문자 390, 391

불이(不二) 123, 390

불일불이(不一不異) 123, 390

붙이기 212

ㅅ

사구백비(四句百非) 123, 390

사설시조(辭說時調) 29, 53, 103, 373

삼대가집(三代歌集) 54

삼삭대엽(三數大葉) 127, 149

삼전어(三轉語) 47, 368

상수상제(相隨相制) 389

서정시 18, 174, 209, 255, 363, 387

선시(禪詩) 182, 388

선시조 401

선율 71

선정(禪定) 393

선종 391

선택 256

성령 91

성향(聲響) 71

세계화 159

세련형 361

소음보(小音步) 26

수작시조(酬酌時調) 108, 197

시각적 조형미 190, 208

시노래 157, 174, 199, 255

시여(詩餘) 131

시적 억양 209

시적 율동 33

시적 형식 32, 104, 175, 311, 342, 358, 371, 388

시절가 103, 198

시절가조(時節歌調) 103, 107, 110, 197, 198

시조(時調) 109, 198, 386

시조 양식 18

시조의 날 156

시조의 세계화 160, 161

시조창 103, 110

시행발화 33, 209

시행 배열 212, 255

실경(實境) 366

○

안정 31
양식적 변용 207, 298, 324
양식적 원형(modal archetype) 273
양식화 24, 42, 147, 200, 207, 290,
    298, 324, 354, 374, 394
언단의장(言短意長) 206
언어도단(言語道斷) 48, 368, 390
언어미학 52
언외언(言外言) 48, 368
엇구 325
엇구형 엇시조 394, 398, 401
엇시조(旕時調) 29, 325, 373, 388
여성 화자 69
엮어 짜기 67, 71
연 구성 255, 342, 370
연속성 242, 249
연쇄적 나열형 98
연쇄적 엮음형 99
연시조 373, 388
연작시조 373, 388, 403
영어시조(English Sijo) 164
완결 31
외유내불(外儒內佛) 122
외재적 음악요소 260
우의(寓意) 34, 107, 197
원융무애(圓融無碍) 388
유곡절해(流曲節解) 25, 45, 366, 367,
    386
유네스코 144
유연성 242

유장 31
유장미 111
율격단위 375
율격모형 22, 210, 274, 394
율격 분할 279, 280, 321, 323, 375
율격시행 211, 389
율독(律讀) 279, 280, 290, 321, 375
율동(rhythm) 23
율동미학 52
율동 현상 22, 307
음량률 20, 38, 39, 104, 145, 296, 354
음보 20, 354
음보말 휴지 27, 353
음보율 20, 104, 145, 296, 354
음색 256
음성적 자질 208
음수율 20, 38, 39, 144, 354
음악적 자질 208
음왜지담(淫哇之談) 123, 150
음장(音長) 147
음절(音節) 20, 38, 145, 147, 307
음지속량 105, 296, 375
음향 24
의미단위 375
의미 생산적 율동화 209
의미율 209
의언진여(依言眞如) 391
이미지즘 315
이삭대엽(二數大葉) 110, 127, 146
2음보격 연속체 67, 81, 405
이음새 242

시조시학의 현대적 탐구

읽는 시 208

ㅈ

자수율 104, 144, 296
자연(自然) 386
자연발화 52, 227, 233, 280
자연의 진기(眞機) 55, 68, 78
자연인성론 78
자유시 211
자율시 211
자율적 정형시 23, 39, 52, 199, 211,
    307, 308, 324, 396
작품시행 211, 389
잔향(殘響) 25
장가(長歌) 373
장르 표지 275, 276, 297, 307, 323, 392
장음(長音) 20, 38, 145, 147, 196
장형사설시조 81, 84
적중어(的中語) 36, 42, 257, 366, 395
전아(典雅) 386
전환 31
절제 31, 111
점오(漸悟) 391
정음(停音) 20, 38, 145, 147, 196
정전(正典) 364
정체성 387
정통형 357
정형률 209, 375
정형시(定型詩) 22, 211
정형이비정형(定型而非定型) 315, 319
제시 367

제시 형식 208
조사(措辭) 206, 258
조사법(措辭法) 366
조합 256
중간 휴지 27, 353
중도(中道) 123, 390
지관(止觀) 368
직지인심 391
쪼개기 212

ㅊ

차단 367
천기 91
천기론 80
첨가어(affixing language) 22
초탈(超脫) 123, 390

ㅌ

토막 20
통사단위 375

ㅍ

파격 323, 325
평상심 396
평시조(平時調) 20, 29, 387, 388
평시조와 엇시조 혼합형 400
평음보(平音步) 26
표준형 358
풀이 29, 405
풀이의 기능 241
풍류방 문화 58

ㅎ

한글 선시 410

한글 선시조 390, 410

한류 160

한문어투 97

한시(漢詩) 386

함축(含蓄) 386

행간걸침(enjambement) 196

행말 휴지 28, 353

행 배열 342, 370

현대시조 18, 199, 207, 211, 363

형식 210

형식미학 30, 111

형식장치 208

형태미 370

호기군(呼氣群) 285, 396

호응형 98

혼합율격 20, 39, 145

화두(話頭) 47, 266, 370

작품 및 도서

ㄱ

『가곡원류』 19, 54, 87, 126

「개구리 울음소리」 384

「개나리」 354

「개화(開花)」 315, 318

『개화』 315

「겨울 갯마을」 372

「고매」 32, 40, 309

『고시조감상』 377

『고시조대전』 19

『교본역대시조전서』 19

「굴방(屈棒)」 369

「귀에 남은 소리」 335

『기탄잘리』 163

「꽃가지를 흔들듯이」 374

『꽃가지를 흔들듯이』 370

ㄴ

「나는 말을 잃어버렸다」 407

『낙하생고(洛下生稿)』 109

『남훈태평가南薰太平歌』 66

「내가 죽어보는 날」 409

「냉이꽃」 43

『농암집』 135

「눈길」 118

「눈 내리는 밤 1」 380

ㄷ

「다정가(多情歌)」 307

「단심가(丹心歌)」 56, 105

『달여울의 소리무늬』 336

『대동풍아』 126, 135

「대학장구」 76

『대한매일신보』 156, 174

『도심의 절간(Urban Temple)』 164

「독법(讀法)」 116

『동가선』 135

『동국가사』 126, 128

「冬野漫想」 334

「들오리와 그림자」 394

ㅁ

「마음 하나」 404

「만다라의 품」 119

『만악가타집』 163

『매창집』 129

「무설설 1」 406

「무설설 6」 408

「무자화 6 − 부처」 403

「문둥이」 295

『문심조룡』 321

ㅂ

『백수산고(白水散稿)』 365

『벽암록』 47

「별표」 114

『병와가곡집』 128, 135

「봄날」 382

「봄 들녘에서 − 鼠火가 타는…」 336

「봄비」 353

「분이네 살구나무」 371

「불굴가(不屈歌)」 53, 91, 106

『빛의 나무 주변에서(Around the Tree of Light)』 165

「빛이소서」 360

ㅅ

「사랑이 내리는 동산」 345

『산창일기』 334

「三八線」 335

「새와 하늘」 375

「서울 1」 48

『석보상절』 122

『석북집(石北集)』 109

「설날 아침 2」 378

「설매사」 339

『설악시조집』 403

「설월야」 303

「수양산조 44

「스님」 375

「시골 아침 1」 375

『시조문학사전』 19

『시조시학』 389

「시조연의(時調演義)」 50

「시조 영시(時調 影詩)」 49

『시조월드』 162, 239

『시조 웨스트(Sijo West)』 166

「시조자수고(時調字數考)」 20, 144

『시조창작법』 45, 385

ㅇ

「아지랑이」 345

「앵두꽃」 372

「어쩌면 저기 저 나무에만 둥지를 틀었을
까」 115

「엄마 목소리」 379

『엄마 목소리』 370, 378

「에밀레 종」 381

『역대시조선』 302

「嶺을 넘어」 356

「오랑캐꽃」 310

「五月이여!」 359

「외딴집」 113

「우산」 397

「이 내 몸」 398

『이십사시품(二十四詩品)』 42

『이재난고(頤齋亂藁)』 21

「2007 서울의 밤」 399

「일념만년거(一念萬年去) – 혜일(慧日)
　　에게」 392

ㅈ

「장진주사」 91

「젖 냄새 살 냄새」 373

「제기」 40

『조운시조집』 32

「죽풍사」 340

『중앙일보』 175

『진달래꽃(Azalea)』 164

ㅊ

「참새길」 381

「청계통곡육조곡」 76

『청구영언』 19, 26, 28, 54, 59, 76, 106,
　　122, 123, 126, 137, 140, 146

『청진』(진본『청구영언』) 76, 80, 146

「초봄」 379

『촌은집』 129

ㅋ

「큰 나무 밑에 서면」 376

ㅍ

「파도」 393

『프린스턴시학사전(The New Princeton
　　Encyclopedia of Poetry and Poetics)』
　　169, 172

ㅎ

「하」 43

「하여가」 105

『한겨레신문』 175

「할배구름 손주구름 – 손주에게」 382

『해동가요』 19, 54, 64, 87

「허물」 392

「허수아비」 402

「혈죽가」 156, 174, 363

『협률대성』 141

「호기가(豪氣歌)」 29, 308

「호호가」 76

『화원악보』 141

시조시학의 현대적 탐구

홍성란 洪性蘭

1958년 충남 부여 출생. 1989년 중앙시조백일장 장원으로 작품 활동을 시작하였다. 성균관대학교 대학원 국어국문학과에서 「시조의 형식실험과 현대성의 모색 양상 연구」로 박사학위를 받았다. 방송대학교와 성균관대학교에서 시조를 강의했고, 『유심』 상임편집위원을 역임했다. 현재 홍성란시조아카데미 원장. 시집으로 『황진이 별곡』 『겨울약속』 『따뜻한 슬픔』 『바람 불어 그리운 날』 『춤』 『바람의 머리카락』 『매혹』을, 시선집으로 『명자꽃』 『백여덟 송이 애기메꽃』 『애인 있어요』 『소풍』, 『칭찬 인형』을 냈다. 편저로 『내가 좋아하는 현대시조 100선』 『중앙시조대상 수상 작품집』 『하늘의 소리, 땅의 소리 ─ 백팔번뇌』, 『세상의 가장 안쪽』, 공저로 『세계인이 놀라는 한국의 시』가 있다. 중앙시조대상 신인상, 대산문화재단창작기금, 유심작품상, 중앙시조대상, 현대불교문학상, 대한민국문화예술상(문학부문), 이영도시조문학상 등을 수상했다.